# 吉本隆明全集

## 10

1965−1971

晶文社

# 吉本隆明全集10　目次

## 共同幻想論　255

# 凡例

一、本全集は、著者の書いたものを断簡零墨にいたるまですべて収録の対象とし、ほぼ発表年代順に巻を構成した。

一、一つの巻に複数の著作が収録される場合、詩と散文は部立てを別とした。散文は、長編の著作や作家論、書評、あとがき類など形がそろうものは、さらに部立てを別にしたが、おおむね主題や長短の別にかかわらず、発表年代順に配列した。

一、巻ごとに、収録された著作の発表年代を表示した。

一、語ったものをもとに手を加えたものも、書いたものに準じて収録の対象としたが、構成者や聞き手の名前が表示されているものは収録しなかった。

一、原則として、講演、談話、インタヴュー、対談は収録の対象としなかったが、一部のものは収録した。

一、収録作品は、『吉本隆明全著作集』に収められた著作については『全著作集』を底本とし、そのうち『吉本隆明全集撰』に再録されたもの、あるいはのちに改稿がなされた著作は、『全集撰』あるいは最新の刊本を底本とした。また『全著作集』以後に刊行された著作については最新の刊本を底本とした。それぞれ他の刊本および初出を必要に応じて校合し本文を定めた。また単行本に未収録のものは初出によった。

一、漢字については、原則として新字体を用いた。芥川龍之介など一部の人名について旧字に統一したものもあるが、人名その他の固有名詞は当時の表記を底本ごとに踏襲した。また一般的には誤字、誤用であっても、著者特有の用字、特有の誤用とみなされる場合は、改めなかったものもある。

一、仮名遣いについては、原則として底本を尊重したが、新仮名遣いのなかにまれに旧仮名遣いが混用されるような場合、詩以外の著作では新仮名遣いに統一した。

一、新聞・雑誌・書籍名の引用符は、二重鉤括弧『 』で統一したが、作品名などの表示は底本ごとの表記を踏襲した。

一、独立した引用文は、引用符の一重鉤括弧「 」を外し前後一行空けの形にして統一した。

# 吉本隆明全集10

1965
|
1971

表紙カバー＝「佃んべえ」より

本扉＝「都市はなぜ都市であるか」より

# I

# 心的現象論序説

# はしがき

〈言語〉の考察をすすめていたあいだ、たえず、言語の表現が、人間の心的な世界のうちどれだけを作動させ、どれだけを作動させないか、もしも、言語の表出において心的世界がすべてなんらかの形で参加するとすれば、はたしてその世界はどんな構造になっているか、というような疑問につきあたってきた。この疑問は、わたしの言語表現についての考察を基底のところで絶えずおびやかすようにおもわれた。

そこで、〈言語〉の考察が、あとに力仕事だけをのこして完了したあとで、心的現象について基本的なかんがえを展開しようとおもった。

いうまでもなく、この領域は、心理学、精神医学、哲学の領域に属していて、わたしはひとびとがわたしの専門とかんがえている文学の固有領域から、すくなくとも具体的には一段と遠ざかることになる。しかし、現在では、一個の文芸批評が独立した領域として振舞おうとするとき、このような文学的常識からの逸脱はまぬかれ難いものである。そしてこの逸脱が、いつの日か文学芸術の固有領域を根源において惹きつけるということを信ずるほかはない。わたしは、じぶんがなにをなしつつあるかを宣告しようとはかんがえないが、なにかをなしつつあることは確かであるとおもわれた。

ところで、わたしの〈言語〉の考察がひきおこした反響のうち、もっとも関心をそそられたのは、言語学者、外国文学者、外国哲学者、あるいはその予備留学生たちからの〈外国ではもっとすすんだ言語の考察がすでになされている。それに比べればこの試みにはかくべつの新味も水準もない〉といった類のものであった。わたしはにわかにこの種の評価を信じないが、それでもべつな意味で苦笑した。わたしのいいかえしたいことはいつもこうである。〈もともとこの領域はきみたち自身がやるべきものなのだ。もしできるならやってみせてくれ。それだけわたしの手間ははぶけるのだから。〉

わたしは、かれらが文献よみと解釈と知的密輸の専門家であることをしっているが、みずから創りあげるべき能力も水準もないこともよくしっている。そこでわたしのようなものが、逆説的な世界に歩み入らなければならなくなる。

こんどの試みも、心理学者、哲学者、精神医学者等々のあいだからおなじ評言がおこるような予感がする。そしてわたしのいいたいことはいつもおなじである。〈きみたち自身がそれをなしうるだけの水準と思想に達しないかぎり、専門外の一文学者がきみたちの領域に侵入する不快さを耐えるべきである。ようするにきみたちにはわたしのもっているなにかが欠けているのだ〉と。そうはいっても、わたしはねばりにねばる耐久力と、文学から獲得した思想的な原則いがいに、なにももっているわけではない。

もしも、わたしが素人に特有の独断と、なににでも手を出したがる啓蒙主義者の解説風の遊びからいくらかでもまぬかれているとすれば、このような試みに、ひそかな現在的な意義を見出しているためである。これはたとえたれがみとめなくても、わたし自身がみとめている。

わたしは本稿が文芸批評の原則の追及として、わが国の批評史のなかで正当な位置が与えられる日があることを祈る。これはわたし自身の試みに報酬をもとめるからではなく、文芸批評史の進展のためである。

# Ⅰ　心的世界の叙述

## 1　心的現象は自体としてあつかいうるか

まずなによりも、この問いかけからはじめることにする。この問いかけには、いくぶんか現在の悪しき唯物論の水準にたいする攻撃と防衛の意味あいがふくまれている。かれらによれば〈心的現象〉とかくこと自体がすでに逸脱なのである。そしてつぎに心的現象を内的な構造において問題とすることは、すでに悪しき観念論への踏みはずしであるとされる。しかし、こういった非難はほんとうはたいした問題ではない。わたしたちがなにものかとして振舞おうとするとき、すでに常識からの踏みはずしを意味しており、現在スターリン的唯物論は、ひとによっては〈マルクス主義〉と呼んだりしているが、説話になった常識以外の意味を、どんな領域でももってはいないのである。わたしのかんがえではマルクスの知見のうちもっともすぐれており、もっとも貴重なのはかれがその体系のうちに観念の運動についての弁証を保存していることにある。それなくしてはかれの体系は自然科学、抽象論理学の発展によってとうに古びてしまっていたであろう。げんにそれは悪しき唯物論の現在における命運によって検証される。

わたしはここで現象学とも悪しき唯物論ともちがった仕方で〈観念論か唯物論か〉という二元的な問題のたて方を超えてみたい。そのために必要な原則は、ただ〈自然過程〉に属するものを、ことごとく

〈自然過程〉に還元し、なんらかの意味で〈自然過程〉がとうてい結果的解釈としかかんがえられない心的現象がありうることをとりあげればよいようにもおもわれる。つまり観念論またはロシア的唯物論を擁護するために現在行われている「痙攣的努力」を放棄すればたりる。

心的なおおくの現象が、それ自体としてあつかいうるという根拠は、ひとつには、どんな要因を想定できるとしても、心的現象がかならず個体をおとずれる点にもっとも簡単にもとめられる。いいかえれば、これこれの外界の出来ごとの結果であっても、あるいは自身の生理過程の結果であったとしても、個体はなお〈じぶんがいまこう心でおもっていることをたれも知らないし、また、たれも理解することはできない〉という心的状態になることができる。このことは、いずれにしても個体の心的な過程が、じぶんじしんの心的な過程や生理過程とじかに関係していることがありうるというかんがえ方を成立させるようにおもわれるからである。そうだとすればこのような心的状態は、すくなくとも瞬間的にはひとつの独立した〈世界〉としてあつかうことを強いられるといってよい。もうひとつは個体のうちに〈異常〉または〈病的〉とかんがえられる心的な現象があらわれることを、外からみて疑いえない点にある。ある個体がとうていかんがえおよばないような常軌をはずれた行動をとったとき、他者はかれを〈異常〉であるとか〈病的〉であるとか判断する。しかし、なぜそういう行動をとるようになったのか、また、そういう行動をとったときどんな心的な状態にあるのかということは他者にはわからない。ただ、その行動に一定の類型があることが、経験上わかっており、累積された知識によってその個体を一定の〈異常〉または〈病的〉なタイプに属するものときめるだけである。かれがどんな心的状態にあるかは、他者から完全にはうかがいうるわけではない。その心的状態はどんなに豊饒な世界だとかんがえても、どんなに荒廃した世界とかんがえても、とがめられる筋あいはない。その世界はかれ自身のみが知っており、しかもそのかれはかれ自身の世界を知りえない状態にある。平常にかえったのち記憶によってたどられるものは、厳密にいえばそのときのかれの心的状態ではない。ただその心的な残照について語れるだけである。そうだとすれば、個体のこのような世界は、その個体にとってのみ有意味な部分を包括しているとみなすことは、けっして不当ではない。このとき、個体は、外界のすべての現象にたいしてそうであるかどうかはしばらくおくとして、外界を収斂する場所のひとつであるように機能している。たとえば、Aなる夫婦が、ある原因からある期間持続する心的な葛藤と緊張をつづけた。するとその子供が突然失語症に襲われた。また、Bなる人物が政治行動において警官隊との衝突で外傷をおった。するとBは神経症状を露呈した。もしも、こういった病的なあるいは異常な心的な変化を、知覚としての因果論によって理解しようとすれば不可解というほかはない。ある可視的でない（がけっして不明ではない）経路によって、外界における衝撃は、個体のうちに心的な現象としてあらわれる。こういった例がしめす原則は、どのような〈病的〉なあるいは〈異常〉な心的現象も、それがあらわれるかぎりは、かならず個体を拉しさるといいかえることができる。

心的な現象が、現実的な現象であることをもっともよく象徴するのは、それが〈病的〉あるいは〈異常〉な行動となってあらわれるときである。しかし心的な現象が、その内部でたんなる現実的な現象、たとえば樹木が風に揺いでいるとか、人が都市のビルディングのあいだを歩み去っていくとかいう現象とちがうのは、それが同時に可視的でない**構造的**な現象でありうるという点にある。

樹木が風に揺いでいる。いま、わたしがそれを視ている。もしそのとき、わたしが眼を閉じることで視覚を遮断しても、いぜんとして樹木が風に揺いでいるという現象は、この世界から消失しない。わたしは、かすかに樹木の揺ぐ響きを耳できくことで、それが消失しないことを感知しているからかもしれない。そこで、わたしはふたつの耳をふさいで聴覚を遮断する。しかし樹木が風に揺いでいるという現実的な現象は消失しない。それは自然の現象としてわたしの外に存在している。しかし、たんにわたしにとってこのとき樹木が風に揺いでいるという現象が知覚的に消失したのではない。いわば**構造的**に消失したのである。空間－時間は、このとき樹木が風に揺いでいるという自然な現象そのものにほかならず、どのような拡がりをもつこともできない。現象の輪郭としてしか成りたたない。
そして、いったん、わたしが樹木が風に揺いでいるのを〈視る〉とき、それは自然の現象を器官的に反映しているのではなく、**構造**としてみており、この構造としてみるという特性のなかで、風に揺いでいる樹木は、自然の空間－時間そのものでなく個体に固有の空間－時間によって変えられて受容されている。このもっとも単純な例で、すでに心的な現象が、それ自体として固有の空間－時間に還るやいなや、風に揺いでいる樹木は、自然の空間－時間のなかに還されてしまうという現象を体験する。

わたしたちは、たんに樹木が風に揺いでいるのを視るばあいでも、視ることに、あるまつわりつくものをこめており、このまつわりつくものは、記憶の喚起であっても、事件の情景であっても、現に存在する葛藤であっても、心的現象に固有な構造にその根拠をおいている。

わたしはここで〈心的〉という言葉がなにを意味するかをはっきりさせておきたい。

ここでいう〈心的〉という概念が〈意識〉にたいしてもっている位相は、あたかも〈思想〉という概念が〈理念〉にたいしてもっている位相のようなものである。〈思想〉という言葉が包括するものは、確定した抽象的な層まで抽出すると〈理念〉にまで結晶しうるが、また日常の生活の水準では、たとえば魚屋が魚をよりおおい儲けで販るにはどうすればよいかというようなことをかんがえたすえ、体験的に蓄積した判断のひろがりのようなものをもふくんでいる。それは、いわば魚屋の内部で〈思想〉を形成する。おなじように、わたしが〈心的〉というとき上層では〈意識〉そのものを意味するが、下層では情動やまつわりつく心的雰囲気をもふくんでいる。

もちろん、ここで心的な現象のもんだいを解こうとしているわたしにとって〈心的〉とはなにかを定義することは、そのまま心的な現象を解明するという目的ときり離すことができない。定義することは、終りまでたどることだ。心的現象を解明する過程で〈心的〉とはなにを意味するか、どこまでも明晰にとらえねばならないはずである。さしあたって、〈心的〉という概念は、けっして〈意識〉そのものを意味しないことを、はっきりさせておけばいいとかんがえる。

## 2　心的な内容

心的な内容はどんなものかという問い自体が、心的な構造の解明になっている体系は、フロイトの体系である。この体系はその徹底性と綜合性と明晰さで類を絶している。そしてこの明晰さのなかには、ある限度と古典的な因果論の図式とが内包されている。後になってこの見事な体系について考察することができるだろう。さしあたって、ここで必要なのは心的な内容の基本的な素描である。そしてこの素描はできるだけ確かで根拠があることが必要である。

この意味でクレッチマーが『医学的心理学』のなかであたえている〈心〉の概念はきわめて明晰である。

> 直接体験を名づけて心と呼ぶ。心とは感覚されたもの、知覚されたもの、感じられたもの、表象されたもの、意欲されたもののすべてである。例えば一本の木やある音や太陽も、それらが木という知覚、太陽という表象として認められている限りは、やはり心を意味している。心は体験から成立った世界であり、一定の観点から見たあらゆるものの総体に他ならない。（西丸四方・高橋義夫訳）

さしあたって、「直接体験を名づけて心と呼ぶ」といういい方のあいまいさにたいする不満をぶちまけるまえに、クレッチマーがこのあいまいさをどのように明晰さに転化してゆくかの手際を追ってみよう。

すべてこれらの直接体験の内容の中には二つの点、すなわち「自我」と「外界」という反対極に向って分極しようとする一種の不可抗的な傾向が認められる。自我は体験の最も強い焦点として感ぜられ、同時に不可分的統一性とか唯一性とかあらゆるそれの構成分の内的連関性のごとき感じを伴う。この自我感情あるいは人格意識という直接体験の事実は不分明なものであり、かつ内的矛盾に満ちたものである。自我意識はまず「私の心」とよばれる体験作用それ自体に及び、更に「私の体」とよばれる体験内容の一部分にまで拡がってゆく。

このように一方で心はあらゆる体験の総体であり、自我はこの体験の一部分、すなわち全体体験の中から所謂外界を捨象した後に残された部分体験なのである。けれどもまた他方では逆に心は自我の一構成分、すなわち所謂身体を捨象した後に残った自我の一部分ということにもなる。（同前）

クレッチマーの〈心〉は、まず直接体験の総体であり、この体験は〈自我〉と〈外界〉にわかたれ、さらに〈自我〉から〈身体〉を捨象した残りを意味している。この矛盾した循環（いいかえれば、最初の〈心〉より、あとの〈心〉は小さくなっている）は、直接体験の構造をあいまいにしたまま〈心〉を限定しようとしているところからきている。しかし〈心〉の概念はしだいにこのような循環のなかで確実に明晰になってゆく。

クレッチマーが医学的とかんがえたのは、身体と心的内容とのあいだの関連性を記述している点にあらわれる。

人格の中核に対応するのは脳幹であり、知覚及び感覚性といった受容機能は視床に中継中枢があり、心的素質に対応するのは、内分泌腺―植物神経系―脳機能という循環であり、これらはそれぞれの次元で心的な機能に関与するとされる。

心身相関の医学という領域は、ほとんどクレッチマーがやっているのとおなじように、心的な内容の原始的なものから、高度なものにわたる発現を、身体の内分泌―神経―脳の循環に対応させようとする記述をおこなっている。

このばあい心身相関の医学者たちの記述は、いずれも意識的に、あるいは無意識的に、内分泌系を、脳発達以前の生物的衝動のような低次元の本能的な情動性に対応させ、植物神経系の中枢への伝達路である脳幹への経路を、心的な自我のもっとも古くからの遺伝的な情動と対応させ、脳幹から大脳皮質へ向う経路から意識や意識的行動への対応をみつけだそうとしている。

これは脳生理学や身体医学的にしだいに確定され明晰になってゆく心身の相関性にたいする記述である。

しかし、おそらくもっとも問題なのは、この心身相関の**構造**である。精神医学者が、心身の相関について記述するとき、その記述はいわば対応原則から成りたっている。しかし〈心〉と〈身体〉とは、どのような意味でも対応の関係として抽出することはできない。対応の論理は、いうまでもなく幾分か因果律的な決定論の内部にある。ふつう〈対応〉というとき、ある事象がおこるばあいその原因とみなされるものが確定的に指摘しうることを意味している。その中間の過程にどんな複雑な連鎖がはさまれていてもその連鎖をたどることは可能であるとかんがえられている。このような連鎖は現在までのところ〈心的内容〉と〈身体〉のあいだで想定することはできないといっていい。〈心〉がこういう挙動をもっているから〈身体〉はこのような結果になるということも〈身体〉がこうなっているので〈心〉の世界はこのようになっているということも確定していうことはできない。やがてそういうことができるかどうかもわからない。

もちろん、きわめて単純な場合にはこの〈対応〉は成りたつようにみえる。たとえば、胃がこのように悪いので、心は陰鬱であるとか、逆にこのようにせっぱつまった心的態様に追いこまれた結果、頭痛がするとかいうように。しかし、臓器についての意識を、現在のところ人間にとって最上の〈身体〉意識と仮定して、心的世界がこのような関係妄想や追跡妄想にとらわれたのは、心臓に異常があったからだとか、このような胃腸病の結果として、こういう短絡妄想にとらわれたとかいうことは、いまのところ、識知されないといっていい。やがて細胞の作用や内分泌や代謝の異常が、心的異常と対応づけられるときがあるかもしれない。しかしこのばあいでも、身体の異常は心的異常の結果や原因でありえても、人間の心的な世界のなかには、みずからの作用や異常を、身体的異常によって意味づけることを拒否する世界を包括していることはたしかである。また、人間が人間であるという意味のなかに、あきらかにこの拒否によって他の動物と区別される根拠がおかれていることは確からしくおもわれる。人間が動物的でありうる部分は、ふつう観念論がかんがえているよりもはるかに徹底して動物性とかんがえるべきであろう。しかし、それにもかかわらず存在しうる心的な余剰の絶対性を人間的本質としてみなすべきである。この部分では、心的な異常は身体的な異常とあるたどることのできる過程をつうじて対応しているということができない。〈心〉と〈身体〉とのあいだはもっとも非因果的な**構造**によって媒介されてはじめて合理的である。

わたしがいまわたしの〈身体〉を、かなりよく馴染んできた有機的な自然物としてみるとする。どこそこに傷跡があり、どこそこにあざがあり、どこに疾病があり、どうも胃や頭痛がいつも気にかかるといった内臓感覚を意識させるような〈身体〉である。このとき、わたしの〈心〉はおそらく、石垣の下の切り通しをあるきながら石垣の継ぎ目や、石の膚色や、ときには石の背後にかくれた土の色をみているといった位相とあまりちがっていない。わたしは外界の無機的な自然物をみているのとおなじように、わたしの〈身体〉をみている。このとき、わたしの〈心〉は、外界の無機的な自然物と、わたしの〈身体〉という有機的な自然物からと共通に抽出され、疎外された幻想領域を保存している。

つぎに、わたしがいまわたしの〈身体〉の器官が病んでいることを、痛覚や圧覚によって意識している。そしてわたしはそのために起きあがることができないことを知っている。このとき火災がわたしの身近かで起り、わたしは焔が身近かに迫っているのをみている。わたしの〈心〉は、このとき、わたしの〈身体〉に向うときと、身近かに迫っている焔に向けられるときと、まったく異質なものに引き裂かれる。たとえばわたしの〈心〉は〈身体〉にむかって近寄ってくる焔をさけることができないから諦めろと説得するかもしれない。そしてこの説得に〈身体〉をしたがわせようと試みる。しかし、わたしの〈心〉はいやおうなしに近寄ってくる焔にたいして恐怖し、逃げだすこと以外のことをかんがえないだろう。このばあい、近寄ってくる焔の熱さにたいして、〈身体〉にたいするのとおなじように仕方がないと感じることは稀であるにちがいない。わたしの〈心〉がわたしの〈身体〉にたいしても、外界の焔にたいしてもおなじ態度をもつということは、稀なばあいをのぞいてはありえないといっていい。たとえ一時的であっても、まえの場合とちがって、外界から疎外された幻想と〈身体〉から疎外された幻想とは錯合し、すれちがい、割れ目をあたえるのである。

つぎに、わたしの〈心〉はすべての空想と想像において自在であることをのぞんでいる。そしてこの自在さを大脳皮質のある部位につたえて、現実の場で行為の構造で表出しようとする。しかし、外界の現実は、種々の障害をもうけて、いいかえれば障害としてわたしの幻想を疎外することによって、わたしの行為の表出をゆるさない。このときわたしの〈心〉は、わたしの〈身体〉と外界の現実とのふたつから疎外された錯合した幻想領域をもっているということができる。

わたしたちが〈心〉と〈身体〉とを対応によって関係させようとする記述を不当なものとかんがえる理由のひとつは、わたしたちの〈心〉にたいして〈身体〉という外界と〈外的現実〉という環界は、かならずしも同一の根拠をあたえないということにある。

しかし、わたしがいま述べてきたようなことは、あまり完璧な事例でないことはすぐに了解される。それは心身相関の医学にたいして完璧でないのではなく、〈心的内容〉が〈心的内容〉として扱いうるという徹底した立場にたいして完璧ではないのである。

## 3　心的内容主義

ここで心的内容主義とよぶものは、心的な世界が徹頭徹尾個体の中味からできており、またこの中味が人間の心の動きをかんがえるばあいの唯一の根源であるというかんがえ方のことをさしている。そしてこのばあいわたしはフロイトの体系をもっとも徹底したものとして想定している。この巨匠の業蹟は現代の精神医学と心理学の領域に大なり小なり影響をとどめており、その影響の外部にあるとかんがえられるのは、あとでとりあげることができる心的形式主義ともいうべき立場だけである。

またフロイトの業蹟は多岐の分野にわたっているが、ここでは、まず、その心的内容にくわえた基本的な原型のみをとりあげることにする。

フロイトの心的内容論は、じっさいには神経病患者のあらわす心的現象の臨床像にたいする解析からはじまっている。しかしここでは、その体系の形成の過程を追うよりも、かれの哲学を追うことによって、かれの考察したところを記述してみることにする。

フロイトにあるもっとも原理的な問題意識は、類としての人間が、世代をつうじて〈永続〉的に生きつづけるのに、種としての人間はなぜ死ぬか、という問いにあった。この問いは貴重なものである。この問いは類としての人間の心的内容は、遺伝と心的な影響（親と子の）によって、世代をつうじて〈永続〉するのに、個体としての心的内容はなぜ死ぬかという問いをはらんでいる。

個体としての心的内容は、百年たらずのうちにかならず〈身体〉の死とともに死滅する。しかし、類としての心的内容は、個体の死滅にもかかわらず、世代をつうじて〈永続〉的に生きつづける。もちろん理由は単純なことであり、生殖によって一対の男女から子が産まれ、子は青年期にいたるまで、親

（またはその代理者）の庇護と影響のもとに生成し、やがて庇護を必要としなくなったとき、みずから一対の男または女として生殖し、子を産むということが繰返されるからである。

このような人間の〈死〉と〈永続〉のうちで、心的内容にとって重要なのは、つぎのような点である。

(1)個体の生誕から死にいたるまでの心的内容の過程は、どうなっているか？

(2)生殖行為とは、心的現象としてはなにを意味するのか？

(3)個体の生誕から青年期にいたるまでの親（またはその代理者）との接触の仕方と影響は、子（またはその代理者）にとって心的になにを意味するか？

(4)人間にとって個体の〈死〉と類としての〈永続〉とは、心的になにを意味するか？

(5)個体の生誕から死にいたる過程は、人間の類としての〈永続〉の過程をも二重底のようにそのままもっているのではないか？

このような諸点からみちびき出される命題は多岐にわたっている。

まず、生命体（生物）は、それが高等であれ原生的であれ、ただ生命体であるという存在自体によって無機的自然にたいしてひとつの**異和**をなしている。この**異和**を仮りに**原生的疎外**と呼んでおけば、生命体はアメーバから人間にいたるまで、ただ生命体であるという理由で、原生的疎外の領域をもっており、したがってこの疎外の打消しとして存在している。この原生的疎外はフロイトの概念では生命衝動（雰囲気をも含めた広義の性衝動）であり、この疎外の打消しは無機的自然への復帰の衝動、いいかえれば死の本能であるとかんがえられている。

このいずれの意味でも生命体は、外側を無機的自然に開き、内側を〈身体〉に開くひとつの混沌とした心的領域を形成している。たとえば、原生動物では、この心的領域は、心的というよりも、たんに外界への触知にともなう無定形な反射運動にすぎないが、人間では心的領域といいうる不可触のあるひろがりをもった領域を形成している。フロイトが〈エス〉と名づけたものは、この原生的な疎外の心的内容であるとかんがえられる。

エスにつきましては、新しい名のほかに、お伝えすべき新しいことを私が沢山もつているとは期待なさるまいと思います。エスは我々の人格の暗い──近寄りがたい──部分であります。それについて我々の知つている僅かなことは、夢の仕事と神経症の症候形成との研究によつて我々の経験したことでありまして、それについての大概のことは消極的性格をもつており、「自我」の対立者として記述され得るに過ぎません。我々は比較をひつさげてエスに近づき、それを渾沌、沸き立つ興奮に充ちた釜、と呼びます。我々は、それは身体的なるものの方へ向かう末端のところが開いていて、そこで本能欲求を内に取り込み、本能欲求はその中で精神的表現を見出すのだと想像しますが、しかしどんな基体（つまり担い手）の中でかを言うことはできません。それはもろもろの本能から来るエネルギーで充満されてはいますが、しかしそれは組織をもたず、全体意志を育て上げず、ただ本能欲求を快感原則（Lustprinzip）の厳守のもとに満足させようとする志向を有するに過ぎません。エスにおける諸過程には、論理的思考法則──殊に矛盾律──は通用いたしません。反対の動きが並び存し、しかも互に差引き零になつたり、一部を取り合いしたりすることなく、せいぜいエネルギーを搬出せしめんとする支配的な経済的強迫のもとに、協力して妥協を形成するに過ぎません。エスの中には否定と同列に置き得るようなものは何もありません。ですから、空間及び時間は我々の精神的行為の必然的形式であるという哲学者たちの命題の例外を、そこに認めて驚かされるのであります。エスの中には時間観念に相当するものは何も見出されません、すなわち時の経過の承認ということがありません、そして──これは極めて注意すべきことで、哲学的思惟における評価を待つべきものでありますが──時の経過による精神過程の変化ということがないのです。エスを決して踏み越えなかつた願望の動き、同時にまた抑圧によつてエスの中へ沈められた印象も、

仮想的には不死であり、数十年後にも新たに起ったかの如き状態にあるのであります。（『続精神分析入門』古沢平作訳）

ここには驚くべき卓見と、フロイトについていつも感ぜざるを得ないような心的モデルの古典的性格とを同時に感ずる。

〈エス〉をこれだけ実体あるものとして想定することは、ある意味で観念的な踏みはずしである。もともとそれ自体としては実証しえない領域のようにおもわれるからである。しかし、フロイトはあきらかに深部意識の奥をもうけることが、かれの体系にとって便利だからという理由で〈エス〉を設定してはいない。かれにとってまさに実在のように疑いようのない心的構造として想定されている。

生命体が、生命体という存在であるということ自体から、いいかえれば存在するということ自体によって存在が影響されるという心的な現象を、もし人間が痕跡としてもっていると想定せざるをえないならば、フロイトの〈エス〉は、原生的な疎外の領域として考慮さるべきである。

人間が存在するということ自体が、その存在にとって心的世界をあたえるという領域をかんがえざるをえないばあいには〈エス〉を想定することはすでになにものかを意味している。この意味を実体としてとりだすことはできない。なぜならば、存在すること自体（の心的現象）だからである。時間－空間をかんがえることもできず、因果律も、可逆的なまた不可逆的な心的過程も想定することはできない。なぜなら存在すること自体の心的な反映であり、生命体が生命体であるという理由自体だからである。

フロイトの体系的な特徴は、このような〈エス〉領域を、単純に、身体における内分泌系、あるいは体液系の機能と対応させなかった点にあるということができる。かれは神経症反応における他者と自己との一対一での対置の過程から〈エス〉領域の存在を確信し、おそらくこの対置が一対一のばあい以外にはその存在を確信するまでにいたりえないことを洞察したのである。

もし〈エス〉にともなう時間が、実体として想定されるようならば、ただ個体が存在する〈いいかえれば個体の生誕と死〉というばあいだけであるはずだが、このばあいでも空間は想定されない。個体の存在の心的な反映はどのような空間をも残さないからである。つねに現在でありながら滞留することができない。しかし、人間の存在は心的現象としての〈性〉が〈身体〉にあたえる反作用によって生理的な性行為をうながし、これが個体の死をこえて次の世代の〈身体〉に相続され、それはふたたび心的現象にかえるという迂回した路をとおって〈永続〉化されるとみてよい。この意味で〈エス〉にともなう幻想的時間は〈永続〉的なものである。フロイトの〈エス〉は〈身体〉として断続的であり、幻想的な時間として〈永続〉的であるという理由で、ひとつの心的矛盾の現象としてのみ想定される。

〈エス〉領域をひとつの心的な雰囲気として、その内部に〈自我〉が想定される。〈自我〉の尖端は知覚として外界にひらいており、ここに〈意識〉の問題があらわれる。〈意識〉はだから意識された現実の構造であるが、それが〈自我〉のすべてではない。意識された現実は〈自我〉の内部では、ある代理以外によっては表現されない領域をもっている。これを〈無意識〉領域とよぶ。そしてこの代理作用は一定の原則を想定しうるがゆえに〈無意識〉は、ある種のホン訳の手続をへて〈意識〉のもんだいに移しかえて確認することができる。

なぜ、意識された現実は、ある心的な領域では代理によってしか表現されないのだろうか?

フロイトは、神経症の症候と夢の解析からこの領域の存在と代理の性格を確定した。しかしここでは、わたしたちの存在が、現実を撰択することによってしか存在しないこと、そして撰択とはあることを撰び、あることを撰ばないという排中律だけによって成りたつのではなく、あることを避けてあることを避けないという心的な特性をも意味すること、そして避けるということは、心的な領域の問題として考えるならば、そこに無意識の存在を確認しうる根拠を意味していることだということにする。

〈自我〉は〈エス〉領域の核であり、どこまでも核として、知覚からとりこむ現実を媒介として、じぶんを明確にしようとするとともに、〈エス〉領域の核であるという理由で〈エス〉領域の基体である生命それ自体に反作用をおよぼしてゆく。明確化と凝縮をたえずつづけてゆく〈自我〉は、心的にはついにある個体とともに死滅し、個体の象徴であり、また個体にとって動かしがたく、ぴったりと適合した心的な構造へとつれてゆかれる。フロイトが〈自我〉を死の衝動とかんがえ、ここでいう原生的疎外の領域を基盤にして、個体の生存とおなじ曲線をたどって原生的疎外の打消しにいたる心的な形成とみたのは、おそらくこのことを意味している。

このように〈自我〉は、生命（それを永続させようとする広義の性的な表出）と対立するふたつの極のひとつをなしている。

フロイトの体系における〈上位自我〉は、〈エス〉領域の基体である生命（広義の性）と、その核である〈自我〉とのあいだの滲透と反撥によって形成されるというふうに解釈することができる。それは〈種〉としての人間の個体の〈死〉と、〈類〉としての人間の存在の〈永続〉とのあいだの葛藤のドラマの表現が、個体の心的構造の内部で演ぜられるものをさしている。〈上位自我〉は〈自我〉の〈自我〉にたいする自己疎外であるといえる。

〈エス〉の基体はあくまでも生命をつらぬこうとし、〈エス〉の核である〈自我〉はこれを個体の死をもって完結する表現に鋳型しようとする。この矛盾は、〈自我〉を主体にかんがえれば罪の意識をあらわし、類を主体とすれば道徳意識をあらわす。〈上位自我〉が、フロイトによって〈自我〉を検閲するものとして設定されたのは、心的な障害感の存在を、たんに現実的な世界からうけざるをえない疎外の反映とみなすのではなく、心的な内容の実体をもつものとみなしたからである。

〈上位自我〉は、人間の〈種〉としての死と〈類〉としての永続のあいだの矛盾であるために、個体にとっては親と子、生んだものと生まれたものとの関係によって、〈死〉と〈相続〉の二重性をうけることとなる。フロイトがこの点にひきよせて述べた記述をかりればつぎのようになる。

エディプス・コンプレックスに支配される性的段階のもっとも一般的な結果として、自我のなかの沈澱を仮定することができよう。この沈澱とは、ある仕方で、たがいに結合した二つの同一視の樹立にほかならない。この自我変化は特殊な位置をもち、自我理想あるいは超自我として、自我の他の内容に対立する。（註―ここで同一視とは、男子の、父との同一視、または女子の、母との同一視、あるいはその逆を意味する。―吉本）

しかし、超自我はエスが最初に対象を選択したさいのたんなる残溜物ではなくて、その対象選択に対する精力的な反動形成の意味をもつている。その自我との関係は「お前は父のようであらねばならぬ」という勧告につきるものではなく、一お前は父のようであることはゆるされない」すなわち、父のなすことのすべてをおこなつてはならない、多くのことが父の特権になつている、という禁制をもふくんでいる。（フロイド『自我論』、「自我とエス」井村恒郎訳）

このようにして、フロイトが心的内容の基本についてあたえた（『続精神分析入門』による）モデルを再録すれば、つぎのようになる。（第1図）

フロイトの体系にたいする心理学や精神医学の側から与えられた批判、いいかえれば、すべての心的な現象を、あまりに性的衝動とその派生物に還元しすぎるという批判は、ある意味で正当であるとかんがえられるかもしれない。しかし、ここである意味で正当だというのは、けっして人間は〈性〉のみで生きるもの、あるいは〈性〉を基体とするものにあらず、という意味ではない。

もしも、あらゆる心的現象の動因が、個体に還元しうるならば、フロイトの心的内容主義は、個体における観念的な疎外論としての真理をもっているようにおもわれる。わたしのかんがえでは、いわゆるフロイト左派あるいは非フロイト派のフロイト批判は、ただ俗化された現実の導入、あるいは身体の生理的構成の導入にしかすぎない。フロイトが古典的ではあるが見事にきりひらいていった個体の幻想的疎外の概念は、それらの批判の意味では、けっして無価値化されるものではない。そして、フロイトの個体の幻想的な疎外論は、男女の一対、あるいはそれを基底とする家族の共同性という範疇の内部では、おおくの真理をみちびきだしている。そして、フロイトの体系の欠点は、社会をその現実において考察し、それを心的内容に繰り込みえなかったということではなく、社会における**幻想的共同性**が、家族あるいは一対の男女における**幻想対**の表出と逆立するものであるということを洞察しなかったところにあった。人間の存在が、男性または女性、あるいは親または子であることを否定することができないところでは、フロイトの心的内容主義は拒否することのできない迫力で真理を記述していると理解すべきである。

　フロイトの心的内容の構造は、神経症候の治療の過程で、おおくの臨床像をもとにしてかんがえぬかれ、しだいに明瞭に構成されていった。これに関与したのは、いつも患者と医師という一対一の関係である。そして、フロイトのつくりあげた心的内容のモデルは、一対一の関係以外からは、けっして覗い

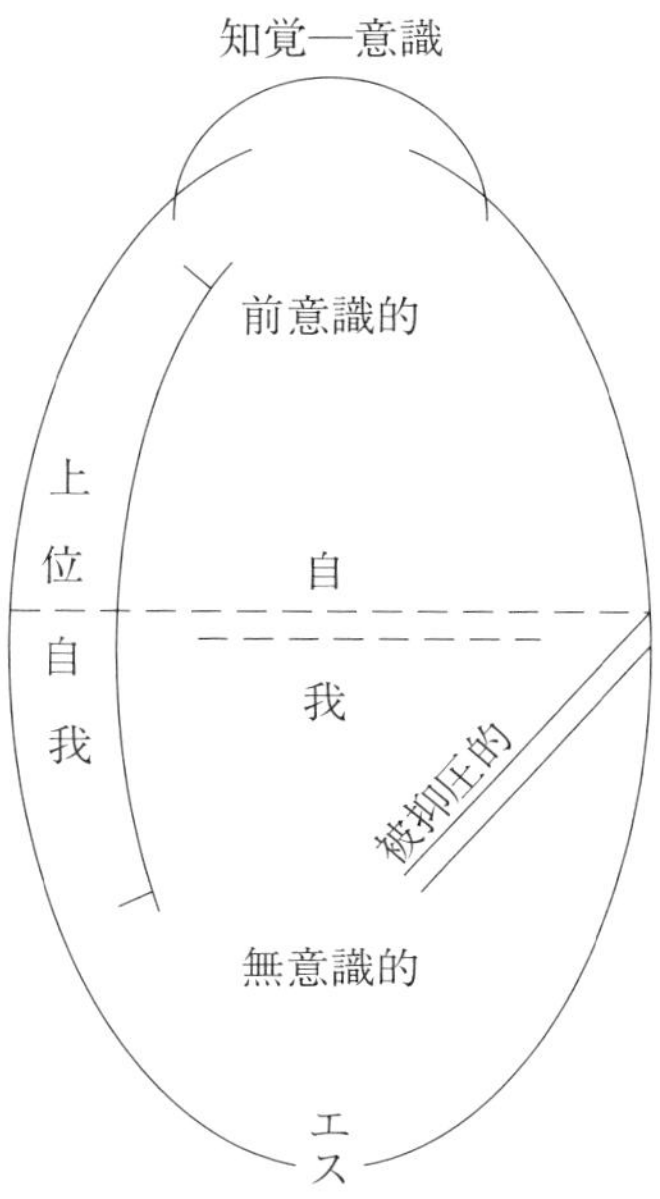

第１図　フロイトの心的モデル

えないという本質的な特徴をもっている。自己観察によって確かめられる部分でさえも、自己が自己に対置されるという幻想的な一対一の分化が、観察の前提をなしている。フロイトの心的なモデルと考察が、一種の秘教と見做されやすい理由はこの点にある。

患者と医師との一対一の関係で露呈される心的内容は、患者と医師を、一対の男女、あるいは一対の親子、一対の男と男という関係にちかいもののように擬定することになる。この交感の仕方の独自性にフロイトの体系の特質がうまれ、同時にフロイトがいかに心的な深部までその内容を読みこみ確立し得たかの秘密がかくされている。このことがフロイトの心的なモデルの卓越性と限界点を同時に成立させたのである。

## 4 〈エス〉はなぜ人間的構造となるか

フロイトの〈エス〉が自然にたいする**異和**がもたらす有機体の原生的な疎外の領域とかんがえられるならば、原生動物から脊椎動物まで進化してゆくとき、原生的な疎外はどうちがってゆくのか？　さらに哺乳類と人間とをへだてる原生的疎外の構造のちがいはなにによってきまってくるのか？　そしてさいごに、人間の原生的疎外の構造はなににによって決定されるのか？

フロイトの心的なモデルは、この問いにたいして確定した回答をあたえた。それは心的な領域を徹底的に生物体としての〈身体〉へ還元することによってえられたものであったが、そのためまたどんなスコラ的な精神現象論をも破壊しつくす力をもった。また、ある意味でそのために古典的な制約をうけざるをえなかったといえる。

わかりやすくするため、単純化をおそれなければ、フロイトは、人間が生物体として胎外に（つまり外界に）でるまでの十カ月余のあいだに、原生動物からもっとも高度な哺乳動物にいたる系統的な全進化の過程をすばやくとおるとかんがえた。つぎに、胎外にでた乳幼児から、青春期までにいたる過程で、人類史がはじまって以来、人間が体験してきた生物体と精神体としての全過程をとおるとかんがえた。生物体としての完成は、はじめの数年にほぼ完了するが、生物体と精神体との複合としての身体の完成は青春期までを必要とする。青春期にいたって、人間ははじめて生物体として完成されるとともに、そのことによって〈身体〉と現実的環界の双方から疎外された原生的疎外の領域を自己分離し、確定することになる。

いうまでもなく、このような心身の完成までの過程が、生物体としての遺伝的な要素とともに、青春期までの養育者、教育者、環境的な思考法の伝達者である親、あるいは第一次的な他者としての家族、生活環境としての社会、そして歴史的現在としての文化圏の現存性によって決定的に影響されることはあきらかである。これが個々の人間によってその精神的な素因と生理的な素質が個別的であるとともに、ある本来的なまた時代的な共通性をもつようになる理由である。

フロイトの方法の特質は、乳幼児から青春期にいたるまでの、人間の生物体及び精神体としての完成過程に、決定的な影響をあたえるのは〈リビドー〉的な過程にあるとかんがえた点である。この意味で、フロイトの〈リビドー〉は、生理的であるとともに心的であるという二重の意味をもっている。しかし、フロイトにとってこの二重性はかならずしも明確ではなかった。あるばあいフロイトの〈リビドー〉は生理であり、あるばあい精神である。乳幼児から青春期にいたる過程は、生理としての〈リビドー〉が完成されていく過程であるが、精神としての〈リビドー〉は自己愛から同性愛をへて、対象的な異性愛へとすすむ過程である。この過程を区分する生理的な里程標としてフロイトは口唇性愛、肛門性愛、性器性愛というような概念をつくりだした。そして神経症の症状をこの過程への過度な固着として解析したのである。対象的な性愛に入りこんだ時期におけるもっとも重要な〈リビドー〉的な契機は、両親にたいする〈性〉的な関係にあるとかんがえられた。なぜなら対象的な愛に到達した青春期において、もっとも巨大な、もっとも重たい〈性〉的な契機として、この対象愛のまえに聳えたつのは、それまでの十数年の全過程で、もっとも第一次的な養育者であり、精神的権威であり、また〈性〉的に接触する雰囲気であった両親だからである。

対象的な性愛は、その発達過程の必然によって、自己対象から近親対象をへて、より遠隔へ向かおうとするが、それをもっともおおきな力でさまたげるものは、もっとも近接した対象的な性愛である両親の存在である。この葛藤の過程（エディプス・コンプレックス）もまた神経症を了解するためにフロイトが重要視したものである。

フロイトの考察にしたがえば、人間の存在は〈性〉的にも心的にも完成されたとき、生理的にも精神的にも、系統的な遡行しうるかぎりの生物体の全歴史を凝縮した存在とかんがえなければならなくなる。逆にいえば〈性〉的にも精神的にも存在しうる〈異常〉あるいは〈病的〉な現象は、この全歴史のいずれかの時期への退行あるいは最もちかい対象（近親相姦的な対象）への退行とむすびつけられなければならない。

このかんがえは、人間の存在を確固とした根拠にむすびつけることになったが、また観念的な混乱ともむすびつけることになった。

現に存在する人間は、生物体としても精神体としてもひとつの綜合であり、この綜合はクモの巣のようにからみあった**構造**であるために、それを〈性〉的または〈心的〉な存在として還元しようとすれば、たとえばクモの巣の一点に指をかけて引っ張ると、すべての糸がずるずると引きずられてくるように、存在の総体をすべて還元することになり、これは実際には不可能なものとなるほかはない。フロイトの還元は、人間の存在をこわすということを伴わずには可能でない。いいかえれば、フロイト的還元は不可能であるように人間は存在している。

わたしたちはここでフロイトの体系について、どんな問題に当面しているのであろうか？

人間の存在を、胎児から青春期までの生理的なまたは心的な発展過程としてみるとき、フロイトの考察は真を記述しているようにみえる。しかし、かくして発展した人間の存在を、逆にその過程に還元して考察しようとすれば不可能であるという矛盾に当面するほかはない。わかりやすくいえば、BはAに由来するものであるが、BはAに遡行することができないという問題につきあたっている。

この矛盾は、フロイトの考察が、いわば個体の心的なあるいは生理的な発展過程を、〈リビドー〉に**永続還元**することによって成立するものであるにもかかわらず、個体は各瞬間、各時期ごとに発展と断絶した飛躍との錯合する**構造**的な存在でしかありえないという点に由来している。

この問題は、じつは心的現象を哲学的にあるいは精神医学的に、あるいは脳生理学的または神経生理学的にあつかおうとするすべての立場が直面する普遍的な問題である。どのようなひとつの立場をとろうとしても、解析的な立場は絶えざる一方向への還元を必要とするというように人間の心的世界は存在している。

人間の原生的に疎外された心的な領域を、他の一切の高等動物とへだてている特質は、心的な領域をもつこと自体ではなく、心的な領域をもつという心的な領域をもっている（精神を精神する）点にもとめられる。フロイトが〈エス〉と名づけた心的領域は、あるばあいに〈意識〉にたいする〈無意識〉、〈認識〉にたいする〈衝動〉のような意味につかわれているが、フロイト自身の混乱は、人間の存在を発生史的な存在とみたばあいと、現に解析している対象存在としてみたばあいとの不可逆性を、その考定のなかに入れなかったところからきている。

人間はずっと以前には、たんなる動物のひとつの種属であった。この種属は天然である〈自然〉や生物体である〈自然〉との長い間の代謝をへて〈言葉〉を〈言葉〉として、おなじ種属の他の動物や、ひとつの動物であるじぶんの〈身体〉からとりだすことによって、ある特殊な位置を占めるようになった。しかし人間がそうなってからも動物のひとつの種属であることにはかわりない。しかし、この種属は自身や他の種属や〈自然〉を考察することができるゆいつの種属である。そしてこの考察は動物のひとつの種属に属するという位相からはなしえず、逆に観念を行使するものという位相からのみなしうるとともに、この観念なるものは台座としてのじぶんの動物性なしには独在できないという不可逆性を、いいかえれば矛盾をもった存在である。そこで、人間にたいするどんな考定も、ひとつの方向に還元することはできない。

## 5　新しいフロイト批判の立場について

人間を生物の発生史としてみたばあい了解可能とみなされる心的な領域は、いったん現にいま存在している人間がもっている心的領域としてみるやいなや、過去からの続きとして解析することができなくなるという不可逆性を、不断の〈リビドー〉（広義の生命）への永続還元によって解析可能なものとみなすフロイトの体系に、もっとも本質的な批判をくわえているのは、知見のおよぶ範囲でいえば、『精神病理学総論』におけるヤスパースと、『精神分裂病』におけるビンスワンガーであるとかんがえられる。

ビンスワンガーは、フロイトの〈エス〉についてつぎのように批判している。この批判は、精神分析にたいする現存在分析の基本的な性格をよくつたえている。

> さてここでわれわれは、現存在分析がフロイトのいう無意識の概念に対してとる立場はいかなるものであるかという問題に近づいた。既に前記においてわれわれは、いかなる権利のもとに夢の顕在内容を夢の潜在観念に翻訳し返す方法を応用することができるのかという問いを投げかけておいた。この方法に従がう場合には意識的な人格の「背後に」「無意識的な」第二の人物（person）が

構成されるわけであるが、このようなことは現存在分析にはもちろん許されないことである。というのは、もしみずからの世界がみずからのものとして存在するということを個体性と称するのであるならば、そしてまた世界はまず言葉の中で確立されるものであるならば——換言すれば世界が一般に世界というものであるならば——言葉がまだ全然言葉に、すなわち告知や意味深い表現になっていないような所で個体性を問題にすることは不可能だからである。したがってフロイトも最初のうちは無意識的なものに関して自我という表現を避けてエスという表現を用いていたが、後には「自我と超自我のある部分」もやはり無意識的なものと認められねばならぬという主張によって、第二の自我あるいは第二の人物として無意識を理解するという通俗的な見解に拍車をかけた。

　結局現存在分析は、厳密な精神分析的意味における（つまり不注意とか忘却とかの意味でない）無意識的なものとは存在に向けられる言葉ではありえても現存在に向けられる言葉ではありえないということを明らかにする。現存在とはそこに存在し、みずからの現を有し、いいかえればこの現について知っており、これに対してある態度をとるところの存在を意味するからである。この現とは現存在の被開示性であり、その世界である。これに対して無意識的なものは前述のごとく世界をもたず、また世界もそれに対して開示されておらず、いな、顕在夢におけるがごとく「瞞着されて」すらもいない。そして無意識的なものはみずからの世界からみずからを領解するということがない。（無意識的な）エスは現存在を意味しつつ世界の内に存在するということがない。というのは世界内存在とはつねに、我自身、彼自身、（複数的）我々自身、あるいは無名のひと自身として世界の内に存在することをいうからである。したがってまた、エスが両数的我々、すなわち我と汝について言いうるところの故郷についてなんら関係のないものであることは言をまたない。エスとは現存在を客観化してしまうところの学問的産物、すなわち「衝動の貯水池」なのである。（新海安彦・宮本忠雄・木村敏訳）

ビンスワンガーがフロイトの〈エス〉について理解している内容は、わたしたちと異なるのをここでは問題にしないことにする。現存在分析にたいするわたしの批判的な見解も、ここでは、ことさら問題にしないことにする。

ビンスワンガーが、「エスとは現存在を客観化してしまうところの学問的産物」とよぶとき、じつは、フロイトが神経症と夢の解析から、現に確実に存在するものと信じた〈エス〉の心的な領域が、発生可能にもかかわらず遡行不可能だという矛盾として存在することを指摘したかったにちがいない。〈エス〉を「衝動の貯水池」として、原生的に遡行できる領域とかんがえたとき、フロイトは本来対象化すればかならず一方向に歪めてしか客観化できない心的領域を、あたかも総体のようにかんがえたことはたしかだからだ。ビンスワンガーの批判は、もとより人間の存在を、現に存在する有意味的な世界内の綜合だとする徹底的な形式主義によってはじめて可能だといえる。

しかし、フロイトが無意識の設定によって第二の人格のようなものを構成したというビンスワンガーの批判は、誤解であるとしかいえない。

わたしのみたところでは、フロイトは『自我論』のなかで、〈エス〉と自我との不可分さと分離性との同時的な関係を明確なことばで述べており、ビンスワンガーのように〈エス〉を第二の自我であるというように通俗化する根拠は存在していない。

もし、生命の目標が未だかつて到達されたことのない状態であるならば、それは衝動の保守的な性質に矛盾するであろうから、むしろそれは、生物が、かつて棄て去つた状態であり、しかも発展のあらゆる迂路を経てそれに復帰しようと努めるふるい出発点の状態であるに相違ない。もし例外なしの経験として、あらゆる生物は内的な理由から死んで無機物に還るという仮定がゆるされるなら、われわれはただ、あらゆる生命の目標は死であるDas Ziel alles Lebens ist der Tod.としか言えない。また、ひるがえつてみれば、無生物は生物以前に存在したDas Leblose war frühers da als das Lebende.としか言えないのである。(「快感原則の彼岸」井村恒郎訳)

ここで「内的な理由から」というのは、生物体を心的領域からみたとき、という意味である。〈エス〉は、はじめに生物体が生物体であるという理由自体の心的領域であり、自我は生きることという有意味性として確定され、死によって心的領域はそれ自体として総体的に消滅するという関係を描くことができる。ここでは〈エス〉を第二の人格化するというビンスワンガーの通俗化は入りこむ余地はかんがえられないのである。

ビンスワンガーのフロイト批判は、普遍化すれば、さまざまな心的あるいは現実的な形式で現に存在している人間の心的な本質を、形式的現象として存在することだけが人間にとって存在の唯一の確証だという断面からもぎとった、そのときにうまれるすべての批判的な立場に共通だということができる。この批判は、フロイトの心的なモデルの古典的な性格、静的な決定論、それから心的な世界としての人間の存在を、ありもしない歴史的な過去のつみかさねられた凝縮物としてみる観念性を破壊するのに役立っている。また、人間の心的な現象を、還元なしに解析する概念の水準をはじめて確定した。しかし現存在は、たんに現に、存在するものではなく、生誕と死滅にはさまれた曲線によって存在するという二重性をもつことを無視するものである。不死である現存在は無機的自然そのものであり、有機的生命体はこの不死と死との二重性にはさまれて現に存在しており、これこそがあらゆる生物体に原生的な疎外の心的領域をあたえる根拠であることは、ビンスワンガーが、その現存在分析において逸したところであるといえる。

ヤスパースのフロイト批判は、はるかに辛辣であるが、またはるかにつまらぬものであった。ヤスパースによれば、フロイトは自分自身を自然科学者として了解心理学の手のとどかぬところにおきながら、その学問と治療を宗派の運動にし、世界観、人間観に関するひとつの宗教的代理運動に仕立てるという矛盾をおかしたとみなされている。史上の偉大なる心理学者（ヤスパースによれば、たとえばニーチェでありキェルケゴールである）は、すべてその業蹟が自己外化であり、自己顕示であるが、フロイトは自己自身を分析するということをおこなわずに、宗派的な体制をつくりあげた。「精神分析の状況に他人を強制するときには、交通が同一水準の上に事実ないという点こそ肝要である」と。

ヤスパースのフロイトにたいする不服は、ニーチェやキェルケゴールによって心的な病いの概念にあたえられたメタフィジカルな意義を、すべて個体の生理的な発生史に貶しめて卑俗化してしまったという点にあった。このような不服はどうすることもできないものである。理論や学説であるまえに、感情や嗜好のもんだいだからだ。

たとえば、フロイトによれば〈不安〉の概念は、まず胎生的には、分娩によって母体から離れることの不安、いいかえれば胎内からはじめて外界にあらわれたときの胎児の不安に、回帰的に反覆されるものである。

それゆえ、幼児が親（母親）以外の人物におぼえる最初の不安（人見知り）は、親に向けられている信頼や愛が集中的であるために、見知らぬ人物に感ずる失望と、親にたいする憧憬の表象であり、したがって分娩中の最初の不安状態、いいかえれば母体から離れることへの心的な繰返しである。

精神が外的現実から感ずる危機に対処しえなくなったときに、人間は〈不安〉をおぼえる。

しかし、フロイトはこのような現実性をもった〈不安〉には確定的な根拠をあたえることはできない。人間はたれでも或る局面においてこのような現実的な〈不安〉をおぼえるし、それは外因が過ぎされば消失するだろうからである。しかし、外的現実が持続的な危機を精神に与えるとき、精神は持続的な〈不安〉を感ずるのではないか？

フロイトは、これについてべつに言及していないが、このばあい当然持続的な不安を感ずるだろう。しかし、この持続的な不安は、ついにそれを感ずる個体の精神を〈異常〉または〈病的〉過程に追いこむだろうか?

この問いにたいして、すくなくともフロイトは〈素質〉という概念をもちださなかった。かれは素質的にそういう傾向があれば〈病的〉または〈異常〉に追いこまれ、素質がなければ個体はこのような外因に耐えられるというような通俗的な理解をとらなかったのである。フロイトによれば、個体が心的に〈異常〉または〈病的〉な過程をたどるためには、精神が内発的なリビドー（広義の性）の奔騰を制御することができないときにかぎられる。このとき〈不安〉は〈病的〉あるいは〈異常〉な不安となってあらわれる（不安神経症）。いいかえれば、〈不安〉は、心的な現象としての〈性〉が媒介することによって、はじめて恒常的な〈不安〉（病的な不安）となってあらわれ、外的な現実によりこうむる〈不安〉は、なんらかの意味で一過的であり、したがって〈病的〉あるいは〈異常〉とはなりえない。いいかえれば、フロイトは〈素質〉という概念を解体して、個体におけるリビドーの発生史と、たんなる一過的な不安感情とに分離したのである。

このような〈不安〉の理解が、ニーチェとキェルケゴールを思想上の始祖とするヤスパースによって受け入れられるはずはなかった。ニーチェにとってもキェルケゴールにとっても〈不安〉はきわめて倫理的な、いわば反自然の概念に属していたからである。

ニーチェにとって〈不安〉は、人間と人間との関係で、物質的にか精神的にか〈負債がある〉という状態に根ざすものであり、個体の感情としての〈不安〉は、自己が自己に対して負債者であり、債権者であるという自我分裂に根ざすものである。永続的に自己が自己に対して負債を支払いえない、いわば決済しえない状態に発生するのである。

キェルケゴールにとって、もっとも下降的な〈不安〉、いいかえれば、それ以下では〈不安〉の概念自体が崩壊してしまう基底は、「無精神性の不安は無精神的に安心している姿においてこそ、それと認められるのである。しかし、それにもかかわらず、その根柢には不安があり、同じようにまた、その根柢には絶望があるのであって、錯覚の魔力がつきるとき、人生がゆるぎはじめるとき、そのとき、根柢にあった絶望がたちどころに姿をあらわすのである。」（『死にいたる病』桝田啓三郎訳）という概念につきるものであった。ここでいう〈不安〉や〈絶望〉は、生命体の終りが、かえって〈希望〉であり〈安堵〉であるような意味において語られている。それは精神が精神であり、意識が意識であることをなんの疑いもなく独立した世界とみなすことによって、はじめて想定されるものである。

キェルケゴールが「無精神性」（無意識性とよんでもよい）においてかんがえた〈不安〉の概念でさえも、フロイトの〈不安〉とは千里もへだたっていることはあきらかである。

キェルケゴールは『不安の概念』のなかでつぎのようにのべている。

懐胎の瞬間においては精神は最も隔っており、従って不安は最も大きい。かかる不安のなかで新しい個体が生成する。誕生の瞬間においては不安は女性のなかでもう一度その頂点に達する、この瞬間に新しい個体がこの世に生れ出るのである。分娩に臨んでいる者に不安があることは、あまりにもよく知られている。生理学はその説明をもっている、心理学もまたおのが説明をもたねばならない。分娩に際して女性は再び綜合の一極の頂点にある、精神がおののくのはそのためである、——なぜと云うに、この瞬間において精神にはなんの仕事もなく、それは謂わば無力化されているからである。ところで不安は人間性の完全さに対する表現である、——動物の軽い出産に類似したものが野蛮な人種の間にしか見出されないのはこのためである。（斎藤信治訳）

フロイトが〈不安〉の概念をここから導いたかどうかはここでは問題ではない。フロイトの、母体から離れることの〈不安〉という概念は、キェルケゴールのように分娩における精神の無力化に由来するものではなく、はじめて現実的環界を原生的な疎外の心的領域として繰り込まざるをえないときの個体の〈嬰児の〉不安を意味することははっきりしている。そしてフロイトは、心的な〈異常〉あるいは〈病的〉な現象を了解するために、絶えず人間の存在を、この原点に還元したのである。

　キェルケゴールにとっては〈不安〉こそは人間にとって本質的なもので、人間性が完璧であることの証左となる概念であった。それは人間を他のすべての動物と区別する標識にほかならないとみなされている。しかしフロイトにとっては〈不安〉は、いずれにせよ心的な欠如の状態であり、なんらかの意味で解明され除かれるべき仮りの心的な状態を意味している。

　フロイトの体系からは〈不安〉の概念を了解的に記述し、分析することで、人間の本来もっている根拠として意義づけるキェルケゴールの倫理的な〈不安〉は、かならず一過的でなければならぬ。キェルケゴールの哲学的な思想が、いかに〈絶望〉と〈不安〉と〈無限性〉としてのキリスト教的神をめぐって反覆されたとしても、キェルケゴール自身の〈不安〉が、じっさいに永続的であることを意味しないはずである。それとともに、キェルケゴール自身の一過的な〈不安〉は、強迫神経症ないしはパラノイアとして、リビドーの退行的（肛門愛）固着に還元されねばならない。

　ヤスパースはおそらく、フロイトの体系が、人間の現実にたいする神経症と、精神にたいする神経症のあいだにあるはずの断層を、リビドーに還元することで無造作に貫通させたとみた。その矛盾は、フロイト自身の心的状態を了解的に分析せずに他者を対象的客観性とみなし、いわば一方的な交通による心的な判断を、あたかも心的な総体であるかのように意味づけた矛盾に由来するとかんがえたのである。それが、ヤスパースがフロイトの体系を擬科学であるとともに擬宗教であるときめつけた位相であった。

　ところで、わたしたちはヤスパースのフロイト批判の位相を肯定しない。人間の〈身体〉はひとつの〈自然〉であり、そのかぎりにおいて対象的客観性である。そして精神分析というときの〈精神〉の台座は、あきらかにこの対象的客観性である〈身体〉である。だが、フロイトが無造作であったのとちがって〈精神〉は台座である〈身体〉とはちがった〈自然〉である現実的環界の関数である。そしてこの関数は、フロイトのいう意味での〈精神〉の問題としては人間の個体とじぶん以外の他の個体、あるいは多数の共同存在としての人間との〈関係〉の関係である。そして残念なことに人間の〈関係〉の総体としてのこの世界は、フロイトが無造作にかんがえたほど等質ではなく、異なった位相の世界として存在している。そこではじめてフロイト批判がはじまるので、この批判は、現在の新しい立場からなされるフロイト批判のように簡単にはいかない。

# Ⅱ　心的世界をどうとらえるか

## 1　原生的疎外の概念を前景へおしだすために

　ビンスワンガーやヤスパースのフロイト批判は、生物体としての人間なくしてはどんな心的現象もないという意味では欠陥をあらわにしている。しかし、すべての心的現象が、生理（性生理から脳生理まで）現象に還元できるとはかぎらない心的現象の本質をかんがえるときに正当だというべきである。

　生理としての生物体が存在しなければ、あらゆる心的現象は存在しえない。このことは、いうまでもなく〈自然〉としての人間の本質に根ざしている。それにもかかわらず心的現象は、生理的現象に還元しうるか？　もし量子生物学の発展が、生理的なメカニスムをすべて微視的にとらえうるようになったとき、心的現象は生理的現象によって了解可能となるか？　もちろんこれにたいする答えは〈否〉である。ただし、不可知論的な否ではなく**構造的**に否である。これは心的存在としての人間の本質に根ざしている。この本質は単純化して説明すれば、生物体としての人間が、個々の細胞の確率的な動きのメカニスムを把握しうるようになったとき、心的な存在としての人間は、すでに〈把握しうる〉ということをも把握しうる冪乗された心的領域を累加している。そういう前提をその把握が包括しているからである。こういう意味では、生物体としての人間と心的な存在としての人間は、個体の内部でも、集合的にも矛盾としてしか存在しない。

わたしたちはいままで、フロイトの〈エス〉領域の世界を説明するのに、無意識という概念をつかわずに、原生的な疎外という概念をつかってきた。なぜならば、人間の最初の心的な領域は生物体の〈自然〉（有機的あるいは無機的あるいは人工化された）にたいする対象的な行為によって、しかも対象的な行為を**異和**として受容することによって形成されたという意味で外的な〈自然〉とも、自己の〈身体〉としての〈自然〉とも異った領域とかんがえざるをえないからである。そしてこのばあいフロイトのいう〈エス〉という概念は、人間を生物体としてあつかっているのか、心的な領域としてあつかっているのか、また、人間の存在を個体としてあつかっているのか集合的に共同存在としてあつかっているのか、といったことについて無造作であるにもかかわらず〈エス〉領域を証明不可能でも実体はあるものとみなしているからである。つまり、わたしたちは確かなことだけをいっているかどうかはべつとして、心的世界について確かなことをいいたいのである。

人間の心的な領域がもつこの特異な構造はもっとも単純化していえば、つぎのようにいうことができる。

**心的な領域は、生物体の機構に還元される領域では、自己自身または自己と他者との一対一の関係しか成りたたない。また、生物体としての機構に還元されない心的な領域は、幻想性としてしか自己自身あるいは外的現実と関係しえない。**

わたしたちが、フロイトの〈エス〉に類した心的存在を原生的な疎外の領域としてかんがえたのは、このような構造で存在する領域を意味している。

たとえば〈性的〉な欲求とか〈器質的な疾病〉についての意識は、生物体としての人間の生理機構に還元できる心的な領域である。だからこういう心的な領域では、自己自身または自己と他者（たとえばAなる男とBなる女）との一対一の関係しか成りたたない。ところが、世界についての認識とか芸術についての情動とかは、生理的な機構に還元されず、自己自身にたいしても外的現実にたいしても幻想性

〈媒介的な心的領域〉としてしか関係をもつことができない。

フロイトの心的なモデルは、いうまでもなく人間の心的な領域が、生物体としての生理機構に還元できるという前提に根ざすものであった。しかしこの洞察は、すべての心的な現象は、生物体としての人間を原因とするという意味でしか正当性をもたない。生物体としての人間の存在は、原因ではあっても還元すべき基底ではありえないという心的領域の特異な位相は、フロイトの洞察には存在しなかったのである。フロイトのかんがえた心的なモデルからは、自己自身に対する関係、自己と他者との一対一の関係を、もっとも鮮明に確定する領域は、男の女に対する、また女の男に対する関係、いいかえれば〈異性〉の関係としての〈リビドー〉とならざるをえず、この〈リビドー〉の原形をつくりあげるものが、親と子（一般には家族）の関係にあるとしたのは当然といわなければならない。この洞察は逆に、もともと生物体としての人間の〈リビドー〉に還元しえない、文化、芸術、社会、世界認識の領域について〈リビドー〉の関係を拡張するという結果をうんだ。後にとりあげることができるように、このような領域でも、フロイトの考察は一定の優れた成果をおさめている。しかし、そこでもつきまとう問題は〈リビドー〉は原因ではありえても、還元すべき基底ではありえないということであった。

ここでわたしたちは、原生的疎外の心的な領域という概念の有効性を検証しえているわけではない。また、実体性をもっていることを無造作に主張しようとしているのでもない。ただ、この概念によって人間の心的な世界が、自己の〈身体〉の生理的な過程からおしだされた位相と、現実的な環界からおしだされた位相との**錯合**としてあらわれること、そして、このふたつの位相は分離できないとしてもなお、混同すべきでない異質さをもっていること、などを明確にしめせるものとかんがえたのだけは確かである。

## 2　心的な領域をどう記述するか

心的な領域を、個体が外界と身体という二つの領域からおしだされた原生的な疎外の領域とみなすという了解からなにがみちびきだせるか。

つぎの課題はどうしてもそうならざるをえない。いまのところ心的な領域はもやもやとした塊りであり、かろうじてその輪廓を判別できるだけである。そしてこの輪廓たるやどんなものでも観念の働きに属するかぎり、そのなかに包みこめるわけだから、そんなものはあってもなくてもおなじだとみなされても仕方がない。実在することが疑えないのは、いまのところ人間の〈身体〉と現実的な環界だけであり、観念の働きはなんらかの意味でこの二つの関数だといえることだけである。

そのためには心的な領域をささえる基軸をみつけだすことが必要である。さしあたって、わたしたちはひとつの仮説をもうけることにする。その仮説は、

**生理体としての人間の存在から疎外されたものとしてみられる心的領域の構造は、時間性（時間化の度合）によって抽出することができ、現実的な環界との関係としての人間の存在から疎外されたものとしてみられる心的領域の構造は、空間性（空間化の度合）によって抽出することができる。**

ということである。現在までのわたしたちの記述のはんいでは、これだけの仮説しかとりだしえない。

もちろん、この仮説と逆に、身体から疎外されたものとしてみられる心的領域を空間化の度合によって、現実的環界から疎外されたものとしてみられる心的領域を時間化の度合によって位置づけてもよいようにみえる。ただわたしたちは、脳生理学や神経生理学の成果が、身体現象の心的な疎外を時間性に意味づけることをよしとし、感官による現実的環界との関係は知覚的な空間意識を基底にすることをよしとするとおもわれるために、こういう仮説を設定するにすぎない。こういった仮説が、仮説以上の意

味をもちうるかどうかは、これから決定されてゆく問題である。

この仮説は、つぎのようなことを意味する。

たとえば古典哲学が〈衝動〉とか〈情緒〉とか〈感情〉とか〈心情〉とか〈理性〉とか〈悟性〉とかよんでいるものを、身体から疎外された心的な領域とみなすばあい、それらは心的時間の度合とみなされるということである。たとえば〈衝動〉とか〈本能〉とかよばれる心的な領域は、有機的自然に固有な時間と対応させることができる。〈情緒〉とか〈心情〉とかよばれるものは、もはや有機的自然の時間性と対応させることができないし、そこでは時間化度はより抽象され、この時間化度の抽象性は〈理性〉とか〈悟性〉とよばれるものでは、もっと高い。

おなじように、心的な領域を現実的な環界との関係においてみるばあい、空間化の度合は、たとえば視覚的な領域では、対象となった〈自然〉の空間性とある対応をもうけることができるが、触覚のとりこむ空間性は、もはや対応というよりも接触とみなされる特異な空間性であり、また聴覚の空間性になると、その抽象性は高い、とかんがえることができる。

脳生理学者や神経生理学者のうちには、心的な領域の時間性が、身体の神経伝達の速さの時間性のちがいであり、知覚現象の空間性が感官の外界からうけとる神経の受容性と脳中枢における対応する個所の翻案作業の結果であるかのようにかんがえたがる傾向も存在する。しかしそれはまったく誤謬である。なぜならば、心的な領域は、このような生理機構への還元が不可能な領域だからこそ、はじめて人間的に存在する心的領域とよびうるからである。

これを図示すれば第2図のようになる。ここで、A・B・C・D・Eという点をめぐるそれぞれの円環は、時間化と空間化の度合のちがった心的な働きであり、たとえばAを味覚や嗅覚のような知覚の領域とすれば、Eは視覚や聴覚のような心的作用であるし、またAを〈衝動〉とか〈本能〉とかの心的作用とすれば、Eは〈悟性〉とか〈理性〉とかいう心的作用の層面である。

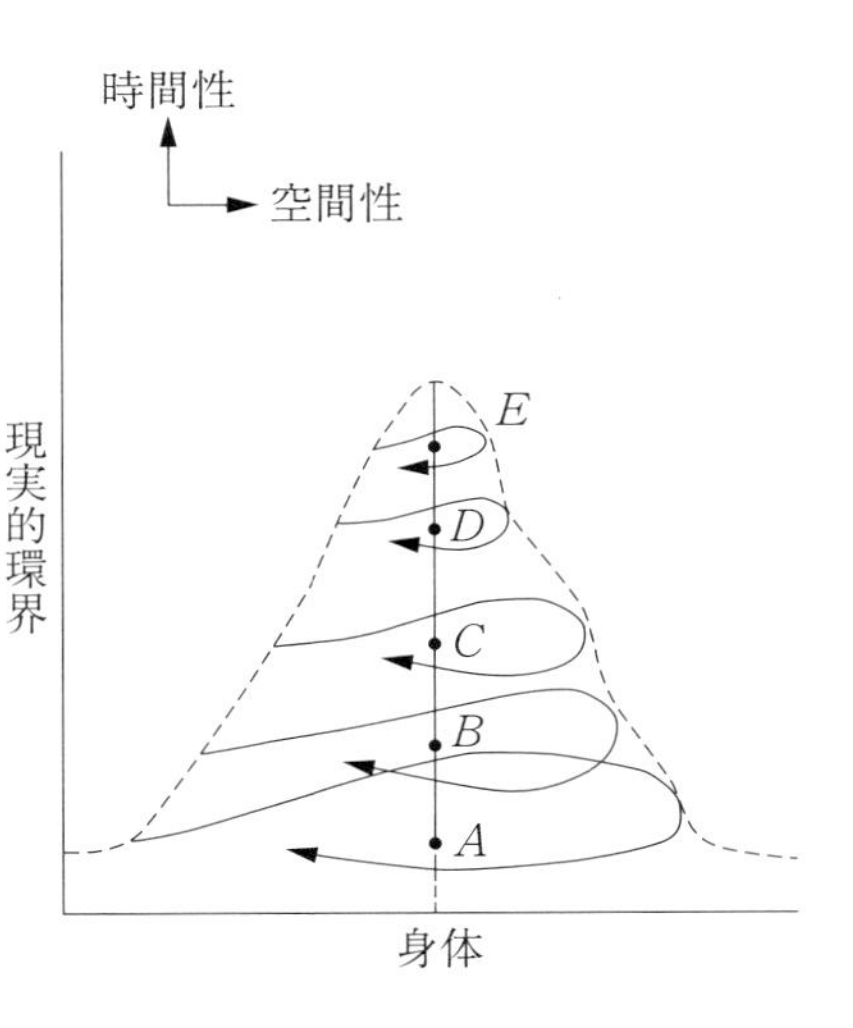


第２図　心的領域のモデル

ところで、このようなモデルには説明が必要である。わたしたちがほんとうに構成したい心的なモデルは、心的現象として動的であり、しかも心的な構造として本質的なものであるはずだから。さしあたってここに提出されたモデルは静的であり、まったくおあつらえむきにつくられているといっておかなければならない。おあつらえむきというのは、たとえば、身体的な疎外としての心的なものが〈衝動〉あるいは〈本能〉と古典哲学がよんだものであり、現実的環界からの疎外としての心的なものが〈視覚〉的なものであれば、その心的領域の構造は、図のAの領域でしめされるということである。じっさいは〈衝動〉または〈本能〉が、視覚的なものと交叉するとはかぎらないから、図の円錐状にしめされた心的領域は、無数の錯綜した時－空性の構造としてかんがえるべきである。ただ、ここでは心的な領域が時間性と空間性の抽出の度合がつくる層面として、構造的に了解されるということを示したにすぎない。

つぎに、このような心的なモデルは、個体としての人間の存在が、百年たらずのあいだに生誕と死にはさまれた時－空性の曲線をえがくという問題とどこでかかわるのだろうか？

心的な領域の時間性の度合は、身体の成熟が完了する時期まで高まり、それ以後はゆるやかに減衰してゆくとかんがえられる。しかし、心的領域の空間性は、現実的環界にはたらきかけることによってどこまでも抽出の度合を高め、かつひろげ、その結果、人間の〈年齢〉は心的な世界に錯合をくわえてゆくはずである。

それゆえ、ふつう**老化**（もうろく）とよばれているものは、新薬の宣伝がかんがえているような、たんなる思考力の衰退や記憶力の喪失や、耐久性の脆さではない。心的な領域としてみられた**老化**は、ゆるやかに減衰してゆく時間性と、どこまでも抽出度と錯合をましてゆく空間性との矛盾である。**死**は、それゆえ心的時間性の無機的自然の時間性への同化であり、同時に心的空間性の突然の切断であると解される。（第3図）

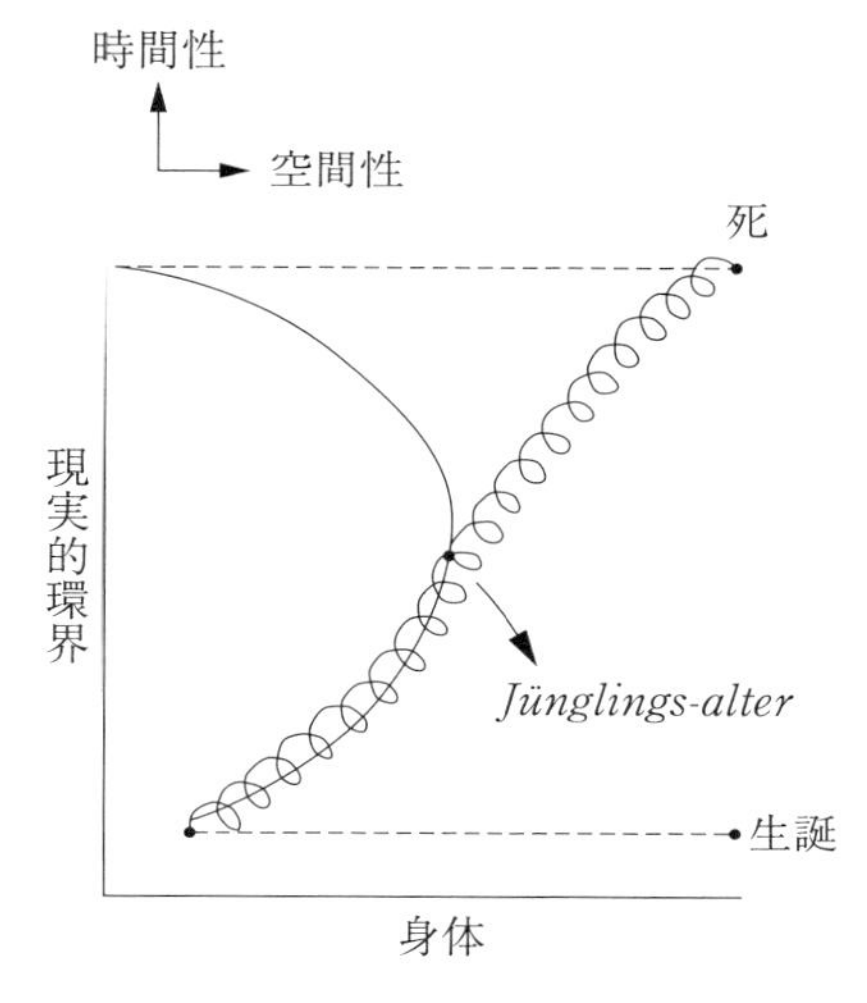


第3図　生命としての心的領域

すでに、いままでに、なんの前提もなしに〈異常〉とか〈病的〉とかいう言葉を、心的現象についてつかってきた。よくかんがえればこれほど無限定につかわれている概念はない。

## 3 異常または病的とはなにか

もっとも通俗的な理解の仕方では〈日常生活〉の反覆にさしつかえない程度に軽度であるか、あるいは一過的である心的現象を〈正常〉の範囲にいれ、すでに生活の反覆に支障をきたすほどの強さで持続する心的現象を〈異常〉または〈病的〉とよびならわされている。しかし〈日常生活〉の実体はこのばあいすこぶる曲者である。それは個体の生活史によってまったく個別的なものであるといっていい。このような理解の仕方では、充分な衣、食、住をすでにもち、充分な財力をもつものにとっては、どんな心的現象も、自殺や急な病衰以外は〈日常生活〉の反覆にさしつかえないことになる。しかし、不可避的に一定の作業をし、労賃の支払をうけなければ即座に生活が破壊されてしまうような状態にあるものにとっては、その作業にさしつかえるどんなささいな心的な現象も、すでに〈異常〉または〈病的〉でなければならなくなる。もっと不都合なことは、いつ破壊されるかもしれないようなふつうの生活の反覆が、それ自体すでに心的な〈異常〉あるいは〈病的〉な過程の誘因でありうる。

つぎに通俗的なものは、まえと逆に、個体を基準にして〈異常〉または〈病的〉な心的現象を了解しようとする傾向である。たとえば、脳生理学的にあるいは神経生理学的に欠損のあるために生ずる心的な現象を外因性とよび、現実的環界から人間がうけとるものを心因性とよび、それ以外の身体的な素質によるとかんがえられるものを内因性とよぶたぐいである。しかしこのような区別の仕方はほとんど無意味にちかい。すでに心的現象を、身体と現実的環界との双方から疎外された領域とかんがえた段階では、どのような心的現象もその二相からの疎外の構造であるからだ。しかも、わたしたちは、心的な領域を身体生理的な原因、あるいは現実的環界からうけとる原因とみなしうるばあいも、それらに還元することは不可能である領域として設定したはずである。

精神医学の常識的な水準では〈気質〉あるいは〈病質〉という概念をもうけて、それから発してゆくものとして〈病的〉という概念を規定する方法がある。この方法は、個体の性格的な気質は、極度におしすすめられるとなんらかの〈病的〉な範囲に包括されることになり、また逆にいえば、あらゆる〈病的〉な心的現象は、うまれもった気質的な素因のうちある一部分を拡大すれば了解あるいは類推できるというかんがえにみちびかれる。

たとえば、日常しばしば、外出のときにガスの栓をしめわすれはしなかったか、石油ストーブは完全に消炎していたであろうかという疑念におそわれることがある。そして、ガス栓や石油ストーブの把みをひねった前後の動作を想起して、たしかにそれはひねってきた、あるいはひねりわすれたという了解に達し、じぶんの疑念をしずめる。しかし、何度帰宅してガス栓や石油ストーブの把みをたしかめても、また不安があたらしくわきおこるという強迫観念が、心的領域の総体にある根拠をもつようになると、強迫神経症にすべりこむ。そして強迫神経症の全体像を、このような〈正常〉な、あるいは〈気質的〉な行為から類推してつくりあげることになる。

こういう理解の仕方は、あまりあてにならないとかんがえたほうがよい。気質や病質から〈病的〉への移行をかんがえて〈病的〉世界を類推するという位相は、ほんとうは心的領域のもんだいには適合できず、対象を自然体とするばあいにのみ可能だからだ。いいかえれば、心的な領域を生理に還元するか、あるいは現実的環界との相互作用に還元する以外に、この位相はとりえないのである。すくなくとも、心的な領域を生理体としての〈身体〉と、現実的環界とから疎外された**構造**とみなすという位相からは、このような理解の仕方は、たんに通俗化とみなされる。〈連続〉・〈移行〉という概念は自然体としての〈身体〉にまつわるものであるが、心的な世界がこの概念によって決定されることはかんがえられないからである。

フロイトが〈異常〉ないしは〈病的〉な世界にあたえた理解は、これと対照的である。フロイトでは〈気質〉〈病質〉という概念にあたるものは、心的退行の段階（時期）と対象充当である。すべての心的な〈異常〉または〈病的〉な現象は、青春期にいたるまでの〈リビドー〉の対象充当の時期と、そのときの心的な状態あるいは対象の質の如何にあてはめられる。フロイトの方法は単純化していえば、常識的な見解が正常な人間の像から〈異常〉または〈病的〉な像を類推するのにたいして、乳幼児の心的世界と挙動（あるいは原始人の心的世界と挙動）から〈異常〉または〈病的〉な像を類推するのににている。

たとえば、幼児は疲れてくるときや、眠いときに、おなじカードを繰返し棚から出し入れさせたり、おなじ動作を繰返して行なったりする。この繰返しは幼児のばあい疲労あるいは睡眠欲求の信号として理解されるが、これを行為の面からだけきりとれば、まったく不可解な常同運動である。そしてこの不可解な繰返し行為は、分裂病のある種のものがもつステレオチピィの徴候とおなじである。フロイトによれば、その原因は〈リビドー〉が対象を放棄するため、ありあまった〈リビドー〉が自我あるいは環界に流れ込み、そのため自我の過重充当や外界の拒否が起るものとして理解される。

のちに躁うつ病と分裂病とてんかん病の心的な位相づけをおこなうばあいあらためてこの問題をとりあげることができる。心的な領域を了解する常識的な水準では、人間の心的現象の〈異常〉または〈病的〉な状態を、ある社会ある時代における〈正常〉からの偏り、あるいは病的状態への移行とかんがえるか、個体の生長過程におけるある時期への退行または対象退行、あるいは歴史の幼児期の時代の人間の状態への退行によって理解するほかないということを指摘すれば足りる。

これらの〈異常〉または〈病的〉な状態の心像の理解の仕方に欠陥があるとすれば〈異常〉または〈病的〉な心的な世界を、無条件に外部から了解可能とみなしている点にもとめられる。しかし〈異常〉

または〈病的〉な心的現象は、純粋に器質的な欠陥のみによるばあいをのぞいては、挙動にあらわれたとき観察可能なだけである。観察から〈異常〉または〈病的〉な世界を了解し組み立てようとするとき、自己観察と人間理解がゆいつの手段である。だから自己が自己の心的世界を対自化する能力の多少によって、観察は左右される。また〈異常〉または〈病的〉とみなされる挙動自体でさえ、この対自化能力によって左右されるといっていい。だから大なり小なりこの観察は恣意的なものになるほかはない。

　しかし、心的現象がそれ自体の構造をもっているとすれば、この構造は自己観察の能力に裏づけられた挙動観察では、すべてを了解できないことははじめからわかっている。

　たとえば、幼児が病気したり眠かったりしたときに、しばしば発現する常同症的な挙動は、たとえ観察者からどんなに〈異常〉な行為とみられ、また生理的に神経―脳系統の作動の短絡や、連絡の障害欠如として説明されても、幼児の心的な領域が、そのとき完結した了解の構造をもっている（か否か）の決定に指をふれることはできない。心的な構造が完結した構造をもち、幼児がまったく充ちたりているかどうかは、行為観察と自己観察（自己の心的体験の観察だけではなく、一般に心的観察についての体験と知識の自己総和のこと）をはぎあわせることからは判断することはできない。

　わたしたちは〈異常〉または〈病的〉な心の世界が、対象的な観察と類推からは了解できない独自の価値感、判断、衝動、感情によって構成されたそれ自体の世界をもっていることをみとめる。そうならば、対象的には評価が不可能であるから、内在的な基準から心的構造をささえる方法を見つけねばならない。幼児や子供の心的世界は、外からの観察や、じぶんの体験をさかのぼる想起の方法からは了解できない独自な脈絡をもった世界であり、これは外部から〈異常〉や〈未成熟〉にみえるかどうかとは、ほとんどかかわりないといっていい。〈異常〉あるいは〈病的〉な心的現象もこれとちがっていない。精神医学者が患者を〈異常〉あるいは〈病的〉と判断したとき、じっさいは患者の挙動の観察と、じぶんのじぶんに対する省察や体験や知識の総和が投射されたものといっていい。この投射の構造のなかに人間の心的領域に共通な基軸をさぐりだすべき鍵がかくされているのだが、このことはもちろん臨床的な精神医学の範囲とはるかにちがった問題である。臨床精神医学はもちろん、患者の心的現象を、対象化された挙動または表現から生理的な基盤に還元しうる範囲でしか、診断をおこないえない。しかし、どのような〈異常〉あるいは〈病的〉な患者もこのような診断をはみだす心的な世界をもっていることはたしかである。

個体の心的な世界は〈身体〉の生理や〈環界〉とのかかわりから、個体ごとに独自な構成をもっているため、どうしても対象的にはうかがい知れないところがうまれる。外からはうかがい知れないこの領域を包括する形で、生理と〈環界〉から生じながら、しかもそれ自体であるかのように挙動する心的世界の働きをとらえる基軸はありうるか？

こういう問いにたいして、いままでの記述からわたしがこたえられるのは、つぎのようなことだけである。

**心的な世界の〈異常〉あるいは〈病的〉というのは、身体からの疎外として心的領域をみる位相からは、時間化の度合の〈異常〉あるいは〈病的〉ということを意味する。たとえば、〈衝動〉とか〈本能〉とかが、それに固有な時間性であらわれずに、〈感情〉とか〈理性〉とかいうように高次の抽象度をもった時間性で出現したとき、あるいはこの逆に、〈感情〉とか〈理性〉とかが〈衝動〉の時間化の度合で出現したとき、それは〈異常〉または〈病的〉とよばれる。**

**おなじように、現実的環界からの疎外として心的領域をみたとき、たとえば〈視覚〉に固有な空間性が他の感覚、たとえば、〈聴覚〉に固有の空間性として出現したばあい、あるいはその逆であるようなばあいに、〈異常〉または〈病的〉とよばれる。そして、じっさいの〈異常〉または〈病的〉な現象はこの両者の錯合としてあらわれる。**

もちろん時間化と空間化の障害は混合してあらわれるから、これの基軸で明確にとらえられるわけではない。しかし、漠然と個体の心的世界の働きは、外からはうかがいしれぬ部分をもつものだと称して安堵するよりも、はるかに根拠をもっているといえる。しばらくは、これだけで満足しながら、さらに考察をおしすすめるほかない。ここで確実にいえることは、通俗的な精神医学がしばしばやっている心的現象の生理的還元や生理的意味づけを、次第に卻けようとしているということだけである。

## 4　異常と病的とは区別できるか

ふつう、あの人物は〈異常〉だとか〈病的〉だとかいうとき、心的現象についていっていることはたしかだが、そのほかのことはあいまいである。ただどこかおかしいという直感で判断しているのだが、この判断のなかには〈異常〉と〈病的〉の区別は含まれていないとみていい。そこで〈異常〉というのはちょっとおかしいことで〈病的〉というのはどうしようもなくおかしいことだという区別がつけられる。だが、はたからどうしようもなくおかしいとみえても〈病的〉であるとはかぎらないし、ちょっとおかしいとみえても〈異常〉であるとはかぎらない。もうひとつ、あの人物は〈異常〉だとか〈病的〉だとかいうばあいに、おかしいという直感が、ある期間をつうじて持続されることが前提をなしている。瞬間的なおかしさならば、たれでもありうることだからである。もうひとつは、おかしいという直感は、その個体が特定の対象に対したときだけおかしい反応をしめすので、べつの対象にたいしてはおかしくないかもしれないという前提がふくまれている。さらにもうひとつ、なんとなくおかしいという直感もありうる。このばあいは、特定の対象にたいしておかしいというよりも、その人物の心的な世界の総体がおかしいという意味がこめられている。

この種の直感にはっきりした根拠があたえられるかどうかは問うに価する。

心的な〈異常〉や〈病的〉という概念は、精神医学では、まず神経症と精神病という呼称の区別としてあらわれている。ここで目指しているのは、もとより、心的現象を治療〔可能〕体系に還元することではない。しかし、精神医学的な還元は、心的な領域をひとつのたしかな基盤にひきよせ、しかもその基盤が、治療体系という意味をもった体系であるため、まず神経症と精神病にたいして、精神医学があたえている概念をとりあげることは意義があるようにおもわれる。

フロイトは、じぶん自身の体系から〈神経症〉と〈精神病〉の共通の基盤と区別とをつぎのようにかんがえた。

まず、〈神経症〉と〈精神病〉がうまれる共通の基礎は、幼児期の願望のうち、いつまでもおしつぶされないできた任意の部分が、拒否されたり満たされなくなることにある。そして、この幼児期の願望は、種族発生の体制に深い根拠をおいているとみなされる。ここで願望が拒否される原因は、フロイトによれば外部からやってくるのであるが、それが心的領域にあらわれる仕方によって〈神経症〉と〈精神病〉とが区別される。

私は神経症と精神病を区別する特徴を、さきに次の点で決めた。すなわち、神経症では自我は現実に従つて、エス（衝動生活）の一部を抑圧するが、精神病では同じ自我がエスに奉仕して、現実の一部から引退がるのであると。神経症にとつては現実の影響力が決定的である。精神病にとつては現実の喪失は初めからあらわれるだろうが、神経症では現実喪失は回避されると考えざるを得ない。（フロイド『不安の問題』、「神経症と精神病の現実喪失」井村恒郎・加藤正明訳）

当然、フロイトによれば〈神経症〉は自我と〈エス〉との間の葛藤にもとづき〈精神病〉は引退した自我と外界とのあいだにおこる障害ということになる。

よく知られているように、フロイトは、クレペリンの早発性痴呆症、ブロイラーの精神分裂症を、パラフレニーと名づけ、精神神経症に類似のものとして位置づけようとした。フロイトの体系では〈神経衰弱〉→〈神経症〉→〈精神病〉という移行は〈リビドー〉の異変としてつらぬいているものとみなされる。〈神経衰弱〉は現に存在している原因からやってくる〈リビドー〉の異変であり、症状として頭痛、疲労、消化不良、便秘、脊椎の刺戟などがおこる。だが〈神経症〉では、不眠、痛み、めまい、恐怖発作などの心身の症候の中核にあるのは〈不安〉であり、この〈不安〉の動因は、現に存在するところからくるのではなく、幼児期の願望にさかのぼる。そして〈神経症〉では、この幼児期願望への遡行の動因が、なお外的環界から背負わされるという形をもつが、〈精神病〉では、外的現実は間接的（二次的）な要因としてしか心的領域に背負わされず、外的現実を背負っている〈自我〉が、現実の代りに〈エス〉のまえにおびえる心的な状態をもつことになる。

フロイトのいう〈神経衰弱〉→〈神経症〉→〈精神病〉という移行は、内向的になった〈リビドー〉の退化によって心的領域の総体がうける攪乱が、症候形成によって償却される仕方の度合に還元されるという意味で連続的である。そして〈神経衰弱〉も〈神経症〉も〈精神病〉も、この〈度合〉のちがいという意味で区別されないことになる。しかし、償却される〈仕方〉という意味では区別される。この様式の区別を単純化をおそれずにいえば、フロイトは、あらゆる〈神経症〉のなかに〈リビドー〉の同性愛的な固着をみ、そして〈精神病〉のなかに〈リビドー〉の自我への回帰、いわゆるナルチシズムの機制をみたのである。

もうひとつ注意すべきことは、フロイトが、〈精神病〉の概念を、主としてかれのいうパラフレニー〈分裂病〉の概念によって形成したということである。それゆえ、フロイトの〈精神病〉の概念はいわゆる分裂病的である。

フロイトの〈神経症〉と〈精神病〉にあたえた区別と共通性の概念から、心的現象の〈異常〉と〈病的〉との区別にたいして示唆的な点をあげれば、心的現象の〈異常〉と〈病的〉とは、たとえどんな奇異とみえる症候や挙動が外部から観察されたとしても、また、どのような奇異な妄想や思考短絡が内在しようとも〈リビドー〉の内向的な繰り込みの〈度合〉として連続的な移行をかんがえうることである。

フロイトのこういった理解の仕方は、あらゆる心的現象を〈リビドー〉に永続的に還元しうるとみなす体系の必然に根ざしている。この還元のもとでは、心的な〈異常〉も〈病的〉もおなじ斜面のなかに位相づけられるほかない。そして、この斜面の構造をささえるものは、フロイトにあっては、ひとつは〈リビドー〉が対自化から対他的なものへ転化してゆく空間的〈対象性〉であり、もうひとつは心的現象を幼児期から継続的に貯蔵されたものとみなすために生ずる時間的〈退行性〉である。

精神医学があたえている〈神経症〉と〈精神病〉の区別は、フロイトがあたえているものをあまり出ないことが見出される。おそらく臨床像から確定される〈神経症〉と〈精神病〉の区別が、このようなあるかないかの、しかし確かに存在するというほかない直観的な観察としてしか経験されないことを意味している。それとともに、フロイトの影響がこの分野でいかに大きいものであるかを暗示しているようにみえる。

ヤスパースは、かれの大著のなかで、〈神経症〉と〈精神病〉の区別についてつぎのようにのべている。

> 神経症とは人間自身を侵さぬ心の偏りを意味し、精神病は人間全体を襲う心の偏りを意味する。そこで神経症は神経質、精神衰弱、抑制などともいうが、これに反して精神病は精神（ガイスト）疾患、心情（ゲミュート）疾患である。
>
> それゆえ消極的にいえば、神経症は身体領域に現われる精神病質的なもの（器官神経症）と、心的状態、体験、態度の上に現われる精神病質的なもの（精神神経症）の領域を広く包括しているものであって、誰もこの人間を精神や情意の病人と思うことのないようなものである。積極的にいえ

> ば、神経症的疾患の基礎はこの世において当人にとって問題となる境遇や葛藤のなかにあるが、決定的な基礎は特殊な機構のなかにある。その機構とは、正常には現われぬ体験の転換をまねくもので、例えば分裂（健康な分離と合成とは別である）がそれであり、障碍をみずから強める悪循環の形成（精神生活の建設的な循環形成とはちがう）がそれである。
>
> これに反して精神病は病気と健康との間に深淵が開いていると一般に意識させるような、もっと狭い領域の精神障碍である。主に遺伝によって生の一定時期に始まるものにせよ、外因的障害によってひきおこされるものにせよ、あとから加わってくる疾病過程が基礎となっている。（ヤスペルス『精神病理学総論』下巻、内村祐之・西丸四方・島崎敏樹・岡田敬蔵訳）

ヤスパースはここで、けっしてフロイトより優れた〈神経症〉と〈精神病〉の区別をしていないことがわかる。ここでは、臨床体験が主な役割をになっているようにおもえる。ただ、精神病は病気と健康との間に深淵が開いていると一般に意識させるような、神経症よりも狭い領域の精神障害である、とのべていることが注目に価する。

観察所見からフロイト以上に切実な〈神経症〉と〈精神病〉の区別や、その根拠をもとめても無駄であろう。ただ、こういうことだけはいえる。

**心的現象の〈異常〉と〈病的〉との区別と連関は、それを生理体（自然体）としての心的現象の〈異常〉と〈病的〉という概念に限定すれば、〈神経症〉と〈精神病〉との区別と連関に対応される。逆のいいかたをすれば、心的現象の〈異常〉と〈病的〉との区別は、ただちに〈神経症〉と〈精神病〉との区別を意味しない。**

ここで求めているのは、あくまでも心的現象としての〈異常〉と〈病的〉とを区別しうるか否かという課題である。いいかえれば、医学的または治療体系的に還元することなしに、心的現象の〈異常〉と

〈病的〉とが区別されるか否かということである。

わたしたちが、ふつう、或る人物を観察し、接触し、対話してその人物が精神的に〈おかしい〉とか〈病的〉だとかいう印象をもったとすれば、その印象の源泉はどこにあるだろうか？

また、或る人物が短時日のあいだだけ、ごく他人行儀な位相で接したときには、正常すぎるほど正常だという印象をうけたが、長い年月にわたって接触したとき露出される心的な現象が〈おかしい〉とか〈病的〉だとかいう印象をあたえたとすれば、なにを意味するだろうか？

こういうばあい、いつもじぶんの心的な世界の少くともある部分を喪い、その喪った部分だけ相手の人物の心的な世界の構造に移り込むこと以外に、〈おかしい〉とか〈病的〉だとかいう了解をうることができないはずである。いいかえれば、じぶんを無限の遠点に仮想的において、他者の心的構造の総体を無機的対象のように観察するという場合をひとつの極限とし、じぶんの心的世界の構造をすべて喪失して、他者の心的な構造にまったく同一化するという場合を無限近点のひとつの極限として、この中間でしか〈おかしい〉とか〈病的〉だとかいう印象をうけとることができないことがわかる。

この心的領域における相互規定性は、媒介として種々の心理テスト（たとえばロールシャッハ・テスト）、装置（たとえば脳波測定装置）、手段の体系を挿入してもまったくかわらない。テストや装置の介入が、すこしでも人間の心的現象の〈異常〉や〈病的〉を測定するための客観的（自然的）な根拠をあたえるとかんがえることは誤解にしかすぎない。媒介的なテストや装置があたえるデータは、了解し分析するという過程で、かならず心的現象を了解するばあいの相互規定性を導入することを余儀なくされる。そこでやむをえず、臨床的な精神医学は、心的現象の了解を、人間が自然体であるとかんがえられる範囲に還元して治療体系をつくらなければならない。それはひとつの蓋然性の体系をつくりあげることを意味している。

心的現象の〈異常〉と〈病的〉とを区別しうるか？　こういう課題にたいしてフロイトのような徹底

的な体系でさえ〈リビドー〉への還元と、区別の不確定さを余儀なくされているのは、それが蓋然性の体系をつくりあげる以外に治療可能性をもちえなかったという臨床的な体験に根ざしている。

しかし、わたしたちが、いままで展開してきたところからは、心的現象の〈異常〉と〈病的〉とは、つぎのように区別される。

**心的現象の異常とは、心的な空間化度と時間化度の錯合した構造が、有機的自然体としての人間の時間性（生理的時間性）と現実的環界の空間性との一次的対応が喪われない心的異変としてかんがえられるものをさしている。**

**心的現象の病的という概念は、すでに有機的自然体としての人間の時間性と現実的環界の空間性との双方からの心的対応性が喪われた心的異変として規定される。**

このような規定は、さしあたっていくつかの矛盾をうみだすようにおもわれる。

そのひとつは、このようにして与えられた心的な〈異常〉の概念では、妄想形成のような外部からは了解しがたい心的構造や、カタレプシーのような行為観察からうかがいうる異常や、発作などが、その度合では〈病的〉な概念よりも深くあるいは激しい程度であらわれることがありうることである。簡単にいいかえれば、精神病よりももっとひどい症候をあらわす神経症がありうるし、神経症よりも軽い症候の精神病もありうるということである。そして、このことが臨床精神医学の概念と矛盾してもしなくても〈然り〉とこたえるほかはない。ヤスパースが、精神病は「病気と健康との間に深淵が開いている」とかんがえるとき、この深淵をもし現象的な症候的なものとして解するかぎり、否定するほかはない。人間の存在の現象的な（症状的な）荒廃がどこまで極端にあらわれても、神経症はいぜんとして神経症であり、荒廃が存在しないようにみえても精神病はいぜんとして精神病である。

フロイトが〈精神病〉の概念をはじめて得たのは、クレペリンの早発性痴呆、ブロイラーの精神分裂症、フロイト自身の名づけたパラフレニーの臨床像からであった。これは、きわめて暗示的である。なぜならば、精神分裂病の症候が、すくなくとも外部からの観察では、現実からの心的退行とみえ、心的な相互規定性からみれば対象移入が不可能にみえるような自閉性を典型的にもっているから、ここからたんなる〈異常〉ではなく〈病的〉という概念がきわめて生れやすそうにみえるからである。いままで探索しえた範囲では、この概念はほとんどすべての精神医学者によって踏襲されているようにおもわれる。しかし、いままで考察してきたところでは、症候像から〈異常〉と〈病的〉とを区別するのは、きわめて危ういようにおもわれる。なぜならば症候像とは、その像（Bild）を内在的に支える構造としてよりも、観察可能な対象として了解する傾向をはらむからである。

わたしは、ある精神病院から抜けだしてきた人物と語りあったときの印象を、もう十年もまえのことなのにはっきりとおぼえている。わたしたちのあいだの対話は、ふつうかんがえる日常の対話よりもはるかに深い程度ですすんだ。だが、ある点までくると壁のようなものにつきあたって元にひきもどされた。わたしは必死になってこの壁をつきやぶろうとしてまたべつの面からおなじ主題にたいして相互了解の領域をせばめ追いつめていった。ほとんどある一点まで追いつめたようにおもわれたとき、どうしても了解不可能な壁があって、くりかえして元に引きかえした。その了解不可能の感じは名づけようもない異様なものであり、おもわず、ああとつぶやきながらひき返すほかないものである。しかし、この人物も、このとき、内心で、おもわず、ああと嘆息したにちがいないとおもえた。このとき隔壁をへだててひきかえした相互の心的な規定性の限界は、おそらく双方のいずれかの心的な現存性の構造をこわして同一化するより仕方のないものである。しかし、この人物を〈異常〉または〈病的〉と規定するばあいのわたしの根拠はなにによって保証されるだろうか？

わたしには、ふたつの根拠しかかんがえられない。ひとつは、わたしが内心の嫌悪や絶望や希望を秘めながらも日常生活をくりかえしていたのにたいし、かれは精神病院に入るだけの異常性をあるとき他者に垣間見せたということである。そしてこの根拠はもっとも低俗なものである。もうひとつの根拠は、どんな理由からかわたしはわたしという統一体であるという確信をもっていたことである。しかし、この確信は、この人物ももっていたにちがいない。するとわたしの根拠は、ほとんどすべて消失するようにおもわれる。あとにはただわたしが他者を〈異常〉または〈病的〉と規定したとき、他者もまたわたしを〈異常〉または〈病的〉と規定するという心的な相互規定性がのこるだけである。

わたしたちは、この相互規定性を治療体系に還元する方法が歴史的に累積されたものを精神医学とよんでいる。そしてこの体系の妥当性は他者に伝達可能な歴史的累積に還元しえたという一点にかかっている。

人間と人間とのあいだの直接的な関係にあらわれる心的な相互規定性は、このような生活史と精神史との歴史的な累積を、心的現象の時間化度と空間化度の錯合した構造としてしか保存できないし、この構造にしか他者に伝達可能な客観的な妥当性を見出しえない。そして、これが人間と人間とのあいだで、相互に他者を〈異常〉または〈病的〉と規定しうる唯一の根拠であるようにみえる。

## 5　心的現象としての精神分裂病

心的な世界を原生的な疎外の領域とみなすかんがえからは、一般的に、有機的自然体としての人間の時間性と、現実的環界の空間性との一次的対応を喪った心的領域にしか〈病的〉という概念をあたえられないことは、いままでみてきたとおりである。この時間性と空間性において第一次対応を喪った心的な領域はどんな構造をもちうるだろうか？

現在までのわたしたちの考察の範囲では、このような心的な領域は、あらゆる時間性と空間性の**異化結合**が可能であるといいうるだけである。いいかえればどんな妄想もどんな対象的な表現も、どんな行動も、個々の〈病的〉な心（をもった人間）がつくりだす数だけ可能である。

シュヴィング『精神病者の魂への道』（小川信男・船渡川佐知子訳）で、分裂病の症例フリーダが、文字に色があることを告げ、「aは青、bは柔かな明るい茶色、cは菩提樹の緑、dには色がありません、それはただの穴ぼこ、eは真珠の母貝の白、fはただの輪、gもそう、hもまた輪です、ただしこれは子供たちの手でつくられるもの。iは白、jはプディングポンチのよう、kは嫌な匂いのよう、lは菩提樹の花の色、mとnは霧のような灰色、世界の中で一番きれいな色。oは黒でも地獄のように燃えさかる漆黒、pも霧の灰色、pはこの世にある一番美しい文字です。qは何でもない。rは茶色、sは色づいた菩提樹、tは茶色、ただしもし誰かがそれを見たらきっと壊してしまうにちがいないきつい茶色、uはすみれの青、インクの色みたいな、vとwは灰色、xは菩提樹の緑、私これについてはほんのちょっとしか考えたことがなかったの。yは白、zは菩提樹の緑。」と説明しはじめるところがあるが、これは、視覚の空間化度が、きわめて高度な時間化度と異化結合した心的現象を意味している。なぜならば、文字は形象的であった時代（絵文字）から概念の表出である記号化までに眼もくらむほどながい時代をへており、このような抽出度が、比較的低次の視覚（感覚としてはわりあい高度な段階だが）の空間化度と結合するためには異化された短絡を必要とするからである。また、dには色がないというときその空間化度はさらに低次の抽出であることを意味し、qは何でもないというとき異化結合がなしえなかったことを意味している。それは、おそらく言語表記（単語）におけるqの頻度が少ないことと関係がある。

ここで、ランボオの詩集『地獄の一季節』を想いだしてもよい。「僕は母音の色を発明した！——Aは黒、Eは白、Iは赤、Oは青、Uは緑。」（「錯乱Ⅱ」秋山晴夫訳）分裂病の症例フリーダとおどろくほど近似した文字と視覚の異化結合だが、これは、フロイトやヤスパースのいう文化圏の近似に帰したほうがよさそうである。

おなじように症例フリーダが、「音にも色があります。それは赤褐色の頭をした可愛らしい小さな鳥なの。この窓に時々やってきます。」というとき〈音〉はある水準の空間化度であることを確実にしめしており、それが視覚の空間性と接合して了解される心的現象を意味している。このばあいは心的な〈異常〉または〈病的〉というよりも、空間化度の位相のちがいを接合しうる像的連合を意味している。

このような個々の症候は、心的現象の〈病的〉といえる概念のなかでは、有機的自然体としての人間の時間性と現実的環界の空間性からの一次的対応を切断されているために、あたかも糸をたち切られた凧のように、おそらく無数に数えあげることができるはずである。

それにもかかわらず、精神医学者たちは、分裂病概念に、心的世界の〈病的〉な位相として特別な位置をあたえてきたようにみえる。精神病すなわち分裂病という典型的な表象が流布しているほどである。その理由は、おそらく分裂病の症候が、環界との異化的な関係として、もっとも著しくみえるという単純な事実によっている。分裂病の妄想形成、表現、行動がもっとも不可解で、もっとも荒廃が著しくみえるのである。しかし、このことは、かならずしも、心的現象としての分裂病が不可解で人間的荒廃が著しいことを意味してはいないことは、わたしたちがいままでやってきた心的現象の位相づけから明瞭とおもわれる。

精神分裂病とはなにか？　そして、心的現象としての分裂病概念とはなにか？

ここでは便宜的に、また精密であるという理由で、セシュエーによって刊行されたルネという名の少女の、分裂病の発端から治療にいたるまでの手記『分裂病の少女の手記』（村上仁・平野恵訳）から、注意をひく個所を、羅列的に抽出し、これに註をかきくわえるという方法をとることにする。この手記につけられたセシュエー自身の〈解釈〉は、ほとんどフロイトがパラフレニーと名づけた分裂病概念の忠実な再現であり、その意味でフロイト自身にたいするよりも注意を惹かない。また、手記自体も、セシュエーの〈解釈〉によって整理されており、そのような個所はそれほど大きな価値はない。ただルネが遭遇した心的現象と、その心的現象について外的観察や、対象的移入によっては解きえない脈絡を内在的に描破している個所とは、おおくの価値をみつけることができる。それゆえ、ここでの抽出はアト・ランダムであり、その註も恣意的であり、けっして註を綜合してあるまとまった結論をえようとする意図はもっていない。ただ、誘導のいと口をつけるために、いくらかでも理解がゆきとどくようにできればよいのである。

〈抽出1〉
ある日、私が校長室にいたときのことでしたが、突然室が途方もなく大きくなり、偽りの影を投げかける恐しい電光に照し出されました。あらゆるものは精密で滑らかな、人工的で極端に緊張したものになり、椅子やテーブルは、そこここに置かれた模型のように思われました。生徒も先生も、理由もなく実在性もなく廻転する操り人形であり、私は何一つ認識できませんでした。それはあたかもこれらの事物や人々から、現実が稀薄になり、滑り出てしまったようでした。

私は綺麗なソプラノだと思われていましたので、先生は私をコーラスの独唱の部分に入れました。しかしすぐに先生は、私が監督されていないときには調子をはずして一音ときには二音も高く歌ったり低く歌ったりするのに気づきました。その上私は音階練習をしたり、拍子やリズムを取ることが全然できませんでした。このような学課は不釣合なほど大きい、測りしれぬような不安を感じさせました。図画の時間にもそれはまったく同様でした。夏の休暇の間にどういう訳か解りませんでしたが、私は遠近感をすっかり失ってしまったようでした。私は友達のスケッチを写して、辛うじて遠近感の喪失を糊塗していました。

〈註1〉

この病的体験は、心的には単純なものとみなされる。視覚や聴覚における現実的環界の空間性との一次的対応の喪失として理解される。それゆえに心的空間化度は、任意の時間化度と結びついてあらわれている。しかし、時間化度そのものの軸の混乱は存在していない。その意味では確かな了解性をたもっている。

〈抽出2〉

そのときこの狂気のさ中で、ママの美しい声が聞え、「ルネちゃん、私のルネちゃん。ママがいるところで恐がることはないのよ。もうルネちゃんはひとりではないもの。ママがここにいてお世話しているのよ。ママはどんなものより強いし、『光の国』より強いのよ、ママはルネちゃんを水の中から助け出せるし、私達が勝つのよ。ねえどんなにママが強いかごらんなさい。ママはどうしてルネちゃんを守るかということをよく知っているし、ルネちゃんがこわがることは何もないのよ。」そして彼女は右手を私の頭に廻して、額にキスしてくれました。それで、彼女の声も、彼女の愛撫も、彼女の保護も、再び魅力を取り戻すのでした。少しずつ、切れぎれの文句も、嘲笑の声も、消失して、部屋の中の非現実的な感覚も問題でなくなり、私は目を閉じました。私にとって、最も嬉しかったのは、彼女が、「私と貴女」といわないで、「ママとルネ」というように、自ら三人称で話したことでした。彼女が一人称を使ったときには、突然もはや彼女が認められなくなり、分析者がそのような失策をして、私と彼女の間の接触を失くしたことに対して、私は怒りを感じるのでした。

〈註2〉

ここで、「光の国」とかかれているのは、抽出1にあげたと同じ種類の体験をさすもので、ただそれが強度になり、なにか「組織」から作為されているという感じとともに、強い人工的な光のなかで人物や対象的事物が機械仕掛けのようになったり、ばらばらに分解して視えたりする体験をさしている。

ここで重要なことは、分析者がルネに対して、「ママとルネ」というように他人称で呼ぶときには柔かい接触がたもたれたが、「私と貴女」とよぶときは、ルネは分析者を認められなくなり、接触を喪失したことを記している点である。

著者セシュエーは、〈解釈〉のなかでこうかいている。

「この退行した段階では、ルネにはもはや自己の主観的意識はなくなっている。したがってこの段階では、彼女は自己を『人格』としてではなく、三人称で呼ばれる人として取扱う。私が、幼児に話しかけるときのように、彼女に三人称で話しかけると、彼女が非常に落ちついたのは、このためである。のみならずルネの私に対する態度にも同様の現象が見られた。ルネは私を一個の人格として認めることができなかった。私は彼女にとって彼女が欲し、愛した唯一の『人』であるところの『母』という役割をもった人でしかなかった。」

このセシュエーの〈解釈〉は、分裂病を幼児期願望の実現されない異和として理解し、自我のエスへの服従として意味づけるフロイトをそのまま踏襲しており、したがってルネの欲している状態はなによりも〈母〉との退行的な接触であるという観点からなされている。しかし、この〈解釈〉はフロイト体系の通俗的な適用のようにおもわれ、あまりわたしの注意をひかない。だいいちに『手記』の記述を信ずるとすれば患者ルネ自身が、内在的にそのような〈解釈〉を否定しているようにみえる。相互規定性にはいった一対一の人間の心的な接触が、〈他人称化〉によっておこなわれ、〈対人称化〉によっては拒否されるというのは、心的現象としてみられた分裂病の基本的な性格をつたえているようにおもわれる。

わたしたちのいままでの考察からすれば、これはルネの原生的疎外の心的領域が、現実的環界との空間性の一次対応を失っている状態（狂気）のなかで、対象的人間（分析者）に投射されたその心的領域のあたえる相互規定性以外のものを意味していない。だから、異化した空間化度を通じてならば、接触はたもたれる。〈ママ〉と自称するのは分析者にとって、自己異化であり、分析者がこの患者に「貴女」と呼ばずに〈ルネ〉と呼ぶことは対象的な自己異化である。だから、このばあいルネと分析者だけに通じる約定さえあれば、分析者は〈ママ〉でなくともよく、患者は〈ルネ〉でなくともよい。〈親態〉と〈子態〉であっても、その他の任意の〈他人称化〉の擬制であってもよいはずである。

〈抽出3〉

そのときに、私は「組織」からの命令を受取ったのです。私は命令を声としては聞きませんでした。まだ、大きな声で命令するほど差迫ってはいなかったのです。例えば、タイプライターを打つ準備をしているときなど、突然何の警告もなく、ある力が、衝動ではなくてむしろ命令に似たある力が、私に私の右腕か、或いは私の住んでいる建物を焼くように命令したのです。

（中略）

とうとう、悲劇が起りました。命令がますます性急で、ますます押つけがましくなったため、私は右手を焼こうとしたのです。何故なら右手は《法の手》だったからです。

「組織」の中には恐ろしい相互依存性が存在していました。それを知らないで、私は人々は罰せられるべきだと考えたので、その代りに私も罰せられることになったのです。

私から罰を受けたものは、私を罰する権利を持っており、一つの罰に対して、一人が受ける分量が割当られてありました。私がその中に巻込まれている懲罰組織の機構がわかってからは、私はだんだん命令に逆わなくなりました。

ある日のこと、私はふるえながら右手の背面を灼熱している石炭の上に置き、耐えられるだけ長くそうやっていました。それが「組織」に対する私の義務であり、それによって、命令を止めさせることができるかもしれないと思ったので、私はじっと苦痛をこらえていました。

〈註3〉

現実的環界との一次的対応を失った心的領域のなかで形成された自己内異化された意志が、ここでいう「組織」であって、べつになんらかの現実的「組織」の象徴ではない。また、こういう記述には心理的興味を誘う断片がばらまかれているが、そういうことには足をとられないことにする。なぜ、どこが心的現象として〈病的〉であり、その〈病的〉な様式はどうなっているかだけが問題である。

まず、ルネが「組織」とよんでいる異化された自己内部の〈意志〉の水準は、〈正常〉な心的世界における〈意志〉とよばれているものよりも、はるかに時間化度の高い水準であらわれていることを指摘しなければならない。これは、ルネに〈切迫感〉をあたえている理由である。

そして、環界との一次的対応を喪失した空間性は、この異常に抽象度の高くなった時間化度のほうへ、いわば〈引き寄せ〉られて結びつく。これが、作為され、指令され、あやつられていると自分を感じて、そのように挙動するルネの〈病的〉な心的過程の構造である。このような異常に高い時間化度の水準では、心的な時間性は、自然体としての身体から疎外された心的な領域を感ぜられなくなり、自己意志でさえも自己に属するものという所有感が存在せず、したがって自己以外のものの意志として存在するように感ぜざるをえなくなる。

〈抽出4〉

私はもはや「組織」から命令を受けなくなり、不安はずっと少くなり恐怖に襲われることも稀になりました。以前の厳格な責任感もなくなり、仕事をみつけたり家族の手伝いをするために指一本動かさなくなりました。一日の大部分を私は椅子に坐り、私の前をじっと見つめたり、或いは罌粟粒よりも小さい一点を余念もなく凝視しこの顕微鏡的な世界から眼をそらそうという衝動を感じないで、一時間もじっとしていることがありました。

ただ強い力で強制する以外に、私をその状態から動かし、ママのところへ行く準備をさせることはできませんでした。しかしなんというひどい疲労でしょう。ほんのわずか動くにさえも非常な努力が必要でした。特に最初の惰性を克服するのには。そして一旦私が物事を始めればそれは容易になりますが、今度はそれを止めることができなくなるのです。意志力が非常に衰えてしまって、家事をしたり食事を作ったりすることも困難になりました。私は一日の大部分を居心地悪く坐って、テーブルの上に落ちたコーヒーの雫を見つめていました。

〈註4〉

いわゆる破瓜症状の無為にちかい荒廃が内在的に描かれている。もっとも重要なことは、このような外部観察からの無為状態とみえるものが、けっして心的領域の内的な構造において無為ではなく、意味で充たされていることをしめしている点である。そして心的現象としては、高い時間化度に異化された自己意志の時間性へ凝集するために、環界の空間性からはるかに退化してしまった空間化度の状態を意味している。ここで抽出される極限は、心的空間性の時間性への溶解であり、人間の心的世界は、ただ時間性のなかに氾濫するだけになる。そしてこの極限では対象的な精神療法は不可能なはずである。

## 6　心的現象としての病的なもの

まず〈病的〉な位相は、心的現象としては無数に存在しうる、ということが、いいうることのすべてであることは、まちがいない。

たとえば、ルネという少女の手記を追って、発病から荒廃までをたどってみても、分裂病について、どれだけはっきりした輪廓をえられるだろうか？　わたしが手記を追ったかぎりでは、分裂病だと著者セシュエーによって診断され、注意ぶかくセシュエー自身が母代理に異化し、ルネに幼児期の母子体験をたどらせることによって治癒にみちびかれた体験の記述は、むしろ分裂病概念を次第に溶去してゆくようにおもわれる。なぜ、この少女ルネを分裂病としなければならないかという理由は記述が生彩をはなってくる個所で、とくに、わたしには不分明になるようにおもわれる。

そしてこの不分明さから、さきに心的現象としての〈病的〉という概念にあたえた規定にひとつの条件をつけようとするかんがえにみちびかれる。

その条件は、ただつぎのようなことである。**心的現象としての個体が、身体からの時間性の一次的対応と、環界からの空間性の一次的対応とを喪うということは、高次対応への移行および一次対応以前の初原対応への移行という二つの分極のいずれをも意味するもので、いずれか一極への志向性ではない。**

この条件にいくらかの説明をくわえれば、わたしたちが〈病的〉とかんがえてきた心的現象の現実的環界からの一次的対応の喪失という現象は、かならずしも時間性、空間性の二次対応以上への退行を意味するだけでなく、一次対応以前の原生的対応への奔出をも意味しうるということである。そして、このような条件を設定してみたとき、セシュエーによって分裂病とかんがえられている少女ルネの手記にあらわれた諸症候は、高次対応への退行という点で特徴的であるということだけはいうことができる。

フロイトは『自我論』のなかで、精神分裂病（フロイトがパラフレニーと呼んだもの）についてつぎのようにのべている。

> 精神分裂病では、これに反して、次のことを仮定せざるをえない。つまり抑圧の過程ののち、突き離されたリビドーは、新しい対象をもとめず、自我のなかに帰り、したがつて、ここでは、対象

充当は放棄され、原始的な、無対象のナルチシズムの状態が再現することである。患者が感情転移ができないこと――疾患過重が犯す範囲で――そのため治療の及びがたいこと、分裂病に固有な外界の拒否、おのれの自我の過重充当の兆候の発現、完全な無感情にいたる転帰、すべてこれらの臨床上の特性が、対象充当の放棄という仮定にぴつたりと合うように思われる。二つの心理的体系の関係という観点からみると、精神分裂病では、われわれが感情転移性神経症で、精神分析によつてUbw（無意識―註）のなかに跡づけなければならないような多くのものが意識されてあらわされることが、観察者の誰の眼にも明らかになつた。しかし自我・対象関係と意識連関とのあいだに理解しうるような結びつきをもうけることは、さしあたりできなかつたのである。（「無意識について」井村恒郎訳）

さきにもふれたように、フロイトの分裂病概念は、個体の心的現象を〈リビドー〉に還元することにより、〈病的〉な現象でさえも了解可能だとみなす立場にさえぎられている。だから、いわばあっさりと判りすぎてしまっている。しかし、わたしの知りえている範囲では、これだけ精密に分裂病概念をはっきりと規定しえているものは存在しない。

ただ、ビンスワンガーだけが、まったくべつの分裂病の構成概念を提出している。それは要約すればつぎの諸点に帰する。

㈠自然な経験の一貫性の分解、いいかえれば非一貫性である。これは「事物」との直接な出会いの不可能のことである。

㈡経験の非一貫性の二者択一への分裂であり、分裂病の奇矯な理想形成の根源である。

㈢奇矯な理想形成を擁護するために、二者択一のうち捨てさったものを庇覆することである。

㈣最後に現存在の消耗、現存在実現の退却、問題性のあきらめ、放棄にいたる進退きわまった荒廃状況の極である。

ビンスワンガーのこの構成概念は、分裂病の症候の分析から現象学的な還元によってみちびかれた抽出概念であり、したがって逆によく症候に適合するようにつくられている。わたしには、フロイトの分裂病概念の現象学的な影であるようにおもわれる。

わたしたちが、いままで考察してきたように、心的現象を原生的な疎外の領域とみなすかんがえからは、分裂病概念は、さしあたってつぎのように要約される。

㈠心的世界の時間性と空間性が、身体および環界との一次的対応を喪失することである。いいかえれば心的世界の〈病的〉ということである。

㈡つぎに、一次的対応の高次対応への移行（Überführung）である。

㈢高次対応への移行が、心的世界の軸としての時間化度が高度化し、逆に、空間化度が退行する形で現われることである。

㈣最後に高度に異化したもっとも抽象性の高い固有時間化度へ、退行した空間化度が〈引き寄せ〉られることである。

わたしたちは、このような要約を、さしあたってとしなければならない。なぜならば、これだけの概念では、いぜんとして分裂病の輪廓は不分明な暈のようなものにおおわれているにすぎないからである。そして、わたしたちは依然としていわなければならない。心的現象としての分裂病は判らない！

## 7　ミンコフスキーの『精神分裂病』について

かつて、ミンコフスキーの『精神分裂病』（村上仁訳）は、わたしにとって衝撃をうけた著書のひとつであった。精神病学になんの予備知識ももたないものにとって、クレペリンやブロイラーの、いわゆる二大内因性精神病概念である分裂病と躁うつ病とを、性格、気質、体質という概念をもちいて拡張したこの著書は、いわば精神の〈病的〉という概念を、精神の〈正常〉という概念の極限とみなすことによって、個体のあらゆる精神性を覆いつくすものとなっており、そのために、たれにでも少しはおもいあたるふしがあるような精神のおかしな現象は、ことごとくここに見出されるようにおもわれたからである。

こんど新版のおなじ著書をよんで、ミンコフスキーは、てんかん病の概念をこれにつけくわえ、いわば三つの病的概念を三つの気質的な類型に拡張していることがわかった。しかし、この著書は往時のようにわたしを驚かさない。ミンコフスキーがとっている方法の本質が、よくみえるようになっているからである。

ミンコフスキーの基本的な立場は、精神病の概念について、本質因子をもとにして、その体質因子が現実的環界というべつの因子の働きによって病的過程にはいりこむものだというかんがえにつらぬかれている。それゆえ、あらゆる精神の病的概念は、現実的環界との接触の仕方に還元される。だからミンコフスキーによれば、分裂病は、現実との生きた接触の喪失にその本質があり、躁うつ病は、環界との永続的な接触の状態に本質があるとされる。そして、ミンコフスキーが夫人の業蹟にもとづいて新たにつけくわえたのは、てんかん病にあたえた概念だけである。新版の同著は、つぎのようにてんかん病を記述している。

> 平生は思考によつて分離されているさまざまの存在や事物はその明確な輪廓を失い、お互いに交錯し、一つに融け合つてしまう。意識は溷濁し、同時に病者は原始的宇宙的な狂信のはげしい力によつて浸入され、圧倒されてしまう。屢々これに伴つて世界全体が没落しつつあるという危機の体験が生れる。これは分裂病者が平然として世界の終りについて考えたりするのとは全く異つたもの

である。分裂病者に於ては、すべてが分離し拡散し且つ解体し、時には合理化されるに反して、癲癇者にあつてはすべては結びつき、とけあい、凝集し、同時にそれははげしく且つ幻視的な体験としての宇宙的な体験に展開する。（村上仁訳）

そして、てんかん病の本質を**分割**に対する**結合**という概念をもちいて説明している。ミンコフスキーの**結合**という概念はあまり明瞭ではないが、その著書から演繹するかぎりでは、対象的事物との一対一の幻想的な関係づけを喪失し、共同性の幻想としてしか関係を結べない気質が、病的過程に入った仕方をさしているようにおもわれる。しかし、なぜ、現実的環界との接触の仕方が、ここで病的過程に入りうるかは明瞭ではない。それは**結合**という概念の不明瞭さに対応している。

ミンコフスキーのてんかん病にあたえた心的機構としての**結合**の概念をかんがえるとき、すぐに、ムイシキン公爵がてんかんの発作の直前におそわれる異様な体験を描写しているドストエフスキーの『白痴』の個所をおもいうかべる（第二篇五）。そして、このムイシキンの異様な心的体験の描写は、伝記とその個所の描写とから、ドストエフスキーのてんかん発作にともなう心的体験の自己内省と解釈が、そのまま移入されているとかんがえてさしつかえない。それは、つぎのように抽出してみることができる。

㈠はじめにフロイトのいわゆる〈注意〉（Aufmerksamkeit）の拡散とそれに伴う不安がおこる。ドストエフスキーの描写をかりれば、

彼（ムイシキン公爵—註）はこのやうな病気の発作の来る前にはひどくぼんやりしてしまつて、特に気をひき緊めて見ないと、人の顔と物とを混同することさへあり勝ちであつたことを、よくよく心得てゐたのである。（中山省三郎訳）

(二)覚醒時において発作がおこる寸前に、鬱状態から突然の理性的な調和と高揚がおこる。ドストエフスキーの描写によればつぎのようになる。

彼の癲癇の症状には、今にも発作が起こらうといふ間際に(但し、眼が覚めてゐて発作に見舞はれる時に限る)、次ぎのやうな一つの徴候があらはれる。哀愁、憂鬱、意気沮喪の真つただ中に、忽ち彼の脳髄は恰も焔のやうに勢づいて、あらん限りの生命力が実に物すごく一時に張りつめて来る。すると、この瞬間に生命の感じや自意識は殆んど十倍の力を増して来る。かと思ふと、稲妻のやうに消えてゆく。消えないうちは、叡智も感情も強烈な光りに照らされる。一切の動揺、一切の懐疑、一切の不安は一挙にして和らぎ、あの朗らかな、何不足のない喜びや希望にあふれ、理性と卓れた悟性に充ちた一種のいとも崇高な静寂境に融けてゆくやうに見える。しかし、この瞬間も、この暫しの閃きも、発作そのものがいざ始まらうといふ時のきはどい最後の一秒(いつも一秒より上になることはない)の予感に過ぎない。もとより、この一秒は堪へ難いものであつた。後で健康状態にかへつてから、この一瞬をつくづくと考へながら、よく彼は独り言をいつてゐた。いと高い純粋自覚と自意識、従つて『至高の人間的存在』の稲妻も閃きも、凡てが病気に他ならないものではないのか、あたりまへの状態が破壊されたことにはならないのか。若しもさうだとすれば、これは一寸も『至高の人間的存在』なんかではなく、それどころか、最も下劣な部類に入るのが当然なんだ。(中山省三郎訳)

(三)この異様な心的体験は、人生の最高の綜合との和解、融合の感じとして解釈される。ドストエフスキーの描写をかりれば、それにしても、彼はやはり遂には極めて逆説的な結論に到達した、『なあに、こいつが病気にしろ構ふものか？』たうとう、こんな独り合点をしてしまふ、『若しも、結果それ自体が、――若しも健康の状態に在つても、まざまざとおもひうかべて吟味の出来るあの一刹那の感覚が、最高度の調和であり、美であることが分かつて、充実、節度の感じ、人生の最高の綜合との和解、胸さわぎして祈る時の気持にも比すべき融合の感じ、今まで聞いたことも、夢に見たこともなかつたやうな、それほどの感じを与へるものとすれば、いかにこれが異常な緊張であらうとも、そんなことは何も取り立てて言ふがものはないではないか？』かやうな曖昧な言ひ分は、今なほ余りにも頼りないものであつたのに、彼自身にはかなり筋道の通つた当り前のことのやうに考へられた。（中山省三郎訳）

ミンコフスキーは、**結合**の概念を、調和と融合というような言葉でてんかん発作にいたる寸前の心的体験を要約してみせたドストエフスキーからかりたかもしれない。たとえロールシャッハ・テストの結果がどう解析されても、ミンコフスキーの**結合**という概念は、分割という概念に対比されるいわば哲学的概念としてかんがえられているからである。

わたしが遡行しうる限りでは〈分割〉という概念は、ヘーゲルにおいてすでにあらわれている。そして、ヘーゲルは心的な判断性というほどの意味で〈分割〉という概念をつかっている。それゆえヘーゲルでは〈分割〉という概念に対比されるのは心的な自然行為という概念であり、これは覚醒の心的状態にたいする睡眠の心的状態のように、植物神経系および動物神経系に支配されているような状態をさしている。しかし、ミンコフスキーのいう**結合**という概念は、それほど明瞭ではなく、包含性、粘着性、感覚性、そして不分明な心的融合といった概念として想定されているようにみえる。

この不明瞭な**結合**の概念は、ミンコフスキーが心的世界の内在性を考察することなしに、もっぱら環界との接触の仕方という外在性、いいかえれば自然体としての人間と現実的環界との相互規定性という截面で、心的世界の環界にたいする特異な位相を切開しているところからきている。これは、個体の心的な世界を環界にたいする形式〈様式〉とみなすことによって、必然的にもたらされる不明瞭さのようにみえる。分裂病と躁うつ病とを対比させるばあいには、現実との生きた接触の喪失あるいは、現実との永続的な接触という区別をもちい、これを分裂性と同調性という概念で気質的な範囲まで拡大しながら、分裂病とてんかん病とを対比させるばあいには〈分割〉と〈結合〉という自然体としての人間の〈身体〉を基礎にした心的な区別をあたえようとする。この矛盾は、ミンコフスキーによって心的世界の位相が、現実的環界との関係、あるいは自然体としての〈身体〉との関係に二極化するほかにないという形式主義にもとづいているということができる。

それゆえ、わたしたちの考察からは、てんかん病の心的位相は、心的現象としての時間化度の低下に結びついた空間化度が、ついに低下した時間化度の軸に〈惹きつけ〉られる現象として理解される。たとえば、ドストエフスキーが描いているように、古典哲学が〈理性〉とか〈悟性〉とか呼んでいる高度の時間化度が、きわめて低下した〈衝動〉とか〈本能〉とかに固有な時間化度であらわれ、これに環界との相互性から由来する空間性が〈惹きつけ〉られた状態である。この高度であるべき時間化度が、自然体としての〈身体〉の時間性にちかづくことが、ドストエフスキーの描いている発作寸前の心的状態の本質であり、また発作が一過的であるのも、この時間化度の低下と自然的時間性への接近という現象が永続することは、いわば自然体としての人間の死を意味するから、それ自体が生体にとって永続不可能だからという理由によっている。分裂病はその荒廃が生きた死体のように現象するのに、てんかん病の発作は生きた動物性のように現象する。それは、時間化度の上昇と低下という両者の心的位相の相異にもとづいている。

かくして、心的位相としての〈病的〉という概念は、第4図のようにしめすことができる。

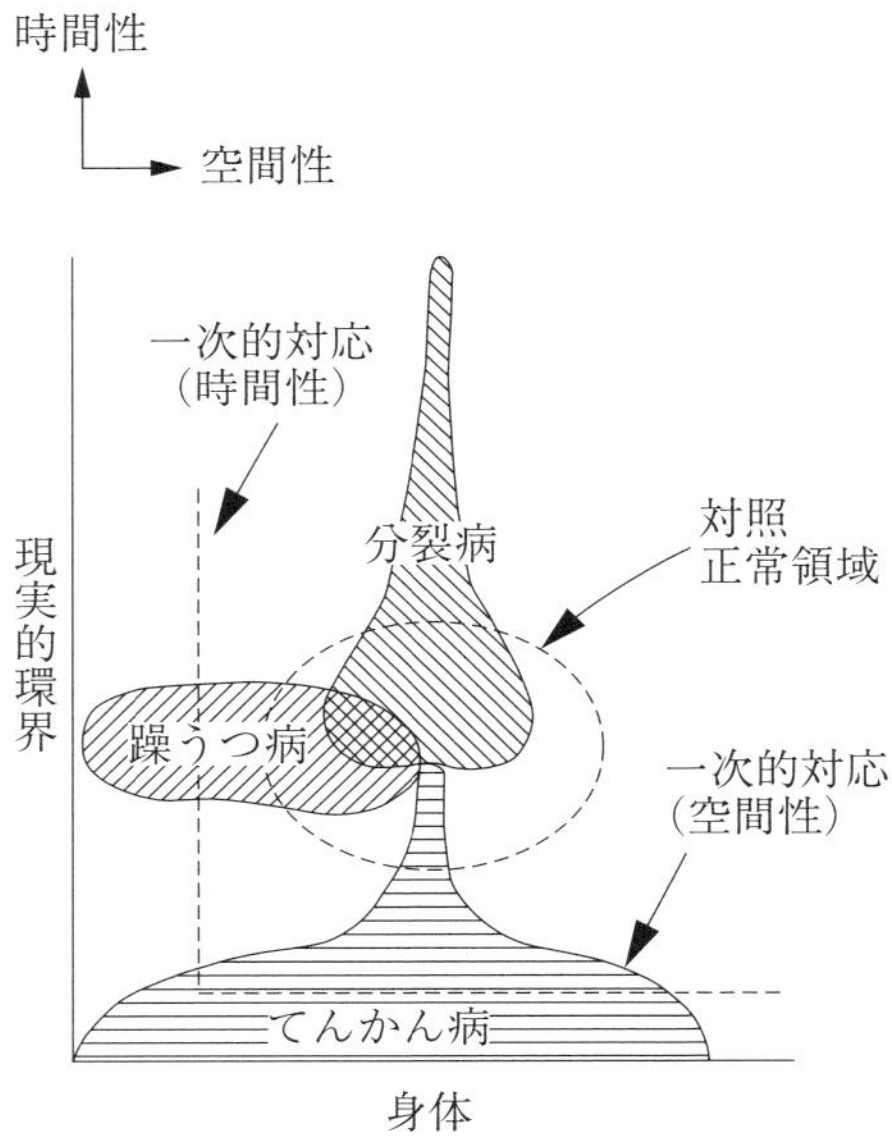

時間性
空間性
一次的対応
（時間性）
分裂病
対照
正常領域
現実的環界
躁うつ病
一次的対応
（空間性）
てんかん病
身体

第４図　心的位相としての〈病的〉

図に対照としてかかれた〈正常〉な心的領域は、ただ理解の便のためにかりにえがいただけで、なにが心的な世界として〈正常〉かという根源的な問いに耐えようとするつもりはない。また、いまの段階ではそれは不可能である。

# Ⅲ　心的世界の動態化

## 1　前提

人間はなぜ心的な世界をもち、またそれに左右されることがあるか。それは人間が世界をもち、そのなかに〈身体〉としてあるからである。ではなぜ、人間は心的世界をうみだしたのか。それは人間の〈身体〉が世界をもち、また世界のうちにあるということが、いずれにせよ人間に矛盾をあたえるということの表象としてである。それはいずれにせよ人間が現実に〈身体〉として、環界のなかに〈ある〉ということから発祥している。この心的な世界を原生的疎外の領域と名づけようとどうしようと、簡単に、人間は心の世界をもっているといっている以上にあまりでないことはたしかである。そのうえ、病的現象の理解のために適用してみると、素描以上のものを与えないことがわかる。そのうえなお明晰でないことは、**時間化度**、**空間化度**、**一次対応**、**高次対応**、**初原対応**といった概念を自明のことのようにつかっていることである。

たとえてみれば、いままでの考察は、心的な世界に、墨で濃淡をぼかし染めした布に網の目のように時間化度と空間化度の交錯した線を引いたモデルをあたえたようなものである。ここで心的な領域のモデルを動態化することが必要だし、原生的疎外の概念に細部の像をあたえる問題に直面している。ただ、いままでの考察に取柄があるとすれば、心的な世界を、人間の生理現象にも、現実的環界にも還元しえかんがえられる。

ない不可避的な領域としてあつかってきたことである。このかんがえはこれからも固執するに価すると

もしも、心的領域を原生的疎外とみなすならば、古典哲学が感性から理性へとはせのぼる意識内容とかんがえてきた段階的な区別はすべて無意味なものになり、それらは薄ぼけた境界をもった区別にしかすぎなくなる。感性とか理性とか悟性とかいう概念はそこでは明晰に存在しえない。たとえば、感性とはなにか、理性とはなにかと問う意識がいったん提起されると、あらかじめ〈感性〉とか〈理性〉とかいう語の意味をかくかくのものであると規定したうえで、ひとつの公準系を作りあげるか、あるいは〈感性〉とか〈理性〉とかいう語の意味するものを経験科学、哲学、心理学の分野から攻めたてて、ついに〈感性〉とか〈理性〉とかいう語が、本来、漠然とした心的な実体としか対応しないことがはっきりするまで追いつめてゆくか、いずれかの作業を強いられるのである。

それゆえ、心的な領域を原生的疎外の領域とみなすわたしたちのかんがえからは、ただ時間化度と空間化度のちがいとしてしか〈感性〉とか〈理性〉とかいう語が意味するものは区別されない。わたしたちはこのことを是認する。しかし、これで終ったわけではなくはじまったばかりである。なぜならば、心的現象の質的な差異、たとえば精神医学でいう分裂病や躁うつ病やてんかん病はただ時間化度、空間化度の量的な差異とその錯合構造にしか還元されないことは、いままでみてきたとおりだからである。ここで〈質〉的な差異を感じさせるものがあるとすれば、ただ時間化度と空間化度の錯合構造という概念だけだが、この概念がなぜ〈質〉的な差異を意味しうるかについて、わたしたちはまだどんな根拠をも与えていない。

あらためていうまでもなく、わたしたちは個体の幻想性についての一般理論が確定されれば、個々の具体的な人間がしめす心的現象を了解し、予見しうるはずだ、という観点にたっている。つまり、個々の心的現象について知らないほどには、人間の心一般の動きについて無智ではないという根拠に

たっているわけだ。まだ現在の段階では、個々のまばらな心的現象を解釈することさえ満足にはできておらず、さしあたって満足な解釈へできるだけ接近しようとこころみており、しかも、あらゆる〈排除〉をおこなわずに接近しうる可能性を打診しているにすぎないが、けっしてそれにとどまるつもりはない。

## 2　原生的疎外と純粋疎外

〈自然〉としての人間の個体が存在しなければ、どのような心的現象も個体にともなって存在しえない、ということは実証のいらない自明の真理としては定立しえない。なぜならば、心的現象が存在するかいなか（あるいは心的現象が存在する）という命題は、心的現象が人間に存在するから命題を提起するのだという自同律的循環を前提として、はじめて定立されうるものである。ここでは、心的現象の内在的な領域は、あたかも幽霊が存在するかのように、それ自体で存在するかのような仮象を呈する。心的現象がそれ自体として幽霊のように存在することを嗤うべき観念論としてしりぞけることはできる。しかし、それだけならば、嗤ったものは嗤われたものから復讐されるほかはない。なぜならば、これを観念論として嗤った心的領域を、かれはあたかも幽霊のように観念の仮象として存在する現存性の歴史からかすめとったものだからである。この問題を、わかりやすく単純な例からおしすすめる。

いま、わたしが眼のまえの黄色のガラス製の灰皿を視たとする。この〈視た〉という現象は、さまざまな問題をふくんでいる。まず、わたしは灰皿を対象的な反映として視ている。ここでは灰皿はガラスで作られた物体としてたしかにそこに存在し、それは視覚的にもたしかに受容している。しかし、この状態は〈注意〉と〈非注意〉の中間であやうく均衡しながらはじめて可能な状態であることがわかる。

つぎに、わたしは、じぶんが視ている灰皿に〈注意〉を加える。そこには凹凸があり受け口が三つついており、キズが入っており、陰の部分と明るい部分とがある。この状態では対象的反映の段階を離脱し、わたしは〈視る〉ことにより灰皿を知覚的に加工している。しかし、わたしは依然として視覚という知覚的な現象の内部にいる。つぎに、わたしは灰皿を視ながら、このキズはかくかくの製造工程のうちで、かくかくの理由でつくられたにちがいないと判断をめぐらす。またこの判断は、まったくべつの種類のものでもありうる。このキズのためにこの灰皿は美しくないとか、あるいはこのキズがあるのに高価でありすぎたとかいうような。これらの判断は、わたしたちは灰皿を視ているという知覚の継続のはんい内で可能である。

このようにして、心的現象としての灰皿は、視覚による知覚作用のはんい内で、**純粋視覚**ともいうべきものにまで結晶しうることがわかる。この〈純粋視覚〉は、対象とする灰皿と、対象的な視覚なしには不可能であるが、視覚のはんい内で対象と対象への加工のベクトルが必然的にうみだす構造であり、その意味では、わたしにとっての灰皿と、灰皿にとってのわたしとが、きりはなせないところでだけ成立する視覚を意味している。

この〈純粋〉化作用は、けっして客観的物体にたいする感官の作用、いいかえれば対象的知覚作用のはんい内でだけかんがえられるのではない。古典哲学が理性とか悟性とかよんでいるものの内部でもおこりうるものということができる。たとえば、わたしがいま〈Aはかくかくの理由でBと同一であるにちがいない〉と判断したとする。このばあいA（なる物体でも事象でもよい）はわたしの判断作用にたいして外的な対象性であるかのように存在することができる。古典哲学が〈理性〉的な判断をわたしが所有するというとき、あたかもAなる対象がわたしの判断にたいして対象的な客観であるかのような位相を意味している。しかし、Aなる理性的対象とわたしの判断作用の位相はここに固定されるものではない。この位相は、あたかもAなる対象性とわたしの判断作用とがきり離しえない緊迫した位相をもつこともできる。つまり〈Aはかくかくの理由でBと同一であるにちがいない〉というわたしの判断が、この判断対象ときり離すことができず、わたしにとって先験的な理性であるかのように存在するという位相である。ここで〈純粋〉化された理性の概念が想定される。わたしたちは、このような〈純粋〉化の心的領域を、原生的疎外にたいして**純粋疎外**と呼ぶことにする。そして、この純粋疎外の心的領域を支配する時間化度と空間化度を、**固有時間性**、**固有空間性**とかりに名づけることにする。

原生的疎外と純粋疎外の心的位相はつぎのように図示することができる。（第5図）

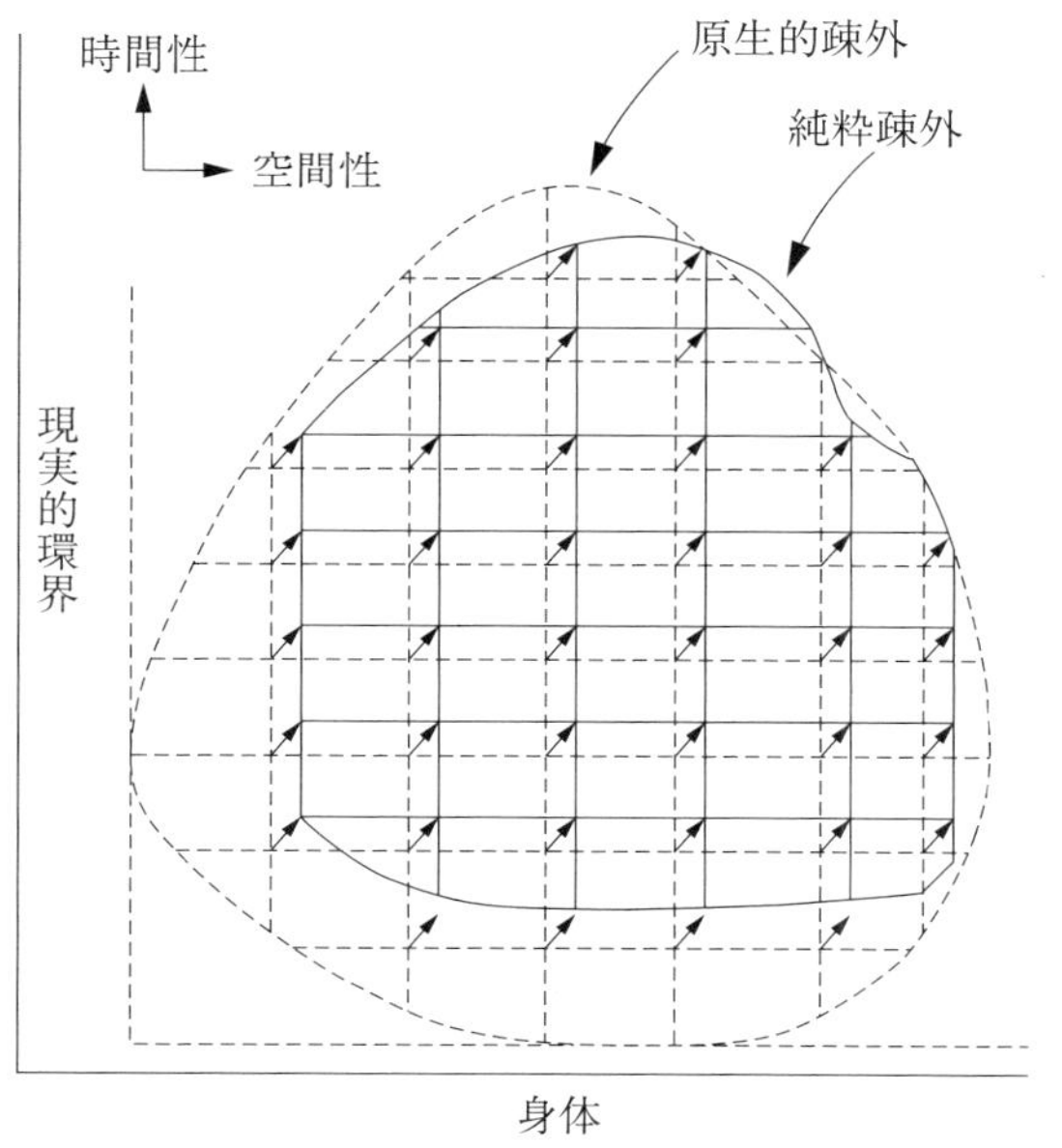


第5図　原生的疎外と純粋疎外の心的位相

ここで、純粋疎外の心的な領域が、けっして原生的疎外の心的領域の内部に存在するとかんがえているのではない。それとともにその外部に存在するとかんがえているのでもない。構造的位相として想定しているのである。いいかえれば内部か外部かという問いを発すること自体が無意味であるように存在すると想定している心的な領域である。（註―存在するというのは実在するという意味ではない。）

わたしたちは純粋疎外の心的な領域においては、たとえば知覚は知覚として失われることなく、また意志は意志として失われることはなく、理性は理性として失われることはないものと想定する。たとえば知覚を例にとれば、知覚に記憶や体験の痕跡が連合されて純粋化がおこるのではなく、あらゆる心的連合を排除して知覚はそのまま継続し、そのはんいの内部で〈純粋〉化を想定する。

わたしたちは、原生的疎外の心的な領域では、眼前に灰皿を視たということからはじまって、恋人の家でみた灰皿を連想することもできれば、その連想をどこまでも転換させて、眼のまえに灰皿を視たというはじめの出発点を忘れ去って遠くへゆくことができる。このばあい視覚はたんにあらゆる心的現象の契機をなすにすぎない。しかし、純粋疎外の心的領域では、眼のまえに灰皿を視たということから対象としての灰皿を離れることもできなければ、また対象的知覚をたんに視覚的反映の段階で手離して他の連合にとびうつることもできない。灰皿と対象的知覚とは離れることなく錯合される。この領域では、わたしたちの意識は現実的環界と自然体としての〈身体〉に依存するとかんがえない。同時に依存しないともかんがえない。依存することと依存しないこととは共時である。いいかえればひとつの**錯合**である。このような心的な領域は、あらゆる個体の心的な現象が、自然体としての〈身体〉と現実的環界とが実在することを不可欠の前提としているにもかかわらず、その前提を繰込んでいるため、あたかもその前提なしに存在しうるかのように想定できる心的な領域である。原生的疎外を心的現象が可能性をもちうる心的領域だとすれば、純粋疎外の心的な領域は、心的現象がそれ自体として存在するかのような領域であるということができる。

誤解の余地はないものであるが、わたしたちの純粋疎外の概念は、たとえばフッサールの現象学的な還元や、現象学的なエポケーによって想定される純粋直観の絶対的所与性とちがう。現象学的な還元によれば経験的な諸対象は、経験的な諸対象についての意識とともに排除せられる。これらがどんなに客観的な確実さを証明されていてもつねに排除せられる。そして意識はそれ自体として固有の存在をもち、この固有性は現象学的などんな排除をほどこしても残留する本質としてかんがえられる。知覚についても現象学的な還元が残留させるものはおなじであり、知覚と知覚対象が統一的に内在化された客観として知覚作用の内部に残留し、その他は超越者としての方向へむけられる。しかし、ごらんのとおり、わたしたちの純粋疎外は〈原生的疎外はもちろん〉現実的環界の対象も、自然体としての〈身体〉もけっして排除しない。ただ、純粋疎外の心的領域では、これらは、ひとつの**錯合**という異質化をうけた構造となる。わたしたちの純粋疎外の概念は原生的疎外の心的領域からの切断でもなければ、たんなる夾雑物の排除でもなく、いわば**ベクトル変容**として想定されるということができる。

## 3 度（Grad）について

さきに、原生的疎外の心的領域を内在性としてかんがえる場合〈身体〉の生理的時間性と現実的環界の自然的空間性との一次対応をもとにする時間化度と空間化度を基軸として想定した。そしていずれにせよ〈異常〉あるいは〈病的〉な現象では、この一次的対応は失われるものとかんがえてきた。このようにかんがえることによって心的現象は現実的な環界に〈事実〉として存在するものと〈身体〉が存在するがゆえにかならず想定される対象物の受容、解釈、それから連合などの作用とが交錯することによって生ずるものと了解した。したがって心的領域ではかならずある時間性と空間性の内在的な度合（Grad）によって対象的認識も、本来的認識も変容をうける。この度合（Grad）の概念こそ、これから手に入れたいとかんがえるものである。なぜ、いかなる根拠によって、どのように、現実的環界の対象的事物や意識を、意識するという心的な作用は、変容をうけるのだろうか?

わたしたちは、ふたたび、もっとも簡単な知覚作用、いいかえれば現実的環界に実在する物体にたいする感官の作用を例にとることにする。いま、眼のまえにおかれた黄色のガラス製の灰皿がある。わたしがそれを〈視て〉いる。もしこの〈視て〉いるという状態から、あらゆる〈純化〉作用を排除してかんがえれば、わたしは灰皿のおかれた場所と、そこからの距離と、形態と色とを知覚として受容している。この受容が、実在する灰皿の全容と一致しないのは〈視ら〉れている灰皿の方向と距離によって視角が限定されるからである。この視角は、どの方向と距離をとろうとしても、その都度その視角に固有な限定をうける。この限定からぬきだすことができる共通性は、心的領域における最初の一次的な**視覚**の空間化度である。

触覚の空間化度は、これとまったくちがっている。**触覚**はもしあらゆる連合作用と視覚の補助とを排除すれば、形態を識別することはできない。色彩を識別することもない。また、距離をもつこともない。いわば運動そのものの直接性ともいうべきものである。この**運動の直接性**の感覚が、**触覚**の空間化度である。

**嗅覚**や**味覚**のような原始的感覚において、わたしたちは、触覚よりもさらに原初的な直接性をみることができる。それは、いわば**滲透の直接性**の感覚ともいうべきものである。

おおくの神経生理学者は、ヘーゲルがそうしたように**聴覚**の属性を空間性とかんがえずに、時間性とむすびつけようとしている。しかし、おそらくそれは誤解である。いま、振動する物質が可聴周波数の波形で空気を振動させてわたしたちの耳の鼓膜に到達したとする。この空気振動の速度は温度に依存する常数をもっている。振動する物体とわたしたちの聴官への到達は、たしかに一定の自然時間の距りをもっている。しかし聴覚が受容するのは、この時間的な距りではなく、可聴周波数と波形による振動物体の**空間的な性質**である。いわば、もっとも発達した感覚とかんがえられている聴覚は、**遠隔化された触覚**にたとえることができるものであり、その空間化度は、一定の方向に**物体から外延される全空間との接触性**を意味しているということができる。

もしも、わたしたちの知覚作用において、あらゆる感官相互の連合や想起作用や想像作用を排除して、固有の感官による受容だけを想定するならば、それぞれの感官による感覚作用は、それぞれに固有の空間化度をもっており、この空間化度は、生理体としての〈身体〉の時間化度にむすびついて知覚受容をなすことが了解されよう。これが、原生的疎外の心的な領域における感覚の空間化度の一次対応の本質である。

では、このような知覚受容に結びつく時間化度の概念は、どのように想定さるべきだろうか？

もっとも単純なのは、人間の〈身体〉を生理的自然体としてみたときにかんがえられる神経伝播の速度であり、神経生理学者のいう〈クロナクシー〉によってこの時間化度は規定される。（註――「周知のように、細胞機能の速さを評価するのに便利な方法がある（ラピック）：即ち、速い細胞は興奮するのに短い電流しかいらないし、おそい細胞は長い電流を要する。実際的には、これは特有の電流の持続時間の測定によって表される（クロナクシー【興奮をおこすに必要な刺戟時間の最小値】）。」〈ポール・ショシャール『意識の生理学』吉岡修一郎訳〉）

しかしながら、たとえば〈Aはかくかくの理由によって馬鹿である〉というような判断的な理性がしめす心的現象の時間化度は、すでにこの神経生理的な〈クロナクシー〉の規定をこえてしまう。そこでは〈A〉という人物への対象的指向のつぎに〈かくかくの理由〉が継起的にかんがえられ、つぎに〈馬鹿である〉と判断されるという分割された概念をそれぞれの仕方でむすびつけうる速度が、時間化度の本質である。そして、すでにこのようなときには、人間は生理的自然体としての時間化度を超えてしまっている。この分割された対象性の再構成が〈クロナクシー〉によって規定される時間化度を離脱すればするほど、わたしたちは高度な時間化度をもつものとかんがえることができる。

つぎに、わたしたちは純粋疎外の心的領域における時間化度と空間化度の概念は、どうかんがえるべきかという問題に直面する。ここではじめてハイデッガーやベルグソンの主著における空間性と時間性の概念と身を擦りあわせることが必要となってくる。かれらが導きだした時間性と空間性の概念は、心的な領域では古典哲学の量子化のような意味をもっており、この領域で問題にする価値があり、どうしても、避けて通りすぎることのできない稀な業蹟である。

ハイデッガーによれば、存在しながら、存在を了解することができ、自らの存在によって存在そのものを問題にできる存在が現存在（人間）であり、この現存在が一般に存在というものを漠然と理解したり、解釈したりしている根源が時間とよばれる。この現存在的な時間は、ハイデッガーにおいては、ふたつの方向に明晰化される。

ひとつは、この現存在的な時間の根源とはなにか、という方向である。

他のひとつは、一般に時間の継起と呼ばれているもの、過去、現在、未来ということはなにを意味するか、そして現存在的な時間は内部時間および外部時間といかに異るかという方向である。

まず、現存在的な時間の根源は、ハイデッガーによれば、現存在が本来もっている全体性（生誕と死との）からみちびかれる〈倫理〉である先験的な覚悟性（沈黙のうえに自分が存在してしまって他の存在と関わっていることの重さに醒めていること—註）である。

つぎに、過去、現在、未来というものは、〈今〉がつぎつぎにあらわれては既在へ押しやられてゆくのではなく、過去となってしまった将来が、現在というものを醒めさせるというように統一的に存在しており、これが時間性の本質である。そして時間の根源である先験的な覚悟性は、将来からやってくる過去として現在の現存在（人間）を情況へむかわせるものとされる。

もうひとつ、ハイデッガーの時間概念において、さしあたってここで重要な関係をもっているのは、現存在の時間を、内部時間性と区別している点である。現存在的な時間からは、真の時間現象は、「『そのなかで』〈目のまえのもの〉が生成消滅する」ということ自体（脱自的な時熟―註）であり、内部時間性は、この真の時間現象から発する任意のひとつであるにすぎない。この意味でハイデッガーによればベルグソンの時間解釈は存在論的に無規定な「空間に対する『質的時間』の外面化」にすぎないと批判される。

ハイデッガーの空間概念は、本質的に〈距離をとり除きながら〉存在する現存在の在り方によって規定される。対象性にたいする距離をとり除くという作用によってはじめて対象の距離や方向は明晰にされる。二つの点、二つの事物は、現存在にとっては互に距っているのではなく、距りを無くされていることによって、互に距っていることが測られ、了解されるのである。

一方これに関連してベルグソンにおける空間概念で重要なことは、かれが空間概念を二重化していることである。

ベルグソンによれば、或る種の動物が、数百粁にも達する遠方から直線的にその巣にかえってくることができるのは、これらの動物において方位の感覚が、空間を質的に差別があるものとして弁別しているからである。つまり空間概念は動物においては等質なものではない。動物においては、空間における二つの異った方向は、あたかも二つの異った色彩のように弁別されている。

ところで、人間の空間概念の特色は、人間が空間を性質のないものとして知覚し弁別する能力をもっていることである。「我々は秩序を異にする二つの実在を認識すると云はねばならない。一つは異質的で感覚的性質の実在であり、も一つは等質的で即ち空間である。人間の知性によつて明確に考へられる後者が、截然たる区別を行ひ、計算し、抽象することを、恐らくは又話すことをも、我々に出来るやうにするのである。」（ベルグソン『時間と自由』服部紀訳）

この考察は、わたしにはもっとも興味を刺激されるが、さしあたってそのことは問題にせず、ベルグソンのこの空間概念は、等質的な空間の異った距りや方位が、けっして持続運動の経路によって測られるのではなく、それを同時的に把握するものであるという点で、時間概念に移しかえられているということを指摘すればよい。これをベルグソンの説くところに則してさらに詳しくいえばこうなる。

等質的空間のなかで運動している事物は、いつもただひとつの位置しかもっていない。一瞬前にもっていた事物の位置は、すでに空間に残っていない。しかし、これを視ている〈私〉の内部では意識した事物の有機的な組織化や相互滲透の過程が行われる。いま、さらにその上、この空間における運動する事物と運動を、排除してかんがえるとすれば〈私〉の内には相互排除性のない持続があり〈私〉の外では継続のない相互排除性がある。これがベルグソンの時間概念の根本をなしている内的時間の外面化である。そして〈私〉の内なる相互排除性のない継続と、〈私〉の外にある持続のない相互排除性を結ぶ転換点は、〈同時〉ということであり、これが時間と空間の交叉するところである。

ところで、わたしたちの純粋疎外の心的領域における時間と空間の概念はどうかんがえるべきだろうか？

それは、もっとも単純に、すでに原生的疎外の心的領域における時間と空間を前提とする**ベクトル変容**であり、ただ〈時－空〉性として存在し、かんがえられるだけであるというほかはないことがわかる。

わたしが時計のゆるやかにうごく分針を視ていたとする。分針は文字盤の12から1のところに移動しつつある。そのゆるやかな分針の動きを視ているわたしは、いわば分針の実的な動きと同時に奥行きをみているのである。わたしは時計によって機械化された自然時間の五分間を感じているのでもなければ、内的意識にある量の時間の持続感覚をもっているのでもない。

しかし、わたしたちの純粋疎外の心的領域における〈時－空〉性は、あるばあい固有時間性と固有空間性を原ベクトルとして想定することが必要であるようにおもわれる。このあるばあいとは、心的領域における〈異常〉または〈病的〉という概念をかんがえざるをえないときである。なぜならばこのときは〈時－空〉性の障害こそが問題であり、これを了解するためには固有時間と固有空間とのなんらかの形での共時障害を想定するほかはないからである。

ベルグソンの持続概念からする時間と空間性からわたしたちに驚きを強いるものがあるとすれば、人間にのみ存在しうる等質的空間概念と、たとえば動物がしめす異質的感覚的な実体としての空間概念を区別している点である。これは、わたしたちがかんがえてきた原生的疎外の概念とどこかで重なりをもつようにおもわれる。

ハイデッガーの現存在の概念は、わたしたちの純粋疎外の概念と類似している。しかし、ハイデッガーの現存在は、心的領域としては、あらゆる現象学的な還元によって心的経験流を排除することによって残される現象学的な残余の本質である。しかし、わたしたちの純粋疎外の概念は、原生的疎外からの**ベクトル変容**であり、いまだ、わたしたちは、環界としての現実をも、生理的基盤としての〈身体〉をもすこしも排除していない。また、どのような還元をも行っていない。その理由は、わたしたちが経験的な諸事実や諸科学、とくに精神医学や神経生理学的な事実におびえているためでもなければ、観念論の泥沼にはいりこむことをおそれているからでもない。対象性としてみられる心的領域が、対自性をもふくめてあらゆる可能性をもって存在しうるようにみえるという心的な相互規定性の輪廓を根拠なく失いたくないからである。

わたしたちは、依然として精神医学が確認している心的現象の〈異常〉または〈病的〉な領域へ原理的に接近するという課題を放棄しようとはおもわないし、まったくおなじように人間の個体の幻想性についての一般理論の創出という課題をも放棄しようとはおもわないのだ。

## 4　ふたたび心的現象としての精神分裂病について

原生的疎外の心的領域からの**ベクトル変容**としての純粋疎外を想定することによって、新たに精神分裂病の概念について獲得するものはなんであるか。

わたしたちは、現在の段階で依然として臨床的に確定された分裂病の症例をあつめ分類することができていない。したがって臨床精神医学が把握している分裂病概念を素材として考察をすすめるほかない。また、ある意味では現在の段階でわたしたちの概念が武器として通用しうるようにおもわれるのは、この程度の素材にちょうど見合っている。つまり、わたしたちは、依然としていかに了解しうるかの段階にあり、いかに予見しうるかの段階にはない。

クルト・シュナイダーの『臨床精神病理学』は、分裂病についてつぎのようにのべている。


第一級症状とは、我々の論述の順序によれば次の通りである。——考想化声。話しかけと応答の形の幻聴。自分の行為を絶えず批評する声の幻聴。身体被影響体験。思考奪取、その他の思考への干渉。考想伝播。妄想知覚。感情や動能（欲動）や意志の領域における他からの作為や被影響のすべて。

このような体験様式がまちがいなく存在し、身体の基礎疾患が何も発見されない場合に、我々は臨床的に、ごく控えめに、分裂病だということができよう。その際心得ておかなければならないことは、こういう症状はおそらくいずれも、把握可能な基礎疾患に基づいて起こる精神病状態にも現われうるということである。たとえば、アルコール精神病や、てんかん性もうろう状態や貧血性その他の症状精神病や、脳のいろいろな病的過程の場合にも現われうる。おそらくこれら以外にもなお分裂病の第一級症状を認めることもできよう。しかし、我々は、概念上からも、また検査の際にも、あまり大した困難なしに把握できるような症状だけに限ることにする。（平井静也・鹿子木敏範訳）

シュナイダーのすぐれた著書が、慎重にのべている分裂病の臨床像からおもな一、二の症候を挙げて考察してみる。

(1)考想化声、その他の類似幻聴

**考想化声**は、じぶんの思考が音声となってじぶんに聴えるという現象をさしている。この現象はさきにのべた聴覚の本質によってかんがえれば、じぶんが聴きとるということが、じぶんの思考を外延的に空間化して聴覚に達せしめることを意味している。じぶんの思考が自己に聴えるという心的な現象は、じぶんにとってじぶんが対象的な話しかけであるということを意味しており、純粋疎外の心的領域に属している。聴知覚は本質的にいえば、耳の鼓膜が物体の振動の空間的外延として共振するかどうかではなく、対象である物体を外延的空間として受容しうるかいなかにある。それゆえ、考想化声において主要なことは、じぶんの思考の振動とおなじようにじぶんの〈純粋〉聴覚が共振するかいなかということとはべつに、じぶんの思考が〈純粋〉聴覚にとって外延的空間として受容されうるかどうかに本質が存在している。

考想化声において重要なのは、〈自分〉の思考ということではない。だから、思考奪取、考想伝播のようなものであっても、本質は考想化声とちがっていない。

ところで〈自分の思考の振動〉とはなにを意味するのか。このばあい、あきらかに固有時間化度と固有空間化度の分割と構成の構造を意味している。考想化声のばあいのように、それが自身に聴取されることは、じぶんの思考がじぶんにとって〈遠隔〉であること、いいかえればじぶんの思考とじぶんとが、あたかも振動する物体と聴覚的受容のあいだとおなじように外延的空間を想定せずには結びつかないほどかけ離れていることを意味している。

この本質の考察はシュナイダーのいう話しかけと応答の形の幻聴のばあいでも、自分の行為を絶えず批判する声の幻聴のばあいでも、けっして変える必要はないとかんがえられる。

(2)身体被影響体験、その他の作為体験

この種の症状が、シュナイダーの例示しているように、自分のへそがひものように飛び出して、胸を通り頭の中へぐるぐる巻きあがるというような〈身体〉体験であっても、性行為をしているような感じの〈身体〉体験であっても、あるいは他から作為されて行動するという〈身体〉体験であっても、その本質は、**じぶんの考想によってじぶんの〈身体〉が変容されるということである。**したがってじぶんの思考の固有時間性が、じぶんの〈身体〉の時間性、いいかえれば〈クロナクシー〉からの一次対応から〈距て〉られていることを意味している。思考の時間性は、その判断の分割の速度にしたがって規定されるが、この判断のとりこむ空間性が自分の〈身体〉であるということは、べつに特異なことではない。ふつう、わたしたちは自分の〈身体〉についてどこそこに傷あとがあり、どこそこにアザがありというような判断をしばしばやっている。しかし、身体被影響体験に類するあらゆる場合には、**思考の固有時間性にともなって〈身体〉の時間性は変容させられ**、この変容の態様にしたがって、〈身体〉はその〈クロナクシー〉をすてて変容された時間性に対応する変形と、変形された行動とを体験するのである。

わたしたちは、この(1)、(2)にあげた分裂病の第一級症状にたいする理解をもとにして、シュナイダーのあげている分裂病の主要な症状のすべてを了解することができるはずである。

また、おそらく、ここにあげた(1)、(2)は、分裂病の心的現象にとっても本質的な基軸であり、この基軸は、臨床把握が実際に経験する複雑さ(いわゆる素人にはわかりっこないさと専門医がかんがえる詳細)をべつにすれば、すべての症状に適応しうるはずである。わたしたちは、純粋疎外の心的領域を想定することによって、分裂病概念の内側にややふみこむことができたはずである。現在の段階で、わたしたちが謙虚さを失わずにいいうることはたったこれだけであり、まだ幾重にも息苦しい壁が立ち塞がっているのを感ずる。

## 5　感官相互の位相について

ここで心的な世界にさらに微細にふみこんでみなければならない。いままでかんがえてきたゆきがかりからすれば、これは、さしあたって感覚的な受容とその了解作用を微細につきつめる課題としてあらわれる。もちろん、感官の作用は心的現象のすべてであるわけではない。ただ諸感官は対象世界にたいして主要な、そしてきっかけをつくる窓であることはたしかである。

この問題ははじめにつぎのようなふたつの問いとして提起することができる。

第一に、さきに心的な領域として想定したように原生的疎外と純粋疎外という概念が**ベクトル変容**としてのみ相互の関係をもっているというとき、**ベクトル変容**とはなにを意味するか？　第二に、感官の作用を対象についての感覚の空間化度のちがいとして措定したとき、個々の感官はどんな位相で想定されるか？　そしてそれは感官相互の空間化度のちがいにどんな影響をあたえるか？　このふたつの問題を一定の仕方で理解できたとき、わたしたちは心的な現象の理解にどのような踏み込みがえられるかという課題につながる。いま、試みに感想をさきにいわしてもらえば、これらの問題をつきつめてゆけばゆくほど、心的現象としての〈異常〉とか〈病的〉とかいう概念の成立する余地はせばめられてゆく一方であるとかんがえられてくる。観察される心的な現象がどんなに風変りにみえても、その大部分は〈異常〉とか〈病的〉とかいう概念では律しにくい。たいていはたんなる心的な可能性の領域にあらわれる現象にすぎないというふうにみえる。外部から観察される〈異常〉や〈病的〉は無数にあるとして、そこでも構造的な〈異常〉や〈病的〉はほとんど発見できないといっていい。

フランスの医師イタールが、アヴェロンの森で捕えられた野生児について観察し教育した記録『アヴェロンの野生児』のなかに、野生児の感官作用についてきわめて注目すべき観察と所見がのべられている。

冬期には、私は少年（野生児―註）が聾唖院の庭を横切り、半分裸で湿った土地に蹲り、四時間もずっと冷い湿気のある風に身をさらしたままでいるのを何回も見かけた。寒冷に対してだけでなく、熱に対しても皮膚や触覚の器官は何ら感受性を表さなかった。火の側に居て、煖炉から熱い燃え残りが転り出したりすると、毎日のように、それを元通りにしておいた。又同様なことであるが、煮えているジャガイモをつまみ出しているのを再三発見したが、そんな時にも少年の皮膚は、完全にすべすべしていたことを私は保証する。（古武弥正訳）

ここでは手や皮膚の触覚についてふれられている。イタールは嗅覚のばあいについても追及していて、嚔（くしゃみ）をさせずに野生少年の外鼻腔に嗅煙草を充たすことに度々成功したとのべている。ここでかんがえられてしかるべき問題はつぎのように要約することができる。

(一)この観察は、野生少年が鈍い触覚（嗅覚）作用しかもたないことを意味しているのだろうか？

(二)野生少年は鋭い触覚（嗅覚）作用をもっているのだが、心的世界がまったくべつのことによって占められているためそれを感覚しないのだろうか？

(三)野生少年は正常な触覚（嗅覚）作用をもっているのだが、関係意識が発達していないためにこの場合寒冷や熱暖を了解することができないのだろうか？

(四)野生少年はある種の動物のように、ある特定の対象にのみ異常に鋭い触覚（嗅覚）作用をもっているが、その他の対象にたいしては鈍い感覚作用しかもたないということを意味するのだろうか？

この四つの問題は、いずれひとつの問題に帰せられるような連関をもっている。乳幼児期から天然物以外の外界との接触を断たれて少年期にまで成人した正常な人間の心的世界の問題である。そしてどのような感官は人為的な働きかけによって発達する可能性をひらかれているが、どのような感官はある限界以上に高度化しえないかという問題である。

いずれにしても、アヴェロンの野生児がしめすこの状態は、正常な幼児の世界にも、自閉症的な〈異常〉成人の世界にも類似する点をみつけられるのはあたりまえのことである。だが、この自閉的に外部からみえる世界が、野生児の心的な世界として空虚なものであるのか、奔騰する世界であるのかは、これだけでは判断できない。

日常しばしば心がほかのことに占められているときや、入眠の状態にあるとき、おなじように寒冷や温熱を感じなかったりすることがありうる。長時間はその状態でいることはできないとしても、だ。また、ある種の修練者が真赤になった炭火をつかんだりしてもヤケドもしなければ、熱さも感じないというこことはありうることである。

手近かに、詩人高村光太郎は「回想録」のなかでつぎのように少年期の体験をかいている。

私は小学校時代には非常に不思議なことが出来た。父の弟子の中に武州粕壁から来た野房儀平といふ男があつて、この男の親類に山伏のやうな人がゐて、それでいろいろ秘法を知つてゐた。私はその男にせびつて到頭その秘法を教はつた。例へば真赤におこつてゐる炭火を素手に載せて揉み消すことが出来た。堅炭のやうな強い火ほどいいのである。小学校には昔は炭火をおこして居たので、先生などの居るところでやつて見せると驚いて、先生も不思議がつて「変だな」といつてやつてみるが熱くて出来ない。私だけ出来て不思議に思つたものだがなぜか自分でも分らない。秘法を教はつて、さうやると熱くないのだといふ自信があるから、恐らくその為なのだらうが、兎に角火脹れにならない。

高村はべつに触れていないが、この種の「秘法」なるものには、呪文をとなえるとかなにか、それ自体では無意味な手続きがあるはずである。正常な個体が一時的に無感覚になりうるためには〈入眠儀式〉を細かく踏みながらたとえ熱源体に接触していても、その了解を切断したり、ほかの対象に了解を集中したりすることが必要だからだ。

アヴェロンの野生児のばあいは、これとはちがって、はたからつくりあげられたほど作為的でないし、また意識的でない。了解作用自体が関係意識を喚起しない対象や状態では未発達であり、この未発達はある幼ない年齢を無造作にこえたあとでは恢復ができないかもしれない。

問題は、第一に触覚や嗅覚の空間化度が本質的に低いという点にあるにちがいない。したがってこの種の始原的な感官作用から了解を切断するには、身体を異常に高い心的時間性か異常に低い心的時間性の領域に統御すればよいことになる。正常な個体では、異常に高い心的時間に統御することでもこの種の受けいれ感覚は、了解作用と切断することができるにちがいない。アヴェロンの野生児のばあい、正常な身体作用の〈クロナクシー〉とかんがえているよりも、この状態では低い時間化度をしめしていることを意味している。ここに野生児の正常な未発達という概念があらわれうる。

さきに、諸感官をそれぞれに固有な空間化の度合（Grad）にあるものとして、相互の位相を位置づけた。しかし、ここで位相の概念はさらに詳細に考察されなければならない。

たとえば、触覚の空間化度を運動の直接性の感覚として想定した。ここでは直接性の構造が問題となるのだ。いいかえれば、触覚が触覚の内部でもつ構造を踏み込んでかんがえなければならない。

アヴェロンの野生児のような未発達の人間や動物では、触覚の空間化度は等質（homogen）ではないとかんがえられる。引用の状態では、感官（触覚）の空間化度は異常に低い時間化度とのみ結びつくほどに異常に低い仮象を呈する。つまり異常に低い空間化度のところで、はじめて身体の時間性と〈共時的〉に結びつく。しかしあるばあい、たとえば食物や性慾の対象にたいする触覚のように、繰返し必要不可欠のものとして摂取しなければならない対象にたいしては、その空間化度は異常に高くなる。つまり、異常に高い身体の時間化度とのみ〈共時的〉である。嗅覚を例にとればこのことは一層はっきりと了解される。たとえば猫や犬は、わたしたちには〈気配〉とでもいうほかない遠隔から好物である焼魚や、異性を感受することができる。

一般的にいって、未発達の人間や動物の感覚では、その対象的感覚の空間化度は、ある部分では飴のように異常に伸びて発達した空間化度にあるかとおもうと、ある部分ではまったく無にひとしいほど退化した空間化度にあるとかんがえることができる。ひとつの対象的感覚の内部でおこるアモルフな奇妙に歪んだ空間化度はその感官に固有な構造をもっている。

ここまできて、つぎのようなかんがえをおしすすめることを余儀なくされる。さきに、わたしたちは感官の相互の位相をそれぞれに固有な空間化度の段階としてかんがえてきた。いまやそれぞれの個々の感官の内部に空間化度の構造を想定することが必要である、と。

たとえば、わたしたちは嗅覚を聴覚よりも原始的な感覚であり、したがって低い空間化度にあるものとみなしてきた。しかし、感官による受容を了解作用とむすびつけてかんがえるとき、いいかえれば〈身体〉から疎外された時間化度とのむすびつきをかんがえざるをえないとき、さらに個々の感官作用の空間化度の内部に構造を想定することがひつようである。この空間化度の構造の内部ではたとえば嗅覚のような原始的な低い空間化度の内部で、異常に高い空間化度によってしか〈身体〉の時間化度とむすびつくことはできないこと、いいかえれば異常に高い空間化度の仮象によってしか了解作用をもつことができないことがありうると想定することができる。

感官作用の空間化度は、もし対象世界との相互作用としてだけかんがえるのではなくて〈身体〉の了解作用、いいかえれば時間化度との結びつきの作用としてかんがえると、その内部に位相的な構造を想定せざるをえなくなる。このとき空間は異質（heterogen）なものとなる。ある種の対象にむけられた感官作用は異常に長い通路でつながっているが、またべつの種類の対象に対しては結滞している。そしてこの空間化度の異質性（Heterogenität）を測る尺度は**関係意識の強度**である。

このような感官内部の位相的な構造を想定することによって、もうひとつでてくる重要な問題は、べつの感官とのあいだの異化結合の可能性である。視覚と嗅覚とが結合するためには、嗅覚の空間化度がある特定の対象に対して視覚の空間化度を侵すだけの高度さの仮象をもてればよいとみなされる。

ある特定の匂いを嗅覚したとき、すぐにある視覚的な像とむすびつくというのは、正常な個体でもしばしば体験されることである。また〈異常〉な個体で、ある嗅覚を感じたとき、まったく無関係におもわれる視覚的な像の奔出に悩まされる症例がありうる。また聴覚作用が、すべてその受容の瞬間に無定形な像を奔出させるというばあいがある。

たとえば、芥川龍之介は『歯車』のなかで主人公がこの種の体験に見舞われるさまを描いている。

僕は十分とたたないうちにひとり又往来を歩いて行つた。アスフアルトの上に落ちた紙屑は時々僕等人間の顔のやうにも見えないことはなかつた。すると向うから断髪にした女が一人通りかかつた。彼女は遠目には美しかつた。けれども目の前へ来たのを見ると、小皺のある上に醜い顔をしてゐた。のみならず妊娠してゐるらしかつた。僕は思はず顔をそむけ、広い横町を曲つて行つた。が、暫らく歩いてゐるうちに痔の痛みを感じ出した。それは僕には坐浴より外に癒すことの出来ない痛みだつた。

「坐浴、――ベエトオヴエンもやはり坐浴をしてゐた。……」

坐浴に使ふ硫黄の匂ひは忽ち僕の鼻を襲ひ出した。しかし勿論往来にはどこにも硫黄は見えなかつた。僕はもう一度紙屑の薔薇の花を思ひ出しながら、努めてしつかりと歩いて行つた。

このばあい主人公の〈僕〉は「坐浴」という言葉をおもいだしたとき、その視覚像をおもいうかべたのか、言葉の概念としておもいだしたのか、ほんとうははっきりしていないが、そのとき坐浴に使う硫黄の匂いを嗅覚として実感する。もちろんじっさいにはあたりどこにも硫黄の匂いなどはないのである。

このとき嗅覚の空間性は、その構造の内部で異常に高度な空間化度の仮象を呈し、他の感官の空間化度の位相に侵入することができるようになる。じじつ『歯車』は、多様な感覚と概念の異化結合の世界を描いている。しかし、いままで考察してきたように、この種の異化結合は、それ自体としては主人公のように、怖れや、不安や、強迫衝動に耐えられないで悩んだり、逃れようとして街へとびだしたりしているほど〈異常〉な現象ではない。『歯車』で〈異常〉さがありうるとすれば、一見なんでもないようにみえるが、瞼のうらに主人公の意志とかかわりなく、いわば強制的に歯車の映像があらわれてまわりだし、それを心的な病状とおもいなして、不安や怖れと結びつけているということのなかにしかない。その他は、おおく主人公の神経的な衰弱を語る程度のものにすぎないといえる。

わたしたちが個々の感官の内部に位相的構造を想定することによって獲られるものは〈異常〉とかんがえられていることのおおくが、非本質的な心的現象として〈異常〉の範疇から卻けてゆくべきだ、ということである。

個々の感官の空間化度の位相に、あるひとつの構造を想定すれば、ある対象にたいしては、各感官がそれぞれの空間化度の段階をはなれて、他の感官の空間化度の位相に侵入する可能性がありうると結論される。そしてこの可能性の前提となるのは〈身体〉の時間化度と結びつくこと、いいかえれば感官の受容したものを〈了解〉とみなしうるとき、ということである。

ここで、どうしても提起を強いられる問題は、つぎのようなことである。

人間のすべての感官は、内部に位相的な構造を想定することによって、異質な（heterogen）空間性に転化するだろうか？　それとも、異質化をうけない等質的（homogen）な空間性によっても特異な感官は存在するだろうか？

そして、いずれのばあいも、〈異常〉または〈病的〉な心的世界では、どのように変貌するだろうか？

## 6　聴覚と視覚の特異性

『アヴェロンの野生児』の著者は、聴覚と視覚の特異性について、つぎのようにかいている。

然し乍ら彼（野生児―註）の器官のすべてが迅速に感応を現わしたわけではなかった。他の器官よりも複雑で、次に述べるように特別長い訓練を必要とする視覚(ママ)の二つだけは進歩を示さなかったのだ。

最後に二感覚には関係なく皮膚に与えられた刺戟によって触・味・嗅の三感覚が同時に発達したことは、生理学者の注意を惹く価値のある事実である。そして種々な理由から、触覚・嗅覚・味覚は、皮膚器官の変形であるということが証明されるようだし、聴覚・視覚はもっと主観的で、非常に複雑な生理機構の中につつまれて居り、別の法則に従うものであって、或る意味で別のクラスのものであるにきまっている。（古武弥正訳）

たんに著者が、野生児の感覚の発達の観察と育生に長い年月をかけた体験からでた帰結だからというわけではないが、この見解は注目すべきものである。ここでいわれている聴覚と視覚のそれ以外の感覚にたいする特異性は、本質的には人間の心的世界だけが経験する特異性の問題を提出しているようにみえる。

聴覚と視覚にあらわれた人間の心的な特異性は、聴覚と視覚の空間化度だけが、そのままで**構造的時間性**に転化しうるものだという点に帰せられる。ひらたくいいかえれば、聴覚と視覚のばあいにはある対象を〈聴く〉ことと〈視る〉ことは、そのまま**時間**として感ずることができるということである。たとえば、遠く響いている汽笛の音をききながら、わたしたちはしばしばそれを対象である汽船からの音をきいているのではなく、ただ音の響きをきいているという意識の瞬間を体験することがある。そのときわたしたちは**聴覚において時間**を知覚しているのだ。おなじように、眼のまえの灰皿をみているばあい、たしかに灰皿をみながら灰皿という対象を視ていないで、ただ〈視ている〉こと自体の時間であるかのような瞬間を体験することができる。このときわたしたちは**視覚において時間**を知覚しているのである。このばあいの**時間**は**擬似了解**の作用を代理しうるとみなされる。

注意をかきとめておくと、ここでいわれていることは、ベルグソンが『物質と記憶』のなかでのべている知覚の過去性ということとは、まったくべつのことである。

ベルグソンは視覚を例にとって、知覚の過去性をつぎのように論理づけている。いま、ある対象を〈視ている〉とする。対象からの光が眼に入るとき、対象を形像として〈視る〉のだということをかんがえれば、最初に眼にはいってくる光と、最後に眼にはいってくる光のあいだには、極微であっても時差が存在している。瞬間の知覚であっても無限に分割できる過去の諸要素からなっているから、げんみつにいえば知覚はすでに記憶力であり、わたしたちは知覚において実際上は過去を知覚しているのだ、と。

こういうかんがえかたは、ベルグソンが、あいまいな位相で物理現象と数学的公準とを知覚作用の解釈に導入しているためにでてくるのだが、それはこのばあい深入りしないこととする。ただ、聴覚と視覚の空間化度がそのまま構造的時間に転化できるというとき、どんな意味でも、音波や光波の時差的な

〈受容〉ということをいおうとしていないことを註記したいのである。

ようするに、聴覚や視覚において、対象をはっきりと措定しているのに、**茫んやりする**瞬間をもつことができるが、この〈茫んやり〉は、聴覚や視覚それ自体で**時間**を感じている徴候だとかんがえているにすぎない。あるいは、ここで嗅覚や味覚や触覚でも、茫んやりする瞬間がありうるはずだという反論がおこるかもしれない。しかし、このばあい〈茫んやり〉はなにかを連想しているか〈茫んやり〉一般かのどちらかであって、嗅覚や味覚や触覚に固有なかかわりはないものである。

〈異常〉な個体が、あるばあい**作られた体験**、**他動体験として**幻聴や幻視をもつことがある（もっとも幻視は、幻聴にくらべて、この種の意志にかかわりない強制体験としてはより少ないはずである。それは視覚の空間化度が聴覚にくらべて低いからである）のは、聴覚や視覚の空間化度がそのまま時間性として了解されることがありうるため〈身体〉の時間化度とまったく無縁であるかのような了解作用の仮象が成りたつからである。〈身体〉の時間化度と無縁であるかのように存在しうる了解作用は、他者に属するという仮象をもった自己の体験、いいかえれば作られ強制された自己体験としてあらわれるほかはない。

純粋概念としていえば、嗅覚、味覚、触覚における空間化度は、そのまま（即自的に）時間性として感ずることはできない。だから作られ、強制された体験としての幻嗅や幻味や幻触は純粋概念としては、ありえないはずである。それはなんらかの意味で、対象との**関係の幻覚**としてだけありうるはずである。

なぜ、人間は聴覚と視覚に特異な位置をもつようになったのか？

この問いにたいして生物学者は脊椎動物いらいの感官の進化の過程から説明するだろうし、脳生理学者は脳の感受機構とむすびつけて理解しようとこころみるだろう。しかしここでは、このいずれの方法をも援用しようとはおもわない。心的世界を原生的疎外の領域とかんがえ、それに関係づけられる構造的位相を純粋疎外の領域として想定したとき、高次の感官作用を生理的〈身体〉へ還元することが、たんなる一方向への還元にすぎないこととして卻けてきたからである。

心的な存在としての人間は、不可避的に関係の意識を〈多様化〉し、また〈遠隔化〉してゆく存在である。意志によって拒絶する以外に、心的世界をせばめてゆくことも、停止のままでいることもできない。そしてこのような心的世界の本質にたいして、末端を可能性としてたえず開放しているようにみえる感覚は聴覚と視覚だけであるために、このふたつの感官は、ほかの感官にたいしても、また動物の感官にたいしても特異な位相をしめすようになったとかんがえることができる。

〈関係〉の概念は、かならずしも眼に〈視える〉ものだけをさすとはかぎらない。心的世界が関与しているかぎり視えない〈関係〉も含まれる。そして、この視えない〈関係〉を人間が了解しうるにいたったことには、聴覚がかなりな深さで加担しているようにおもわれる。天空や自然森林の奥から聴えてくる音や叫びが、どんな対象から発せられたか判らないとき、人間はその対象物を空想においてつくりあげた。そして〈視えない〉ものを〈視える〉ものにおきなおすすべを意識としてえたとき、人間の〈関係〉の世界は、急速に拡大し、多様になったとかんがえられる。聴覚と視覚の空間化度が、そのまま時間性として受容されることがありうるのは、このふたつの感官作用が、視えない〈関係〉概念を人間にみちびくのに、本質的に参加しているからである。

なぜならば、視えない対象を関係づける意識こそは〈関係づける〉という空間的な橋わたしを、そのまま時間構造として了解する意識だからである。このような意識に適合しうる感官は、聴覚と視覚、とくに聴覚である。もちろん、視覚もまた想像的視覚、あるいは技術的媒体によって、視えない対象を視ることができる。

聴覚や視覚にあらわれる本質的な意味での〈異常〉、いいかえれば他から作為され強制されたという仮象であらわれる幻聴と幻視は、心的存在としての人間の〈関係〉概念の〈異常〉に帰着する。そしてこの種の〈異常〉は、分裂病において典型的にあらわれる強制体験として幻聴のように、高度（もしそういう言葉をつかえば）なものである。かれは、**自己の外に**仮象として存在しうる聴覚や、まれには視覚の受容と了解作用を、自己のうちに体験するという〈異常〉な関係概念の世界にいるのだ。

芥川龍之介の『歯車』の主人公は、さまざまな〈異常〉体験とならんで「坐浴」という概念（像）が嗅覚（硫黄の匂い）を奔出させるという心的体験を実感する。しかし、このばあい主人公の〈異常〉は、嗅覚の奔出が「坐浴」という概念（像）にむすびついてあらわれたという点にあるのではない。なぜならば、嗅覚の空間化度は低く、それ自体で時間性として受容されることはありえないから、ここには概念（あるいは）感覚連合の〈異常〉さがあるだけである。主人公の〈異常〉の本質は「坐浴」という概念（像）を痔の痛みからおもいうかべたとき、いわば強制的に、あるいは不可避的に、ありもしない硫黄の匂いが鼻についたという点にのみもとめられる。

生理的にいって、人間は〈関係〉の意識が拡がり、多様化するにつれて、感覚の空間化度を高度にしていったと推定することができる。そしてこの高度化は、了解作用の時間性とむすびつくとき、必然的に空間概念を高度化していったのである。聴覚や視覚がとどかないほどへだたった場所にある対象についても、人間がその存在を了解することができる（想像することができる）のは、高度化された空間概念のうちにその対象が包括されうるからであり、いわば高度化された空間概念の抽象的な等質性ということが、その媒介をなすものだということができる。

これにたいし、嗅覚や味覚や触覚が、ある種の動物で、ある種の対象にたいしてのみ異常に遠隔化されうるとすれば、この動物が、そのばあい高度化された空間概念を所有しているからではない。むしろこのばあい動物は対象を〈近隔化〉して、じぶんの〈身体〉の外延に転化しているのだ。猫や犬がある摂取すべき対象にたいして、異常に鋭敏な、遠くからの嗅覚をもっているとすれば、その遠くにある対象は猫や犬にとって〈身体〉のとどく延長にほかならないといえる。そして、猫や犬の嗅覚は、べつの対象に対しては異常に鈍感でありうるのだ。ここでは感覚の空間化度は低く、等質性をもちえない。極端にいえば、対象ごとに異質な空間性をもっているだけである。

## 7　原生的疎外と純粋疎外の関係

個々の感官の内部に構造的な位相を想定することによって、ある種の体験から確信している心的な世界の像に、いくらかずつ接近しているようにおもえる。また、視覚と聴覚の特異性をあげつらうことで、心的な世界がどのように対象世界にたいする〈関係〉の意識を獲得してゆくかをみてきた。そして〈関係〉の意識が、けっして感官作用だけに依存するわけではないとしても、その感性的な基礎について理解をすすめた。

このようにして得られたものは、想定される原生的疎外と純粋疎外の心的領域にとってなにを意味するだろうか？　原生的疎外の心的領域からのベクトル変容として想定された純粋疎外の領域は、どんな意味づけの変化をこうむるのだろうか？

第一に、わたしたちは原生的疎外も純粋疎外もたんに空間化度と時間化度の機械的な交点や等質的なベクトル変容として想定することができなくなる。異常に低い空間化度が異常に高い時間化度とむすびついたり、その逆であったりすることがありうるからである。

第二に、聴覚と視覚のような高度な空間化度の位相で存在する感官の了解作用によって、心的な領域はすべて（いいかえれば原生的疎外の領域としても純粋疎外の領域としても）**屈折**をうけるものと想定しなければならなくなる。この**屈折**を境界として、その一方の領域でのみ等質的な時間性と空間性が仮定される。

第三に、もしそうだとすれば等質的な時間性と空間性が想定される心的領域において、異質な

（heterogen）了解作用が成立するばあい、あるいはその逆のばあいは、これを〈異常〉な心的現象とみなされうる。したがって〈異常〉な心的現象とは、本来的には動物や未開段階の人間の心性や未成熟時の個体の心性との類推をゆるすものではない。

第四に、あらゆる心的な〈異常〉現象は、けっして通常の意味での異常ではなく、人間の心的な領域が本来もっている可能性という意味しかもたない。したがって、真の意味で〈異常〉または〈病的〉とよびうる心的な現象はただつぎの条件を充たすばあいにかぎられる。ひとつは、その心的な現象（とその表象又は行動）が〈身体〉の時間化度の外で了解されることである。したがって意志や判断的理性によっては統御されないこと、そのため自己体験としては他から強要されているとしか感じられないことである。もうひとつは、等質的な時－空性のなかでの異質的な時－空性あるいは、異質的な時－空性のなかでの等質的な時－空性としてその心的な現象（その表象と行動）が存在することである。

第五に、わたしたちの〈関係〉の意識を、心的な領域の内部でかんがえれば、つぎのベクトル等式が成立するはずである。

ベクトル（原生的疎外）－ベクトル（純粋疎外）＝関係意識

そして、わたしたちが第5図で描いた心的領域のモデルは、つぎのように微細化されるだろう。ちょうど、二枚貝が一端で閉じられた二枚の貝がらの口を開いているように、原生的疎外と純粋疎外の領域は空間化度の低い領域において閉じられる。それとともに、聴覚と視覚の領域を境にして等質的な時－空性は失われる。（第6図）

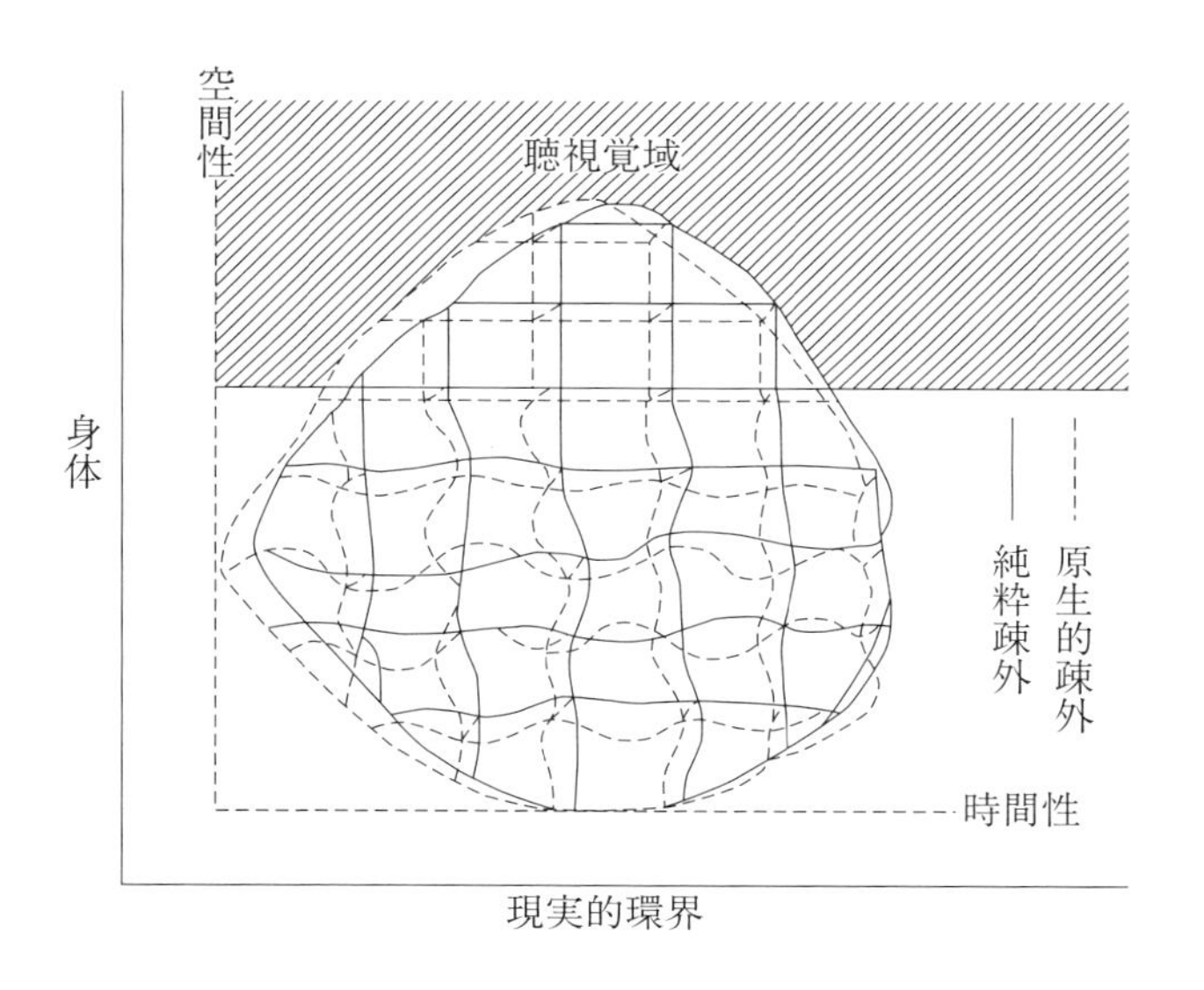


第６図　原生的疎外と純粋疎外の関係意識

# Ⅳ　心的現象としての感情

## 1　感情とはなにか

〈わたし〉がいま任意のたれかにはじめて出会ったとする。〈わたし〉は、いろいろな心的な体験の蓄積から、まずなによりも〈習慣〉的に出会おうとするだろう。とおりいっぺんの習慣的な挨拶をしてそのままわかれようとする。しかし、そうできないばあいがしばしばある。〈わたし〉はいくらか心をたちとまらせて、対手から〈印象〉をえることになる。〈この人は真面目そうだ〉とか、〈この人はどこかくずれている〉とか、〈この人は濁っている〉とかいう〈印象〉がやってくる。こういう段階では〈印象〉が対象的な判断を意味していても、すこしずつ〈感情〉が潜入してくる徴候があらわれる。

べつのひとつのばあいをかんがえてみる。〈わたし〉がはじめから〈印象〉をえようとして任意のたれかに出会ったとする。すると対手からえた〈印象〉には、はじめから〈感情〉がともなってくる可能性がある。この〈感情〉は、はじめは名づけられない無定型な心的な状態である。しかし、やがて〈好感がもてる〉とか〈虫がすかない〉とかいう概念で漠然と表現できるような形をもってくる。

まず〈感情〉の心的な状態をこのあたりにとどめておいて考察してみる。このへんでとどまれば〈感情〉とは、心の主観的なある状態についていわれることがらだ、という古典的な心理学のかんがえがもっともらしい領域にあるといえる。

〈わたし〉が、任意のたれかに出会って〈好感がもてる〉とか〈虫がすかない〉とかいう概念でいいあらわすことができる心的な状態が萌したとき、じつは心的な世界に〈空間化度〉が導入されはじめたことを意味している。ただ、この〈空間化度〉は、比喩的にいえば心的な触覚のようなもので〈わたし〉の心は、ほんらい〈時間〉として了解すべき判断を〈空間〉として作動させているのである。この段階では〈わたし〉が好感をもてるから対手も〈わたし〉に〈好感をもてる〉というような相互規定性はない。〈わたし〉の〈好感をもてる〉という心的な状態は、対手のわたしにたいする心的状態を、仮りに代理して充たすことができるのである。だから、この状態でも〈感情〉はけっして主観的な状態ではなく、対手への〈あるいはなにかへの〉〈感情〉であるにもかかわらず、対象にかかわりなく〈わたし〉の内部にも純粋に存在するかのような仮象を呈する。

〈感情〉は心的な触覚や心的な味覚や心的な嗅覚であるかのように存在することができるが、けっして心的な視覚や心的な聴覚であるかのように存在することはない。なぜならば〈感情〉が対象物を措定するばあいに、遠隔の対象物にたいする〈感情〉を措定することはあっても、心的な状態はアメのように延びたり、砂糖や苦味や芳香のように滲透することで、その〈感情〉を措定するものだからである。心的な聴覚とか心的な視覚とかいう比喩が〈感情〉の比喩として矛盾した無意味な比喩であるのは、聴覚や視覚が、末端を開かれた感覚であるため、対象はかならず対象そのものを指すという志向性がともない、対象についての心的な状態を、本来の対象とする〈感情〉を、比喩する言葉になりえないのだ。

〈わたし〉はたれかに出会って〈好感がもてる〉とか〈虫が好かない〉とか感じた。このばあい対象である〈たれか〉は〈わたし〉の眼のまえにいる。しかし、〈わたし〉がどこか離れた場所でおこった事件を知って〈好感がもてる〉とか〈虫が好かない〉とか感じた。このばあい、〈わたし〉の〈感情〉の対象物は、手に触れることも眼にみることもできないが、〈わたし〉はあたかも触れたり味ったり嗅いだりしているかのようにしか対象についての〈感情〉をもちえないのである。たんに眼のまえの存在にたいしてだけではなく、遠隔の対象についても〈感情〉をもつことができるにもかかわらず〈感情〉の対象は、遠隔性でありえないことは、〈感情〉にとってもっとも本来的な性質である。それならば一般的にいって〈感情〉はかならず対象を〈近隔化〉するのだろうか？

現象的にいえば、たしかにそうおもわれそうである。だからこそ、心の触覚とか心の味覚とか心の嗅覚とかいう比喩が〈感情〉にたいして成りたちうるのである。

しかし〈感情〉において、対象は〈近隔化〉されるといえそうにない。ある対象についての〈感情〉の強さは、けっして対象の形像をはっきりさせたり、近づかせたりする作用をともなうわけではないからである。〈感情〉の作用は、対象自体がどういうものかとはかかわらない。そうだとすれば〈感情〉の本質はなんであるのか？

いま〈わたし〉が知覚一般のときとおなじに対象を措定しているとすれば〈わたし〉は対象を〈了解〉しているのである。しかし〈感情〉において〈わたし〉は対象物そのものを措定しているのではなく〈この対象は好感がもてる〉あるいは〈この対象は虫が好かない〉という属性をふくめた対象を措定しているのである。

そうだとすれば〈感情〉作用のばあい、対象にたいして先験的に〈好感がもてる〉とか〈虫が好かない〉という判断をもっていて、しかるのちその判断的対象を措定するのであろうか？

こういう〈感情〉の理解が正しいとすれば、ある対象についての〈感情〉は、先験的に対象にたいする〈感情〉を含んでいるものを対象とするという矛盾に陥ることになる。これは不合理である。

そこでわたしたちは〈感情〉においては、本来〈時間〉性として存在する心的な了解作用が、〈空間〉性として疎外されているものとかんがえる。だから〈好感がもてる〉とか〈虫が好かない〉とかいう〈判断〉が先験的にあるのではなく、判断作用にとってかならず必要とされる心的な了解の〈時間〉性が〈空間〉化されているため、〈感情〉においては、対象を受容するための心的な〈空間〉化と、空間化された了解作用とが二重にからまって、対象を措定しているとかんがえるのである。これを第7図のように示すことができる。

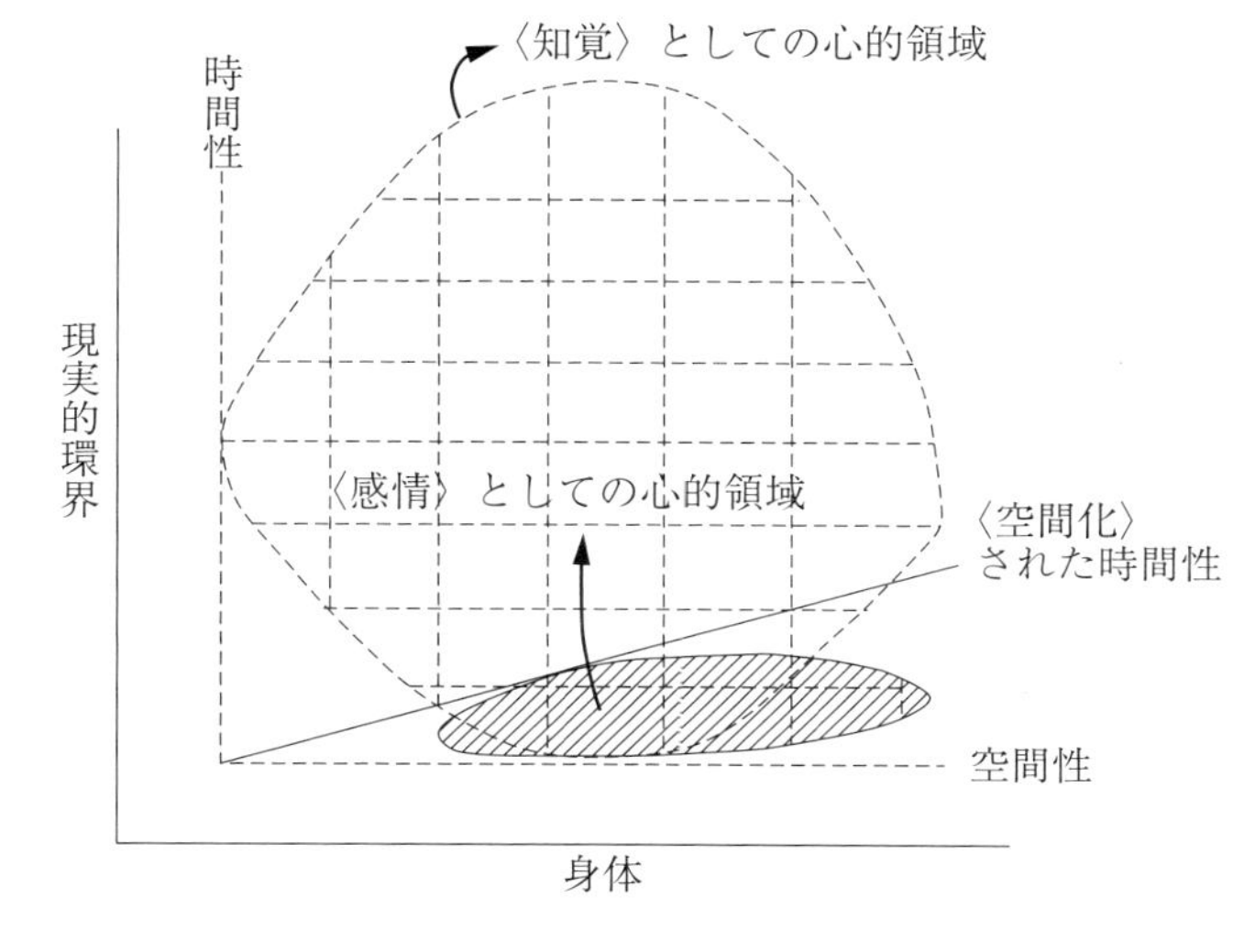


第7図　〈感情〉としての心的領域

〈感情〉のように〈空間化〉された了解作用が混融できるとすれば、対象にたいして〈好感がもてる〉とか〈虫が好かない〉とかいう感じが、ア・プリオリに存在するかア・ポステリオリに存在するかという〈時間〉の前後は問題にならない。それはおそらく〈感情〉の強度がおおいかすくないかの問題に還元されるのである。いわゆる先入見というものが〈感情〉作用に介入してくるのは、ひとびとが通俗的にかんがえているように、過去に彼奴にはひどい仕打ちをされたとか、好もしい遇されかたをしたとかいう記憶がのこっていて〈感情〉作用に混入してくるのではなくて、ただ〈感情〉作用の強弱に関係してくるにすぎない。なぜならば〈感情〉においては心的な了解作用にともなうような〈時間〉性は、ただ空間化されてしか存在しないからである。

ここで〈感情〉についてさらにふみこんでみる。

〈わたし〉が任意のたれかに出遇ってはじめに〈好感がもてる〉と感じたとする。しだいにつきあいが深くなり、年月も長くなるにつれて、はじめの〈好感がもてる〉が、しだいに〈虫が好かない〉に転化していったとする。こういうことは自己と他者のあいだでしばしば起りうることをわたしたちは体験的に知っている。このばあい〈感情〉作用においてなにが起ったのだろうか？

自己と他者との接触の深まりにともなう〈好感がもてる〉から〈虫が好かぬ〉への転化は、はじめの〈好感がもてる〉が浅薄なものであったから、しだいに〈虫が好かぬ〉という深まった〈感情〉にたっしたということだろうか？　それとも、〈感情〉が本質上、両価的なもので、はじめの〈好感がもてる〉の背中には〈虫が好かぬ〉がくっついていて、一方がおおくあらわれるということだろうか？　それとも、自己と他者との交際がすすむにつれて、その期間におこった相互の衝突とか利害の背反とかがしこりをのこして〈虫が好かぬ〉のほうへ転化していったのだろうか？

これらのいずれの理由も、それぞれもっともらしくみえることはたしかである。しかし、この種の〈感情〉の転化の機作をきわめようとするばあい、自己と他者という関係のなかでは根拠ある解明ができないようにおもわれる。だからこの様なばあいの考察は、もっと根源的な自己と他者の関係である一対の男女の〈性〉を基盤とする関係にまで煮つめることが必要である。そこではどんな虚構も関係意識としては存在しえないから〈愛〉が〈憎悪〉に転化しながら、なお〈愛〉は消滅したのではなく錯合として存在するといった徹底した〈感情〉の姿があらわれる。フロイトが心的な両価性というかんがえにたっしたのはこういう原型をもとにしたものであった。

自己と他者のあいだの〈感情〉が〈好感がもてる〉から〈虫が好かぬ〉にまで転化するためには、その途上にかならず〈無関心〉とか〈習慣化〉とかいう中性の〈感情〉が想定できるはずである。この中性化によって〈好感がもてる〉という〈感情〉は、消滅するのではなく、心的な時間性の〈空間〉化という〈感情〉にとっての本質的な作用のある**強度**に転化する。そしてこの強度は**中性**であるから〈虫が好かぬ〉のほうへ転化する蓋然性も〈ますます好感がもてる〉のほうへ転化する蓋然性もおなじであるといってよい。そしてこのような〈感情〉の転化の過程は、一対の男女の〈性〉を基盤にした関係のなかで、徹底した〈愛憎〉の姿になってあらわれるというべきである。

フロイトは、一対の男女のあいだの世界として限定したわけではないが、この〈感情〉の転化をつきつめた。そして、蓋然性の問題よりも両価性として、いいかえれば背中あわせの形で存在する〈愛憎〉の姿に到達したのである。フロイトがこのばあいも限定すべき世界を人間の関係と生き方にとって普遍性の世界であるかのように扱ったとしても、両価的な〈感情〉の徹底性にまでつきつめたことはなによりも評価さるべきである。

ここでひとまず〈感情〉について定義をくだしてみる。

**心的な了解の時間性が空間性として疎外されるような、対象についての心的領域を感情とよぶ。**

ここで〈感情〉とよばれるものは、情動性一般をも情念とか情緒とかよばれるものをも包括している。ところで、ひとつの極限のばあいとして心的な了解の時間性が空間化されたとき、それが対象にたいする知覚の空間化度と同致するばあいを想定してみることができる。そしてこのようにかんがえられる〈感情〉を**純粋感情**と名づけることにする。

たとえば〈わたし〉が眼のまえに灰皿をみていたとする。〈わたし〉は視覚によって灰皿の色や形態を受けいれ了解している。この状態でどんな連合にもよらないで灰皿について〈好ましい〉とか〈虫が好かぬ〉とかいう〈感情〉を同致させたとすれば〈わたし〉の灰皿についての〈感情〉は**純粋感情**と呼ばれるべきである。この状態では〈感情〉は世界を構成せずに矢のように対象へ走る。この純粋感情は、中性化された〈感情〉の対偶に位置づけることができるもので、この状態では対象にたいする知覚と対象についての〈感情〉をきりはなすことができない。

## 2　感情の考察についての註

ここで〈感情〉について述べられた一、二の考察に立ちとまってみる。それによって、わたしたちの〈感情〉についての考察がどんな位相にあるかを検証することができるはずである。

ベルグソンは『物質と記憶』のなかで〈感情〉のひとつの下限とみなしている。このかんがえは、事物の空間表象を内的時間にひきよせてホン訳しうるものとみなすベルグソンの〈純粋持続〉の概念からは、必然的にでてくる理解の仕方である。〈知覚〉と〈感情〉との相互位相を考察することは、のちに〈想像力〉の解析にあたって重要な意味をもつことになる。

知覚は、私たちの理解にそのままにしたがえば、事物への私たちの可能な働きかけを示す尺度であり、それゆえまた逆に、私たちへの事物の可能的作用を示す尺度でもある。身体の行動能力（神経系の高度の複雑化に象徴される）が大きくなればなるほど、知覚が包み込む場面も広くなる。したがって知覚される対象から私たちの身体をへだてる距離は、まぎれもなく、危険の切迫の多少、期待の実現の遠近をあらわす尺度である。またそれゆえに、私たちの身体と区別され、そこからある間隔をへだてている対象についての私たちの知覚は、いつも潜在的行動をあらわしているにすぎない。しかしこの対象と私たちの身体との間の距離が減少するにつれて、いいかえると危険が切迫し期待がまじかになるほど、潜在的作用はますます現実的作用に変わろうとする。いま極限まできて、距離がゼロになる場合、すなわち知覚すべき対象が私たちの身体と一致する場合、つまりは私たち自身の身体が知覚すべき対象である場合を仮定してみよう。すると、このまったく特殊な知覚があらわすのは、もはや潜在的作用ではなく現実的作用であろう。感情とはまさしくこれなのだ。（田島節夫訳）

ベルグソンでは、空間性がゼロになった対象の知覚が〈感情〉を意味している。いわば吸収された対象的知覚をさして〈感情〉とよんでいる。だから〈知覚〉と〈感情〉とは同位におかれる。しかしわたしのかんがえでは〈感情〉と〈知覚〉とは、いわば〈純粋感情〉とでもいうべき幸運な同調場面を仮定しないかぎり、けっしておなじ位相で共存できないものである。〈感情〉では〈知覚〉のばあい必須の条件とみなされる了解の時間性が消滅しなければならない。しかも、たんなる消滅ではなく**空間化された時間**、という**変容**として消滅しなければならない。〈感情〉は、どんな遠隔の対象をも措定するが、この措定には、対象の空間性にくわえて、時間性の変容した空間性がサンドウイッチされるはずである。

〈感情〉の心的領域は、本来の空間性と、時間の変容した空間性によって〈知覚〉の世界にくらべれば、奇妙におしひしがれた世界として存在する。〈感情〉的な世界では、灰皿はたんなる自然物としての灰皿ではなく、奇妙にゆがんでおしひしがれた灰皿としての心的な灰皿である。ある任意のたれかにたいする〈感情〉とは、そのたれかがどんな容貌をもち、どんな皮膚の色をもち、どんな背かっこうをしているかについての知覚的〈感情〉ではなく〈了解〉が空間性として加わったために、似ても似つかぬほど歪んだ空間性になった心的な任意の、たれかについての〈感情〉である。たとえば〈愛〉という〈感情〉において恋人が、いわゆる〈あばたもえくぼ〉として感じられるのは、このとき〈感情〉が、恋人のあばたをあばたとして措定する空間性と、あばたをあばたとして了解するに必要な心的な時間性を〈空間〉化した空間性とのあいだに、恋人についての〈感情〉を心的な世界に化しているからである。恋人の顔にあるあばたは、ただ愛という感情に強度をあたえる空間化度に転化するから、むしろ、そのあばたがそこに、そのようにあるからこそ恋人への好ましい〈感情〉は強化されるだけなのである。

　さきに〈感情〉を心的な触覚や嗅覚や味覚という比喩でのべた。この比喩からは、ベルグソンが〈感情〉を〈知覚〉の下限としてかんがえていることに格別の不満はおこらない。しかし、あくまでも〈感情〉の心的領域が、比喩として存在するならば、と仮定すればである。ベルグソンの〈感情〉の理解は、比喩的にしか成りたたない。

「知覚すべき対象が私たちの身体と一致する場合」というとき、ベルグソンの「身体」は〈知覚〉の座でありながら、しかも〈知覚される〉心的な対象であるという比喩的な矛盾をふくんでいる。この矛盾は、本質的にはベルグソンの感情の理解が〈持続〉に、いいかえれば時間性にひきつけられているからだとおもえる。ベルグソンは心的な基軸を〈持続〉の時間性としてかんがえているために〈感情〉に過去性や記憶がかかわってくる。わたしのかんがえでは〈感情〉が時間性にかかわるとしても、いつも〈時間〉が〈空間化〉されてかかわるだけだから、〈感情〉と〈知覚〉を同位におくことができない。ただ極限の概念として〈感情〉と〈知覚〉が同位化した〈純粋感情〉が想定されるだけである。

　ハイデッガーは『存在と時間』のなかでつぎのようにかいている。

　　情態性は現存在を、かれの〈被投性〉と、かれの存在とともにそのつどすでに開示された世界への〈依存性〉とにおいて、開示するだけでなく、情態性自身が実存論的な在り方であって、現存在はこの在り方において、自分自身をたえず「世界」へと引渡し、現存在が自分自身を何らかの仕方で避けるように、世界と関わりあっているのです。(桑木務訳)

ここで「情態性」とよばれているものは、わたしたちの〈感情〉性にひとしい。このようなかんがえは〈感情〉をなんらかの下位概念や下限として理解していないということで、注意をひく。

ただわたしたちは〈感情〉を「実存論的な在り方」であるとかんがえないだけである。いいかえれば、現象学的な時間性がなんらかのかたちで〈感情〉に介入してくるとかんがえない。ハイデッガーのいうように〈感情〉は〈外〉からやってくるものでもなく〈内〉からやってくるのでもないだろう。しかし「世界・内・存在の仕方として、この存在そのものから立ち昇ってくる」のでもないのである。〈感情〉は、心的現象の領域であるために、なんらかの意味で〈時間性〉が介在すべきはずであるにもかかわらず、ただ心的空間性の領域としてだけやってくるという了解作用の本来的な矛盾として存在している。

ひとびとはよく通俗的に〈感情〉を排して理性的に判断しなければならないなどといっている。このいい方は無意識のうちに〈感情〉は低次元なもので理性的判断は高次なものであり、それは一系列のうちにあるというかんがえに支配されている。もちろん〈感情〉は理性的であると意志的であると感情的であるとを問わず、おおよそ〈判断〉とは異った系列に属しており、いずれが低次か高次かという比較が無意味なのだ。

たとえば理性的な判断では〈Aなる対象はかくかくのように視えるから美しい〉というとき、対象Aを認めたときから、美しいという判断に終るまでには、心的な領域は了解の時間性をもたなければならない。ところが〈感情〉が〈Aなる対象はかくかくのように視えるから美しい〉と措定するときは、じっさいは了解の時間性を〈空間化〉しているから、

〉Aなる対象はかくかくのように視えるか

ら　美　し　い　く

と表現される状態として理解さるべきである。すなわち、対象Aが美しいと感ずることは、その都度、心的空間性として延びてゆく過程であり、どこで輪切りにしようとも了解の構造をもたないかわりに、空間的な隣接へと心的に追いこまれてゆく。

ここで〈感情〉が〈Aなる対象はかくかくのように視えるから美しい〉と措定するとき、最小限に見積っても、対象Aの視覚的把握だけは前提であるはずだという反論が当然おこりうる。たしかに対象Aはそれが視覚の対象であるという意味でだけ、このばあいある視覚に固有の空間化度の了解として存在しているが、この対象Aの視覚的受容ですら、たえず心的な隣接へと追いやる〈感情〉に特有な対象Aの措定によってからめとられてゆく。

## 3　感情の障害について

〈知覚〉の系列と〈感情〉の系列とがけっして単系でないことをしめすもっとも鮮やかな例は、心的な〈異常〉や〈病的〉な状態に出あうときである。

訪問の間じゅう私は友達との近づきを保っていようと努力し、彼女が現実にそこにおり、感覚を持って生きているのだと感じようと努めました。しかしそれは無駄でした。確かに、彼女を認識できるにもかかわらず、彼女は矢張り非現実の世界の一部分になってしまいました。彼女の名前だとか、彼女に関することは皆知っているのに、彼女は彫像のように奇妙で非現実的にみえました。彼女の目をみ、鼻をみ、唇の動くのをみ、彼女の声を聞き、彼女のいっていることは、完全に理解できましたが、矢張り、私は見知らぬ人の前にいるように感じました。私達の間を隔てている目にみえない壁を打ち破り、心の触れ合いを取り戻すために、私は絶望的な努力を払いましたが、努力すればするほど失敗し、不安感はどんどん大きくなっていきました。（セシュエー『分裂病の少女の手記』村上・平野訳）

少女ルネはこのばあい、はっきりと「友達」を認め、名を識り、声をきき、言うところを完全に理解している。いいかえれば〈知覚〉としてはどこにも障害をもたずに「友達」を了解している。しかし、それにもかかわらず「友達」は「彫像のように奇妙で非現実的にみえ」て、不安感をおぼえる。この不安感は「友達」と心的な接触がえられないとき、ルネにかならずおこる〈感情〉である。そしてこの〈感情〉が、本来ならば眼のまえにあたりまえの「友達」が立っていて、じぶんに話しかけているという〈知覚〉と、それを〈知覚〉しているじぶんが「友達」をみて、その話をきいているときの〈感情〉（たとえ中性の〈感情〉であっても、何気ない安心感でもよい）とが、本来ならば分割されてあり、それが再び結合していなければならないはずなのに、〈知覚〉自体を奇妙にゆがめ「非現実的」な「彫像」が立っているようにみさせている。

〈不安感〉というものは、それ自体が〈他者〉にたいする〈感情〉として異常とはいえない。たれでもしばしば初対面の〈他者〉に会わねばならないとき、漠然とした不安を感じたりするし、よく知っている〈他者〉でも、たえず不安な感じをうけとる人物がいる。

不安な感じが〈感情〉として〈異常〉または〈病的〉であるためには〈感情〉の心的な領域が〈知

覚〉と分離し結合するという正常な状態からそれて〈知覚〉の水準に〈侵入〉することができていなければならない。セシュエーのこの例では、少女ルネの〈不安感〉として存在する〈感情〉が〈視覚〉の領域に〈侵入〉しているために「友達」が「影像のように奇妙で非現実的にみえ」るのである。このような〈感情〉の心的状態はつぎの第８図のように示される。

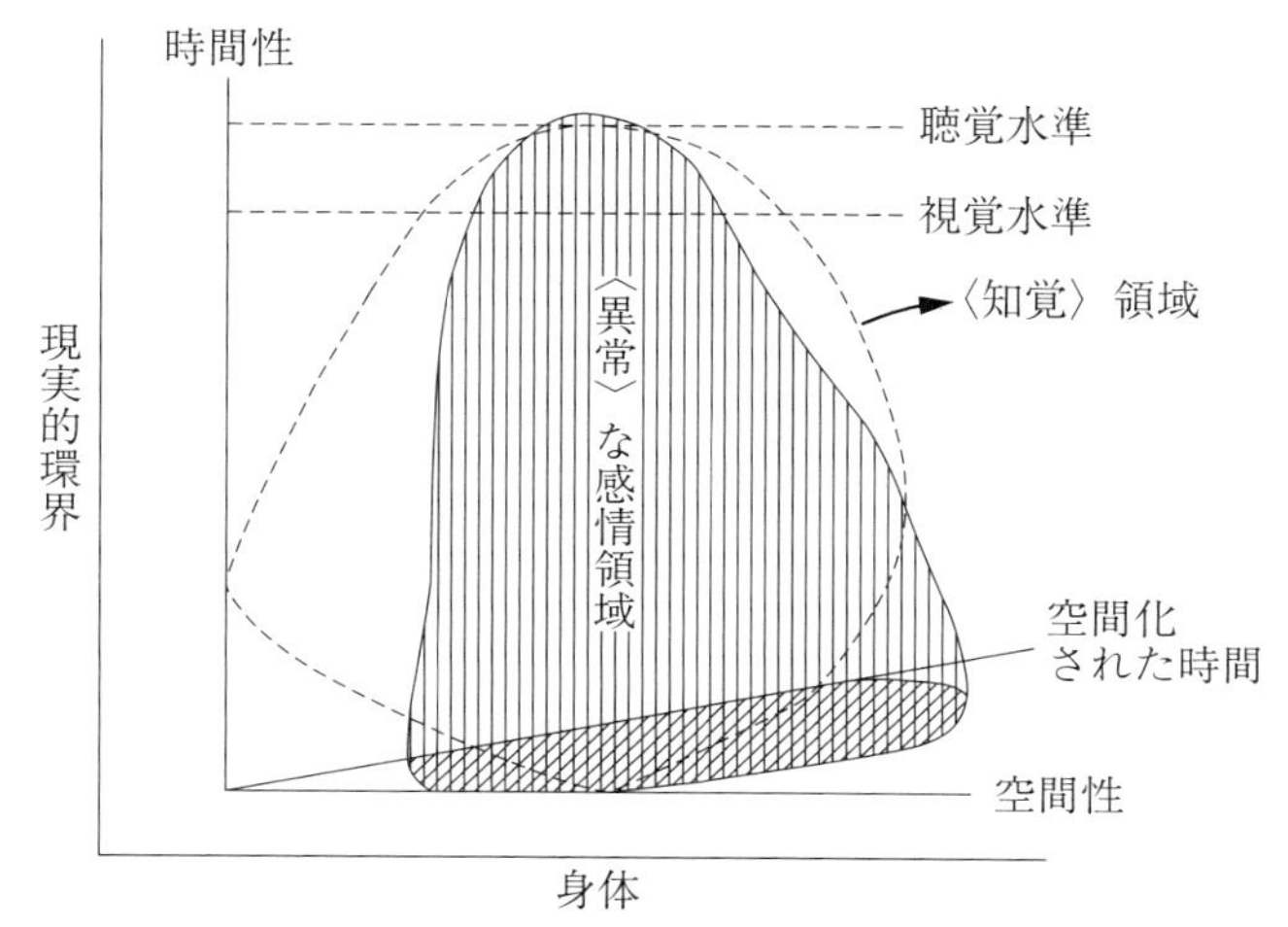


第８図　〈異常〉な〈感情〉の領域

〈他者〉にたいする〈感情〉の基軸をなしているのは、おそらく〈不安〉や〈怖れ〉として存在する関係の障害感か〈安堵〉や〈愉悦〉として存在する親密感であり、このふたつのあいだには、依然として〈中性〉の感じが介在するとかんがえられる。対象が〈無生物〉や〈動物〉や〈事物〉であるときも、この基軸は変化しないとかんがえてよい。ただ〈物〉であるばあいと〈動物〉であるばあいとは相互規定的であるかどうかという点にだけちがいがあらわれる。さらに〈他者〉が〈人間〉であるばあいの〈感情〉は、相互規定的であるとともに心的な体験であるという要素がつけくわえられるはずである。

しかし〈感情〉が真に綜合的な深度をあらわにするのは、一対の男女の〈性〉的な関係を基盤にするばあいにおいてであり、ここでの〈感情〉の基軸は一方で〈愛〉であり、一方で〈憎悪〉であり、その過程に〈中性〉の〈感情〉を想定することができる。もちろん〈他者〉との関係のうちでも〈愛〉や〈憎〉の感情をもつことができるが、その原型をわたしたちは男女の〈性〉的関係の周辺から借りてきているのだ。わたしのかんがえでは、この意味でフロイトはきわめて本来的であり、けっして正当性を欠いてはいないとおもわれる。

## 4　好く・中性・好かぬ

いま〈わたし〉が任意のたれかにはじめて出会ったとき〈好感がもてる〉と感じたとする。しかし、この接触がしだいに長期間にわたるにつれて、だんだんと〈虫が好かぬ〉という感じが支配的になった。あるいはこの逆に、はじめて出会ったとき〈虫が好かぬ〉と感じたが、長期間の接触のあいだに、しだいに〈好感がもてる〉という感じが支配的になった。もちろん、はじめに〈好感がもてる〉あるいは〈虫が好かぬ〉と感じたものが、長期間の〈接触〉につれてますます深さ、あるいは強さを増すだけであったという場合もありうるわけである。

ところでここでまずもんだいになりうるのは〈接触〉の構造である。

もしこの〈接触〉が、個体としての〈他者〉との接触であるばあいは、つねにかぎられた現実の局面で、かぎられた時間だけの〈接触〉がもんだいとなり、しかもこの〈接触〉には質的な固定化と、その繰返しという構造がかならずつきまとう。そして、人間と人間との〈接触〉は、このような意味では、大なり小なり臨界的（kritisch）であり、ある範囲での固定と繰返しとが伴うものである。

それゆえ〈接触〉の因子は、(1)かならず臨界的であることであり、(2)かならず場所的に又は時間的に場面が限られることであり、(3)さいごに、そのため固定化と反覆とを伴うものだ、ということである。そして、これらの因子は〈感情〉の構造をきめる要素として入りこんでくる、ということができよう。もしも、人間と人間との〈接触〉が、このような構造的な因子からかならず免れないものとすれば〈接触〉の構造を、もっともあらわに要素的にむきだしにするのは、一対の男女における〈性〉を基盤にした〈接触〉であるということができる。そして〈感情〉の構造もここでもっともあらわに要素的にあらわれる。

フロイトは、たんに〈感情〉ばかりでなく、あらゆる心的な現象の基礎をこの一対の男女における〈性〉を基盤にした〈接触〉にもとめた。そのかぎりでフロイトは、どの精神病理学者よりも本質的な地点にたっしている。フロイトの弱点は、通俗的にかんがえられているように、かれが心的な現象をすべて〈性〉に還元させた点にあるのではない。人間の全幻想と全現実世界におこる〈接触〉がすべて臨界的であり、したがって共同社会における〈接触〉と、家族における男女の〈性〉を基盤とする〈接触〉と、個体の自己〈接触〉とをおなじ次元であつかいえないことを洞察しなかった点にある。そしてこの意味では、フロイト左派も現存在分析派も、行動科学派もけっしてフロイトを揚棄する立場をえているわけではない。

はじめに仮定したように、任意の個体である〈他者〉との〈感情〉的な〈接触〉において、一対の男女の〈性〉にもとづく生活過程での〈接触〉を要素的にとりあげるとすれば、そのもとになる〈感情〉は、〈好く〉と〈好かぬ〉（〈愛〉と〈憎〉）であり、そのあいだに介在する過程として〈中性〉の〈感情〉を想定することができる。

わたしのかんがえでは、この種の（個体と個体との）〈接触〉において、もっとも重要なのは〈好く〉あるいは〈好かぬ〉という〈感情〉ではなく、介在する過程としての〈中性〉の〈感情〉である。はじめに、一対の男女が〈好く〉という〈感情〉からはじまり、しだいに長期間に〈中性〉の〈感情〉に変容した。このとき〈中性〉の〈感情〉の構造はどうなっているのだろうか？

このばあい〈中性〉の〈感情〉は、〈好く〉というはじめの〈感情〉の喪失（消失）を意味していない。おなじようにあとをひいていることをも意味していない。この〈中性〉感情は〈好く〉という〈感情〉からの質的な転化というべきで、その転化の構造は〈好く〉という〈感情〉を、心的な了解の時間性におきかえ、これをふたたび空間化して〈感情〉の対象にしてえられるような新たな〈感情〉を意味している。それゆえ、このばあい〈好く〉という〈感情〉を了解し、これを空間化するとちょうどその度合に応じて、〈感情〉の空間性は〈遠隔〉化するものとかんがえられる。

いうまでもなく〈好く〉から〈好かぬ〉という対極的な〈感情〉への転化が可能となるのは、その過程に〈遠隔〉化された〈中性〉の〈感情〉が介在しているからである。なぜならば、この〈遠隔〉化された〈中性〉感情では〈好く〉という〈感情〉自体が、ひとたびは了解作用に転化されるために、それ自身で〈感情〉の〈身体〉化の仮象を呈し、ふたたびこれを空間化するにさいして〈好かぬ〉に転化するか、深化された〈好く〉に転化するかは恣意的になりうるからである。

クルト・シュナイダーの『臨床精神病理学』は〈感情〉の障害を判断する困難についてつぎのようにのべている。

従来不当にもほとんど分裂病者に対してのみ用いられてきた、「情動欠如」とか、「空虚」とか、「鈍麻」というようなことばを用いることは、特にさし控えるべきである。その中には全く種々雑多のものが隠されているかもしれないからである。確かにある場合には、分裂病者や、進行まひ患者や、情性欠如精神病質者などに、そのようなことが実際に見られる。しかし検者の思い違いが非常に多い。またある場合には、循環病性のふさぎ屋や、自己観察の結果、感情がみな本物でない空虚なものになったように感じる、ある種の精神病質者が、感情欠如の感情を訴えることもある。しかし検査の状況下での反抗反応や、無関心な、あきらめ切った、なるようになれというような態度を、鈍麻と誤認することの方がはるかに多い。（平井・鹿子木訳）

ここでシュナイダーが「感情がみな本物でない空虚なものになったように感じる」とか「無関心な、あきらめ切った、なるようになれというような態度」とよんでいるものは、本来的には〈中性〉の〈感情〉をさしているといえる。そして、心的な〈異常〉あるいは〈病的〉ということが〈感情〉の障害となってあらわれるばあい、真に原因となり、また結果となるのは、外側から観察された〈温みのある接触の喪失〉とか〈感情移入の不可能〉とかいうことではなく、〈中性〉の〈感情〉の構造が〈異常〉またはは〈病的〉になっているかどうかということである。

精神症候、とくに分裂病の症候を、わたしたちは知らず知らずのうちに、フロイトや、もっと極端なばあいパブロフのように、個体のある時期、あるいは人類史のある未明の時代における人間の感性への〈退行〉にむすびつけてかんがえやすい。とくに青春期初葉の心性にみられる〈イエス〉でなければ〈ノー〉であり、それ以外には存在しえない〈感情〉の動きに類比させてかんがえるか、幼児期退行の様式に対比させやすい。しかし人間は〈感情〉的にいっても〈好き〉とか〈好かぬ〉とかいうことが、いかに重要であるかのようにみえようとも、真の人間的な〈感情〉の構造は〈中性〉の〈感情〉のなかにしか存在しないといっても過言ではない。なぜならば、〈中性〉の〈感情〉こそが、人間の観念作用の必然的な特性、いいかえれば〈感情〉の対象的な〈遠隔〉化の結果としてのみあらわれる構造だからである。もっとも不可避的にいって、人間は〈感情〉として〈好き〉や〈好かぬ〉をしだいに喪うのではなく、それをとり込むことによって〈好き〉や〈好かぬ〉の対象を〈遠隔〉化させるのである。だから〈異常〉あるいは〈病的〉とみなされる精神の働きは、一見すると外からは〈感情〉の喪失とみなされやすい〈中性〉の〈感情〉のなかに、もっともあらわれると申すべきである。

# V　心的現象としての発語および失語

## 1　心的現象としての発語

言語はふたつの構成的な因子をもっているとかんがえることができる。ひとつは**表現としての**言語、もうひとつは**規範としての**言語である。ふつう文学があつかう言語では表現としての言語が前景におしだされ、言語学があつかう言語では規範としての言語が第一次的な因子とみなされる。ただたんに〈言語〉などというものは本当は存在しないのである。

表現として言語をみれば、話され書かれないかぎり言語は存在しない。話し言葉では話された瞬間に言語は自己に反射するとともに〈他者〉につたえられ消えてしまう。書き言葉では書かれた瞬間から、言葉は文字に定着され、場合によっては活字によって複製されてのこされる。しかし確かなことは表現されないかぎり言語は存在しないということである。

規範として言語をみることはまったくべつのことを意味する。言葉は発語され、あるいは文字に定着されるやいなや、それぞれの民族語に固有な音韻、韻律、文法などが抽出できるような共通性のうえにのみ存在し、各時代を通じてゆるやかな変化をこうむりながら、遂に人間の発語自体にたいして規範としての作用を発揮するようになる。はじめて言葉をしゃべれるようになった幼児を想定しよう。かれはなんらかの意味で言語を表現したいという欲求をもつがゆえに発語することはまちがいないとしても、すでに言葉をしゃべれるようになるまえに〈父〉や〈母〉や〈兄弟〉やその他がしゃべる言葉から意識的な教育によって、あるいは自然な模倣によって**規範**をうけとっているということができる。こうかんがえれば、規範としての言語は、その発生のはじめにどういう態様が想定されるとしても、言葉をしゃべりはじめる幼児にとって、すでに予め存在するものである。

言語学者はすでに〈言語〉が存在するということを自明の前提のようにかんがえて言語の性格を考察している。しかし、こういう態度には一度は痛棒を喰わしたほうがよいのだ。あまり〈言語〉〈言語〉などというな、そんなものはしゃべられ、文字に書かれないかぎり存在しないのだ、というように。逆に文学者がやっているのはべつのことである。かれは規範としての言語という前提にのっかりながら、あたかも言葉の表現には、どんな規範も存在しないかのように振舞っているのである。かれはできるならば、じぶんにとっても他人にとっても一回きりしか表出できない言葉をさがしもとめているようにみえる。しかし規範としての言語は無意識のうちにもかれを制約していることになる。

ここでは文学の表現の理論を追及しようとしているのではない。だから言語が表現としての構造と、規範としての構造を因子としてもっていることをあらかじめ指摘しておきたいのだ。そして表現としての言語と規範としての言語とは〈逆立〉しようとする志向性をもっている。

この問題にさらに立ち入ってみる。

表現としての言語は、**心的な現象として**みれば、ただ〈概念〉のこちら側にむかってのみ自己表現をとげようとする傾向にある。それが外化されて話されるとか書かれるとかは第二次的なもので、ただ〈他者〉からは緘黙しているとみられる状態のなかで、ひとつの〈概念〉が構成されれば充たされるという傾向をはらんでいる。言葉にならない言葉を、ある瞬間にわたしたちが感じたとすれば、これは心的にただ〈概念〉にむかって言語がその本性をなしとげようとしているからである。

また〈他者〉との対話のなかで、なにかいおうという心的な状態が兆しながら、その瞬間を逃したとき、いうことは空しいと感じて、緘黙をまもったとしたら、かれはただ〈概念〉にむかって自己表現をとげたまま たちとまったのである。その理由は多種多様でありうるが、ただ結果的に確実なのは、かれがこのとき規範としての言語にまったく服しなかったということである。なぜならば、話したり書いたりすることは、いずれにせよ規範としての言語を受容することだからである。

心的にみられた自己表現としての言語、いいかえれば〈概念〉を構成する方向に志向する心的な構造は、対象に対する空間化度を知覚作用からかりることはありえないから、ただ対自性そのものを空間化度に転化するほかはない。したがって〈概念〉の空間化度はまったく恣意的でありうるとかんがえられる。

たとえば〈灰皿〉という言葉の〈概念〉は〈煙草の灰を落し吸がらをあつめるための容器〉である。そしてこの〈灰皿〉という言葉の〈概念〉の空間化度は、知覚（たとえば視覚や触覚）として得られる個々の灰皿の空間化度から綜合的に抽出された共通性として、確定した空間化度をもっている。しかし、心的にみられた表現としての〈灰皿〉、いいかえれば〈概念〉の構成へと志向する心的な構造としての〈灰皿〉の〈概念〉の空間化度は、まったくその個人の体験した〈灰皿〉に付着した任意の空間化度をとりうるとみなされるのである。つまり、Aがあるとき視たり触ったりして体験した灰皿の像が、Aにとって灰皿の〈概念〉でありうるのである。

つぎに、規範としての言語という側面から、灰皿とはなにかをかんがえれば、ここでは〈灰皿〉＝記号的灰皿であり〈灰皿〉という共通性は、どんな具体的な灰皿とも無関係に成立する記号でしかない。そこでは灰皿という受容の空間化度はある位相（論理系の位相）にあるのっぺらぼうな単一な面に拡がっている。ただ、のちにいくらか詳しく立ち入ることができるように、このばあい〈灰皿〉という共通性は〈関係〉意識にかかわってくる。

わたしはここで言語の心的な障害、いいかえれば広義な意味での〈失語〉の現象を扱おうとしているのだが、言語にあらわれる心的な障害は、どんな多種多様な現象形態をとるとしても、本質的には〈概念〉構成へ向う心的志向性の障害と、規範としての言語についての心的な障害とにわけることができるものである。もちろん現象形態としてはいずれが基底となるか、という傾向性としてしかあらわれないとしても。

(1) 入院ですか、それは私の弟が私のことを病気だ病気だといいましてね。弟はそれはひどい人間なんです。小さい時にはよく山へ連れていつてやりましたのにね。あの山には桜が綺麗に咲いていて、桜はいいですね、花は桜木人は武士なんて、武士といつても今は兵隊もからつきし駄目になつてしまいましたね。アメリカから偉い大将がやつてきて、あの何といいましたつけ、そうそうマッカーサー、マッカーサー。マッカーサーや松かさやときますね。松かさといえば私は昔松葉酒をのみましたよ。……

(2) 山羊は愛すべき動物ですが、本来の動物としての野性が鼠や犬にも存在する程存在しない。病院の山羊は実験用の動物でむしろ人間と近いが、私には近親感がない。野性は人間にもあるが、私と山羊とは類似性があり、それは近親感ではない……

(3) この道をずつといつて最初の横町を右へ曲るのですが、その角の家はそば屋で、その向側は文房具屋ですからすぐわかります。もし左の方へ曲ると原になつてしまつて家がありませんから、戻つて右の方へ行かなければなりません。曲らずにまつすぐ行くと、もつとにぎやかになつて、……(省略)ここまで来ては行き過ぎですから、もどつてさつきのそば屋のところを曲つて、その隣りがあんまさんで、格子のある二階家で、揉療法という札がかかつています。……(以上、太田幸雄・岡田幸夫『精神医学シノプシス』）

⑴は観念奔逸、⑵は思考滅裂、⑶は迂遠な思考の例としてあげられている。けれど、これらはいずれも〈言語〉の〈概念〉構成へとむかう自己表現に、心的な障害があるためにおこる無数にかんがえられる障害のうちのいくつかとみなされる。

これらの例では、規範としての言語の障害は、文法的な障害にまでは外化されていない。ただ表現としての統一性が存在しないだけである。しかしよくかんがえればわかるように、心的な現象としては規範としての言語の障害がまったくないわけではない。それは構成的な全体が乱れていることによってうかがうことができる。ただ第一次的な障害が〈概念〉構成への志向性の障害であるため、規範としての障害は外化されないで潜在しているとかんがえればよい。

つぎの例はこれとはまったくちがった本質をもっている。

⑷　処女マリアは処女である。わたくしは処女である。だから、わたくしは処女マリアだ。

⑸　スイスは自由を愛し、わたくしは自由を愛する。わたくしはスイスだ。（以上、S・アリエティ『精神分裂病の心理』加藤正明・河村高信・小坂英世訳）

アリエティは⑷・⑸の思考経路を「同一の述語に基づいて同一のものと受けとる」というフォン・ドマールスが分裂病者の表現にあたえた原則の例としてあげている。けれどもそういうかんがえかたは言語についての論理実証主義が導いた馬鹿気たいいぐさである。どんなに外見的にはそうとみえなくても（なぜならば⑸の最後のセンテンスをのぞいてははっきりした文法的構成の障害としてあらわれていないから〉、これらの例が意味しているのは、規範としての言語の障害にもとづく〈概念〉構成の水準の乱れとして理解される。こういう思考経路がもっと露出してあらわれれば、(5)の最後のセンテンスのように、規範上の錯誤として表現されるはずである。たとえば(4)の「わたくしは処女マリアだ」はそれだけで規範上不都合さをもたないが「わたくしはスイスだ」は、それ自体で意味をなさないようにみえる。しかし(4)も(5)もおなじように、心的な規範としての言語面の障害であり、ほんとうは〈わたくしはマリアのように（清浄な）処女だ〉とか〈わたくしはスイスが自由な（国である）のとおなじように自由についてかんがえている人間だ〉と表現したかったのである。

ここには言語の表現における〈関係〉意識の障害が存在している。この障害は、さらに極端におしすすめれば、独言症のうち、なんの〈概念〉構成の志向性もなしに、自動的に独言が表出される症状にまでゆきつくはずである。

あらためていうまでもなく、ここでは、ある種の精神病理学者のように大脳の言語野に器質的な障害があるかどうかを問題にしているのではない。言語障害という現象それ自体は、大脳の言語野の障害の有無にかかわらず、その構造的な本質を論ずることができるものである。大脳の器質的な障害にもとづく言語障害は、ただ言語障害という現象について脳生理をかんがえているだけだということはいうまでもないことである。

## 2 心的な失語

心的な〈失語〉という概念はなぜ成立しうるのか。こういう命題はいまも古くそして新しい。わたしたちにとって考察の障害となるのは、大脳の言語野（ブローカの野、ウェルニッケの野、書字中枢、デジュリーヌの失読症と失書症、ミルスの命名中枢、ニールセンの言語定式野等々）の局在論にたって、ここに器質的な障害があれば、それぞれの種類の〈失語〉症がうまれるといったような、実験と切除手術と解釈によって〈失語〉の問題がすべてときうるとかんがえている生理主義者たちの存在ではない。むしろ心的な〈失語〉という概念が、どうしても〈気質〉という概念を導かざるをえないのではないかという問題に出会うときである。そして〈気質〉という概念を導けば、間接的に、人間の生理的な〈宿命〉（うまれつき）というものをどこかで認めざるをえなくなるのではないか。

こういうことはわたしを危惧させる。人間の生理的な〈宿命〉を、たとえ部分的であれみとめることは、決定論への服従を意味しているのだ。わたしの心を過ぎるのはこのような〈宿命〉の是認にたいする抗議である。

だが、心的な〈失語〉の概念をはっきり類型づけるためには〈気質〉という概念にちかいものをどうしても導かざるをえないような気がする。しかしこのばあい〈宿命〉（うまれつき）という意味をすこしもかんがえているのではない。人間がこの世界に在るために、在るということ自体から、どうしてもぶつからざるをえない障害にたいする反応の仕方という意味で〈気質〉という概念にちかい類型をかんがえたい。そして、反応の仕方という意味では、たれでもどこかに類型づけられるという必然とみなしたいのである。

古典的な〈失語〉の概念については、ヤスパースの『精神病理学総論』が、いわゆるリープマン図式（第9図参照）に関連して独特な解説をやっている。

いま、試みにそれをたどってみればつぎのようになる。

第9図の図式において、

白丸は精神的（現象学的）なものをあらわす成分。

破線、点線は精神的結合をあらわす。

黒丸は解剖学的皮質領野。
実線は解剖学的繊維。
各記号について、
(一)解剖学的成分
$\alpha$＝脳皮質の聴覚投射領域
$\mu$＝脳皮質の運動投射領域
$\omega$＝視覚投射領域
$\gamma$＝運動投射領域の書字（手を支配する）部位
(二)心理学的成分
$a$＝聴覚成分（語音理解）

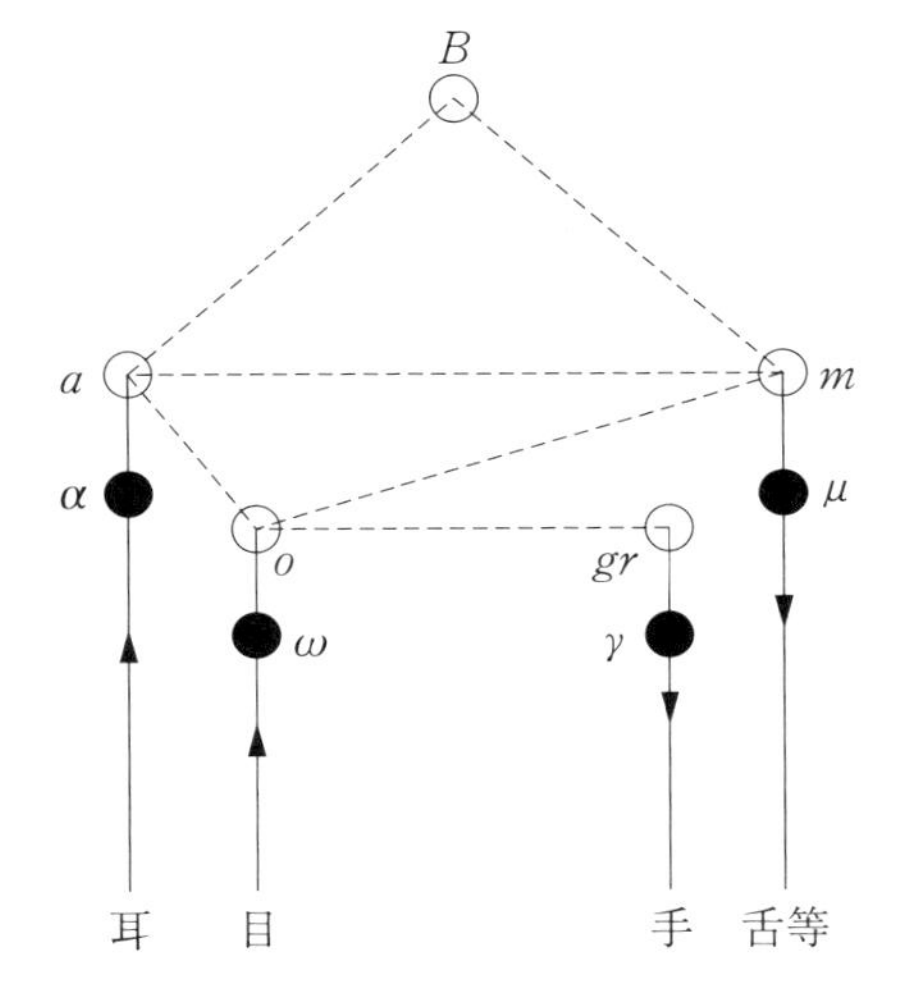


第９図　失語症のリープマン図式

$m$＝言語運動成分

$o$＝視覚成分

$gr$＝書字運動成分

$B$＝語義理解（「概念」成分）

それゆえ〈失語〉の判断はつぎの組合せの経路について行なわれればよいことになる。

自発言語↓$B$—$a$—$m$—$\mu$—舌

自発書字↓$B$—（$m$—$a$）—$o$—$gr$—手

言語理解↓耳—$a$—$B$

読字理解↓目—$o$—（$m$—$a$）—$B$

言語模倣↓耳—$a$—$m$—舌

写字↓目—$o$—$gr$—手

書取↓耳—$a$—$o$—$gr$—手（$a$—$m$、$o$—$m$）

音読↓目—$o$—$a$—$m$—舌

この図式で興味ふかいのは言語の表出（あるいは逆に失語）が、感覚の機能と関係があるとされている点である。いいかえれば、言語が耳できき眼でみて手でかかれ舌で発語されるものとかんがえられていることである。はたしてそうであるか？　もちろん、耳できき眼で視なくとも、わたしたちは対象の構成された〈概念〉があり、それが規範としての言語の水準と同致されるならば、発語し読み書くことができる。手がなければ言葉を書くことができないとかんがえるのは、筆記用具がないため文字を書けないものが書字不能症だとかんがえるのとおなじように滑稽である。この図式では、偶然な〈道具〉の媒介や発達によってものにできる言語の表出（逆にいえば失語）部分が、あたかも本来的な言語の総体であるかのように錯覚されている。たしかにこの図式の組合せは、患者の診断の分類には有効であろう。しかしこれに基づいて大脳の言語野を切除したり貼りつけたりすれば、言語の障害が治療されるとかんがえられたらたまったものじゃない。それはあたかも整形美人を美人の典型としてかんがえ、人間の貌をつくりかえようとするのに似ている。

大脳皮質の言語野に欠陥があれば、言語表出の失調がおこる。しかし言語表出の失調があれば、大脳の言語野に欠陥があるのだろうか。この逆はいうまでもなく成りたちそうもない。症例や実験精度の問題としてではなく、原理的に成りたちそうもないのである。ここで心的な失語の概念が考察されなければならない理由がうまれる。

いままでの考察からあきらかなように、心的な失語はただふたつの本質的な態様によってあらわれうる。

ひとつは、〈概念〉の心的な構成が不全であることによって、言語が、心的な規範に同調しえないばあいである。（第10図(Ⅰ)）

他のひとつは、言語の心的な〈規範〉の不全に基づいて、概念の心的な構成が不可能なばあいである。（第10図(Ⅱ)）

ただ、どんな正常な人間でも、ある瞬間にあるいは、傾向としておこりうるあの〈喋言ったってしようがない〉、〈喋言ることがたくさんあるのにそうするのは空しいからやめる〉という〈失語〉をくわえなければならない（第10図(III)）。この最後の状態では言語の〈概念〉の構成力にも、言語の〈規範〉にも心的な不全はない。ただ、なにかがかれをおしとどめる。おしとどめるものは、かれ自身の存在そのものである。かれがこの世界に在るということの重さがかれを沈黙させるのだ。かれ自身のこの世界における存在が、かれ自身を〈失語〉に追いやる。人間が〈他者〉との関係でけっして了解しあえない異和の部分をもっているところでは、精神病理学はまったく責任の外にある。それはこの世界における人間の存在の仕方の不全のなかに根源をもっているからである。

この最後の場面でも〈気質〉がものをいうだろうか？

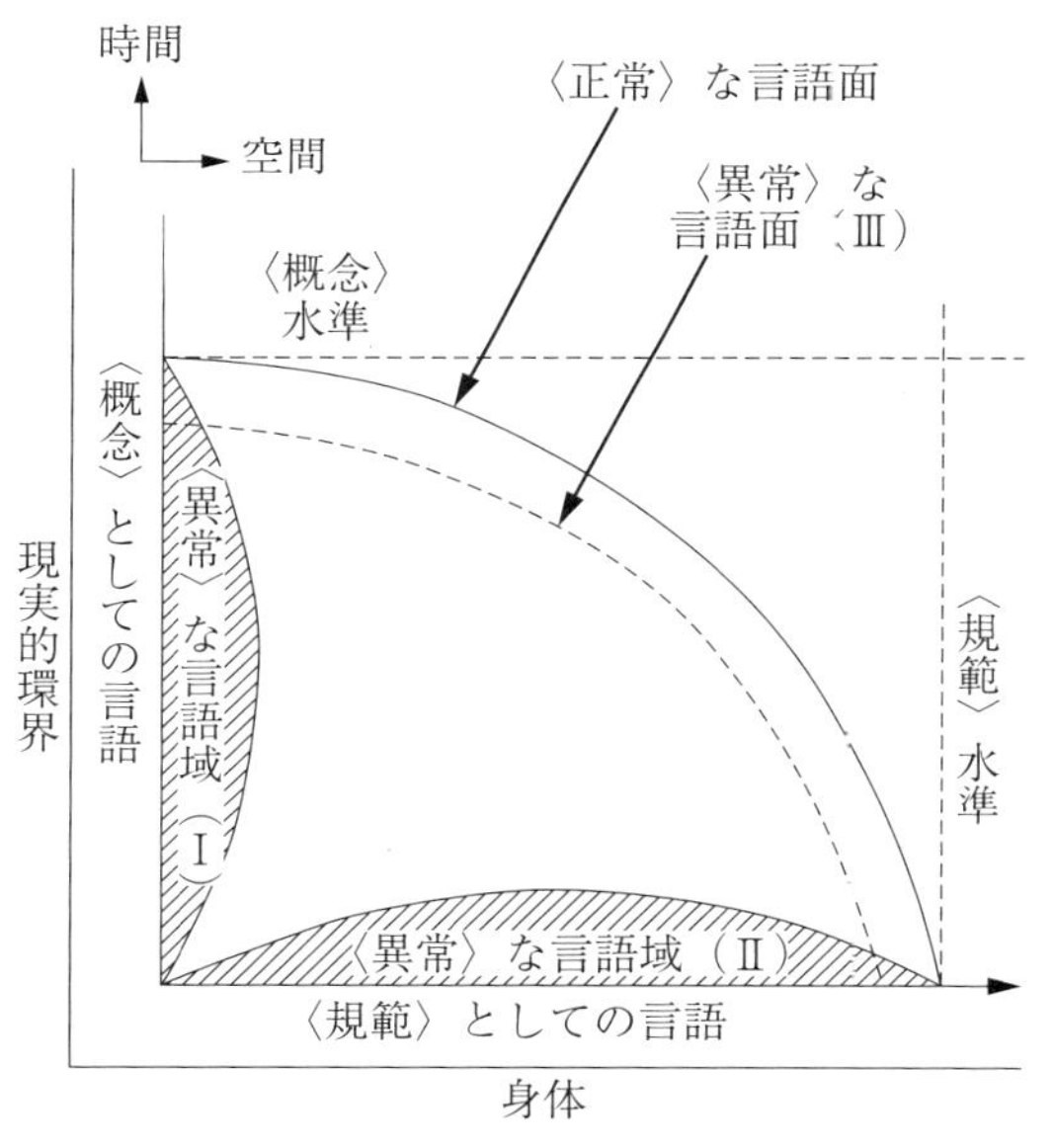


第10図　心的な〈失語〉の類型

たしかに〈気質〉がものをいう。ただこのばあいの〈気質〉はクレッチマーの気質や性格とは根本的にちがっている。〈いやおなじことだ〉という次元では〈気質〉という概念をつかいたくないのである。かれの〈気質〉はこの世界のなかでのかれの存在の仕方に負っているという意味で、はじめて〈気質〉は問題となるのだ。

わたしたちは、本質的に精神分裂性の〈失語〉を、〈概念〉としての言語が不全であるために〈規範〉としての言語に障害をきたすものであり（第10図(I)）、躁鬱性の〈失語〉が〈規範〉としての言語が不全であるために〈概念〉の構成に障害をきたすものであり（第10図(II)）、てんかん性の〈失語〉が、〈概念〉と〈規範〉とにおいて、言語は〈異常〉でないにもかかわらず〈概念〉と〈規範〉の水準が発語的な水準以前でしか結びつかないもの（第10図(III)）であると想定する。

フロイトは、かれがパラフレニーと名づけた精神分裂病の言語障害について、知るかぎりでは、もっとも注目すべき見解をのべている。

精神分裂病では、ことに学ぶところの多い初期の状態では、一群の言語の変化が観察される。そのなかのいくつかは、一定の観点から有効に観察される。表現方法は、しばしば念入りに配慮されたうえで「選ばれ」、「飾られる」。文は独特な構造の崩壊を示し、そのために、われわれに解しがたい文となり、そうして、われわれは患者の表現を無意味のものと思うのである。この表現の内容には、しばしば身体器官や身体の神経支配にたいする関係が前景にあらわれている。これについては、次のように言うことができよう。すなわち精神分裂病のかかる症状は、ヒステリーまたは強迫神経症の代理形成物に似ているが、しかし代理と抑圧されたものとのあいだの関係は独特なものであつて、二つのいわゆる神経症にはみとめられぬものがある。

精神分裂病では、言語は、潜在的な夢の考えから夢の像をつくる過程、すなわちわれわれが心理的な一次的過程とよぶ、その同じ過程にゆだねられる。言葉は濃縮され、置き換えられ、そして不断にその充当を移しあう。その過程は遠くまでおよび、多くの関係を通じてえらばれたただ一つの言葉が、全思考の連鎖をになう代表となる。

精神分裂病の代理形成と症状とに奇怪な性格をあたえているものが何かを考えるならば、われわれは、それが事物関係よりも言語関係のほうが、優位にあることであるのがわかる。「にきび」を押し出すことと、男根の射精とのあいだには、わずかながら事物の類似がある。無数の浅い皮膚の穴と膣とのあいだの類似は、それよりもすくない。だが第一の場合は、双方ともある物を射出する。そして第二の場合には、文字どおりには、シニカルに穴は穴であるという命題があてはまる。表現される事物の類似ではなくて、言葉の表現の相似が代理を定めたのである。その二つのもの——言葉と物と——が合致しない場合に、精神分裂病の代理形成は、感情転移性神経症の代理形成とちがつてくるのである。(『自我論』、「無意識について」井村恒郎訳)

ここでフロイトがのべているところは〈概念〉としての言語の心的な不全による言語〈規範〉の障害をさしているようにみえる。いいかえれば、いま述べてきた(I)のばあいである。さらに事物関係よりも言語関係のほうが優位になることを前提とし(即ち(I)のばあいである)、言語と物とが合致しないところに、分裂病と感情転移性の神経症との差異をみとめている。もちろん〈失語〉はこれにつきるものではない。ただフロイトの考察は根柢的であるために、心的現象としての〈概念〉と〈規範〉について、わたしたちの考察が根柢的であるべきことを迫るなにかがある。

フロイトが〈夢〉の代理形成と、分裂病の言語障害との対応性について指摘している個所からあきらかなように、分裂病を〈概念〉形成の崩壊にもとづく〈規範〉の崩壊とみていることはあきらかである。しかし、ここで異論があるとすれば「一つの言葉が全思考の連鎖をになう代表となる」とかんがえている点である。なぜならば、フロイトはここで〈概念〉形成の強度をあつかっているので、わたしたちのかんがえる〈中性〉の〈概念〉をあつかっているのではないからだ。もし分裂病における〈中性〉の〈概念〉形成の崩壊をかんがえるならば、「一つの言葉」が問題になるのではなく、〈中性〉の〈概念〉の構造が問題となる。強調されてのこった「一つの言葉」が問題になるのではなく、むしろ強調のないアト・ランダムな言葉の構造が問題となる。

分裂病における言語の障害は、もし症候としてあらわれうるとすれば、どんな「一つの言葉」も夢のようには障害を象徴することはできない。発語脈あるいは沈黙の全体性が、はじめて障害の像を浮びあがらせるとみるべきである。

## 3　心的現象としての〈概念〉と〈規範〉

〈概念〉が形成されてゆく過程を、単純化して追ってみる。たとえば、眼のまえにひとつの灰皿がある。いま視覚作用によって、それがある特定の色や形態やディメンションをもったその灰皿であることを〈わたし〉が了解する。眼のまえにあるその灰皿ではなく、無数のべつの灰皿がありうることは、たんに過去に灰皿をいくつか視たことがあるという体験だけからではなく、〈わたし〉は了解している。なんとなれば、〈わたし〉は無数の灰皿を共通にくくることができる灰皿についての〈概念〉をもっているからである。この過程はどんな対象についてもいえることで、灰皿はこのばあいひとつの例である。

こういう過程を、外界にある対象としての灰皿と〈わたし〉のあいだにでなくて〈わたし〉の心的な現象としてとらえかえしてみる。すると灰皿についての〈概念〉とは、視覚作用の次元を離脱することで、はじめて可能な、無数の対象に共通した心的くくり方であることがわかる。なぜなら、灰皿を視覚的に受容しながら、同時にそれを〈灰皿〉の心的共通性としてくることは不可能だからである。いいかえれば、一般に〈概念〉は対象的感覚の受容のどんな空間化度とも対応しないものであることがわかる。それならば、一般に、概念作用の〈空間化度〉と知覚作用の〈空間化度〉とは、ただ度合を異にするだけだろうか？

おそらくそうでない。〈概念〉作用の空間化度は、知覚作用の空間化度とは**質的**にまったくちがっているとみなされる。もし〈概念〉の構成にとって、ある空間化度を想定することが必要だとすれば人間の心的領域の対自的な抽象（作用）を、対象として措定した空間化度の一系列ということになる。いいかえれば自己の自己抽象にたいする空間化度が〈概念〉の空間性である。

おなじように〈概念〉の時間化度は、抽象（作用）にたいする了解の時間化度である。いいかえれば自己の自己抽象にたいする了解の時間性である。そこで、心的現象としての〈概念〉を、つぎのように定義することができる。

**心的現象としての概念とは自己抽象にたいする自己対象的な空間化度と時間化度の錯合した構造である。**

現在の段階で、抽象（作用）が、整序された系をなしうるもっとも高度なものを、数学的な論理の系に認めることができる。しかしこの系が無条件にそして恒久的に対象的自然にたいする抽象（作用）としてもっとも高度で、もっとも根源的であるとは簡単にはいえない。数学的な論理の系に整合しない自然現象が見つけだされることで、この系が変改される事態がありうるとかんがえられる。

このように〈概念〉としてもっとも高度な整序された系とみなされる数論的な系でも〈概念〉は自然認知の程度にしたがう。しかし、心的な現象とその〈規範〉は自然認知の仕方によって直接には左右されない。これは単純な例から追いもとめることができる。

眼のまえにひとつの灰皿がおかれている。それは煙草の灰を落し、吸がらを捨てる目的に叶うようにつくられた容器である。機能としていえば、どんな容器も可燃性でないかぎりはこの目的にかなう。しかし特にその目的にかなう意図でつくられた容器を灰皿と呼んでいる。この容器を〈灰皿〉と呼ぶのはなぜであろうか。なぜ〈灰皿〉ではなく〈お碗〉と呼ばないのだろうか。その理由はほかのどんな根拠からでもなく、規範的に〈灰皿〉と呼び慣わされているからである。だから勝手な造語によってそれを別名で呼んでも不都合な根拠はほんとうは存在しない。そうすれば他人に通じないで不便であろうとか、他の容器と混同するおそれがあるとかいう根拠は、ほんの見かけ倒しのことにしかすぎない。

いま、この過程を心的な現象として追ってみる。〈わたし〉が、煙草の灰をおとし、吸がらを入れる容器を〈灰皿〉と呼ぶとき〈わたし〉の心的領域にはある約定にしたがったという感じが喚起される。この感じは〈わたし〉が眼のまえに灰皿をみているということとは関係がない。いいかえれば、一般的にいって知覚とその対象とは関係がない。

この**心的な約定**は、ただわたしの〈身体〉が現にここにあり、それが心的な領域を原生的疎外の領域としてもつということだけに根拠をおいている（このばあい**外的対象**とわたしとのあいだの約定では、文化、習慣、習い覚え等々に根拠をおく）。この心的な約定が存在しうるために、心的な現象としてのある受容の空間化度と了解の時間化度とが必要であるとするならば、このような空間化度と時間化度とはなにを対象として措定するだろうか？

わたしのかんがえでは〈関係〉〈作用〉そのものが心的な〈規範〉の対象である。それゆえここでも〈規範〉の空間化度は自己の心的領域の自己による〈関係〉〈作用〉に対する空間化度であり、〈規範〉の時間化度は〈関係〉〈作用〉の了解の時間化度である。ここで心的現象としての〈規範〉をつぎのように定義することができる。

**心的現象としての〈規範〉とは自己関係にたいする自己対象的空間化度と時間化度との錯合した構造である。**

このように定義された〈概念〉と〈規範〉とは、言語的な〈概念〉と言語的な〈規範〉の領域からはるかに拡張されている。ここでは〈概念〉は、ただちに言語に対応する実体ではないし、〈規範〉は言語の規範を意味していない。しかり、心的な〈概念〉や〈規範〉は、ただちに言語のそれを意味してはいないのである。だから心的な〈概念〉と〈規範〉とが言語を喚起するためには、幸運にも（そうだ、いわゆる正常人は幸運である）、心的な〈概念〉と〈規範〉とが同致することが必須の条件である。そうでなければ、わたしたちはどうしてさまざまな形をとりうる〈失語〉や〈緘黙〉や〈独語〉の現象を理解することができよう？　言語障害のさまざまな態様が包括されるためには、言語表現の〈異常〉を〈中性〉構造に転化しつつ存在する心的な現象として、拡張された〈概念〉と〈規範〉とが問題となる。

## 4　概念障害の時間的構造

つぎに、心的な〈失語〉の構造にたちいってみる。もちろん、ここで問題になるのは〈失語症〉の個々の具体的なケースではなく、その本質的な構造である。

混乱をさけるためさきに挙げた〈観念奔逸〉の例をふたたびとりあげてみる。心的な現象としての〈概念〉の障害が、どんなふうになっているかを知るためである。

経験的にも、また一般的にもいえるが、アルコールをしたたかに飲むと喋言ることが〈くどく〉なり、おなじことをくどくどとくりかえし念を押すという一タイプの酔態におちいる。体験から内省すると、このばあい〈くどく〉なるのは、じぶんが伝達したいことが相手に伝えられたかどうかが、喋言りおわった瞬間に不安になるため、もう一度おなじことをくりかえして喋言ってだめを押すのだが、このだめ押しがふたたび不安になり、まただめ押しをくりかえすためにどうしてもおなじことが正常な心的状態のばあいよりも〈くどく〉喋言られるのである。そしてこのばあいある種の独語症のように〈くどく〉なる発語に制御がきかなくなる。つまり、〈じぶんはくどくおなじことをくりかえしているな〉という意識がどこかにあっても、じぶんで制御することができずに、言葉は自動的にとび出してしまうようにみえる。

このばあいあきらかに〈くどく〉なるのは、発語した瞬間にじぶんの言葉が〈忘却〉されるためではない。もしそうなら、つぎには、まったくべつの発言がとび出してくるはずである。〈くどく〉なるのはあくまでも自己にとって自己の発言の〈概念〉が所定の了解の水準をもちえないためである。じぶんの発言が〈他者〉へ伝達されたかどうか不安になるのは、あくまでも自身にとって発語の〈概念〉が所定の時間的な度合で了解できないためである。いいかえれば心的な自己抽象の障害であるということができる。

一見するとべつの問題のようにみえるが、さきにあげた〈観念奔逸〉の例も、本質的にはこれと変りがないようにおもわれる。再録してみると、

(1) 入院ですか、それは私の弟が私のことを病気だ病気だといいましてね。弟はそれはひどい人間なんです。小さい時にはよく山へ連れていつてやりましたのにね。あの山には桜が綺麗に咲いていて、桜はいいですね、花は桜木人は武士なんて、武士といつても今は兵隊もからつきし駄目になつてしまいましたね。アメリカから偉い大将がやつてきて、あの何といいましたつけ、そうそうマッカーサー、マッカーサー。マッカーサーサーや松かさやときますね。松かさといえば私は昔松葉酒をのみましたよ。……(『精神医学シノプシス』)

現象としてみれば、この例は、発語が本来的な主題にそって押しすすめられずに〈概念〉や〈語音〉の類似につきあたると、恣意的に連想が浮んでとびだしてくるため、思考がひとつの中心を貫徹せずに廻り道を通り、道草を喰っていることになる。しかし、もう一歩ふみ込んで、なぜ言葉の〈概念〉や〈音〉の類似につきあたってべつの脈絡にとびうつるのだろうかを問題にしてみると、本来的な主題からべつの脈絡にとびうつる結節点で、いつもじぶんの喋言っていることがらが相手に伝達されないという〈不安〉が貌をのぞかせているようにおもえる。この例は、けっして〈くどく〉主題をくりかえしているのではなく、主題から恣意的に離れて、ぽんぽんと発語の脈絡がとびうつってしまうもので、ちょっとかんがえると、くりかえしと正反対のようにみえるが、その本質はおなじであるとみなされる。

これらの心的な〈概念〉形成の障害にとってなにが本質的であろうか？

はじめに断わっておくと、いまここでとりあげている例も、かんがえている素材も、ある人物の話された言葉をあつかっている。しかし、それをとりあげるかぎり、話された言葉を文章にかかれた形であつかわざるをえない。だから、たとえ文章にかかれても、ここでは発語された言葉を問題にしているのだということをたえず念頭にいれる必要があるということである。

いま、例にあげた〈観念奔逸〉をあつかってみる。

まずはじめに〈入院ですか、それは私の弟が私のことを病気だ病気だといいましてね。〉という発語が成りたつための条件を、時間性に則してふたつあげてみることができる。ひとつは〈入院〉という名詞の発語の〈時間〉的なあとに〈です〉という助動詞が発言され、そのあとに〈か〉という助詞が発語される……という〈時間的〉な順序の統覚が心的に存在するということである。もうひとつは、〈入院〉、〈です〉、〈か〉という発語がそれぞれの内部では、あたかもひと息を呼吸するように、心的な意味で共存的に統覚されていることである。だからここではすでに〈入院〉〈ニューイン〉という発語に要する自然的時間と〈入院〉という〈概念〉にむかう心的に共存する時間とは異っている。さらにもうひとつは〈入院〉と〈です〉との発語のあいだには、〈入院〉〈です〉というそれぞれの発語自体とはちがった心的な〈時間〉がぜひとも存在しなければならない。

そこで〈入院ですか〉という言葉が発語されるには、すくなくとも三つの異った心的な〈時間〉がなければならない。これを記号にすれば、〈—入院／です＼か〉という心的な時間がこの順序で存在しなければならない。

それに、〈入院〉と〈です〉と〈か〉のあいだに、異質な〈時間〉あるいは空虚な〈時間〉があるということは、外側からは承認されない。なぜならば、たれも〈入院〉—〈です〉—〈か〉と、言葉に間隔をおいて区切りながら発語するものはなく〈入院ですか〉とひと息に発語すると同時に、共時的に了解するだろうからである。しかし、それにもかかわらず、心的な〈時間〉がこれを異質な、しかも前に発語された概念を包括する意味で後の発語があることを〈分割〉できなければ、〈入院ですか〉という言葉の発語自体が不可能であることははっきりしている。

ここで、まず、ひとつの問題がおこる。

〈入院ですか〉という場合、〈です〉というとき前の〈入院〉という言葉の概念を〈記憶〉しているのだろうか？　また〈か〉と発語するとき、その前に発語した〈入院です〉という語の概念は〈記憶〉されているのだろうか？

ベルグソンのようにいえば意識の持続の変化する線に沿って〈記憶〉が現在化されることは承知するだろう。しかし〈記憶〉という概念はわたしたちの考察にはそぐわない。

わたしのかんがえでは、このばあい〈入院ですか〉という発語が可能なための条件は、だいいちに〈入院〉という概念の心的な自己抽象の度合、いいかえれば時間化度がある〈水準〉をもち、けっしてたんなる〈点〉でないならば、そしてつぎに〈です〉という助動詞の概念の心的な自己抽象の度合がある〈水準〉にあるならば、……〈入院ですか〉という発語が可能であるとかんがえる。もうひとつは〈入院〉〈です〉〈か〉という言葉の自己抽象の時間化度の相異が心的に受容されるならば〈入院ですか〉という発語が可能であるとかんがえるのである。このばあい〈入院〉と〈です〉と〈か〉のあいだの自己抽象の時間化度が相異していることが、心的に受容されるならば、それは〈変化〉が心的に受容されるために〈入院〉のつぎに〈です〉がやってきて、そのあとで〈か〉がやってくるというような〈順序〉を可能にするものであるとかんがえられる。つまりかれはこの意味では〈失語症〉ではありえないのだ。

もし、反対に〈入院〉という概念の自己抽象の度合と〈です〉という自己抽象の度合と〈か〉という自己抽象の度合の相異が、心的に受容されないならば、〈時間〉はのっぺらぼうであるために〈入院ですか〉という発言の〈順序〉が不可能である。このばあいには、〈入院〉という発語だけが可能であるか、あるいは発語自体が不可能なものとなるだろう。

このようにして、わたしたちは**心的現象としての言語の意味を自己抽象の時間化度の水準である**と定義することができる。

ここで当然つぎのような疑問に出遭うはずである。

なぜ〈入院ですか〉という発語体系（脈）が、個々の単語のつながりと順序としてではなく、ひとつの統一として存在しうるのだろうか？　この疑問はいままでの説明だけでは解くことはできないとかんがえる。もちろんベルグソンのようにいえば〈持続〉の現前化という概念でこの問題に接近することになる。しかし、ベルグソンの〈持続〉の概念は、時間性をあいまいな位相で導入したものだとかんがえるわたしたちの立場からは承認されない。〈入院ですか〉という発語体系（脈）の根柢にあるものは、この発語の順序でなされる時間的な流れを、意識が統一的に現在としてとらえているということではない。わたしたちは、心的時間の発生を、意識の直接的な所与性としての持続にあるとかんがえないのである。したがって、逆にいえば心的な〈失語〉を〈持続〉の障害にあるとみなさないのである。一見すると迂遠なようにおもわれるかもしれないが、この問題をべつな側面から考察してみる。もちろん、最終的には、さきの〈観念奔逸〉を例として〈失語〉の本質に到達するためにである。

## 5　規範障害の空間的構造

発語のときの意識における〈時間〉的な変化を了解できることは、そのままでは言葉の表出あるいは発言の受容を意味しない、ということは先験的である。なぜならば〈入院〉のつぎに〈です〉がやってきて、そのあとで〈か〉がやってきても〈入院〉のつぎに〈か〉がやってきて、つぎに〈です〉がやってきても、自己抽象の意識は、時間化度の変化を了解し、その意味では〈順序〉を了解することができるにちがいないから。〈入院〉〈です〉〈か〉と〈入院〉〈か〉〈です〉との決定的なちがいを、意識は〈時間〉的な変化を識知しただけでは、了解できないはずである。もっとげんみつにいえば、〈入院〉、〈です〉、〈か〉と〈入院〉、〈か〉、〈です〉とは、心的な〈時間〉によっては〈意味〉の相異としては了解できないはずである。

〈入院〉のつぎに〈です〉がやってきて、そのあとで〈か〉がやってきたときにだけ、ひとつの発語体系（脈）が成立することを意識が識知するためには、意識は〈規範〉として、いいかえれば自己意識にたいする〈関係〉の意識として存在しなければならない。いままでつかってきた言葉でいえば自己関係の空間化度のちがいが識知されていなければならない。

人間が自己意識にたいするじぶん自身の関係を意識しうるのは、ほかのどんな理由からでもなく〈わたしがここに存在する〉という意識を〈場所〉的にとらえられることに根源をおいている。その意味では最初の自己関係の意識の空間化度は〈わたしの身体がここに在る〉ということを、わたしの意識が〈場所〉として識知するところに発している。

たとえば、ごくふつうにいって〈入院〉という名詞がふくんでいる概念は〈病院に入ること〉である。〈わたし〉がじぶんの意識にとって〈病院に入ること〉という概念が、どれだけの空間性の度合で〈関係〉として認知されているかは計量されないし、それぞれのばあいに異るかもしれないが、はじめに〈わたしがここに存在する〉という意識にくらべて、〈病院に入ること〉という概念が異った空間性の度合として、わたしの意識と〈関係〉していることだけは確かに識知されるはずである。またこの意味では〈です〉という助動詞や〈か〉という助詞が、それぞれ〈わたしがここに存在する〉という場所的な認知にたいして〈入院〉という概念とは異った空間性の度合として〈関係〉していることだけは確実である。それならば〈入院ですか〉という発語体系が、時間性の変化と順序としてではなく空間性の変化と順序として〈わたし〉に統覚されうるのは、それぞれの発語が、〈わたしがここに存在する〉という自己の場所的な存在にたいする自己関係にたいして、それぞれ異った空間性の度合として存在することが〈わたし〉に認知されるためである。このようにして〈入院ですか〉という発語の体系は、いわば〈正常〉な発語としてはじめて存在し、またはじめて〈他者〉に理解されるということができる。

もしも、この空間性の度合の〈関係〉のどこかに、障害があれば、時間障害とおなじように、さまざまな形の〈失語〉をうみだすとかんがえることができる。

ところで、わたしたちはここで〈観念奔逸〉の例について取上げている。このばあい〈観念奔逸〉というのは、発語体系内部の障害ではない。ひとつの発語体系と、つぎの発語体系との転換に〈異常〉があるということである。

さきの例でいえば〈入院ですか、それは私の弟が私のことを病気だ病気だといいましてね。〉までは発語体系にどんな〈異常〉さもふくまれていない。しかしここで〈弟〉という発語に〈私〉にとっての〈障害〉があらわれる。このばあい〈私〉にとって〈弟〉という言葉は〈おなじ両親からじぶんより後に生れた男性〉という概念を逸脱する。この逸脱は〈弟〉にたいする感情に歪められているとか、過去と現在の〈弟〉とのかかわりあいの記憶によって歪められているとかいうことではない。現在の発語として逸脱があるというべきである。

これだけの例では〈私〉にたいする〈弟〉の関係の仕方に、どんな具象的な〈異常〉があるか想定することもできないが〈私〉にとって〈弟〉という概念の自己抽象の時間的な水準に〈異常〉があるために、発語体系は、突然〈弟はそれはひどい人間なんです。小さい時にはよく山へ連れていってやりましたのにね。〉というように、本来的な発語体系とはかかわりのない発語脈に〈転換〉してしまうとかんがえることができる。

では、なぜ、〈私〉にとって〈弟〉という発語の概念が、自己抽象の時間性に〈異常〉があるだけで、発語体系の総体がまったく〈転換〉してしまうのだろうか?

ここでも、これだけの例からはその具象的な契機に立入ることはできないが、ただはっきりいえることは、それまでの発語体系を統覚している時間化度と空間化度の綜合的な構造が〈私〉にとっての〈弟〉という発語の時間化度と空間化度との綜合的な構造の**強度**に及ばなかったということである。

そしておなじように、この例では〈山〉、〈桜〉、〈武士〉……というような発語がつぎつぎにおなじ役割をもって発語体系〈脈〉を転換させる。

ただ、ここで〈マッカーサー〉という人名と〈松かさ〉→〈松葉酒〉へと転換する最初の契機は、音韻の類似にもとづいている。いわゆる懸詞的な転換である。そしてこの懸詞的な転換は、〈概念〉の自己抽象の転換として、もっとも原初的な形態であるということができる。

おなじようにして、さきに挙げた〈思考滅裂〉の例は、心的な概念の時間性と空間性の変化が〈強度〉として微弱であるために、あたかもある種の夢のばあいとおなじように、発語体系が〈わたしがここに在る〉という意識の時間的了解と空間的関係づけにたいして疎遠なところで成りたっているということができるし、さきの〈迂遠な思考〉の例では、発語体系は〈わたしがここに在る〉にたいしてけっして疎遠ではないが、酔態のばあいとおなじように、時間的な了解に障害があって、変換や順序として認知さるべきものが、いつも〈循環〉のように認知されるという時間構造をもっている。

## 6　発語における時間と空間との相互転換

ある発語体系を〈概念〉の自己抽象の時間性の度合としてみることと〈規範〉の自己関係の空間性の度合としてみることとは、あたかも光を波動としてみるか粒子としてみるかというほどの相異にすぎない。わたしたちが依然として発語体系の（したがって失語的な根源の）本質について触れようとしていることにかわりはない。

そこで発語体系における時間性と空間性はどこで相互転換しうるかという問いを提起してみる。のちに心的現象としての〈規範〉はどこまで拡張しうるかという問題を、心的な共同性の問題としてもっと普遍的にとりあげることができるかもしれない。それゆえここでは自己抽象の時間性という側面から接近してみることにする。時間性の問題は、極微の世界の問題をのぞいては自然時間という上限と、意識の時間性という下限と、自然体としての人間の生理的な時間と、心的な時間の境界領域の問題として、けっして解決されていないが領域としては知りつくされている。そのため、この面での考察資料にはそれほど不自由を感じない。

たとえば、フッサールはゲッチンゲン大学での講義のなかで、ここでとりあげている問題にもっとも近いことについてつぎのようにのべている。

持続する対象性の所与性に注目しないで、持続および継起そのものの所与性に注目するならば、第一次記憶と第二次記憶の構成的意義は多少変わってくる。

「Aが根元的印象として現われ、暫く持続していると、ある発達段階に達したAの過去把持と合体してBが現われ、そしてそれが持続するBとして構成される」と想定してみよう。この場合、意識はこの《過程》全体を通じて《過去へ後退しつつある》同じAの意識であり、そしてこのAはこれらいろいろな所与様式の流れの中で同一性を保ち、その存在内実に属する《持続》というその存在形式からみても、またこの持続のどの点からみても同一である。これと同じことはBについても、またこの両者の持続の隔たりやそれらの各時点の隔たりについても当てはまる。しかしこの場合はさらにある新しい事柄が、すなわち「BがAに継起する」ということが加わっている。ここには一定の時間形式を伴う、すなわち前後関係を包摂するある時間の広がりを伴う二個の持続する与件の継起が与えられているのである。継続の意識は原的能与の意識であり、この前後関係の《知覚》である。さてそこでわれわれはこの知覚の再生的変様を、すなわち想起を考察してみよう。私はこの継続の意識を《反復》し、記憶によってその継続を現前化する。私にはそうすることが《できる》のであり、しかも《好きなだけ何度でも》なしうるのである。体験を現前化することはアプリオリに私の《自由》の領域に含まれている。（《私にできる(イヒ・カン)》ということは実践的な《私の能力(イヒ・カン)》であり、《単なる表象》ではない。）では体験の継起の現前化はどのような様相を呈しまた何がその本質をなしているであろうか？　さしずめ「私はまずAを、次いでBを現前化する。したがってまず最初私がA—Bを所有していたとすれば、いまはA'—B'を所有している」（右肩の符号'は記憶を示すものとする）という意見もあろう。しかしそれだけでは不十分である。なぜならそれは「いま私は記憶A'をもっており、そして《後で》記憶B'をもち、しかもこれらの記憶の継起をも意識する」ということのように思われるからである。しかしもしそうだとすれば、私はこれらの記憶の継起を《知覚》することはできても、その継起を記憶によって意識することはできまい。したがって記憶の意識は（A—B）'と表示されるべきである。事実この意識はA'とB'をそれぞれ含んではいるが、さらに—'をも含んでいるのである。勿論この継起は〔独立の〕第三の断片ではない。これらの記号は継起を〔幾つかの断片に分割した上で、それらを〕順次表示しているのではない。ともかく私は次のような法則を書くことができる。

（A—B）'＝A'—'B'

これは「AおよびBの記憶の意識に加えて、さらに《AにBが継起する》という変様された意識も存する」という意味である。（フッサール『内的時間意識の現象学』立松弘孝訳）

率直にいって、フッサールはこの場合きわめて事態を単純化しているとかんがえられる。「持続」、「継起」、「記憶」、「知覚」という概念をもちいて〈時間〉性をとりあげているフッサールの手さばきは、ベルグソンの意識の直接所与性についての考察を、現象学的にホン訳し直しているので、いまここにAという事象のあとにBという事象があるとすれば、綜合的にはBにおいてAを現存化しているだけでもなければ、A—Bを現存化しているだけでもなく、AのつぎにBがくるということをも現存化しているといっているようにおもわれる。これは心的な時間性（および空間性）の根源が、「持続」や「継起」や「記憶」や「知覚」からあたえられるものとかんがえないわたしたちからは、いかにもおあつらえむきの解釈のようにみえる。なぜならば、〈わたしがここに在る〉という意識があたえられるならば、この自己意識にあらわれるあらゆる対象性〈変化〉は、〈時間〉性と〈空間〉性に分割されるほかありえないとおもわれるからである。

いままでかんがえてきたように、A→Bという〈時間〉性を統覚するに際して、わたしたちはけっして〈記憶〉や〈持続〉や〈継起〉や〈知覚〉にたよっているわけではない。だいいちに、本来的には〈時間〉性は、〈知覚〉とは関係がないのであり、意識の自己抽象の度合が認知されているかぎりは、事象A→Bの〈時間〉性は存在しうるのである。

また、わたしたちはA→Bという事象の転換を〈時間〉性として認知するために、どのような〈記憶〉にもたよってはいない。いいかえればベルグソンのいうようにAとBとの自然的な時間差の統一、また、べつのいいかたをすれば、過去の記憶と持続を現前化して意識することで、時間を獲取するのではない。〈時間〉は現存する事象の、自己抽象の度合と水準が認知されるかぎりは、意識にとりこむことができるのである。そして、事象A→Bが感覚に関与するかぎりにおいてだけ、フッサールのいうように〈知覚〉は〈時間〉に関与するにすぎないのである。

ついでにいえば、おなじことは事象の〈空間〉性についてもあてはまる。わたしたちが事象A→Bの自己意識の関係の度合と水準さえ認知できれば、そこに意識の〈空間〉性は存在しうるのである。

わたしたちは、意識の〈時間〉と〈空間〉について語るのに〈知覚〉的な与件を用いねばならないという現象学的な必要性をみとめない。

いま、事象A→Bを、実例として発語A→Bとかんがえてみれば、フッサールの単純さと誤解ははっきりしてくる。発語Aが事象Aでありうるのは、それが空気の振動として〈他者〉と共有しうるからである。だから発語Aが〈知覚〉と関係づけられるのは、それが空気の振動として〈聴覚〉に関与するという点においてだけである。しかし、断るまでもなく〈空気の振動〉イコール〈発語〉ではないし、発語以外の〈空気の振動〉は、風の音、樹木の揺れる音、物体の衝突その他無数に存在しうる。

わたしたちは、このようなあいまいさに排除を施した後に〈発語〉体系の時間性と空間性はどこで相互転換しうるかという問題に到達することができる。

いままでの考察からあきらかなように、〈発語〉体系の時間性と空間性が相互転換しうるのは〈自己抽象〉と〈自己関係〉とが共通でありうる根源においてだけである。いうまでもなく自己抽象の意識と自己関係の意識とは矛盾するようにみえる。なぜならば、自己抽象の意識はどこまでいっても〈わたしはわたしである〉という自己同一性であり、自己関係の意識は、どこまでいっても〈わたしにとってのわたし〉という自己対象性をふくむからである。しかしこの矛盾を同致しうる根源があるとすれば、人間が自然体であるにもかかわらず〈わたし（の身体）がここに在る〉という現存性の意識をもちうる点にもとめるよりほかにないのである。

このような根源では、たとえば〈入院〉〈です〉〈か〉という発語の体系は、心的な〈概念〉としても、心的な〈規範〉としても交換可能であるという理由で、べつに通常の意味で〈他者〉に伝達されるものとはならないだろうが、発語体系が発語体系である本質を赤裸々に露呈するはずである。

この〈発語〉体系の本質からかんがえて、古典的な〈失語〉概念のうち、あらゆる排除からまぬかれうるのはなにか？　という問を提起することができる。

ヤスパースにならって、いま〈失語〉の概念を列挙してみる。

(1)発語障害
(2)発字障害
(3)発語了解障害
(4)読字了解障害
(5)言語模倣障害
(6)写字障害
(7)発語――書字障害
(8)構音障害

そして、あきらかに(1)発語障害、(2)発字障害のみが本質的な排除をまぬかれるものであり、その他はすべて排除される。そして排除される〈失語〉症は、感覚的な了解に、いいかえれば〈知覚〉に関与する〈発語〉体系であることがわかる。

# Ⅵ　心的現象としての夢

## 1　夢状態とはなにか

　夢が本質的になんであるかからはいらずに、夢がどんな条件であらわれるかという問題からはいってゆく。この問題もつきつめてゆけば実験医学の領域にいりこむことになる。しかし、初期条件は見かけ上きわめて単純だから、さしあたって、初期条件だけを問題にする。類てんかん性の〈入眠〉、〈周期的傾眠〉のような〈病的〉なばあいをのぞけば、夢は**眠り**に条件づけられてあらわれることは確かだとおもわれる。このばあい**眠り**という意味を〈身体〉を横たえてする就眠に限定してかんがえずに、白日夢のような覚醒時の〈入眠〉も含めてかんがえることにする。

　この**眠り**の状態が、心的現象を制約する条件をまずさがすことになる。**眠り**は眼をひとりでに閉じてする就眠のばあいも、白昼の眼をひらいたままの〈入眠〉状態のばあいも、まず対象にたいする感覚的な受容を閉ざすことは確からしい。対象が〈身体〉の外にあるかぎりは、対象の感覚的な受容は閉ざされる。たとえば〈眼〉が閉じられているばあいはもちろん、開かれているばあいでも外的な対象を〈視る〉ことをやめている。また、耳は外的な対象が発する音を〈聴く〉ことをやめてしまう、ということは確からしくおもわれる。

　つぎに、正常な覚醒時にやってくる対象に対する近似的な了解の構造は**変容**をこうむるとかんがえることができる。**眠り**の状態のときも、わたしたちは了解に似た作用をもつ時間があるかもしれない。しかしその了解は覚醒時の了解とは同一でない。**眠り**の状態で体験した了解作用が、そのままめざめてのちに蘇らなかったり、納得されなかったりするということだけからも、確かに了解の構造が変容している。つまり、心的にみられた**眠り**とは感覚的な受容を閉ざし、了解を変容させた状態を意味している。夢はこの**眠り**の心的な状態を必ずおとずれるとはいえないまでも、この心的状態にかならず限定づけられてあらわれる。

たとえば、正常な覚醒時に、樹木を視て、その樹木の形状を視覚的に受容し〈樹木だ〉と了解するとすれば、眠りの状態では、だいいちに樹木がそこにあっても視ていないし、かりに〈樹木だ〉という了解ににた状態が出現したとしても、その〈樹木〉は〈身体〉の外部に実在する対象ではないから、覚醒時の了解とはべつにかかわりないほどに**変容**されている。こういう感覚的な受容の遮断と了解の変容は、夢状態の充分条件とはいえないが、必要条件であることは確実である。

体験的にわかっていることからいえば、夢はほとんどあらわれる状態ごとにまったくちがったさまざまな形状でやってくる。しかし、夢の形像の強度や、鮮明さの度合という点からかんがえると、その上限と下限はおさえることができるものである。まず下限からいえば、覚醒時におけるある〈事象〉にたいする自己判断、否定、肯定、経過、了解などの流れが、ほとんどそのまま眠りの状態に移行したとおなじように、どんな形像もあらわれないかわりに、意識はさかんにその〈事象〉を検討したり、抗ったり、納得したりしているという**非形像的な夢**がありうる。そして、上限はあたかも覚醒時に視た対象の形像とまったくおなじものが、おなじ明晰さでつぎつぎにあらわれる夢をかんがえることができる。

形像の強さや鮮明さからみた夢の上限と下限とは、なにを示唆するのか。

眠りの状態が、まず対象の感覚的な受容を遮断するということからやってくるのは、夢が形像のかたちでやってきても(上限夢)、非形像のかたちでやってきても(下限夢)、あらわれる夢表現に対して

〈入眠〉時の心的な領域は一義的（アインドイッテッヒ）な対応性をもたないということである。なぜならば、対象が〈身体〉の外部に実在しないことから、心的な受容の空間化度は、それぞれの感官に固有な水準と境界をもちえないで、無定型な空間化度の集積にすぎなくなるにちがいないからである。おなじように**眠り**の状態が了解の構造を変容させるということからやってくるのは、夢が、どんな形像あるいは非形像のかたちでやってきても、あらわれた夢にたいして〈入眠〉時の心的な領域は、所定の了解をなしえないということである。なぜならば、心的な了解の時間化度は、対象が概念を結ぶような構造と水準をもちえないだろうからである。

それゆえたとえば、夢のなかで樹木が道の両側に林立している風景を遠視しているとすれば、この風景は〈入眠〉時の心的な領域のある意味をもった表現であるかもしれないが、しかじかの願望を一義的に表現したものでもなければ、その意味が、夢見た心的な領域自体にとって了解されているわけでもない。

この風景の夢のように、夢が形像のかたちであらわれることがあるのはなぜだろうか？　おおくの夢についての考察がかんがえているように、ある時にある場面で実際に視た風景が、記憶された視覚像の断片として夢のなかで再現されるのだろうか？

この問題についてなんの前提もせずに答えうる限りのことをいえば、夢の形像は、ある時にある場面で実際にみた形像とはまったく関係がないということである。また、もちろん記憶残像が再現されるのでもない。夢の形像は、**眠り**によって条件づけられた心的な受容の空間化度が消失し、心的な了解の時間化度が変容することから直接に必然的にやってきたものである。つまり、意識が対象を受容し了解するという構造をもちえないところから、必然的に与えられたものが夢の形像であって、いかなる意味でも視覚像ではありえない。

たとえ夢のなかに、過去のある場面で、じっさいに遭遇した形像があらわれたとしても、この形像が過去の記憶の再生であるということには意味がないのであって、ただ本来的には心的な規範の空間性と心的な概念の時間性が、所定の水準を失ったために心的な言語の意味構成の水準を崩壊させた結果として、形像となってあらわれたという点に意味があるだけである。そしてさきにあげた非形像的にあらわれる下限の夢においては、形像的な夢ほどには心的な言語の意味構成の水準は変化をうけていないとかんがえることができる。

このようにして形像的なあるいは非形像的な夢は〈入眠〉時の心的な領域に条件づけられた必然ではあるが、この必然はそのままでは、かならずしも夢のもつ本来的な意味本質を指していない。このように必然としてかんがえられる夢は、ただ〈入眠〉時の心的な領域の構造的な崩壊とか弛緩とかいう受動的な意味をもっているにすぎない。

## 2　夢における〈受容〉と〈了解〉の変化

夢を**眠り**の状態に固有なものとするかぎり、まず外にある対象の感覚的な〈受容〉は、まったく遮断されるとかんがえてよい。それで本来的な〈受容〉が、夢においてどう変化するかが問題となる。

まず〈受容〉は、それぞれの空間化度の境界と水準を消失して一集合の堆積に変容するとかんがえられる。もっともありうべき変化の構図は、もしも夢が形像化してあらわれるならば、この形像化に関与した意識の空間化度を除いたほかの〈受容〉は、時間的な構造に擬似的に転化するだろうということである。この意味は、たとえばつぎのようなことである。

いま〈わたし〉がビルディングの屋上から下の道路を鳥瞰する位置で、小さく往還する車や人々のすがたを夢にみたとする。〈わたし〉にとって心的にこの高所からの俯瞰は恐怖である。すると〈わたし〉の心的な恐怖と〈わたし〉の夢にあらわれた下の方にみえる道路の往還する車や人々の形像の関係は、形像化されたその風景の空間化度以外の意味する空間性を時間性に、いいかえれば擬似的な了解に転化することによって与えられるということである。この擬似的な了解は、いわば自己了解に属するから〈わたし〉の心的な状態との関係性の了解に還元されるとかんがえられる。いいかえれば〈わたし〉がその風景の形像を夢にみながら、同時に夢のなかでその夢の形像の意味をなんとなく〈了解〉しているといった心的な体験をやっている。

おなじことは心的な〈了解〉の変容についてもいえる。

夢において〈了解〉作用は、夢の形像とつぎつぎにおこる形像の移動や結合や短絡といったような、形像の移動する場面の〈了解〉の時間化度をのぞいた時間性を、擬似的に空間性に転化するにちがいない。これがおそらくは、まったく思いもかけない形像と形像とが、夢において結びついたり、転換したりする理由である。

E・フロムは『夢の精神分析』のなかで夢の特性をつぎのようにのべている。

われわれの夢のほとんどのものは一つの特徴を共通に持っている。即ち、さめている時の思想を支配している論理の法則に従わないということである。時間と空間のカテゴリーが無視されてしまう。死んだ人も生きているものとして見るし、現在見まもっていることも数年前に起ったことなのである。実際には同時に起り得るはずもないのに、二つの事件が同時に起っている夢を見る。われわれは又、空間の法則に対しても、殆ど同様に注意を払わない。一瞬の間に、遥か離れた所へ簡単に移っていったり、一時に二つの場所にいたり、二人の人物を一人にとけあわせたり、あるいは、一人の人物を急に別の人物に変えたりすることは、簡単なことである。実際、夢の中では、われわれは、肉体の活動をすべて制限している時間と空間が無力であるような一つの世界の創造主なのである。（外林大作訳）

いわれていることは、じっさいは〈受容〉と〈了解〉の空間性と時間性が**変容**をうけることを意味している。フロムのいう「時間と空間のカテゴリー」というのは、あいまいな自然時間と空間というほどの意味しかもっていないが、このカテゴリーは、べつに「無視」されるわけではなく、ただ〈受容〉の空間性と〈了解〉の時間性が**変容**をうけるということである。

夢の形像の運動や結合が突飛でありうるのは、形像の運動性が、形像の了解に固有な時間化度をのぞいて空間性に転化したところの、いわば擬似空間性に左右されるためである。いいかえれば、夢の運動性が本来的な心的矛盾によって左右されるからである。つまり形像は、形像の了解に固有な時間性を排除されながら、しかも残余の時間性を空間構造の移動に費やすという矛盾をやっている。

この矛盾は、夢の形像が、一定の心的な志向にそってパラレルに移動することにより意味を構成するという作用を、さまたげずにはおかない。そしてフロムのいうように、じっさいには同時におこりえない二つの事件が同時におこったり、死んだ人物が登場したり、同時に二つの場所にいたり、二人の人物が一人に融合してあらわれたりといった突飛なことが、夢の形像のなかでは実現されるのである。

こう理解される形像であらわれる上限夢は、第11図で示すことができる。

ここで形像をなにもともなわないで考想の継続、判断、結合だけが存在するような下限の夢は、可能性としては〈入眠〉時の心的領域そのものとおなじだとかんがえることができる。いいかえれば、夢のなかで、じぶんが夢をみていることを識っているようにおもえるというあの心的な領域が、いわば夢の下限としての性格を典型的にもっている。

夢の形像や非形像の移動、転換、結合は、フロムのいうように空間と時間のカテゴリーを無視されてしまうというべきではなく、ただ〈入眠〉時の心的領域を支配する空間性と時間性の**変容**に左右され、限定されるというべきである。

覚醒時の心的領域
入眠時の心的領域
夢形像の領域
（入眠）時間性
（覚醒）時間性
（入眠）空間性
（覚醒）空間性

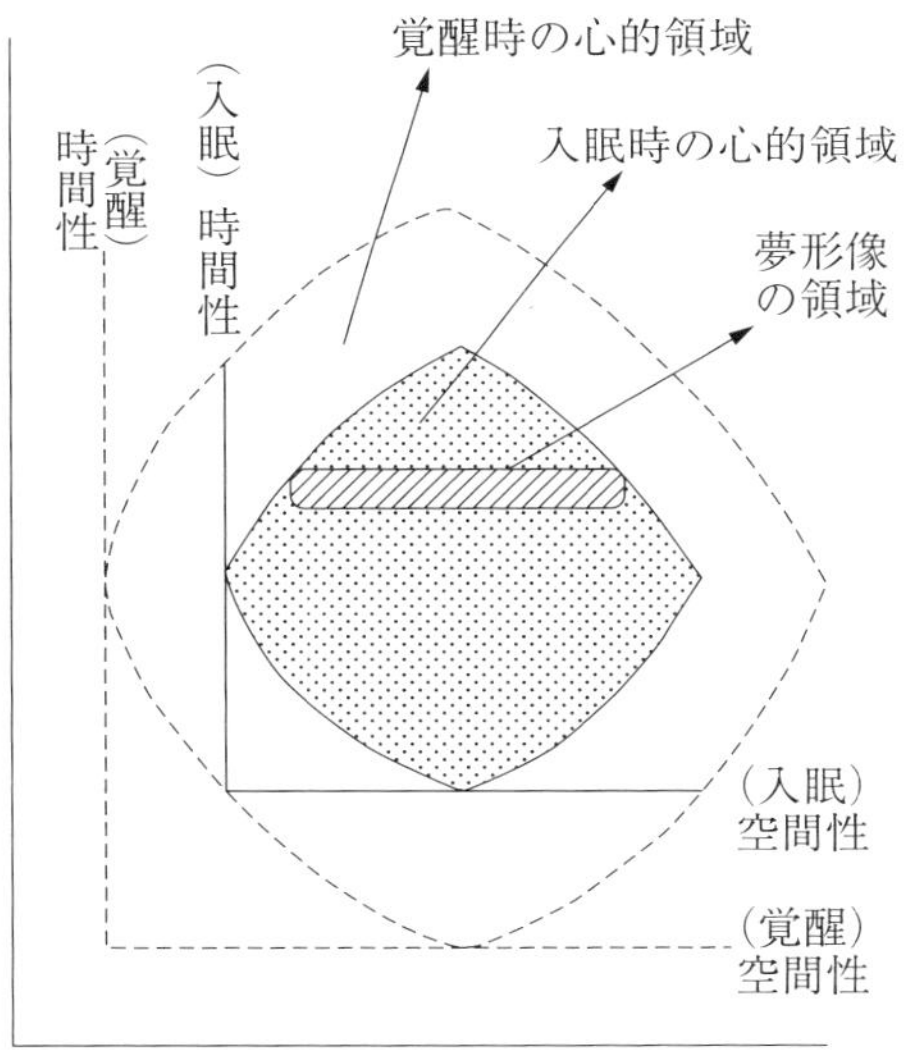

第11図　夢の心的領域

## 3　夢の意味

夢は本来的になにごとか意味をもっているだろうか？　あるいはなんの意味もない恣意的な荒唐無稽なものであろうか？

体験からいえば、ある夢では、なにか意味がありそうにおもえるし、ある夢では、かくべつの意味がなさそうにみえる。もうすこしたちいっていえば、非形像的な夢では意味がそのままたどれそうにおもわれるし、形像的な夢では、どうも意味がたどれそうにおもわれないのである。

経験的な夢の判断を脱して、夢に本来的な意味をあたえたもっとも重要なかんがえは、フロイトによって提出されたものである。

夢の原動力はいつでも例外なしに「充たさるべき願望」である。夢の願望たることが一見不明瞭であつたり、多くの奇怪な点や荒唐無稽な点があるのは、夢が形成される際に蒙つたところの、検閲の影響に起因しているのである。この検閲の眼を免れようとする要求（一）の外に、夢形成に当つては、（二）心的材料圧縮への強制、（三）感覚的形象による表現可能性への顧慮、それから、いつも必ずそうだとはいえないが（四）夢の像の合理的且つ知的外観への顧慮などがそこにはともどもはたらいている。これらの命題のどのひとつからも、道は遠く心理学的仮定と推論へと通じている。願望動機と上記四条件との相互的関係、及びこれら四条件間の相互的関係がわれわれの研究題目である。夢は心の営みの関聯中に組み入れられるべきものである。（『夢判断』高橋義孝訳）

夢が「充たさるべき願望」だとフロイトがかんがえたとき、すくなくともふたつのことが方法的に前提されている。ひとつは、夢の意味を夢の形像（あるいは非形像）そのものに求めたり、因果的な関係を夢表現にもとめないということであり、もうひとつは「検閲」という概念をもうけて、一見すると支離滅裂のようにみえる夢の形像（または非形像）の運動性を救済することである。べつのいいかたをすれば、夢の形像（非形像）表現はある潜在思想の顕在化したものと解すべきであり、この顕在化が撩乱されてあらわれるのは、心的な「検閲」を通過するためだということである。

このふたつの前提は、いくらかちがった概念と定義をつかってかんがえたとしても、おおよそのところで承認することができそうにおもわれる。しかし、現在までの考察の範囲では、夢の原動力が「充たさるべき願望」だというフロイトの見解には保留をつけなければならない。この問題について一定の見解を披瀝するためには、夢の形像（または非形像）の動因をもうすこし緻密にかんがえてみなければならないからである。

わたしのおおつかみな想定では〈入眠〉時の心的な領域でも、**変容**された不完全な自己概念と自己規範を因子として、**入眠言語**とよぶべきものが成立しうるとかんがえられる。そしてこの**入眠言語**が、抵抗なく流通しうるならば、夢は形成されずにすむものと仮定する。しかしなんらかの原因から、**入眠言語**が流通しえなくなったとき、夢は形像または非形像によって形成されるのではないかとかんがえられる。

フロムは、夢が**眠り**の状態におけるあらゆる種類の精神活動をあらわす表現であるとすべきで、この**眠り**の状態を「仕事の重荷から、攻撃を防禦することから、現実を見守り征服することから解放されている」状態とみなし、この状態にみあう心的領域を〈無意識〉と名づけている。

> 無意識とは、ユングのいわゆる、人種的に受けつがれた経験の神話的な世界でもなければ、フロイドのいわゆる、不合理なリビドーの力の座でもない。「われわれが考え、感ずるものは、自分たちが行っていることによって影響される」という原則にしたがって理解されねばならない。
>
> 意識は、われわれが外界の現実——行為——に専念している状態のときの精神活動である。無意識とは、われわれが外界との交通を遮断し、もはや行為ではなく自己経験に専念している状態における精神の経験である。無意識は特別の生活様式——行為しないという様式に関係した経験であり、無意識の特性はこの存在の様式から発するものである。一方、意識の特質は行為の性質や、めざめている時の生命保存の機能によって決定されるのである。(フロム『夢の精神分析』外林訳)

フロムは、ユングの〈集合的無意識〉からも、フロイトの〈衝動の貯水池〉からも、夢の座である〈無意識〉を救いだして、広場にもっていっているようにみえる。しかしほんとうは、夢には意味がありそうなのも、意味がなさそうなのも千差万別に存在しているという経験的な判断の次元に、夢をひきもどしているにすぎない。フロムのいう〈意識〉には普遍的な意味があるが、「無意識」の概念には、あまり意味をあたえられないようにみえる。なぜなら、フロムは**眠り**の状態を、行為できずに遮断されている状態とみなしているだけだからである。**眠り**の心的な状態は、もちろん覚醒時の心的領域とはべつの構造をもった心的な世界とすべきで、そこには固有の法則がべつの動因で存在するとみなされる。

ビンスワンガーは「夢と実存」という論文で、飛翔の夢と落下の夢を現存在を本質的に規定する軸とかんがえている。かれによれば、高揚する現存在の直観的な本質と、うちひしがれた現存在の直観的な本質とは、上昇する夢と下降する夢の意味によってあたえられる。

> 夢のなかで、飛翔と落下は、周知のように、しばしばわれわれ自身の身体的形態の浮動と沈下として現われてくる。そしてひとは、この浮沈の夢を、ときとして身体の状態、とりわけ呼吸と関係づけるが、この場合、いわゆる身体刺激の夢を問題にしているのである。またあるときは、浮沈の夢は官能的気分や純粋に性的な願望と関係づけられる。この二つの解釈はともに可能であり、われわれはこの二つのどちらとも衝突するわけではない。というのは、われわれの理解においては、アプリオリな構造を発見することが問題であって、身体刺激や身体図式一般も、官能的‐性的主題化もともに、このアプリオリな構造にとっては、特殊な二次的充足だからである。いま二次的充足だけを例にとってみても、なにゆえまさにこの時点において、この特殊な内容充足が表現されるに至ったのか、を理解するためには、夢みるものの外的・内的生活史のなかに横たわる特定の動機が証明されなければならない。(『現象学的人間学』荻野恒一・宮本忠雄・木村敏訳)

直観的な本質として把握される現存在はア・プリオリなものであるとかんがえるビンスワンガーにとっては、夢を左右するものは〈生理〉でもなければ〈衝動〉でもなく、いわば綜合的本質的な直観に対してやってくるものであり、夢がどう運動するかということは問題とはならない。上昇と下降の直観的な志向性が、もっとも本質的なものとされる。

これらの夢の意味づけにたいして、当然ちがった見解がのべられるべきである。

夢は、いうまでもなく〈特殊な〉心的な自己疎外である。そしてこの〈特殊な〉という意味を、もっとも範疇的に規定するものは、それが**眠り**の心的な世界でだけ可能だということである。この意味では夢の座である〈無意識〉を、現実的な行動のないところでの精神活動とみるフロムのかんがえは妥当性をもっていない。なぜならば、夢が**眠り**の心的領域の内部にあるということはア・プリオリであり、したがって正常な覚醒時の心的な領域は夢にとっては後景にしかすぎないから、夢をじかに覚醒時の心的領域と類比させている概念は特例にしか通用しないというべきである。

正常な覚醒時の心的な領域にとって〈身体〉は〈身体の意識はではない〉、いわば〈自然〉に属している。そしておなじように、夢にとっては、覚醒時の心的な領域が、こんどは第二次的な〈自然〉に属している、ということができる。そして、覚醒時の心的な領域を、どこまで第二次的な〈自然〉に転化しうるかという度合が、夢の強さ、鮮明さの度合を左右するとかんがえられる。上限の形像的な夢は、覚醒時の心的な領域をよりよく〈自然〉化しえた場合であり、非形像的な夢は、この〈自然〉化があまり巧くゆかなかった場合にあたっている。それゆえ、形像の鮮明なそして運動性に富んだ夢ほど〈正常〉な夢にちがいない。それは覚醒時の心的な領域を、充分に強固に固定化しえているから〈自然〉化がよりよく行われているのだといいうる。そして非形像的な夢は、反対に覚醒時の心的領域を強固に定着しえないために、覚醒時の心的な調音がそのまま〈入眠〉時に移行し、したがって形像化がうまくおこなわれないのである。

つぎにやってくる夢の〈特殊な〉という意味は〈受容〉の空間性が、ある特定の空間化度をのぞいて時間性に転化され、また心的な了解の時間性は、ある特定の時間化度をのぞいて空間性に転化されるということである。それゆえ、夢の内部では特定の空間化度と時間化度に対応する意味だけが存在し、夢の外では特定の空間化度と時間化度をのぞいたすべての空間化度と時間化度にみあった多義的な意味性が流れることになる。で夢は〈入眠〉時の心的領域にあらわれた〈充たされない空孔〉という比喩によってあらわすことができる。

しかも〈入眠〉時の心的領域は、とうぜん特別な構造をもっている。特定の空間化度をのぞいて〈受容〉の空間性は、時間的な構造〈擬似了解〉に転化され、特定の時間化度をのぞいて〈了解〉の時間性は、空間的な構造〈擬似受容〉に転化されているからである。〈わたし〉が夢のなかで夢の〈形像〉〈または非形像〉を〈了解〉しているとき、その〈了解〉は本来的には〈受容〉の空間性を意味し、夢の形像〈または非形像〉を〈受容〉しているとき、それは本来的には〈了解〉の時間性を意味している。

それゆえ形像的な〈または非形像的な〉夢の意味性は、形像〈または非形像〉がそのままでみせる意味にはなく、むしろそれが意味しないところにもとめられる。いいかえれば〈入眠〉時の心的世界の逆立的な構造のなかに、である。

〈入眠〉時の心的な領域は、もしも〈夢〉がみられることがないとすれば、覚醒時の心的な領域を第二次的な〈自然〉と見做したときの第二次的な心的領域であるが〈夢〉がみられるや否や逆立的な構造に転化する。

ふつう〈夢をみる〉といういい方で夢形成を呼んでいる。しかし、もっと厳密にいえば、夢を〈しゃべる〉とか夢を〈書く〉とか呼ぶべき場合にも出合うことがわかる。総体的にいえば夢を〈表現〉するのである。夢が表現されたものとかんがえられたとき、**入眠言語**と**入眠形像**とのあいだの関係の問題に遭遇していることになる。じじつ、わたしたちは〈うわ言〉で夢を形成したり〈書く〉ことで夢を形成したりすることもあるし、なんとも支離滅裂な文字を読みながら夢みていることもある。

## 4 なぜ夢をみるか

なぜ人間は（一般には動物は）夢をみるのだろうか？ そして、ある場合には夢をみるが、ある場合には夢をみないようにみえるのはなぜだろうか？ 夢は忘れられるだけであって**眠り**の心的な状態にとって夢は不可避なものであろうか？

フロイトはこの問題に、かれの体系にそくして、はっきりとした回答をあたえている。

精神分析の経験は夢の忘却というものが多くの学者たちによつて考えられているような覚醒状態と睡眠状態との間の離反関係よりも、むしろ、抵抗に依存するところが遥かに多いことに対する別の証明を提供している。

覚醒生活が夢を、まるでそんなものはなかつたかの如くにきれいに拭い払つてしまうというような、最も極端な場合を考えてみよう。その場合、心的諸力の営みを考慮のうちに入れると、もし抵抗が日中と同程度に夜間も支配していたならば、夢というものは抑々成立しなかつただろうといわざるをえない。そこでわれわれは、抵抗は夜の間はその力の一部分を失つていると推定するのである。

睡眠状態は、内心の検閲の威力を減退せしめることによつて夢形成を可能にする。（『夢判断』高橋

「検閲」、「抵抗」の減退が、夢形成を可能にするし、また、それがあるために、夢は覚醒した時に忘れられるというのは、フロイトが明瞭にいい切っているところである。

ところで、いままでの考察から、この問題についていいうることは、ただひとつ〈入眠〉時の心的な領域で特定の〈受容〉と〈了解〉とに〈撰択〉の**強度**が集中しうるならば、夢は形成されうるということだけである。なぜそのような〈撰択〉が起りうるかはあきらかでない。

夢にとっての〈環界〉は〈入眠〉時の心的な領域そのものであり、夢にとっての〈身体〉は、覚醒時の心的領域そのものである。そこで〈入眠〉時の心的な領域と、覚醒時の心的な領域とが〈関係づけ〉られる条件があるならば、すくなくとも夢は可能性としては形成されうる。しかしこの可能性は、夢が表現されることと同一ではない。夢が表現されるためには〈入眠〉時の心的領域が覚醒時の心的領域と〈接触〉するとともに、その〈接触〉によって心的な〈表出〉力が働かなければならない。いいかえれば、このような〈接触〉を**異和**とおぼえるような補償力が、**異和**をなだめるために作用しなければならないはずである。

## 5　夢の解釈

フロイトは『夢判断』で、ヒステリー症を精神分析するばあい、現にある病的な症候とおなじように、その最初の病的徴候を解明することが、どんなに重要であるかにふれたあと、つぎのような註をつけている。

＊子供の時分に見た夢で、何十年も経つて猶、まざまざと記憶に残つているような夢は、その夢を見た人の人間的発展及び神経症の理解に殆どつねに絶大な意義を有するに至るものである。そういう夢の分析は、医家を理論的にも混乱させかねぬような誤謬や不確実性から医家を護つてくれるのである。（高橋訳）

この註にはさまざまの問題がふくまれている。フロイトの方法では、人間の幼児期の心的な体験は〈無意識〉に、少年期の心的な体験は〈前意識〉に対応させられているから、夢が〈無意識〉を源泉としているとかんがえるかぎり、幼児期や少年期の心的な体験に重要な意味があたえられるのは当然である。フロイトは、しらずしらずのうちに、人間の心的な領域を、年齢とともにつぎつぎに年輪を重ねてふとくなってゆく樹木の切り口と、おなじようにかんがえている。もっとも幼児期は心的な領域のもっとも奥深くしまいこまれ、そのうえに幾重もの皮がかぶせられてゆく図式になぞらえられる。この心的なモデルは危険なものというべきだが、ある種の課題については有効なモデルといっていい。そして夢のばあいも有効な例にかぞえられる。

しかし、フロイトの方法に依存するためには、どうしても〈記憶〉とか〈無意識〉とか〈前意識〉とかいう概念を、げんみつにフロイトが想定したとおなじ意味で認めなければならない。

わたしたちは〈幼時記憶〉が〈無意識〉のなかにしまい込まれていて、何十年もたったあとで夢のなかにあらわれるといった心的な系統発生論をそのまま認めがたい。幼時の体験が、心的な現存性としてあらわれるとすれば、かならず〈現在〉の心的なパターンとしてだけ意義をもっている。それは〈記憶〉ではなく心的なパターンというべきである。

〈わたし〉が子供の時にみた夢で、現在も鮮やかにパターンを覚えている夢がある。フロイトのいう「子供の時分に見た夢で、何十年も経つて猶、まざまざと記憶に残つているような夢」にあたっている。

《子供の〈わたし〉はいつも遊んでいる横丁の露地で近所の遊び仲間の子供と集まっている。なにかとりかえしのつかぬことをみなでしてしまったらしい。仲間の子供たちはつぎつぎに仕方がないからみなで腹を切ろうと叫んでいる。だんだんと仲間の雰囲気は腹を切るという点に集中し高まってきて、もう腹を切ることが当然のような熱気が支配している。ところで〈わたし〉だけは腹を切るのは嫌だとおもっている。とうとうたまりかねた〈わたし〉は、おれは腹を切るのは嫌だと口に出す。すると仲間はそんならお前は勝手にしろ卑怯だと口々に罵って、皆、短刀を出して抜き身をきらめかせる。そこでわたしは嫌々ながら仕方なしに刀を抜いて皆にならった。では腹を切って死のうとたれかがいって刃を腹の方へ向ける。わたしは思い切って腹をつきさした。ところが仲間をみわたすとどうしたことか仲間のたれも刃を腹に刺したものはいない。〈わたし〉はもう刃で腹をつきさしてしまっている。〈わたし〉は黙って妙な顔をしている仲間の子供にむかって〈おまえたちは卑怯だぞ〉と叫びながら息がだんだん苦しくなってゆく。仲間は〈わたし〉を嘲笑するのでもなくただ奇妙な沈黙のまま刀をもっているだけで腹に突き刺そうとしない。》

〈わたし〉は、この少年時の夢を、細部の不確実さはべつとして、基本的なパターンとしてはよく覚えている。その理由は〈わたし〉とこの世界との関係についてなにか切実なものがこの夢にあるとかんがえてきたからである。

〈わたし〉は、ごく通俗的に、ここには〈わたし〉の倫理性の基盤が象徴されていると長い間おもいつづけてきたらしい。そしてそれにはそれ相当の理由がないわけではなかった。

中学生のころ〈わたし〉は、ある体験からこの夢のことをおもいだした。その体験というのは、学校で野外軍事演習にいったとき、ある日、演習がおわり宿舎にかえる途中で、四列縦隊に並んでいたクラス全員が、たれからともなく《隣組の歌》という流行歌謡を合唱しはじめた。軍事教官は後方にいたが〈止まれ〉の号令をかけると〈わたし〉たち全員を撲りつけた。宿舎についてから、クラスの指揮者が全員をあつめて教官のところへ詫びに行こうと提案した。〈わたし〉は反対した。詫びにゆくくらいならば、はじめから流行歌謡など唱わなければよいのだ、もともと行軍のとき軍歌以外のものは唱えないことは、わかっているのに唱ったのだから、叱責され撲られたからといってあやまるのはおかしい、というのが〈わたし〉の理窟であった。しかし、皆におしきられて週番にあたっていた〈わたし〉も代表としてあやまりにいった。教官は素直でよろしい、というので機嫌がよかった。なぜかこの現実的な出来事のとき〈わたし〉はさきの少年時の夢を思い浮べた。

その後、現在までの体験のなかで、幾度か、この少年時の夢をおなじパターンだなとおもって思い浮べたことがある。

〈わたし〉は、この少年時の夢を〈わたし〉の倫理的な面での発生点とかんがえてきた。いつもこういうような矛盾を、他の人間とのあいだ、他の事件とのあいだに感ずるので、その典型的なパターンを、この子供のときの夢が保存しているとかんがえてきたらしい。しかし〈わたし〉のこの夢の解釈はもっと疑ってみたほうがよいようにおもわれる。

フロイトの方法によって、この〈わたし〉の幼時の夢を解釈すれば、まず〈わたし〉の〈父親〉にたいするリビドー的な関係の異変として了解されるとおもう。〈なにかとりかえしのつかぬこと〉というのは〈わたし〉の〈リビドー〉的固着の仕方の表現である。それは〈恐怖〉であるのか〈羞恥〉であるのかわからないが、そういうことに関係している。〈わたし〉は、リビドー的な〈父親殺し〉をどうしてもやりたくないとおもっている。しかしそれをしなければ成長することができない。そのためらいを跳びこしたとき〈わたし〉はもっとべつのなにかをも、相伴してとびこしてしまった。この〈べつのなにか〉は、すくなくとも〈わたし〉とこの世界の関係にとって重要ななにかである。仲間の子供たちは〈わたし〉とちがってスムーズに〈父親殺し〉をやり、だから同時に〈べつのなにか〉をも跳びこしてしまうことはない。〈わたし〉が、この幼時の夢を何十年も経た現在もまざまざと保存しているとすれば〈わたし〉のこの世界にたいする異和は〈父親〉にたいする〈リビドー〉的な関係の**異和**に発祥していることを示している。なぜならば、この夢のなかの**異和**がその後、いく度もおなじパターンで繰返されたために〈わたし〉は何十年もたった現在も、まざまざとその夢を記憶しているのである。

ところで〈わたし〉がフロイトの方法を捨てて〈わたし〉自身の解釈によってこの幼時の夢を分析するとすれば、どんな問題が提起されるだろうか?

第一にこの夢は〈わたし〉の〈わたし〉自身にたいする関係づけの失敗を語っている。そしてこの関係づけの失敗は〈わたし〉の〈身体〉にたいする〈わたし〉の観念の関係づけの失敗に根源をおいている。だから〈わたし〉は〈わたし〉の〈身体〉についてある部分にたいしては過剰に執着し、ある部分にたいしてはほとんど無関心である。そこで〈わたし〉は〈他者〉〈あるいは他の事象〉にたいしても、ある部分については無関心で、ある部分については過剰に執着している。〈わたし〉にとって〈わたし〉は、どこまでも了解可能な底無しの沼のようにおもわれるために、〈他者〉〈あるいは他の事象〉にたいしても、どこまでも了解可能なものとおもっている。しかし、じじつは〈他者〉〈他の事象〉なるものは、〈わたし〉と関係づけられている丁度その度合でしか了解可能性をあらわさない。この〈わたし〉の〈わたし〉にたいする了解可能性と、〈わたし〉に関係づけられている〈他者〉〈あるいは他の事象〉にたいする了解可能性の**異和**が、〈わたし〉の幼時の夢の基本的なパターンである。いいかえればこの夢は、自己にたいする過剰な執着と自己にたいする過少な関心との両価性を語っている夢である。

ところで、フロイトは幼時〈記憶〉というように〈記憶〉という言葉を便宜的に無造作につかっている。しかし〈記憶〉というものは、幼年のときにじっさいにあったことを、何十年もあとで覚えているといった意味ではもともと存在しない。一般に〈記憶〉とよばれているものは、心的なパターンということにほかならない。そしてわたしたちが心的なパターンをもっているのは、それが世界にたいする**関係の結節**を意味しているからである。つまり、わたしたちはなんらかの意味で世界に対する関係づけのキイ・ポイントとしてしか〈記憶〉を保存しないし、逆のいい方をすれば〈記憶〉されるものは、それが夢であれ、言葉であれ、出来事であれ、すべて世界にたいする人間の関係づけの結節だけである。〈わたし〉の子供のときの夢で、いまも覚えている〈夢〉は、しばしば現実体験のなかでおなじパターンとして繰返されたとかんがえてきた。そうだとすれば、この〈夢〉は、いわゆる〈正夢（まさゆめ）〉に相当している。なぜならこの〈夢〉は、その後で〈わたし〉がぶつかる〈他者〉〈あるいは他の事象〉との関係を〈予言〉していたことになるからである。ふつう〈正夢〉というときは、夢のなかの情景や出来事が、やがてそのように実現されるというふうになっている。〈わたし〉の夢では情景の細部の形像が実現されるのではなく、その夢の基本的なパターンが実現される。しかし〈正夢〉としての本質的な性格はかわりないのである。ただ形像を主とする夢であるか、非形像が優勢である夢かというちがいにすぎない。

　ここで、もしひらき直れば、いくつかの困難な問題が介入してくる。**〈夢〉が〈記憶される〉〈心的なパターンとして現存する〉ためには〈正夢〉でなければならぬ。いいかえれば覚醒時の心的な体験によってなんらかの意味で現実的に裏付けられなければならない。**そうでなければ〈夢〉は何十年も保存されるはずがないのである。だが、ふつう〈夢〉が後になってじっさいに現実体験と符合するときに、その夢を〈正夢〉と呼んでいる。これは循環反覆であって、このような場合、ふつう用いられている〈正夢〉という概念に誤謬があるとかんがえるほかない。

　また、もうひとつべつの困難は、ある〈夢〉が、後になってじっさいに実現したようにみえることは、まったく主観的なことにすぎないのではないかという問題である。つまり、あらゆる現実上の体験の仕方は、もしそうかんがえるならばどんな主観的なパターンが含まれているとかんがえてもよいのではないかということである。そうだとすれば、ある〈夢〉が後でその通りに実現されたというのは、ただそうかんがえるから、そうおもえるのだという問題にすぎないことになる。ここにはほんとうの意味で〈夢〉の性格づけの困難さがあらわれている。

## 6　夢を覚えているとはなにか

以前にみた〈夢〉で、何十年も覚えているような〈夢〉は、なんらかの意味で現実体験によって裏打ちされた〈正夢〉である。このことは、夢で重要なのは、フロイトのいうように〈検閲〉や〈抵抗〉によってなにを忘却したかということでも、なにが歪曲され、迂廻されて、保存されたかでもなく、なにを覚えていたかであることを教えている。なぜならば、醒めて後に覚えている夢だけがこの世界にたいする人間の関係の位相を語ってくれるからである。〈覚醒時にも覚えている夢〉というのは、夢にとっては現象的な矛盾であるが、夢が、いいかえれば〈入眠〉時の心的な表出が、覚醒時の心的な領域と接触していることを証拠づけている。

フロイトは、いわゆる〈正夢〉の機構について、じぶんのみた夢を例にあげてつぎのようにのべている。

その後、私が既に積極的に夢の研究にとりかかつていた年月の間、ある妙な風景を繰り返しくりかえし夢に見て、これがそろそろ煩わしくなりかけていた。私は自分のからだからいつてある一定の方向、つまり左手に、薄暗い空間を見た。そこには沢山のグロテスクな石像がぼんやりと光つて見えていた。私には納得しがたいぼんやりとした記憶によると、それはあるビヤ・ホールの入口らしかつた。しかしこの夢の光景に一体全体どういう意味があるのかもわからなかつたし、またこの光景がどこから出てきたものであるかも、依然としてわからずじまいでいた。一九〇七年、私は一八九五年以来行きたい行きたいと思いながら行かれずにいたパドゥアへ偶然出かけることになつた。この美しい大学町を最初に訪れた時には、マドンナ・デラレーナのジョットオのフレスコ画が見物できなかつた。その寺院へ行く道の中途で、今日は締まつているときかされて、引返してしまつたのだ。十二年後の第二回目の訪問の時、私は前回のつぐないをつけようと思つて、何はともあれマドンナ・デラレーナ寺院へ行つてみようと思つて、その道を歩いて行くと、道の左手に、恐らくは一八九五年私が道を引返したその場所ではないかと思うが、ひとつの風景を発見した。例の石像も一緒についている、夢でよく見たあの場所がそこだつた。実際そこは一軒の料理屋の庭の入口になつていた。

夢が再演のための材料、部分的には、覚醒時の思考活動では思い出されもせず使われもしないような材料、そういう材料をとつてくるみなもとのひとつは幼年時代の生活である。（『夢判断』高橋義孝訳）

フロイトによれば〈正夢〉というのは、かつてどこかで一度〈視た〉（体験した）事象を、まったく忘れてしまい、その事象が〈夢〉にあらわれると、そのあらわれた事象が、こんどはその通りに事実として追認できるという現象をさしている。そして最初の〈視た〉（体験した）という事実は、覚醒時にまったく痕跡をのこしていないために、じっさいは〈既視〉（既体験）であるのに〈未視〉（未体験）あるいは〈予知〉のようにかんがえられるだけである。

つまりフロイトによれば〈正夢〉では〈夢〉のまえにその夢を出現させる動因となった現実体験がか

ならず存在するのだが、ただ覚醒時の心的な領域にはどんな痕跡ものこっていないし、引出される契機さえないにもかかわらず、その現実体験は〈無意識〉のなかに保存されていて〈夢〉に出現するだけである。だから〈正夢〉では〈夢〉が、時間を遠くへだてたふたつの現実体験を虹のように架橋していることになる。

フロイトのかんがえで重要なことは、最初の〈体験〉が覚醒時にまったく痕跡さえのこさぬほど忘却されているのに、なお〈無意識〉の奥深くに貯蔵されているとかんがえられている点である。

けれど、わたしにとってほんとうに重要なのは〈正夢〉をつないでいる**結節**である。さきのフロイトの夢でいえば「グロテスクな石像」のある「ビヤ・ホールの入口」が、忘却した〈実見〉とたびたびあらわれる〈夢〉と、そのあとで実際に行ってみて夢でみたとおなじ風景となってあらわれた〈追認〉のあいだを結んでいるという点である。つまり、重要なのは忘却しさった体験と夢と追認とを結びつけているものとしての「グロテスクな石像」のある「ビヤ・ホールの入口」の光景なのだ。なぜなら、この光景が〈夢〉を覚醒時体験につなぎとめている**結節**だからである。そしてそのかぎりでこの光景には意味がかくされている。もちろんフロイトはこの光景がフロイト自身にとってどんな重要性をもっているかを自己解析していない。しかしフロイトの〈正夢〉が、この「グロテスクな石像」のある「ビヤ・ホールの入口」を**結節**として展開されているかぎり、この光景に長年月のあいだ保存するに価した意味が存在することは明瞭である。ただフロイトの文章からはそれを推知する手がかりは得られないだけである。

フロイトは、あるずっと以前に〈体験〉された事象が、覚醒時にはどんな糸口も得られないほど完全に忘却されていても〈無意識〉がそれを保存していることがありうるのだとかんがえている。しかし、ほんとうに重要なのは、そういう〈無意識〉なるものが〈幼時記憶〉と対応ずくではたして想定されうるかどうかという問題にあるのではない。まして、「グロテスクな石像」のある「ビヤ・ホール」が、かつて実際にみたものの〈無意識〉に保存された記憶であるかどうかにあるのではない。それが、心的なパターンとして現存しているのはなにを意味するかという点にあるのだ。

とうぜんつぎに問われるのは、わたしたちの心的な領域が〈入眠〉時と覚醒時とを連結する位相で、ある事象をパターンとして現存させているとすれば、このパターンはなにを意味しているのかという問題である。

もちろん、フロイトならば〈幼時記憶〉の〈無意識〉による保存として〈幼児体験〉に意味があるのと、おなじように意味があるとなるはずである。しかし〈記憶〉とか〈無意識〉とかいう概念をもちいないとすれば、フロイトの解釈ははじめから拒絶される。わたしたちはこの心的に保存されたパターンを心的な**固有了解**と**固有関係**とかんがえたいのである。フロイトの〈正夢〉の例でいえば、「グロテスクな石像」のある「ビヤ・ホールの入口」が、〈無意識〉によって保存された往時の体験事象の記憶ということに意味があるのではなく、フロイト自身の心的な固有了解と固有関係に接触している（どのような接触かはこの例に与えられている説明だけではわからない）という点に意味があるとみなされる。いいかえれば、ほかのたれにとっても〈正夢〉のなかにあらわれた「グロテスクな石像」のある「ビヤ・ホールの入口」が無意味であるとしても、フロイト自身の心的なメカニスムにとってこの形像は重要な意味をもっているとかんがえるべきである。そしてこの〈重要な〉という意味は、フロイトの心的な領域が、この世界にたいして関係づけられるとき、その基本的な性格を決定するほどの意味があるということである。ここに、いわゆる〈正夢〉の本質がかくされている。

さきにあげた〈わたし〉の少年時の夢でいえば〈記憶〉は〈仲間たちがそうしようというときに《わたし》はためらいをおぼえているが《わたし》が決意して行ったときには、仲間たちは行わない、この異和には《わたし》の人間にたいする理解を疑わせるなにかがある〉という概念のパターンとして、往時の夢が保存されている。そして概念のパターンであるため〈夢〉の形像がどうであったかは重要な意味をもっていない。ただ重要なのは、この概念的なパターンが〈わたし〉のこの世界にたいする**固有了解と固有関係**を象徴しており、だからこそ〈わたし〉は後年になってたびたび現実上の体験として、これとおなじパターンに出遇ったようにおもい、したがって、いわば〈概念の正夢〉のように保存してきたのである。フロイトの〈正夢〉では、夢のパターンは「グロテスクな石像」のある「ビヤ・ホールの入口」という形像によって表現される。このばあい、概念としては「グロテスクな石像」のある「ビヤ・ホールの入口」それ自体には格別の重要さはない。ただ、この形像をパターンとして保存しているフロイトの**固有**な思想に重要さがあたえられるのである。

ここでふつういわれる〈正夢〉というものが、じつは個体の心的な固有了解の時間性と、心的な固有関係の空間性によって決定された〈夢〉をさしているということができる。そしてこの〈固有性〉は〈入眠〉時の心的な領域では、概念のパターンとしてあらわれることも、形像のパターンとしてあらわれることもありうるが、それが〈正夢〉としての本質をもつことはすこしもかわらない。

いままで挙げてきた二つの長年月のあいだ保存された夢は、夢一般についても両極を象徴している。一方は〈夢〉が入眠言語ともいうべきものによってパターン化され、他方の〈夢〉は入眠形像ともいうべきものによってパターン化されている。わたしは、一気にここで〈夢〉における入眠言語と入眠形像とは二律背反であると結論したい誘惑を覚えるのだが、じじつはそうでないらしい。たしかに、長年月のあいだ繰返し想起されるような、重要な〈夢〉は、概念の優位のもとにパターン化されるか、形像が優勢であるかのいずれかであるようにみえる。しかし、どうやら〈夢〉はこの入眠言語と入眠形像との二重性によってあらわれるらしいのである。

夢を出現させる器は〈入眠〉時の心的な領域である。そしてこの心的な領域は、たれにも識られないことを旨とするらしい。しかし、わたしたちは、覚醒時にその器がなにを容れたかを識ってしまう。そして〈識る〉ということに重要さがあたえられるとすれば、その器が容れた内容も重要であるとかんがえてよいのである。

わたしの理解では、フロイトは、覚醒時に覚えているほどの〈夢〉は、なにを忘れ、なにを覚えているかということをも含めて、大なり小なり〈正夢〉であり、したがって解釈可能だとかんがえた。そしてこの拡張された〈正夢〉のパターン（結節）をもとめるとすれば、幼児期における〈親〉および〈自己〉にたいする〈リビドー〉の分布の仕方であるとしたのである。

もしも〈入眠〉時における〈夢〉が、覚醒時においても〈覚えられている〉とすれば、この〈覚えられている〉ことのなかには、すでに意味が存在しなければならない。〈覚えられている〉ということは、覚醒時の心的な作用であって、もちろん現実にある事件にぶつかった実体験ではない。しかし観念の体験という意味では、実際体験であるから〈幻想の正夢〉ともいうべき性格をもっていることはたしかである。それゆえフロイトのように、幼児期の〈リビドー〉の分布に、パターンの原質をもとめることはできないとしても、心的な固有了解と固有関係にパターンをもとめることはできる。そしてここに〈正夢〉ではなくて〈一般夢〉の解釈可能性の問題がフロイトと異った方法で提起されるといえよう。それとともに〈正夢〉よりもさらに原質的なところに〈原夢〉ともいうべきものが想定される。

## 7　夢の時間化度と空間化度の質

フロイトは『夢判断』のなかで、心理学上のいわゆる〈既視〉現象の夢についてのべている。

風景あるいは土地の夢で、われわれが「ここには一度きたことがあるぞ」とはつきりと自分にいつてきかせるような場合がある。さてこの「一度きたことがある」は、夢の中では特別の意味を持つているのである。そういう場所はいつでも母親の生殖器である。（高橋訳）

さきに、覚醒時の〈入眠〉状態をも〈夢状態〉とみなしてきたから、この〈夢〉は、心理学上の〈既視〉と対応する白日夢のばあいにも、まったくおなじ意味で通用させることができる。心身の疲労や外的な環境の厳しいときに「ここには一度きたことがあるぞ」という白日夢を体験することは決して珍しいことではない。この〈既視〉に属する夢状態は、フロイトのいうように母親の胎内を意味するだろうか？

もちろん、フロイトが「母親の生殖器」というとき、普遍的には胎内にあった〈原幼児体験〉の記憶ともいうべきものを指していることは明瞭なことである。

しかし〈既視〉の夢（あるいは白日夢）において重要なことはそんな問題ではない。幼児にとって〈夢〉は**観念の行為**そのものである。その〈夢〉が心的な願望であっても心的な飽満であってもどうでもいい。観念の行為そのものであるため、幼児にとって現実的な行為の代同物であることだけが重要なのだ。いいかえれば、幼児にとって観念の行為と現実の行為との区別は未分化であらざるを得ないため〈夢〉は行為そのものとなる。したがって極限に〈原幼児〉いいかえれば胎児を想定すれば、その観念の行為も現実の行為も、すべて〈いつか視たことがある〉あるいは〈いつか行ったことがある〉とならざるをえない。なぜならば、胎児にとっていかなる幻想上あるいは現実上の行為も、ただ〈胎内に、そこに在ること〉を意味しており〈行為〉はただ〈そこに存在すること〉以外の意味をもちえないからである。そうであればいかなるものも〈すでに一度みた（あるいは体験した）もの〉であらざるをえないことは〈存在すること〉が〈すでに一度みた（あるいは体験した）こと〉であるのと同様である。

人間の個体にとって、〈そこに存在すること〉自体は、どんな関係の空間性も了解の時間性ももたないが、ひとたび〈そこに存在すること〉が対自化しうるようになれば（幼児）、そこには自己内の関係の空間性と了解の時間性をもたざるを得ない。これを心的な**原関係**と**原了解**と呼ぶことができ、この条件のもとでは〈夢〉は行為そのものを指している。
〈既視〉の夢（または白日夢）は、心身の疲労状態のもとでおこる〈ひとたび完結された対象の了解そのものを、ふたたび対象として了解する〉ことであるにすぎないが、この二度目の了解において、対象を心的な**原関係**と**原了解**にひきよせることを意味している。

さきに〈正夢〉とは、夢みたことと現実上の体験とが、その個体にとって固有のパターン（結節）によって同致する現象であるとみなした。そしてこの固有のパターンが、形像であれ非形像的な概念のパターンであれ、夢みた個体自身にとっては重要な意味をもつものであるとかんがえてきた。まったくおなじように〈既視〉の夢（または白日夢）は〈いつか一度みたこと（体験したこと）がある〉という普遍的なパターンによって、個体のみる夢でありながら、〈存在そのもの〉に還元されるとみなすことができる。いいかえれば、個体が〈そこに存在する〉ことの自己関係自体、自己了解自体の心的な表出とかんがえられるのである。

わたしたちは対象にたいする知覚作用では、それぞれの感覚（聴覚、視覚等々）によって特有の関係の空間化度と了解の時間化度が存在すると想定した。そしていまさらに、特定の感覚的な空間化度と時間化度の**内部**で、**原関係**と**原了解**、**固有関係**と**固有了解**、**一般関係**と**一般了解**というようにかんがえられる空間化度と時間化度の質的な差異が生ずると想定せざるをえないのである。そしてこの質的な差異は、人間が〈そこに存在すること〉からはじまり〈じぶんの心的な領域のじぶんの身体にたいする心的関係と了解〉をへて〈じぶんと他者（他の事象）とのあいだの関係と了解〉にいたる過程の、質的な差異に対応するとみなされる。

ここまできて、フロイトが〈胎児記憶〉や〈幼児記憶〉が無意識内で保存されるとみなしたものを、**原関係**と**原了解**、**固有関係**と**固有了解**の空間化度と時間化度の現存性という概念におきかえることができる。

〈夢〉がもし心的な**原関係**と**原了解**のところでやってくるならば、その〈夢〉は〈いつかそんなことがあった〉とか〈いつかそんなことがあるはずだ〉というような〈既視〉あるいは〈未視〉のように体験される。そして心的な**固有関係**と**固有了解**のところでやってくるならば、それは心的なパターンとして、それぞれの個体に固有性の意味をもつとかんがえられる。そしてもし〈夢〉が心的な**一般関係**と**一般了解**のところへやってくるならば、その〈夢〉がどんなに荒唐無稽にみえようとも、ある一般的な意味づけが可能な要素から成りたっているとみることができる。

このような〈夢〉の質的な差異が、生理体にどういう条件のもとでやってくるかを確定することはできない。だから〈夢〉が、なぜある場合に〈いつかそんなことがあった〉というふうにやってくるか、またある場合に〈正夢〉のようにやってくるか、またあるばあいに荒唐無稽のようにやってくるかを厳密に条件づけることはできない。しかしこれらの〈夢〉が、個体の心的な構造のなにに対応するかは、すくなくともいままでみてきたとおり明確に示すことができるようにおもわれる。そのかぎり、わたしたちはどんな〈夢〉も、解釈可能性としてかんがえることができるのである。

## 8　一般夢の問題

ここまできてとりあげたいのは、夢が夢みた個人に固有な意味としてあらわれずに、ある普遍的な解釈可能性としてやってくるようにみえるばあいである。夢が心的な一般関係と一般了解の領域にやってくるとき、大なり小なり荒唐無稽の形像あるいは概念の夢となってあらわれる。しかし問題なのは、このような夢はたんに荒唐無稽のようにやってくるということではなく、荒唐無稽のようにやってくるために、かえって夢みた個人以外の、他の個体にもあてはまるある共通性をとりだすことができるということである。いいかえれば、夢みた特定の個人の〈入眠〉時の心的な世界というだけではなく、その夢の形像あるいは概念のあらわれかたに、ある普遍性をあたえうる可能性をもっている点である。このような夢を**一般夢**と呼べば、一般夢は夢みた個人の固有な心的世界の内奥について、あまり語らないかもしれないが、個体としてみた人間一般の心的な世界として、共通性を想定することができるようにおもわれる。

たとえば、フロイトは、すべての夢は願望の充足であるという前提と、すべての夢の顕在した内容は、潜在した思想の表現であるという前提を、ふたつのおおきな柱として、もし夢につぎの上段のような形像があらわれれば、それはつぎの下段のような潜在的な意味をあたえられるとしている。

| 上段 | 下段 |
| --- | --- |
| 婦人帽子 | 男性器 |
| 外套 | 男性器 |
| ネクタイ | 男性器 |
| 複雑な機械や器具 | 大抵は男性器 |
| 橋があったり森がある山の風景 | 性器 |
| 子供 | 生殖器 |
| 禿げ、断髪、抜歯、頸切り | 去勢 |
| 小動物、毒虫 | 小さな子供 |
| 虫にたかられる | 妊娠 |
| 姉妹 | 乳房 |
| 兄弟 | 大脳 |

〈婦人帽子〉→〈男性器〉、〈外套〉→〈男性器〉…といった対応関係は、もちろん、ここで一般的な記

号と実体の関係にあるということではない。通俗フロイティアンはすぐにそうかんがえて一般夢における形像あるいは概念と、潜在思想の関係を謎解きのように転化してしまう。そうするとあらゆる夢や神話は〈性〉的な暗号のようになり、できるだけ多くの象徴関係をかんがえだしてそれにより暗号を解読することとおなじ結果になる。しかし、フロイトにおける夢の形像あるいは概念と、潜在思想の一般関係は、そんな単純なものではない。

たしかに、フロイトでは〈婦人帽子〉と〈男性器〉とが対応づけられるとき、夢のなかにあらわれる〈婦人帽子〉の形像は、夢見た個人によって、また夢の脈絡によって、その都度潜在的な意味がちがっているとかんがえられてはいない。また逆に〈婦人帽子〉の形像が夢のなかにあらわれたときは、すべての個人にとっていついかなる夢のなかでも〈男性器〉であるともかんがえられていない。フロイトが〈婦人帽子〉→〈男性器〉という対応性を、夢の顕在内容と潜在思想のあいだにかんがえているとき、それは抽出された共通性としてかんがえられている。つまり具体的な個々人に固有なものでもなければ、具体的な万人に共通でもなくて、諸個人における抽象された共通性として想定されているといえる。

この抽象された共通性という意味は、さまざまの問題をはらんでいる。

ひとつは、この夢の形像とその潜在的な意味とのあいだの、抽象された共通性という位相が、夢みた個人に特有な固有夢と一般夢との関係を象徴するということである。固有夢においては、形像は夢みた個人にとってだけ重要な、世界にたいする関係の結節を意味している。だから、固有夢において〈婦人帽子〉の形像があらわれたとしても、それに共通の潜在的な意味をあたえることはできない。夢みた個人の心的な世界と、夢の文脈によって、はじめて判断される固有な意味があたえられるだけである。ここでは〈婦人帽子〉という形像は、夢みた個人の数だけある潜在的な多義性を意味しているにすぎない。そして個々の夢みた個人の心的な世界にとってだけ重要性をもっている。

一般夢においては、夢の形像は夢みた個人の心的な世界を、ある共通性のところで捉える。しかし、このばあいも形像が万人に共通な心的な世界の表出であるのではない。だからいかなる意味でも夢の形像を記号の体系に還元することはできない。その意味では固有夢とべつのものではない。ただある度合で抽象するときに、はじめて夢みた個人の心的な世界は、他の諸個人にとっても共通な位相におかれるのである。

一般夢における形像とその思想のあいだの抽象された共通性は、第二にはつぎのような問題を提示する。

それは、心的な共同性の歴史や、現実を異にする種族のところでは、一般夢にあらわれる共通性をもった形像は、ちがったものでありうるということである。フロイトが〈婦人帽子〉や〈外套〉や〈ネクタイ〉等にあたえている潜在思想の共通性は、習俗、宗教、道徳、法等々の心的な共同性の異るところでは、まったくべつの形像にとってかわられるということである。〈婦人帽子〉をかぶる習慣をまったくもっていない種族にとって〈婦人帽子〉の形像が共通の潜在的な意味をもつことは、先験的にありえない。

この問題は、一般夢における形像の解釈可能性が、共通性のうえにはじめてひらかれることからきている。いいかえれば、一般夢の解釈は、なんらかの意味で共通性を設定することではじめて成りたっているため、この共通性は、習俗や宗教や道徳や法のような、なんらかの意味での心的な共同性に接触するから、それぞれ異った共同性の形像にしか、一般的な共通の意味はあたえられないのである。

フロイトは、一般夢における形像の共通性に対応した夢みる個人の心的な世界の共通性を、〈性〉的な範疇にみた。いいかえれば夢の形像が、諸個人をつうじて共通の意味をもちうるとすれば、この諸個人の心的な世界の本質は〈性〉としての人間にあるとかんがえたのである。

そこで、たとえば〈婦人帽子〉→〈男性器〉というフロイトの一般夢における顕在内容と潜在思想との対応づけをみるとき、わたしたちは二重の問題にぶつかる。ひとつは〈婦人帽子〉といったような夢の形像は、心的な共同性を異にした地域の諸個人にとっては、まったくべつのものでありうるため、一般夢の形像がもっている共通性は、それぞれの心的な共同性にとって、べつのものでありうるということである。もうひとつは〈婦人帽子〉→〈男性器〉といったたぐいの対応が成りたつかどうかは、検討をへなければ確定できないということである。もちろん、フロイトは、通俗的な理解とちがって〈婦人帽子〉→〈男性器〉を、たんなる象徴関係とか記号関係にみたてているわけではない。したがってフロイトの対応づけは、通俗的にかんがえられているほど唐突なものではない。フロイトの対応関係を疑うことは、人間の心的な世界において共通性として抽象しうる本質は〈性〉であるかどうかという問題を疑うことを意味している。そしてこれを疑いえなければ、フロイトの方法を、否定することはできない。

わたしたちは、〈リビドー〉という概念を、人間が個体として共通性をもつ本質であるとかんがえてこなかった。もし〈リビドー〉という概念を、心的にか自然的にか想定するとすれば、それは個体と他の個体との二体概念であり、げんみつには個体の領域には属さないのである。

個体の心身相関の領域において共通性となりうる本質は、自己にたいする自己抽象づけの意識と、自己の〈身体〉にたいする自己関係づけの意識である。わたしたちは、現にここにある自己の〈身体〉が、自然としては意識に関係なく存在するとかんがえることができる。しかし〈これはわたしの身体だ〉という意識にやってくる〈身体〉は、すでにある度合の抽象度をもっている。この自己の自己意識にたいする抽象性は、時間意識の根源であり、この抽象性は自己の自己意識にたいする関係としては空間意識の根源をなしている。

そこで、わたしたちは、一般夢の形像が、抽象された共通性として、夢みる個体にやってきたとすれば、この形像を還元しうる潜在的な内容は、この自己抽象づけと自己関係づけの時-空性にあるとかんがえるのである。

たとえば〈婦人帽子〉という形像が、一般夢の領域にあらわれたとき、わたしたちは、それを〈男性器〉の潜在的意味をもつとはかんがえない。それがいかなる自己関係づけと自己抽象づけの心的世界に対応するかを測るだけである。なぜならばそれ以外に個体の心身相関の世界が、そのまま共通性として流通する意味はかんがえられないからである。

そこで一般夢にあらわれる〈婦人帽子〉は、夢みた個体にとっては、記憶にあるかどうかとはかかわりなく、じぶんでみたことのある〈婦人帽子〉であろうが、その形像が夢のなかでもちうる位相は、かれの〈身体〉が、かれの意識にとってみえるとおなじみえ方で抽象された関係性をもつだろう。それがもしフロイトのいうように〈男性器〉に関係づけられる場合があるとすれば、ただ、かれがじぶんの〈身体〉を〈男性器〉として抽象して関係づけているからにすぎない。つまりかれの意識が、個体と他の個体との関係づけの世界に吸いよせられていることを意味しているだけで、フロイトのいうように普遍性をもってはいない。

## 9　一般夢の解釈

一般夢における顕在内容と潜在思想を関係づけるばあい、フロイトの解釈はいままでのべてきたところからすれば、二重に修正されなければならないとおもわれる。つまり顕在内容において一般夢の形像が、心的共同性、いいかえれば習俗や宗教や法や政治体系等々の歴史的現存性を異にするところでは、それぞれ異なりうるということと、もうひとつは、一般夢の形像が〈性〉的な象徴の周辺に一義的に還元されないということである。

この問題をさらに追及してみなければならない。

さいわいに、一般夢の顕在内容として、かなり普遍性のある形像の事例を、フロイトの晩年の著作『続精神分析入門』のなかからえらびだすことができる。そのひとつは〈橋〉の夢である。

私がお話しようと思うもう一つの象徴は橋の象徴であります。フェレンチィ（Ferenczi）はそれを、一九二一年—二二年に、闡明いたしました。それは元来、性交の際に両親の肉体を結合する男根を意味するのですが、しかし発展せしめられて、最初の意義から導き出されて来る数々の意義をその上に得て参ります。そもそも人が誕生水の中から生れて来るということがもとは男根のお蔭であります限り、橋は彼岸（まだ生れていないこと、母胎）から此岸（この生）への移行になるのであり、人間は死をも母胎へ（水の中へ）帰ることと見るのですから、橋はまた死への促しという意義を得、結局その最初の意味からは遠く隔つて、移行——すなわち状態の変化一般——を言い表わします。そうだとしますと、男になりたいという願望を克服しなかつた婦人が、短か過ぎて向こう岸に渡れない橋の夢を非常に屡々見ますのは、それに一致することであります。（古沢平作訳）

フロイトによれば、一般夢のなかにあらわれる橋のある風景は〈男性器〉を意味している。そして〈橋〉によって、あちら側（母胎）からこちら側（生誕）へやってくるとすれば、橋をかけられた両岸は〈性〉的な行為によって、母胎からこの世界へ生れてくることを意味することになる。もうひとつは、〈橋〉がそれを渡るか渡らないかによって〈死〉を意味するか死からひきかえすかを意味することになる。それはフロイトのいうように、人間が〈死〉を母胎にかえることとみなすかどうかにかかわらない。ただフロイトの方法は〈性器〉的な象徴、あるいは生誕的な象徴は同時に死の象徴をも意味しうるという両価性（アンビヴァレンス）の上にたっているということはできる。

〈橋〉の一般夢は、フロイトが意識していたかどうかはべつとして、心的な共同性を異にするいろいろな種族のあいだでかなり普遍的なものである。そしてこの普遍性を、夢みる個体の心的な領域にむすびつけるとき〈性〉的に結びつけることがもっとも本質的なものであるとかんがえられたのである。もちろんフロイトの〈性〉は、生誕から死までの個体の心身の曲線と結びつけられている。人間に快楽的な衝迫力（リビドー）があるとすれば、それは〈死〉への曲線をさしているということは、フロイトにとっては根本的な原則であった。そしてたしかに、フロイトのこの理解は正当なものを含んでいるとおもえる。もし〈性〉的な行為を生理的な場面に還元できるとすれば、性的な自然行為によって、必然的に子をうみ、またひとりうみ、またそのうえにひとりうみというような結果は、それ自体、親の世代にとって、着実に死への曲線にむかっているようにおもえる。ただ〈性〉はかならずしも自然的なものではなく、心的なものでありうるということが、フロイトの体系では徹底的にかんがえられていないだけである。

わたしたちには、一般夢のなかにあらわれる〈橋〉の形像は〈性〉的なものとみなすべきでないとかんがえられる。それとともに夢のなかにあらわれる〈橋〉の形像を、たんなる普遍的な〈ハシ〉の概念とみなすべきでないのである。

わたしたちの伝承民譚のなかにも、この種の〈橋〉の夢はしばしばみつけられる。その多くは一般につぎのようなパターンをもっている。

《何某という人物が重い病に臥している。そして夢うつつの状態でよく見なれている（あるいは見たこともない）道をゆくと、河がありそれには〈橋〉がかかっている。〈橋〉をわたってむこう側へゆくとなにかすばらしい光景が待ちかまえているように思う。しかしどうしたわけか〈橋〉をわたりながらむこう岸にはゆけず、途中でひきかえしてしまう。そのとき意識が蘇ってくる。もし夢でその〈橋〉をわたりきってむこう岸へいってしまったとすれば、何某はきっと〈死〉んでいただろう…。》

このような夢で、わたしたちは〈橋〉が生と死を架橋する境い目の〈ハシ〉であることをみとめる。しかしこの〈橋〉は〈性〉的な象徴を意味していないとおもわれる。むしろ心的な共同性の表象としてこの〈橋〉は存在している。このばあい、重病に臥していた何某が、橋の形像を夢みたのは、心的な共同性の表象としてである。だからこの〈橋〉は、宗教や神話や民俗信仰の世界に属している。仏教徒にとっては地獄、極楽をわかつ三途の河の〈橋〉であるかもしれないし、民俗信仰では村落の外れと山とをかぎる〈橋〉であるかもしれない。ようするに心的な共同性を表象しているとおもえる。

それぞれの何某はなぜ〈橋〉の夢をみるのだろうか？　また〈橋〉の形像が一般夢にわりあいに普遍的にあらわれるのは、〈性〉が普遍的であるからだろうか？

わたしには一般夢にあらわれる〈橋〉の形像は、宗教あるいは民俗信仰に属する〈橋〉から、村落や都市に架けられた〈橋〉にいたるまで、心的な共同性の象徴のようにおもわれる。〈ハシ〉という概念が問題なのではなく、どのような種類の〈橋〉の形像かが問題なのだ。

もしこの〈橋〉が、地獄極楽図のなかにかつてみた〈橋〉とか、神社、仏閣の庭でかつてみた朱塗りの〈橋〉とか、村外れにかかっていた丸木づくりの〈橋〉とかの形像であったなら、夢みる個体の心的な世界では、自己抽象づけの不確かな状態に、またこの〈橋〉が、鉄骨やコンクリートでつくられた都市街の〈橋〉であったら、自己関係づけの不確かな心的世界に対応しているかもしれない。そしてこのような個体の心的な世界の状態には、共同性の世界にたいする障害をかんがえたほうがよいかもしれない。それは明瞭な概念をつくることができない心的な状態、明瞭な秩序をつくりえない心的な世界の産物である。

もしこのような〈橋〉の風景のなかで、さきほどの何某のように、途中からひきかえした夢をみたとすれば、この夢の意味は、なにはともあれ〈橋〉のむこう側が、夢みた個体にとって心的に〈未知〉の世界を象徴していることはたしかである。

わたしたちは、心身の既体験のことしか夢にみることはできない。たとえ未来の事物や生物についての空想的な夢であっても、その各部分は既体験のなかから素材をとってきている。夢のなかで〈橋〉のむこう側へどうしても渡れなかったとすれば〈橋をわたる〉という夢のなかの行為に対応する潜在思想

〈心的な共同性と個体の心的な世界のあいだの矛盾をとびこえること〉において、渡りきるということが、心身にとって未体験であるということだけを語っている。そして、これが未体験であることは、個体の心的な世界が、心的な共同性の世界に完全に同致しきるということが、もともと人間にとって不可能だからである。

わたしたちは、自己にとって未体験なものの最大の象徴を〈死〉にみいだすことができる。この未体験にむかって幼年時代から強迫観念にさいなまれ、不安であったものが、わたしたちのもっている宗教者の心的な世界であった。そこでかれらは空想によって、〈橋〉のむこうがわに世界をつくって〈死〉の恐れを封じたのだが、夢のなかでは何人も橋のむこう側へわたりきったまま生きていることはできなかったし、生きているものはすべて〈橋〉の途中から、また〈橋〉のむこうからひきかえしてきたものばかりであるほかはなかった。〈橋〉のむこうの世界について人間が語りうるのは、もちろん覚醒時の空想をもとにしてである。

## 10 類型夢の問題

一般夢のうち、たんに形像だけではなく、形像がおちこむパターンに、ある共通性がかんがえられるばあい、それを類型的な夢としてとりだすことができる。この種の夢もまた、荒唐無稽な形像（または概念）となってあらわれるとしても、パターンの類型性ということから統一的に把握できる位相があるようにおもわれる。類型的な夢において、わたしたちの心身の相関は、たとえば皮膚と皮下の筋肉のあいだのように近接した形で接触しているといえる。ここでは夢みる個体の心的な世界が外界とむすぶのは〈結節〉によってではなく、〈密着〉によって接触するとかんがえることができる。

一般夢もそれ自体で類型夢とみられなくはない。さきの〈橋〉の一般夢は、いくらかの保留条件をつければ、心的な共同性の歴史的な経路を異にした種族にも共通するから、類型夢としてとりあつかっても差支えないようにおもわれる。ただフロイトが類型夢とかんがえているのは、たんに形像だけではなく、形像の運動性をもふくめて類型をあたえられる夢をさしている。

### (イ)裸で困惑する夢

夢のなかで裸になり羞恥や困惑をおぼえてその場面から逃げようとするが、阻止されてその場から動くこともできないといった夢である。フロイトは裸のはずかしさと阻止とが結びついていることが類型夢としての特長であるとのべている。

フロイトの解釈によれば、このばあい、裸は、幼児期の露出することがべつに羞恥でも困惑でもなく、むしろ愉快であった時期の潜在的な内容であり、羞恥と困惑とはその時期を過ぎ去ったものとしてしまった、それ以後の時期の心的な世界が加わったもので、阻止されて動くこともならないという夢の状態は、裸を愉快とするか不快とするかのあいだの心的な葛藤をあらわしていることになる。

しかし、このばあい、どうやら夢みた個体の心的世界のうち、自己関係づけの障害が本質的なものであるようにおもわれる。だから一般には裸になった夢でなくてもよいにちがいない。こんなに恥かしくてはとうてい生きていられないといったパターンをもった夢で、夢の形像はなんだかわからないといった場合でも、おそらくこの裸の夢と等価なのである。そしてこのばあい、阻止は、自己関係づけの障害が内閉的になった状態、いいかえれば、自己関係づけが、過剰な自己関心としてあらわれたばあいに特長的なようにおもわれる。

ここで裸になって羞恥や困惑を感ずることが、フロイトのいうようにただちに〈性〉的な羞恥や困惑とつながっているのではない。このばあいの〈裸〉は、べつに〈性〉的な象徴ではなく、じぶんの〈身体〉にたいする自己関係づけの意識が過剰であることの形像的な表出とみるべきである。なぜなら衣服というものが、このばあい自己関係づけのなかに要素として入りこんでおり、その意味ではたんに〈裸〉をおおうためのものではないし、また装飾でもなく、所定の役割をもっているからである。
もちろん、フロイトのいうように、このような夢が〈性〉的な自己関係づけの障害を意味することもありえよう。しかし本質としてではなくたんなる一現象としてである。

### (ロ)近親者が死ぬ夢

フロイトが類型夢としてとりだしているのは、家族のものが死んでしまって、じぶんが嘆き悲しんでいるという内容のものである。

フロイトによれば、こういう夢をみるのは、じっさいに夢みた個人が、その夢のなかで死ぬ近親者がほんとうに死ねばよいとかんがえているか、あるいは、幼児期のあるときに、その近親者が死ねばよいとかんがえたことがあるかのいずれかとされる。

わたしのかんがえでは、この夢では、フロイトよりも露骨に〈性〉的な意味をみるべきである。ただ、ここで〈性〉的というとき、フロイトのいう意味での〈リビドー〉をさしてはいない。ここで〈性〉的といういいかたをつかうとすれば、自己関係づけの他の個体にたいする外化という意味である。それゆえ、夢みる個体が、一般夢として近親者が死んで悲嘆にくれるという夢をみたとすれば、その個体が、他の個体にたいする心的な関係づけにおいて障害があるとみなしていいとおもう。つまりこの個体はじぶんだけで正常であることもできるし、多数のなかで正常であることもできるが、他の個体との一対一の関係づけでは障害をもつとかんがえられる。

一般的にいって近親者や家族のものが死んで悲嘆にくれる、という夢で〈死〉ぬのは夢みた本人とおなじ〈性〉に属するだろうか、それとも異った〈性〉に属するだろうか。この問題についてフロイトは、十中の八、九までは夢みた個体とおなじ〈性〉に属するものが〈死〉の対象にされるとのべている。そして、もし実際にそのとおりだとしたら、近親相姦の心的な傾向のばあい、夢みた個体が、同性の近親者を競争相手として否定して異性の近親者にむかうという意味で、フロイトの方法を支えているようにみえる。じじつフロイトは、当然のようにこの傾向を意味づけている。

しかし、わたしの解釈では〈死〉の対象にされるのが夢みた個人とおなじ〈性〉に属する近親者か、あるいは異った〈性〉に属する近親者かは、さして重要ではない。また、フロイトのいうように〈死〉の対象にされるのが、息子にとって〈父親〉であり、娘にとって〈母親〉であるかどうかもさして重要ではない。この逆であっても差支えないし、息子にとって男きょうだいであっても、女きょうだいであってもよい。また、もしフロイトのいうような典型的なばあいを想定すれば、息子にたいする〈父親〉や娘にたいする〈母親〉という契機よりも、息子にとって男きょうだいであり、娘にとって女きょうだいであるという契機のほうが、より本質的であるといえる。

この種の夢において、夢みた個体の心身の世界に〈性〉的に障害があるとかんがえることは、さして不当ではない。ただ、ここで〈性〉的という意味は潜在化して、個体と他の個体との間の関係の障害というばあいにも拡張してかんがえられるべきである。

(ハ)試験の夢

これは試験に落第した夢であり、現にじぶんはその試験に合格して望みの学校へ入学しているのだとか、その学校を卒業して社会的に通用しているとかいう現状からする打消しによっても引っこまないで執拗にあらわれるようなものをさしている。

フロイトは、この種の試験に落第した夢が、夢みた個人が幼年時代に、してはならないことをして受けた罰への消し難い記憶であり、叱責を受けた性的行為の反覆繰返しに関係しているとのべている。

この試験に落第する夢は、わたしの解釈では、自己抽象づけ（自己了解）の障害である。そして、この夢が一般夢の領域にあらわれるとすれば、心的な共同世界のなかにおける自己抽象づけ（自己了解）の障害であるようにおもわれる。けっきょく夢みた個人はあらゆる条件を完備しているにもかかわらず、自己抽象づけによる自己の位置に関して不安であり、共同世界にたいして不安なのである。

この試験に落第する夢は、もし一般夢の領域にやってこないで、固有夢の領域にやってくるとすれば、高所から墜落する夢となってあらわれるにちがいない。そしてフロイトによれば、おなじように〈性〉的な行為の象徴として了解されるだろう。

ビンスワンガーは、この落下の夢を上昇の夢と対応させて現存在の本質的な構造とみなしている（「夢と実存」）。しかし、ビンスワンガーは、原理的な思考からそうであるように、夢みる個人が、夢のなかで落下（あるいは上昇）することと、夢みる個人の人格が他のもの（たとえば鷲、鷹、鳶、禿鷹などを挙げている）に転化されて落下（または上昇）することを区別できていない。つまり、前者は固有夢の領域であるが、後者は一般夢の領域であることを同一とみなしている。

現代における〈試験〉というのは、このばあい、往古における種族の〈成人祭式〉とおなじような共同祭儀の意味をもっている。現代人は競争者をおしのけ、さまざまの試練を共同体の掟によって課せられた古代人とおなじように〈試験〉を試練として課せられている。そうだとすれば、この〈試験〉なるものは、心的な共同性を意味し、それに落第する夢をみた個人は、共同性にむかっているのである。わたしたちはこの心的な共同性を一定の度合で抽象しうるならば、ただじぶんが落下する夢となり、そのかわり固有夢の領域があらわれるとみなすことができる。

わたしたちは、ビンスワンガーのように落下と上昇の方向を現存在の本質的構造とみなす必要をみとめない。ただそれは自己了解の方向で障害をあらわしているとみなすのである。そしてこの障害が、共同性の象徴（たとえば〈試験〉）にむかってあらわれるとき、共同性にたいする夢みる個人の不安を語っているとかんがえることができる。

# Ⅶ　心像論

## 1　心像とはなにか

〈入眠〉時の心的な世界にあらわれる〈夢〉が、想像的な形像（あるいは概念）ともっとも類似しているばあいをかんがえれば、この〈夢〉は固有夢にぞくしているとみることができる。想像的な意識は、覚醒時の心的な世界だから、〈夢〉の表出とはまったく質がちがっている。しかし、強いて夢とくらべれば固有夢とにているといえる。

さきに固有夢は夢みた当人にとって決定的に重要な意味をもっていながら、他の人間にとっては意味もないような領域として、一般夢と区別してかんがえてきた。もしこういう固有夢が覚醒時の心的な世界で、無作為性としてではなく、いわば意志的にあらわれるとすれば、これは〈心像〉としての条件をかなり完備しているとかんがえてよい。

いま〈わたし〉が、友人Aを想像的におもいえがこうとする。この友人Aはどういう〈心像〉としてあらわれるか、ということには特定の傾向はない。あるばあいには顔の表情だけが〈心像〉としてあらわれ、あるばあいには背広をきて歩いている全身が〈心像〉としてあらわれる。そして友人Aのあらわれかたは、ただ〈わたし〉にとってなんらかの意味でもっとも印象深い場面のひとこまひとこまを択んであらわれるようにみえる。この印象深い場面というのを〈わたし〉と友人Aの関係で結節点とみなされる場面であるとみなせば〈わたし〉にとって〈心像〉はいつも意味ありげにあらわれるということができる。〈心像〉が、いつもそれをよび込んだ個人にとって有意味的にあらわれるとすれば、それは固有夢のあらわれかたとよく類似している。

ここで混乱をさけるために、もうひとつべつのことをかんがえてみる。友人Aが〈わたし〉との関係で印象深い場面における〈心像〉であらわれるとすれば、この場面の友人Aは、記憶の連鎖によって〈わたし〉の〈心像〉をよびおこすのではないか、といった心理学的な理解の仕方ができそうな気がしてくる。けれどじっさいはそんなことはない。〈心像〉にあらわれるこの印象深い場面は、ただ〈わたし〉と友人の関係の結節点として、現在のわたしの〈心像〉にやってくるので、過去の記憶像が現在に再生するわけではない。ただ〈心像〉が、記憶とむすびつけられやすいのは、知覚（視覚）の形像として〈心像〉を截断しようとすると〈心像〉は、たんに不鮮明な知覚（視覚）像の別名としてみなされやすいからである。そのためこの不鮮明さが、過去の記憶の不鮮明さと対応するかのように錯覚されてくる。それは遠くへだたった視覚的な対象は、小さく不鮮明にみえるという経験的な事実から、〈心像〉を不鮮明な視覚像として類推しやすいという理由によっている。

〈夢〉（固有夢）と〈心像〉とが決定的にちがうところは〈夢〉は、夢みるひとが欲するかどうかにかかわりなくあらわれる睡眠（入眠）時現象であるが〈心像〉は想像するひとがそれを欲し思念しなければやってこないという点である。これは〈心像〉の有意味性をネガティヴに性格づけている。〈心像〉は想像するものと、それに関係づけられている対象のあいだの結節点としてあらわれるかぎりでは、有意味的であるが、想像するものが意志しないかぎりやってこないという意味ではネガティヴなものといえる。

ここで、あらためて〈心像〉とはなにかという問いを提起してみる。

**この問いの答えは、〈心像〉そのものである。いいかえれば〈わたし〉にとって〈心像〉とは、〈わた**

**し〉にやってきた〈心像〉そのものである。**たとえば〈わたし〉にとって友人Aの〈心像〉というのは、友人Aを視覚的にみないところで友人Aを思念するときにやってくる不鮮明な形像であらわれる〈心像〉そのものである。おなじように、べつのたれかにとって、ある対象の〈心像〉とは、対象が眼のまえにないとき、その対象を思念することによってやってくる不鮮明な形像をもった〈心像〉そのものである。この意味では〈心像〉自体の概念は、たれにとってもけっして誤られたり混同されたりすることはない。しかし〈心像〉そのものの本質はたれにとっても、あまり明瞭に解析しつくされているものではない。サルトルは『想像力の問題』のなかでつぎのようにのべている。

> ところで像(イマージュ)については何というべきであろうか。それは学習であろうか。それとも識知であろうか。まず、像(イマージュ)は知覚に《与(くみ)する》ように見える点に注意しよう。像(イマージュ)にあつても知覚にあつても対象物は横顔(プロフィル)、射影、つまりドイツ人が《Abschattungen》(射映)という都合のよい言葉で示すところのものを通じてあたえられる。ただ、私たちはもはや対象物をめぐつて精査する必要はない。何故なら像(イマージュ)としての正六面体は直截に正六面体そのものとしてあたえられるから。私が「今知覚している対象物は正六面体だ」という場合には、私は私の知覚のその後の成行によつて、捨てることを余儀なくされることもあり得る、一つの仮説を立てているのだ。而るに私が「今その像(イマージュ)を私が懐いている対象物は正六面体だ」という場合には、私は一つの直証的判断を下しているのだ。すなわち私の像(イマージュ)の対象物が正六面体であることは絶対的に確実である。このことの意味は何であろうか。つまり、知覚にあつては、識知は徐ろに形成されるのに、像(イマージュ)にあつては識知は直接的である。私たちは今や、像(イマージュ)とは、より適確にいえば、表象的ともいうべき諸要素に、ある具体的で像(イマージュ)化されていない識知を結びつける綜合的な作用であることを知る。(平井啓之訳)

〈心像〉が知覚による形像に似たかたちであらわれること、また直証的判断としてやってくること、またその形像の要素が表象的であり、また識知がむすびつくこと、がここで語られている。いいかえれば〈心像〉は、たれにとっても対象物がないところで対象物を思念するときにあらわれる〈心像〉そのものであることがのべられている。そしてそれだけである。

ここで〈心像〉がなぜ不鮮明な形像と、たれにとっても誤られることのない対象物の〈心像〉そのものとしてあらわれるかという問題にむかってみる。形像としての不鮮明さは〈心像〉の対象物が、知覚的（視覚的）に存在しないものであるところからきているようにみえる。また〈心像〉が誤られることのない対象物の〈概念〉としてあらわれるのは〈概念〉作用が〈心像〉の形成に参加しているためであるとおもえる。ただ〈概念〉はここで対象物の〈概念〉としてではなく、ただ〈心像〉の対象にたいする〈関係〉と〈了解〉として参加する。そこで、できるかぎり形像が参加せずに対象物の〈概念〉が参加する〈心像〉と、できるかぎり〈概念〉が参加せずに形像が参加する〈心像〉をえがくことができる。

おそらく〈心像〉の領域は、形像が支配するすべての領域と、概念的な把握が支配するすべての領域にまたがっており、一般的には不鮮明な形像と一挙に把握をゆるす綜合的な概念把握との二重性となってあらわれるのである。

なぜ、わたしたちは〈心像〉を喚びおこすことができるのだろうか？　対象が眼のまえに存在しないのに、その対象を思念するとき、どうして〈心像〉は不鮮明な闇に溶けるような形像と確定した綜合的な把握の可能性としてやってくるのだろうか？　あるいは対象が眼のまえにないのに対象を思念する〈対象について思念するのではない〉という矛盾がなぜ〈心像〉をうみだすのだろうか？

〈わたし〉が友人Aを思念するとき、友人は〈心像〉として〈わたし〉にやってくる。けれど〈わたし〉が友人Aについて思念することは、Aがこれこれの性格をもち、これこれの話し振りをし、これこれのことで〈わたし〉と関係をもち……というようなことを概念的に検証してゆく過程を意味している。

ところで〈わたし〉が友人Aについて識っていることは、感覚的あるいは感情的に識っていることと、概念的な把握によって識っていることから組み上げられた綜合的な識知である。そしてそれがすべてである。しかし〈わたし〉が友人Aを思念するときに喚びおこされる友人Aの〈心像〉は、もともと〈わたし〉が友人Aについてもっているはずの綜合的な識知とは異っている。この変化は〈心像〉を感覚的（あるいは感情的）な把握からも、概念的な把握からも遠ざけてしまうが、このふたつの把握から源泉をうけとっていることだけはたしからしくおもわれる。なぜならば〈わたし〉が友人Aについて感性的（あるいは情感的）な把握の体験も、概念的な把握の体験ももっていなかったとすれば〈わたし〉にとって友人Aの〈心像〉があらわれるはずがないからである。もちろん〈わたし〉が直接に友人Aについてなにも知らなくても〈わたし〉と友人A以外の第三者のインフォメーションにもとづいて〈わたし〉は友人Aの〈心像〉をよびおこすことはできるが、これは〈わたし〉と友人Aが媒介をとおして関係づけられることを意味しているから〈わたし〉が友人Aについて直接の知見をもっているばあいとすこしも本質はかわらない。

ここであきらかにできるのは〈心像〉が、なんらかの意味で既知の対象についてだけあらわれることである。そして既知であるとすれば〈わたし〉がその対象を知覚的にか概念的にか知っていることを意味しており、それ以外のことをなにも意味していない。

## 2　心像の位置づけ

ここで当面しているのは〈心像〉の可能性が感覚的（あるいは感情的）な把握と概念的な把握に源泉をもっているらしいのに、このいずれともちがってあらわれるとすれば、なにが知覚や概念作用から変化しているのか、あるいはなにがまったくべつものであるかという問題である。

このばあい〈心像〉にもっとも類似しているようにみえるのは、心的な病者あるいは病的状態であらわれる〈幻覚〉である。

病者あるいは病的状態であらわれる〈幻覚〉は、他者から作為されたり強制されたりという体験の感じをともなってあらわれる。〈かれ〉が〈幻覚〉をみるのは何者かが仕掛けた強制であり、〈かれ〉の意志は人形のように無為であって、ただあやつられるという体験をともなっている。たんなる異常者のばあいは、作為や強制の体験をあまりともなわないとしても、なお〈幻覚〉は当人の意志によって左右されることはない。

ところで〈心像〉のばあいには、あきらかに〈かれ〉が対象を思念しないかぎり、けっしてあらわれない。〈心像〉では、他者の作為として体験される要素はなにも存在しないといっていい。これが〈幻覚〉と〈心像〉とを区別する点である。

さきにのべた〈固有夢〉の状態を、覚醒時の心的世界を軸にして〈中性〉としてかんがえれば、〈幻覚〉は他者からの作為や強制に支配されてあらわれ、〈心像〉は意志的に思念するときにのみあらわれるという意味で〈幻覚〉と対称的にならべてかんがえることができる。

〈心像〉に、睡眠（入眠）時の〈固有夢〉や病的状態の〈幻覚〉のような、ほんぽうな動きをあたえることは、できないようにおもわれる。〈心像〉にはなにやら自由さが欠けている。また形像の完璧さも欠けている。このあらずもがなの心的現象に意味があたえられるとすれば〈心像〉の能力が、わたしたちの意志にだけ依存しているようにみえる点である。〈心像〉はなぜ可能か、それはどこからきたか。

まず、心像における形像的な要素はどこから由来するのだろうか？

おそらくそれは〈心像〉において、対象が眼のまえに存在しないということに、ことさら重要な意味をあたえる意識のあり方にかかわりがあるようにおもわれる。いいかえれば〈心像〉の意識は〈眼のまえ〉に存在しない対象を、眼のまえに存在するかのように思念するという**眼のまえ的な矛盾の領域**を固執する意識である、ということができる。眼のまえに存在する対象を、眼のまえ的に再生しようとする意識にとっては、視覚像があらわれるのだが、眼のまえに存在しない対象を、眼のまえ的に再生しようとする意識の行為にとって〈心像〉は形像的な要素を視覚像とはちがったように現前させるほかはない。だからもし〈心像〉の意識が〈眼のまえ〉的な再現ということを固執しないならば、そのような意識にとって〈心像〉はあたうかぎり形像をともなわずに現前することはまちがいない。

この意味では〈心像〉の意識はプリミティヴなものである。わたしたちの世界にたいする対象的な関係づけの意識は、本来的には可視的な関係づけに限定され、固執されるものではない。それにもかかわらず〈心像〉は、本来は可視的でない関係づけによって到来するはずの対象を、可視的な関係づけの領域で到来させようとする心的な矛盾を固執するのである。

〈心像〉の矛盾は、本来的には思念の志向性に由来している。〈心像〉において、眼のまえという志向を固執するところから、心像における形像のもんだいが発生する。わたしたちはなぜ〈眼のまえ〉に存在しない対象を〈眼のまえ〉によびだそうとする志向性をもっているのか、現在までのところ知ることができない。ただこの志向性はプリミティヴな心性に由来するかもしれないと判定することはできる。〈心像〉において、いいかえれば感性的な往古に、形像の輪廓はいつも不鮮明なままで暗闇に溶けてしまう。わたしたちはこの暗闇を〈無〉とかんがえがちであるが、ほんとうはこの暗闇は〈概念〉が構成する背景であり、この〈場〉には対象についてのあらゆる概念的な構成がはめこまれている。だから〈心像〉は、形像としては不鮮明であるにもかかわらず、対象にたいする一挙の綜合的な把握だけは、まちがいなくなされていると確信させる。

〈心像〉はなぜ人間にとって可能となるのか？　その可能性はどこからやってくるのか？

まず俗流唯物論者のようにかけはなれたところからはじめる。はじめに、感性的な世界（外界）との〈関係づけ〉を、直接的、一次的なものとかんがえれば、非感性的な世界（外界）は、それ以外の間接的、二次的な〈関係づけ〉の世界とみなすことができる。そしてこの非感性的な世界（外界）にたいする間接的な〈関係づけ〉の世界を、感性的な世界の直接的な〈関係づけ〉の領域にひき込もうとする心的な志向性が〈心像〉をまねきよせる原因であるとみることができる。

なぜ、このような心的な志向性をもつのだろうか？　それは、人間が生活の総過程で、物的な関係か、心的な関係として間接的に〈関係づけ〉られているはずの対象を、あたかも直接的な感性的な関係づけのように思いならわされているという経験に反覆遭遇しているからのようにみえる。

この意味では〈心像〉の世界は時代的であり、また歴史的である。たとえば未開人における〈心像〉と、現在における〈心像〉とは、この意味の成りたちではちがっているはずである。未開人では感性的な世界は、かれらにとって世界の全部である。そこで感性にやってこない世界は、大なり小なり彼岸の世界であり、この彼岸の世界からやってくるとみなされるすべての事象は、かれらには人格化された〈自然〉、あるいは物神化された〈自然〉によってもたらされたものとみなされる。そしてこの人格化された、あるいは物神化された〈自然〉の意志によってもたらされたものは、未開人にとって〈心像〉の対象である。このばあい未開人の〈心像〉は、むしろ〈幻覚〉ににている。なぜならばかれらにとって〈自然〉の意志によって作為された体験にほかならないからである。

現代人には、非感性的な世界は、非感性的な意識によって手のとどく世界である。たとえば、わたしたちは、概念によって非感性的な世界の対象を理解し意味づけることができる。ここでの〈関係づけ〉が間接的であることは、感性的な意識（感覚）にとっては不都合であっても、非感性的な意識にとってはどんな不都合さもない。むしろ多数の〈関係づけ〉が可能であるという意味では、わたしたちは、非感性的な世界にたいしては自由さをもっているとさえいえる。この自由さは、感性的な意識を大なり小なりギセイにして得られる自由である、という意味では、たんなる恣意性にすぎないが、この恣意性が、たとえば物的な感性的な世界の不自由さや制約の代償としてはじめて得られる拡大された心的世界とみれば、ただ心的世界においてのみ手にいれた自由さであるという意味で、貴重品をあずけられているのだ。もし、わたしたちが〈心像〉の意識のように、非感性的な世界の対象を、感性的な世界の領域にひき込もうとする衝動をもつとすれば、この衝動の奥には、非感性的な世界にたいする不安が存在している。比喩的にいえば、眼のまえで確かめられないものは信じられないというように〈心像〉の意識はたえずつぶやいているのだ。

この〈心像〉の意識の挙動の仕方に対応するものを、生活過程のなかにもとめるとすれば、物的に、また心的に、多重関係のなかにいる人間と対象世界との〈関係づけ〉を、たえず一重の直接的な〈関係づけ〉のように見做さざるをえない人間の現実的な存在の仕方にある。間接的な多重関係によってつながっている対象は、直接的な一重の関係でつながっている感性的な世界にひきよせられると、不可避的に一部分形像の形となってあらわれざるをえない。この形像は、知覚像や知覚の記憶に由来するのではなく、多重関係を意図的に（意志的に）直接的な一重関係にとびうつらせるときに生ずる関係意識の矛盾にもとづいている。

メルロオ＝ポンティは『眼と精神』のなかで、つぎのように〈心像〉を説明している。

心像(イマージュ)には一種の本質的な欺瞞があります。われわれはみな、心像(イマージュ)が感覚された物のように観察可能だと信じていますが、いざそれを観察してみようとするとそれができないことに気づきます。アランが言ったとおり、心像(イマージュ)としてのパンテオンの円柱は数えられません。ですから、心像(イマージュ)というのは、想像上の対象が求める存在の権利の要求、しかも根拠のない要求だということになりましょう。それは〈対象の現存〉とみなされたがっている〈対象の不在〉なのであり、〈霊魂を喚び出す〉というのと同じ意味で〈対象を喚び出す〉ことなのです。またそれは、思考する私が、世界のうちに実在するしかじかの対象に対して、それを今ここに、つまり私が現にいるところに出現させようとしてかかわり合う、その私のかかわり方なのです。サルトルが言ったように、西アフリカにいる実在のピエールと、私の意識のなかにいると言われる想像上のピエールと、二人のピエールがいるわけではありません。在るのは〈実在するピエール〉への私のただ一つのかかわりあいなのであって、ただそれが彼をここに、つまり私の心的環境のうちに出現させようという要求をともなったかかわり方だというだけなのです。こんなふうに、現前している与件のうちに〈不在なもの〉を具現させ降臨させるばあい、普通は不在な対象の〈相似体（アナロゴン）〉の役をつとめるような或る要素を知覚から借りてきて、それに助けをもとめます。心像（イマージュ）とは、実際には意識全体の作業であって、単なる意識内容ではないということを示すには、これだけでも十分でしょう。想像するということは、不在な対象との或る関係の様式を設定することだ、ということにもう気づかれたことと思います。
（滝浦静雄・木田元訳）

たれでも〈心像〉を知覚（視覚）に類比したくなるのは、それが形像をともなうからである。けれど〈心像〉にともなう形像は、知覚から借りられたものではない。ただ〈心像〉において、わたしたちがこの世界とむすぶ対象的な関係のうち、間接的でもあり多重的でもある〈関係づけ〉を、直接的な一重の〈関係づけ〉の領域にすべりこませているため、そこにやむをえず形像の要素が出現するというにすぎない。もし〈心像〉の形像的なものを知覚から借りるものだとすれば〈心像〉はただおぼろ気になった知覚像の記憶にほかならなくなる。

わたしたちが直接的な一重の〈関係づけ〉をなしうる世界（外界）は、感性的、知覚的な世界である。これにたいし、間接的な多重な〈関係づけ〉をやっている世界（外界）は、概念的な了解の世界である。そうだとすれば〈心像〉の意識がもたらす世界（外界）は、概念的な世界を感性的な世界へと跳躍させようとする**断層の構造**を意味しており、概念的な作用と感性的（知覚的）作用とのあいだの〈関係づけ〉の矛盾にほかならないといえる。

ところで、いったん概念的に把握された対象は〈実在〉の次元から離脱する。いいかえれば対象が現に〈実在〉しているか否かということは、概念的な対象となった対象にたいしては、どうでもいいことである。そこで〈心像〉は、すでに概念的な対象に化けてしまった対象を、感性的な対象に転化しようとするときにあらわれるのである。それゆえ〈心像〉の形像的な要素は、メルロオ゠ポンティのいうように知覚から類同物を借りたのではなく、むしろ概念の対象であるべきはずのものを知覚化しようとする思念によって形成されたものというべきである。

## 3　心像における時間と空間

〈心像〉はいったいどこにあらわれるのだろうか？　いままでみてきたとおり、眼のまえに、ではないことだけははっきりしている。瞼のうらにとか、脳裏にとかいういいかたは、比喩的にはなかなか巧みないいかたであるにはちがいない。なぜならば、こういういいまわしは〈心像〉が〈眼で触覚する〉ようにおもわれる性格をよく象徴しているからである。

人間が対象の世界と関係づけられるとき、まず空間化として関係づけられるという原則を適用することとする。すると〈心像〉が〈わたし〉に関係づけられる空間性は〈わたし〉の〈わたし〉に対する関係づけの空間以外のものを意味しないようにみえる。〈心像〉が思念するときにあらわれ、しかも思念することが空間的及び時間的な関係づけを包括するとすれば〈心像〉は〈わたし〉にとって思念の仕方そのものを意味している。

じぶんの思念の仕方に空間性をあたえうるとすれば、それは〈わたし〉の〈わたし〉自身にたいする空間性である。この空間性は〈わたし〉の心的世界が〈わたし〉の〈身体〉にたいして関係づけられるとかんがえるとき、はじめて外在的な意味をもっている。つまり〈わたし〉は、じぶんの〈身体〉を観念化して把握しうる度合に応じて、まったくおなじ度合でだけ〈心像〉を空間化して受け入れることができる。だから〈心像〉の空間性とは、けっして対象としての〈心像〉の空間性ではない。いいかえれば現に〈心像〉となっている事物が、現実の事物とどれだけ異った形像となっているかというところに空間性があるのではなくて〈心像〉としてあらわれるわたしたちの心的世界の空間性いがいのものではない。

おなじように心像の時間性は〈心像〉となって現にあらわれている〈事物〉が、現実的存在としての事物とどれだけけちがうか、という差異の了解性を意味するのではなく〈心像〉としてあらわれた〈わたし〉の心的世界の時間性である。

つまり〈わたし〉は〈心像〉において、ただ〈わたし〉の心的世界の空間性と時間性をみているだけである。そうだとすれば〈心像〉を、あたかも〈わたし〉にとって対象性であるかのようにかんがえること自体が無意味ではないのか？　たしかに無意味である。なぜならば、心像は〈心像〉となってあらわれた〈わたし〉の心的世界そのものにほかならず、けっして〈心像〉となってあらわれた〈心像〉の対象物ではないからである。〈心像〉において、対応する現実存在は、じつは〈心像〉の対象になった〈事物〉ではなく〈わたし〉の心的世界そのものである。

サルトルは『想像力の問題』のなかで〈心像〉の時間と空間についてつぎのようにのべている。

> このように、私たちはこの分析によつて、像（イマージュ）としての空間は、知覚のさいのひろがりよりもはるかに質的な性格をおびていることをみとめるにいたつた。
>
> 非現実的対象物の空間には部分が欠けている。

それ故、像（イマージュ）の意識の流れのもつ時間が、想像された対象物の時間と同一であることはいささかも証したてられてはいない。反対に、私たちは、二三の事例に徴して、これら二つの時間の持続が根本的に別物であることを見るであろう。

かくのごとく、非現実的対象物の時間はそれ自体が非現実である。それは知覚の時間のもつ如何なる特徴をもそなえてはいない。それは（融ける砂糖のかけらの持続の仕方では）流れることはなく、それは同じものとしてとどまりながら自由に拡がることも収縮することも出来る。つまり、非現実的対象物の時間は不可逆的ではないのである。それはいわば時間の影であり、空間の影をそなえたその影のような対象物に全く相応しい。この影の時間ほど私を非現実的対象物から確実に分つものはない。想像の世界は全然孤立しており、私はその世界には自分を非現実化しないかぎり入ることを許されない。（平井啓之訳）

これはたぶんサルトルが〈心像〉の時間と空間について言及している要旨のすべてである。サルトルにとっては〈心像〉の対象物が非現実的であるということがなによりも決定的なことのようにかんがえられている。だから〈心像〉に相伴する空間は、非現実的存在であるために、知覚の空間にくらべて「質的な性格」をおび、また「部分が欠けている」。また〈心像〉の時間は自在にのびちぢみする。

だがしかし、わたしのかんがえでは〈心像〉において決定的なことは、その対象が非現実的であるということではない。非現実的な対象が、間接的な多重な関係づけによってあらわれるはずの対象物を直接的な一重の関係づけの世界（感性的あるいは知覚的世界）にひき入れようとする思念によって、はじめて不鮮明な形像的な対象としてあらわれるということが決定的なのだ。いいかえれば〈心像〉において、わたしは概念的な実体そのものに肉体をあたえようとしている。このばあい概念的な対象物が、なんであるかということは〈心像〉の意識にとっては、その都度撰択され、思念される恣意性にすぎないが、対象物が〈心像〉にあらわれるあらわれ方は、その対象の種類や質にかかわらず、いつもおなじ仕方でしかあらわれないということが重要なのである。なぜならば対象がなんであれ〈心像〉においては、ただ概念の実体がさまざまな鏡によってさまざまな貌をしてあらわれるだけで、いつもおなじ実体に対面しているだけだからだ。

## 4　引き寄せの構造Ⅰ

〈心像(イメージ)〉について考察をすすめてゆくと、かならずある種の失望を味わう。また〈心像〉についての在来の考察をたどったばあいも失望の種類はまったくおなじ質のようにおもわれる。この失望の感じは比喩的にいえば〈一本の樹木〉が眼のまえにあるとき〈これは一本の樹木である〉ということはたれにとっても自明であるのに、たれもがけっきょく〈これは一本の樹木である〉ということ以上になにもつけくわえられないときの失望ににている。

そこで、まったくべつの角度から心像をとりあげてみる必要がありそうである。ひとつの可能性は、心像の意識において、わたしたちは対象の本性のうちなにを**引き寄せ**、なにを遠ざけているのかをかんがえることである。そして心像における対象の引き寄せの特性を、おおくの他の引き寄せのなかで位置づけてみることである。

いまここで、対象世界にたいする心的な引き寄せ（引き込み）の類型をとりだし、そのなかで心像のはめこまれる位相をはっきりさせてみる。この見地からいえば、いままでのところ、心像における引き寄せは、現に感性的な世界にない対象を、感性的な対象世界にあるかのように現前させるものだ、といえるだけである。

心的世界にやってくる現象は、すべてなんらかの仕方で対象が引き寄せられた現象であるといってよい。そこで、たんに引き寄せ一般の構造が問題になるのではなく、はじめに特異な心的現象として具体的にあらわれる引き寄せが問題になる。

サリーはわたくしに自分の症状を正確に記述してくれた。緊張病状態でない時には、彼女は小物片や小物体が、自分の体の上に、あるいは自分の体から、落ちていると感じた。彼女が動かないでいたのは、それは自分の動作が小物片の落下をひきおこすであろうと恐れたためである。彼女は、物片が落ちてはいないのだと、いつも自分を安心させなくてはならず、また絶えず強迫的にあたりを見まわさなければならなかった。動く際には、たとえそれが最小限の動作であっても、彼女は動作の一つ一つが小物体の落下を伴わなかったと自分を安心させるために、動作を少しずつ小きざみにするように考えねばならなかった。この課題はおそろしいものであった。いかなる動作も彼女を死の恐怖に釘づけ、のがれることのできぬ強迫思考を押しつけた。彼女は、家族に何か落ちていないか捜してくれと言い、何も落ちていないことをたしかめてくれと頼んだ。(S・アリエティ『精神分裂病の心理』加藤・河村・小坂訳)

これは強迫神経症から精神分裂病にいたるさまざまな症例にあらわれうる強迫的な妄想形成のひとつである。

症例サリーの心的な世界の引き寄せは、どんな構造をもっているのだろうか?

すぐわかるように、サリーが動作することと、物体が落下することのあいだには、本来的にはなんの関わりもないはずである。ところがサリーの心的な世界にとっては、じぶんの動作と小物体の落下とは不可分のものとして結びつけられている。そしてサリーが身体的な行動をおこすと、小物体はかならず落下してくると妄想されている。この敏感性の関係妄想がなぜどこからやってくるのかは明瞭ではない。ただサリーにとって「小物体」に象徴される対象世界は、不安定な状態にあると思い込まれていることだけは確からしくおもわれる。そしてこの対象世界の不安定さはサリーの〈身体〉的な行動の不安に転移している。

一般的にいって、ある人物が動作しているとき、たまたま物体が落下してきてこの人物にぶつかったとする。そのとき特異な条件をもうけなければ、この人物の心的世界は物体の落下をまったく〈偶然〉のこととしてうけとるはずである。このばあいには動作していることと、物体の落下とを結びつけるものは、この人物の心的な世界とも行動とも関係のないある客観的な条件である、とうけとっているのである。このばあいには、この人物の動作と物体の落下とを共時的に引き寄せた原因は、この人物の心的な世界にとってはなんの関わりもないところにあるといっていい。それがこのばあいの〈偶然〉の意味である。

ところが、症例サリーにとっては、じぶんの動作と物体の落下とは〈必然〉として結びつけられている。この心的な異常は、本来的には関係づけられないはずのじぶんの動作と物体の落下とを関係づけるところにあらわれる。このばあい、サリーにとって本来的に結びつけられるのは、じぶんの動作と、その動作によってもたらされる対象世界の変化だけである。それなのに本来はじぶんの動作にかかわりのない物体の落下を、動作によって変化をもたらされる対象世界として引き寄せてしまう。

もしも、なんらかの意味で共通性がある、とみなされる〈事象〉だけが、相互に関係づけられるものだと仮定すれば、症例サリーにとっては、じぶんの〈身体〉的な行動と物体の落下とは共通性があると妄想されていることになる。その理由はふたつかんがえられる。ひとつはじぶんの〈身体〉も、高いところにおかれた小物体も〈動きうるもの〉だとかんがえられていることである。もうひとつは、じぶんの〈身体〉的な行動も、高いところにおかれた小物体も、共通に〈不安定〉であるとかんがえられていることである。

このような引き寄せ方はなぜ可能なのだろうか？

もちろん、じっさいにはこのような引き寄せかたは可能ではない。ただサリーの心的な世界にとって可能なだけである。サリーは、心的な強迫観念をともなってこの引き寄せをおこなっている。だからじぶんの〈身体〉的な行動と小物体とが〈動きうるもの〉あるいは〈不安定なもの〉のいずれの共通性とかんがえていたとしても、このふたつが〈ねばならぬ〉必然的な関係としてあることは確かである。しかし、心的な作為体験としては自覚されていないようにみえる。サリーはたれかから作為されてこの引き寄せをやっているとはかんがえていないが、逆に意志的にこの引き寄せをやっているのではないことを知っている。そこで作為的と意志的の中間に、この強迫観念ははさまれて存在している。〈原因なき作為〉あるいは〈意志なき必然〉が、このばあいサリーの強迫観念の位相である。したがってこの強迫観念は、サリーにたいしてではなく、対象である小物体にたいして〈未知なもの〉が強制したり命令したりしている作為体験としてかんがえてもよいし、またサリーがべつに欲しないのにあらわれる小物体にたいする関係づけの必然とかんがえてもよい。

なぜ、物体の落下がサリーの引き寄せの対象としてとくに択ばれたのだろうか？

さきに〈動きうるもの〉あるいは〈不安定なもの〉としての共通性をかんがえたが、この問題はこれだけの症例記述ではほんとうはよくわからない。

サリーの心的な対象の世界に、かくべつの吸引力によって物体の落下が引き寄せられた。この吸引力は、すくなくともサリーが動作する瞬間には、物体の落下を撰択する本来的な根拠をもっていた。しかし、つぎの瞬間には、この撰択の根拠は消失する可能性がある、というように存在しているはずである。

No.13　Y・F・♂　19歳　工員

幻聴体験を次の如く述べる。『私は雀と話が出来ます。雀に「下に餌があるよ」と云うと、雀は、馬鹿だから、下を見ます。雀は自分に、退院の事や、面会者の事など色々話してくれます』と。

No.18　Y・Y・♂　25歳　工員

『家の中に、隠しマイクがある。それで私を監視したり、噂をしたりする。相手が解らないので、その理由を訊き出すわけにも行かない。自分はとてもこんな生活には堪えられない。先日は諏訪まで行つたが、その時2人が自分をつけて来た。2人は知らぬ顔をしていたので、自分をつけているとはつきり確められなかつた。バスを降りて、2人とすれ違う時「片倉会館の方へ行く、2人が一緒に行けば判るから、別れて行こう」と別れて、後をつけて来た。』と幻覚と妄想とを述べる。(宮坂雄平「精神分裂病の言語幻聴の経過的観察」)

ここで、症例No.13でもNo.18でも、妄想と幻覚(幻聴)をうまく区別することができない。ただ、いずれのばあいも、本人にとってことさら〈不可能〉なものを、妄想か幻聴のほうへ引き寄せているようにみえる。No.13にとって雀と会話するということに、ことさら意味がないとかんがえてよい。〈雀〉はこのばあいじぶんにとって〈不可能〉なことの表象であればよいはずである。かれは〈雀〉のかわりに〈猫〉や〈犬〉と会話することもできるはずだ。ただこのばあい〈雀〉は〈人間〉であってはならないようにおもわれる。もし〈人間〉だったら、No.13にとって会話の相手とはならず、かれと無関係になにやらじぶんの悪口をいったり、じぶんの噂話をやっている〈人間〉に、いいかえれば作為体験に転化するだろう。

そこでNo.13にとって〈雀〉がじぶんと会話していることに重要性があるのではないことがわかる。No.

13の心的な世界にとっては、**すべての対象世界は、じぶんと無関係（無関心）であれば、じぶんを非難したり、じぶんを容れなかったり、じぶんに疎遠な世界であったりすることができ、逆にじぶんと関係（関心）があるばあいには、じぶんにとって無意味な存在であるという排中的な世界である。**このようにして№13の引き寄せの構造は、すべての対象が共時的な二律背反の存在であるということにつきる。

№18ではこの特性的な世界はもっと露わにあらわれている。

たれかがじぶんを監視したり噂をしたりしているのだが、このたれかは〈未知〉である。またたれかがじぶんを尾行しているとすれば、このたれかはじぶんにたいして疎遠な「知らぬ顔」をしている存在である。じぶんを監視したり噂をしたりしている者が、特定の誰某であるという識知は、けっして№18にやってこない。また、じぶんを尾行しているものは、誰某であるという識知もない。逆にいえば、誰某であると指摘できるような人物は、けっしてじぶんを監視したり噂をしたり、また尾行したりする対象としてはあらわれない。あらわれるのは、いつも不明な〈未知〉の対象（人物）である。

これらの場合において、妄想あるいは幻覚の対象としてやってくるものは、いつも無関係（無関心）と関係（関心）の同時的な二律背反としてしかやってこないのである。疎遠な対象が、過剰に心的な世界に引き寄せられ、逆に親密な対象は、心的な世界から遠ざかってしまうというこの構造が、いわゆる作為体験の構造であり、この二律背反の性格に他から強制されたり命令されたりするというように、妄想または幻覚が体験される理由がある。なぜならば、心的な世界に疎遠な対象ほど過剰に引き寄せられるとすれば、この対象はじぶんに強制しているとか命令しているとかいう対象とかんがえるよりほかに術がないからである。また、親密な対象ほど心的な世界から遠ざけられるとすれば、対象とのあいだに正常な相互了解（相互規定）が成立する条件は、はじめから排除されることになり、ここでも強制とか命令とかいう作為体験によってしか対象と関係をもちえないはずである。

過剰な圧迫としてしか対象世界はやってこないし、しかも正常な関係づけの条件がすべて排除されているとすれば、心的な世界は対象世界から作為性をうけとるよりほかない。

## 5 引き寄せの構造Ⅱ

いわゆる〈妄想〉には、よりおおく概念的な了解の異常が関与しているが〈幻覚〉にはよりおおく感覚的な了解の異常が関与しているといっていい。しかし究極にはこの二つをはっきり分離することはできないようにおもわれる。そこで、正常な〈妄想〉とか正常な〈幻覚〉とかいう矛盾した概念が想定できると仮定すれば、この概念のうちには〈心像〉の概念ときわめて近似した心的な作用が包括されるようにみえる。

ただ正常な〈妄想〉あるいは正常な〈幻覚〉という概念を仮定したとしても〈心像〉とくらべて一つの条件が不足している。〈妄想〉あるいは〈幻覚〉では、対象の引き寄せの作用において、その動因が〈不可知〉であるとかんがえられている点である。だからたとえ正常な〈妄想〉や〈幻覚〉を想定できたとしても、動因が〈不可知〉であるために、強制や命令のような作為体験としてしか引き寄せの作用はやってこないはずである。〈心像〉の意識が、意志力の此岸にあるとすれば、正常な〈妄想〉あるいは正常な〈幻覚〉という概念では、意志力はいつも主体の心的な世界の彼岸にある。つまり何者かの意志に強制されて〈妄想〉や〈幻覚〉はやってくるのである。そしてこの何者かは〈妄想〉あるいは〈幻覚〉する本人でないことだけは確実である。逆に、さきにものべたように〈心像〉は、主体が対象を意志するときにしかやってこない。ここでは強制したり命令したりするものは、いつも主体のがわである。作為はいつもこちらがわにあるといっていい。これは心像の意識が〈妄想〉や〈幻覚〉にくらべて正常だからではなく、それぞれの本来的な性質に由来している。

ところで、わたしたちは一見すると〈妄想〉でも〈幻覚〉でもないようにみえる特異な引き寄せに遭遇することがある。

このような混乱した環境の中にあって私は再び非現実の雰囲気を感じました。授業の間じゅうあたりの静けさの中で、トロリーの通る音や、人々の話し声や、馬の嘶きや、警笛の鳴る音などの街の騒音が聞えてきましたが、それは皆現実を遊離した動きの無い、音の源から切り離された無意味なものでした。私の廻りにいる他の児童達はうつむいて一生懸命仕事をしていましたが、彼らはまるで目に見えないカラクリで動いている、ロボットか操り人形のようでした。教壇の上では先生が話をしたり、身振りをしたり、字を書くために黒板を上げたりしていましたが、それもまたグロテスクなびっくり箱の人形のようでした。そしてこの幽霊のような静けさは、はるかな彼方から聞えてくる騒音によって破られ、無慈悲な太陽が生命と動きを失ったその室を照らしていました。たとえようもない恐怖感が私をとらえ、私は叫び出しそうでした。（セシュエー『分裂病の少女の手記』村上・平野訳）

ここで「非現実」とよばれている病者の体験は、ヤスパースのいう「知覚界の疎隔」をさしている。ここで源から切り離された音や、操り人形のように視える人物や背景は〈妄想〉でも〈幻覚〉でもなく、ただ対象的な世界の感性的な〈変容〉であるようにおもわれる。そしてこの〈変容〉では対象が不明ではないから、作為体験としての構造をもっていない。しかし病者にとってこの〈変容〉は不可避な体験としてしばしば訪れてくる。そして病者にとって意志的にやってくる〈変容〉でもなく、また対象が不可知であるために意志力が、対象のがわにあるとかんがえられるような作為体験でもなく、いわば**〈意志〉は病者と対象世界の中間にさ迷っている**と比喩することができる。この「非現実」の世界の責任を負うのは、対象の不可知性でもなければ、主体の意志でもなく、主体と対象の〈あいだ〉である。いいかえれば〈関係〉それ自体である。それゆえ、このような「非現実」に責任があるとすれば〈関係〉それ自体が〈意志〉であるかのように作用しているという点にしかもとめられない。だから主体は「非現実」を受けとり、対象は操り人形に〈変容〉するほかはない。この状態を**作為体験**にたいして**不可避体験**とよぶことができよう。

このような対象世界の了解作用の〈変容〉は〈妄想〉あるいは〈幻覚〉にいたる過程的な構造としてかんがえることができる。

このような〈変容〉における引き寄せはどう理解されるべきであろうか?

おそらく〈変容〉で特性的なのは引き寄せの〈座礁〉ともいうべき性格である。このばあい引き寄せは、主体のがわに根拠があるのでもなければ、対象のがわに引き寄せを強要するものがかんがえられているのでもない。対象的な世界は、それが対象的であるという理由によって主体的な引き寄せを欲しているのだが、主体はそれを引き寄せようとする志向を〈中絶〉させられているのである。そこにあらわれる対象世界は、空間的な構造を喪失してある状態の面に収容される。この状態の面は統覚の失われてゆく過程の面である。それは対象的な世界にたいする関係がただ関係一般として力をもつような面である。このばあい、なぜ引き寄せの〈中絶〉がおこるのかはわからないが、引き寄せられようとする対象が、途中で阻止され、遠ざかろうとする対象が途中でとまった状態として想定することができる。いわば関係づけの空間の阻害である。

この対象世界の「非現実」性を、一種の〈幻覚〉性とよんでよいかもしれないが、主体と対象世界の関係一般としては存続しているという意味で〈幻覚〉とはちがっている。

灰皿の上の煙草の吸殻や燃えさしのマッチの棒や、窓から見える遠い建築場の塵芥の堆積や、書机の上のインキのしみや、単調な本の列のような、少しも目立たない、普段なら全然目もくれない物が、得もいわれず眩しい色で燃え立ってみえた。そして直接に眼を向けていない物が殊更、その非常に生き生きした色の鋭さによってほとんど抵抗し難い位注意をそれに引きつけた。……のみならず天井や壁の細かい影や、家具類が床の上に投げる鈍色の影さえも、繊細な色調を持っていて、部屋中にお伽噺風の妖しさを与えた。（ヤスペルス『精神病理学総論』上巻、内村・西丸・島崎・岡田訳）

これはメスカリン服用者の体験の記録からとられた記述だが、もちろんアルコール服用者から分裂病者にいたるさまざまな個体にあらわれうる現象である。

この〈変容〉はまえの「非現実」体験にくらべれば、より感覚的な〈変容〉であるということができる。ここでは対象の世界は感覚的（視覚的）にじっさいよりも豊富にやってくるようにみえる。しかし対象が過剰に引き寄せられている状態であるとはいえない。なぜならば対象が過剰に引き寄せられるためには、作為体験が存在しなければならない。そして欲しないのに視野に過剰な対象がどっとおしよせてくるという体験がなければならない。ここにはたんに対象そのものの〈変容〉があるにすぎないことは確かだからだ。

ここにあるのは、まえとおなじように、引き寄せの〈中絶〉である。そしておそらくこの種の〈中絶〉は、対象世界との関係づけの障害を〈感覚化〉（視覚化）する性格をもっているとかんがえられる。なぜ、あるばあいに引き寄せの〈中絶〉は、感覚的な氾濫となってあらわれ、あるばあいに「非現実化」となってあらわれるかの根拠を確定することはできない。ただこの種の〈中絶〉において、対象世界の〈変容〉はより感性的にあらわれるか、より概念的にあらわれるかのいずれかであり、それによって感覚的な氾濫を体験したり、非現実化を体験したりするとみなすことができよう。

ただ、この種の感覚的な氾濫となってあらわれる引き寄せの〈中絶〉は、より生理的であると見做される。それゆえ人間の存在の仕方は問題とならない。これにたいし「非現実」体験はより心的である。ここでは心的な世界は有意味的であり、したがって人間的な根拠が問われる。

## 6　引き寄せの構造Ⅲ

〈妄想〉や〈幻覚〉や〈変容〉のような、大なり小なり異常な心的体験には、ひとつの共通性をみつけだすことができるようにおもわれる。それは対象世界にたいする意志の方向性（志向）に、正常な位相がかんがえられないことである。このばあい志向性は、あるときは対象そのものに、あるときは対象との関係に付随しているような仮象を呈する。そして対象に付随しているようにみえる志向性は、**作為体験**として引き寄せられ、関係に付随しているようにみえる志向性は**不可避体験**として引き寄せられる。志向するときにのみ引き寄せられ、志向しないときには引き寄せがおこらないという恣意性だけが、人間を対象的な世界（環界）に結びつける正常な仕方である。なぜならば対象世界が〈自然〉ならば人間の存在も〈自然〉であり、対象世界が〈心的〉世界ならば、人間もまた〈心的〉世界であるという対応性は、きわめて客観的なものとしてかんがえられるからである。人間が存在しても存在しなくても、対象的世界は存在しうるということは、論理系として証明するのはそれほど手やすくはないとしても、きわめてありふれた陳腐な事実であることはまちがいない。そうだとすれば、人間は心的な世界では、対象世界が人間にむかって存在していると見做すことも、むかっていないと見做すことも、恣意的でなければならないはずである。そこでは意志（志向）を対象にむかわせる衝迫がなにに由来するかは、一律にいうことはできないとしても、対象との関係について判断をくだすものが、その都度意志であることだけは保証されているとみなされる。正常な心的世界が、対象の世界にたいしていつも自由な撰択性をもっているようにみえるとしたら、それは意志の恣意性にもとづいている。

ここまできて、一見すると正常な心的体験のようにみえる〈視覚的直観像〉のもんだいをとりあげてみる。

ヤスパースは『精神病理学総論』のなかでつぎのようにのべている。

> 主観的視覚的直観像は青少年の半数と少数の成人（いわゆる直観像所持者（アイデティカー））に確められる感官現象である。直観像所持者に灰色の紙の上に花や木の実やその他任意の物の絵を示すと、彼は絵を取去った後にもその物を詳細な点までその紙の上に新たに見る能力があり、紙の面の前や後にも見ることができることもある。残像とちがって補色ではなく、位置を変えたり、形を変えたりでき、機械的な模像ではなく、思考的な表象によって変化させられる。又しばらく時が経ってから、記憶から再びよび起せる。イェンシュによると、或る直観像所持者は試験の前に広汎な教科書の文句を視覚的直観像によって読みあげることができた。（同前）

眼で視た絵の形像が、その絵をとりさったあとで再現されるという意味で、この〈視覚的直観像〉は心像とよくにているようにみえる。また再現された形像が残像ではないという意味でも、心像とよくにている。またけっして〈幻覚〉や〈変容〉でないことが、はっきりしているという意味でも心像とよくにているといえる。

だが、この〈視覚的直観像〉は、「詳細な点まで」再現されるという点で、心像とまったくちがっている。また、あくまでも視覚像的であるという点でも心像とちがっている。

心像においては形像はけっして「詳細な点まで」再現されることはない。また、心像においては形像が視角や視線の方向によって限定されることはなく、あくまでも対象そのものに則して綜合的な把握をなしている。

もし、〈視覚的直観像〉を〈特異〉な個人に限ってあらわれる心的現象という位相で理解するとすれば、あるいは〈変形された心像〉の一種とよぶことができるかもしれない。しかし普遍的な現象としてみれば、その引き寄せの構造は心像とまったくちがっている。

〈視覚的直観像〉では、形像の背景は感覚的（視覚的）世界である。そして形像そのものもまた視覚的形像である。たとえ「思考的な表象によって変化させ」ることができるとしても、この変化は視覚的な形像に概念的な色合いを与えるという意味しかもたない。それゆえ〈視覚的直観像〉における引き寄せの志向性は、ただ〈再現〉の志向性だけである。一度視た視覚的な対象をふたたびそこに視たいという志向をもっているだけである。そこで志向力の大小に応じて視覚像は大なり小なりその細部にわたって再現される。そしてこの再現される形像は、概念の色上げによって、その度合におうじて表象化されるということができる。

ところで、かつて一度視た感性的な世界の対象を、ふたたび感性的に再現したいという志向はなにを意味しているのだろうか？

わたしたちが、一度視た視覚的な対象を単純にふたたび視たいとかんがえたとすれば、なによりも〈身体〉的な行動によって、その対象を手で引き寄せるとか、その対象を眺めうる位置に歩みよることによって、対象をふたたび視覚的に対象とするのが普通である。そして形像の細部にわたる再現を、もっとも正確に保証する方法はこの〈身体〉的な行動によって対象へどこまでも近づくことである。

こういう場合〈身体〉的な行動の志向性は、ただ対象をふたたび視たいという欲求にそって集中される。〈視覚的直観像〉は、おそらくこの単純な**身体的行動の感覚的な代理**とみなしてよいとおもわれる。問題はこの〈視覚的直観像〉が、「青少年の半数と少数の成人」に撰択的にあらわれるという点にもとめられる。この撰択的な個体は、普通のひとびとが〈身体〉的な行動（手でつかむとか、歩み寄るとか）によって実行するものを、視覚像の再現によってやってのけるのである。この撰択がなぜ「青少年の半数と少数の成人」にだけ集中し、その他の個体にはやってこないかを確定することはできない。ただ、すくなくとも現象に関するかぎりは〈身体〉的な行動よりも心的な行動に、よりおおく決定づけられた個体が択ばれるということはできよう。

このような個体は、たしかに〈特異〉的であるにちがいないが〈異常〉とか〈病的〉とかよぶことはできない。その理由は〈視覚的直観像〉が生理的な反映に負うところがおおく〈心像〉のように心的な価値の創出にあずかることがすくないからである。

〈心像（イメージ）〉の意識では、それに対応するどんな〈身体〉的な行動を想定することもできない。〈心像〉には〈身体〉的な行動によって代理されたり、実現されたりするどんな要素もかんがえることはできない。いま、対象Aにたいする〈心像〉の意識をかんがえてみる。かれが〈身体〉的な行動によって対象Aを手にもったり、対象Aに歩みよったとする。このとき対象Aは視覚的な形像として再現することができるし、視角や視線の方向を変えることによって対象Aは、視覚像として全体的に細部にわたってとらえることができよう。しかし、心像のように綜合的に同時把握された形像を、これによって現前させることはできない。しかも、この心像における綜合的な形像は、けっして形像を細部にわたって現前させるものでもないし、視覚像のように細部の再現を意図しているのでもない。

こうかんがえると〈心像〉においては〈身体〉的な行動によって代理しうる要素はまったくないといってよい。それゆえ〈心像〉にとって〈身体〉的な要素が関与するとすれば、ただ意識作用の生理としてだけである。そしてあらゆる心的な現象は生理的な器官の上に座しているという意味では、このばあいの〈身体〉生理的な変化は、べつに〈心像〉に固有なものとはいえない。

〈心像〉が〈身体〉的な行動によって代理される要素をもたないということは〈心像〉においてあらゆる心的な行動の経路が、すべて心的な構成に参加することを意味しており、このことは〈心像〉によりおおく価値を与える根拠をしめしている。

対象が眼のまえに存在しないという意味では〈心像〉と〈視覚的直観像〉は区別することはできない。そして質的な差異があるとはいえ、形像的に再現されるという意味でもこの二つはおなじような属性をもっている。ただ引き寄せの構造からみれば、〈視覚的直観像〉は単純な視覚的な形像の〈再現〉にほかならないが〈心像〉の引き寄せはたんなる形像の再現を志向してはいないのである。〈心像〉においては概念的に把握された対象を、感性的な世界の対象であるかのように再現させなければならないし、たんなる視覚的に把握された対象をも、無数の心的な経路の綜合的な同時像として再現しなければならない。〈心像〉におけるこのような再現作用は〈身体〉的な行動を無意味化することによって〈身体〉的な行動の意味を心像のうちに、価値として吸いあげることを意味しているようにおもわれる。

## 7 引き寄せの構造Ⅳ

ふつう〈考想察知〉とよばれている心的な症状は、症候主体が受け身になったばあいをさしている。いいかえれば〈考想察知される〉という状態を病状とみなしている。主体は、じぶんの心身の行動がことごとく他者に〈読みとられ〉〈盗みとられ〉ていると感じるのである。このような例をあげてみる。

〈症例2〉

3月の事件はピンクのお餅がはじめでした。お隣りからおすそわけですといつて桃色のお餅を子供さんにもたせておよこしになつたのです。桃色事件ということがこんなにはつきりとあてつけられるまで私は気がつきませんでしたが、私の心の中に秘めていたことは、もう御近所につつぬけなのです。私は内科のS先生をいい方だと思つてはいたのですが、私が直接S先生とどうしたわけでもありませんのに、それからは新聞でもラジオでもそのことを指してきますし、子供の学校の先生が子供の連絡簿を通してやはり指摘なさるのです。朝おきて窓をあけますと、お隣りの雨戸の右側だけ開いています。これは『右はよい』という意味で、病院の神経科の右側にある内科のS先生と結婚することをすすめる意味です。もう私のことは皆知つています。いまも先生にお逢いしたとたんに、私のことはもうすつかり御存じだとわかりました。

お隣りの奥さんが買物かごに『おさしみざら』を入れてお寄りになりました。それだけでもう私にはピンと来ました。『おさしみざら』の『お』は神経科O先生の『お』で、私の病気を示しています。『さ』は前々からうわさをたてられている内科のS先生です。『しみ』は内科に入院中S先生に診ていただいていたときできた湿疹で、その赤い斑点はオルガスムスを指し、恋愛関係の意味です。『さら』の『さ』は私の友人のSさんで、この方の御主人がお医者であるところから、私の病気が治ることを意味しています。『ら』は楽になることです。私と内科のS先生との恋愛関係は、病気も治り楽になることだと暗示しにいらしたのです。お隣りの奥さんは子供の友達のお母さんで、子供が学校を休んだので給食のパンを届けて下さつたのですが、それは勿論表向きの理由です。私は奥さんがみえ、むき出しのまま買物かごに入れられた『おさしみざら』をみたとたんに、もうそうとわかりました。私のことはもうすつかりまわりにつつぬけです。なぜつて、こんなに直接あの方は私の心に秘めていたことを示されるのですから。(小尾いね子論文「精神分裂病における『考想察知』現象について」)

この症例2の心的な状態にとって、あらゆる事象は、原則的にはすべて強力に関係づけられる状態にあるといっていい。このような状態が起りうる大前提は、申すまでもなく、ひとつには個体の心的な世界は、それ以外の世界にたいして直接的にか間接的にか関係づけられることによってしか、人間はこの世界に存在しないという先験的な根拠である。この意味では、個体が〈正常〉であろうが〈異常〉であろうが、心的な世界をすべての事象に結びつけうる可能性はひらかれているといっていい。だから症例2が、じぶんの心的な状態を、荒唐無稽な仕方で、たまたまじぶんにやってきた事象に関係づけているということには、見かけほどの病的な意味あいはない。

もし病的な意味あいがあるとすれば、じぶんの心的な状態が〈読みこまれている〉あるいは〈盗まれている〉あるいは〈察知されている〉という妄想が、事象との関係づけを支配しているという点にあらわれている。

このばあい〈……されている〉という症例2の受動性は、いくつかの構造からできている。そのひとつの要素は、妄想が自己妄想であるということである。すでに自己妄想として存在する心的な世界は、他の事象と関係づけられるときは、受動態であるほかにありえないということである。もうひとつの要素は、この妄想が、事象にたいして相互性をもたない恣意的なものであるという点である。症例2が、じぶんの心的な状態が察知されていい、いるとかんがえたとしても、事象の側では察知していい、いるとはかんがえていないし、また察知しているわけでもない。

このような考想察知における引き寄せの構造はどうかんがえられるべきであろうか？

このばあい事象はそのままの状態で引き寄せられていないことはいうまでもない。**事象は、事象に〈投射〉された自己妄想に潤色されて引き寄せられる。けっして事象が自己妄想によって潤色されて引き寄せられるのではない。自己妄想はひとたび事象に〈投射〉されなければならない。そして〈投射〉された妄想に、潤色された事象が、はじめて対象として引き寄せられるのである。**このちがいが妄想知覚と考想察知現象とのちがいである。

なぜ考想察知においては、自己妄想は、ひとたび対象である事象に〈投射〉され、あたかも対象自体がもともともっている妄想であるかのように装われるのであろうか？

そのもっとも重要な理由のひとつは、患者の心的状態にとって〈環界〉はすべて〈直接的関係〉の世界としてしか存在していないということである。かれはこの世界で、ひとりひとりの人間は、それぞれに固有な条件を背負って存在しており、それがたまたま直接の関係づけのなかで出遇うこともありうるということが了解できなくなっている。また、人間は、直接的な関係のない事象に対しても、関係づけをおこなうために、知識や判断や想像力をはたらかせうる存在だということを了解できなくなっている。かれにとって間接に関係づけられる世界は存在しない世界である。また、関係づけられる世界は、すべて直接的関係の世界として引き寄せられる。かれにとって他者や他の事象は、じぶんを直接的関係として関係づけていなくてはならない。

ところで、わたしたちは想像力の世界が、もともと直接的関係の世界には存在しない対象を、直接的関係として現前させようとする志向によってもたらされる世界であることを知っている。それならば想像力の世界もまた、すべてを直接的世界として関係づけようとすることによって成りたっているということができるはずである。けれど想像力の世界は、想像的意識によって引き寄せられる世界である。考想察知の世界はしかし察知の意識によって引き寄せられる世界ではなく、自己妄想の〈投射〉によって引き寄せられる世界である。

このことは考想察知の世界では、自己妄想を〈投射〉すべき対象が、人格であっても非人格であってもよく、極端にいえば自己以外のあらゆる存在であってもよいことを意味しているかにみえる。さきの症例2では、あきらかに察知するものは事象をもたらす人格に転移されている。しかし人格に転移されて、誰某という人間がじぶんの考想を察知しているということには、さして意味がないとかんがえることができる。小尾いね子の論文はそのような症例を挙げている。

〈症例3〉（島崎の症例）

ひるの膳の上の皿につけられた魚が（一匹丸ごと）自分の心をよみとつてしまう。魚が魂をもつて、生きていて、私の心をすつかりみすかしている感じ。こんなことは時々ある。命のないもの、スタンドとか、花瓶とか、そんなものに魂があつて、私の気持をよんでいる。（同前）

ここで非人格でも無生物でもおなじように〈魂〉を賦活されている。そしてこの〈魂〉は〈投射〉された自己妄想によって賦活されているといっていい。非人格や無生物でも、じぶんの考想が読みとられていると感じられるのは、非人格や無生物の読みとる能力（〈魂〉）が〈投射〉された自己妄想であり、それ以外のものでないからである。したがって、自己にとって自己妄想が読みとりうる自同性にすぎないように、非人格や無生物といえども、自己の考想を察知しうる存在としてかんがえられているのである。

もしもそうだとすれば、もともと考想察知現象は独り角力であって、対象がなんであるか、また対象が存在するかどうかとは無関係ではないのだろうか？

たしかに無関係であるような例もみつけだすことができる。

〈症例4〉有声考慮（Gedankenlautwerden）．幻聴

或夜突然人の声がきこえた。声ではあるが肉声ではなく、頭に直接にきこえる。声と同じことばで入つてくる。考えではなく、ことばがありありと伝わる。私の考えがそのまま声になつてきこえる。夜ねむろうと思うと、『お休み、お休み……』というし、散歩しようと思うと、『散歩、散歩……』と繰返しきこえる。あることをそうじゃないと思うと、『そうじゃない、そうじゃない』という。いやなこと秘密なことなど考えまいとし、抑えてしまおうということまで向うでは察してし

まう。考えるとその時すぐ向うでは察してしまう。そのことをすぐいつてくる。すつかりこちらの考えを知つている。本を読むと先読みしたり、一緒について読んだりする。こちらで考えると向うから答えをするし、向うのいうことに答えをさせられる。Yes か No だけを簡単につぶやき声で返事すると、それに対しまた向うで返事する。（同前）

この症例4では、考想察知の本質は露わにされているようにみえる。察知するものは、たんにどんな種類の対象であってもよいというだけではなく、ここでは察知する側の対象は不在であるかのようにみえる。

そしてたんに〈不在〉なのではなく、考想察知現象にとって、本来的には察知する側の対象は〈不必要〉であることを暗示している。ようするに、自己が自己の考想を察知しているにすぎないのではないか？

この症例の考想察知は〈幻聴〉としてあらわれている。ただ作為幻聴ではない。自己妄想が自己に〈投射〉され、こだまのように自己と自己とのあいだを往き来している〈幻聴〉である。この症例4のあらわれかたを、考想察知現象にとってかなり本質的なものとすれば、考想察知の世界は、自己妄想が〈投射〉されうるすべての領域にわたるといっていい。ただ、実在の自己は、考想察知ではいつも受動態としてしかあらわれないことはたしかである。

ところで、考想察知現象が、能動態として個体をおとずれるばあいがある。このような個体は〈察知〉あるいは〈予知〉能力の所有者と呼ばれている。

これらの〈察知〉あるいは〈予知〉能力のあらわれかたはさまざまでありうる。あるものにとってはさまざまな媒体がひつようであり、あるものにとっては媒体はひつようではない。また、あるものにとっては幻聴として〈察知〉または〈予知〉はやってくるし、あるものにとって幻視として〈察知〉または〈予知〉はやってくる。

この種の〈予知〉または〈察知〉能力の所有者を、病者と区別しうる点は、ある程度〈察知〉または〈予知〉の時間を、意志的に統御しうるという点だけである。かれらは一定の手続きによって〈察知〉または〈予知〉の対象に集中して、幻聴または幻視をつくりだすとかんがえることができる。しかしもちろん病者との区別はあいまいである。かれらが常時においても作為体験として幻聴あるいは幻視をうけとっていることは充分にありうるからである。ただ人格崩壊をまぬかれているだけである。そうだとすれば〈察知〉または〈予知〉能力者にあらわれる考想のあらわれかたは、病者とちがっていないとかんがえることができよう。

〈症例6〉有形考慮（Gedankensichtbarwerden）．幻聴

或日調理室で調理をしていると、急に頭が軽くなつたような感じがし、眼の前に光つた灰色をした字が短冊のようにぶら下つてみえる。おでこから鼻にかけてぶら下つている。天然色フィルムみたいに極彩色である。現実の空間とは違つて超感覚的な空間の中である。私が考えたこと、思つたことが、皆パッパッと眼の先にみえる。（中略）

と思うと宇宙の声とでもいうか、空の方から声がきこえてくる。前頭部が出つぱつたような感じで、そこに声がきこえる。『前がつき出れば僕のものだ』という。『あ、火鉢にあたつている。窓ガラスのすぐそばにいる』とこちらの様子をその通りにいつてくる。りんごを食べていると、『ほら、りんごを食べてる。やらなきやよかつた』という。街を歩いていてすれ違つた青年をちよつと魅力的な人だなと思うと、すかさず『浮気娘』『豚娘』『もうお前は飽きた』といつてくる。私のことは何でもわかつている。すつかりつつぬけになつている。そこにその人がいるわけではないのに、張りこんでいるという様子もないのに、何でも知つている。私が私について知つている以上に知つて

いて、いわれてはつとすることもしばしばです。（以下略）（同前）

この有形の考想察知を、受動態から能動態へ裏かえせば、もっとも鮮やかに〈察知〉または〈予知〉能力の所有者の察知状態をしめしているとかんがえることができる。

もちろん、これらの能力の所有者は、じっさいに、過去におこったこと、現におこりつつあること、未来におこるだろうことを〈察知〉または〈予知〉するわけではない。ただ、たんに自己妄想を自己が〈察知〉するにすぎないので、この意味では考想察知現象とすこしもちがったことではない。

ただこのばあいの自己妄想は〈察知〉せねばならない対象についての自己妄想であり、しかも対象についての鋭敏な知覚から、ある種のまとまった情報を獲取する能力については、常人よりも優れているとかんがえることができよう。たとえば、この種の能力をもったものが〈あなたは過去にこういう体験をしたはずだ〉とか〈現にこういうことで悩んでいるはずだ〉とか〈これからこういうことに出遇うはずだ〉とか告げるばあいには、たしかに常人よりも幾分すぐれた能力をしめすにちがいない。しかし〈半年以内に地震が何々地方に起る〉とか〈明日の午後飛行機事故がある〉とかいう御託宣では、自己妄想の形成に役立っているのは、対象についての自己印象や自己情報であり、的中する率は減少するはずである。

しかし、このばあい〈察知〉または〈予知〉能力者は、対象についての想像力を行使して、たとえ妄想にすぎなくても、対象の状態を再現しているのではなかろうか？　こういう疑問について、わたしたちは一定の解説がひつようである。なぜならば、このような能動態としての考想察知現象は、体験によらずに、知的な概念によって構成された想像力の作用と、本質的には異ならないようにおもわれるからである。

いま〈察知〉または〈予知〉能力の所有者が〈何月何日、某所上空で消息を絶った旅客機がどこでどのような状態で遭難したものか察知して欲しい〉というテーマをあたえられたとする。かれはあたえられたテーマについて思念を集中させる。そして山に囲まれた谷間に、めちゃめちゃに破壊された機体と血まみれになって投げだされた乗客の姿を、症例6のようにおでこから鼻にかけてぶらさがっている妄想乾板に再現したとする。かれはこの再現された遭難の光景をなにによって再現したのだろうか。いうまでもなく、かれは、以前にみたことのある映画や絵の遭難場面や、よんだことのある新聞紙や書物の遭難記事などの断片から獲得したのである。それ以外の可能性はかんがえることはできない。

おなじテーマについて、わたしたちが、その遭難場面を想像力によって再現せよと乞われたとする。わたしたちも、また以前にみたことのある映画や絵の場面や、よんだことのある書物の遭難場面の断片から心像を構成するよりほかに術がない。そして出来あがった想像的な場面は、〈察知〉または〈予知〉能力の所有者の再現した場面とさしてちがわないものとなるだろう。

そうだとすれば、〈予知〉能力者にあらわれる能動態としての考想察知と、ごくふつうの想像力による対象の構成とは、どこがちがうのであろうか?

そのちがいは、わずかにつぎの点である。

〈予知〉能力者にとって対象の再現は、たとえ有形におこなわれても、それは〈事実〉だと確信されている。かれはじぶんの遭難場面が再現されたとき、すくなくともその瞬間には実際の場面の〈察知〉または〈遠隔予知〉であると確信してうたがわない。想像力においては、あくまでも想像的再現であることは本人にとって意識されており、それが実際の場面とかかわりがあるとはかんがえられていない。いいかえれば自己妄想による場面の再現は、じっさいの場面の再現であると信じられているが、想像力による場面の再現は想像的再現であると識知されている。

妄想的再現は、本質的には心的に構成された世界と、現実の世界が**地続き**であるという識知にねざしている。もちろん、人間にとって世界がこのように視えた時代はあったにちがいない。かれらにとって雨乞いをしたがゆえに雨が降ってきたのであり、何者かに呪詛されているがゆえに病気は治らなかったのである。世界がこのようにみえるかぎり、たんに妄想的な再現が現実の場面の再現として識知されるばかりでなく、逆に妄想的な再現のとおりに、現実の場面が成就することも可能とかんがえられたのである。

## 8　引き寄せの世界

考想察知現象の世界のように、心的な世界と現実的な世界とが〈地続き〉であり、したがって心的にそうであると信じられたことは、ある契機さえあれば、現実的にそうであると信じられてすこしもうたがわれないといった世界は、どのようにできあがっているのだろうか？

未開的な思考の世界像も、ある程度このような世界であるとかんがえられている。このような未開的な思考の世界では、心的な世界と現実的な世界とを接地させているものは、なんらかの意味で共同的な観念の世界とかんがえることができる。たとえば、未開的な種族にとって、太陽はもっとも高位の種族的な信仰の対象であったとする。そうだとすると、太陽の方向にむかって弓や矢をむけて射ることは、冒瀆であり、かれらが戦さで敵に敗れたのはそのためである。このことはまともに信じられる。このばあい太陽に種族の共同の崇拝があつまっているということがあれば、弱く敵に劣っていたから戦さに負けたにもかかわらず、太陽にむかって射たから負けたのだと結論されることになる。このようにして、心的な世界と現実的な世界の出来ごとの結果は結びつけられてしまう。もちろん太陽信仰がなければ、こういう結びつけかたはできないはずだが、そのばあいには、かれらはべつの共同観念の世界をもってきて、心的な世界と現実的な世界とを接続することになる。

考想察知の現象では、心的な世界と現実的な世界とを〈地続き〉のようにかんがえさせているものは、さきにものべたように〈自己妄想〉の世界である。しかしこのばあい〈自己妄想〉は、たんに病的な個体の内部に発生する〈自己妄想〉という意味ではない。いいかえれば自己妄想の意識によって心的な世界と現実的な世界とが〈地続き〉のように接続されているわけではない。このばあい自己妄想は、対象に〈投射〉されたうえで自己妄想の世界として引き寄せられるため、自己妄想が対象と自己とのあいだをボール投げの繰返しのように往き来することによって、共同観念の世界の代同物の性格をもつようになる。そしてこの共同観念に擬せられる性格をもった自己妄想の世界が、心的な世界と現実的な世界とを接続する媒介の世界となるとみなすことができる。

私のうしろに空白があつて、いつまでも同じ距離でついてくる。2～3mうしろに電車の中でも雑踏の中でもついてくる。雑踏をぬつてゆくと、それも同じ間隔でついてくる。左へ折れればそれも左へ折れるだろう。かけ出せばやはり足を早めるだろう。やりすごすとすれば立止つてしまう。歩き出す気配もない。仕方なくふみ出すと、また一緒に追つてくる。ふり向けばふり向いた角度だけ位置をずらせてしまう。感覚的には何もないのにやはりついてくる。逃げようとしても糸を張つたようで逃げられない。しまいに私は自分の意志ではなく、それの意志によつて歩いているのではないかと疑いはじめる。それははじめから私を知つてつかんでいる。そして私の中に疑惑と恐怖をもたらし、収拾のつかぬ混乱におとし入れようとしている。（小尾いね子　同前）

この「私のうしろに」あり、いつまでもおなじ距離でついてきながら、すでに「私」を知りつくしている「空白」は、心的な世界と現実の世界とを**べた**足でつなげてしまう媒介の世界を、まったくおあつらえむきに象徴するものとなっている。この自己妄想を〈投射〉した世界としての「空白」は、有形の幻視も有声の幻聴をも刺戟しない。自己妄想の〈投射〉でありながら、あらゆる個体性の特質をもつことがない世界である。けれど〈無〉とか〈暗黒〉とかの世界ではない。有〈形〉でも有〈声〉でもありえないのだが、この「空白」は〈有〉であることは確かである。ただこの〈有〉は、共同観念化されているために、形も音響もよぶことはできないとかんがえることができよう。

このようにして考想察知の世界は、心的な世界と現実の世界とを自己妄想の〈投射〉によって接続してしまうために、そこでの事象は、もともと観念に帰属するものか現実に帰属するものかは分明でなくなっている。それとともに世界はすべて〈有〉化されてしまう。

想像力において、わたしたちが当面するのは、二律背反の世界である。もしも現実の世界が有形または有声として把握されるならば、そのものについての〈心像（イメージ）〉の世界は存在しえない。そして存在しえないばかりでなく、このばあい〈心像〉の世界は、迂遠であり無意味なものとなる。逆に、もしあるものについての〈心像〉の世界が存在するならば、そして存在することに意味があるならば、現実の世界は有形または有声の世界から遠ざけられる。もちろん現実の世界の存在は、〈心像〉の世界の有無にかかわらず存在しうるものであり、また存在している。想像力は現実の世界を抹消することはできない。ただ現実の世界が、有形あるいは有声として〈心像〉に関与することが、想像力の世界では禁止される。現実の世界はただ二次的な世界に退かされるのである。

# あとがき

本稿は、雑誌『試行』15号から28号にわたって連載された原稿に、いくらかの加筆と訂正を施し、項目をたてて出来上ったものである。わたしの〈心的現象論〉の構想に則していえば、総論あるいは序論の部分の全体にあたっている。ここで、わたしは、方法上の立場をほぼはっきりさせることができた。そしてわたしの立場から〈感情〉、〈言語〉、〈夢〉、〈心像〉について解析した場合にでてくる問題を、具体的に検証したところで本稿はおわっている。それ以上の問題は、継続して展開されている各論の部分にゆだねられることになる。本稿が哲学的内容として読まれようと、現在における詩と文芸批評の強いる課題が、もがいたすえにきりひらこうとした血路のひとつとして読まれようと、格別の不服はない。なぜ本稿のような試みを、一介の文芸批評家の資格で、しなければならないのか、という必然性を、うまく説得することは、現在の段階では困難な気がするので、あえて本稿の世界に足を踏み込まれる熱心な読者に、本稿の読み方について註文をつける気はすこしもない。本稿の継続を無形のうちに支えてくれたのは雑誌『試行』の読者諸氏であり、公共の場にもたらすための努力を支払ってくれたのは阿部礼次氏と、川上春雄氏である。わたしの制作した小さな礎石の上を、多様な構想を抱いた人々が踏みこえてゆくことを願う。もちろん、たれよりもわたし自身が、わたしの試みを踏みこえて、ゆけるところまでゆくつもりである。

吉本隆明

# 全著作集のためのあとがき

こんど全著作集に、この本をおさめることになった。最初に公刊されてから、ほぼ二年たっている。現在もなお、続稿が書きつづけられているので、内容について、じぶんで総括する段階にはいたっていない。はじめに、けわしい山に挑むつもりで、岩場に足をかけた。すこし登ったところで、雨露をしのぐだけの空間が見つかったので、テントを張って小休止した。それが本書であるような気がする。そのあとすぐに、また登りはじめた。最初の装備が悪かったかどうか、自問するいとまもないくらいである。あの装備じゃあはじめから駄目だよ、という声と、あの装備で登高しなくてはならないんだから、気の毒だなあ、という声は、すでに聞えてきたような気がする。けれど、本人にはひき返す余裕もなければ、その気もない。ただ、ゆくだけである。誰だって、足場が崩れたり、天候が激しかったりすれば、途中からひき返すかもしれないし、そのまま立往生ということになるにちがいない。そんなことを気にしていても仕方がないのだ。また、装備が貧弱であるかどうかも、問題にする訳にはいかない。発注した立派な装備が届かないうちは、登る気がしないというのは、いつも、わたしに無縁な世界の通念に属している。それに、わが国の知的な通念では、この世界には、こんなに立派な装備がある、と陳列してくれる人物は、けっしてじぶんで登ったり、登高者に力を貸したりしないものである。どんなことも、知的な孤独を体験しないで、できることなどない。

全著作集に収録するに際して、勁草書房の田辺貞夫、芹沢真吾氏に、たくさんの手数を煩わせた。川上春雄氏には、いつも変らぬ緻密な校閲と解題をいただいた。感謝のほかない。

吉本隆明

# 角川文庫版のためのあとがき

心のなかにおこるさまざまな気分や感情や判断が刻々に変化しても、言葉にしなければひとからはまったくわからないはずだ。この思いはいつもだれにでもつきまとうことがありうる。もしかするとじぶんも、相手の心のうちがわかったつもりでいて、ほんとうはまるでわからないか、間違ってわかっているのではないか。

もうひとつ、べつの疑問が、いつもおこりうる。じぶんの方が相手に好意を感じていると、相手の方もじぶんに好意を感じているようにみえ、厭だなとおもっていると相手の方もじぶんを嫌悪していると感じられるのはなぜか。このばあい相手が動物であってもかわらないようにおもわれる。

またあるとき突然に、すこしずつ刻々に、またはある瞬間だけ、外からは不可解とおもわれる言動や、まとまった人間像を崩壊させてしまったとわかる振舞いにであうことがある。何とかしてその言葉や振舞いを理解しようと追いすがるが、とうてい理解することができない。そのとき人間というものの不可解さと悲しさに、たちすくんでしまう。途方にくれるといってもよい。

さいごに、わたしたちは夢をみる。夢は平穏な湖水の面のように明るく流れてゆくこともある。またこんなことを仕でかしたうえは、生きているわけにはいかないといった慚愧にさいなまれた場面でやっと目覚めて、ああ夢であったかと安堵することもある。これはいったいどういうことだろう。

心がひきおこすこういったさまざまな現象に、適切な理解線をみつけだし、何とかして統一的に、心の動きをつかまえたい。こういう欲求はどうしても抑えがたいようにおもわれる。わたしもまた無謀にもそういう願望をおこしたのである。心のさまざまな働きのうち純粋に個体について、その個体の内部でひきおこされる部分はどれだけか。これについては、おおよその見当はついていた。そこでこの本は起稿されたのである。この類いの試みでいちばん大切なのは設定された理解線の抽象度ということである。たとえばここに一個のすずり箱があったとする。箱のなかにすずりや墨や筆が収められている。この一個のすずり箱をさして、これは四角い箱だといったとする。これは本当のことをいったに間違いない。これはどんな立場にたってもあてはまる普遍性をもっている。だがすずり箱とはどういうものかを解明するモチーフからは、四角い箱だという普遍的な真実は、ほとんど無意味にちかいものになる。

心の働きの解明についてもおなじことがいえる。さまざまな心の働きをぜんぶ包括できる理解線を設定できたとしても、心の働きを統一的に解明するモチーフにたいして無意味なら、それはなにもしないにひとしいことだ。とくに心の動きの現象という、それ自体では把みどころのないものをとらえるには、いつもこの不安がつきまとう。この不安はじぶんの設定した理解線は、すずり箱を解明するのに、これは四角い箱で、外側には模様がはめこまれて、ウルシの塗りの色は黒で、といった迂回路を繰返し往き来しているだけだ、すずり箱とは何かにすこしも触れていないという不安である。また一方では、心のさまざまな現象はいつでもさきにあり、理解線はあとからそれを解釈しながらたどっているだけではないか。理解線がさきにあり、あとから心のさまざまな現象があったとき、さきの理解線からすぐに実態が照しだされるといったことにはならないのではないかという不安がある。

わたしはこの本の稿をすすめているあいだいつも、そういう疑問と不安が頭から去らなかったのを覚えている。そして最後までこれはつきまとって離れなかった。こういう試みはそのときも孤独だったが、現在もなお孤独な試みだといっていい。だが孤独の意味は年とともにすこしちがってきたような気がする。精神病理学や哲学の地平から、啓蒙書や解説書とはちがった、いわばそれ自体を問う著作がすこしずつあらわれてくるようになった。また文芸批評の地平からも、文芸批評の基礎概念を問う試みが、すこしずつ眼につきはじめるようになった。わたしなどの望みだったひとつの共通の場がひらかれ、この本もながいあいだの不眠から解放されるかもしれない。

一九八一年十二月二十日

著者

## ロ

ス



セ

## キ



## ク

# 索　引

人名索引
　1．著訳者をふくめほとんどすべての人名について初出ページを示す
　2．引用文等のあるものについては重ねて掲出する
件名索引
　1．重要とおもわれる件名を示す
　2．引用された書名論文名を示す

# 共同幻想論

# 角川文庫版のための序

こんど文庫版になったこの本を、いままで眼にふれたり、名前を聞いたり、読んだりしたことが、まったくない人が手にとるかもしれないと想像してみた。そこでわたしにできる精いっぱいのことは、できるかぎり言葉のいいまわしを易しく訂正することだった。限度までやったとはいえないが、ある程度読み易くなったのではないかとおもう。

もともとひとつの本は、内容で読むひとを限ってしまうところがある。これはどんなにいいまわしを易しくしてもつきまとってくる。著者の理解がふかければふかいほど、わかりやすい表現でどんな高度な内容も語れるはずである。また一方で、これには限度があるとはおもえない。そこで著者には、この内容に固執するかぎり、どうやってもこれ以上易しいいいまわしは無理だという諦めと、この内容をもっと易しいいいまわしであらわせないのは、じぶんの理解にあいまいな個所があるからだという内省が一緒にやってくる。この矛盾した気持のまま、いまこの本を読者のまえにさらしている。

国家は幻想の共同体だというかんがえを、わたしははじめにマルクスから知った。だがこのかんがえは西欧的思考にふかく根ざしていて、もっと源泉がたどれるかもしれない。この考えにはじめて接したときわたしは衝撃をうけた。それまでわたしが漠然ともっていたイメージでは、国家は国民のすべてを足もとまで包み込んでいる袋みたいなもので、人間はひとつの袋からべつのひとつの袋へ移ったり、旅行したり、国籍をかえたりできても、いずれこの世界に存在しているかぎり、人間は誰でも袋の外に出ることはできないとおもっていた。わたしはこういう国家概念が日本を含むアジア的な特質で、西欧的な概念とまったくちがうことを知った。

まずわたしが驚いたのは、人間は社会のなかに社会をつくりながら、じっさいの生活をやっており、国家は共同の幻想としてこの社会のうえに聳えているという西欧的なイメージであった。西欧ではどんなに国家主義的な傾向になったり、民族本位の主張がなされるばあいでも、国家が国民の全体をすっぽり包んでいる袋のようなものだというイメージでかんがえられてはいない。いつでも国家は社会の上に聳えた幻想の共同体であり、わたしたちがじっさいに生活している社会よりも小さくて、しかも社会から分離した概念だとみなされている。

ある時期この国家のイメージのちがいに気づいたとき、わたしは蒼ざめるほど衝撃をうけたのを覚えている。同時におなじ国家という言葉で、これほどまで異質なイメージが描かれることにふかい関心をそそられた。こういうことがもっとはやくわかっていたら、国家のあいだに起る争いは、別な眼でみられたろうにとかんがえられたのである。こういう西欧とアジアにおける国家のイメージの差異を、誰かは把握していたのだろうか。そしてそのうえで、じぶんの思考や行動を律していたのだろうか。いままでもわたしには尽きない謎のような気がしている。

国家は共同の幻想である。風俗や宗教や法もまた共同の幻想である。もっと名づけようもない形で、習慣や民俗や、土俗的信仰がからんで長い年月につくりあげた精神の慣性も、共同の幻想である。人間が共同のし組みやシステムをつくって、それが守られたり流布されたり、慣行となったりしているところでは、どこでも共同の幻想が存在している。そして国家成立の以前にあったさまざまな共同の幻想は、たくさんの宗教的な習俗や、倫理的な習俗として存在しながら、ひとつの中心に凝集していったにちがいない。この本でとり扱われたのはそういう主題であった。

もうひとつ西欧の国家概念でわたしを驚かせたことがある。それは国家が眼に視えない幻想だというそのことである。わたしたちの通念では国家は眼にみえる政府機関を中心において、ピラミッドのように国土を限ったり、国境を接したりして眼の前にあるものである。けれど政府機関を中心とする政治制度のさまざまな具体的な形、それを動かしている官吏は、ただ国家の機能的な形態であり、国家の本質ではない。もとをただせば国家は、一定の集団をつくっていた人間の観念が、しだいに析離（アイソレーション）していった共同性であり、眼にみえる政府機関や、建物や政府機関の人間や法律の条文などではない。こういうことがわかったとき眼から鱗が落ちるような気がしたのである。以来わたしはこの考えから逃れられなくなった。

どうしてわたしたちは国家という概念に、同胞とか血のつながりのある親和感とか、おなじ顔立ちや皮膚の色や言葉を喋言る何となく身内であるものの全体を含ませてしまうのだろう。最小限、国家を相手に損害補償の訴訟を起したといったばあいの国家をさえ、思い浮かべようとしないのだろう。それでいて他方では政府がどういう党派に変るかとか、どういう政策に転換したとかいうことに、いっこう関心をしめさずに放任したままで平気なのはなぜなのか。こういった疑問にも、どこか納得のゆく解答をみつけたいとおもった。これもまたこの本の主題のかげに、いつも離れないわたしのモチーフであった。

そうはいっても、わたしは歴史的な記述を志したのではない。また、わたしたちの風土にだけ特有な問題を特殊な手触りでとり扱おうとおもったのでもない。できるかぎり普遍的な、しかもさまざまな現在的な概念を使って対象にきり結ぼうとかんがえたのである。

この本の主題は国家が成立する以前のことをとり扱っているから、もともとは民俗学とか文化人類学とかが対象にする領域になっている。だが民俗学とか人類学とかが普通扱っているような主題の扱い方をとろうとはおもわなかった。また別の視方からは国家以前の国家のことを対象にしているから、国家学説の問題なのだが、そういうとり扱い方もとらなかった。また編成された宗教や道徳以前の土俗的な宗教や倫理のことを扱っていても、宗教学や倫理学のように主題をとり扱おうともかんがえなかった。ただ個人の幻想とは異った次元に想定される共同の幻想のさまざまな形態としてだけ、対象をとりあげようとおもったのである。人間のさまざまな考えや、考えにもとづく振舞いや、その成果のうちで、どうしても個人に宿る心の動かし方からは理解できないことが、たくさん存在している。あるばあいには奇怪きわまりない行動や思考になってあらわれ、またあるときはとても正常な考えや心の動きからは理解を絶するようなことが起っている。しかもそれは、わたしたちを渦中に巻き込んでゆくものの大きな部分を占めている。それはただ人間の共同の幻想が生みだしたものと解するよりほか術がないようにおもわれる。わたしはそのことに固執した。

この本のなかに、わたし個人のひそかな嗜好が含まれてないことはないだろう。子供のころ深夜にたまたまひとりだけ眼がさめたおり、冬の木枯の音にききいった恐怖。遠くの街へ遊びに出かけ、迷い込んで帰れなかったときの心細さ。手の平をながめながら感じた運命の予感の暗さといったものが、対象を扱う手さばきのなかに潜んでいるかもしれない。その意味ではこの本は子供たちが感受する異空間の世界についての大人の論理の書であるかもしれない。

著者

昭和五十六年十月二十五日

# 全著作集のための序

数えてみると、本稿を発表しはじめてから、すでに四、五年の歳月が過ぎている。こんど、全著作集に収録されることになった、と書きはじめてはみても、はっきりした誤植をできるかぎり訂正するほかに、格別の感慨が加わるわけでもない。また、現在、すこしは当時よりも詳細になった知見を動員して、補正したり、削除したりしてていいさいをととのえることも、さほど本稿の意義を高めるものとはおもわれない。やればできないこともないが、もともと人間の共同観念の総体に向って、具体的に歩みよることをモチーフとした本稿は、まだ序の口にしかすぎないし、また、序の口としては完結しているので、補正や訂正は、あとの展開部がかき継がれる折に、自然に行われたことになっているという形のほうが好ましい気がする。

この四、五年のあいだに、本稿も、さまざまな評価をくぐってきたが、予想外の批判はわたしの眼に触れた範囲では、なかったとおもう。また、本稿が決定的な影響を読者に与えた、という証拠も見当らなかったといってよい。そうだとすれば、まだ声を挙げない読者に、寄与したことを信ずるほかないのである。

本稿の基本になっているわたしのモチーフは、具体的な場面では、ふたつあった。ひとつは、個々の人間が、共同観念の世界、たとえば政治とか法律とか国家とか宗教とかイデオロギーとかの共同性の場面に登場するときは、それ自体が、相対的には独立した観念の世界として、扱わなければならないし、また扱いうるということである。そう扱わないことから起る悲喜劇は、戦争期にしこたま体験してきたし、また、本稿の発表から現在までの四、五年のあいだにも、まざまざと体験したことであった。当然このことと関連するわけだが、もうひとつのモチーフは、個々の人間の観念が、圧倒的に優勢な共同観念から、強制的に滲入され混和してしまうという、わが国に固有な宿業のようにさえみえる精神の現象は、どう理解されるべきか、ということである。この問題に理論的にも感性的にも決着をあたえたかったが、この方はそれほど巧くいっていない。

この問題は、一見すると観念の〈未開〉性一般のなかに解消するようにもおもわれるし、また、マルクスのいわゆる〈アジア〉的というカテゴリーに、包括されるようにもみえる。もちろんこの問題は東洋学者、ウィットフォーゲルが、わが国を除外例としたところのものである。ウィットフォーゲルが、わが国を〈アジア〉的という概念からの除外例とした理由は、わたしが勝手にアレンジしてみればふたつに帰せられる。ひとつは可成り初期の段階から、わが国の農耕民が、自作農的な私有耕作をやっていたことであり、また、もうひとつはインドや中国のように〈アジア〉的専制を支えた大規模な水力灌漑のための工事や、運河の開削などを必要としない地理的な特性をもっていたということである。

しかしながら、そういう外部からの客観的な接近の仕方や規定にたいして、ある部分で同意しながらも、ある部分で納得し難い個処がどうしても残される。こういう感性的な不満の根拠は、わが国家の内部に包括され、内部で感性的に体験し、内部から考察を加えるという位相に根拠をもつだけの薄弱なものであるかもしれない。

たしかに、わが初期国家あるいは部族共同体では、ある程度の私有墾田を、農耕民はもっていたし、村落共同体の内部で、わりあい平等に、個々の農耕家族は、それぞれの領有域と共有域の画定に参与することができた。これはまた初期国家の専制首長の権力と、抵触せずに処理しうる内閉性と自主性とを併せてもっていた。また、専制首長の側からは、耕作田の狭さ、また、島嶼的な条件からして、べつに大規模な灌漑工事や、運河開削による交通の整備を必要としなかった。自然がこしらえた海上の交通路は、どんな運河を経由するよりも迅速なものであり、これはいたるところで内陸の奥への通路を可能にしたからである。では、ウィットフォーゲルは、おおすじのところで正当であったのだろうか。たぶん、そうではないのだ。文化と文明は、わが初期国家の首長たちにとって、大陸からの輸入品であった。この輸入品を購ない、これを分布させるための財力と権力としてのみ、専制の力量は発揮された、といってもよい。したがって、大陸からの文明と文化は、専制首長の周辺だけをとらえれば足りた。このことが、初期の〈法〉や〈国家〉の構成にあたえた影響は甚大であった。この文化的あるいは文明的な格差と外来性こそが、わが初期国家の権力構成に、いわば〈観念のアジア〉的専制ともいうべき、独特の構造をあたえた、といってよい。ここに経済外の強制力としての〈アジア〉的専制の構造を、あきらかにするべき根拠のひとつがある。もうひとつ考慮に入れなければならないのは、地理的な条件からかんがえて、海辺の自然漁業と海運にたずさわっていた海部民と、農耕民と、山岳地帯の狩猟民とは、わが国の初期部族国家においては、相互に転化することができる変幻性をもっていたから、共同体の構成について、これらを〈類別〉することができず、むしろ多層的に混合しているとかんがえねばならないことである。海部民は、内陸に入れば農耕民や狩猟民として定着することができたし、それぞれの荷っている文化や宗教も多層化して、相互に混合することができた。このことは、いわば経済外の強制力ともいうべき共同観念の構造を複雑化した。名目的な首長は神格化されるが、実質的な行政力や政治支配は、別途の人格と回路に接続される独特の初期国家の構造は、この多層化と複雑化とが生みだしたものといえよう。政治的な諸制度の強制力を、共同観念のうちにみるかぎり、わが初期国家の成立過程に生じたこれらの問題は、アジアの沿海周辺部および島嶼における、内陸とはちがった〈アジア〉的特性のひとつの典型をなしている。現在の東南アジアにおいて、南部中国沿海部および中国大陸北辺の地域において、南洋上の諸島嶼において、大なり小なり、わが初期国家時代とおなじ類型を、みつけだすことができよう。

ようするに、共同観念の圧倒的な優勢のうちに、個々の農耕民と職別部民たちの意識が決定されるという模型は、まだ、多くの不明な点と、具体的に考察され、理論的に解明さるべき余地を残しているが、その発祥の根拠は、現実的にか、理念的にか、あるひとつの共同体は、その上位に共同体を重層化するばあいに、もとになる共同体の編成をさしてこわさずに接合されうること、そして、もとの共同体の基層のところでは、これとは逆に、ひとつの共同体は、周辺の共同体を地域的に統合するという形で、たえず個々の成員と、統合された共同体との関係を規定しただろうということ、そしてこれらふたつの仕方が複合された形で、初期の国家が成立していっただろうということ、こういう複合は、アジアの周辺地域と島嶼地域では、大なり小なり普遍的であろうということ、に帰せられる。

したがって、ウィットフォーゲルのように、わが初期国家の在り方を単純化したくないならば、こう反駁すればよいのかもしれない。なるほど、わが国の初期部族連合国家の首長は、大規模な灌漑工事と、運河の開削工事を請負う必要はなかった。だから徭役労働を、貢納金とひきかえに免除するという処置すら、かえって首長たちにとって喜ばしいものだったかもしれない。そこでウィットフォーゲルのいう「水力社会」は成立せずに、横にすべったため、典型的な〈アジア〉的専制を生みだすこともなかった。つぎに容易に封建社会への転化の道をたどることができた。しかしながら、このような見解には、どうしてもうさんくさい臭いがつきまとって離れない。そこでこう考えるべきではないか。わが初期国家の専制的首長たちは、大規模な灌漑工事や、運河の開削工事をやる代りに、共同観念に属するすべてのものに、大規模で複合された〈観念の運河〉を掘りすすめざるを得なかった。その〈観念の運河〉は、錯綜していて、〈法〉的国家へゆく通路と、〈政治〉的国家へゆく通路と、〈宗教〉的イデオロギーへゆく通路と、〈経済〉的な収奪への通路とは、よほど巧くたどらなければ、つながらなかった。〈名目〉や〈象徴〉としての権力と、じっさいの政治権力と、〈宗教〉的なイデオロギーの強制力とは、別個のものであるかのように装置されていて、よほど、秘された通路に精通しないかぎり、迷路に陥こむように構成された。そこには、現実の〈アジア〉的特性は存在しないかのようにみえるが、共同幻想の〈アジア〉的特性は存在したのだ、と……。

もしも、共同的な観念に属する遺制は不可視であるため、かえって拭い去るわけにいかないとすれば、わたしたちの共同観念の内部には、いまも前古代的〈幻のアジア〉が住みついているかもしれないし、それはわが現在の国家の〈現実の非アジア〉と照応するものかもしれないのである。

本稿が発表されてから四、五年のあいだにさまざまな批判がなされたが、その批判は、おおむね、本稿のような試みが、一種の観念論への踏みはずしに属するものだという線に沿って行われた。もっとひどいのになると、自己の能力にあまるために、本稿のモチーフを把みとることができず、わたしの著作は、衝撃力を失っているという批判にまで、陥こんでいるのもあった。そうなれば、〈無智につける薬はない〉とでもいうよりほかない。どんな過渡的な社会でも、無智が栄えるためしはない、というのは、自他をともに束縛する鉄則である。どうして理解するための労力と研鑽を惜むものに、衝撃を与えることなどできようか。

# 序

言語の表現としての芸術という視点から文学とはなにかについて体系的なかんがえをおしすすめてゆく過程で、わたしはこの試みには空洞があるのをいつも感じていた。ひとつは表現された言語のこちらがわで表現した主体はいったいどんな心的な構造をもっているのかという問題である。もうひとつは、いずれにせよ、言語を表現するものは、そのつどひとりの個体であるが、このひとりの個体という位相は、人間がこの世界でとりうる態度のうちどう位置づけられるべきだろうか、人間はひとりの個体という以外にどんな態度をとりうるものか、そしてひとりの個体という態度は、それ以外の態度とのあいだにどんな関係をもつのか、といった問題である。

本書はこのあとの場合について人間のつくりだした共同幻想という観点から追及するために試みられたものである。ここで共同幻想というのは、おおざっぱにいえば個体としての人間の心的な世界と心的な世界がつくりだした以外のすべての観念世界を意味している。いいかえれば人間が個体としてではなく、なんらかの共同性としてこの世界と関係する観念の在り方のことを指している。この間の事情について、まえにある編集者の問いにこたえた記事がのこされているので、それを再録することにする。

――吉本さんは詩を書かれて、そこから出発なさったわけですね。いままで、日本でも外国でも、詩人や文学者が言語についてなにかを語るという例は非常にたくさんあったと思うんです。しかしそれは断片的であったり、あるいは直観的であったり、それはそれで非常に問題を提起するものもあるでしょうけれども、しかし、吉本さんの場合のように、『言語にとって美とはなにか』というふうな、一つの体系的、理論的な形に結晶した例はまずないと思うんです。詩から始まってああいう体系に到達することはほとんど絶無だと思うんですけれども、どうして吉本さんがあのような形で言語というものを自分なりに問題にしていこうとされたのか、そもそもの出発点について話していただきたいと思います。

それは『言語にとって美とはなにか』の前書きにもいくらかは書いたんですけれども、僕は詩を書いていた。その他に批評文も書いていたわけですけれども、その批評文は主として文学理論上の問題をずっとあつかってきたわけです。そこで社会主義リアリズム論につきあたりまして、そういうものが非常に支配的な一つの文学理論であり、同時に文学方法であり、また同時に文学から見た世界観でもあるという形で流通している。そういう現状に対して僕などは社会主義リアリズム論批判というような形でその批判を展開してきたわけです。結局、理論の発展途上の問題からいいますと、社会主義リアリズム論に対して、社会主義リアリズム論批判というようなアンチテーゼの形でやるということは、もうすでに不毛であるという自覚というか、意識があったわけです。

そうしますと、社会主義リアリズム論あるいはアンチ社会主義リアリズム論というものをなにが止揚しうる問題であるかということを段階として考えていきますと、どうしても表現としての言語芸術というような形になるわけです。つまり、表現としての言語芸術という形で文学論を扱うということは、少なくとも社会主義リアリズム論あるいはそれに対するアンチテーゼというような段階から抜け出るための一つの、僕にいわせれば唯一なんですけれども、唯一の経路としてそういうものに進んでいく以外にかんがえられない。社会主義リアリズム論かいなか、あるいは社会主義リアリズム論か、シュールレアリズムとかアブストラクトとか、そういうものをも含めたアンチ社会主義リアリズム論とかいうような問題意識の段階から抜け出られないだろうという問題意識が形成されてきたわけです。だから、文学理論の問題の次元をそういう段階から越えさせる唯一の方法は、やはり表現としての言語芸術というものの理論、そういう形でしか成り立ちようがないんだという問題意識があるわけです。やはりそういう形で一つの体系的な文学理論というものが形成されていかなければどうしようもないんじゃないか。そういう形でああいうものが出てきたわけです。

それはまた別の面からいえば思想の問題にもなるわけです。スターリニズムに対してアンチスターリニズムというような問題意識で思想の問題というものもいろいろ提起されてきているわけですけれども、しかし僕の考えでは、スターリニズムに対してアンチスターリニズムというような問題の範疇では、もうすでに思想の問題としてもなにか血路というものは見つからないんじゃないか、もっと違う次元で問題を扱わなければならない、そういうような問題意識は思想的にもありました。つまりそういう考えに裏うちされた形で表現としての言語芸術という意味での文学理論をつくっていく、そういう課題が出てきたわけです。僕のやってきた詩を書きながら同時に批評文を書いてきた問題の過程からいえば、そういうところに位置づけられると思うんです。

――その場合、批評の対象、つまり吉本さんが乗り越えなければならないというふうに感じたという、特にスターリニズムの芸術論というようなものですね、そこでは言語そのものは人間にとって一つの道具であるというふうにとらえる。それを文学論として考えてみた場合には現実の反映というふうにとらえてきて、結局言語表現そのものの独自性がそこではなんらはっきりしない。文学なら文学そのものの独自な意味というものがはっきりしない、そういうことに一番批判の中心が向いてきたと思うんです。

そこで、吉本さんはそれに対して、あのご本にも書いてあることですけれども、一応もう一度簡単に触れていただいて、自分は言語というのはこういうふうに考えるんだという、一番基本的な中身についてちょっと話していただいた方が、そのあとの話の運びに都合がいいと思うんです。

それは言語の面からもいえるし、思想の面からもまたいえると思うんですよ。言語の面からいいますと、言語学者が言語を扱うという場合に、つまりそれは言語というものがなにか言語としてある、そういう扱い方をするわけです。しかし僕の考えでは、言語というようなものはないのです。つまり表現されなければそれはない。だから表現としての言語ということが問題になってくるわけです。そこでは表現過程というようなものが問題になりますし、また、表現された結果としての文字で書かれた言語、しゃべられた言語、そういうものが問題になります。ただ言語というようなものはほんとはないのです。けれども、たとえば言語学者が扱う場合にはいろいろなことを省略しているわけです。言語表現の過程というようなものにまつわる問題をみんな省略して、ある程度省略が可能だという前提で言語は言語として扱うというふうになっているわけです。ほんとはいわれなければ、あるいは表現されなければ言語というものはないわけで、文学の問題でもやはりそうだと思いますけれども、表現されたものとしての言語、それが主要な問題意識として出てくるわけです。

それから思想的な問題からいいますと、いまあなたがいわれたように、文学における反映論みたいなものもありますし、あるいは有効性論みたいなものもあります。それは社会主義リアリズム論の基本問題になっているわけです。そういうような論がありますけれども、表現としての言語というものは、ほんとは個人幻想に属するわけです。だから思想的にいえば、文学表現がこうであらねばならないというふうに外から規範力として規定することはできないのです。そういうことは個人における自由といいますか、恣意性といいますか、個人にとっては自由な仮象としてしか出てこないわけです。

それはなぜかといえば、政治的な解放というものは、ほんとは非常に部分的な解放にすぎないから、文学みたいに少なくとも個人幻想、つまり人間が人間であるというような、人間の存在が人間の存在であるということ、そういうことの根底を含む問題に対しては部分的な影響力しか与えられないというようなことがあるわけです。だから文学は非常に自由な形で、あるいはめちゃくちゃな形でしか出てこられないので、それは政治的な解放なんてものが非常に部分的にしかすぎないので、やはり人間的な解放というか根底的な解放というものがない限りは、文学は恣意性、自由としてしか現われえないわけです。思想的にそうだと思うんです。そこを政治的な解放というものをある意味で非常に過大評価している。それは社会主義国でも、アンチ社会主義国でも、政治的な解放というものを過大評価していると思うんですよ。ほんとはそんなものは過大評価することはないのであって、非常に部分的な解放にすぎない。だから文学みたいのが非常にわがままな形でしか出てこない。たとえば解放が行なわれた地域においても非常にわがままな形で出てくるのは当然なことであって、それを政治的規範力で強制することはできない。それは当然なことです。文学表現に対しては非常に部分的な影響しか与えられないということですからね。それは間違いだ。つまり基本的には社会主義リアリズムなんていうのは間違いだということは、そういうところから出てくると思いますが、そういうものが政治的な問題の裏うちとしてあると思うんです。そういうことは非常に根本的な問題になってくるんじゃないかと思うんですね。

だから僕は文学理論という場合には、表現としての言語というふうに言語を考えて、そういうふうに扱っているわけで、単に言語の芸術というふうに扱っているわけではないんですね。表現としての言語ということが問題になると思うんですよ。それからまたその過程が問題になるということだと思います。

いろいろな言語学者、たとえば時枝誠記さんみたいな人が僕の『言語にとって美とはなにか』を

『日本文学』の中で批判していますけれども、ちっとも焦点が合わないと思うのは、表現としての言語というふうに僕が扱っているにもかかわらず、それを要するに言語の芸術としての文学というふうに扱っている、そういうふうに理解しているからだと思うんです。けれども、ほんとは表現としての言語というふうに僕は扱っているわけです。だからあまり論点が合わないというような形になる。基本点はそうだと思います。

——あの本を書かれて、時枝さんの批評も含めて、いろいろな人からの批評があったと思うんですけれども、そこで吉本さん自身が、自分の構想が正確に受け取られて、もう一つなにか先に進むような形で受けとめていると見られるような批評はあったですか。

僕の見た限りでは、おそらく全部は見ていないでしょうけれども、そういう感じの批評、批判というものは一つもなかったと思うんです。まだほんとに読まれていないという感じが一番強いですね。ほんとに読まれていないからまだ生命はあるはずだといいますか、前書きにも、一〇年ぐらいは先に行っているはずだと書きましたけれども、それは訂正する必要はますますないというような感じがするんですよ。正確に読まれ、正確に批判が提出され、また正確にそれが越えられるというようなものに、とにかく僕自身がお目にかかっていないし、特に言語学をやっている人の批判というのもありましたけれども、それは批判の中でももっとも貧しいものじゃないのかという感じをもっています。それは僕の扱った表現としての言語という扱い方と、ただ言語、言語というのはあるものだというようなことを前提とした扱い方との非常なギャップがそこに出てきているんじゃないのかなと思うんです。だから、一度もそういうのに当面したことはないですよ。

――吉本さんの場合、表現という問題から入っていきまして、最初のモチーフとしては文学なら文学というものを根拠づけるというモチーフがあったけれども、それから出発して、いまはもっと問題が広がってきているわけですね。言語思想ということばを使われる。つまりいままで言語思想というふうな角度から、文化から政治に至る広い領域を煮つめようとした人は、私の知る限りはまずないと思うんです。つまり吉本さんの独自の新しい視点の設定だというふうに思うんです。そこで今度は、単に文学あるいは芸術というふうな範囲から文化の問題、国家・権力とかいうふうなところまで、言語思想ということを出発にしながら、さらに広がっていかれたと思うんですけれども、その広がっていく必然性についてはいまちょっと出ているんですが、その過程をもう少し詳しく話をしていただいた方がいいと思うんです。

だんだんこういうことがわかってきたということがあると思うんです。それは、いままで、文学理論は文学理論だ、政治思想は政治思想だ、経済学は経済学だ、そういうように、自分の中で一つの違った分野は違った範疇の問題として見えてきた問題があるでしょう。特に表現の問題でいえば、政治的な表現もあり、思想的な表現もあり、芸術的な表現もあるというふうに、個々ばらばらに見えていた問題が、大体統一的に見えるようになったというようなことがあると思うんです。

その統一する視点はなにかといいますと、すべて基本的には幻想領域であるということだと思うんです。なぜそれでは上部構造というようにいわないのか。上部構造といってもいいんだけれども、上部構造ということばには既成のいろいろな概念が付着していますから、つまり手あかがついていますから、あまり使いたくないし、使わないんですけれども、全幻想領域だというふうにつかめると思うんです。その中で全幻想領域というものの構造はどういうふうにしたらとらえられるかということなんです。どういう軸をもってくれば、全幻想領域の構造を解明する鍵がつかめるか。

僕の考えでは、一つは共同幻想ということの問題がある。つまり共同幻想の構造という問題がある。それが国家とか法とかいうような問題になると思います。

もう一つは、僕がそういうことばを使っているわけですけれども、対幻想、つまりペアになっている幻想ですね、そういう軸が一つある。それはいままでの概念でいえば家族論の問題であり、セックスの問題、つまり男女の関係の問題である。そういうものは大体対幻想という軸を設定すれば構造ははっきりする。

もう一つは自己幻想、あるいは個体の幻想でもいいですけれども、自己幻想という軸を設定すればいい。芸術理論、文学理論、文学分野というものはみんなそういうところにいく。

つまりそういう軸の内部構造と、表現された構造と、三つの軸の相互関係がどうなっているか、そういうことを解明していけば、全幻想領域の問題というものは解きうるわけだ、つまり解明できるはずだというふうになると思うんです。そういうふうに統一的にといいますか、ずっと全体の関連が見えるようになって、その一つとして、たとえば、自分がいままでやってきた文学理論の問題というのは、自己幻想の内的構造と表現の問題だったなというふうに、あらためて見られるところがあるわけです。そして、たとえば世の人々が家族論とか男女のセックスの問題とか、そういうふうにいっていた問題というのは、これは対幻想の問題なんだというふうにあらためて把握できる。それから一般に、政治とか国家とか、法律とか、あるいは宗教でもいいんですけれども、そういうふうにいわれてきた問題というものは、これは共同幻想の問題なんだなというふうに包括的につかめるところができてきた。だから、それらは相互関係と内部構造とをはっきりさせていけばいいわけなんだ、そういうことが問題なんだ、今度は問題意識がそういうふうになってきます。

そうすると、お前の考えは非常にヘーゲル的ではないかという批判があると思います。しかし僕には前提がある。そういう幻想領域を扱うときには、幻想領域を幻想領域の内部構造として扱う場合には、下部構造、経済的な諸範疇というものは大体しりぞけることができるんだ、そういう前提があるんです。しりぞけるということは、無視するということではないんです。ある程度までしりぞけることができる。しりぞけますと、ある一つの反映とか模写じゃなくて、ある構造を介して幻想の問題に関係してくるというところまでしりぞけることができるという前提があるんです。

　はっきりさせるために逆にいいますと、経済的諸範疇を取り扱う場合には幻想領域は捨象することができるわけです。捨てることができる。自己幻想がどうなっているかとか、共同幻想はどうなっているかということは大体捨象することができるわけです。

　ところが、幻想的範疇をその構造において取り扱う場合には、少なくとも反映とか模写じゃなくて、ある構造を介して関係があるというところまでは経済的範疇というものはしりぞけることができる。そこまではしりぞくという前提があるんですよ。だから僕にいわせれば決してヘーゲル主義ではないんですけれども、そういうように統一的にといいますか、つかむ機軸が自分で見えてきたということで、おそらく僕なんかのやっている仕事がそういう形である意味で広がっているし、広がりながら関連はつくというふうになってきた。そういうところだと思いますね。

——そういうところで、いま『言語にとって美とはなにか』に量、質ともに匹敵するような『共同幻想論』とか『心的現象論』というものを書き進められていったということは非常によくわかったわけですけれども、そういうものが書き上げられて、それは大へんな仕事ですが、ともかくもけりをつけるといいますか、一つの理論としてのある形を与えるというそのことによって、その先どういうところに出られるかということですね。つまりもっと私たちにとって普遍的な意味において、その理論によってどういう新しい事態に私たちが立ち合うことができるだろうかということですが……。

自分の仕事としてはなかなか見当がつかないところがあるんですけれども、それがどういう意味をもつかというふうに考えているることはあるんです。一般にマルクス主義といわれている概念がありますね、それは史的唯物論と弁証法的唯物論を基礎にしたマルクス主義というふうなものがあるわけです。それはほんとうをいえばロシヤで発展され、そして世界の半分で展開されている一つの考え方というのはあるでしょう。つまり、非常に単純化していってしまえば、それはほんとうをいえばロシヤ的マルクス主義ですよ。もっと狭い意味でいう場合にはスターリン主義というふうにいうだろうと思うんですけれども、ほんとはそれはロシヤ・マルクス主義というふうにいうべきだと思うんです。少なくとも僕はロシヤのマルクス主義というふうなものじゃなくて、だから、なんと名づければいいのか知らないけれども、つまりマルクス主義者とマルクス者というものは違うと思うんですよ。だから、ロシヤ・マルクス主義の系譜の考え方が一般にマルクス主義といわれてきたわけだけれども、それはほんとうは僕の考えでは地域的に片寄った形で展開されてきた考え方であって、別に普遍性があるというふうには思わないわけです。それに対して、なにか異なった系譜の考え方あるいは思想というものが出てくるんじゃないか。その基礎づけができるのじゃないかというふうに僕は思っているわけです。

だからこの次にどういうことをするつもりかといわれても、そういうのは展開の途上でまた新たな課題が出てきたりしますから、あらかじめは答えられないけれども、しかし全体的な意味としていえば、ロシヤ的マルクス主義、そういうものと異なったる思想といいますか、そういうものが展開されるのではないかという意味づけをもっていますけれどもね。

――一方、今度は俗にいわゆるブルジョア科学というのがあって、最近では特に工学的な、つまり電子計算機の発展というようなものを通して、それからまたそれに刺激された論理学というふうなものが精密になってきているわけですね。そこには、ますます人間というのは非常に科学的に合理的になっていく、つまり間違いを犯さないようになるだろう。未来というのは非常に科学的に予測できるようになって、そのことによってすべてがきちんとうまくいくという考え方があるわけですね。そういう考え方からいわゆるマルクス主義というものを批判して、マルクス主義というものはその点では不合理的なものである。科学的であるということの意味において十分でない面がある、それではだめなんだという考え方が最近非常に力を得てきたと思います。科学時代の哲学という角度から言語の問題にもいろいろ発言をするようになってきている。あるいは法とかについても、つまり吉本さんのいわれる共同幻想というふうなところにもいろいろ議論が出てやっているると思うんです。そういう最近の科学主義というんですか、割とスマートな形をとっていますけれども、そういう主張に対してはなにかご意見ありますか。

僕の考えでは、そういう科学的な意味で生産方式も発達し、技術も発達しというような、つまり大きくいえば経済的な範疇なんですけれども、そういう意味での発展というものはとめることができないのです。逆戻りすることはありえないと思うんです。つまり科学というものは一般に逆戻りすることはありえない。そういう意味では社会科学としての経済学というものが扱う問題は逆戻りすることができませんから、それは発展していくでしょうと思います。

けれども、そういう考え方の一番基本的な間違いだというふうに思うのは、僕にいわせれば、逆な意味で経済的範疇というものもまた部分的なものにすぎないことを見ないことだと思います。非常に基本的な要素ではあるけれども、しかしそれが部分であることにはいっこう変わりないということ。だから、そういう部分的な点で、科学が発達し、技術が発達し、未来が描けるというような考え方というのは、ほんとは部分的なものにすぎないのに、それが全体性だと思っているところが一番問題になると思うんです。

それに対して全幻想領域というものは、同時に、ちんばをひきながらでもいいですけれども、発達するかもしれないですけれども、その中でいくらでも逆転することができるわけです。あるいは、物質的な基礎が発達すれば発達するほど、人間の幻想領域というものはかえって逆行したがるというような矛盾した構造ももちうるわけです。

そういうことについては一切触れていないわけですし、触れられないわけですね。だから一種の楽天主義みたいのが出てくるわけです。しかし、僕にいわせれば、たとえばマルクスならマルクスが、経済的範疇というものを非常に重要なものだ、第一次的に重要なものだ、人類の歴史の中で重要なものだ、そしてその他のものはそれに影響されるというように考えたときに、ほんとうは幻想領域の問題は、そういう経済的諸範疇を扱う場合には大体捨象できるという前提があってそういっていると僕は理解しているわけです。だからこれがすべてだというふうにいっているわけではないんです。ところがこれをすべてだというふうに理解してしまうと、これが一定の法則性をもち、法則性をたどる限り未来も予見できるという形に論議が展開していってしまうと思うんです。それは全く前提を抜きにしているのであって、そういうものに対して伴う全幻想領域というものは、ちんばをひくこともありますし、逆行することもありますし、追いつめられればられるほど対抗するということもあります。そういうことは全く社会の経済的な、あるいは生産的な、あるいは技術的な発達というものと別に人間の幻想というものが同行するわけでもないし、それはひっくり返ってみたり、逆行してみたり、対抗してみたり、また先に進み過ぎてみたり、いろいろなしかたがありうるわけです。そういう問題というのも全く無視しているというところが一番問題になると思うんです。僕にいわせれば、そこが一番の欠陥じゃないかというふうに思われますね。

それではなぜそういう欠陥が出てきたかといいますと、そういう人たちはおそらく論理性あるいは法則性というものの抽象性のレベルというものに対する理解がないんだと思うんです。つまり、現実の生産社会、技術の発展というものがあるでしょう、それを一つの論理的な法則、あるいは一つの論理の筋道がたどれるものとして理解する場合には、すでにある段階の抽象度が入りこんでいると思うんです。経済学でもそうだと思うんです。経済学でも、あるがままの現実の生産の学ではないのです。それは論理のある抽象度をもっているわけです。その位相というものがある。つまり水準というものがあるわけで、それがどういう水準にあるかということをよくつかまえることができないで、あるがままの現実の動き、あるいは技術の発展とか、また言語のばあいでもいいですよ、そういうものがなにか論理の抽象度というものとしばしば混同されてごっちゃになって考えが展開されるから、そこのところでひどい混乱が生れてきてしまうということがあると思うんですよ。やっぱり全論理性というものの中でも、その抽象度というもの、あるいは抽象の水準というものをはっきりとつかまえて論理を展開していかないと、非常に簡単な未来像が描かれてしまったり、技術の発展に伴って非常に楽天的な社会ができてしまうんだというような考え方になっていってしまうけれども、それはおそらく論理の抽象度のある混同というものがあると思うんです。あるいはそれの把握のしそこないがあると思います。そういう基本的な要素があるんじゃないか。しばしば僕らが見ているとこっけいに見えるのは、そういう点だと思うんです。そういう点がおそらく方法論として間違いがあるということ。それから思想として間違いがあるとすれば、経済的あるいは生産的あるいは技術的範疇というものを、人間の全範疇だ、人間の全体性だというふうに誤解しているという思想的な意味での間違いというものが、なにか未来楽観論みたいな、楽観的な未来像を描いてみる、そういう考え方になって出てくるんじゃないでしょうか。僕は間違いだと思いますけれどもね。

――すると、吉本さんの意図というのは、究極的にいえば、ロシヤ・マルクス主義や最近のいわゆる新しい科学主義というようなものは、還元できないものをなにか別のものに還元してしまって、人間のもっているあらゆる契機というふうなものをそれなりに正確に把握することができない。人間の全領域というものをどこかで縮小してとらえているという批判に要約できると思うんです。結局、吉本さんの意図というものは、人間の全体的なあらゆる契機というものをすぐ簡単に別なものに還元して説明できたというふうにせずに、あらゆる契機の内的な構造をはっきり、きちんと把握したいというふうにいっていいんでしょうか。

いいと思いますね。そういう問題というのがどうして重要なのかと考えていくと、日本というのはいろいろな意味で、つまり政治的な意味でも、経済、社会的な意味でも、非常に極端に先進的なところじゃないんですよ。極端に後進的なところでもないですけれども……。そういうところでの思想的課題というものは、ある一つの意味からいえば現実的な課題に思想的な課題の方が先行しなければならないというような、先行せざるをえないんだということがあると思うんです。そういうことと、それから日本の場合には、なにかそうじゃない、あらゆる思想的課題の以前に現実的課題こそが解決されねばならないという問題と、それが非常に奇妙に矛盾した形でくっついていましてね、そういう問題があると思うんですよ。それだからある意味で非常に複雑であるし、むずかしいし、非常な先進国みたいなふうにも単純化することができないし、また、非常な後進国みたいに単純化することもできない。そういう中で思想の課題というのは一種の技術主義みたいなものと、それから、僕はさっきからロシヤ的マルクス主義といいますが、そういうものとの両方に対して、同時に、アンチテーゼといいますか、ジンテーゼといいますか、わかりませんけれども、ジンテーゼをしいられる、そういうような問題があると思います。そういうことはある意味で避けられないのであって、だからそういうことを避けて通ってしまうわけにはいかない。そうすると、いろいろな思想的な課題、あるいは個々の分野における課題というものは、いつでも両方の面に対して問題をひっさげている、問題をいつでも提起しながらいかなくちゃいけないという課題があると思います。そういうむずかしさの谷間みたいなところに日本の現状というのはあると思いますから、そういうところでの思想というようなものがつくられていかなくちゃならない。それは諸刃のやいばになっていくわけですし、ある意味では非常に危険を伴って、自己に対するやいばという形になるかもしれませんしね。しかしそういうことを避けていくことによってはなにも始まらないんだというような課題がやっぱりあると思うんです。そういうことをやっていかなくちゃいけないし、またそういうことを可能性のある限りやっていこう、そういう僕なんかの考え方というのはありますけれどもね。

——そういうふうな角度から見ていった場合に、現在の状況というものがあって、そこにはいろいろな人間がいて、いろいろなことをいっている。政治から、あるいは学問の領域にわたって、平たく通俗にたとえていえば、左翼的な見方というものがあり、それに対する右翼的な見方というものがあって、きそい合っている姿があるわけですね。吉本さんの観点というのは、そういうきそい合っているレベルから抜けていくというか、その両方を乗り越えていくことになるだろうというふうに思うんですけれども、そこのところを、吉本さんの考えている原理に即して、いまの日本の政治的な、あるいは思想的な状況に対してどう自分は対処していくのか、そこのところを非常に煮つめた形でいえば、どういうことになるのかということなんですけれども……。

本質的にいいますと、僕はあなたのおっしゃる、さまざまの潮流があり、さまざまの思想があり、さまざまの対立があり、矛盾があり、それに伴ういろいろな課題が現にあるというような、そういうことはあまり問題にしていないわけです。僕は『言語にとって美とはなにか』というようなものを準備し、そしてつくり、というようなときから、なにか目に見えない思想的あるいは文学、芸術的対立といいますか、アンチテーゼみたいなものとして僕が見てきているものは、もっと違うというか、日本のことじゃないんですよ、いわば世界思想の領域でそういうことを考えていると思うんです。だから、そういう意味だったらば、いま日本の現状はこうなっている、こうなっているというようなことは、あまり僕には問題にならないというふうに思うんですよ。

それだけれども、そうばかりいっていられないという面があるのは、つまりそんなことをいっていても、やはり人間は働き、金をとり、それで生きているということがうそでないように、そうでなければ生きていないように、やはりそういう次元では問題になるじゃないか、せざるをえないじゃないか、そういうことはあると思うんです。だから、そういう次元ではさまざまな、つまりロシヤ・マルクス主義をあたかも普遍性であるかのごときことをいっているのに対しては、それはだめなんじゃないかというようなアンチテーゼも出しますし、もうそんなことは再現されるわけがないよ、戦争が終わると同時に過ぎ去ったものだよというふうに思えるものに対してまたアンチテーゼを出したい気持もありますしね。そういうさまざまな反応というのはそういう意味では起こりえますけれども、なにか本来的には問題はそんなことじゃないんだというんでしょうか、世界思想というような分野で問題がどうなのか、そういうことが問題なんだ、そういう意識が僕にとっては非常に本来的ですね。ただ、食べて生きているのが疑えないように、そういうものがあるというのは疑えない。だからそれに対してどうだこうだというあれもあるというような、批判もあれば意見もあるというような、そういうことは確かにあるのですけれども、そういうことが別に生産的だというふうに思っているわけでもないんです。なんかやっぱり、ちょっと大げさなんだけれども、『言語にとって美とはなにか』以降の自分というのは、自信があるわけよ。（笑）だからやっぱりそういうところ、なにか世界思想というものの中でおれの場所というのはここにあるはずだ、そういうイメージがありますよ。そういうことが本来的ですね。あるいはそういうイメージを実現していくことが本来的であって、その他のことはあまり文句はないんですけれどもね。（『ことばの宇宙』67年6月号）

共同幻想も人間がこの世界でとりうる態度がつくりだした観念の形態である。〈種族の父〉（Stamm-vater）も〈種族の母〉（Stamm-mutter）も〈トーテム〉も、たんなる〈習俗〉や〈神話〉も、〈宗教〉や〈法〉や〈国家〉とおなじように共同幻想のある表われ方であるということができよう。人間はしばしばじぶんの存在を圧殺するために、圧殺されることをしりながら、どうすることもできない必然にうながされてさまざまな負担をつくりだすことができる存在である。共同幻想もまたこの種の負担のひとつである。だから人間にとって共同幻想は個体の幻想と逆立する構造をもっている。そして共同幻想のうち男性または女性としての人間がうみだす幻想をここではとくに対幻想とよぶことにした。いずれにしてもわたしはここで共同幻想がとりうるさまざまな態様と関連をあきらかにしたいとかんがえた。

とうぜんおこりうる誤解をとりのぞくために一言すると、共同幻想という概念がなりたつのは人間の観念がつくりだした世界をただ本質として、対象とするばあいにおいてのみである。この世界に観念だけで幽霊のように独立して存在しているものなどなにもないなどといわないでほしい。またすべての人間の観念は物質の関係の別名にほかならないなどといってもらってはこまるのである。その種の反撥はすでにわたし自身によって充分に反撥されたのちにこの試みはなされている。だからこの試みは本質論としてなりたつのである。そして物質論者や観念論者が本質論をもたない物質論や観念論としてしか存在しない現在、このような本質論は試みるにあたいすると確信している。

ここでとりあげられている世界は、民俗学や古代史学がとりあげている対象とかさなっている。しかし、わたしの関心は、民俗学そのもののなかにも古代史そのものにもなかった。ただ人間にとって共同の幻想とはなにか、それはどんな形態と構造のもとに発生し存在をつづけてゆくかという点でだけ民俗学や古代史学の対象とするものを対象としようと試みたのである。この試みから民俗学や古代史学についで調査と資料と文献によって整合されたあたらしい知見をみつけだそうとしてもあるいは失望するかもしれない。もちろん民俗学と古代史学の現在の水準をけっして無視しなかったつもりだから、それなりの礼節はこれらの学問的な知見にたいしても支払われているはずである。しかし、わたしにとってそんなことは、もとより問題ではなかった。わたしがここで提出したかったのは、人間のうみだす共同幻想のさまざまな態様が、どのようにして綜合的な視野のうちに包括されるかについてのあらたな方法である。そしてこの意味ではわたしの試みはたれをも失望させないはずである。なぜならわたしのまえにわたし以外の人物によってこのような試みがなされたことはなかったからである。ただ、このような試みにどんな切実な現代的な意義があるのかについてはひとびとのいうのにまかせたいとおもう。

現在さまざまな形で国家論の試みがなされている。この試みもそのなかのひとつとかんがえられていいわけである。ただ、ほかの論者たちとちがって、わたしは国家を国家そのものとして扱おうとしなかった。共同幻想のひとつの態様としてのみ国家は扱われている。それにはわけがある。わたしの思想的な情況認識では、国家をたんに国家として扱う論者たちの態度からは現在はもちろん未来の情況に適合するどんな試みもうみだされるはずがないのである。つまり、かれらは破産した神話のうえに建物をたてようとしているのだが、わたしは地面に土台をつくり建物をたてようとしているのである。このちがいは決定的なものであると信じている。

# 禁制論

禁制（Tabu）のようなもともと未開の心性に起源をもった概念に、まともな解析をくわえた最初のひとはフロイトであった。フロイトに類推の手がかりをあたえたのは神経症患者の臨床像である。神経症患者がなぜそうするのか理由もわからず、また論理的な糸もたぐれないのに、ある事象にたいして心を迂回させて触れたがらないとすれば、この事象はかならずといっていいほど患者にとって願望の対象でありながら、怖れの対象でもあるという両価性をもっている。フロイトはながいあいだの観察の経験からそれを知っていた。そしておおくのばあい、怖れの対象であるという側面は、患者の心の前景におしだされるが、怖れの対象そのものが同時につよい執着や願望の対象でもあるという側面は、心の奥のほうにしまいこまれることを見つけだしていったのである。

未開の種族が敵にたいして、族長にたいして、死者にたいして、あるいは婚姻にたいして、とうていまともにはかんがえられない奇妙な禁制を課しているという民族学者や民俗研究家の報告は、フロイトの関心をつよくひいた。フロイトは未開の種族が、神経症患者とおなじにはあつかえないにしても、共通の心性をとりだすことができるとかんがえた。フロイトの体系からはとうぜんであった。かれは人間の心の世界を、乳幼児期からレンガのようにつみかさねられてできた世界とみなしている。もちろん、人間の心の世界は幻想だから、レンガのようにつみかさねられるはずがない。現在の心の世界は、ただ現在だけの世界であって、どんな意味でも過去からつみあげられた層状の世界ではない。けれどフロイトのこういう図式的なかんがえ方は、個々の人間の〈生涯〉を人類全体の〈歴史〉と対応させるにはきわめて有利である。そこでは個々の人間の乳幼児期は、人類の歴史の未開期になぞらえられる。もし神経症をなんらかの意味での世界の退化とみなせるとすれば、未開種族の心性は神経症の症候と類比できることになる。そしてフロイトは神経症についてのかれの基本的なかんがえを、未開種族の禁制にたいしてあてはめたのである。

フロイトのタブー論のうち、わたしの関心をひくのは近親相姦にたいする〈性〉的な禁制と、王や族長にたいする〈制度〉的な禁制とである。なぜならばこのふたつは前者が〈対なる幻想〉に関しており、後者が〈共同なる幻想〉に関しているからである。

いまここにある未開種族が母子相姦や兄弟・姉妹相姦について禁制をもっているとする。フロイトによれば禁制のあるところには、またつよい願望があることを暗示しているはずである。母子相姦にたいするつよい願望にとって、もっとも障害となるのは〈父〉という存在である。また兄弟・姉妹相姦の願望にとって、もっともさまたげとなるのは〈男〉の兄弟たち自身である。そこで、フロイトによれば事態はつぎのようになる。

> 性的欲求は、男たちを結合させるどころか、逆に彼らを分裂させてしまう。いいかえれば、父親を圧倒するためには、兄弟たちはたがいに団結しあつたが、女たちのばあいには、たがいに敵同志になつた。みんなが父親と同様に、女たちを全部、自分のものにしておこうとした。そこで、たがいにあらそいあつて、新しい組織は滅びてしまいそうであつた。しかも、父親の役割を演じて成功を収めるような、あくまで強力な人はもはやいなくなつていた。したがつて、兄弟たちは、共同生活をしようとすれば、近親性交禁止のおきてをつくるよりほかには、もうしかたがなくなつたわけである。しかも、これはたぶん、さまざまの困難な事件を克服したすえに、やつとそうなつたので

あろう。ともかく、この禁止のせいで、彼らはみんなそろつて、自分たちが熱望していた女たちを断念するにいたつたのである。しかも実のところは、この女たちのためにこそ、何にもまして、父親を片づけてしまつたわけなのだ。こうして彼らは、自分たちを強力にしてくれたこの組織を破滅から救つたのであるが、この組織こそは、彼らが父に追放されていたさいに、生じたらしい同性愛的感情と行為にもとづきうるものであつた。おそらくこうした状況こそ、バッハオーフェン（Bachofen）が認めた母系権制度に対する萌芽となつたものであろうが、これはやがて家長的家族制度にとつてかわられるようになつたのである。（「トーテムとタブー」土井正徳訳）

いかにもありうべきことにおもわれてくる。ただしあくまでも未開人の〈性〉的な心の劇としてであって、制度としてではない。フロイトは確信をもって、近親相姦についての禁制が、制度にはやがわりするところを推定しているが、これは誤解でなくてはならない。というのは、はじめにたぶん個々の人間の〈性〉的な心の劇としてかんがえられたものが、いつのまにか母系制度の出現にすりかわっているからである。もし首尾をととのえるだけの余裕をもっていれば、フロイトのつよい説得力は、ただ未開人の〈性〉的な心の劇の筋書きとしてだけ真実らしい力をもっていることに、気づくはずである。フロイトは人間の〈性〉的な劇をまったく個人の心的なあるいは生理的な世界のものとみなした。このかんがえには疑問がある。ごくひかえめに見積っても、この〈性〉的な劇を〈制度〉のような共同世界にまでむすびつけようとするときには疑問がある。そこで人間の〈性〉的な劇の世界は、個人と他の個人とが出遇う世界に属するもので、たんに個体に固有な世界ではないとかんがえるべきである。そしてこのフロイトの指している心の世界は〈対なる幻想〉の世界とよぶことができる。

　フロイトは神経症患者の心の世界を無造作にひろげすぎた。かれの思想は一貫して〈性〉としての人間をほんとうの人間とみなしており、その世界のそとに触手をのばすときには、それなりに必要な手続きをおこたっている。これはおそらくフロイトの思想体系が原理的にもっている欠陥によるので、けっしてある既得の思想が、世界を裁断するときおこる偏狭さのせいではない。フロイトのいう〈リビドー〉は、あるときは個人の〈性〉的な心の世界であり、あるときは〈性〉的な経験の世界であり、あるときは〈性〉的な行為がもたらす結果であるが、これはかれにはっきりと自覚的になっていないため、無造作に混同されている。この混同が、個人の心のなかの劇からじっさいの経験の世界へ、個人の経験の世界から共同的な世界へ、つまり制度の考察へとひきのばされると矛盾を拡大するのである。どこからフロイトにふみこんでいっても、この矛盾はおなじ本質をもっている。

ここで未開社会での王や族長や首長などの禁制的な権威をかんがえてみる。フロイトによれば、これらがもつ〈「例外的な地位」〉は、その支配のしたにある人民にとって両価的である。つまり願望や憧憬や崇拝の対象であるとともに、不吉な恐怖をおぼえる地位であるため、近づいたりとって代ったりする気にならない対象でもある。そこでフロイトでは未開王権の問題はつぎのように理解される。

なぜ、種々の人間のマナの力がたがいに反作用しあうのか、また、その一部分は解消しあうのか、ということがいまや明らかになつた。王と臣下との社会的差異がきわめて大きいだけに、王のタブーは臣下にとつて強烈すぎるわけである。これは両者のあいだにたつて、ことなく仲介役をはたすことができるのである。ところが宰相となると、このことを、タブーの言葉から、通常の心理学の用語に翻訳すると、次のようになる。臣下は、王との接触がもつている大きな誘惑をおそれるけれども、官吏との交渉に対しては、さまたげを感じていない。相手が官吏ならば嫉妬する必要もないし、この地位くらいなら、彼自身でも、おそらく到達できるだろう、と思われるからである。また、宰相は、自分に与えられている力を計算に入れさせることによつて、王に対する嫉妬を和らげることができるのである。したがつて、誘惑にひきこむ魔力の差異が、小さいばあいには、異常に大き

いときにくらべて、おそれを抱くこともすくないわけである。（「トーテムとタブー」土井正徳訳）

官僚はなぜ王と大衆のあいだに発生してくるか？　それは王のタブーを和らげるためである。こういうフロイトの制度にたいする理解の仕方は、興味をそそるが無意味なことのようにおもわれる。未開王権のもとで制度は、心理的な理由から発生したことになるからだ。わたしたちは制度の世界を〈共同なる幻想〉の世界とかんがえるが、人間の幻想の世界は共同性として存在するかぎりは、個々の人間の〈心理的〉世界と逆立してしまうのである。つまり反心理的なものに転化してしまう。もちろん個々の人間の心理のなかに、王にたいする心の両価性もまた存在するだろう。そこでこの未開人の心の両価性は、たかだか王権や王制にたいする〈虚偽〉や〈順応〉や〈崇拝〉や〈無関心〉などの意識としてあらわれるにすぎないのである。

フロイトはこのやり方で、日本の古代王権で神権と政治権力が分離するさまに言及した。王はじぶんが神聖だという重荷におしひしがれて、現実界の事物を支配する能力を失い、身分の低い、王位の栄誉を否定しようとする有能な人間に、政治的な支配権を委ねるようになる。そして政治的な支配者が生みだされる。そのため禁制の上にのっている世襲的な王は、現実には意味のない宗教的な権力だけをうけつぐようになるというのが、フロイトのわが古代王権にたいする理解であった。この理解には、たしかにいくらかの真実性が感じられるが、矢がまとを射あてたときの真実性とはまったくちがっている。真実性にはちがいないが、人間の観念がつくりだした世界は、どんなものでも心理的なかんぐりで解釈できるものだ、という意味での真実性である。

そこでわたしたちは、禁制にもまた〈自己なる幻想〉と〈対なる幻想〉と〈共同なる幻想〉を対象とするまったく異なった次元の世界があるのを前提にしなくてはならなくなる。そしてこの三つの異なった世界も未開のはじめには、とても錯合しているかもしれないから、フロイトのように〈敵〉なるもの、

〈王〉なるもの、〈死〉なるものというように、はっきりとりだすことはできない。こういうばあいわたしたちは、資料として民俗譚をもっているだけだが、民俗譚は古くしかも新しいという矛盾した性格をもっている。この矛盾を正確にとりあつかえれば、未開の〈幻想〉のさまざまな形態をかんがえるための唯一の資料でありうる。

ある事象が、事物であっても、思想であっても、人格であっても禁制の対象であるためには、対象を対象として措定する意識が個体のなかになければならない。そして対象はかれの意識からはっきりと分離されているはずである。かれにとって対象は、怖れでも崇拝でも、そのふたつでもいいが、かれの意識によって、対象は過小にか過大にか歪められてしまっている。さしあたってじぶんにとって、じぶんが禁制の対象であったとすれば、対象であるじぶんは酵母のように歪んでいるはずである。そしてこの状態にたえず是正をせまるものがあるとすれば、かれの身体組織としての生理的な自然そのものである。またじぶんにとって〈他者〉が禁制の対象であったとすれば、この最初の〈他者〉は〈性〉的な対象としての異性である。そしてじぶんにとって禁制の対象が〈共同性〉であるとすれば、この〈共同性〉にたいするじぶんは、〈自己幻想〉であるか性的な〈対幻想〉であるかいずれかである。

じぶんにとってじぶんが禁制の対象である状態は、強迫神経症とよばれているもののなかにもっとも鮮やかにあらわれる。この状態はすべての心の現象とおなじように、例外なく共同の禁制と逆立してあらわれるはずである。けれど〈正常〉な個体は大なり小なり、共同の禁制にたいして合意させられている。そしてこの合意は黙契とよばれるのである。黙契でも対象になるものはかならずある。しかもある共同性の内部にあるはずである。〈かれ〉の意識にとって、対象が怖れでも崇拝でもいいことは、禁制のばあいとおなじだが、ただ〈かれ〉の意識は共同性によっていわば赦されて、狃れあっているという意識をふくんでいる。禁制ではかれの意識は、どんなに共同性の内部にあるようにみえても、じつは共同性からまったく赦されていない。いわば神聖さを強制されながら、なお対象をしりぞけないでいる状態だといえる。禁制の対象が〈共同性〉であったばあいの個体でも事情はおなじである。ある〈幻想〉の共同性がある対象を、それが思想にしろ、事物にしろ、人格にしろ共同に禁制とかんがえているばあい、じつはそのなかの個人は、禁制の神聖さを強制されながら、その内部にとどまっていることを物語っている。わたしたちは、ここでたくさんの現代的禁制と、それにたいするさまざまな意識の真相を例としてあげることができるだろう。しかし、それらはおおくはつまらないものである。禁制によって支配された共同性は、どんなに現代めかして真理にラディカルな姿勢にみえても、じつは未開をともなった世界である。

ここで問題なのは禁制もまた、共同性をよそおった黙契とおなじみかけであらわれうることだ。このときにはなんによって、共同の禁制と黙契とを区別できるだろうか？　共同の禁制は制度から転移したもので、そのなかの個人は〈幻想〉の伝染病にかかるのだが、黙契はすでに伝染病にかかったものの共同的な合意としてあらわれてくる。わたしたちの思想の土壌では、共同の禁制と黙契とはほとんど区別できない。禁制はすくなくとも個人からはじまって、共同的な〈幻想〉にまで伝染してゆくのだが、個人がいだいている禁制の起源がじつは、じぶん自身にたいして明瞭になっていない意識からやってくるのだ。知識人も大衆もいちばん怖れるのは共同的な禁制からの自立である。この怖れは黙契の体系である生活共同体からの自立の怖れと、じぶんの意識のなかで区別できていない。べつの言葉でいえば〈黙契〉は習俗をつくるが〈禁制〉は〈幻想〉の権力をつくるものだ。そういうことがつきつめられないいまま混融している。

未開の〈禁制〉をうかがうのにいちばん好都合な資料は、神話と民俗譚である。だが〈禁制〉と〈黙契〉とがからまったまま混融している状態を知るには、民俗譚が資料としてはただひとつのものといっていい。神話はその意味では、高度につくられすぎていて、むしろ宗教・権威・権力のつながり方をよく示しているが、習俗と生活威力とがからまった〈幻想〉の位相をしるには、あまり適していない。

民俗譚は現在に伝えられているかぎりすべてあたらしいものだ。未開の状態をうかがえるとしてもかなり変形されている。そしてこの変形は、神話のように権力にむすびついた変形ではなく、習俗的なあるいは生活威力的な変形というべきものである。

さいわいにもわたしたちは、いま無方法の泰斗柳田国男によってあつめられた北方民譚『遠野物語』をもっている。この日本民俗学の発祥の拠典ともいうべきものは、民譚の分布をよく整備してあり、未開の心性からの変形のされ方は、ひとつの型にまで高められていて、根本資料としての充分な条件をもっている。わたしたちはこれを自由な素材としてつかうことができる。

『遠野物語』にはいくつかの山人の話があつめられている。そのうち死者がからまってくる因果話がいくつかある。山人譚も死者がかかわってくると、見かけからは複雑なものになってくる。この複雑さは宗教理念がまじってくるためで、山人譚がもともと、どんなものでも他界の観念をふくんでいることとべつの問題である。この見かけの複雑さをはじめから避けて、わたしたちの関心にひきよせてみる。

(1) 村の若者が猟をして山奥にはいってゆくと、遥かな岩の上に美しい女がいて、長い黒髪を梳いていた。とうてい人がいるような場所ではなかったので、男は銃をむけて女を撃った。たおれた女のところへ駈けよってみると、身のたけが高い女で、髪はたけよりも長かった。証拠にとおもって女の髪をすこし切って、懐ろにいれて家路にむかったが、途中で耐えられないほど睡気をもよおしたので、あたりでうとうとしたが、夢とも現ともわからぬうちに、身のたけの大きい男があらわれ、懐ろから黒髪をとり返して立ち去った。若者は眼がさめた。

(2) 男が笹を刈りに山に入った。若い女が林のなかから赤ん坊を背負って、笹原の上を歩いてきた。あでやかで長い黒髪をたれた女で、ぼろぼろな着物を木の葉などでつづり、赤ん坊は藤蔓で背負っていた。事もなげに近よってきて、男のすぐ前を風のように通りすぎていった。男はこのときの怖ろしさから病にかかり、やがて死んだ。

(3) 遠野のある長者の娘が、雲がくれして数年もたった後、おなじ村の猟師が山の奥で、その娘にあった。おどろいて、どうしてこんな処にいるのかと問うと、或る者にさらわれていまはその妻になっている。子供もたくさん生んだけれど、夫が食べてしまってじぶん一人である。じぶんはここで一生涯を送るけれど、ひとにはいわないでくれ、おまえも危いからはやく帰った方がいいといった。

(4) 村の娘が栗拾いに山に入ったまま帰らなくなった。家の者は死んだとおもって、葬式もすませて数年すぎた。村の猟師があるとき山に入って偶然にこの女にあった。どうしてこんな山にいるのかと問うと、恐ろしい人にさらわれ妻にさせられた。にげ帰ろうとおもってもすこしも隙がない。その人はたけが大きく眼の光がすごい。子供も幾人か生んだけれど、食べるのか殺すのか皆もちさってしまう。ときどき四五人集って何か話し、どこかへいってしまう。食物など外からもってくるのだから、町へも出るにちがいない。こう言っている間にも帰ってくるかも知れないというので、猟師も怖ろしくなってそうそうににげ帰った。(『遠野物語』三、四、六、七)

この聴き書きを書きとめたとき、ただ興味を刺戟される山村の説話とかんがえたにちがいない。のちに柳田国男が山人畏怖を高所崇拝とむすびつけ、村人と山人とのあいだを、現世と他界とになぞらえ、土着民と外来民との関係に対比させたのは、かれの学的な体系がはっきりした骨格をもつようになってからである。

遠野の村人が語ったこういう聞き伝えのどこに、かれが興味をおぼえたかは、その文章からすぐにわかる。それは、しぼってみれば村人たちの〈恐怖の仕方〉ともいうべきものである。〈恐怖〉の迫真力は、直接体験にちかいほど大きいとしよう。そして直接体験からへだたって、たとえば村の古老の誰某の体験だとか、村の誰某が実際に体験した話を聞いたのだが、というような媒介が入りこむほど、迫真力はおとろえる。と同時に虚構が入りまじり、虚構がますにつれて〈恐怖〉は、いわば〈共同性〉の度合を獲得してゆく。『遠野物語』は、この又聞き話とそうだ話という位相で直接体験と接触している。この独特な位相は柳田民俗学の学的な出発の位相をよく象徴しているということができよう。

いま〈恐怖の共同性〉ともいうべき位相から、この山人の話をさらに抽出してみれば、つぎのような点に帰せられる。

(1)山人そのものにたいする恐怖がある。

(2)山人と出遇ったという村人の体験が夢か現かわからないという恐怖がある。

(3)山人の住む世界が、村人には不可抗な、どうすることもできない世界だという恐怖がある。

山人そのものにたいする〈恐怖〉は、タイラーが巨人伝説について指摘しているように、文化の発達した異族にたいする未開の種族の〈恐怖〉か、あるいは逆に土着の異族にたいする侵入してきた種族の〈恐怖〉に還元されるだろう。『遠野物語』の山人譚の位相はけっして古来からの言い伝えという性質をもたず、たかだか百年たらずむかしという時称で語られている。だからこのいずれのばあいにもあてはめることができる。もしもわたしたちが、民俗学という位相にすべりこむならば、だ。じじつ柳田は『遠野物語』のべつの個処で、嘉永の頃には釜石のような遠野から海岸にでたところには西洋人が住み、混血児も多かったという老人の話を書きとめているし、そのあとの個処で、「土淵村の柏崎にては両親とも正しく日本人にして白子(しらこ)二人ある家あり。髪も肌も眼も西洋の通りなり。今は二十六七位なるべし。家にて農業を営む。語音も土地の人とは同じからず、声細くして鋭し。」（八五）とも記しているから、山人そのものは西洋人の象徴としても存在しうるし、また、逆にエゾのような未開の異族の象徴ともかんがえられる。

『遠野物語』の山人譚がわたしたちにリアリティをあたえるのは、民俗学的な興味を刺戟されるからではなく、心的な体験にひっかかってくるものがあるからである。この心的な体験のリアリティという観点から、山人譚の〈恐怖の共同性〉を抽出してみればつぎのふたつに帰する。

(1)はいわゆる〈入眠幻覚〉の恐怖である。

村の猟師が獲物をもとめて山に入った。山を駈けずりまわって大へん疲労をおぼえた。この疲労は判断力を弛緩させ、そのとき白日夢のうちに山人に出遇い、あたかも現にあるかのような光景を視させる。人のあまり通わない深山で獲物をもとめる猟師たちの日常では、しばしばある種のおなじ想いがとおりすぎるであろう。猟師たちは山のなかを歩きまわって獲物をさがしているのだが、そのときの心の世界は、奥の奥を独りでたどってゆく体験ににた時間をもつはずである。このとき山人がいるとか、人さらいがいるとか、山奥の雰囲気をおそれた体験や言い伝えを、幼児のときにでもきいていたとすれば、猟師はたやすく山人に出遇い、山人を銃で撃ち、山人と話を交わすという入眠幻覚にさらされるはずである。

これは、たれでも一度くらいは体験したことのある精神病理学上のいわゆる〈既視〉体験ににている。極度に疲労して歩いているとき、いまとおっている道が、じつははじめてとおった旅先の道であるのに、いつか視たことがある風景のようにおもわれてくるというような体験である。あるいは、なにかの心の状態にあるとき、ふとこの心の状態はじぶんが繰返し体験してきたある心的状態とおなじだと感じながら、もとになる体験の記憶にどうしてもつながってゆかない〈既感〉の体験とにている。

猟師の入眠幻覚が山人に結晶するのは、里人にけっしてであわない山にはいり、人と言葉を交したい誘惑を感じながら獲物を追う生活が、日常くりかえされるため、どうしても山にすむ人の像が結ばれるからにちがいない。そして山人譚が各地に民話として分布するのは、おなじような生活をしている猟師たちに固有な〈幻想〉が、ある共同性を獲得してゆくからである。柳田国男の学的な体系がそうであったように、またフレーザーやタイラーがそうであったように、民俗学はこういう思考方法をとらない。かれらは民話や伝承を蒐集し、分類し、分布をしらべ、その分布を同一系統にまとめようとするか、あるいは具体的な交通の結果としてかんがえようとする。しかし、民俗譚をかんがえるばあい重要なことは、それを〈幻想〉の共同性として了解することであり、説話や伝承の共同性として了解することではない。『遠野物語』のなかの山人譚を、入眠幻覚の一種としてうけとったとき、この山人譚とわたしたちの現代的な〈既視〉体験とどこがちがうのだろうか？

『遠野物語』の山人譚は、猟師が繰返している日常の世界からやってくる〈正常〉な共同の幻想である。しかし、わたしたちが体験する〈既視〉は、日常の世界とはちがった場面で出遇いそして感ずる個人の〈異常〉な幻想として意味をもっている。このちがいは日常生活に幻想の世界をよせる大衆の共同の幻想と、非日常的なところに幻想の世界をみる個人幻想との逆立を象徴しているようにおもわれる。

わたしはここでふと、大岡昇平の『野火』にあらわれた〈既視〉体験の描写をおもいうかべる。『野火』の主人公である〈私〉は、敗残兵として比島の山のなかを歩きながら、ふと以前にもこんな風に歩いていたことがあったという感覚を体験する。〈私〉はこの心の体験を作品のなかでつぎのように解釈している。

> 歩きながら、私は自分の感覚を反芻してゐた。既知の感じに誤りがあるのはたしかとしても、記憶の先行のやうな機械的な作用からではなく、私の感覚の内部に原因を探したいと思つた。
> 私は半月前中隊を離れた時、林の中を一人で歩きながら感じた、奇妙な感覚を思ひ出した。その時私は自分が歩いてゐる場所を再び通らないであらう、といふことに注意したのである。
> もしその時私が考へたやうに、さういふ当然なことに私が注意したのは、私が死を予感してゐた

ためであり、日常生活における一般の生活感情が、今行ふことを無限に繰り返し得る可能性に根ざしてゐるといふ仮定に、何等かの真実があるとすれば、私が現在行ふことを前にやつたことがあると感じるのは、それをもう一度行ひたいといふ願望の倒錯したものではあるまいか。未来に繰り返す希望のない状態におかれた生命が、その可能性を過去に投射するのではあるまいか。

「贋の追想」（既視体験のこと—註）が疲労その他何等かの虚脱の時に現はれるのは、生命が前進を止めたからではなく、ただその日常の関心を失つたため、却つて生命に内在する繰り返しの願望が、その機会に露呈するからではあるまいか。

私は自分の即興の形而上学を、さして根拠あるものとは思はなかつたが、とにかくこの発見は私に満足を与へた。それは私が今生きてゐることを肯定するといふ意味で、私に一種の誇りを感じさせたのである。（『野火』）

〈既視〉はこのばあいにも、極度の疲労によって対象的判断力が低下し、それにともなって外界への意向を喪失し、同時に視覚的な受容と、受容したものを了解することのあいだに〈距たり〉が生じたために〈私が視たもの〉を、あらためて〈私〉が〈視る〉ということにすぎない。だから主人公の〈私〉の疲労困憊ということのなかにしか病理学上の真実はない。たしかに〈私〉の即興の形而上学にはさしたる根拠はなかったということもできる。

ここで『野火』の主人公の〈私〉は〈既視〉現象にあたえたベルグソンの解釈をおもいうかべる。ベルグソンの内的持続の時間概念からは〈既視〉現象は、現在をたえず過去におくりこむことによってしか内的に生きない人間の生命が、疲労のため一時的に持続をやめ、現在を過去に追いこめなくなるため、内的過去が意識の前景におし出されることにほかならない。主人公の〈私〉はこういうベルグソンの解釈を想いおこして不快を感ずる。なぜなら『野火』の主人公の〈私〉は、たとえば休暇をとって山登りに出かけた人間が、疲労のあまり〈既視〉を体験しているのではなくて、敗残兵として異国の地で生命をおびやかされながら逃げまわる途中で〈既視〉を体験しているからである。生理的にいっても心の体験としても〈私〉の体験は、たんに遊びのため山登りに出かけ、疲労したあげくに感ずる誰かの〈既視〉体験とどこもかわっていない。それがベルグソンの〈既視〉解釈をおもいうかべたとき主人公に不快を感じさせた真の理由である。〈私〉は無理にでも、敗残兵として死にさらされながら体験している〈既視〉現象に、倫理的な意味をあたえずにはおられない。おそらく『野火』の主人公の〈私〉は、フロイトとベルグソンを倫理的につなぎあわせて、さきに引用したような解釈をやったのである。

わたしのかんがえでは、この主人公の解釈はちがっている。疲労によって判断力の時間性が変容したために、感覚的な受容とその了解とが共時的に結びつかないで、いったん受容した光景を、内的にもう一度視るということにしか〈既視〉の本質はないからだ。

しかしそれは、いまの場合ちいさなことである。ここでとりあげたいのは覚醒時の入眠幻覚にによような心的な体験が、人間にとって共同性と個人性という二様の形であらわれうるということである。『野火』の主人公である〈私〉にとって〈既視〉体験は、いわば個人の心に現われる〈幻想〉という意味をもっている。個体はこのとき、すでに過去に視たことのあるものが再現されるすがたを、まったくはじめての心の体験のようなものとしてうけとる。繰返したくさん体験したことを、人間はよりおおく心の経験として保存することが真実だとしたら『野火』の主人公が体験したような〈既視〉は、たくさん繰返されたであろう多数の人間の共同的な幻想を個人幻想として体験するという心的な矛盾の別名にほかならない。だからこそ精神病理学は、〈既視〉という共通の術語で個体をおとずれる心的異常の意味をとらえるのである。

だが『遠野物語』の猟師が感ずる入眠幻覚の性質は『野火』の主人公のばあいとちがっている。『遠野物語』のなかの猟師が山に入り、岩の上に美しい女が長い黒髪を梳っているのに出遇って、銃で撃ちころし、その黒髪を截ってふところにして帰る途中、睡気におそわれてうとうとしているあいだに、夢か現かわからぬままに身の丈の大きな男があらわれて、ふところの黒髪を奪って立ち去ったという山人譚には、猟師仲間の日常生活の繰返しのなかからうまれた共同的な幻想が、共同的に語り伝えられるという本質しかない。たしかにそういう体験をしたと村の猟師が語ったとしても、かれが個人として〈異常〉な心のもちぬしだとはいえない。ただ〈正常〉な個人の虚譚でありうるだけである。ここでは〈異常〉な心の体験は〈異常〉とならずに〈嘘〉としてあらわれる。この理由はおそらく単純である。山村の猟師という日常生活の共通性にもとづいて、共通な山奥の猟場の心の体験が、長い年月をかけて練られたのち、この種の山人譚はうみだされる。個々の猟師の幻想体験が真実だったとしても、その幻想は共通の日常生活の体験によって練りあげられて共同性となったとき〈異常〉とならずに〈嘘〉に転化するのだ。

つぎにかんがえられる〈恐怖の共同性〉としては、

(2) 〈出離〉の心の体験ともいうべきものである。

長者の娘があるときから、急に神かくしにあったように行方不明になった。猟師が幾年もたったのち山に入るとその娘に出遇った。驚いてどうしてこんなところにいるのだと猟師が問うと、じつはいまはおそろしい山人の妻になっている。逃げようにもどうすることもできない。（これはもっと徹底すると一生涯ここにいるつもりだとなる。）子供も生れたが食べられるか殺されるかしていない。ここは怖ろしいところだから、どうかじぶんのことはそのままそっとして逃げてくれと、娘は猟師に語る。『遠野物語』のなかのこの種の話は、いわば村落共同体から〈出離〉する心の体験という意味でリアリティをもっている。村からなにかの事情で出奔して他郷へ住みついたものが、あるとき郷里の村人に出あって、あまり良いこともなかった出奔後の生活について語るという比喩におきかえてみれば、この種の山人譚のうったえるリアリティの本質はよく理解される。

そしてこの種の山人譚で重要なことは、村落共同体から離れたものは、恐ろしい目にであい、きっと不幸になるという〈恐怖の共同性〉が象徴されていることである。村落共同体から〈出離〉することへの禁制（タブー）が、この種の山人譚の根にひそむ〈恐怖の共同性〉である。

タイラーの『原始文化』やフレーザーの『金枝篇』をまつまでもなく、未明の時代や場所の住民にとって、共同の禁制でむすばれた共同体の外の土地や異族は、なにかわからない未知の恐怖がつきまとう異空間であった。心の体験としてみれば、ほとんど他界にひとしいものであった。それが『遠野物語』の山人のように巨人に象徴されても、小人や有尾人に象徴されても、住民の世界感覚に村落の共同性からへだてられた他郷は、異空間にひとしかったであろう。それでも心の禁制をやぶって出奔するものも、そういう事情も、現実にあったということを、この種の山人譚は暗示しているようにおもわれる。

山人にさらわれて妻にされた女は、村の猟師に山人の恐ろしさを訴えるが、じぶんは帰ろうとしない。女はじぶんを禁制をやぶったよそものとしてかんがえ、ふたたび村に戻れないのだというたてまえで、いつも距離をおいて村の猟師に対する。さらわれた山人の妻と、出遇った村の猟師のあいだのこの異邦人感覚にもにた距離感が、この種の山人譚にリアリティをあたえている。

ここまできて、わたしたちは『遠野物語』の山人譚が語りかける〈恐怖の共同性〉ともいうべきものが、時間恐怖と空間恐怖の拡がりに本質的に規定されていることを知る。又聞き話とそうだ話とが手をのばせる時間的なひろがりは、ここでは百年そこそこである。また空間的なひろがりは遠野近在の村落共同体をでない。それ以前の時間も、それ以外の空間もさまざまに意味づけられる未知の恐怖にみちた世界である。その世界は共同の禁制が疎外した幻想の世界で、既知の世界はこちらがわで、さまざまの掟にしめつけられた山間の村落である。

もちろん『遠野物語』の山人譚から個体の入眠幻覚と個体の出離感覚が描きだした多彩な幻想と、哀切な別離感をよみとることができる。しかしそれに酔うことはできない。わたしたちもまた、現代にふさわしい固有の禁制の世界をあみだし、それにかこまれて身をしめつけられているからである。

柳田国男が、この種の山人譚からひき出したのは〈恐怖の共同性〉ではなかった。山は人間の霊があつまり宿るところだという高所崇拝の信仰に、民俗学的な類型と血肉をつけてさしだすことであった。「広遠野譚」をよむと、柳田が『遠野物語』のこういう山人譚をどこへひっぱっていったかを知ることができる。またかれの学的な体系がどういうふうに拡がっていったかも推知することができる。『遠野物語』の語り手佐々木鏡石が娘を亡くしたときにみた夢について、柳田は「広遠野譚」でこう記している。

> 私の記録して置きたいと思ふのは、此子の父が見たといふたつた三つの夢だけである。三十日の祭を営まうといふ前の夜には、巌石の聳え立つ山の中腹を、この少女が行き巡つて、路を覔(もと)めるらしき姿を見た。四十日祭の前夜には、青空が照りかゞやいて、何とも云へぬほど朗らかな中を、たゞ一人宙を踏んで行くのを見た。其時にどこからともなく追分節の、長々とした歌の声が聞えて、其節に合せて歩みを運んで居たことを覚えてゐるといふ。それから暫くして五十日も近い頃には、もう一度同じやうな美しい青空の下に、長い橋の上で亡き娘に行逢うた夢を見たのださうである。
>
> 此時は声をかけて、おまへは今何処にゐるのかと尋ねて見た。さうすると私は早池峰(はやちね)の山の上に居ますと、答へたと見て夢が醒めたといふ。（「広遠野譚」）

柳田は高所他界の信仰にふれて、この『遠野物語』の語り手のみた夢の記録にとどめを打っている。わたしたちがこの夢の記録をよめば『遠野物語』の語り手佐々木鏡石は、よほど空想癖の強い人であったというふうになる。そしてこの夢と称するものは、じつは夢ではなく覚醒時の入眠幻覚にちかいものであると推測できる。いま、この夢をみた佐々木鏡石を村の猟師にたとえ、亡くなった娘を山人にさらわれて妻となった女にたとえてみれば、『遠野物語』の語り手の夢は、そのまま『遠野物語』の山人譚に対応することがわかる。そしてこのことが重要なのだ。民話がしばしば現実にはありうべくもない語り伝えから成り立っているとすれば、それを伝承する語り手も空想癖のつよい人物でなければ、語りのリアリティは保存されない。そして語り手の空想癖が民話の根源にある共同的な幻想にもどってゆくとき、伝承という心的な転移が成就される。

語り手の夢が、語られた山人譚とパターンをおなじくしているとき、このパターンのなかに共同的な幻想の本質がよこたわっている。入眠幻覚のなかで『遠野物語』の語り手が娘の死をかなしんでたどろうとしたのは、村落共同体を支配する禁制の幻想であった。しかし柳田国男はそうかんがえなかった。かれは、むしろタイラーやフレーザーがはっきりと分類した高地崇拝や呪術の原始的な心性をこれに結びつけたのである。

フレーザーは『金枝篇』のなかでこうのべている。

> 似たものが似たものを生むという類似原理にもとづく共感呪術には、為すべしという積極的命令の呪力と、為すべからずという消極的命令の忌（タブー）とがある。積極的命令は、その欲する結果を生ぜしめようと志し、消極的命令はその欲しない結果を避けることを計る。そして欲する結果も、欲しない結果も、共に類似法則と接触法則とに従ってくると考えられていた。これら二つは、観念連合の誤まった概念の両側面或いは両極にほかならない。（比屋根安定訳）

柳田がその学的な体系のなかで採用したのは、この原始的な心性としての積極的呪術と消極的呪術というかんがえかたににている。フレーザー流にいえば、遠野の村人は早池峰を死者の霊がゆきたいと願ってあつまったところだとかんがえ、同時に山人は怖ろしいものだという猟師の話を伝えた。それはおなじ心性の両面にほかならないことになる。そしてこの心性は『遠野物語』の語り手が何を伝えるべきか、何を伝えるべきでないかを共同的な禁制として無意識のうちにも知っていたことに集約される。柳田にとっては、呪術的な原始心性が変形をうけながら流れてゆく恒常性こそが問題であった。

すべての怪異譚がそうであるように『遠野物語』の山人譚も、高所崇拝の畏怖や憧憬を語っている伝承とはおもわれない。そこに崇拝や畏怖があるとすればきわめて地上的なものであり、他界、いいかえれば異郷や異族にたいする崇拝や畏怖であったというべきである。そしてその根源には、村落共同体の禁制が無言の圧力としてひかえていたとおもえる。

わたしたちの心の風土で、禁制がうみだされる条件はすくなくともふた色ある。ひとつは、個体がなんらかの理由で入眠状態にあることであり、もうひとつは閉じられた弱小な生活圏にあると無意識のうちでもかんがえていることである。この条件は共同的な幻想についてもかわらない。共同的な幻想もまた入眠とおなじように、現実と理念との区別がうしなわれた心の状態で、たやすく共同的な禁制を生みだすことができる。そしてこの状態のほんとうの生み手は、貧弱な共同社会そのものである。

# 憑人論

うたて此世はをぐらきを
何しにわれはさめつらむ、
いざ今いち度かへらばや、
うつくしかりし夢の世に、

（松岡国男「夕ぐれに眠のさめし時」）

柳田国男は、まだ新体詩人であったとき一篇の詩としてこれをかきとめている。雑誌『国民之友』に拠るこの年少詩人は、日夏耿之介の評言をかりれば、国木田独歩に推称される詩才をもちながら「その後の精進の迹を見せずに自分の学問的本道へ進んでしまつた。」人物であった。

しかし柳田の学的な体系は、はたしてこういう詩からの転進だったのかどうかわからない。「夕ぐれに眠のさめし時」とは柳田国男の心性を象徴するかのようにおもえる。かれの心性は民俗学にはいっても晨に〈眠〉がさめて真昼の日なかで活動するというようなものではなかった。夕ぐれに〈眠〉からさめたときの薄暮のなかを、くりかえし徴候をもとめてさ迷い歩くのににていた。〈眠〉からさめたときはあたりがもう薄暗かったので、ふたたび〈眠〉に入りたいという少年の願望のようなものが、かれの民俗学への没入の仕方をよく象徴している。

柳田の民俗学は「いざ今いち度かへらばや、うつくしかりし夢の世に、」という情念の流れのままに探索をひろげていったようである。夕べの〈眠〉から身を起して、薄暗い民譚に論理的な解析をくわえるために立ちどまることはなかった。その学的な体系は、ちょうど夕ぐれの薄暗がりに覚醒とも睡眠ともつかぬ入眠幻覚がたどる流れににていた。そしてじじつ、柳田が最初に『遠野物語』によって強く執着したのは、村民のあいだを流れる薄暮の感性がつくりだした共同幻想であった。いまこの共同幻想の位相はなにかをかんがえるまえに、柳田が少年時のじぶんの資質にくわえた回想的な挿話に立ちどまってみたい。

柳田は『山の人生』のなかで少年時の二、三の体験をあげて空想性の強い資質の世界を描いている。そのなかの一つ、

それから又三四年の後、母と弟二人と茸狩に行つたことがある。遠くから常に見て居る小山であつたが、山の向ふの谷に暗い淋しい池があつて、暫く其岸へ下りて休んだ。夕日になつてから再び茸をさがしながら、同じ山を越えて元登つた方の山の口へ来たと思つたら、どんな風にあるいたものか、又々同じ淋しい池の岸へ戻つて来てしまつたのである。其時も茫としたやうな気がしたが、えらい声で母親がどなるので忽ち普通の心持になつた。此時の私がもし一人であつたら、恐らくは亦一つの神隠しの例を残したこと、思つて居る。（「九　神隠しに遭ひ易き気質あるかと思ふ事」）

ここで「それから又三四年の後」というのは、筋向いの家にもらい湯にいった帰りに屈強な男に引抱えられてさらわれそうな恐怖の体験をしてから三、四年後ということである。これは三つほどあげてある柳田の少年時の入眠幻覚の体験のひとつだが、柳田がもっていたこの資質の世界はかれの学にとって重要なものであった。このつよい少年時の入眠幻覚の体験者が『遠野物語』の語り手であるおなじ資質の佐々木鏡石と共鳴したとき、日本民俗学の発祥の拠典である『遠野物語』ができあがったといえるか

らである。

この挿話にあらわれたもうろう状態の行動はけっして〈異常〉でもなければ〈病的〉でもない。空想の世界に遊ぶことができる資質や、また少年期のある時期にたれもが体験できるものである。また、そういう資質や時期でなくても、日常の生活的な繰返しの世界とちがった異常な事件や疲労や衝撃に見舞われたとき、たれでもが体験できる心の現象である。

たぶんこの心の現象は〈既視〉現象と同質にちがいない。かれは山道をかえりながら周囲の光景が、すでに一度視たことがあるものだという感覚にうながされて、山を越えてかえり道をたどったつもりで、またもとの池の岸へもどってしまったのである。この挿話につづいて柳田は、弟が生れて母親の愛情がじぶんだけに集まらなくなったのが不満な時期に、絵本をみながら寝ているうち、神戸に叔母さんがいるという考想にとりつかれて、昼の眠りから覚めるともうろう状態で、実在しない神戸の叔母のところへ行くつもりで家をとび出してしまったという挿話をかきとめている。このばあいも、いわば考想上の〈既視〉体験ともいうべきもので、神戸の叔母がすでに存在していたかのような実感覚をもったため、母親の代りをもとめて家をとびだしたのである。

柳田は、子供のあいだには神隠しにあいやすい気質があるとおもっていると述べている。もし覚醒時や半眠時の入眠幻覚に〈気質〉という概念が入りこめるとすれば、入眠幻覚がどの方向へむかうか、という構造的な志向の差異という意味によってである。ここで柳田国男の入眠幻覚を性格づける構造的な志向がたしかめられるとすれば、もらい湯のかえりにさらわれそうになったとか、山へ茸狩にでかけて淋しい池のほとりで休んだのちに、家に帰ろうとして歩いていったら茫っとしてもとの淋しい池にかえっていたとか、また、絵本をあてがわれて寝ながら読んでいるうちに、神戸に叔母さんがいるという考想にとりつかれ、いつの間にか実在しない神戸の叔母のところへゆくつもりで家をとびだしていたという挿話の共通な性格によってである。そして、こういう挿話から共通の構造的な志向をとりだすとすれば、柳田の入眠幻覚がいつも母体的なところ、始原的な心性に還るということである。そこにみられる恐怖もいわば母親から離れる恐怖と寂しさというものに媒介されている。〈気質〉という概念をみとめる精神病理学の立場からすれば、柳田国男の入眠幻覚の性格はナルコレプシーのような類てんかん的心性として位置づけられる。

わたしはいくらか入眠幻覚という言葉を濫用してきたきらいがある。この概念をあいまいにしないために、入眠幻覚の構造的な志向の概念を拡張してみよう。入眠幻覚はその構造的な位相のちがいによって類型をとりだすことができる。柳田国男が少年時のもうろう状態の体験として描いた志向性を類てんかん的なものであり、ある始原的な欠損にむかうものとすれば、ほかに典型的に〈他なるもの〉へ向うという型と、〈自同的なるもの〉の繰返しの志向とを想定することができる。

けれどあとのふたつは行動体験にあらわれない。なぜなら〈他なるもの〉へむかう幻覚の構造的な志向は、自己の心的な喪失を相互規定としてうけとるからであり、〈自同的なるもの〉への構造的な志向は、自己内の自己にむかうからである。そこでは入眠幻覚の性質は行動にあらわれた結果によって知られるのではなく、自己喪失と自己集中の度合によってきめられる。わたしのかんがえでは、〈始原的なもの〉へむかう志向と〈他なるもの〉へむかう志向と〈自同的なるもの〉へむかう志向とのあいだの入眠幻覚の位相のうつりかわりは、共同幻想が個体の幻想へと凝集し逆立してゆく転移の契機を象徴している。いま任意の著書からこの三つの類型をとりだすことができる。

事態は、やがて、ますます悪くなっていった。私は、何時間も居間の長椅子に腰を下したまま、空間を見つめていた。映像が心の中を輝きながら通り過ぎた。外へ出て人に逢いたくなかった。新しい事物に出あうごとに私の悩みは増えるだけだったからだ。見知らぬ家に入る数だけ、見知らぬ人の問題が、突如、私の肩を押しつけて来た。

私は、もはや、前のように働くことができなかった。洞察の能力（遠感能力のこと——註）を得たために、普通の集中力や注意力をなくしてしまったのだ。心を一つの対象に十分あるいは十五分以上とどめておくことができなかった。もし、そうすると、緊張は大きくなり、顔は熱くなって紅潮した。汗が流れ出て、いらいら落着かなくなり、指はつまったカラーのまわりを走り、手は悪魔にとりつかれた男のように髪をかきむしっていた。（ペーテル・フルコス『未知の世界』新町英之訳）

これは超心理学でいういわゆるＥＳＰ（超感覚的知覚）の持主の手記から意味がありそうなところをぬきだしたものだが、この手記者の遠感能力と称するものが、心的な自己喪失を代償として対象へ移入しきる能力をさすことがよくわかる。この〈他なるもの〉への志向には、どういう意味でも正常な共同幻想の位相は存在しない。個体に集中した心的な超常があるだけである。ここにはウイリアム・ジェイムズのいわゆる聖者の心性も存在しない。ただ異常の世界があるだけである。また、なぜなら心的な自己は消失して対象へ遍在しているため、どういう意味でも志向の内部で統御する自己意識をたもっていないからである。

礼拝する時、集会にいる時、読書する時、あるいは筋肉を休ませる時には常に、突然と例の気分の接近を感じた。（中略）これは、時間、空間、感覚を漸次また急速に消し去りゆくところに存し、また同状態は、自我と称したいものに性質を附するらしい幾多の経験動力を、徐々また急激に消し去るところに、存した。これら通常の意識状態が除去されるに伴い、潜在的あるいは根本的意識が、強度を増してきた。遂に一切が消えて、残るものは、純粋な絶対的な抽象的自我のみである。宇宙は、形体を失い、内容を喪うた。しかし自我は、生き生きとして躍如し、実在に対して最も辛辣なる疑惑を感じ、恰もその周囲の泡沫を破るがごとく、実在を破ろうと待ち構えて、自我が固着していた。（ジェイムズ『宗教経験の諸相』比屋根安定訳）

ここではじぶんはじぶんに対して心的に自同的である。この幻覚の志向性は、いうまでもなく宗教者のものである。なぜなら対象世界がぜんぶ幻覚のなかで消失しても、じぶんのじぶんにたいする意識は強固に持続されているからである。

いまこういう入眠幻覚の構造的な志向を〈憑く〉という位相からながめれば、柳田国男の描いている少年時の体験はじぶんの〈行動〉に憑くという状態であり、遠感能力者の手記が語るのは他の対象に憑くということであり、ジェイムズのあげている宗教者の手記は、じぶんが拡大されたじぶんに憑くという状態である。そしてこういう入眠幻覚の体験から異常体験という意味を排除してかんがえれば、それぞれは常民の共同幻想から巫覡の自己幻想へ、巫覡の自己幻想から宗教者の自己幻想へと移ってゆく位相を象徴している。

柳田国男は『遠野物語』のなかで〈予兆〉の話を存外におおく書きとめている。いずれもにたりよったりのものだが、柳田にとって〈予兆〉の問題がいかに比重がおおきかったかを問わず語りにうつしだしている。柳田が自身を神隠しにあいやすい気質の少年だったと述べている位相からは〈予兆〉譚は、こういう構造的な志向性がいくぶん高度化したものを指している。

柳田の描いている入眠幻覚の体験は、もうろう状態でじぶんの行動になってあらわれる幻覚を意味している。〈予兆〉譚は行動としての構造をうしなっても、心の体験としては、はっきりとじぶん以外の他なる対象を措定している。ここでは関係意識がはじめて心の体験に参加するために登場する。いまいくつかの例を『遠野物語』からえらびだしてみる。

(1) 或る男が奥山に入って茸を採るため、小屋掛けをして住んでいたが、深夜に遠い処で女の叫び声がした。里へ帰ってみると同じ夜の同じ時刻に自分の妹がその息子に殺されていた。

(2) 村の或る男が町からの帰りがけに見なれない二人の物思わしげな娘に出遇った。どこからどこへ行くのかと問うと山口の孫左衛門のところから何某のところへ行くのだと答えた。さては孫左衛門の家に凶事があるなと感じたが、ほどなく孫左衛門一家は主従二十幾人が毒茸にあたって死に、ひとり残った女の子も老いて子無くして死んだ。

(3) 或る村人が路で何某という老人にあった。大病をしている老人でこんなところで出遇うはずはないのにとおもって問うと、二三日気分がいいのでこれから菩提寺を訪ねるところだと答えた。寺の和尚も茶をもてなし、世間話をして老人は帰ったが門の外で見えなくなった。老人はその日死んだ。

(4) 遠野の町に芳公馬鹿という白痴がいた。此男は往来をあるきながら急に立ち留り、石などを拾ってあたりの人家に投げつけて火事だと叫ぶことがあった。こうすると其晩か次の日に物を投げつけられた家は必ず火事になった。

(5) 柏崎の孫太郎という男は以前発狂して喪心状態になった男だが、或る日山に入って山神から術を得た後は、人の心中を読むようになった。その占い法は頼みにくる人と世間話をしているうちに、その人の顔をみずに心に浮んだことを云うのだが、当らずということはなかった。(『遠野物語』一〇、一八、八八、九六、一〇八)

〈予兆〉がしだいに具象的な幻想をとおって、ひとりの人物の自己幻覚にまで結晶するありさまがわかるように引用してみた。

『遠野物語』のこういった〈予兆〉譚の特徴は、たんに嘘か真かとか、なぜどうしてとかいう問いがけっして発せられないままに書き留められている点にあるわけではない。こういった〈予兆〉譚の背後にかならずある入眠幻覚に類する心の体験が、ついにたれのものかわからないように話の総体にふりわけられている点にあるのだ。これはおわりに引用した芳公馬鹿や孫太郎という遠感能力者の話のばあいでもかわらない。遠感能力をもっているのは芳公馬鹿や孫太郎という男だということは書かれているが、芳公馬鹿や孫太郎のもっている遠感能力は、いわば共同能力であるかのような位相で話は書きとめられている。かれらは白痴であり、あるいは以前にてんかん症候をおこしたことのある男だと書かれているが、すこしも〈異常〉な個人だとは感じられていない。こういった〈予兆〉譚が精神病理学にも、ジェイムズのいう神秘主義にも還元されない特異な位相はそこからきている。そして柳田国男が少年時に体験したような入眠幻覚のもうろう状態から『遠野物語』のたれに所属するのかわからないようにふりあてられた共同的なもうろう状態を象徴する〈予兆〉譚へまでいたる道は、ほんの一歩のみちのりにしかすぎない。

わたしの知見の範囲ではこういった超感覚的な知覚の問題にはじめて、まともな解析をくわえたのはフロイトであった。

フロイトは、超感覚的な知覚はありうるかどうかという問いをことさらにとりあげなかった。ただ二、三の症例をもとにして、こういった能力の持ち主は、ただ相手〈対象〉のかんがえているところやひそかな願望だけを告げるものだとかんがえた。遠感能力者というのは、いわばじぶんの心の喪失を代償に、ほんのささいな対象の情感や動作を感じとって対象への移入を完全にやってのける能力にほかならない。そういうのがフロイトの解析であった。わたしたちは、こういった問題にたいしてフロイト以上につけくわえるべきものをもっていない。超心理学のいうESPやPK（念力）の問題は超心理学にまかせておけばいい。『遠野物語』の「芳公馬鹿」が火事を〈予兆〉するとすれば、鼠が火事を予兆して移動するといいわれていいるように〈予兆〉しているにすぎない。〈既視〉は現在の精神病理学ですでに心の体験の問題であるが〈未視〉や〈遠視〉は心の体験として理論の対象とはならない。ただ〈未視〉や〈遠視〉が可能であるかのように存在するとすれば、人間の心の世界の時間性の総体である生誕と死にはさまれた時間と、心の判断力の対象となりうる空間に限られた領域のうちで存在するかのような仮象を呈するといいえるだけである。それ以外の時空性の領域では〈予兆〉を問題にすること自体が無意味になるだけである。

「芳公馬鹿」や「柏崎の孫太郎」の〈予兆〉能力は、虚譚か事実譚かという条件を排除すれば『遠野物語』のふつうの村人たちが体験した死やわざわいの〈予兆〉の共同性が、ひとりの白痴や精神異常者の人格に象徴的に凝集されたものにほかならない。しかし異常でもなんでもないごくふつうの村民の〈予兆〉譚が意味しているのは、おそらくこれとは位相がちがっている。

ひとりの村民が、じぶんの妹が息子に殺されたと同じ時刻に、山奥で女の叫びごえをきいたとか、町からの帰り道にザシキワラシの娘に出遇って、ワラシの住みついていた孫左衛門の家の凶事を予知するとか、瀕死であるはずの老人が菩提寺へゆくのに、道で出遇って言葉をかわして不思議におもったが、老人がその後（あるいはその刻）死んだとかいうありふれた〈予兆〉譚が意味している位相は、村人がじっさいに体験した入眠幻覚とかんがえられるばあいでも〈関係〉概念をみちびき入れなければぜんたいを理解することはできない。

フロイト的にいえば『遠野物語』の村民は、じぶんの妹が息子の嫁と仲が悪く、板ばさみになった息子は母親を殺すか嫁を離別するかどちらかだとおもいつめていることを予め知っていたために、山奥で妹の殺される叫び声をきいたのであろう。その時刻がほんとうに妹が息子から殺される時刻と一致したということにはさしたる重要な意味はない。もっと条件を緊密においつめてゆけば、おもいつめた息子が母親を殺すのは今日か明日かという時間の問題であることをも、山奥にいたその村民は知っていたとかんがえられるからである。孫左衛門のザシキワラシの娘に出遇った村民のばあいも、瀕死の老人が菩提寺にゆくのに道で出遇った村民のばあいでもこの事情はいっこうに変らない。いずれもごくふつうの村民の入眠幻覚にすぎない。ここで一様にあらわれるのは、せまくそしてつよい村落共同体のなかでの関係意識の問題である。共同性の意識といいかえてもよい。村落のなかに起っている事情は、嫁と姑のいさかいから、他人の家のかまどの奥まで、村民にとってはじぶんを知るように知られている。そういうところでは、個々の村民の〈幻想〉は共同性としてしか疎外されない。個々の幻想は共同性の幻想に〈憑く〉のである。

一般的にいってはっきりと確定された共同幻想（たとえば法）は、個々の幻想と逆立する。どこかに逆転する水準をかんがえなければ、それぞれの個人の幻想は共同性の幻想と接続しない。しかし『遠野物語』の〈予兆〉譚が語っているのは個体の幻想性と共同の幻想性が逆立する契機をもたないままで接続している特異な位相である。これはおそらく常民の生活の位相を象徴している。

こういうふつうの村民の〈予兆〉譚を「芳公馬鹿」や「柏崎の孫太郎」のような異常者のばあいとおなじように、個々の村民の入眠幻覚の体験に還元してしまうとすれば、関係意識（対象意識）は、どういう位置からこの〈異常〉または〈病的〉な体験を理解するのに導入したらいいかという問題にゆきあたる。

そして、わたしたちがいえることは、個体の精神病理学は、ただ男女の関係のような〈性〉の関係を媒介にするときだけ、他者の（二人称の）病理学に拡張されるということである。（たとえば、フロイトが正当なのはこれをよく洞察しているからだし、現存在分析が対象病理学へ拡張されるばあいの手続の不当性はこれによって測られる。）そして個体の精神病理学を共同の、あるいは集合の病理学に拡張するためには、個体の幻想性と共同の幻想性とは逆立するものだという契機が導入されなければならない。（これはいわゆるフロイト左派や社会心理学の不当さと限界とを意味づけている。）『遠野物語』のふつうの村民の〈予兆〉譚を、精神病理現象としてかんがえようとすれば、個体の精神病理と共同的な精神病理とが逆立する契機なしに、斜めに結びつくような特異な関係概念をみちびき入れるほかない。柳田の学的な体系は、この特異な関係概念を導くのに失敗しているような気がする。柳田は「身内が医者であったために」精神病理学に不感症ではなかった。またタイラーやフレーザーの追及した原始宗教の心性にも通暁していた。しかし民俗譚のもっている個体の幻想性から共同幻想へと特異位置から架橋される構造を考察することでは、ほとんどなすすべをしらなかったといってよかった。『遠野物語』のなかに、つぎのような骨子をもった〈狐化け〉の話が描かれている。

旅人が遠野在の村を夜更に過ぎた。疲れていたので知合の家に燈火がみえるのを幸いに、休息させてくれとたのんだ。主人はちょうどいいときに来てくれた、今夕死人があったので人を呼びに出かけたいとおもっていたところなので留守を頼みたいといって出ていった。死人は老人で奥の方に寝かせてあったが、旅人がふとみると床の上にむくむくと起直った。胆をつぶしたが心をしずめてあたりを見まわすと、流し元の水口の穴から狐のようなものが面をさしいれて死人の方をみていた。背戸の方へまわってみると正しく狐で、流し元の穴に首をいれていたので、あり合せの棒でこれを打ち殺した。（『遠野物語』一〇一）

ここでは旅人の幻覚のなかで狐は人を〈化かす〉が、けっして人に〈憑か〉ない。〈化かす〉という概念は民俗譚のはんいにあるが〈憑く〉という概念はどんな不分明でも個体と共同体の幻想性の分離の意識をふくむものである。そこでは巫覡的な人物が分離されて、個体と共同体の幻想を媒介する専門的な憑人となる。憑人は自身が精神病理学上の〈異常〉な個体であるとともに、じぶんの〈異常〉をじぶんで統御することで共同体の幻想へ架橋する。

速水保孝の『つきもの持ち迷信の歴史的考察』によると〈憑き〉筋には二種類あって、ひとつは個体がじぶんで生き霊に憑いている家筋であり、他のひとつは、狐や、犬や蛙などの動物や外道に憑いている家筋である。そしてこのふたつの憑き筋は、いずれも外から共同体のうちに移住したもので、しかも財力にめぐまれたものにかぎられており、これが共同体のうちで土着する村民からねたみと反感をうけて、憑き筋として吹聴され排せきされるもので、その要因は経済社会的なものだとのべている。

たとえば、村の娘が発作的に精神異常を呈したとする。すると巫覡的な人物がまじないをやると、狐持ちの何某の家の狐が憑いているから異常をきたすのだと託宣をくだす。もっと極端になると精神異常をきたした人間が狐のかっこうをして這いまわったり、狐持ちの家へ発作的に走り込んだりして、その家の狐が憑いていることを明らさまにしめしたりする。

この種の精神異常は、類てんかん性であることも、類分裂性であることも、類循環性であることもできるだろう。ただ、じぶんで統御できるかどうかで巫覡の位相をもつか、共同体のなかの個人的な異常者の位相にあるかちがいがでてくる。

ただこういう憑人で大切なことは、個体をおとずれる幻想性が、あいまいなままでもよいから、共同の幻想と分離していることが前提だということだ。そしてこの共同的な幻想は、地上的な利害とはっきり結びついてあらわれる。速水保孝は、まず憑き筋をつくる経済社会的な理由（よそ者であるのに富裕だというような）があって、憑き筋の家系が捏造されるものだとかんがえている。しかしたぶんこの考察はちがっている。まず村民たちに入眠幻覚のような幻想の共同の体験伝承があって、この伝承は、そのかぎりではどんな個人の憑人をもひつようとしていない。酵母のようにふくらんで村落の共同幻想のうえにおおいかぶさっているだけである。そのつぎの段階でこの共同幻想は、村の異常な個人に象徴的に体現される。かれは〈予兆〉をうけとるものであり、またべつの位相からは精神異常者である。そのつぎの段階で個体の入眠幻覚が、共同幻想に憑くことをやめて共同体のなかのある家筋やべつの個人に憑くようになると、共同幻想は遊離されてくる。このような状態で村落共同体の経済社会的な利害の問題は、はじめて憑き筋として共同的な幻想を階級的に措定するのである。

門脇真枝『狐憑病新論』はつぎのような症例を記載している。

四例　妄想狂　須藤某(女)　三十五歳　古着行商　已婚　真宗無信　曾て記すべき大患に罹りしことなし　気質小胆　憤怒し易し　智力尋常　二十歳の時平産　目に一丁字なし　二十歳結婚交情厚し　貧困のため家計上時々夫と論争することあり　精神身体の過労甚し　明治三十一年十一月精神発揚半ケ月位にして全治せり　現在病原因＝貧困、宗教迷信？　発病以来病状及経過＝本年一月来天理教を信仰し其後漸々に進み殆んど職業又は寝食を忘るゝに至れり　六月八日、俄然発揚し誇大自尊自ら天理王と称し又は狐なりと云ひ夫を使役すること家僕の如く酒食を漫にし美服を纏ひ高声吟咏昼夜眠らず　妄覚不明　漸々妄想は固着して自ら古峰ケ原(コブ)の狐と称す　感情＝激越性妄想＝自ら狐と称す(狐憑)又天理王尊と称す(化神)　入院中の経過を摘記せむに　診査の際大に怒り豪然医員を叱咤す曰く　妾は病人にあらず又気違ひでなしコブが原の狐なり狐の脈と狂人の脈は見分けが附くべし狂人でなくば速に退院せしめよ　発揚多弁　看護婦患者を罵詈す　時々天理教の唱歌を吟ず

ここでは患者の憑いた狐は信仰のうえでよくしられた、「古峰ケ原」のいわば由緒ある狐で、土俗的な信仰の共同性を象徴した生きものである。だから〈貧困〉が発病の原因であることはありえても、狐に〈憑く〉ことは患者の住みついた村落の地上的な利害とも〈家〉筋ともじかにはむすびつかない。個

郵　便　は　が　き

恐れ入りますが、52円切手をお貼りください

101-0051

東京都千代田区
神田神保町 1-11

晶文社行

◇購入申込書◇

ご注文がある場合にのみご記入下さい。

■お近くの書店にご注文下さい。
■お近くに書店がない場合は、この申込書にて直接小社へお申込み下さい。
送料は代金引き換えで、1500円(税込)以上のお買い上げで一回210円になります。

宅配ですので、電話番号は必ずご記入下さい。
※1500円(税込)以下の場合は、送料300円(税込)がかかります。

(書名)　　　　　　　　　　　　¥　　　　(　　)部

(書名)　　　　　　　　　　　　¥　　　　(　　)部

(書名)　　　　　　　　　　　　¥　　　　(　　)部

ご氏名　　　　　　　　　　㊞　　TEL.

ご住所 〒

# 晶文社『吉本隆明全集』愛読者カード

お名前（ふりがな）　　（　　歳）　ご職業

ご住所　〒

Eメールアドレス

本書に関するご感想、今後の小社出版物についてのご希望などお聞かせください。

ホームページなどでご紹介させていただく場合があります。（諾・否）

| お求めの書店名 | | ご購読新聞名 | | |
|---|---|---|---|---|
| お求めの動機 | 広告を見て（新聞・雑誌名） | 書評を見て（新聞・雑誌名） | 書店で実物を見て / 晶文社ホームページを見て | その他 |

| お買い上げの巻数 | | 他に購入予定の巻数 | | 全巻予約の有無 | |
|---|---|---|---|---|---|

ご購読、およびアンケートのご協力ありがとうございます。今後の参考にさせていただきます。

体の異常な幻想がただ伝承的な共同幻想に同致しているだけである。このようなばあいでは〈家〉筋はとうてい問題にならない。たかだか宗門の地上的な共同利害に関係をもっているだけである。狐が他の個体や村落共同体の共同幻想のはんいに〈憑く〉ときにだけ〈家〉筋や村落の地上的な利害があらわれる。この女性の狐憑き患者は狂って駆けこんでゆくにも、行くべき地上的な〈家〉や村落の現実的な場面をもっていない。「古峰ケ原」という民俗宗教の拠点に、幻想として駆け込んでゆくだけである。『遠野物語』もいくつかの〈憑人〉譚をかきとめている。しかしどれも個体の入眠幻覚が、伝承的な共同幻想に憑くという位相で語られている。だから地上の利害を象徴するものとなっていない。地上の貧困を象徴するとしても。

上郷村に河ぷちのうちと云ふ家あり。早瀬川の岸に在り。此家の若き娘、ある日河原に出でて石を拾ひてありしに、見馴れぬ男来り、木の葉とか何とかを娘にくれたり。背高く面朱のやうなる人なり。娘は此日より占の術を得たり。異人は山の神にて、山の神の子になりたるなりと云へり。

（『遠野物語』一〇七）

ここでは娘の類てんかん的な異常は、遠野の村落の共同的な伝承にむすびついている。娘の遠感能力はこの日から永続的になったかもしれないが、けっしてじぶんで統御はできない。娘の〈憑き〉の能力をほんとうに統御するのは、遠野の村落の伝承的な共同幻想である。

## 巫覡論

僕は久しぶりに鏡の前に立ち、まともに僕の影と向ひ合つた。僕の影も勿論微笑してゐた。僕はこの影を見つめてゐるうちに第二の僕のことを思ひ出した。第二の僕、――独逸人の所謂Doppel-gaenger は仕合せにも僕自身に見えたことはなかつた。しかし亜米利加の映画俳優になつたK君の夫人は第二の僕を帝劇の廊下に見かけてゐた。（僕は突然K君の夫人に「先達はつい御挨拶もしませんで」と言はれ、当惑したことを覚えてゐる。）それからもう故人になつた或隻脚の翻訳家もやはり銀座の或煙草屋に第二の僕を見かけてゐた。死は或は僕よりも第二の僕に来るのかも知れなかつた。若し又僕に来たとしても、――僕は鏡に後ろを向け、窓の前の机へ帰つて行つた。（芥川龍之介『歯車』）

芥川龍之介の『歯車』の主人公が、強迫観念につかれてあらゆることを、じぶんの死に関係づけてかんがえる描写のひとつである。『歯車』の主人公は鏡にむかってじぶんの姿をうつしながら、過去に、いわゆる離魂症ににた現象を知人から告げられたときのことを想いおこし、恐怖をかんじる。しかし主人公が陥ちこんだ主観状態をべつにすれば、真実らしさはかれが、すべてにおびえて、じぶんの死をむすびつけるほど衰弱していたことにしかない。現象そのものは見掛けほど異常ではない。『歯車』が書かれたのは芥川が自殺する一月ばかりまえである。この結末から逆算しなくても『歯車』

の主人公がかなり切迫してじぶんの死をおもいつめていたのは、たしからしくおもえる。死をおもいつめる原因が心身の衰弱にあったのか、あるいはなにかの原因から死をおもいつめたことが、心身の衰弱をもたらしたのか作品だけではよく了解できない。だがキリをもむように循環してゆく心身の衰弱と、死の強迫との堂々めぐりの重要さにくらべれば、この離魂症的な現象はそれほどの意味をもたないことだけは確かである。主人公は主観的にこの現象を意味あり気にかんがえているだけだ。

　このばあい主人公は、もうろう状態でじっさいに帝劇へゆき「K君の夫人」と出遇ったのだし、また「銀座の或煙草屋」にじっさいに行って「隻脚の翻訳家」に出遇ったのである。ただ主人公がそれをまったく記憶していない入眠状態だったというにすぎない。もちろん幽霊のような「第二の僕」なぞは、はじめから存在しやしなかったのだ。逆のこともいえる。「K君の夫人」や「隻脚の翻訳家」が、かねてから主人公が心的に病んでいることを知っていたため、いつもならやってきそうな旧知の「帝劇の廊下」や「銀座の或煙草屋」で主人公の姿を妄覚したか、あるいは別人を主人公と錯覚したかということだ。

『歯車』の主人公は異常な心の状態にあるが、「第二の僕」を知合いが遠くでみたことにはすこしの異常もない。それはごくふつうに、親密な関係意識でむすばれた個人と個人との心の相互規定性としてありうることだ。まして一方が心に病んでいるのを他方が熟知し、懸念していたとかんがえればなおさらである。

　わたしがここで『歯車』の主人公の離魂症的な体験の描写をとりあげたのは、べつにこの現象が異常だとかんがえたからではない。また物珍しい心的な現象だとかんがえたからでもない。こういった個人と個人との心の相互規定性では、一方の個人がじぶんにとってじぶんを〈他者〉におしやることで、他方の個人と関係づけられる点に本質があることをいいたかった。一般にわたしたちが個人として、他の個人を〈知っている〉というとき、わたしたちはまず自身を〈他者〉とすることで、はじめて他の個人に〈知られる〉という水準を獲取する。だからこそ他の個人は『歯車』の主人公にたいする「K君の夫人」や「隻脚の翻訳家」のように、まったく恣意的に「第二の僕」を錯覚することができるのだし、また逆に、主人公の方では、じっさいに「帝劇の廊下」や「銀座の或煙草屋」に行ったかもしれないのに、恣意的にじぶんの記憶からじぶんの行為を消し去ることができるのだ。一方の個人が他方の個人にとってよそよそしい〈他者〉ではなく、勝手に消し去ることができない綜合的存在としてあらわれる心の相互規定性は、一対の男女の〈性〉的関係にあらわれる対幻想においてだけである。もうひとつここで注意すべきことは『歯車』の主人公の離魂症的な体験は、ほんらいは異常でもなんでもないために、Doppelgaengerはじぶんにとって、じぶんの幽霊があらわれるという風には体験されない。『歯車』の主人公もそれを述懐している。じぶんの幻想がじぶんにあらわれるとき、わたしたちは心の異常を想定するほかはないのである。

『歯車』の主人公は「第二の僕」をみたという知人たちの話をきいて、それをじぶんの〈死〉の予兆のようにうけとっている。じっさいはこの因果関係は逆である。はじめに主人公に死の想念がたえずあるため、「第二の僕」をみたという知人の話が死の想念に関係づけられたのである。

柳田国男は『遠野物語拾遺』のなかでこういった〈離魂譚〉をいくつかかきとめている。そのうちふたつをとりあげると、

村の若者が入営していた。平常、逆立ちが得意だったので兵営のなかでも昼夜逆立ちに凝っていたが、ある時逆立ちしたまま台木から落ちて気を失った。いつも故郷へかえってみたいとおもっていたので、幻覚のなかでそれから地上五尺ばかりの高さを飛びながら村へ帰った。妻と嫂が家の前の小川で足を洗っていた。炉のそばで母が長煙管で煙草をのんでいた。帰っても快い感じがしないので、それから兵営にひきかえしたところで意識が醒めた。家に手紙でその情景を知らせてやると、

行き交いにその日、妻や嫂や母が白服の若者が家に駆け入って炉のそばに坐ったかとおもうと消えてしまったのを見たという手紙が家のほうからもきた。

或る人が病気で発熱するたびに美しい幻をみた。綺麗な路がどこまでもつづいている。萱を編んだようなものが路に敷かれており、そこへ子供のとき亡くなった母が来て二人で道連れになってゆくうちに美しい川があり、輪になった橋がかかっている。母はその輪をくぐって向う側から手招きをするが、自分はどうしてもそこへ行くことができない。そのうち意識を回復した。（『遠野物語拾遺』一五四、一五七）

これらはいずれも〈死〉の徴候とむすびつけられている点で『歯車』の主人公のばあいとおなじである。若者が幻覚のなかで、もし兵営にひきかえさなかったら〈死〉の徴候だし、病人が幻覚のなかで、母親の手招きに応じて輪のような橋をわたったら〈死〉を意味することが暗示されている。

しかしこの〈離魂譚〉は『歯車』の主人公の離魂体験のばあいとちがった点をもっている。そのひとつは嗜眠状態のもうろうとした意識のなかでたどる幻覚の過程がはっきりと描かれていることである。『歯車』のばあいには、「第二の僕」があらわれたという現象は、じっさいに〈僕〉がもうろう状態でその場所へ行ったともとれるし、知人のほうが他人を〈僕〉と錯覚したともかんがえることができる。『遠野物語拾遺』の〈離魂譚〉では、あきらかに嗜眠状態の人物の幻覚の方が出かけて行ったのである。そしてこの幻覚がいわば〈第二の僕〉である。だからこの民譚では、おなじ日に白服の若者が家に駆けこみ炉端に坐って消えたことを家人がみたかどうかということは重要ではない。それだから引用の後段（一五七）のように、病人が輪のような橋を亡母の手招きによって渡りかねていたところを、たれかがみたかどうかという問題は消えていても、その本質はいっこうにかわりはないのだ。『遠野物語拾遺』のこの〈離魂譚〉には、げんみつな意味で〈他者〉の概念は存在しない。入営した若者や病人が、じぶんの幻覚のなかで実在のじぶんを離れて遊行することにだけ本質的な意味がもとめられる。しかし『歯車』の主人公のばあいには〈僕〉の幻覚の過程はすこしも明瞭ではないかわりに、知人の錯覚という要素が登場できる余地をのこしている。いいかえれば、このばあい〈僕〉と〈他者〉との心の相互規定性をかんがえることなしには、Doppelgaengerの問題は解きえない。わたしが、はじめに芥川龍之介の『歯車』から主人公の離魂体験の描写を引用した理由ははっきりしている。離魂体験がいずれにせよ〈第二の僕〉の登場を、いいかえれば〈他者〉の登場を不可欠のものとしているにもかかわらず、この〈他者〉は、じぶんやじぶんとおなじ水平線に存在するか、あるいは一見するとまったく〈他者〉が登場しないかのような形でも存在できることが、この比較で理解されることだ。

『遠野物語拾遺』の〈離魂譚〉は、芥川龍之介の『歯車』の主人公の離魂描写とちがって、〈他者〉を対象として措定しえないようにみえる。しかし、じぶん以外の対象を措定しない離魂現象は存在しえないし、無意味であることも確かである。そうだとすればこういった〈離魂譚〉が措定する対象は何であろうか?

わたしのかんがえでは、村落共同体の共同幻想そのものである。入営した村の若者の幻覚が遊行してゆく対象は〈故郷〉であり、〈妻〉や〈嫂〉や〈母〉や故郷の〈小川〉や〈家〉の炉端である。高熱にかかった村の病人の幻覚がたどるのは〈亡母〉であり〈橋〉のむこうにいて手招きする亡母と、それをわたりかねている病人に象徴される伝承概念としての〈他界〉や〈現世〉である。〈橋〉はこのばあい子供のときからきかされていた土着仏教の〈三途の川〉の橋であっても、仏教以前の古伝承としての霊のあつまる高所と人のあつまる村落とをへだてる川の〈橋〉であってもよい。これらはいずれも遠野の村落の共同幻想の歴史的現存性の象徴を意味しているからである。この〈離魂譚〉の村の若者や病人が、嗜眠状態で幻覚をたどらせる対象は、かれらに親しい個人である〈他者〉ではなく、母胎のような村落の共同幻想の象徴である。『歯車』の主人公にはそういう母胎のような共同幻想は存在しない。いつも行きなれた「帝劇」であったり「銀座の或煙草屋」であったりするだけである。ようするに由緒もなにもない都会の行きつけのところである。そしてこのばあい知人の方に錯覚があって「第二の僕」をみたのだとすれば『歯車』の主人公の覚醒時の幻覚がたどった対象は、ただ心の相互規定性の領域にある〈他者〉としての知人である。ここには『歯車』の主人公をおとずれた都市の近代人としての孤独や、故郷喪失が象徴されているにちがいないが、それを読みとってても仕方がない。ただ読みとるに価するのは、主人公がこういった徴候をことごとくじぶんの死に関係づけていることだけである。わたしたちが現実の桎梏から解放されたいと願うならば、いずれにせよ共同幻想からの解放なしには不可能である。芥川龍之介に悲劇があるとすれば、都市の近代的知識人としての孤独にあるのではない。都市下層庶民の共同幻想への回帰の願望を、自死によって拒絶し、拒絶することによって一切の幻想からの解放をもとめた点にあるのだ。

共同幻想の象徴へむかって遊行するこういった〈離魂譚〉がやや高度な形であらわれた民譚を、『遠野物語拾遺』からみつけだすことができる。それは〈いづな使い〉とよばれているものの話である。

或る村人が遠野の町で、見知らぬ旅人に出あった。旅人はあの家にはどんな病人がいるとかこの家にはこんなことがあるとか色々の事を云うのだが、ことごとく村人がかねてから知っていることと符合するので驚いてどうしてそう当るのかとたずねると、それはおれが小さな白い狐をもっているからだと答えた。村人は、その狐を買いとってからよく当る八卦置きになって金持ちになった。しかしどうしたことか何年かの後には八卦が当らなくなりもとの貧乏にもどってしまった。

村の某が旅人から種狐をもらって、表面は行者となって術を行うと不思議なほどよく当った。その評判が海岸地方までひろがって或る年大漁の祈禱をたのまれた。三日三晩祈禱したが魚はさっぱり上らなかった。気の荒い漁師たちが、山師行者だと怒って海へ投げこんだ。やっと海から這いあがった行者は、いや気がさして種狐をふところに入れ、白の笠をかぶって川の深みに入った。狐は苦しがって笠の上にあつまるので、笠のひもを解くと笠と一緒に川下へ流れていった。こうしていづなを解いた。（『遠野物語拾遺』二〇一、二〇二）

こういう〈いづな使い〉の民譚が、さきの〈離魂譚〉よりも高度だとかんがえられる根拠は、すでにここではじぶんの幻覚をえるための媒介が、はっきりと〈狐〉として分離されており、けっして嗜眠状態でもうろうとした意識がたどる直接的な離魂ではないからである。ここでは村落の共同幻想の伝承的な本質は、はっきりと〈狐〉として措定される。そして狐使いは、作為的であるかどうかにかかわりなく、〈狐〉という共同幻想の象徴にじぶんの幻覚を集中させれば、他の村民たちの心的な伝承の痕跡をもここに集中同化させることができると信じられている。これは、犬や猫や蛇であっても、折口信夫が指摘している箱におさめられた〈偶人〉（人形）であっても、村落の共同幻想の象徴である点で、まったくおなじことを意味している。

さらにこういう〈いづな使い〉が、さきの〈離魂譚〉より高度だとかんがえられる理由は、はっきりとじぶんの幻覚を意図的に獲て、これを村落の共同幻想に集中同化させる能力が、職業として分化していることである。だから村落の地上的利害と密着してあらわれている。〈いづな使い〉は個体としてみれば類てんかん的な入眠状態の幻覚を、媒体さえあれば獲得できる異常者である。かれが旅人から譲りうけたのは、ほんとは小さな狐ではなく、狐という共同幻想の伝承的な象徴さえあれば、入眠状態でじぶんの幻覚を創り出せる技術だったことは疑いをいれない。

なぜ〈いづな使い〉は狐さえあれば、入眠状態でじぶんの幻覚を獲得できるのだろうか？　そして同時に狐に象徴される共同幻想へ村民の心的な状態を誘導し、集中同化させることができるのだろうか？

タイラーやフレーザーの原始心性の考察に対して批判的だったレヴィ＝ブリュルは『未開社会の思惟』のなかで、未開の人々の知覚についてつぎのようにのべている。

原始人にとつては、我々の使用する厳密な意味での物理的事実は存在しない。流れる水、吹きわたる風、降つてくる雨、何らかの自然現象、音響、色彩は、すべて、それが我々に知覚される通り即ち、それに先立ち及び相次ぐ他の運動と一定の関係を持つ大小に複合的な運動として原始人に知覚されることは決してない。物体の移動は、彼等の諸器官によつても、我々のものに依ると同じく明かに把握されてゐる。見慣れたものは、従来の経験から直にそれと認められる。一言を以てすれば、知覚の生理、心理的の全過程は我々の間に起ると同じく、実際彼等の間にも起るのである。しかしその結果は、集団表象が支配的な複合意識状態のなかに忽ち包まれてしまふ。原始人は我々と同じ眼でものを見てゐる。しかし彼等は同じ精神で知覚するのではない。彼等の知覚は、社会起原の表象の厚さの種々の層で包まれた中核に依つて構成されてゐると云つてもよからう。尚ほこの比喩は可なり拙劣で、さして正確ではない。何となれば原始人は、その中核と外包層との区別は少しも知らないのだから。この二つを別けるのは我々、心的習慣からその二つを区別せずには居られない我々である。原始人では複合表象は尚ほ未分化的である。（山田吉彦訳）

この見解は、タイラーやフレーザーの原始心性の考察に感じる不満をかなりな程度で解消させてくれる。ブリュルはここで、原始人は対象（自然物）をまさにそのとおりに感覚する点ではわたしたちといっこうにかわりないが「集団表象」をその感覚に混融させずには了解作用が成立しないと述べているのだ。わたしたちはこれを、個人幻想と共同幻想の未分化な段階の原始心性として理解することができる。

フロイトならばここに〈異常〉な現代心性にたいする絶好の類推の基盤をみつけだすだろう。たしかに〈異常〉な心的現象は、原始心性や幼児心性と類比しえるようなみかけをもっている。しかし、原始時代も幼児段階も人間の存在（史）にとって二度とかえらないように、ほんとうはどんな類比をしても、その構造をうかがうことはできないものである。ブリュルもそれをよく知っていて、まずい比喩だがということをことわっている。おなじ著書の別の個処でも、くりかえし原始心性がほんとうは理解しがたいものだということを強調している。これは〈異常〉な現代心性についてもまったく同様なのだ。やたらに病名を貼りつけたがる精神病理学者は、やぶ医者にきまっている。

　ところで、ここでとりあげている『遠野物語拾遺』の〈いづな使い〉の心性は、けっして原始的なものではない。年代的にもたかだか百年を出るものではないし、現在もまたさまざまな形で存在する（たとえば新興宗教）心性であるといえる。

〈いづな使い〉では、狐が狐であるという認識については、おそらく自覚的である。また〈狐〉が伝承的に、村落の共同幻想により霊力があるとおもわれた象徴的な動物のひとつだという認識も自覚的である。かれは、ただ先天的な病理によってか、あるいは修練や技術によって〈狐〉という対象に心を移入させることで、じつは共同幻想の地上的利害の実体を幻覚できる能力を獲得しているだけだ。

　この能力は心の現象としては、個体の了解作用の時間性を、村落の共同幻想の時間性と同調（シンクロナイズ）させることで獲られるはずである。

　共同幻想の時間的な流れは、都市と村落によってもちがっている。知識人と大衆によってもちがっている。また地域によってもちがっている。生産諸関係の場面によってもちがっている。ある村落では、共同幻想の時間はきわめて緩慢にしか流れない。ある都市では共同幻想の時間性は急速に流れる。こういう部分社会での共同幻想の時間的な落差は、さまざまな位相で存在しうるのである。もしある個体が、この共同幻想の時間性に同致できる心的な時間性をもつとすれば、かれの個体の心性が共同幻想の構成そのものであるか、あるいは何らかの方法でかれの心の時間性を同調させるほかはない。『遠野物語拾遺』の〈いづな使い〉は、自然にかあるいは作為的にか、かれの心の了解の時間性を共同幻想の時間性に同調させている。

一般的にいって個体が心の了解作用の時間性を変化させるためには、何らかの意味で心が〈異常〉状態になければならない。そしてこの〈異常〉状態の本質は、対象物（外的自然または人間）の受容とその了解作用のあいだに、ずれを生みだすことだとかんがえることができよう。かれは入眠状態あるいは嗜眠状態という生理的変態を支払うことでこのずれを獲得する。〈いづな使い〉は、おそらく一時的な心の集中と対象への拡散によって対象物の受容と了解とのあいだにずれを生みだすのである。しかし、このようなずれが共同幻想の時間性に同調するためには、おそらくべつの条件がいる。この条件は〈いづな使い〉の側にあるのではない。村落の共同幻想がうみだされる根拠としての村民の共同的な利害が、かれら自身に意識されていることなのだ。

〈いづな使い〉が能力を発揮するには、すくなくとも村民の側にふたつの条件がいる。ひとつは〈狐〉が霊性のある動物であるという伝承が流布されていることである。もうひとつは、かれらの利害の願望の対象が、じぶんたちの意志や努力ではどうにもできない〈彼岸〉にあると信じられていることである。引用した『遠野物語拾遺』の〈いづな使い〉の民譚では、魚獲が漁民の意志や努力にかかわりなく、潮流や天候や風向きによって魚群が取漁領域にあつまってくるかどうかにかかっていることが必須の条件である。死や生誕にむすびつけられるばあいにもかわりない。人間の死や生誕は、意志や努力で左右されない宿命だとどこかで、信じられていなければならない。

この〈いづな使い〉の民譚では、かれらの能力に年限があることを記している。ある年数がたつと〈いづな使い〉は能力をうしなってしまう。その理由は二様にかんがえられる。〈いづな使い〉自身が富むことで生活が雑ぱくになり、雑念がおおくて心的な集中や拡散を統御できにくくなるためであり、もうひとつは村民たちの共同利害の内部で、階層的な対立や矛盾がおおくなり、〈いづな〉という共同幻想の象徴に、すべての村民たちの心を集中させることがむつかしくなるためである。〈いづな使い〉にとっては、じぶんが男であるか女であるかはどうでもよいことだ。かれはただ〈いづな〉を媒介にして村落の共同幻想に、自己幻想を同調させることができればよいのだ。しかし共同幻想の象徴である〈いづな〉にとっては、じぶんが男に憑かれるか女に憑かれるかは重要な問題である。なぜならこの問題は、村落共同体が村民の男女の〈対なる幻想〉の基盤である〈家族〉とどうかかわるかを暗示するからである。

村の何某という男が二人連れで山に入って炭焼きをやっていた。或晩、何某の女が炭焼小屋に訪ねてきて泊った。女は二人の男の真中に寝た。何某が眠入ってから、もう一人の男は女の躰に手を出した。毛だらけであったので思いきって起きて鉈で女を斬り殺した。何某はおれの女を殺したと憤って山を下りて訴えると言いだした。もう一人の男は、しばらくまて、この女は人間ではないからと引き留めた。果して死んだ者の面相はだんだん変ってきて狐の姿を現わした。(『遠野物語拾遺』二〇七)

狐が化ける話は『遠野物語』や『拾遺』のなかにたくさんあるが、このたぐいの伝承が流布されていることは、いわば〈いづな使い〉が村落の共同幻想に同化集中するための必須の条件であった。

しかし、狐が女に化けるこの話は、たんに〈狐化け〉の民譚のありふれた一例ではない。炭焼きの男たちはここで、じぶんの〈性〉的な対象だとおもっている女が、じつは共同幻想の象徴である〈狐〉にかかわるという場面にであって驚くのである。ひとりの男は女が〈狐〉の化身であることを信じ、ひとりの男はあくまでも女であるとかんがえる。じっさいには女は対幻想の象徴であるとともに共同幻想の象徴でもあるが、同時に両方であることはできない。だからひとりの男のほうがかならず間違っているこ とになる。わたしのかんがえではこの民譚のなかには〈いづな使い〉がさらに高度になってゆくための 機序が象徴されている。この民譚では〈狐〉が〈女〉に化けていて、殺されたあとでもとの〈狐〉のす がたにかえることが語られている。いわば〈狐〉と〈女〉との霊力的な相互転換が象徴的にのべられて いるのだ。これは、村落の共同幻想の象徴のなかに、はじめて〈女〉が登場し、共同幻想の構造と位相 に、あらたな要素がくわわるのを意味しているとおもえる。日本民俗学はこういう問題に、きわめて通 俗的な見解を流布している。

たとえば、柳田国男は『山の人生』のなかでこうかいている。

> 山に走り込んだといふ里の女が、屢々産後の発狂であつたことは、事によると非常に大切な問題の端緒かも知れぬ。古来の日本の神社に従属した女性には、大神の指命を受けて神の御子を産み奉りし物語が多い。即ち巫女は若宮の御母なるが故に、殊に霊ある者として崇敬せられたことは、頗る基督教などの童貞受胎の信仰に似通うたものがあつた。婦人の神経生理に若し斯様な変調を呈する傾向があつたとすれば、それは同時に亦種々の民族に一貫した宗教発生の一因子とも考へることを得る。（「五　女人の山に入る者多き事」）

ゆらい、こういう見解は日本民俗学が追蹤したものらしくおもわれる。石塚尊俊も「狐憑研究覚書」（「出雲民俗」第八号）のなかで、憑かれる者の特徴として「男より寧ろ女が多いといふこと」と記している。しかしこういう云い方にはあまり根拠はない。いまも精神病院が女の患者のほうで充満しているという事実が存在しないかぎりは、である。女性の民俗研究家は逆にほんとうに共同幻想に憑かれやすいのは男性に多いことを見出すかもしれない。民俗譚を経済社会的に還元したり、神経生理に還元したりすることは誤解でなければならない。その本質は共同幻想の伝承的性格のなかにしか存在しないからである。

この問題の本質は、たぶんつぎのような問いによってもとめられる。

もし〈狐〉が人間を化かすとか人間に憑くとかいう民譚が、村落の伝承的な共同幻想を象徴するものだとすれば、このような共同幻想の象徴は、村落での男女の対幻想の共同性（家族）とどのような位相で結びつくだろうか、というふうに。

〈狐〉が〈女〉に化けてまたもとの〈狐〉の姿を現わしたという『遠野物語拾遺』の民譚は、村落の共同幻想が村民の男女の対幻想となってあらわれ、ふたたび村落の共同幻想に転化するという過程の構造を象徴しているとおもえる。そしていちばん暗示的なのは〈女〉に象徴される男女の対幻想の共同性は、消滅することで（民譚では女が鉈で殺されることで）しか、共同幻想に転化しないことである。ここで狐が化けた〈女〉は、けっして柳田国男がかんがえるように、たんに女性を意味するものではない。むしろ〈性〉そのものを、いいかえれば男女の〈性〉関係を基盤とする対幻想の共同性を象徴しているのだ。

ここで言葉を改めねばならぬ。

村落の男女の対幻想は、あるばあい村落の共同幻想の象徴でありうるが、それにもかかわらず対幻想は消滅することによってしか共同幻想に転化しない。そこに村落の共同幻想にたいして村民の男女の対幻想の共同性がもっている特異の位相がある、と。いうまでもなく、これは村落共同体のなかで〈家族〉はどんな本質的な在り方をするかを象徴している。

わたしはべつに蒐集したことはないが、女が狐に化けるとか、女が蛇に化けるとか、そのほかたくさんの動物に化け、もとの動物の姿に転化するといった民譚を、民俗研究家はたくさんもっているにちがいない。また柳田がいうように、女が神を夢みて孕んだといったたぐいの説話もたくさん広く分布しているにちがいない。しかし注意すべきは、この場合〈女〉は男女の対幻想の共同性の象徴であり、〈狐〉や〈蛇〉やその他の動物や〈神〉は、共同体の共同幻想の象徴だということである。そして心あるならばひとびとは、男女の対幻想の共同性を本質とする〈家〉の地上的利害は、共同幻想を本質とする村落共同体の地上的利害といかに、いかなる位相でむすびついたり、矛盾したり、対立したりするか、という問題を、こういった動物が女に化ける伝承的な民譚から読みとるべきである。

# 巫女論

戦後はあまりみかけたことはないが、いまでも由緒ありげな神社には白い上衣で赤いはかま姿の巫女が護符などを販ったり、神楽舞いをやってみせたりしているかもしれない。また農村にはふだん農家の主婦でありながら、たのまれると口寄せにでかける巫女がいるにちがいない。柳田国男の『妹の力』によれば〈巫〉は日本では原則として女性であったとされている。そして女性は感じやすく、事があると群集のなかで異常心理作用をしめし、不思議を語りえたし、何よりも子供を生み育てるかなめが女性だから、ひとびとの依存心があつまる巫事に適するとおもわれたにちがいないとかかれている。こういう〈想像〉は、すこしかんがえただけではもっともらしくみえる。そして〈想像〉を拒否して巫女の成立をかんがえるとすれば、経済社会的な要因をみつけだすほかない。じじつ柳田国男や折口信夫もときに応じてこの方法を採用している。しかしいずれもメダルのうらおもてのように無意味におもわれる。

ある共同的な幻想が成り立つには、かならず社会的な共同利害が画定されていなければならない。〈巫〉がすくなくとも共同の幻想にかかわるとすれば〈巫〉的人間が成立するには、かならず共同利害が想定されるはずである。だから〈巫〉的人間が男性であったか女性であったかということは、たんに〈巫〉を成立させる共同利害の社会的基盤が、男性を主体にする局面か、女性を主体にする局面かのちがいにすぎないのである。このような意味で〈巫女〉をかんがえれば、ただ男巫にたいして女巫だというにすぎないことになる。〈巫女〉が〈巫女〉であるべき本質はすこしもとらえられない。

〈巫女〉とはなにか?
この問いにたいして、巫覡的な女性を意味するとこたえるのはおそらく本質をうがっていない。また巫覡的な能力と行事にたずさわるもののうち、女性をさすといってもこたえにはならない。

わたしのかんがえでは〈巫女〉は、共同幻想をじぶんの対なる幻想の対象にできるものを意味している。いいかえれば村落の共同幻想が、巫女にとっては〈性〉的な対象なのだ。巫女にとって〈性〉行為の対象は、共同幻想が凝集された象徴物である。〈神〉でも〈ひと〉でも、〈狐〉とか〈犬〉のような動物でも、また〈仏像〉でも、ただ共同幻想の象徴という位相をもつかぎりは、巫女にとって〈性〉的な対象でありうるのだ。

フロイトは晩年の円熟した時期の講話(『続精神分析入門』)のなかで〈女性〉を簡潔な言葉で規定してみせた。かれによれば〈女性〉というのは、乳幼児期の最初の〈性〉的な拘束が〈同性〉(母親)であったものをさしている。そのほかの特質は男性にたいしてすべて相対的なものにすぎない。身体的にはもちろん、心性としても男女の差別はすべて相対的だが、ただ生誕の最初の拘束対象が〈同性〉であったことだけが〈女性〉にとって本質的な意味をもつ、というのがフロイトの見解であった。この見解は興味ぶかく、また暗示的である。フロイトにならっていえば、最初の〈性〉的な拘束が同性であった心性が、その拘束から逃れようとするとき、ゆきつくのは異性としての男性か、男性でも女性でもない架空の対象だからだ。男性にとって女性への志向はすくなくとも〈性〉的な拘束からの逃亡ではありえない。母性にたいする回帰という心性はありうるとしても、男性はけっしてじぶんの〈男性〉を逃れるために女性に向うことはありえないだろう。

〈女性〉が最初の〈性〉的な拘束から逃れようとするとき、男性以外のものを対象として措定したとすれば、その志向対象はどういう水準と位相になければならないだろうか?

このばあい〈他者〉はまず対象から排除される。〈他者〉というのは〈性〉的な対象としては男性である他の個体か、女性である他の個体のほかにありえない。するとこのような排除のあとでなおのこされる対象は、自己幻想であるか、共同幻想であるほかはないはずである。ここまできてわたしなりに〈女性〉を定義すればつぎのようになる。あらゆる排除をほどこしたあとで〈性〉的対象を自己幻想にえらぶか、共同幻想にえらぶものをさして〈女性〉の本質とよぶ、と。そしてほんとうは〈性〉的対象として自己幻想をえらぶ特質と共同幻想をえらぶ特質とは別のことを意味してはいない。なぜなら、このふたつは、女性にとってじぶんの〈生誕〉そのものをえらぶか〈生誕〉の根拠としての母なるじぶん〈母胎〉をえらぶことにほかならないからである。

たんに男〈巫〉にたいして女〈巫〉というとき、この巫女には共同的な権威は与えられていない。けれど自己幻想と共同幻想がべつのものでない本質的な巫女は、共同性にとって宗教的な権威をもっている。そして人間（史）のある段階ではその権威が、普遍的な時代があったとかんがえられてよい。『遠野物語拾遺』のなかに、つぎのような骨子をもった〈巫女〉譚がある。あるいは〈巫女〉譚の原型とよぶべきかもしれない。

遠野近郊の或る家で一時に三人も急病人が出た。すると何処からか一人の老婆がやってきて、此家には病人があるが、それは二三日前に庭前で小蛇を殺したせいだと言った。家人が思い当るふしがあるのでわけをきくと、その小蛇は此家の三番目の娘を嫁にほしい淵の主のお使でそれを殺したから三人が同時に病気になったのだとこたえた。娘はそれをきいて驚いて病気になったが、家族三人の病気は癒った。娘は医者の薬の効もなく、とうとう死んでしまった。（『遠野物語拾遺』三四）

老婆は、もちろんこの家で三人一時に病人ができた噂をききしっていたろうし、淵のそばの家だから、蛇がいつでも庭にぞろぞろでてきたりするのもわきまえていたはずだ。老婆のお告げにはべつに不可思議なところはない。ただ〈蛇〉がこの家の娘を嫁にほしい淵の主のお使だというのは老婆の創作ではなく、伝承された共同幻想である。そしてこの伝承のうちもっともたいせつなのは、共同幻想の象徴である〈蛇〉が〈娘〉と〈性〉的にむすびつけてかんがえられていることである。〈娘〉に象徴される〈女性〉が共同幻想を〈性〉的対象とするという伝承が存在し、老婆はそれをなんのうたがいもなく信じていた。もちろん、柳田国男のように逆のかたちでもいうことができる。村落の共同体は〈女性〉を、共同幻想の至上の〈性〉的な対象としてえらんだ未明の時期をもっていたというふうに。

『遠野物語拾遺』にあらわれた〈巫女〉譚には特徴がある。それは、けっして巫女が主役として登場しないことだ。あるひとりの巫女は、いつどんなにして巫女になり、どんな祈禱の仕方でその能力を発揮するかは、まったく問題になっていない。村民の〈病気〉とか〈死〉とか〈災難〉とか〈利害〉とかが急転する場面を、狂言まわしのように媒介するために登場するだけで、いわば唯名的存在である。こんな位相でしか登場しない巫女は、成熟した〈性〉の対象として、村落の共同幻想をえらべない水準にあるといえる。その意味で日本の民譚がもつ全体の位相を象徴している。この問題はもっとつきつめられる。おなじ『遠野物語拾遺』に、はっきりと〈巫女〉と名ざされた巫女が登場する場面がある。

村の馬頭観音の像を近所の子供たちがもちだし、投げたりころばしたり、またがったりして遊んでいた。それを別当がとがめると、すぐにその晩から別当は病気になった。巫女に聞いてみると、せっかく観音さまが子供たちと面白く遊んでいるのに、お節介したから気に障ったのだという。そこで詫び言をしてやっと病気がよくなった。

遠野のあるお堂の古ぼけた仏像を子供たちが馬にして遊んでいた。それを近所の者が神仏を粗末にすると叱りとばした。するとこの男はその晩から熱をだして病んだ。枕神がたってせっかく子供たちと面白くあそんでいたのに、なまじ咎めだてするのは気に食わぬというので、巫女をたのんで、これから気をつけると約束すると病気はよくなった。（『遠野物語』五一、五二）

同工異曲の〈巫女〉譚はまだいくつかあるが、いずれも巫女は唯名的存在である。ここに登場する巫女は未開な巫女とでも呼ぶべきだろうか。というのは〈神仏を粗末にしてはならない〉という村民の信仰心性と、巫女の心性とはそれほどへだたっていないからである。ただ、口寄せを職としているかどうかにちがいがあるだけだといえる。村民の夢枕にあらわれる堂神と、巫女の口寄せにあらわれる堂神とはべつのものとはいえない。

巫女と村民の認識のちがいはただ、仏像を子供たちがもて遊んでいるのを、粗末にしているとみるか、仏像のほうでも面白く遊んでいるとみるかだけである。後の話では村民のほうも、仏像が面白く子供と遊んでいるのかなと疑っているため、夢にみたりしている。

つまりこの〈巫女〉譚では、村の堂祀にまつられた仏像は、幻想的に〈生きている〉存在であり、子供のほうが面白く仏像と遊んでいれば、仏像のほうも面白く子供と遊んでいるにちがいないと相互規定的にかんがえるところだけが、巫女と村民の伝承の微妙なちがいとしてあらわれている。村の堂祀にかざられた神仏の像は、村民の共同幻想の象徴としては〈神仏を粗末にしてはならない〉という聖なる禁制にほかならない。しかし巫女の〈性〉的な心性からは子供と遊び、子供が面白がれば、神仏の像のほうも面白がるといった〈生きた〉対幻想の対象としてあらわれる。ただ巫女は、村の堂祀の神仏像を未発達な〈性〉的対象としてしか措定しえないために、「子供」が未成熟の象徴としてこれらの〈巫女〉譚に登場するのだ。

『遠野物語拾遺』にあらわれた〈巫女〉譚の位相は、日本民俗譚にあらわれた対幻想と共同幻想の特異な関係を象徴していて、わたしたちをさらに理論的に誘惑する。

W・ジェイムズは、聖テレサの『内なる城』から、この〈聖女〉がカトリシズムの〈神〉に憑いた心の状態の描写を引用している。

かくて神が、己と融合させるため魂を起す時、神は、魂の能力の自然的活動を停止する。霊が神と融合する間、魂は、見ず、聞かず、了解しない。しかしこの時間は常に短く、実際の時間よりも短い、とすら思われる。神は、この魂の内部に神自身を建設し、以て魂が己に帰った時、今まで魂が神に内在し、神が魂に内在したことを、魂をして疑うこと全く能わざらしめる。この真理は、強く魂に印象するため、たといこの状態が戻らずに多年を閲するとも、魂は、己が受けた恩恵を忘却し得ず、恩恵の実在を疑うことができない。しかし汝は仮りに、こう訊ねる。曰く、魂は、融合の時、見ざる悟らざるゆえ、魂が神に内在せることを、見たり了解するのは、いかにして可能であるか、と。わたくしは、この問に答えて、魂はその時これを見ず、魂は己に帰って後、幻想によらず、魂と共存し神のみが与え得る確信により、以上の消息を後に明白に見るわけである、と答える。
（ジェイムズ『宗教経験の諸相』比屋根安定訳）

この〈聖女〉にとって理神論的な〈神〉は幻想の〈性〉的対象である。そしてこの〈聖女〉にとって、はじめに〈神が在る〉ことは理念として前提されているため、この〈神〉は共同幻想と拡大された自己幻想との二重性を意味している。この〈聖女〉は、じぶんが拡大され至上物に祭りあげられた自己に憑いている意味では、じぶんをじぶんの対幻想の対象にしている自己〈性〉愛者であるが、理神論的な信仰を前提としている意味では、カトリシズム的な共同幻想を〈性〉的な対幻想の対象に措定しているということができよう。

ある種の〈日本的〉な作家や思想家は、よく西欧には一神教的な伝統があるが、日本には多神教的なあるいは、汎神教的な伝統しかないなどと安っぽいことを流布している。もちろん、でたらめをいいふらしているだけである。一神教的か多神教的か汎神教的かというのは、フロイトやヤスパースなどがよくつかう概念でいえば〈文化圏〉のある段階と位相を象徴していても、それ自体はべつに宗教的風土の特質をあらわしてはいない。〈神〉がフォイエルバッハのいうように、至上物におしあげられた自己意識の別名であっても、マルクスのいうように物質の倒像であっても、このばあいにはどうでもよい。ただ自己幻想かまたは共同幻想の象徴にしかすぎないということだけが重要なのだ。そして人間は文化の時代的情況のなかで、いいかえれば歴史的現存性を前提として、自己幻想と共同幻想とに参加してゆくのである。

聖テレサの心的な融合体験が『遠野物語拾遺』の〈巫女〉譚よりも高度だとかんがえられる点は、すくなくともふたつあげられる。ひとつはこの〈聖女〉の〈性〉的な対幻想の対象である〈神〉は、きわめて抽象された次元にあることだ。たとえ〈マリア〉像や〈キリスト〉像に媒介されて「魂が神に内在し、神が魂に内在」する心の状態にたっしたとしても、この〈神〉は祭壇にまつられた実在の神像とははるかにへだたった抽象である。『遠野物語拾遺』の〈巫女〉では、たとえ託宣をうけとるために、数珠や呪詞やオシラサマしかいらなくても、あらわれた〈神仏〉は実在の観音像や堂祀の仏像の、ある模写の段階をそれほどでてはいない。もうひとつは聖テレサが自己喪失の状態で疎外するのは、自足した〈恍惚〉だということである。この〈恍惚〉状態は、自己性愛と共同性愛との二重性をふくんでいる。そして重要なのはこの〈恍惚〉が成熟した対幻想に固有なものだということである。『遠野物語拾遺』の〈巫女〉がじぶんの幻覚のなかで疎外するのは〈面白さ〉である。子供たちが面白がって仏像で遊んでいることと相互規定的な〈神仏〉のほうからする子供と遊ぶことの〈面白さ〉である。この巫女にとっては〈面白さ〉が至上の対幻想であり、共同幻想との〈性〉的関係でありうるのだ。そしてそういう言葉がつかえるとすれば、幻想の〈性〉的な対象が〈面白さ〉としてしか疎外されないのは、未熟な対幻想に固有なものだといえる。『遠野物語』には、この種の共同性愛がやや高度になった形の〈巫女〉譚がある。

遠野在にまじないで蛇を殺し、木にとまった鳥を落したりするかくれ念仏者の老女がいた。この老女が語るところでは、昔あるところに貧しい百姓がおり、妻はなくて美しい娘がいた。馬を一頭かっていたが娘は馬を愛して夫婦になった。ある夜これを知った父親は娘に知らせず馬をつれだして桑の木につりさげて殺した。娘はこれを知り悲しんで、死んだ馬の首にすがって泣いた。父親はこれをにくんで馬の首を斧できり落したが、たちまち娘はその首に乗ったまま天に昇り去った。

（『遠野物語』六九）

これはたくさんのヴァリエーションをもったいわゆる〈オシラサマ〉の起源譚のひとつである。ここでは巫女の口から、巫女が共同幻想を〈性〉的な対象とみていることが語られている。馬は共同幻想を象徴する動物であり、娘はいわば、仮託された老巫女自身の伝承的なすがたである。老巫女はこれを伝え話としてしっていたにすぎないだろうが、隠れた室で祈禱し、まじないをやるときこういう伝え話に、じぶんの〈性〉的幻想を融合させる状態をもつにちがいない。

柳田国男は「巫女考」のなかでこの話を「馬の霊が蚕の神となつたと云ふ捜神記以来の伝説」がむすびついているとのべている。しかし本質的に重要なのは、こういう巫女が神憑りの状態にはいるばあいにつかう神体のたぐいが、陽神あるいは陰陽二神の象徴だということである。なぜなら巫女が共同幻想に介入するのは〈性〉的な対幻想としてであり、けっして巫覡一般としてではないからである。

原田敏明の論文「部落祭祀におけるシャマニズムの傾向」（『民族学研究』第14巻第1号）は福島県石川郡の巫女についてつぎのようにかいている。

例えば福島県石川郡沢田村では「わか」というのがおるが、盲女がこれになる。大神宮、稲荷などを祀り、歌をうたって神仏を勇める。村人は今もこれらを信仰して、病気その他の困難を生じた場合に、家に招き、口寄をして貰う。それには一座の中央に、石臼の穴に柳の枝を立て、また青竹の弓を紙につけて握り、空の飯匱の上にひかえて、かやの棒でその弦を「ボロンボロン」とはたく。そして「ハヤモドレ、ハヤモドレ」といい、日本国中の神々の名を呼び上げ、あるいは死者の名を呼ぶ。そのうちにこれらが乗りうつって「わか」の体は振動し、人々の向いにおりて託宣をなす。

この「わか」になるには、若い時分に師匠について「神つけ」を習得する。五六年修業させ、その間は毎朝水垢離をとり、粥一食で苦業し、八百万の神の名を覚える。

わたしの推量では、ここで記述された「わか」とよばれる巫女の神憑りの方法は〈性〉的な行為の象徴であり、「わか」の措定する対幻想の対象は「八百万の神」に象徴される共同幻想である。おなじように「わか」の「神つけ」の技術は、粥一食の飢餓状態で心的な〈異常〉状態を統覚する修練にある。そして一方では師匠からの伝習によって呪詞を暗誦するのである。

この「わか」に象徴される日本の口寄せ巫女がシャーマン一般とちがうのは、巫女がもっている能力が、共同幻想をじぶんの〈性〉的な対幻想の対象にできる能力なのに、シャーマンの能力は自己幻想を共同幻想と同化させる力だということだ。巫女はしばしば修業中にも〈性〉的な恍惚を感じられるだろうが、シャーマンでは心的に禁圧された苦痛がしばしば重要な意味をもつだろう。なぜなら本来的には超えがたい自己幻想と共同幻想との逆立した構造をとびこえる能力を意味するからである。

ニオラッツエの『シベリア諸民族のシャーマン教』のなかで、シャーマンの修業について概観されている個処がある。

> シャーマンに予定せられたものは就任の時機迄痛々しく煩はしい心身の苦患時代を経過する。往々彼等は全然食慾を失ひ、人間から隔絶し、極度の神経衰弱となり、家を去つて森林・河川に走り、屢々屋外に於て雪中に眠り、其処に静寂と精霊と神秘な話をする。
>
> シャーマンに予定せられたといふ感覚が往々強度に達し、その人は不断強烈に之を思念するが為に神経的発作を招き、癲癇を患ひ始め、其他種々の強い神経病の兆候を表はす。
>
> 若き男女シャーマンは実際その職に就く前に、一定の修業を経ねばならぬ。この目的の為にこの子供等はあらゆるシャーマン教の秘事を伝授する一老シャーマンに師事する。この修業期は又苦悩の時代で、年少の人がシャーマンとしての最初の認可を得た瞬間に突然終結を告げるのである。年少のシャーマンの手によつて魔法の鼓は打ち鳴らされ、此鼓の音に合せて忽ちしまりなく荒び、忽ち単調憂鬱となるやうな歌を始めてうたふとき、彼の病的苦悩の精神状態は奇蹟によつて突然全治する。（牧野弘一訳）

ニオラッツエによれば、このばあいシャーマンは、あらかじめ類てんかん的な心性をもった少年が部落のひとびとからえらばれる。そのうえで部落の共同幻想に憑くための自覚的な修業と伝習が課せられるのである。シャーマンではあきらかにシャーマン的人間が問題になる。いいかえればシャーマンが男であれ女であれ、〈性〉が問題なのではなく〈異常〉な言動ができる人間が問題なのだ。そこでは個人の〈異常〉な幻想が共同幻想に憑くために、自覚的な伝授と修練がおこなわれるのである。

シャーマンでは、自己幻想が問題だから、精神病理学者がいういわゆる〈祈禱性精神病〉の概念が問題になりうるだろう。精神病理学者が〈祈禱性精神病〉の特徴としてあげているところは、すこぶる無造作で、その意味ではあいまいな概念である。だいいちにじぶんの意識の消失にともなって、つねに念頭にある他の対象物（人間、神、憑きもの動物）に移入しきることである。そして、そのあとにあらわれるのは作為体験や考想化声であり、狐や他の人間や神が入りこんで、じぶんにお告げを発言させる幻聴であったり、神が現われた幻覚であったり、異様なものが身体をしばりつけたり、身体をつきぬけたりといった心的な体験である。ここでは、クルト・シュナイダーのいう分裂病の一級症状があらわれる。だから〈祈禱性精神病〉とよばれている概念はあいまいで、類てんかん的であることも、類分裂性であることもでき、ただその転換を統御することが問題になる。しかし〈祈禱性精神病〉と精神病理学者によばれているシャーマン的な症候のうち、重要なのは〈異常〉な心性そのものにはない。かれの自己幻想が、他の人間でも、神でも、狐や犬神でも、ようするに共同幻想の象徴に同化することで、部落共同体の共同利害を心的に構成できる能力にあるのだ。

ニオラッツエの記述を信じると、シャーマンの修業は苛酷をきわめている。それは身体的な死のちかくまで追いつめるような、心身の消耗の極限をつくりだすことである。それによって心の〈異常〉状態をじぶんでつくりだし、そしてじぶんでつくりだした心的状態であるために、シャーマン自身が意識するかどうかにかかわりなく〈みずからつくりだした〉という内発性によって、ちょうどその度合におうじて心的に自己統御されている。そうかんがえられる。

けれどこれだけならシャーマニズムは、じぶんで作りだされた心の〈異常〉だというだけだろう。重要なのは、この心の〈異常〉が発現する場面で、部落の共同幻想に馴致することである。修業シャーマンが老シャーマンから伝授される〈秘事〉は、心の〈異常〉をつくりだす技術であるとともに、なにが部落にとって共同幻想の実体かという伝承的な理念だというのは推定するに難くない。これがなければ、シャーマンは部落の共同幻想を、したがって共同利害を統御できないのである。

「わか」に象徴される日本の口寄せ巫女はこれとちがっている。

だいいちに巫女は、自己幻想として〈異常〉であるかどうかはまったくどうでもいいことなのだ。ただ盲目の女性は、あんまか巫女か以外に生活の方途をもたなかったという理由がかんがえられるだけだ。盲目だというのが巫女になる修業の利点に転化できるのは、視覚が閉ざされているため、外界と断たれた心の状態に入りやすいことだけだろう。

そのうえ口寄せ巫女がシャーマン一般とちがうのは、自己幻想よりも〈性〉を基盤にした対幻想が本質だという点である。だから〈祈禱性精神病〉の概念は、そのままでは巫女に適用されない。たとえ巫女が〈異常〉な個体だとしても、まったくこの原則はおなじである。〈祈禱性精神病〉の概念は、このばあい〈性〉的な対幻想として〈病的〉かどうかという位相に拡張されなければならない。巫女は〈性〉的な対象を共同幻想にえらぶものをさしている。民俗学者がいうように歴史的にみれば、巫女もまた婚姻し、夫をもったということはありえよう。しかし、それはただ〈性〉的な実際行為や雑事処理の対象としてであり、けっして対幻想の対象としてではない。シャーマンは部落にとって超能力をもった人間になるのを要請されるのだが、日本の口寄せ巫女は、超能力をもった幻想的な〈性〉そのものになることを要請されるのである。

ニオラッツエが描いているシャーマンの修業が苦患をきわめているのは、シャーマンでは自己幻想が共同幻想に融合するために、どうしても心的に〈逆立〉する架橋をとびこえねばならないからである。部落に住んでいる個体の自己幻想と、部落共同体の共同幻想のあいだには深淵が口をひらいており、この深淵をとびこすには心的な逆立が必要になる。最小限に見積っても〈虚偽〉をとびこすことが必要であり、その〈虚偽〉はシャーマン個人の内部で、消滅するまで心的につきつめられなければならないはずだ。精神病理学的な概念をつかえば、シャーマンは類てんかん的な心性から類分裂性の心性にいたる心的な〈逆立〉をやってのけねば、共同幻想に憑くことはできない。ニオラッツエが描いている「年少のシャーマンの手によつて魔法の鼓は打ち鳴らされ、此鼓の音に合せて忽ちしまりなく荒び、忽ち単調憂鬱となるやうな歌を始めてうたふとき、彼の病的苦悩の精神状態は奇蹟によつて突然全治する。」というのは、この心的な〈逆立〉を成し遂げ、自己幻想が共同幻想（魔法の鼓や呪歌に象徴される）に同致したことを意味した表現である。

しかし「わか」に象徴される口寄せ巫女のばあい、シャーマン一般の修業のような心的な苦患は存在しないはずである。それは〈性〉的な対幻想の対象として、村落の共同幻想を措定することだから〈性〉的な幻想の対象として共同幻想をおもい描くという〈自然〉に根ざした幻覚の問題があるだけだ。地上的にいえば村落共同体の共同利害と〈家〉の利害の関係だけが巫女にとって現世的な矛盾にすぎないからである。

柳田国男や折口信夫は、村落共同体の政治的象徴であり、同時に祭司であった上代の巫女が、時代がくだるにつれて神社にいつく巫女と、諸国を流浪し、村落に埋もれて口寄せ巫女になって分化する過程を想い描いている。この想定はけっしてまちがっていないとおもう。なぜなら、巫女が神社に寄生するか、諸国を流浪して、村落共同体の片隅に口寄せ巫女となって生きるかの二者択一以外の道をたどれないのは、彼女たちが現世的な〈家〉の体裁をかまえるかどうかにかかわりなく、共同幻想を、架空の〈家〉をいとなむ〈異性〉として択ぶべき本質をもっているからである。巫女にとって〈性〉的な対幻想の基盤である〈家〉は、神社にいつこうが諸国を流浪しようが、つねに共同幻想の象徴と営む〈幻想〉の〈家〉であった。巫女はこのばあい現実には〈家〉から疎外されたあらゆる存在の象徴として、共同幻想の普遍性へと霧散していったのである。

# 他界論

社会的な共同利害とまったくつながっていない共同幻想はかんがえられるものだろうか？　共同幻想の〈彼岸〉にまたひとつの共同幻想をおもい描くことができるだろうか？

こう問うことは、自己幻想や対幻想のなかに〈侵入〉してくる共同幻想はどういう構造かと問うことと同義である。ちょっとかんがえると、こういう問いは架空な無意味なもので、妄想的にさえみえるかもしれない。だがいぜん切実な問いかけをふくんでいる。ひとびとは現在でも〈社会科学〉的な粉飾をこらしてまで、この問題のまわりをさ迷っているからである。

いうまでもなく共同幻想の〈彼岸〉に想定される共同幻想は、たとえひとびとがそういう呼びかたを好まなくても〈他界〉の問題である。そして〈他界〉の問題は個々の人間にとっては、自己幻想か、あるいは〈性〉としての対幻想のなかに繰込まれた共同幻想の問題となってあらわれるほかはない。しかしここに前提がはいる。〈他界〉が想定されるには、かならず幻想的にか生理的にか、あるいは思想的にか〈死〉の関門をとおらなければならないことである。だから現代的な〈他界〉にふみこむばあいでさえ、まず〈死〉の関門をくぐりぬけるほかないのである。

ハイデガーは『存在と時間』の〈死〉の考察のなかでつぎのように記している。

死の実存論的解釈は、すべての生物学および生の存在論に先立って在るのです。しかしこのような解釈は、死のすべての伝記的＝歴史記述的および民族学的＝心理学的な調査研究をも、初めて基礎づけています。死亡することがそこにおいて「体験され」る状態と仕方との性格づけとしての、「死ぬこと」の「類型学」が、すでに死の概念を前提しています。そのうえ「死ぬこと」の一種の心理学が、死ぬことそのものよりもむしろ、「死んでゆくもの」の「生」についての解明（アウフシュルス）を与えています。このことは、現存在は、事実的な死亡することの体験のもとおよびそのうちで、初めて死ぬのではなく、といって本来的に死ぬのでもない、ということを反映しているのにすぎないのです。同様に未開人の間における死の把捉・理解は、魔力や祭祀・礼拝におけるかれらの死に対するさまざまの態度を、第一義的には現存在の了解（の真相）を明らかにし、その了解の解釈は、すでに死の実存論的分析とそれに対応した概念とを必要としているのです。（桑木務訳）

この個所から、とても地につきそうもないスコラ的な言葉遣いを排除して、ハイデガーの配慮していることをわたしなりに推察してみればつぎのようになる。

人間はいうまでもなく、じぶんの〈死〉を心的にじぶんで体験することはできない。かれが生理的に死んでしまえば、かれはじぶんの〈死〉を心的に体験はできない。そうだとすると、かれが〈死〉を心的に体験できるのは〈他者〉の生理的な死を体験として了解したときである。しかし、このばあいでも〈他者〉の〈死〉をじぶんの〈死〉のように切実に体験はできないだろう。かれは〈他者〉の〈死〉にたいしては、ただ傍にいること以上には接近ができないからだ。仮りにかれは〈他者〉のために犠牲になって死ぬことはできるかもしれない。しかし、かれが〈他者〉の犠牲になって死んだとしても〈他者〉はやがていつか死んでゆく存在であるから、かれの犠牲死はけっして〈他者〉の〈死〉の総体的な代理だということにはならない。そして心的な自己体験としても不可能だし、対他的にも代理が不可能だという特異な〈死〉の本来的な意味は、たんなる生理的な〈死〉に限定することでも、たんに宗教的な〈永生〉の概念によっても根源的には包括されない。生誕から死に向って存在している現存在の仕方を、根源的にかんがえることなしには〈死〉の十全な把握は不可能である……。

ハイデガーは『存在と時間』のなかで心的に自己体験もできなければ、対他的に代理体験もできないのに、生理的な〈死〉はつねに存在しており、しかも人間は〈死ぬ〉ものだということが〈概念〉として流布され、すこしも疑われていない人間の〈死〉の特異性を俎上にのせることとで、現存在（人間）の根源的な倫理（ハイデガーのいう先験的覚悟性）の問題にはいりこむ緒をみつけようとしている。

しかしハイデガーの考察のうち、ここで拾いあげたいとおもうのは、〈死〉が人間にとって心的に〈作為〉された幻想であり、心的に〈体験〉された幻想ではないということだけである。そしてこのばあい〈作為〉の構造と水準は、共同幻想そのものの内部にあるとかんがえられる。やさしい言葉でいいかえよう。〈死〉は生理的には、いつも個体の〈死〉としてしかあらわれない。戦争や突発事で、人間が大量に同時に死んでも、生理的に限定してかんがえるかぎり、多数の個体が同時に死ぬということである。しかし、人間は知人や近親の〈死〉に際会して悲しんだり、じぶんの〈死〉を想像して怖れたり不安になったりできるように〈死〉は人間にとって心の問題としてあらわれる。人間の生理的な〈死〉が、人間にとって心の悲嘆や怖れや不安としてあらわれるとすれば、このばあい〈死〉は個体の心の自己体験の水準にはなく、想像され作為された心の体験の水準になければならない。そしてこのばあい想像や作為の構造は、共同幻想からやってくるのである。人間にとって〈死〉に特異さがあるとすれば、生理的にはいつも個体の〈死〉としてしかあらわれないのに、心的にはいつも関係についての幻想の〈死〉としてしかあらわれない点にもとめられる。もちろんじぶんの〈死〉についての怖れや不安でさえも、じぶんのじぶんにたいする関係の幻想としてあらわれるのだ。

わたしたちはこの問題にもっとおだやかなかたちで接近することができる。

たとえば、知人が不幸な事件にであって喪失感にうちのめされていたとする。〈わたし〉はじぶんが不幸な事件にであって喪失感にみまわれたことを想い起こして、知人の喪失感の状態を察知しようとする。しかしどれほど察知しようとしても、けっして知人が現に出遇っている喪失感の切実さには、はじめから到達できない。人間は〈他者〉の喪失感を、じぶんの喪失感におきかえられないからだ。このとき〈わたし〉は、どれほど〈他者〉の喪失感をおもいつめても、とうていじぶんの体験みたいに感じられないと諦めて、判断を中止してひきかえすか、または人間はどうしてじぶんのことみたいに〈他者〉のことを了解できないのか、という問いにまで普遍化してじぶんにつきつけるほかに術がない。

〈死〉ではこの問題は極限のかたちであらわれてくる。人間はじぶんの〈死〉についても他者の〈死〉についてもとうてい、じぶんのことみたいに切実に、心に構成できないのだ。そしてこの不可能さの根源をたずねれば〈死〉では人間の自己幻想（または対幻想）が極限のかたちで共同幻想から〈侵蝕〉されるからだという点にもとめられる。ここまできて、わたしたちは人間の〈死〉とはなにかを心的に規定してみせることができる。人間の自己幻想（または対幻想）が極限のかたちで共同幻想に〈侵蝕〉された状態を〈死〉と呼ぶというふうに。〈死〉の様式が文化空間のひとつの様式となってあらわれるのはそのためである。たとえば、未開社会では人間の生理的な〈死〉は、自己幻想（または対幻想）が共同幻想にまったくとってかわられるような〈侵蝕〉を意味するために、個体の〈死〉は共同幻想の〈彼岸〉へ投げだされる疎外を意味するにすぎない。近代社会では〈死〉は、大なり小なり自己幻想（または対幻想）自体の消滅を意味するために、共同幻想の〈侵蝕〉は皆無にちかいから、大なり小なり死ねば死にきりという概念が流通するようになる。

ここまできて、わたしたちは〈死〉の様式が志向する類型をとりだせるはずなのだ。それは〈他界〉概念の構造を決定するとおもう。

『遠野物語』のなかから、わたしたちはまず〈死〉が、じぶんのじぶんにたいする心的な〈作為〉体験としてあるような〈死譚〉をみつけだすことができる。

遠野の町に鳥御前という鷹匠があった。茸採りにいって連れと離れて山に入ると赭い顔をした男と女が話をしているのに出遇った。二人は鳥御前をみると手を拡げて抑止したが、普通の人間とおもわれなかったので、かまわず行って戯れに切刃を抜いて打ちかかると、男に蹴られて前後を失った。連れが介抱して家に帰ったが、鳥御前は今日の一部始終を話して、こんなことはいままで出遇ったことがなかった、おれはこのために死ぬかもしれない、誰にもいうなと語って、三日程の間病んで死んだ。家のものがあまり不思議な死にようなので、山伏に相談すると、山伏は山の神が遊んでいる所を邪魔したのだから、その祟をうけて死んだのだと答えた。（『遠野物語』九一）

ようするに「鳥御前」は幻覚に誘われて足をふみすべらし、谷底に落ちて気絶し、打ちどころが悪かったので三日程して〈死〉んだというだけだろう。けれど「鳥御前」が、たんに生理的にではなく、いわば綜合的に〈死〉ぬためには、ぜひともじぶんが〈作為〉してつくりあげた幻想を、共同幻想であるかのように内部に繰込むことが必要なはずだ。いいかえれば山人に蹴られたことが、じぶんを〈死〉に追いこむはずだという強迫観念をつくりださねばならなかったはずだ。そしてこのばあい「鳥御前」の幻覚にあらわれた赭ら顔の男女は、共同幻想の表象にほかならないのである。

このばあい「鳥御前」が生理的に死ねば「鳥御前」のいっさいの幻想は消滅する。しかし逆に「鳥御前」の〈死〉とは「鳥御前」の生理的な〈死〉をさすものだろうか。そういう問いを発してみれば、その答えはけっして安直にかんがえるほど自明ではない。なぜなら「鳥御前」の生理的な〈死〉は、かれの〈作為〉された関係幻想の死をも意味するからである。そして関係幻想の位相からは、人間はじじつ、じぶんは何々に出遇ったから死ぬという意識から、逆に生理的な〈死〉をもたらすことができるのだ。それは共同幻想が自己幻想の内部で、自己幻想をいわば〈侵蝕〉するという理由によって説明することができる。

ブリュルは『未開社会の思惟』のなかで、この種の例をたくさんあげて、かれのいう〈融即〉の原理から説明をくわえている。たとえば、昔、アメリカ土人は隣人の小屋の近くで夜、梟がなけば、隣人を襲って殺害する権利があった。それは未開人にとって不吉な動物とされている梟が鳴くことは、それ自体で不吉な事件がじっさい起ったと同じように心的に構成され、そういう不吉な事件をじぶんにもたらしたのは隣人だから、殺害する権利があるという理由による。またブリュルは、武器に呪いがかけられて呪力をあたえられていると思いこんでいれば、傷が皮をかすったくらいでも、未開人は床につき、食物を拒絶し、目にみえて衰弱したあげく、きっとまちがいなく死ぬという例をあげている。わたしのかんがえでは、べつに〈融即〉の原理で死ぬのではなく、未開人の自己幻想が共同幻想〈呪力〉に〈侵蝕〉されることで、いわば心的に〈死〉ぬのである。そしてかすり傷くらいで〈死〉んでしまうのは、未開人では自己幻想と共同幻想とは未分化なため、この〈侵蝕〉が即自的に起りうるからである。

『遠野物語』の「鳥御前」は、もちろん未開人ではないから、共同幻想と自己幻想との未分化な心性を想定することはできない。ただ共同幻想が自己幻想に侵入してくる度合におうじて、かれは自発的にじぶんを共同幻想の〈彼岸〉へ、いわば〈他界〉へ追いやり、そのことによって共同幻想から心的に自殺させられる存在である。このことは、かれの心的な自殺が生理的な〈死〉を促進したかしなかったかということとは無関係だといえよう。

ここで注意しなければならないのは、自己幻想がじぶんにたいして〈作為〉された関係幻想としてあらわれる〈死〉では、〈他界〉は〈時間〉性としてしか存在しえないことである。そしてもし、あらゆる幻想性は〈空間〉性を獲得したときはじめて、ほんとうに存在するのだといえるとすれば、ここでは〈他界〉の観念は存在しないといっても、いたるところに普遍的にみちみちて存在するといっても、まったくおなじことになる。ブリュルのあげている未開人の世界では〈他界〉観念は地上のいたるところにあり、だから疎外された幻想としては存在しないのだ。『遠野物語』の「鳥御前」のばあいには、ただ〈時間〉的な観念として〈他界〉は存在しているといえよう。

わたしたちは『遠野物語』のなかから、このたぐいの〈死譚〉が、いくらか高度になったばあいをいくつか想定できる。〈死〉が自己幻想に集中しないで、対幻想に集中するばあいである。

ある村人の曾祖母が死んで親族が通夜の晩に一同座敷に寝ていた。死者の娘で乱心のため離縁されてもどっていた婦人もその中にいた。祖母と母はいろりの両側に起きて坐っていた。ふと裏口から足音がして死んだ老女が衣物の裾をひきずってやってきたが、いろりの脇を通りすぎたとき、裾で炭取にさわったかとおもうと、まるい炭取はくるくるまわった。母は気丈の人なのでふりかえってあとを見送っていると、親族の寝ている座敷の方へ近よっていった。死者の娘の狂女が、そのときけたたましい声で、おばあさんが来たと叫んだ。

同じ老女の二七日の夜に、知音が回向して帰ろうとすると門口の石に腰をかけてあちらを向いている老女がいた。うしろ姿は死んだ曾祖母であった。（『遠野物語』二二、二三）

この民譚では〈死〉は対幻想のなかに〈作為〉されてあらわれている。祖母や母や親族が、死んだ曾祖母に執着するのとおなじ度合で、死者は〈家〉の周辺をはなれられない。そして死んだ曾祖母が「裏口」からあらわれたり、「門口」の石に腰をおろして家のなかに入らなかったりするのは、生きている肉親や親族や「知音」にとって、その死者が心に怖れであったり、遠のいていたりする度合に対応している。祖母や母が死者に〈表口〉から入ってもらいたくないと怖れているから、死んだ曾祖母は〈裏口〉から入ってきたのである。また「知音」たちが、死んだ曾祖母に執着しながらも〈他界〉の存在だとかんがえているから、老女は〈家〉に入らずに「門口」の石に腰かけていたのである。

この〈死譚〉にはひとつの示唆がかくされている。〈死〉が作為された自己幻想として個体に関係づけられる段階を離脱して、対幻想のなかに対幻想の〈作為〉された対象として関係づけられたとき、はじめて〈他界〉の概念が空間性として発生するということである。このナッセント・ステートの〈他界〉空間は、当然のことであるが、此岸的ないわば現実的な〈家〉の共同利害によってある構造的な規定をうけるはずである。この『遠野物語』の〈死譚〉で、死んだ曾祖母が家の「裏口」や「門口」にあらわれた理由について、柳田国男は「如何なる執着のありしにや、終に知る人はなかりし也。」と記している。柳田がかきとめているように、たしかに曾祖母の霊があらわれる理由は、家人や親族に思いあたるふしがなかったかしれない。だが近親にとって、どんなに思いあたるふしがなくても、理由もなく死者があらわれることはない。曾祖母の亡霊が近縁者にあらわれたのは〈家〉の共同利害と曾祖母の生存のあいだに、何かしらの矛盾があったからだ。それはいわば原理的に自明みたいにおもわれる。なぜなら、心的な〈死〉はいつも関係幻想にほかならないからだ。

『遠野物語』は、対幻想に〈侵入〉してくる〈他界〉の概念が、いかに現世的な〈家〉の共同利害と関係あるかを暗示する民譚をかきとめている。


遠野の近隣には幾つか、おなじダンノハナという地名がある。その近傍にはこれと相対してかならず蓮台野という地がある。昔は六十をこえた老人はすべてこの蓮台野に追いやる風習があった。捨てられた老人は徒に死んでしまうこともならず、日中は里へおりて農作して口を糊した。そのためにいまもその近隣では朝に野らにでるのをハカダチと云い、夕方野らからかえるのをハカアガリと云っている。(『遠野物語』一一一)

遠野在の村境いにデンデラ野というのがある。そこの堂守の家には死人があるとかならず予兆があるといわれている。死ぬのが男ならば、デンデラ野を夜なかに馬を引いて山歌を歌ったり、又は馬の鳴輪の音をさせて通る。女ならば平生歌っていた歌を小声で吟じたり、啜泣きをしたり、或は高声に話をしたりなどして此処を通りすぎる。こうして夜更にデンデラ野を通った人があると、堂守の家では、ああ今度は何某が死ぬぞなどといっているうちに、間もなく其人が死ぬのだといわれている。（『遠野物語拾遺』二六六）

後段の「デンデラ野」というのは、前段の「蓮台野」とおなじで、六十歳をこえた老人を捨てた場所をさしている。

「ダンノハナ」は村境いの塚所であり、その向う側に相対する蓮台野は、いわば現世的な〈他界〉である。そして六十歳をこえた村落の老人たちは、生きながら〈他界〉へ追いやられたことをこの民譚は表象している。そして後段の民譚では、村の男女はたれも死ぬとここを通りすぎると記している。

なぜ、村落の老人は六十歳をこえると生きながら〈他界〉へ、いわば共同体の外へ追いやられるのだろうか？

もちろん、六十歳をすぎた老人の存在が、村落共同体の共同利害と矛盾するからである。農耕にかける老人の労働力のうみだす価値が、その生活の再生産の過程に耐えないからである。しかしこういう理由づけは、六十をこえた老人たちがなぜ、村落の〈家〉から〈他界〉へ追いやられたかをそのままでは説明したことにならない。個々の老人は、村落の共同体から共同幻想の〈彼岸〉へ生きながら追いやられたとき、かならず〈家〉の対幻想の共同性から追いやられたはずである。そして〈家〉から追いやられるには、老人の存在が〈家〉の共同利害と矛盾しなければならない。身体的にいえば〈家〉の働き手として失格していなければならない。

だがこれでも、なお〈姥捨〉の理由はつくされないだろう。つまり老人たちは、対幻想の共同性が、現実の基礎をみつけだせなくなったとき（ヘーゲル的にいえばそれは子供をうむことによって実現される）、〈他界〉へ追いやられたのである。そして対幻想の共同性が、現実の基盤をみつけだせなくなるのは、ヘーゲルのかんがえたように、子供を生むことで実現化されなくなったかどうかでなくて、対幻想として、村落の共同幻想にも、自己幻想にたいしても特異な位相を保ちえなくなったかどうかを意味しているのだ。いうまでもなく、対幻想として特異な位相を保ちえなくなった個体は、自己幻想の世界に馴致するか、村落の共同幻想に従属するほかに道はない。それが六十歳をこえた老人が「蓮台野」に追いやられた根源的な理由である。そして一般的には〈姥捨〉の風習の本質的な意味である。

村落共同体の共同幻想は、ハイデガーのいう「その死に向って存在している」現存在の時間性を、空間の方に疎外した。それだから〈他界〉は、個体にとって生理的な〈死〉をこえて延びてゆく時間性にもかかわらず、村境いの向う側の地域に〈作為〉的に設けられたのである。

ほんらい村落のひとびとにたいしては時間性であるべき〈他界〉が、村外れの土地に場所的に設定されたのは、きっと農耕民の特質によっている。土地に執着してそこに対幻想の基盤である〈家〉を定着させ、穀物を栽培したという生活が、かれらの時間認識を空間へとさしむけたのである。

〈サンカ〉のように耕作しないで、移動手業につき、野生物や天然物に依存することのおおい生活民を想定すれば、まったく別個の時間認識がえられる。三角寛のすぐれた研究『サンカの社会』によれば〈サンカ〉の共同体では、現在の夫婦を一として、五代前の高祖父母は〈テガカリカミ〉と称する生神様とかんがえられる。生きていればその子孫はもちろん、所属の共同体のものは当番で、三日目毎に献食をはこばなければならないと記されている。ここでは〈他界〉は、個体の〈死〉の延長にえがかれる時間性である。また、したがって一定の年齢をこえた老人たちが捨てられてゆくこともないかわりに、老人たちは婚姻してから死ぬまで自営して〈他界〉に自然に移行するとされている。この特異な共同性の内部では〈死〉はたんに、個体の心的な時間性の度合の変化として了解される。そのもっとも根源的な理由は、かれらの対幻想の基盤である〈家〉が土地の所有と無関係であり、また共同幻想が土地の占有や定着の概念と無関係に成立したからである。ここでは対幻想は、共同幻想にたいしても自己幻想にたいしてもはじめから特異な位相をもたないのだ。

三角寛は〈サンカ〉の葬制についてつぎのように記している。

> セブリ族は、明治七年ごろまでは、風葬(シナドオクリ)が多かつたのである。それを「アノモドリ」ともいふ。アノは天空のことである。（中略）
>
> この風葬の思想は、人間の霊魂は太陽に帰るものとして、その霊を尊び、死体をナキガラとして尊ぶのである。これを網籠に入れて、人目につかない川の上の樹木につるして風化させるのである。これが彼ら社会の死人を祭る最高の儀式であつた。
>
> ここに特筆すべきことは、彼らには死を悲しんではならぬといふ慣習があることだ。死を悲しむことは、仏教入国以来のことで、生あるものは、いつかは天空に帰つてゆく、それを悲しむのは真理ではないとする考へ方である。（中略）
>
> セブリに死人が出ると、家族の者が集つて、まづ榊と水を献じて手を鳴らして「お身送り(ミオク)します」といつて礼拝する。この「ミオクリ」がすなはち、シナドオクリなのである。
>
> 次いでムレコに死を通報する。ムレコはクズコ、クズシリに「ユサブレ」して、それぞれが酒をもつて、そのセブリに来て、はじめて死体(トドキ)を拝む。同時に手分けして、死体をおさめる「ヒトギ」を作る。箕を二枚合はせたやうな籠である。いはゆるヒツギである。これに納めると、クズシリが祭司になり、

「ここに、何々のミコト天空（アノ）に帰ります。ユサバリなす、一族郎党（ヤガラウガラ）うちそろひ、高き霊（ミタマ）ききませと申し、栄（フユ）のトドキ（栄光の死体（ナキガラ））見送り申す」
と、祝詞を捧げて式を終る。
死体は洗はない。死体の上で、山刃を十字（タテヨコ）に切つて邪気を払ふだけである。（中略）
式が終ると、一同酒を交しながら、故人の生存中のくさぐさの話をし、死体を深夜の中に、樹上に運び、夜明に納めるのである。（『サンカの社会』）

ここで三角寛が「風葬」とよんでいるのは、げんみつには樹上葬とよぶべきかもしれない。そして樹上葬の本質的な思想は、〈死〉をたんに現存在の時間性の変化としてみることである。これは対幻想を土地定着にむすびつけた農耕共同体のそとでうみだされた〈他界〉観の所産にほかならぬといえる。

ここまできて、わたしたちは『遠野物語』の〈死譚〉にあらわれた「ダンノハナ」や「蓮台野」という地名の意味するものを了解する。それは村落共同体の共同幻想が疎外する空間性としての〈他界〉（墓所）であるとともに、時間性としての〈他界〉（霊所）である。しかも、村落の共同幻想が疎外する空間性としての〈他界〉（墓所）が、村人の対幻想が疎外する空間性としての〈他界〉（家墓所）と同致したために、村落の老人たちは六十歳をこえると、村落共同体の地上的な共同利害から追いたてられて、生きながらここに捨てられたのである。

よくしられているように、柳田国男は「葬制の沿革について」によって、両墓制の存在をはじめて指摘した。そして柳田が自負したように、土豪や支配者の古墳ばかり掘りかえしていてはとうてい発見できない日本民俗学の勝利を象徴するものとかんがえられてきた。柳田は墓地には埋め墓ともいうべきものと、詣で墓ともいうべき二つがあって、死者を埋葬した墓地と死者を祭った墓地とはべつべつであることをはじめてあきらかにして、葬制研究の口火をきったのである。けれど埋め墓と詣で墓とが場所的

吉本隆明全集10



月報7
2015年9月
晶文社

# 永久に消えない疑問

芹沢俊介

「たとい我、仏を得(え)んに、十方衆生(しゅじょう)、心を至し信楽(しんぎょう)して我が国に生まれんと欲(おも)うて、乃至(ないし)十念せん。もし生まれずは、正覚(しょうがく)を取らじ。唯五逆と正法を誹謗せんをば除く。」（設我得仏、十方衆生、至心信楽、欲生我国、乃至十念。若不生者、不取正覚。唯除五逆　誹謗正法）（「仏説無量寿経」『真宗聖典』）

吉本隆明が亡くなった年の夏、『宿業の思想を超えて——吉本隆明の親鸞』（批評社）という本を出した。私はそこで素朴な疑問を呈したのだった。

冒頭の文は、弥陀の第十八願と呼ばれているものだ。私の疑問は、吉本隆明はなぜ、この十八願を親鸞思想の核心と把握しておきながら、「唯除五逆　誹謗正法」（唯五逆と正法を誹謗せんをば除く）という箇所について言及しなかったのか、それればかりか十八願の引用に際して、なぜ唯除以下の但し書きを削除してしまったのか、というものであった。

引用し忘れたということではなく、また言及するに値しないということでもなさそうだ、その姿勢は徹底していて、まるで第十八願には、唯除規定がないかのようなのだ。

法然は唯除規定をはずして、十八願を説いた。善導も同様であった。それに対して、親鸞は、唯除規定を十八願から削除しなかった。そそっかしい人には、吉本隆明は法然返りをしてしまったととらえられかねない事態であったと言える。

第十八願はこんなふうに解釈できる。

「私、法蔵菩薩は、生きとし生けるものすべてを、浄土へと迎えとろうという誓いを立てた。こういうことだ。ためらいのないまっすぐな心で、私の誓いを深く信じ、浄土に生まれたいという気持ちを起こして、十回でも私の名を称えた者は誰でも浄土に生まれることができるのである。この誓い、約束が違えられることは決してない。ただし、親殺しをはじめとする五つの罪を犯した者と仏法を誹謗した者とはこの対象から除く。」

吉本隆明の主な関心は、「十回でも私の名を称えた者は誰でも浄土に生まれることができる」という弥陀の約束を、親鸞がここにのみほんとうの信の契機があると考えたことに向けられた。浄土に行くには、称名、つまり阿弥陀仏の名を呼ぶこと、これだけしかない、これ以外の行はいっさい不要だと親鸞が考えたことにあった。

だが、弥陀の名を称えるという行為は、自分の意志、はからいがなければ不可能ではないか。南無阿弥陀仏と称えようとするところに、このようにしのびよってくる自力の影を親鸞はどう解体し、他力というとことん受け身の思想を自分のものにするにいたったのか。

吉本隆明は、親鸞がこの問題を「自然法爾（じねんほうに）」という考え方で突破したと考えた。我々が南無阿弥陀仏と称えたくなり、実際に称えるのは、自らの意志や欲望のなせるわざではなく、弥陀のはからいによるのである。弥陀が称名だけで浄土に迎えとろうと誓い、称名するようにはからわせてくれているから、おのずと念仏が我々の口の端に上るのである。

この地点にいたって吉本隆明は、初めて親鸞に問いかけた。では、おのずと称名したいという気持ちにならない者は、どうなるのか。浄土に行けるか行けないのか。信と不信の境目に、称名の問題が現れたのである。称名するかしないかの境目、この境目を非信の地点と呼べば、親鸞に問いかけた吉本隆明が立っていたのは、ここであった。称名を捨てても、信は成り立つのか。非信の地点に立ち、親鸞に向かいこのように問う吉本隆明の目に、十八願の唯除規定ははるか彼方にかすんでしまっていたものと推測する。

それでも、私は、吉本隆明が絶対悪を救済から外す唯除規定を削除したことをひそかに悔いていたと考えたのだった。そう思うようになったのは、吉本隆明によって存在倫理という概念（人間存在の条件）が提起され、触発された私がその由緒を尋ねる過程においてであった（二〇〇二年『群像』の新年号に掲載された二〇〇一年九月十一日にニューヨークで起きた「同時多発テロ」をめぐる加藤典洋との対談「存在倫理について」）。

このような概念が吉本隆明のどこを起点に生じてきたのだろうか。親鸞の言葉に類縁を求めれば、「親鸞は父母の孝養のためとて、一返にても念仏もうしたること、いまだそうらわず」とはじまる『歎異抄』五章に出てくる「有縁（うえん）」という概念をめぐる親鸞の発言であった。もう一つ、あった。言うまでもなく、吉本隆明が削除し、それゆえ空白となっている十八願の唯除規定である。存在倫理は、吉本隆明の悔いが生み出したのである。つまり、吉本隆明にとっての、唯除規定に相当するという理解をしてみたのだ。存在倫理にそむくあらゆるはからいを「絶対悪」とするという観点である。言うなら「逆・存在倫理」である。「唯除逆・存在倫理」。第十八願が新しい唯除規定を得て現代によみがえったのである。――

ここまで考えてきたものの、やはり十八願の但し書きを削った理由について、一言でいい、述べておいてもらいたかったという気持ちがなくなったわけではない。いや、誰がどんなふうに解こうとも、疑問そのものはこれからもずっと消えずに残るのである。

（せりざわ・しゅんすけ　社会評論家）

# めら星の地より

ハルノ宵子

50年近く毎夏通い続け、いつも1週間以上滞在していた西伊豆の土肥だが、2回ほど〝浮気〟をしたことがある。

1度は私が高校受験を控えた夏で、講習などが入り仕方なく、2泊3日で紀伊の志摩へ行った。翌年もなんとなくその流れで、土肥と違う所にも行ってみようかと、父が1人で（浮き浮きと）下見に出掛け、決めてきたのが南伊豆の「子浦」という町だった。「岩地ってとこもすごく砂浜がキレイだったけど、ここはいいよ！」ということだった。

当時子浦は〝町〟とも言えない位しょぼい集落で、そこに1軒あるよろず屋さん的商店が、唯一のランドマークであり〝旅館案内所〟だった。

そこで紹介されたという〝民宿〟が、またゴツかった。トイレはハエやその〝お子さま〟が歩き回り、お風呂はその家の家族が入った後の残り湯で、30センチほどしか無くドロドロだった。8畳ほどの決して清潔とは言えない部屋の外には、ドブ川が流れていた。

東京生まれ東京育ちで、お嬢様の母は当然ブチ切れ、そのお宅は1泊で退却となった。

次に紹介されたのは、けっこう広い敷地ののびやかな２階屋だった。その家には、中学生の長男を筆頭とする３兄妹がいた。私や妹子供同士は、マンガを貸し借りしたり、その話をしたり、親戚のおうち感覚ですぐに打ちとけたが、時を選ばず「ガーッ」と障子を開けて入って来るガキどもに、またも母はブチ切れた。その家は２泊で終わった。

子浦は奥まった小さな湾の内側にある。対岸には妻良（めら）という、似たような集落がある。妻良までは、湾を挟んで３～４００ｍだろうか。ここにいる間に泳いで渡ってやろうと目論んでいたが、とんでもないことに、クラゲが大量発生していた。ピリピリ痛いフウセンクラゲから、ミミズ腫れができるアンドンクラゲ、刺されたら命も危ないカツオノエボシまで。家族連れのお父さんたちは、一生懸命クラゲを浜に汲み上げていたが、〝汲めども尽きぬ〟とは正にこの状態だ。美しい海を目の前にして、膝まですら入れないなんて…自然を前にした人間の無力さを初めて肌で感じた（もちろんこのクラゲにも母はブチ切れた）。荒波は泳ぎきれても、クラゲの海はムリだ。くやしいが、妻良まで泳ぐ計画は断念せざるを得なかった。

天文マニアだった私は、「妻良」という地名に引かれていた。「きっとあそこは〝めら星〟が見える地なんだ」と。めら星は「カノープス（老人星）」というのが、正式な名称だ。シリウスに次ぐ、全天で２番目に明るい恒星なのだが、日本（本土）の緯度ではギリギリなのだ。それが冬の夜中、シリウスの下の水平線上にユラユラと浮かんで見える。そうしたら必ず海が荒れる。きっと大気が不安定になり、水平線下であっても蜃気楼のように星が大きくゆらめいて見えるのだろう。ここの妻良よりもっと有名なのが、千葉館山の布良だ。方角や地形によってても幅があるだろうが、だいたい同じような緯度にある。南方から来た人々の、北限の漁師の地ならではの星なのだ。

さて…子浦で次に移ったのは、かなり山の上の方の、一応は〝旅館〟と呼べる宿だった。数日間に2度目の〝お引っ越し〟で、妹は疲れ果て熱を出して寝込み、母は2度と浜辺まで行くことはなかった。

暮れ方小さく下に見える子浦の浜で、薄暗いジミな盆踊りをやっていた。初めて聴くようなゆったりとした、ちょっと寂しげな曲調が、風に乗り山まで流れてきた。

父は「佃の盆踊りに似てる！」と、山道を駆け降り見に行った。

東京・佃島の人々は、元は大阪の海沿いにいた。でもその前は、南方から来た海洋民族だ。なぜ父は、子浦・妻良に引かれたのか？

もしかして、父の先祖天草の地でも「めら星」を頼りに、漁をしていたのかもしれない。訪れた客人は、あたり前に家に泊める。特別なおもてなしをするでもなく、普段通りのおうちのご飯を出す。

たぶん父は、DNAに刻み込まれた、おおらかで大雑把な気質や風土すべてを引っくるめて、この地に懐かしさを感じたのだろう。

（はるの・よいこ　漫画家）

編集部より

＊次回配本（第11巻）は、２０１５年12月を予定しております。

＊吉本隆明さんの書簡を探しています。お持ちの読者の方がいらっしゃいましたら、封書の場合は、文面、封筒の表・裏、はがきの場合は、はがきの表・裏の複写をご提供いただければ幸いです。

に別々であっても一個処であっても、そんなことはさまざまな偶然や、方便や、生活の必要で、いくらでもその都度かわりうることだ。ただとりあげるに価するのは、農耕民を主とする村落共同体の共同幻想にとって、〈他界〉の観念は、空間的にと時間的にと二重化されるほかなかったことである。かれらにとって〈永生〉の観念は、あくまでも土地への執着をはなれては存在しえなかった。そしてこういう〈永生〉の住みつく土地をもとめれば村落の周辺に、しかも村落の外の土地にもとめるほかなかったのである。だから埋め墓は空間的な〈他界〉の表象であり、詣で墓は時間的な〈他界〉の表象だというべきなのだ。

大場磐雄の論文「考古学上から見た我が上代人の他界観念」(『宗教研究』一二三号)は、古墳時代の〈他界〉観念を埋葬形式から考察している。

それによれば古墳時代の前期では、墳丘が丘陵や台地上にあり、副葬品も鏡、剣、玉など明器や宝器的なものがおおいなどの特徴があるところから、「身体魂に対する恐怖の念は相当に濃く残つているが、又一方死後の世界も考えられ、それは自分達現世の生活とは異なつた神々の世界であつて、神に献供される意味に於ていろ〳〵な品が捧げられたと思うのである。」とのべている。

これにたいして中期から後期にかけては、墳丘の位置が平野へ下っており、副葬品に鏡や玉などは少なくなり、馬具や土器類のような日常生活の道具がおおくなっているなどの特徴から「死体に対する恐怖の念がやゝ薄らぎ、死後の世界が現世と余り遠くないところに求められて来たことを示し、棺槨が地平線又は以下におかれるのは、死後の世界が地上又は地下にありと思惟せられ来つたものに外ならないと思うのである。」と解釈している。

この考察がわたしたちの注意をひくのは、ここで古墳時代前期とよばれている時代に〈他界〉がよりおおく共同体の共同幻想から〈時間〉的に疎外された観念として存在し、中期、後期とよばれている時代では、よりおおく〈空間〉的に疎外された観念として存在したということである。このことは〈他界〉観念の変遷を語っているのではなく、生産様式の変化を語っているのではないだろうか。そして、前期にはまだ農耕のほかに狩猟とか漁獲とかがおおく部族民の生業を占めており、中期、後期にはしだいに農耕民が村落の大部分を占めていっただろうということである。副葬品の鏡や玉や剣は〈時間〉幻想の表象であり、馬具や土器は〈空間〉幻想の表象であり、この論文がかんがえているように〈他界〉が現世と隔絶した遠隔にかんがえられたか、現世の生活の延長として近傍にかんがえられたかということを、おそらくは意味していない。

国分直一は「日本及びわが南島における葬制上の諸問題」（『民族学研究』第27巻第2号）のなかで柳田の発見を拡張して、多葬制ともいうべきものの痕跡を指摘している。第三次埋葬以後に（三十年あるいは数十年たったのち）死者の骨はとりだされ、粉砕されて土壌にばらまかれるというのである。

死者の骨が土壌に霧散したとき、現世のひとびとにとってひとつの〈他界〉が消滅したかにみえる。しかし真に消滅したのではなく、じつは骨を粉砕してばらまいた村落の近縁者の自己幻想の内部に〈他界〉が再生したにすぎない。真に〈他界〉が消滅するためには、共同幻想の呪力が、自己幻想と対幻想のなかで心的に追放されなければならない。

そして共同幻想が自己幻想と対幻想のなかで追放されることは、共同幻想の〈彼岸〉に描かれる共同幻想が死滅することを意味している。共同幻想が原始宗教的な仮象であらわれても、現在のように制度的あるいはイデオロギー的な仮象であらわれても、共同幻想の〈彼岸〉に描かれる共同幻想が、すべて消滅せねばならぬという課題は、共同幻想自体が消滅しなければならぬという課題といっしょに、現在でもなお、人間の存在にとってラジカルな本質的課題である。

原理的にだけいえば、ある個体の自己幻想は、その個体が生活している社会の共同幻想にたいして〈逆立〉するはずである。しかしこの〈逆立〉の形式は、けっしてあらわな眼にみえる形であらわれるとかぎっていない。むしろある個体にとって共同幻想は、自己幻想に〈同調〉するものにみえる。またべつの個体にとって共同幻想は〈欠如〉として了解されたりする。またべつの個体にとっては、共同幻想は〈虚偽〉としても感じられる。

ここで〈共同幻想〉というのはどんなけれん味も含んでいない。だから〈共同幻想〉をひとびとが、現代的に社会主義的な〈国家〉と解しても、資本主義的な〈国家〉と解しても、反体制的な組織の共同体と解しても、小さなサークルの共同性と解してもまったく自由であり、自己幻想にたいして共同幻想が〈逆立〉するという原理はかわらない。またこの〈逆立〉がさまざまなかたちであらわれるのもかわらないのである。

ここでもうすこしつきつめてみる。ほんとうは〈逆立〉するはずの個体の自己幻想と、共同社会の共同幻想の関係が〈同調〉するみたいな仮象であらわれたとする。

すぐわかるように、個体の自己幻想に社会の共同幻想が〈同調〉として感ぜられるためには、共同幻想が自己幻想にさきだった先験性だということが、自己幻想のなかで信じられていなければならない。いいかえれば、かれは、じぶんが共同幻想から直接うみだされたものだと信じていなければならない。

けれどこれははっきりと矛盾である。かれの〈生誕〉に直接あずかっているのは〈父〉と〈母〉である。そしてかれの自己幻想の形成に第一次的にあずかっているのは、すくなくとも成年までは〈父〉と〈母〉との対幻想の共同性（家族）である。またかれの自己幻想なくして、かれにとって共同幻想は存在しえない。だが極限のかたちでの恒常民と極限のかたちでの世襲君主を想定すれば、かれの自己幻想は共同幻想と〈同調〉している仮象をもてるはずである。民俗的な幻想行為であるあらゆる祭儀が、支配者の規範力の賦活行為を意味する祭儀になぞらえられるとすればそのためである。

ところで現実に生活している個人は、大なり小なり自己幻想と共同幻想の矛盾として存在している。ある個体の自己幻想にとって共同幻想が〈欠如〉や〈虚偽〉として感じられるとすれば、その〈欠如〉や〈虚偽〉は〈逆立〉へむかう過程の構造をさしている。だから本質的には〈逆立〉の仮象以外のものではない。

こういう個体の自己幻想と、その個体が現存している社会の共同幻想との〈逆立〉を、いちばん原質的にあらわにしめすのは人間の〈生誕〉である。

ふつう〈生誕〉について語るばあい〈父〉と〈母〉から〈子〉が生れるという云い方がある。また一対の男女の〈性〉的な行為から、人間は生れるものだという云いかたがある。エンゲルスのように骨の髄まで経済的な範疇が好きであった人物からすれば、最初の分業は〈子〉を生むことでの男女の分業であったという云い方もできる。だが人間の〈生誕〉の問題がけっして安直でないのは、人間の〈死〉の問題が安直でないのとおなじである。しかも〈死〉では、ただ喪失の過程であらわれるにすぎなかった対幻想の問題が、〈生誕〉では、本質的な意味で登場してくる。ここでは〈共同幻想〉が、社会の共同幻想と〈家族〉の対幻想というふたつの意味で問われなければならない。

心的にみられた〈生誕〉というのは、〈共同幻想〉からこちらがわへ、いいかえれば〈此岸〉へ投げ、だされた自己幻想を意味している。そしてこのばあい、自己の意志にかかわりなく〈此岸〉へ投げだされた自己幻想であるために〈生誕〉は一定の時期まで自覚的な過程ではありえないのである。そして大なり小なり自覚的でありえない期間、個体は生理的にも心的にも親からの扶養なしには生存をつづけることができない。人間の自己幻想は、ある期間を過程的にとおって徐々に周囲の共同幻想をはねのけながら自覚的な存在として形成される。そのためいったん形成されたあかつきには、たんに共同幻想からの疎外を意味するだけでなく、共同幻想と〈逆立〉するほかはないのである。そしてこちら側へ投げだされた自己幻想が共同幻想にいだく関係意識としての〈欠如〉や〈虚偽〉は、自覚的な〈逆立〉にたどりつくまでの個体の心的構造に、その原型をもとめることができる。

わたしの知見のおよぶかぎりでは、この問題をはじめて根源的に考察したのはヘーゲルであった。そしてヘーゲルの考察は根源的だったため、〈前生誕〉ともいうべき時期の〈胎児〉と〈母〉との関係の考察でいちばん鋭いかたちをしめした。

空間的なものおよび物質的なものの方から見れば、胎児としての子供は自分の特殊な皮膚等々のなかに実存していて、子供と母との連関はへそのお・胎盤等々によって媒介されている。もし人々がこの空間的なものおよびこの物質的なもののもとに立ち止まっているならば、そのときはただ外面的な解剖学的・生理学的現実存在が感性的反省的に考察されるだけである。本質的なもの、すなわち心的関係に対しては、あの感性的物質的な相互外在や被媒介態やはなんらの真理性をももっていない。母と子供との連関の場合に人々が念頭におくべきことは、ただ、母のはげしい興奮や危害等々によって子供のなかに固定する諸規定が驚嘆すべきほど伝達されるということだけではなくて、ちょうど植物的なものにおける単子葉植物の場合のように、基体が全体的心理的判断（根源的分割）を行なって、女性的本性が自己のなかで二つに割れることができるということである。そしてまた子供はこの判断（根源的分割）において、病気の素質や、形姿・感じ方・性格・才能・個人的性癖等々におけるそれ以上の素質を、伝達されて獲得したのではなくて、根源的に自己のなかへ受容したのである。

それに反して、母体のなかの子供は、われわれに対して、まだ子供のなかで現実的に独立的になっているのではなくてもっぱら母のなかで始めて現実的に独立的になっている心・まだ自己自身を独立的に維持することができない心・むしろもっぱら母の心によって維持されている心を明示している。その結果ここでは、夢見のなかに現存しているあの関係・自己自身に対する心の単純な関係の代りに、他の個体に対する同様に単純で直接的な関係が実存している。そして、まだ自分自身のなかに自己をもつに至っていない胎児の心はこの他人のなかに自分の自己を見いだすのである。

（ヘーゲル『精神哲学』船山信一訳）

ひそかに推測してみると、人間の生存の根源的不安を課題にした『不安の概念』におけるキェルケゴールと、すべての不安神経症の根源を〈母胎〉から離れることへの〈不安〉に還元したフロイトは、どちらもヘーゲルのこういった考察からたくさん負っているような気がする。だがヘーゲルのこういう考察は、自己幻想の内部構造に立ち入ろうとするとき問題になるだけだ。ここでヘーゲルの考察から拾いあげるものがあるとすれば〈生誕〉の時期での自己幻想の共同幻想にたいする関係の原質が、胎生時の〈母〉と〈子〉の関係に還元されるため、すくなくとも〈生誕〉の瞬間の共同幻想は〈母〉という存在に象徴されることである。

人間の〈生誕〉にあずかる共同幻想が〈死〉にあずかる共同幻想と本質的にちがっているのは、前者が村落の共同幻想と〈家〉での男女のあいだの〈性〉を基盤にした対幻想の共同性の両極のあいだで、移行する構造をもつことである。そしておそらくは、これだけが人間の〈生誕〉と〈死〉を区別している本質的な差異であり、それ以外のちがいはみんな相対的なものにすぎない。このことは未開人の〈死〉と〈復活〉の概念が、ほとんど等質に見做されていることからもわかる。かれらにとっては〈受胎〉、〈生誕〉、〈成年〉、〈婚姻〉、〈死〉は繰返される〈死〉と〈復活〉の交替であった。個体が生理的にはじめに〈生誕〉し、生理的におわりに〈死〉をむかえることは、〈生誕〉以前の世界と〈死〉以後の世界にたいしてはっきりした境界がなかった。

『古事記』には〈死〉と〈生誕〉が、それほどべつの概念でなかったことを暗示する説話が語られている。

伊邪那岐（イザナギ）は死んだ伊邪那美（イザナミ）を追って死後の世界へ行き「おれとおまえが作った国はまだ作りおわっていないから、還ってこないか」といった。伊邪那美は「もっとはやく来てくれればよかったのに、わたしは死の国の食物をたべてしまった。だが、せっかくあなたがきてくれたのだから、死の世界の神にかけあってみましょう。わたしを視ないでください」とこたえて家の中へ入ったが、なかなか出てこなかったので、伊邪那岐が燭をつけて入ってみると、伊邪那美の頭や、胸や、腹や、陰部や手足には、蛆がわいてごろごろ鳴っていた。伊邪那岐は恐怖にかられて逃げだすと、伊邪那美は「わたしに辱をかかせた」といって死の世界の醜女に追いかけさせた。

海の神の娘、豊玉（トヨタマ）姫が「じぶんは妊娠していて子を産むときになった。海で産むわけにいかないから」というので、海辺に鵜の羽で屋根を葺いて、産屋をつくつた。急に腹がいたくなったので産屋に入るとて、日子穂穂出見（ヒコホホデミ）に「他国の人間は、子を産むときは、本国の姿になって産むものだから、わたしも本の身になって産みます。わたしを見ないで下さい」といった。妙なことを云うとおもって日子が子を産むところを覗いてみると、八尋もある鰐の姿になって這いまわっていた。日子はおどろいて逃げだした。豊玉姫は恥ずかしくおもって子を産んだ後で、わたしの姿を覗かれてはずかしいから、本の国へかえると云って海坂をふさいで還ってしまった。

この〈死後〉譚と〈生誕〉譚とはパターンがおなじで、一方は死体が腐って蛆がわいてゆく場面を、一方は分娩の場面をみられて、男は驚き、女はじぶんの変身をみられて辱かしがることになっている。死後の場面も生誕の場面もおなじように疎通していて、このふたつの場面で、男が女の変身にたいして〈恐怖〉感として疎外され、女が一方では〈他界〉の他方では「本国の形」の共同幻想の表象に変身するというパターンでおなじものだ。

男のほうが〈死〉の場面でも〈生誕〉の場面でも、場面の総体からまったくはじきだされる度合は、女が〈性〉を基盤にした本来的な対幻想の対象から、共同幻想の表象へと変容する度合に対応している。『古事記』のこういう説話の段階では、〈死〉も〈生誕〉も、女性が共同幻想の表象に転化することだという位相でとらえられている。いいかえれば人間の〈死〉と〈生誕〉は、〈生む〉という行為がじゃまされるかじゃまされないかだというように、共同幻想の表象として同一視されている。では人間の〈死〉と〈生誕〉が〈生む〉という行為がじゃまされるか、されないかという意味で同一視されるような共同幻想は、どういう地上的な共同利害と対応するのだろうか？

これをいちばんよく象徴した説話が『古事記』のなかにある。

須佐男（スサノオ）は食物を穀神である大気都姫（オオゲツ）にもとめた。そこで大気都姫は、鼻や口や尻から種々の味物をとりだして料理してあげると、須佐男はその様子を覗いてみて、穢いことをして食わせるとおもって大気都姫を殺害してしまった。殺された大気都姫の頭に蚕ができ、二つの目に稲種ができ、二つの耳に粟ができ、鼻に小豆が、陰部に麦が、尻に大豆ができた。神産巣日（カムムスビ）がこれをとって種にした。

この説話では、共同幻想の表象である女性が〈死〉ぬことが、農耕社会の共同利害の表象である穀物の生成と結びつけられている。共同幻想の表象に転化した女〈性〉が、〈死〉ぬという行為によって、変身して穀物になることが暗示されている。女性に表象される共同幻想の〈死〉と〈復活〉とが穀物の生成に関係づけられる。

ここまでかんがえてくると人間の〈死〉と〈生誕〉を〈生む〉行為がじゃまされるかじゃまされないかのちがいだけで同一視している共同幻想が、初期の農耕社会に固有なものだと推定することができる。かれらの共同の幻想にとっては、一対の男女の〈性〉的な行為が〈子〉を生む結果をもたらすのが重要なのではない。女〈性〉だけが〈子〉を分娩するということが重要なのだ。だからこそ女〈性〉はかれらの共同幻想の象徴に変容し、女〈性〉の〈生む〉行為が、農耕社会の共同利害の象徴である穀物の生成と同一視されるのである。この同一視は極限までおしつめられる可能性をはらんでいる。女〈性〉が殺害されることで穀物の生成が促される『古事記』のこの説話がそうなのだ。

蚕の生成については『遠野物語』は、いわゆるオシラサマの起源譚として、馬と女の婚姻説話のかたちで記載している。だが穀物の生成については、わたしたちは北方民譚である『遠野物語』を捨てなければならない。『古事記』は穀物の生成についての説話をいくつも書きとめているが、これは『古事記』の編者たちの権力が、はじめて穀物栽培の技術を身につけて古代村落をせきけんした勢力を始祖とかんがえたか、かれらの勢力が穀物栽培の発達した村落社会に発祥したか、あるいはかれらの始祖たちの政治的制覇が、時代的に狩猟・漁獲を主とする社会から、農耕を主とする社会への転化の時期にあたっていたかのいずれかを物語っているようにおもわれる。

この『古事記』の説話的な本質は、石田英一郎の論文「古代メキシコの母子神」が記載している古代メキシコのトウモロコシ儀礼ともよくにかよっている。古代メキシコの「箒の祭」では、部落からえらばれた一人の女性を穀母トシ＝テテオイナンの盛装をつけさせて殺害する。そして身体の皮を剝いで穀母の息子であるトウモロコシの神に扮した若者の頭から額にかけて、彼女のもも皮をかぶせる。若者は太陽神の神像の前で〈性〉行為を象徴的に演じて懐胎し、また新たに生れ出るとされている。

『古事記』の説話のなかで殺害される「大気都姫」も、「箒の祭」の行事で殺害される穀母もけっして対幻想の性的な象徴ではなく、共同幻想の表象である。これらの女性は共同幻想として対幻想に固有な〈性〉的な象徴を演ずる矛盾をおかさなければならない。これはいわば、絶対的な矛盾だから、じぶんが殺害されることでしか演じられない役割である。じぶんが殺害されることで共同幻想の地上的な表象である穀物として再生するのである。

つぎにこの『古事記』の説話の本質が、もっと高度になったかたちを想定できる。そこでは一対の男女の〈性〉的な行為から〈子〉がうまれることが、そのままで変容をへず共同幻想にうけいれられ、穀物の生成と結びつく段階がかんがえられる。このばあいは〈子〉を受胎し、分娩する女性は、あくまでも対幻想の対象であり、共同幻想の象徴に転化するために〈変身〉したり、〈殺害〉されたりすることはない。

池上広正の論文「田の神行事」や、堀一郎の論文「奥能登の農耕儀礼について」がこういったもののいちばん土俗的なかたちを記録している。そのひとつから引用すると、

先年調査する機会を得た能登の鳳至郡町野町川西では十二月五日に田の神を家に迎へる行事が行はれてゐる。当日は甘酒を造り、種々の畠のものを煮て神を饗する料理を準備する。夕方になると主人は正装して戸口で田の神を田から家に迎へる。迎へられた田の神は風呂に入つて頂いて、床の間にしつらへた席に招ずる。こゝにはへり取りの蓙を敷き、その上に山盛りの椀飯は勿論、オヒラ

や餅を初め数々の料理が二膳分運ばれる。特に「ハチメ」と呼ぶ魚を二匹腹合せにしたものと大根は欠くことの出来ぬものとされてゐる。之に副へる箸は中太の一尺二寸の「カツギ」の木で作るのが習はしとなつてゐる。又台所の神棚に隣して種籾入りの俵（タネ様）を並べて置く。この「タネ様」は座敷の田の神の設けの座に置くのが一般的風習だが、調査の対象となつた家だけは如何なる理由か置き場所が異つてゐた。供へた食物は下げてから主人夫婦が食べて、後は家中の人々が食べる。当夜の食事は出来るだけ何時もより早い目に済ますのが良いとされてゐる。この様にして「アエノコト」が終るとその日から田の神は家に止る事になる。「タネ様」は翌日戸口の天井等に吊して鼠から守り、二月九日の「アエノコト」まで丁寧に仕舞つて置く。

二月九日になると「タネ様」を天井から取り下して座敷に運び、十二月五日の時と同じ場所に置き膳椀に料理を盛つて供へる。凡て十二月の「アエノコト」と同一の饗応が為される。二月十日は「若木迎への日」と称し、早朝に起き出でて乾し栗、乾し柿、餅一重を持つて山に行く。枝振りの良い適当な松を選んでその根本に御供をし、拍手を打つて豊作を祈つてから木を伐つて持ち帰る。持ち帰る時は御供も一緒に持ち帰るが、之は腹痛に良く効くとされてゐる。松は夕方迄座敷の隅等に置いておくが、その夜松飾りをする。七五三縄を松に掛け、カラ鍬を松の根本に並べ、一斗箕の上に乾し柿、餅等を戴せて供へ、ローソクも点じ、夜食の時には甘酒をも供へる。この夜の行事は内容的に翌日の「田打ち」の行事に続くものであり、十一日には未明三時頃主人が前日の飾り松、鍬を担ぎ、苗代田へ行き東方に向つて松を立て、鍬で三度雪の上を鋤き、拍手を打つて豊作を祈るのである。田の神はこの日を堺にして以後は田に下りられるのである。この田の神については同じ鳳至郡でも盲目、片目、すが目等とも考へられてゐて、多くは夫婦神である。（池上広正「田の神行事」）

この農耕祭儀では、女性が穀母神の代同物として殺害されることもなければ、殺害の擬態行為も演じられていない。その意味で『古事記』説話よりも高度な段階にあるといえよう。そのかわりに、対幻想そのものが共同幻想に同致される。「二匹腹合せ」の魚や「大根」（二股大根）は、いわば一対の男女の〈性〉的な行為の象徴であり、穀神は「夫婦神」として座敷にむかえられる。

ここでは夫婦である穀神は〈家〉に迎えられて〈性〉的な行為の象徴を演じ、その呪力は御供物をたべた主人夫婦と種籾にふきこまれる。夫婦の穀神が〈死〉ぬのは、たぶん「若木迎への日」であり、「若木」は穀神のうみだした〈子〉を象徴している。そしてこの〈子〉神が「田打ち」の田にはこばれたとき豊作が約束される機構になっている。

この民俗的な農耕祭儀は、耕作の場面である田の土地と、農民の対幻想の現実的な基盤である〈家〉のあいだの〈空間〉と、十二月五日から二月十日までの〈時間〉のあいだに、対幻想が共同幻想に同致される表象的な行為が演ぜられる。そこに本質的な構造があるといえる。そのあいだに対幻想が死滅し、かわりに〈子〉が〈生誕〉するという行為が、象徴的に農耕社会の共同幻想とその地上的利害の表象である穀物に封じこめられる。

この奥能登におこなわれている農耕祭儀が、さきにあげた『古事記』の説話や、古代メキシコのトウモロコシ儀礼よりも高度だとみなされるのは、対幻想の対象である女性が共同幻想の表象に変身する契機がここにはなく、はじめから穀神が一対の男女神とかんがえられ、その対幻想としての〈性〉的な象徴が、共同幻想の地上的な表象である穀物の生成と関係づけられていることである。だからあくまでも対幻想の現実的な基盤である〈家〉と、その所有（あるいは耕作）田のあいだのかかわりとして祭儀の性格が決定されている。ここには対幻想があきらかに、農耕共同体の共同幻想にたいして、独立した独自な位相をもっていることが象徴されている。

いま、この奥能登の農耕祭儀にしめされた民俗的な農耕祭儀を〈空間〉性と〈時間〉性について〈抽象〉すれば、どんな場面が出現するだろうか？

この問題が古代の農耕社会の支配層として、しかも農耕社会の支配層としてのみ、わが列島をせきけんした大和朝廷の支配者の世襲大嘗祭の本質を語るものにほかならない。

民俗的な農耕祭儀では、対幻想の基盤である〈家〉とその所有（あるいは耕作）田のあいだに設けられた祭儀空間は、世襲大嘗祭では悠紀（ユキ）、主基（スキ）田の卜定となってあらわれる。これは一見すると占有田の拡大にともなって、祭儀空間が拡大したことを意味するようにうけとれるかもしれない。しかし、この拡大はたんなる祭儀の空間的な拡大ではなく、耕作からはなれた支配層が、なお農耕祭儀を模擬しようとするときに当然おこる〈抽象化〉を意味している。この〈抽象化〉は、ただ祭儀時間の圧縮によってだけ可能である。

そこでつぎの問題が生じてくる。

天皇の世襲大嘗祭では、民俗的な農耕祭儀の〈田神迎え〉である十二月五日と〈田神送り〉である二月十日とのあいだの祭儀時間は、共時的に圧縮されて、一夜のうちに行われる悠紀殿と主基殿でのおなじ祭儀の繰返しに転化される。かれは薄べりひとつへだてた悠紀殿と主基殿を出入りするだけで、農耕民の〈家〉と所有（あるいは耕作）田のあいだの祭儀空間を抽象的に往来し、同時に〈田神迎え〉と〈田神送り〉のあいだの二カ月ほどの祭儀時間を数時間に圧縮するのである。

このあとでさらにつぎの問題があらわれる。

民俗的な農耕祭儀では、すくなくとも形式的には〈田神迎え〉と〈田神送り〉の模倣行為を主体としているが、世襲大嘗祭では、その祭儀空間と時間とが極度に〈抽象化〉されているために、〈田神〉という土地耕作につきまとう観念自体が無意味なものになる。そこで天皇は司祭であると同時に、みずから民俗祭儀での〈田神〉とおなじように〈神〉として擬定する。かれの人格は司祭と、擬定された〈神〉とに二重化せざるをえない。

そこで悠紀、主基殿にもうけられた〈神座〉には、ひとりの〈神〉がやってきて、天皇とさしむかいで食事する。民俗的な農耕祭儀では〈田神〉は一対の男・女神であった。大嘗祭で一対の男女神を演ずるのは、あきらかにひとりの〈神〉と、じぶんを異性の〈神〉に擬定した天皇である。

悠紀、主基殿の内部には寝具がしかれており、かけ布団と、さか枕がもうけられている。おそらくはこれは〈性〉行為の模擬的な表象であるとともに、なにものかの〈死〉と、なにものかの〈生誕〉を象徴するものといえる。

西郷信綱は「古代王権の神話と祭式」のなかで、天皇はこの寝具にくるまって、胎児として穀霊に化するとともに、〈天照大神〉の子として誕生する行為だと解している。折口信夫は「大嘗祭の本義」のなかで、天皇が寝所でくるまって〈物忌み〉をし、そのあいだに世襲天皇霊が入魂するのをまつため、ひき籠もるものだと解釈している。

しかしこの大嘗祭の祭儀は空間的にも時間的にも〈抽象化〉されているため、どんな意味でも西郷信綱のいうような穀物の生成をねがう当為はなりたちようがない。また折口信夫のいうような純然たる入魂儀式に還元もできまい。むしろ〈神〉とじぶんを異性〈神〉に擬定した天皇との〈性〉行為によって、対幻想を〈最高〉の共同幻想と同致させ、天皇がじぶん自身の人身に、世襲的な規範力を導入しようとする模擬行為を意味するとかんがえられる。

わたしたちは、農耕民の民俗的な農耕祭儀の形式が〈昇華〉されて世襲大嘗祭の形式にゆきつく過程に、農耕的な共同体の共同利害に関与する祭儀が、規範力（強力）に転化する本質的な過程をみつけだすことができよう。それをひと口にいってしまえば、共同社会における共同利害に関与する祭儀は、それが共同利害に関与するかぎり、かならず規範力に転化する契機をもっていることである。そしてこの契機がじっさいに規範力にうつってゆくためには、祭儀の空間と時間は〈抽象化〉された空間性と時間性に転化しなければならない。この〈抽象化〉によって、祭儀は穀物の生成をねがうという当初の目的をうしなって、どんな有効な擬定行為の意味ももたないかわりに、共同規範としての性格を獲得してゆくのである。
民俗的な農耕祭儀では、〈田神〉と農民とはべつべつであった。世襲大嘗祭では天皇は〈抽象〉された農民であるとともに〈抽象〉された〈田神〉に対する異性〈神〉としてじぶんを二重化させる。だから農耕祭儀では農民は〈田神〉のほうへ貌をむけている。だが世襲大嘗祭では天皇は〈抽象〉された〈田神〉のほうへ貌をむけるとともに、じぶんの半顔を〈抽象〉された〈田神〉の対幻想の対象である異性〈神〉として、農民のほうへむけるのである。祭儀が支配的な規範力に転化する秘密は、この二重化のなかにかくされている。なぜならば、農民たちがついに天皇を〈田神〉と錯覚できる機構ができあがっているからである。

ここでわたしたちは、わが列島の支配者の勢力を、大陸の騎馬民族に比定しようとする研究者の大嘗祭についての解釈に触れておかねばならない。

護雅夫は『遊牧騎馬民族国家』のなかで、大陸の首長の即位儀礼に使われるかけ布や寝具について触れたあとつぎのようにのべている。

さて、わが国の天孫降臨神話では、

時に高皇産霊尊、真床追衾を以て、皇孫天津彦彦火瓊瓊杵尊に覆ひて、降りまさしむ。

と見えています。そのほか、天孫ヒコホホデミノミコト（山幸彦）は、海神の宮へ行ったさい、真床覆衾のうえに寛坐した、といわれ、また、トヨタマヒメは、天孫の子ウガヤフキアエズノミコトを生んださい、真床覆衾と草とにつつんで、なぎさにおいて海に去った、と伝えられています。この「真床追（覆）衾」の「真」は美称、「床追」「床覆」は「床をおおう」をしめし、「衾」は「伏す裳」つまり寝るときに身をおおうものです。

神の子が、なにかにつつまれて、上天から降臨するという主題はまた、南朝鮮の加羅国の建国伝説にも見えています。すなわち、そこでは、神の子は、紅幅につつまれて天降り、酋長我刀の家にもちかえられて、かつ、榻のうえにおかれています。

現在、十一月二十三日は「勤労感謝の日」とされていますが、戦前は、これは「新嘗祭」と呼ばれていました。それは、この日に、宮中で新嘗祭といわれる祭儀が行なわれるからです。これは秋の収穫祭で、天皇がその年の初穂を天神地祇にささげてその恩に感謝し、また自らもこれを食する祭りです。これは毎年行なわれますが、このうち、天皇の即位後はじめて行なわれるものを大嘗祭といい、とくに重要視されています。そして、天皇の即位式は、じつは、この収穫祭を本体としたものであったのです。

その大嘗祭のとき、御殿の床に八重畳をしき、神を衾でおおって臥させ、天皇も衾をかぶって臥し、一時間ほど、絶対安静のものいみをします。これは死という形式をとっているのですが、そのあいだに神霊が天皇の身にはいり、そこではじめて天皇は霊威あるものとして復活するわけです。

これは、地上の人間が神霊を招ぎ降し、それによって霊的な君主としての資質を身につけてアキツミカミつまり「人間として現われている神」となる、つまり、はっきりいうと、「俗」に死んで「聖」に復活することをしめすものと見て、まちがいありますまい。

そして、わたしは、この、大嘗祭つまり即位式において天皇がいみこもるさいにかぶる衾こそ、日本神話に見える真床追（覆）衾の意義をはっきり説明するものにほかならぬと思います。つまり、ニニギノミコトがおおわれて降臨し、ヒコホホデミノミコトが海宮へいったさい寛坐し、また、ウガヤフキアエズノミコトがつつまれた、かの真床追（覆）衾、いや、さらにいうなら、加羅国の建国伝説に見える、神の子がつつまれて天降った紅幅、うえにおかれた榻もまた大嘗祭で天皇がおおわれる衾とおなじく、地上の人間にとっては神霊を招ぎまつる招代であり、出現する神霊にとっては降臨の要具であった、つまり、人間から神霊へ、神霊から人間へ交融・転化するための聖具であった、と考えられるのです。

江上波夫は『騎馬民族国家』のなかで、護雅夫のこのかんがえを「この護氏の新説は、日本の皇室の系統や、大和朝廷の成立についての問題の解明に、一条の光明を投じたものと言うべきであろう。」とのべている。江上波夫はいうまでもなく、ここにじぶんの大陸の騎馬民族によるわが列島の征服、統一説にたいするひとつの傍証をみたわけである。

わたしのかんがえでは、天皇の世襲大嘗祭の本質について、この程度の粗雑な論理で、なんらかの結論をくだすことはまったくできないものである。護雅夫のかんがえのうち承認できそうなのは、大嘗祭の祭儀もまたシャーマン的なものであるということだけである。もちろん大陸におけるシャーマニズムと、わが列島のシャーマニズムとは実体をべつにしていることは、いままでわたしたちがみてきたとおりである。

世襲大嘗祭は護雅夫もみとめているように農耕祭儀の〈昇華〉されたものである。もし大陸の遊牧騎馬民族の首長の即位儀礼と、天皇の世襲大嘗祭の儀礼との同一性を想定したいなら、なぜに遊牧騎馬民族の祭儀と農耕部族の祭儀とが、そのままで類比できるかはっきりと論理づけねばならぬ。そうでなければ、わが列島の支配王朝は、騎馬民族でも農耕部族でもシャーマニズムを奉じていたというだけで、大差ないという結論しか生みだせないはずである。ことに記紀のような（とくに『日本書紀』のような）、編者が充分に作為によって大陸の伝承と歴史を模倣できるような高度な文献の記載に拠るばあいはなおさらのことである。宗教祭儀の類似性や共通性は、そのままで種族の共通性や類似性と結びつかないことは、現在のキリスト教や仏教の分布をかんがえてみてもはっきりしている。宗教はいながらに伝播できるが、それは共同幻想に属するからで、人間が移動するには、じっさいに大地や海を生活しながら渡ってゆかなければならない。

# 母制論

人類の共同性がある段階で〈母系〉制の社会をへたことは、たくさんの古代史の学者にほぼはっきりと認められている。そしてあるばあいこの〈母系〉制は、たんに〈家族〉の体系だけでなく〈母権〉制として共同社会的に存在したことも疑いないとされる。

だがこの〈母系〉制あるいは〈母権〉制の本質はなんであり、なぜ人類はそういう時期を通過したのかについてはたくさんの論議がわかれている。たしかなことは、さまざまな民族で農耕社会を歴史的な国家の起源におく意図で〈神話〉が編成されているかぎりでは、その〈神話〉は、いちように〈母系〉制あるいは〈母権〉制社会の存在を暗示しようとしていることである。

この問題に接近するために、いちばん興味ぶかい対象のひとつ、モルガン—エンゲルスの考察を俎上にのせてみよう。

よくしられているように、エンゲルスは原始集団婚があったことを根拠づけるのに、男性（雄）の〈嫉妬〉からの解放をおおきな要素とみた。これは、モルガン—エンゲルスの原始集団婚説が危ういとちょうどおなじ度合で〈嫉妬〉みたいなあいまいな心理的な要因を決定的な契機として導きいれたモルガン—エンゲルスの全論理の危うさを象徴しているようにみえる。エンゲルスはこう述べている。

動物が人間に進化する過程において行はれた、かやうな比較的大きく且つ継続する集団の形成にとつては、成長した雄の相互的寛容、嫉妬からの解放が第一条件であつた。そして我々は、史上で確実に証明することができ、且つ今日諸処で研究できるところの最も原始的な家族形態として、実際に何を見出すか。それは集団婚である。即ち、男の全集団と女の全集団とが互に所有し合ひ、殆んど嫉妬の余地を残してゐない形態である。そしてその後の発展段階で多夫一婦制といふ例外的形態が見受けられるが、これこそあらゆる嫉妬の感情を打破したものであり、動物には知られなかつたものである。（『家族・私有財産及び国家の起源』村井康男訳）

この論証は了解にくるしむところがある。人間の男・女のあいだの〈性〉的な総関係では事情はまったく逆でなければならない。人間が〈性〉的な関係について〈嫉妬〉感情からまったく解放される心の状態を想定できるとすれば、男・女がまったく制約なしに〈性〉的な自然行為（性交）を体験として慣習化しえたときである。いいかえれば、エンゲルスのいう集団婚の存在は、結果ではなくてむしろ逆に人間が〈嫉妬〉から解放されるための前提としてかんがえなければならない。つまり現実がさきに、感情は後にというわけだ。ところが人間には、人類史のどの時期をとってきても、エンゲルスのいうどの場合もありえなかった。人間は歴史的などの時期でも、かつて男・女として〈嫉妬〉感情からまったく解放されたことなどはなかったのである。せいぜいうぶな男（雄）のほうが、さんざん女遊びをやっている遊冶郎より異性にたいする〈嫉妬〉感情は大きいという事実が眼のまえにみられるだけである。

この問題はエンゲルスのいうようなものにはならない。人間が動物とおなじような〈性〉的な自然行為を〈対なる幻想〉として心的に疎外し、自立させてはじめて、動物とはちがった共同性（家族）を獲得したのである。人間にとって〈性〉の問題が幻想の領域に滲入したとき、男・女のあいだの〈性〉的な自然行為とたとえ矛盾しても、また桎梏や制約になっても、不可避的に男女の〈対なる幻想〉が現実にとれるすべての態様があらわれるようになった。そこでは男・女がたがいに〈嫉妬〉しようが〈許容〉しようが、ある意味では個々の男・女の〈自由〉にゆだねられるようになった。

ここに原始集団婚の存在を例証しようとするどんな企てにも、眉につばしてかからねばならないほんとうの理由がかくされている。おなじことは、エンゲルスが嘲笑したとおり道学者的な倫理感情から、原始的な一夫一婦制を例証しようとやっきになったあらゆる試みについてもあてはまる。問題は原始的なある時期に、人間が集団婚をむすんだか一夫一婦婚をとったかにあるのではない。婚姻制の自然な基盤のうえに、つねに〈対なる幻想〉の領域が存在するということを明確に認めるかどうかにあるのだ。

もし婚姻制の基礎が男・女の自然的な〈性〉行為だけにあるというのなら、一対の男・女の性交にとってけっして好都合でないばかりか、混乱をまねくだけの親族体系をつくりあげたり、親族名称をつくりあげたりした未開の人類の集団は、まったく不可解なことをやったことになるのだ。

太初に男性〈雄〉の〈嫉妬〉があったというモチーフから原始的集団婚の存在を論証できると信じたエンゲルスの逆立した論理は、まっしぐらに〈母系〉制の存在した時期を推定しようとして走る。そして〈母系〉におけるプナルア家族から〈氏族〉制への転化を論理づけるのである。

エンゲルスの論理は簡単にいえばこういうことである。

集団婚家族のどんな形態でも、ある子供の〈父〉がたれであるかは不確実だが〈母〉がたれであるかは、その子供を生んだ〈母〉にとっても、ほかのたれにとっても確実にわかるはずだ。女性が集団婚家族のすべての子供をじぶんの子供と呼称して、かれらにたいして〈母〉としての務めを負った形態をみとめたとしても、じぶんの腹を痛め血をわけた〈子供〉は、ほかの子供と区別することができる。それだから集団婚が存在するかぎり、血統は〈母〉方によってだけ証明されることになり、したがって〈母系〉だけが認められたことは明瞭であると……。

このエンゲルスの〈母系〉原理は、数えきれないほどの進歩的なあるいは保守的な学者によってエンゲルスの名を挙げずに盗作されている。だからほんとうにもっともらしく流布されている。

しかし、こういう理窟は男性〈雄〉の〈嫉妬〉感情の変遷から婚姻制の変遷をのぞきみるのとおなじように、そしてまさにおなじ程度にあいまいである。いま集団婚の存在を仮定したとして、ひとりの女性が部落内の多数の男性と自由につぎつぎに自然的な〈性〉行為をおこなった。あるときこの女性は妊娠し、子供を生んだ。この女性は生れた子供の父親がたれであるかを知りえないだろうか？

したがって共同の生活をいとなんでいる部族内の他の人間は、この子供の父親がたれであるかを知りえないだろうか？　わたしたちはここで現代の婚姻法にのっとって、このばあい父親の認知を〈法〉的にもとめられるかどうかを論じているのではない。また見知らぬ土地で突然に強姦されて父なし子を生んだ女性の父親を、探しもとめているのではないのだ。想定できるかぎり現代とくらべて少数の、しかも空間的にまばらな地域に共同体をいとなんでいる種族内のことをとりあつかっているのである。このばあい原始的な種族員がみんな唖か聾であり、この女性が白痴であるとでも想定しないかぎり、エンゲルスの理窟は成り立ちそうにみえない。原始的な共同体が強固なほど、うわさ（コミュニケーション）は千里を走ることはたしかだからである。もし子供をうんだ女性がその父がたれかを知っているなら、（どんな多数の男性との性関係を想定したとしても、ひとりの女性はじぶんの生み落とした子供の父親がたれであるかを確実にしっているはずだ）、おそらく種族内のたれもがそれを知っているはずである。

わたしのかんがえでは〈母系〉制の基盤はけっして原始集団婚にもとめられないし、だいいちに原始集団婚の存在というのは、きわめてあやふやであるとおもう。ある地域ある種族では原始集団婚は存在しただろうし、べつの地域・べつの種族では存在しなかっただろうといえる程度にしか、かんがえられるとはおもえない。

〈母系〉制はただなんらかの理由で、部落内の男・女の〈対なる幻想〉が共同幻想と同致しえたときにだけ成立するといえるだけである。このなんらかの理由は、たとえば女性が定住した住居の周辺で食用になる植物をさがしたり、育てたりしながら育児にたずさわり、男性は比較的遠い土地や海に生きた獲物をもとめにゆき、まれには集団的に長い期間もどらないという現実的な理由でありうるだろう。また定住地をもたない遊牧民族のばあいには、男性が部落のオリエンテーションを決定するものとして、外事に当らねばならないため、〈家族〉は女性を基幹にして営まれるということでもありうるだろう。こういう現実的な理由に関するかぎり、わたしたちはなにひとつ確定的なことを断言すべきでない。わたしのかんがえでは〈母系〉制の社会とは家族の〈対なる幻想〉が部落の〈共同幻想〉と同致している社会を意味するというのが唯一の確定的な定義であるようにおもえる。

いうまでもなく、家族の〈対なる幻想〉が部落の〈共同幻想〉に同致するためには〈対なる幻想〉の意識が〈空間〉的に拡大しなければならない。このばあい〈空間〉的な拡大にたえるのは、けっして〈夫婦〉ではないだろう。夫婦としての一対の男・女はかならず〈空間〉的には縮小する志向性をもっている。それはできるならばまったく外界の共同性から窺いしれないところに分離しようとさえするにちがいない。

エンゲルスはこれを誤解したとおもえる。かれは一対の男女が〈夫婦〉として部落の内部にあまねく拡大する場面をおもいえがいた。この場面を想定するかぎり、部落内のすべての男性が部落内のすべての女性と〈性〉的にかかわり、ある期間同居できる集団婚を想定するほかはなかったのである。だがこういう集団婚を想定するには男性（または女性）の〈嫉妬〉感情がゆるんでいることを前提とするほかはない。エンゲルスはまさに逆立ちして男性（雄）の〈嫉妬〉感情からの解放、相互寛容が集団婚の前提だとかんがえていったのである。

ヘーゲルが鋭く洞察しているように家族の〈対なる幻想〉のうち〈空間〉的な拡大に耐えられるのは兄弟と姉妹との関係だけである。兄と妹、姉と弟の関係だけは〈空間〉的にどれほど隔たってもほとんど無傷で〈対なる幻想〉としての本質を保つことができる。それは〈兄弟〉と〈姉妹〉が自然的な〈性〉行為をともなわずに、男性または女性としての人間でありうるからである。いいかえれば〈性〉

としての人間の関係が、そのまま人間としての人間の関係でありうるからである。それだから〈母系〉制社会のほんとうの基礎は集団婚にあったのではなく、兄弟と姉妹の〈対なる幻想〉が部落の〈共同幻想〉と同致するまでに〈空間〉的に拡大したことのなかにあったとかんがえることができる。

たとえば『古事記』のなかにでてくるアマテラスとスサノオの挿話は、典型的にこれを象徴しているようにおもえる。アマテラスは原始的な部族における姉を、スサノオは弟を象徴している。

そこでスサノオノミコトがいうには「それならばアマテラスオオミカミのところへいって事の次第を申しましょう」といい、天に上ってゆくと、山川はことごとく動き国土はみな震えた。それでアマテラスはこれをきき驚いて申すには「わたしの兄弟のミコトが天に上ってくる理由は、きっと良い心からではあるまい。わたしの国を奪おうとしてやってくるにちがいない」というと、髪の毛を解いて、ミズラにまき、左右のミズラにもカツラにも、左右の手にも、みな勾玉のたくさんつい た珠玉をまいて、背には矢が千本入る靫を負い、胸には矢が五百本入る靫をつけ、臂には高い音を出す鞆を佩き、弓を振り立てて庭につっ佇ち、大地を蹴ちらしておたけびをあげて待ちかまえ、スサノオに「なんのために天に上ってきたのだ」と問うた。スサノオノミコトは答えていうには「わたしには邪心はありません。ただ父がわたしの哭いている理由をきかれたので、わたしは妣(はは)の国にゆきたいとおもって哭いているのですと申しますと、父がお前はこの国に住んではまかりならぬと追放されたのです。それだから妣の国へゆこうとおもう次第を知らせに上ってきたので、異心はありません」とのべた。そこでアマテラスがいうには「それならお前の心が潔白であることはどうしてわかるのか」と申すので、スサノオは答えて「それぞれ誓約をたてて子を生みましょう」といった。それゆえふたりは天の安の河をなかにして誓約するときに、アマテラスはまずスサノオの帯びている剣をうけとって三つに折り、さらさらと天の真名井に振りそそいで、噛みくだいて吹きすてた息の霧から生れた神の名は、タギリヒメ、またの名をオキツシマヒメ、またの名をサヨリヒメという。つぎにイチキシマヒメ、またの名をサヨリヒメという。つぎにタキツヒメ。こんどはスサノオがアマテラスの左のミズラにつけた勾玉をつらねた珠玉をうけとって、さらさらと天の真名井に振りそそいで、嚙みに嚙んで吹きすてた息の霧から生れた神の名はマサカツアカツカチハヤヒアメノオシホミミノミコト。また右のミズラにつけた珠をうけて嚙みくだいて吹きすてた気息から生れた神の名は、アメノホヒノミコト。またカツラにつけた珠をうけて嚙みくだいて吹きすてた気息から生れた神の名は、アマツヒコネノミコト。また左の手につけた珠をうけて嚙みくだいて吹き棄てた気息から生れた神の名は、イクツヒコネノミコト。また右の手にまいた珠をうけとって嚙みくだいて吹きすてた息吹から生れた神の名は、クマノクスヒノミコト。

アマテラスとスサノオのあいだにかわされた行為は、自然的な〈性〉行為、いいかえれば姉弟相姦の象徴的な行為を意味していない。姉妹と兄弟のあいだの〈対なる幻想〉の幻想的な〈性〉行為が、そのまま共同的な〈約定〉の祭儀的な行為であることを象徴している。べつのいい方をすれば、姉妹と兄弟とのあいだの性的な〈対幻想〉が、部族の〈共同幻想〉に同致されることを象徴している。

そしてこの〈対幻想〉と〈共同幻想〉とのあいだの〈同致〉を媒介しているのは宗教的な規範行為である。ここでは『古事記』学者たちがいうように、アマテラスが大和朝廷勢力の始祖を象徴し、スサノオが土着種族勢力の始祖を象徴する神話的な背景を想定すべきかどうかはべつの問題である。ただ原始的〈母系〉制社会の本質が集団婚にあるのではなく、兄弟と姉妹のあいだの〈対なる幻想〉が種族の〈共同幻想〉に同致するところにあり、この同致を媒介するものは共同的な規範を意味する祭儀行為だということが大切なのだ。そして〈母系〉制の社会はこういった共同的な規範を意味した祭儀行為を、種族の現実的な規範として、いいかえれば〈法〉としてみとめたとき〈母権〉制の社会に転化するということができる。

そこで未開の段階のある時期に、女性が種族の宗教的な規範をつかさどり、その兄弟が現実的な規範によって種族を統治したことがあったと想定できよう。また〈母権〉制社会をかんがえれば、種族の女性の始祖が神権と政権を一身に集中した場合も想定できるはずである。

わが南島久高島にいまも行われている〈イザイホウ（またはイジャイホウ）〉の祭儀は〈母系〉制または〈母権〉制の遺制のおもかげを伝えているようにみえる。〈イザイホウ〉の祭儀についてもっとも精密な観察と記録をのこしているのは、鳥越憲三郎『琉球宗教史の研究』である。鳥越憲三郎の記録によりながら、いくらかいままでの考察をすすめてみよう。

〈イザイホウ〉は十三年毎の午年に一度、旧暦の十一月の満月の日に四日間行われる。この神事には、ある年齢以上の島のすべての女性が参加する。たとえ遠い地方に出稼ぎにいったりしていても、かならず帰島してこの神儀に参加する。これをうけなければ島に関する正当な権利を放棄したことを意味するとされる。そしてこの儀式をおえたのち島の女性は〈ナンチュ〉というはじめの段階の巫女の資格をえることになる。

この神事に参加する資格のあるものは島の出身者であること、島内に嫁したものであることにかぎられる。いわば原始的な族内祭儀である。島の出であっても他村の男と婚姻したものも、他村の出身者でこの島の男に嫁いできた女性も〈イザイホウ〉に参加する資格はない。

このことはこの神事が族内の母系権利を維持するため、女性だけがすべて参加する共同祭儀であり、したがって族内の女性にとって共同規範の意味をもつことを暗示しているようにみえる。なぜ族内に嫁した女性だけが参加でき、族外の男性に嫁した島出身の女性は参加できないのかという理由はふたつかんがえられる。ひとつはそれが〈母系〉制を保持するための必須条件であるからであり、もうひとつは地理的に海にかこまれた島嶼だから孤立性のおおい条件のためとおもえる。

神事は〈神アシャギ〉という四坪くらいの瓦葺で、四面とも壁のない建物で行われる。金久正の『奄美に生きる日本古代文化』が示唆しているところでは、この建物が『古事記』の〈足一騰の宮〉とおなじものであることは確からしくおもわれる。この建物の後には阿檀の森がつづき、森の中央に〈イザイ家〉というくばの葉造りの建物が二棟つくられ、神事のあいだ〈ナンチュ〉たちの宿になる。〈神アシャギ〉の前面の入口のところに〈七つ橋〉という橋をつくり、女たちはこれをわたって〈神アシャギ〉へ入る。〈夫〉の留守中にべつの男と〈性〉行為をした女性は、この橋を渡るとき必ず踏みはずしたとつたえられている。このことは、すくなくともわが南島に関するかぎり〈母系〉制が、べつに集団婚とはかかわりのないことを暗示しているようにみえる。

祭の初日に、彼女たちは夕刻になると、案内役と上位の巫女たちに導かれて〈エーファイ〉という掛声と手拍子をうちながら〈神アシャギ〉のまえの広場に向って疾走してきて、前進と後退を七回くりかえす。その凄まじさは〈神アシャギ〉の内に入ると急に静かになり、神歌の和唱がはじまる。これがおわってから女たちは森の中央の〈イザイ家〉に入り、神事がおわるまで帰宅を許されず、隔離された生活をおくる。

十五日、十六日と女たちと上位の巫女たちは〈神アシャギ〉の前で円陣をつくってしずかに歌舞し、突然〈エーファイ〉の掛声とともに森に疾走するといったことを繰返す。

祭の十七日には女たちの〈兄弟〉が団子をつくって膳にのせて祭場にあつまる。そしてそのあと〈根人〉の指先で額と両頬に朱印をつけてもらい、つぎに〈兄弟〉がもってきた団子で〈ノロ〉から印しをつけてもらう。十八日には男たちと彼女たち〈ナンチュ〉とが向いあって綱を取って波うたせる。そして、帰宅してから〈兄弟〉たちから神酒をうけて飲み、元締の〈場所〉へいって、報告して巫女としての〈入社〉の神事はおわるのである。

この〈イザイホウ〉の神事が島の女性だけの共同祭儀であるとともに、この祭儀に登場する男性が

〈夫〉ではなく〈兄弟〉であることに注意すべきである。そして女たちがカトリックの受洗のように額と両頰に朱印をつけてもらうのは神人からであり、そのつぎに〈兄弟〉がつくった団子で印しをつけてもらうという儀式がおこなわれるのは、神の託宣を女たちが〈兄弟〉とむすびつけるものとかんがえられ、これが何を意味する擬定行為かはわからないとしても、共同規範の〈姉妹〉から〈兄弟〉への受授を物語っていることはほぼあきらかであろう。

久高島はわが南島で神の降臨した最初の島として信仰された島である。ここでは古代、男たちは漁撈にしたがい、女たちは雑穀をつくっていた。この条件は規模はべつにしても、わが列島のすべての地域で古代にはほとんど変りがないものであったと推測できる。もちろん〈イザイホウ〉の神事の形式は、鳥越憲三郎が採取しているそこで和唱される神歌から判断しても、かなり新しい時代に再編成されたことは明瞭だが、この神事の原型にむかって時間的に遡行してみれば、わが列島での〈母系〉制社会のありかたの原像を、かなりな程度に象徴しているとみなすことができる。すくなくとも神事自体の性格から、水田稲作が定着する以前の時代の〈共同幻想〉と〈対幻想〉との同致する〈母系〉制社会の遺制を想定することはできる。この〈母系〉制は、ある地域では〈母権〉制として結晶したかもしれない。なぜなら〈イザイホウ〉の女性だけがかならず通過する儀式は、いわば共同祭儀であり、その資格は共同規範としての性格をもっているから、もし儀式を通過した巫女たちの〈兄弟〉が、部族において現世的な支配権をもつ条件を準備したと仮定すれば、巫女たちの共同規範はすぐに現実的な政治的強力へと転化することができるからだ。

ここでふたたび『家族・私有財産及び国家の起源』のなかで、母系制と氏族社会とをむすびつけているエンゲルスの論理をたどってみる。

さて、プナルア家族から二つの典型的集団の一つ、即ち同母の姉妹及び遠縁（即ち同母の姉妹から派生した第一、第二、或はそれ以上の等親）の姉妹を、彼女等の子供たちと共に、同母の兄弟及び更に遠縁の母方の兄弟（我々の前提によれば、これは彼女等の夫でない）とともに採り出せば、後に氏族の成員としてこの制度の原始形態に現れる人々の範囲を正確に把握するであらう。彼等はすべて一人の共同の女性祖先（Stamm-mutter）を持ち、この女性祖先の系統であるおかげで、子孫たる女たちは世代を同じくするもの同志、すべて姉妹となる。しかしこれらの姉妹の夫はもはや彼女等の兄弟であることができない。従つて同じ女性祖先から出たものであつてはならない。従つて後世の氏族であるところのこの血縁集団に属することができない。しかし彼等の子供はこの集団に属する。なんとなれば、血統は母方によってだけ決定されるからである。そしてそれだけが確実であるからである。母方の最も遠縁の傍系親族をも含むすべての兄弟姉妹の間の性交の廃止が一度確立されると、上述の集団は一つの氏族に転化する。即ちそれは、相互の婚姻を許されない女系血縁者の固い圏として構成される。そしてかやうな圏は、この時から社会的宗教的な性質を持つ他の共通な諸制度によつて益々強化され、同一部族内の他の氏族と区別される。（村井康男訳）

このかんがえはかなりな普遍性をおびており、とりもなおさずエンゲルスの洞察の鋭さを物語っているようにみえる。しかし〈氏族〉制の原型をみちびくためにエンゲルスがつかっている前提と仮定はあいまいだというべきである。

エンゲルスの考察をチェス遊びにたとえてみれば、そこで適用されるルールは同母の〈兄弟〉と〈姉妹〉との性交禁止ということであり、それから発祥するとかんがえられたプナルア家族制の存在である。ところで一対の男・女のあいだに性交が禁止されるためには、個々の男・女に禁止の意識が存在しなければならない。そしてこの禁止の意識は〈対なる幻想〉の存在を前提としている。〈対なる幻想〉は〈性〉的なものであっても、性交的なものとかぎらないことは、人間の性交が動物的なものであっても、同時に観念的（愛とか憎悪とか）でありうるのとおなじであり、おなじ程度においてである。モルガン―エンゲルスが原始的プナルア家族の段階を想定したことがあやふやなのは、原始的集団婚の存在があやふやなのとおなじ程度に、そしておなじ根拠によってである。かれらは性交の形態が（〈性〉行為の形態がではない！）家族の形態と親族体系の形態を決定するとかんがえた。だから母系制とプナルア家族さえ前提にあれば、〈氏族〉制ができあがることになったのである。

男・女のあいだの性交でも、禁止をうけるばあいには共同の規範がはじめになければならない。本質的にいいかえれば、流布された〈共同幻想〉が〈対なる幻想〉と矛盾し、それを抑圧する強力として作用しているはずである。だがさきにも述べたようにエンゲルスのように人間の〈性〉行為を〈性交〉と解するかぎり、〈対幻想〉と同致することである。エンゲルスのように〈母系〉制社会のただひとつの根拠は〈共同幻想〉が母系制とプナルア家族から〈氏族〉制が導きだせるはずがない。すくなくともチェス遊びの算術的な論理でしか導きだせない。なぜなら母系制という概念とプナルア家族という概念は、おなじ範疇で結びつかないからである。一方は〈共同幻想〉についての概念であり、他の一方は〈対なる幻想〉としての概念なのだ。

わが列島における原始的な〈母系〉制では〈姉妹〉が神権を掌握したときは〈兄弟〉が政権を掌握するという古形態であった。このシャーマン教的な特殊性は島嶼的な特殊性のうえにかんがえられるものであった。けれど〈姉妹〉と〈兄弟〉の関係には、エンゲルスのいうような性交はなかったとしても〈性〉行為はありうるというのは、人類に普遍的な事柄である。

いまエンゲルスのいうとおりに同母の〈姉妹〉と〈兄弟〉を、原始的な〈母系〉制の社会で純粋にとりだしてみたと仮定する。この両者のあいだには普遍的な意味では自然な〈性〉行為、いいかえれば性交はないだろう。たとえあっても、性交があったとしても、なかったとしても〈母系〉制社会の本質には、どちらでもいいといった意味においてである。だがたとえ性交はなくとも〈姉妹〉と〈兄弟〉のあいだには〈性〉的な関係の意識は、いいかえれば〈対なる幻想〉は存在している。そしてこの〈兄弟〉と〈姉妹〉のあいだの〈対なる幻想〉は、自然的な〈性〉行為に基づかないからゆるくはあるが、また逆にいえばかえって永続する〈対幻想〉だともいえる。そしてこの永続するという意味を空間的に疎外すれば〈共同幻想〉との同致を想定できる。これはとりもなおさず〈母系〉制の社会の存在を意味している。

けれどこのばあいでも同母の〈兄弟〉どうしは〈母〉または遠縁の〈母〉たちが死んだとき〈対幻想〉としてはまったく解体するほかはない。

解体した後にこの〈兄弟〉たちはどこへゆくのだろうか?

可能性はただひとつ〈母〉または遠縁の〈母〉たちとは関係のない母と同世代の女性から生れた女性たちと婚姻をむすんで、部落のなかに、あるばあいには部落の外に四散することである。しかしこのように四散した〈兄弟〉たちにも〈母〉はそれぞれ個別的な意味で始祖としての対象でありうるだろう。これにたいして〈母系〉制の社会では〈母〉は生きのこった、あるいは死んだ〈父〉や遠縁の〈父〉たちは、この〈兄弟〉にはあまり問題にならないはずである。それはエンゲルスのいうように〈父〉が誰かが〈子〉には確定できないからではない。どんな意味でも〈対なる幻想〉を消失させる契機をいつもはらんだ存在でしかありえないからである。いいかえれば〈父〉と〈子〉は、自然な〈性〉行為でかろうじて持続できる〈対幻想〉にもかかわらず〈父〉と〈子〉の関係は、自然的な〈性〉としてはいちばん疎遠な存在だからである。こういうばあい、〈父〉は〈子〉から尊崇されて棚上げされるか、または無視されるかのいずれかで、〈対幻想〉の対象としてはしりぞけられる。

こうして同母の〈姉妹〉と〈兄弟〉は〈母〉を同一の崇拝の対象としながらも、空間的には四散し、またそれぞれ独立した集団をつくることになる。〈姉妹〉の系列は世代をつなぐ媒体としては尊重されながら、現実的には四散した〈兄弟〉たちによって守護され、また〈兄弟〉たちは〈母系〉の系列からは傍系でありながら、現実的には〈母系〉制の外にたつ自由な存在になる。ただ同母にたいする崇拝の意識としては、いいかえれば制度としては、この〈母系〉の周辺に存在するだろう。ここに氏族制へ転化する契機がはらまれている。

『古事記』のなかの挿話で、スサノオが死んだ母のいる妣(はは)の国へゆきたいといって哭きやまないために〈父〉から追放され（このことは兄弟のあいだの〈対幻想〉の解体と同一である）、しかも同母の姉であるアマテラスと幻想的な共同誓約の〈性〉儀式を交換する。これはこの転化の契機をよく象徴しているようにみえる。『古事記』の挿話ではスサノオは追放されて土着種族系の共同体の象徴的な始祖に転化する。けれどかれは妣の国への崇拝を失うことは共同規範として許されていないのだ。

〈家族〉という概念の発生について、きわめて鋭い考察をしめしたのはフロイトの「集団心理学と自我の分析」であった。フロイトはモルガン―エンゲルスのように原始集団婚をはじめに想定せずに、ただひとつ「原始群族の父祖」という概念をはじめにもうけている。この「父祖」は原始的な集団の息子たちには理想でもあり同時に畏怖の対象でもあった。つまり禁制（タブー）の対象になる両価性の条件をもっていた。そこで息子たちは団結してこの「父祖」を倒した。しかしそのあと息子たちの誰かひとりが「父祖」に肩代りしても不安定で、争いがたえないので、息子たちはたれもじぶんが「父祖」になるのを断念して、そのかわり禁制の対象である条件をもった物（たとえばトーテム）で「父祖」を象徴させるようになった。しかし息子たちは「父祖」でありたいという願望を圧殺することができなかった。そこで共同の集団のなかでではなく〈家族〉のなかで「父祖」としての位置を満足させるようになった。この〈家族〉は、一対の男・女さえあればそれだけで集団の共同性とちがった位相にとじこもったより古い時期の〈家族〉とは意味がちがっている。集団の共同性にたいして、はっきりと固有の位置づけと根拠をもった〈家族〉である。フロイトによれば、こういう意味の〈家族〉をつくった息子たちは「父祖」を倒した時代にできた女性の支配を破壊し、その償いとして母性神化をみとめた。

フロイトのこの考えの原理になったのは、母を対象とした父親への息子の両価的な心理（エディプス・コンプレックス）ということである。これはモルガン―エンゲルスの考えでいえば集団内部での男・女の〈性〉行為の自由という動物生的な概念と対応している。

フロイトが集団的な心理を考えるのにいちばん苦心を払ったのは、エンゲルスとおなじように、どのように集団の心（共同幻想）と男・女のあいだの心（対幻想）とを関係づけるかという点であった。人間がある最古の時代に、集団を組んで生活しながら、男・女としてそれぞれ〈性〉的にも組んでいたとするなら、このふたつの場面で人間はどうじぶんを使いわけているのか。そしてその使いわけにはどんな関連が存在するのかということであった。

いちばん簡単なのは、エンゲルスのように最初に原始集団婚を想定することである。そうすれば集団の〈組み〉と男・女の性的な〈組み〉とは、そのままで同致するからである。フロイトはこれとちがって一人の集団の「父祖」と多数の息子たちという概念から出発した。

わたしたちは、またここで別のことをいうべきである。

〈対なる幻想〉を〈共同なる幻想〉に同致できるような人物を、血縁から疎外したとき〈家族〉は発生した。そしてこの疎外された人物は、宗教的な権力を集団全体にふるう存在でもありえたし、集団のある局面だけでふるう存在でもありえた。それだから〈家族〉の本質はただ、それが〈対なる幻想〉だということだけである。そこで父権が優位か母権が優位かはどちらでもいいことなのだ。また〈対なる幻想〉はそれ自体の構造をもっており、いちどその構造のうちにふみこんでゆけば、集団の共同的な体制と独立しているといってよい。

フロイトは集団の心（共同幻想）と男・女のあいだの心（対幻想）の関係を、集団とそれぞれの個人の関係とみなした。けれど男・女のあいだの心は、個人の心ではなく対になった心である。そして集団の心と対なる心が、いいかえれば共同体とそのなかの〈家族〉とが、まったくちがった水準に分離したとき、はじめて対なる心（対幻想）のなかに個人の心（自己幻想）の問題がおおきく登場するようになったのである。もちろんそれは近代以後の〈家族〉の問題である。

夏目漱石に『道草』という典型的な〈家族〉小説がある。『道草』で扱われている時期は、英国留学から帰った直後である。漱石は帰国後に妻の実家の仮住居をでて、東京駒込千駄木に家をかまえた。英国留学は漱石にとって「不愉快」なものであった。そして帰国後に待ちかまえていたのは〈不愉快〉な妻や縁者であった。

かれらは不如意な留学生活をきりあげて帰ってきた漱石の、不如意な生活から金銭をせびりとり、すこしでもおおく稼ぐことを強要する〈不愉快〉な亡者たちにみえた。

『道草』によれば主人公の健三は、この不如意をすこしでも脱するために、もちまえの大学教師のほかに、かけもちの講師をやって稼ぎを細君の手にわたしている。しかし細君はべつだん嬉しそうな顔をせず〈家族〉の不如意をすこしでも和らげることは、夫たるものの当然の義務であるかのように振舞った。夏目鏡子の『漱石の思ひ出』をみると、ここのところはこうなっている。

それでもいい按排に翌る三十七年の四五月頃から大分よくなつて参りまして、（漱石のあたまの調子が――註）段々こんな無茶なことをしないやうになりました。その代り前から貧乏だつたのが、この年には一層つまつて了つて、どうにもかうにも参りません。そこでたしか秋から帝大一高の外に明大へ一週二時間づゝ出るやうになつて、その二三十円の金でも余程当時の私たちの生活にはたしになりました。けれどもそれで元より楽になつたとは申されません。よく大学なんかよして了ひたいと申して居りましたが、それでも学校にはキチン〳〵と出たやうです。

その前後に漱石の気狂いじみた〈家族〉うちでの振舞を、微にいり描いて「気味の悪いたらありませんでした」などとしゃあしゃあとかいている。文脈をふまえたうえでよむと、大学教師など一切やめたがっている漱石が、ますます大学教師にのめりこんでまで生活費を稼いでいるのを、細君が描写しているにしては、きわめて異様におもわれてくる。漱石のいとなんだ〈家族〉はひどいものだという感想を禁じえない。鷗外の「半日」をよむと、鷗外の〈家族〉もまたひどいものだとおもえる。だが鷗外自身は、生活のこまごましたことを処理するのは社会の表通りを胸をはって歩くための小さな里程だと信じているところがある。そのため、ひどくても、かくべつかくされた形而上の意味づけは感じられない。漱石のばあいはちがっている。ここでは本質的に理解を拒絶した男・女が〈家族〉をいとなんでいることを疑うことができない。

漱石はまったくおなじ時期のおなじことを『道草』でつぎのように描写している。

然し若し夫が優しい言葉に添へて、それ（稼ぎをふやした生活費——註）を渡して呉れたなら、屹度嬉しい顔をする事が出来たらうにと思つた。健三は又若し細君が嬉しさうにそれを受取つてくれたら優しい言葉も掛けられたらうにと考へた。それで物質的の要求に応ずべく工面された此金は、二人の間に存在する精神上の要求を充たす方便としては寧ろ失敗に帰してしまつた。

鷗外の「半日」では〈奥さん〉は我ままで軽薄な性格を、夫である〈博士〉によってあばかれている。だが、漱石の『道草』では細君は、健三から冷酷な解剖をいちどもうけていないといっていい。ただ人間は男性としても女性としても孤独で、そのあいだに介在する関係は、とうてい理解しあえない齟齬をもつものだということがよく描きだされている。主人公の健三は細君に優しくありたいとかんがえながら、ことごとに冷水を浴びせかけられ、弾きかえされる。細君もおそらくそうであろう。夫に優しくありたいとおもうのに、夫は理由もなく不機嫌なため心は閉ざされてしまう。たれがこの関係の齟齬を裁くのかわからない。鷗外の「半日」では、細君のくだらなさを裁くのは〈博士〉であり、また傷ましいのも〈博士〉である。

漱石が『道草』の健三を借りて、じぶんの願望をのべているると仮定すれば、かれはあきらかに〈夫婦〉の本質をもとめているので〈夫婦〉の円満な生活を願っているのではない。まして言葉のうえの〈優しさ〉をもとめているのではない。しかし細君にとっては〈夫婦〉の本質などはどうでもいいが、実際に円滑に進行してゆく生活が、物質的にも知慧としても必要であった。彼女にとって婚姻し、夫と一緒に住み、子を産み、育てながら、ほどよい〈家族〉を形成することは、なによりもまず世上に流通する習俗であり、それに忠実にしたがっているまでである。しかし、この夫婦は漱石の英国留学を契機にして、すでに本質的には崩壊していた。漱石が〈夫婦〉にもとめたのは一対の男女のあいだの〈対〉幻想の本質であり、けっして一緒の屋根の下に住んでいる個人と個人ではなかった。細君がじっさいに漱石に要求したのは、本来ならば〈夫婦〉にだけ存在しうる〈対〉幻想の世界をこわしながら、漱石がなおその世界に、物質的な顔をむけてくれることであった。この夫婦のあいだの齟齬は、習俗としての〈家族〉と〈対〉幻想としての本質的な〈家族〉とのあいだの距離である。漱石は細君のなかに〈習俗〉を、いいかえれば姉妹や近親の女をしか見出せなかったのに、夫婦として〈家族〉を営むことを余儀なくされたのである。

漱石には〈親〉は優しい存在でなかった。漱石には鷗外のように〈親〉の優しさに執着するあまり、〈夫婦〉が齟齬をきたしたということはない。むしろ現実上の〈夫婦〉の背後に、過剰なメタフィジックを幻想したために、かえって傷ついたというべきかもしれない。これは「半日」のなかで鷗外が、母親には女手一つでじぶんを養育し一人前にした長い歴史があるので、昨日今日結婚したばかりの細君の嫌悪くらいで、母親への感情をかえてたまるものかといった場所にあるのと対照的である。ただこのどちらのばあいも、自由な男女の性愛による結合とはいえない〈家族〉が、俗習をはるかに抜いたところで、当事者の一個人にとらえられた悲劇だという点ではかわりなかった。

漱石が『道草』をかき、鷗外が「半日」をかいたとき、かれらが当面した問題は、大学教師や作家や軍人としての自分と〈家族〉のなかの自分とが、それぞれちがった貌の面をさらしているという意識であった。かれらは大学教師や作家や軍人という社会的な貌として、ひとりの個人である。だが〈家族〉の一員としては、ひとりの個人でありえない。その中心にはじぶんと細君の関係があり、親があり、子供があり、親族がとりまいている。そして細君はひとりの個人であるという場面をもたないから、ときとして〈家族〉の一員でありながらひとりの個人だといった矛盾をやってのける。そしてそのとき、じぶんもまた細君に対応して、ひとりの個人という矛盾を夫婦の関係のなかで強行する。もしそういうことが悲劇ならば、悲劇は〈家族〉と〈社会〉との関係の本質のなかにあったのである。

いったい〈夫婦〉とは、〈親子〉や〈兄弟姉妹〉とは、一般に〈家族〉とは本質的に何なのだろうか？

ヘーゲルは『精神現象学』のなかで〈家族〉のあいだの関係の本質に鋭い考察をくだしている。

　夫と妻相互の敬愛は、自然的な関係と感覚を混えており、その関係はそれ自身においては自己還帰しない。また、両親と子供相互の敬愛という第二の関係も、それと同じである。子供に対する両親の敬愛も、自分の現実を他者のうちにもっており、他者のうちに自立存在が生成して行くのを見るだけで、それを取りもどし得ないという感動に影響されている。かえって子供は、自己の現実をえて、よそよそしいものになったままである。だがこれとは逆に、子供の両親に対する敬愛は、自分自身の生成つまり、自体を、消えて行く両親においてもっており、自立存在や自分の自己意識は、その本源たる両親から分れることによってのみ、獲られるという感動に伴われているが、この分離のうちでその本源は枯れて行くのである。

　これら二つの関係は、両者に分け与えられている両側面の移行と、不等のうちに止まっている。だが、混じり気のない関係は兄と妹の間に在る。両者は同じ血縁であるが、この血縁は両者において安定し、均衡をえている。だから両者は、互いに情欲をもち合うこともないし、一方が他方にその自立存在を与えたのでもないし、一方が他方からそれを受け取ったのでもなく、互いに自由な個人である。それゆえ、女性は、妹（姉）であるとき、人倫的本質を最も高く予感している。（樫山欽四郎訳）

ここでヘーゲルの「敬愛」という言葉は、ただ〈関係〉と読まれるべきだが「感動」というのは、そのままに読まれていいであろう。

英国留学から帰国した後の漱石夫婦には、「それ自身においては自己還帰しない」ような相互関係の意識がなかった。それといっしょに「混じり気のない関係」としての兄妹の均衡もなかった。だからほんとうは〈家族〉は存在しなかった。たがいに狂者と亡者になる道しかのこされていなかったのだ。そして子供たちは親の自滅によってはじめて自立できるという関係に「感動」するまえに、まず親を軽蔑し、冷たんにふれることを覚えこむほかなかったのである。

ヘーゲルの考察は〈性〉としての人間が〈家族〉の内部で分化してゆく関係を、するどくいい当てているとおもえる。

〈性〉としての人間はすべて、男であるか女であるかいずれかである。だがこの分化の起源は、おおくの学者がいうように、動物生の時期にあるのではない。すべての〈性〉的な行為が〈対なる幻想〉を生みだしたとき、はじめて人間は〈性〉としての人間という範疇をもつようになった。〈対なる幻想〉が生みだされたことは、人間の〈性〉を、社会の共同性と個人性のはざまに投げだす作用をおよぼした。そのために人間は〈性〉としては男か女であるのに、夫婦とか、親子とか、兄弟姉妹とか、親族とかよばれる系列のなかにおかれることになった。いいかえれば〈家族〉が生みだされたのである。だから〈家族〉は、時代によってどんな形態上の変化をこうむり、地域や種族でどんな異った関係におかれても、人間の〈対なる幻想〉にもとづく関係だという点では共通している。そしてまたこれだけが、とりだせる唯一の共通性でもある。わたしたちはさしあたって〈対なる幻想〉という概念を、社会の共同幻想とも個人のもつ幻想ともちがって、いつも異性の意識でしか存在しえない幻想性の領域をさすとかんがえておこう。

〈家族〉のなかで〈対〉幻想の根幹をなすのは、ヘーゲルがただしくいいあてているように、一対の男女としての夫婦である。そしてこの関係にもっとも如実に〈対〉幻想の本質があらわれるものとすれば、ヘーゲルのいうように自然的な〈性〉関係にもとづきながら、けっして「自己還帰」しえないで、「一方の意識が他方の意識のうちに、自分を直接認める」幻想関係であるといえる。もちろん親子の関係も根幹的な〈対〉幻想につつみこまれる。ただこの場合は〈親〉は自己の死滅によってはじめて〈対〉幻想の対象になってゆくものを〈子〉にみているし、〈子〉は〈親〉のなかに自己の生成と逆比例して死滅してゆく〈対〉幻想の対象をみているというちがいがある。いわば〈時間〉が導入された〈対〉幻想をさして親子と呼ぶべきである。そして、兄弟や姉妹は〈親〉が死滅したとき同時に、死滅する〈対〉幻想を意味している。最後にヘーゲルがするどく指摘しているように兄弟と姉妹との関係は、はじめから仮構の異性という基盤にたちながら、かえって（あるいはそのために）永続する〈対〉幻想の関係にあるということができよう。

人間を〈性〉としてみるかぎり〈家族〉は夫婦ばかりでなく、親子や兄弟や姉妹の関係でも大なり小なり〈性〉的である。この意味でおそらくフロイトの学説には錯誤はなかった。ただかれはこういう関係が〈対〉幻想の領域でだけ成り立つもので、けっしてそのまま社会の共同性や個人のもつ幻想性には拡張できないことをその考察から除いてしまったのである。

現在ではほとんど否定しつくされているが、エンゲルスは、モルガンの『古代社会』の見解を理論的に整序しながら『家族・私有財産及び国家の起源』のなかで、原始的な乱交（集団婚）の時期を想定している。エンゲルスの根拠は、あらゆるばあい、たとえば言語や国家の考察でも露呈されるように、人間が猿みたいな高等動物から進化したものだという考えに根ざしている。つまり動物生としての人間を考察の起源においている。たとえばモルモットを親子兄弟姉妹にわたって同居させれば、雌親は子供の子を生むことができる。おなじように意識性を切除された人間の〈家族〉を同居させれば、母親は子供の子を生むことがあり得るだろう。しかしわたしたちは、意識性を切除された人間を、ただ動物としての〈人間〉と呼ぶだけで人間としての〈人間〉とは呼ばないのだ。人間は猿から進化したわけでないし、人間生の本質は動物生から進化したものではない。いいうべくんば、猿みたいなもっとも高等な動物と比較してさえ、人間は異質の系列として存在している。またそのことで人間とよばれる本質をもっている。

　エンゲルスの家族論は、その国家論とおなじように、おおくの通俗的な唯物論者にひどく低俗な手つきで模倣された。

　たとえば、ライツェンシュタインは『未開社会の女たち』のなかで、おなじ見解をエンゲルスよりももっと通俗化したうえで敷衍している。

　　したがって、男も女も同じ方法で生業に寄与することができ、民群の共同生活を変える原因は何一つなかった。われわれは、相互扶助の必要の中に、最古の社会的団体、民群の根本をも求めることができるのである。それは小さいものであったかも知れないし、その大きさも採集地の収穫の多少に左右されたかも知れない。民群の男女は、互いに自由に交わっていた。そして、かれらが他の民群のものにたいしてその採集地域を守ったように、その民群の男たちはこの民群に所属する女たちをも守った。それは族内婚（Endogamie）の状態であった。子供たちは、その民群のどの男の生ませた子供というわけでもなく、むしろその民群全体のものであった。その子供の父親というものは、性交と妊娠との関係がもうわかっていた時代においても、誰かわからなかったし、疑えば幾らも疑えたからである。こういう関係に入るにも、別に儀式のようなことも行われず、その点は動物と同じであった。交合は、緊張消散欲（射精欲）の作用のもとに行われた。そして、交合本来の目的が意識されることなど、もちろん、必要としなかった。（清水朝雄訳）

こういった考えは、かなりな比重でわが国の民族学者や民俗学者に踏襲されている。わたしには、いかにもっともらしく思いついた虚偽としかおもえない。民族学者や民俗学者が、現存している未開種族の観察からこういう説を裏付け得たかどうかは問題にはならないのだ。〈性〉的な行為の本質が、外側からの観察やみせかけの実証性で解けるものだとかんがえるのはもともと馬鹿気ている。こういう見解の滑稽さを知るには、ただかれ自身の〈性〉的な行為をじぶんで心的にあるいは生理的に、観察するだけで充分なはずだ。

ライツェンシュタインは、モルガン—エンゲルスとおなじように、わずかに残存する未開種族の習俗や、言語や、共同組織の観察記録をもとにし、動物生と類推することでこういう考えに達している。その結果最初の社会の人間の〈家族〉を、動物集団とあたうかぎり近似したものとして描いた。

そのため〈家族〉の本質を部族の共同性と、「互いに自由に交わ」る男と女の個人性にふりわけ、解体させることになった。

ここで大切なのは、ある現存している未開種族を観察したら集団婚のようにみえたとか、プナルア婚のようにみえたとか、あるいはまったく一夫一婦婚が主だとみえたとかいったことではない。観察研究を主にするかぎり、わたしたちはただ最古の社会においてさえ、あらゆる男女関係の形態が、地域や種族ごとに異って存在しえたといえるだけである。

〈性〉としての人間、いいかえれば男または女としての人間が〈自由〉な個人として乱交する場面を空想し、ある意味では必然的に空想せざるをえなくなったのは、マルキ・ド・サドの奇譚小説をあげるまでもなく〈近代〉以後のことである。〈性〉としての人間、いいかえれば男または女としての人間という範疇は、人間としての人間、いいかえれば〈自由〉な個人としての人間という範疇とも、共同社会の成員としての人間という範疇とも矛盾しているのは申すまでもない。この矛盾は人間の共同幻想と個人幻想のはざまに〈対〉幻想という考えを導かずには救抜されないのである。

ライツェンシュタインが、モルガン―エンゲルスとおなじように原始的な集団婚の時期を想定し、そこで部族内の男女の自由な乱交の場面を動物生から類推して描きだしたように、わたしたちは一見すると〈対〉幻想が共同幻想と同致したかのようにみえる時期に出遇うことができる。その時期には部族内の一対の男女の〈性〉的な行為は、あたかも部族全体の行為によって統御され、監視のもとにおかれて、〈自由〉な男女の〈性〉的な行為などは存在しえなかったかのようにみえる。

西岡秀雄は『日本における性神の史的研究』や『図説 性の神々』のなかで、わが国でも新石器時代〈縄文中期から後期以後〉には、女性器をつけた土製の土偶がおおくつくられ、また男性器の形をした自然石や人工石や石棒のたぐいが、宗教的な象徴として祭られた痕跡があるのを指摘している。また、おおくの民族学者や民俗学者がかんがえているように、穀物の豊饒を祈念する農耕祭儀や習俗が、なんらかの意味で男女の性的な行為の象徴をふくんでいることもたしかである。

たとえば『古事記』のなかに、よく知られたつぎのような場面がある。

そこでイザナギはその女イザナミに問うて「お前の身体はどんなぐあいにできているのか」とたずねると、女はこたえて「わたしの身体は一個処欠けているところがあります」といった。そこでイザナギは「わたしの身体には一個処余計なところがある。それだからわたしの余計なところと、お前の欠けたところを刺しふさいで国を生もうとおもうがどうか」というと、イザナミはこたえて

「それはよいことです」といった。そこでイザナギが申すには「それなら、わたしとおまえとはこの天の御柱をまわって、性行為をしよう」とうながした。そう約束してから「おまえは右からまわってこい、わたしは左からまわってこよう」といって御柱をまわるときに、イザナミがまず「ああ、愛しい男よ」といい、あとからイザナギが、「ああ、愛しい女よ」といった。

ここは共同幻想（国生み）が〈対〉幻想の行為と同致するのを象徴している。この共同幻想と対幻想との同致は、人類のどの社会でも農耕社会のはじめの時期に発生した思考とみなしてまちがいない。ここでは〈対〉幻想はその特異な位相をなくして共同幻想のなかに解消したかのようにみえる。おそらく『古事記』のこの場面は、男性器を象徴する自然石や石棒のまわりをまわって行う男女の性的な祭儀に現実的な基盤をもっているだろうが、すでに現実的な基盤をはなれて〈対〉幻想そのものが共同幻想と同一視されるまでに転化されている。

おおくの民族学者や民俗学者は、男女の性行為から女性が妊娠し子を産むことが、穀物を栽培し、実りを生みだすことと類似なために、古代人が〈性〉的な模擬行為で穀物の実りを促進しようという観念に支配されたとみなしている。いわば穀母神の信仰として普遍的なものとかんがえられた。だが古代人がそんな観念をもっていたかどうかはわからない。こういう観念が生みだされるには、まず〈類推〉のようなかなり高度な知的能力を必要とするからである。神話はそれを創り出したものと、神話に対応する現実的な習俗を生活したものとのあいだに区別をもうけなければ理解できない。わたしたちはまったくべつの理解の仕方が必要だ。

この『古事記』の挿話が象徴するように、ある種族の神話は、農耕部族の世襲権力によって創られたため、世界の生成、あるいは国生みを〈対〉幻想の結果とむすびつけることからはじまっている。そして『古事記』がそうであるように、最初の男神あるいは女神がうみだされる以前の神は単独身の神で、その神たちはいわば先験的に存在したとみなされている。それなら男・女神による国生みは、あきらかに農耕社会の段階にはいった時期に固有な象徴でなければならないはずだ。

わたしたちは、農耕神話に特有な共同幻想と〈対〉幻想との同致という現象を解けなければ、〈対〉幻想という概念を設定すること自体が無意味だという課題に出遇うのである。

竹野長次は『古事記の民俗学的考察』でつぎのようにかいている。

> わが国でも新嘗のやうな農業の祭は女子が中心となつて行つたもので、「誰ぞこの屋の戸押（おそ）ぶる新嘗（にふなみ）にわが背（せ）をやりて斎（いは）ふこの戸を」（万葉集巻十四）は、神聖な新嘗の祭儀を執り行ふ為に、夫を外に出して遣つて女だけが家に籠つて潔斎してゐる趣である。さて女子が主として農耕生活に従つたについては、自然食採集には相当の体力を必要とする為めに、体力上の関係から主として男子が狩猟の方を担当し、女子は農業を営んだのかも知れない。殊に農業は一定の土地に定住する必要があるので、勢ひ家にとどまつてゐる女子がそれに従事したものであらう。また呪術宗教的生活を営んだ古代に在つては、女子のもつ神秘的生産力と農作物の豊饒との間に、感応呪術的関聯を認めたことが、女子が農業にたづさはつた主なる理由であつたのかも知れない。或は女には母性愛や子女養育の本能があり、さうした性情から、自然と農作物の培養に特別の興味を抱いてゐたといふ事情が、女子をして農耕に従はしめたのでもあらうか。

このかんがえはライツェンシュタインとおなじような思考法を、そのまま受けいれてつくられている。そのために、引用した『万葉集』の歌はまったく逆に解釈されている。奥能登の農耕祭儀や、天皇の世襲大嘗祭が語るように、新嘗のときに祭主になって田神を迎えにゆくのは男子であって、女子は家にひきこもっていた。そこで万葉の歌はその様子を想像させるものと解すべきである。

ライツェンシュタインはこう想像した。自然社会では食料の獲得がしだいにむつかしくなったとき、男は投棒や、槍や矢のような遠距離武器をあみだして遠出してゆく狩猟者になった。そして妊娠や出産や哺乳が必要な女たちは、住居に居付くことが男よりもおおくなった。いきおい女たちは住居の周囲に採集してきた植物を栽培して人為的に収穫しはじめた。そこで農耕の発明者で主役になったのは女たちであった。

またライツェンシュタインは原始集団婚の時期があったという考えをむすびつけた。生れた子供ははっきりとその母親を知っており、それに育てられるが、その父親はたれかはけっしてわからないから、どうしても母系的な家族体系になってゆく。そこで農耕社会はそのはじめの形態で、母系的社会だったとかんがえたのである。

ライツェンシュタインのこういう考えは巧妙であり、またいかにもありそうなため、わたしの知っているかぎりでは、わが国のほとんどすべての学者が踏襲している。

だが遠い古代以前の社会を想定するのに、なぜ男女の〈体力〉の差だとか〈性情〉のちがいだとか、妊娠や哺乳や育児だとか、住居のまわりに在るものは農耕し、遠出をするものは狩猟するものだとか、曖昧でもっともらしい類推をかりなければいけないのだろうか？　ちなみにライツェンシュタイン自身でさえ、じぶんの考察に実証性がたりないことを知っていて、古代には女だけの宗教的な結社が存在し、その結社の発達した種族と地域では、女たちが武器をとり戦闘に従事し、政治支配を行った形跡もあるとして、アフリカのダムム王国の例をあげている。つまりここでは男と女との分業は逆立している。

わたしたちは〈人間〉としての人間という概念のなかでは、どんな差別も個々の人間のあいだに想定すべきでない。つぎに〈性〉としての人間という概念、いいかえれば男と女としての人間という概念のなかでは、エンゲルスのいわゆる〈性〉的分業のこと以外には、現実の部族社会の経済的な分業と、人間の存在とを直接むすびつけるどんな根拠も、想定するわけにはいかないのだ。だからライツェンシュタインのように狩猟や戦闘は男性の分担で、農耕は女性の分担であったというのは、いつも反対の例を未開種族にみつけだせるような恣意的な理解でしかない。たかだか数の問題としてそういえるだけである。これにたいして共同性としての人間、いいかえれば集団生活をいとなみ、社会組織をつくって存在している人間という概念のなかでは、人間はいつも架空の存在、いいかえれば共同幻想としての人間であり、どんな社会的な現実とも直接むすびつかない幻想性としての人間でしかありえない。

ここで農耕社会の起源の時期に、なぜ部族の共同幻想が、男女の〈対〉幻想と同致したようにみえるかという疑問にふたたびかえろう。わたしたちはけっして、ライツェンシュタインやわが国の追蹤者たちみたいな解釈をとりたくない。問題はまったく別なところにあるとかんがえる。

『古事記』は冒頭に天地初発の事跡を記している。

> 天地のはじめの時、タカマガハラに現われた神の名は、天の御中主（ミナカヌシ）の神。つぎに高御産巣日（タカミムスビ）の神。つぎに神産巣日（カミムスビ）の神。この三神は、みな独神で現われて、死んだ。
>
> つぎに国がわかく、浮んでいる油脂のようにしてクラゲのようにただよっているときに、葦かびのように萌えでてくるものによって現われた神の名は、ウマシ葦かびひこじの神。つぎに天の常立（トコタチ）の神。この二神もみな独神で現われて死んだ。
>
> 以上の五神はまったくべつの天の神である。云々。

ここで別格あつかいの「独神」というのは、いわば無〈性〉の神ということであり、男神または女神であったのに〈対〉になる相手がないというのではない。わたしのかんがえではこの「独神」の概念は、原始農耕社会以前の幻想性を語るものである。かれらが海岸や海上での漁獲や、山野で鳥獣や自生植物の果実を収集して生活していたにしろ、穀物を栽培し、手がけ、その実りを収穫して生活する以前の社会に流通した観念にもとづいている。そこでは鳥獣や魚や自生植物は、自然そのものが生成させたもので、その採取は自然の偶然に依存していた。こういう自然は先験的に存在するものであった。それは人間にすでに与えられて眼の前にあったのである。あたかも幼児が、過去の出来事をみんな〈昨日(きのう)〉の出来事と呼び、未来の出来事を〈明日(あした)〉の出来事と呼び、それ以外の時称がない時期をもつように、現に眼の前に存在する自然が、そのとおりに存在するには〈昨日〉と〈明日〉だけがあった。

だから『古事記』の「独神」は〈現在〉性を構成するに必要な〈時間〉概念の象徴にほかならないといえる。

もちろんこの時期でも、かれらは〈性〉的に行為していた男・女だった。だが〈昨日〉性的な行為をしたように今日もし、明日もまた性行為をした意味しかなかったのである。断るまでもなくこれは、かれらが原始集団婚みたいな乱交を行っていたかどうかとはまったく無関係である。ただ〈対〉幻想がどんな意味でも、時間を遠隔化できない発生期にあった。

男・女神が想定されるようになると〈性〉的な幻想に、はじめて〈時間〉性が導入された。〈対〉幻想もまた時間の流れに沿って生成することが意識されはじめた。そしてこの意識が萌したのは、かれらが意図して穀物を栽培し、意図して食用の鳥獣や魚を育てるすべを知ってからである。かれらは実りの果てに枯死した植物が残す実を、また地中に埋めてふたたび、おなじ植物を生成させた。それに習熟したとき、自然を生成として流れる〈時間〉の意味を意識した。いままで女性が子を産み、人間が老死し、子が育つことに格別の注意をはらわなかったのに、人間もまた自然とおなじく時間の生成にしたがうのを知ったのである。まずこの〈時間〉の観念のうち、かれらには女性だけが子を産むことが重要だった。いいかえれば〈対〉幻想のなかに時間の生成する流れを意識したとき、そういう意識のもとにある〈対幻想〉は、なによりも子を産む女性に所属した〈時間〉に根源を支えられていると知ったのである。

〈時間〉の観念は自然では、穀物が育ち、実り、枯死し、種を播かれて芽生える四季としてかんがえられた。人間では子を産む女性に根源がもとめられ、穀母神的な観念が育ったのである。この時期には自然時間の観念を媒介にして、部族の共同幻想と〈対〉幻想とは同一視された。

ここでまた注意しなければならないが、こういうことは農耕社会の発生期に母系的あるいは母権的な制度がつくられたかどうかとはかかわりない。

この時期はやがてべつの観念の発生によってとって代られる。人間は穀物の生成や枯死や種播きによって導入される〈時間〉の観念が、女性が子を妊娠し、生育し、子が成人するという時間性とちがうことに気づきはじめる。穀物の栽培と収穫とは四季がめぐる季年のことである。だが人間の女性が妊娠するのは十カ月であり、分娩による子の分割から成人までは十数年であり、その間、大なり小なり扶養し、育成せねばならない。そしてこの二十年ちかくの歳月の生活は、女性だけでなく男性もまた、分担せずに成り立たない。これは不思議なことではないのか？

このように穀物の栽培と収穫の時間性と、女性が子を妊娠し、分娩し、男性の分担も加えて育て、成人させるという時間性がちがうのを意識したとき、人間は部族の共同幻想と男女の〈対〉幻想とのちがいを意識し、またこの差異を獲得していったのである。もうこういう段階では〈対〉幻想の時間性は子を産む女性に根源があるとみなされず、男・女の〈対幻想〉そのものの上に分布するとかんがえられていった。つまり〈性〉そのものが時間性の根源になった。

もちろんこの段階でも、穀物の栽培と収穫を、男・女の〈性〉的な行為とむすびつける観念は消えたはずがない。だがすでにこのふたつのあいだには時間性の相違が自覚されたために共同幻想と〈対〉幻想とを同一視する観念は矛盾にさらされた。それを人間は農耕祭儀として疎外するほかに矛盾を解消する方途はなくなったのである。農耕祭儀がかならず〈性〉的な行為の象徴をなかに含みながらも、ついに祭儀として人間の現実的な〈対〉幻想から疎遠になっていったのはそのためである。もうひとびとは男・女の〈性〉行為と女性の妊娠とのあいだに、必然的な時間的連関があることも疑わなくなった。また男・女ともに農耕に従事する慣習にもなじんでいった。それが水稲耕作が伝えられた時期にあたっていたかどうかはっきりできないし、またはっきりさせることもいらない。ただ男・女がいっしょに農耕に従事するようになったとき、河沿いの平地や山にかこまれた盆地での定住が、慣習になったのはたしかであろう。

人間は〈対〉幻想に固有な時間性を自覚するようになって、はじめて〈世代〉という概念を手に入れた。〈親〉と〈子〉の相姦がタブー化されたのはそれからである。

それぞれの種族には〈歴史〉がと絶えてしまう時間がある。どうしてもそれ以前の共同社会の構成については知ることができない。わが種族では現在のところ、千数百年の時間の外にでることができない。これは歴史的な時間として、あまりに真新しすぎるといっていい。〈歴史〉がと絶える時間は、生活史が不明な時間とは即座にはむすびつかない。ひとつには生活史の断片は、発掘された器物や遺跡の断片から部分的には復元できるからである。もうひとつは、生活史の上層にあったはずの観念の共同性は、考古学的な資料の発見では、単純に復元できないからである。この部分で〈歴史〉は時間的にと絶えてしまう。これを復元する可能性は〈神話〉にもとめられる。わたしたちが原理的に正当に〈神話〉をあつかう方法をもっていれば、である。〈神話〉の時間性はどこでも〈歴史〉がと絶える時間よりずっと遠くをさしているといっていい。

わたしたちはいままでに『古事記』の挿話を断片的に引用してきている。引用にはひかえめで、任意な断片的な引用に与えていい解釈をそれないように心がけてきた。わたしたちの目的は『古事記』の解釈そのものではないが、都合のいい附会をやっている印象をあたえたくなかったからである。ここであらためて〈神話〉はどう取り扱われるべきものか、という問いをとりあげてみたい。そういう段階にきたようにみえるからである。

ここで真っ先に関心をひくのは、すでに古典に属するレヴィ＝ブリュルのつぎのような見解である。

神話を、それを胚胎する社会集団の心性との関係に於て考察するとき、我々は類似の結論に導かれる。社会集団に対する個人の融即が未だ直接に感ぜられるところ、囲繞集団に対するその集団の融即が現実に生活されてゐるところ――即ち、神秘的共存の段階が続いてゐる限り――では、神話は数に於て乏しく、質に於て貧弱である。オーストラリア土人、及び北部及び中央ブラジルの土族等々の場合がそれである。集団が多少進歩した型をとる、例へばツニ族、イロコイ族、メラネシア土族及びその他の諸族では、之に反して、次第に豊富に咲き揃ひつゝある神話を見る。では、神話は亦、直接なものとして感ぜられなくなつた融即を実現しようと努めるとき、融即がもはや生活されない同体感を保証するため仲介用の運搬物にたよりはじめたとき、現はれる原始心性の産物であらうか。かゝる仮説は大胆と見えるかも知れない、然しそれは我々が其等の神話にその心性を反映させてゐる原始人とは異つた眼を以て神話を眺めてゐるからである。我々はそこに原始人が見ないものを見てゐる。彼等がそこに表象するものを我々は実現(リアリゼ)出来ないのである。(中略)……原始人に取つては、言葉それ自身が、全く神秘的な雰囲気を持つのである。我々は概念によつて話し考へるのである。然し我々の心に於ては、言葉は経験を基礎として聯想を主体に呼び起すものである。原始人に取つては神秘的実在でその葉、特に神話の中に描き出された集団観念を表現する言葉は、言葉は、原始人に取つては神秘的実在でその各々が作用域を決定してゐるのである。感情の見地から云へば、単に神話を聴くと云ふことは、彼等に取っては、我々に於けるそれとは全く異つたものである。彼等がその中に聞くものは、我々には存在しない和階音の全音階を呼び醒すのである。

且つ、我々の知識に這入つてくる神話で、主として我々の興味をおこすもの、我々が理解し、解釈しようと勉めるのはその話の内容そのもの、事件の連鎖、挿話の現はれ、話の筋、英雄或は神話的動物の冒険等である。そこから神話の中に或自然現象の象徴的比喩的表出、或は「言語の疾患」

の結果を見る暫時クラシックであつた理論が生れてくる。亦そこから、例へばアンドリュウ・ラングのやうに神話をその内容の範疇に従つて配列する分類法が生ずるのである。然し、かゝる所説は原始的、神秘的心性が我々のそれとは異つた方向に方位づけられてゐると云ふことを見落してゐる。原始心性は、たしかに神話中に語られてゐる行為、冒険、筋の曲折に無関心ではないに違ひない。これらがこの心性に興味をわかせ感興を唆ることとさへも確かである。けれども、この心性が主として関心を持つのは実証的内容ではない。それはこの内容を切りはなして別に考察することはない。丁度我々は肉の中に骨格があるとは知つてゐても生きた動物の下にそれを見ないと同様に、この心性は神話のそれらの要素を取り出して独立的に見ると云ふことはない。原始心性を総体的に把握するもの、原始人の注意を占めるもの、その感性に激しく訴へるもの、それは実に神話の実証的内容を包んでゐる神秘的要素である。これらの要素だけが神話及び伝説に価値と社会的重要性を、そして私は更に加へて権力を与へると云つてもよい。(『未開社会の思惟』山田吉彦訳)

「融即」とここで呼ばれているものが、じつは〈神話〉をもった種族の〈共同幻想〉の趨向性が、ひとつひとつの事象、挿話、構成の具合の悪さなどに、縦横に浸潤した状態をさすとかんがえれば、〈神話〉の取扱いで陥いりやすい怠惰を戒める充分なかんがえが披瀝されている。つまり〈神話〉にむかっては現在に居坐るのをゆるされていない。また無造作に時間を遡行するのもゆるされていない。また古墳、什器、装飾品などの出土物を、神話と直接的に結びつけてもいけない。わたしたちは絶妙な位相が神話にたいして必要になる。そしてすべての種族がのこした〈神話〉のうち普遍的な共通性をとりだせるとしたら、おそらくただひとつのことである。

それをいま〈神話〉はその種族の〈共同幻想〉の構成(ゲシュタルト)を語るとかんがえておこう。そして〈共同幻想〉の構成を語っている点をのぞけば、どんなことも〈神話〉では恣意的だといえる。登場人物も物語の進行も、プロットの接合の仕方も、時間的な空間的な矛盾も、他の種族の〈神話〉からの盗作やよせあつめも、すべて恣意的にゆるされている。ただし〈共同幻想〉の志向に抵触しないか、または〈共同幻想〉の志向によって恣意的なかぎりにおいてである。〈神話〉を解釈するばあい、いちばんおちいりやすい誤解は、それがある〈事実〉や〈事件〉の象徴だとかんがえることだ。そして空間的な場所や時間的な年代を現実にさがして〈神話〉との対応をみつけだそうとする。しかし〈神話〉に登場する空間や時間は、ただ〈共同幻想〉の構成に関するかぎりでしか、現実の象徴にならないといえよう。その結果えられるのは、ある場合に地誌的に一致する個処があるかとおもえば、同時にとんでもない矛盾にもぶつかる等々のことである。

わたしたちの種族の神話としてのこされた『古事記』で、〈共同幻想〉の構成を語る時間的にいちばんプリミティヴな挿話は、アマテラスとスサノオの関係にはじめてあらわれる。

このときイザナギはたいへんよろこんで申すのには「じぶんは子をたくさん生んで、そのはてに三人の貴重な子を得た」といって、そこでその頸にかけた玉の緒をゆらゆら揺りながら取りはずして、アマテラスに授けて申すには「おまえは高天が原を統治しなさい」と言葉をかけた。それでその頸にかけた玉の名を、ミクラタナの神という。つぎにツクヨミに申していうには「おまえは夜の国を統治しなさい」と言葉をかけた。つぎにタケハヤスサノオに申していうには、「おまえは海原を統治せよ」と言葉をかけた。

それでおのおのその言葉の命ずるままに統治したが、そのなかでスサノオは命ぜられた国を統治せずに、長い髭が胸のところに垂れさがるにいたるまで、啼きわめいた。その泣くさまは青山が枯山になるほどに泣き枯らし河海はすべて泣きほされるほどであった。そういうわけで悪い神がわいわいといっぱいに騒ぎだし、おおくのわざわいがぼっ発した。そこでイザナギはスサノオに申すには「おまえはどうして言われた国を統治せずに、哭いているのだ」と言うと、スサノオが答えていうには「わたしは妣の国である黄泉の国にゆきたいとおもって哭いているのです」と言った。そこでイザナギは大そうおこって申すには「それならばおまえはこの国に住んではならない」といって、追放してしまった。（八）

スサノオは『古事記』の神話で国つ神の始祖とかんがえられている。いいかえれば農耕土民の祖形である。「高天が原」を統治するアマテラスが、神の託宣の世界を支配する〈姉〉という象徴であり、スサノオは農耕社会を現実的に支配する〈弟〉という象徴である。そしてこの形態は、おそらく神権の優位のもとで〈姉妹〉と〈兄弟〉が宗教的な権力と政治的な権力とを分治するという氏族（または前氏族）的な段階での〈共同幻想〉の制度的な形態を語っている。そしてもうひとつ重要なのは、〈姉妹〉と〈兄弟〉とで〈共同幻想〉の天上的および現世的な分割支配がなされる形をかりて、大和朝廷勢力をわが列島の農耕的社会とむすびつけていることとである。大和朝廷勢力が何者であったか、（いいかえればわが列島の一部の土民から発祥したものか、あるいはわが列島の土民を席捲した異族であるのか）よくわからなくても、天上的な祖形と現世的な祖形の制度的な結びつき方はほぼはっきり示されている。また、農耕的な社会での土民との結合や、契約や、和解によって、部族社会の政治的支配を確立したことだけはたしからしくおもわれる。

ニーチェ―折口信夫的な見解では、高天が原を「追放」されたスサノオの挿話は、いわば共同体の〈原罪〉の発生を象徴していることになる。

ニーチェは『道徳の系譜』のなかで、原始的な種族共同体の内部では、現存の世代は先行の世代にたいし、とりわけ種族を草創した最初の世代にたいして不可解な義務をおうものとかんがえられており、種族の社会は、徹頭徹尾祖先の犠牲と功業のおかげで存立したという観念が支配する旨をのべている。

折口信夫はおそらくニーチェとは独立に（あるいはニーチェの影響下に）「道徳の発生」のなかで、ほぼおなじ結論をやっている。

天つ罪について一応、言ひ添へて置かねばならぬことがある。日本の宗教に於ける原罪観念が、こゝにあつて、責任者をすさのをの命としてゐる。だがそれは、神話上の事として過ぎ去り、其罪に当つてゐるものは、田づくりに関係深い世々の農民である。日本の農民は、祖先から、尊い者に対する原罪を背負つて来てゐるものと考へ、此をあがなふ為に、務めて来たのである。贖罪の方法はあつて、常は之を行つてゐるのだが、贖はなければならぬ因子は、農民自身になかつた。こゝに宗教としての立脚地があつた。唯、田作りする日本の古代部落の長い耕人生活の間に、すさのをの命の為の贖罪が行はれてゐたのである。罪を意味する謹慎にこもることが、原罪なる天つ罪を消却する方法となるのである。

ニーチェにくらべれば、折口信夫の考えははるかに〈お人好し〉だが、語ったところはおなじである。だが農耕土民の祖形であってアマテラスの〈弟〉に擬定されたスサノオの背負った〈原罪〉は〈共同幻想〉としてみれば、ニーチェのいうようには不可解なものではない。この〈原罪〉が、農耕土民の集落的な社会の〈共同幻想〉と、大和朝廷勢力に統一されたのちの部族的な社会の〈共同幻想〉のあいだにうまれた矛盾やあつれきに発祥したのはたしからしくおもわれる。もとをただせば、大和朝廷勢力が背負うはずの〈原罪〉だったのに、農耕土民が背負わされたか、または農耕土民が大和朝廷権力に従属したときに、じぶんたちが土俗神にいだいた負い目に発祥したか、どちらかである。けれど作為的にかあるいは無作為にか混融がおこった。農耕土民たちの〈共同幻想〉は、大和朝廷の支配下での統一的な部族社会の〈共同幻想〉のように装われてしまった。

そのためこの挿話から、〈共同幻想〉の構成（ゲシュタルト）をとりだそうとすれば、天上界を支配する〈姉〉（アマテラス）と現実の農耕社会を支配する〈弟〉（スサノオ）という統治形態がかんがえられる。

　そしてこの挿話ではスサノオは父イザナギから農耕社会を統治せよとは命ぜられずに、海辺（漁撈）を統治するよう命じられるために、それをうけずに青山を泣き枯らすほどに哭きわめいて〈妣（はは）の国〉へゆきたいとごねて追放されるのである。スサノオが願望した〈妣（はは）の国〉あるいは〈黄泉の国〉は、共同性として理解すれば母のいる他界というよりも、母系制の根幹としての農耕社会であるようにみえる。この挿話が出雲系土民の神話と古典学者にみなされた大国主の神話に接続されることからそう推測ができよう。そこでわたしたちはこの挿話から、神権を支配する〈姉〉（あるいは妹）と現世的な政治を支配する〈弟〉（あるいは兄）という氏族制以前の制度の形態の原型をおもいえがくのである。

　この挿話で個体としてのスサノオは、原始父系制的な世界（「河海」）の相続を否定して、母系制的な世界（農耕社会）の相続を願望し、哭きやまないために追放される。スサノオの個体としての〈罪〉の観念はただそれだけに発している。そしてスサノオの〈倫理〉は青山を泣き枯らし、河海を泣きほすという行為のなかに象徴的にあらわれている。これを神話的な世界での個体の〈倫理〉の発生のはじめの形態とかんがえれば、それは農耕社会の〈共同幻想〉を肯定するか否定するかという点にだけあらわれている。いいかえればスサノオが父系的な世界の構造を否定して、母系的な農耕世界を肯定したとき〈倫理〉の問題がはじめてあらわれている。人間の個体の〈倫理〉が、欠如の意識の軋みからうまれるのだとするなら、スサノオがもった欠如の意識は父系制がもった欠如に発祥している。『古事記』神話を統合したものが、水田耕作民の支配者となった大和朝廷勢力だとすれば、かれらは雑穀の半自然的な栽培と、漁撈と、わずかの狩猟で生活していた前農耕的段階の社会を否定し、変革し、席捲したとき、はじめてかれらの〈倫理〉意識を獲得したのである。いいかえれば良心の疚しさに当面したのである。そこでかれらはさまざまの農耕祭儀をうみだしてこの〈倫理〉意識を補償することになった。

スサノオはのちにアマテラスと契約を結んで和解し、いわば神の託宣によって農耕社会を支配する出雲系の始祖に転化する。これは巫女組織の頂点に位した同母の〈姉〉と、農耕社会の政治的な頂点に位した同母の〈弟〉によって、前氏族的な〈共同幻想〉の構成が成立したのを象徴しているとおもえる。

アマテラスとスサノオの挿話には〈倫理〉の原型があらわれている。いいかえれば〈神権〉が〈政権〉よりも優位だった社会の〈共同幻想〉の軋みが、個体と共同性の問題にふりわけてあらわれている。スサノオがイザナギの宣命にそむいてまでゆきたいと願う〈妣(はは)の国〉を、空間的に農耕社会とかんがえずに、時間的に他界（〈黄泉の国〉）とかんがえれば個体としての現世からの逃亡を、いいかえれば自死の願望を語っていることになる。個体としてのスサノオは神権優位の〈共同幻想〉を意識し、これに抗命したときはじめて〈倫理〉を手に入れることになった。〈内なる道徳律〉というカント的な概念はここにはありえないが〈共同幻想〉にそむくかどうかが個体の〈倫理〉を決定するという問題はあらわれる。

時代をくだって『古事記』のサホ彦の叛乱の挿話になると、〈共同幻想〉の構成(ゲシュタルト)はおなじくプリミティヴだが、政治権力のほうが宗教的権力よりも優位になった段階での〈倫理〉の問題に転化されている。

この天皇（垂仁）は、サホ姫を后としたが、サホ姫の兄、サホ彦がその同母妹にたずねていうには「おまえの夫とこの兄とどちらを愛するか」ときいたので、答えていうには「兄を愛しいとおもいます」と答えた。そこでサホ彦は謀っていうに「おまえはほんとうにわたしを愛しいとおもうならば、わたしとおまえとで天下を統治しよう」といって、ヤシホリの紐のついた小刀を作って、その妹に与えていうには「この小刀でもって、天皇の寝ているところを刺し殺してしまえ」といった。しかるに天皇はその謀りごとをしらずにその后の膝を枕にして眠った。そこで后は、紐小刀をもって、その天皇の頸を刺そうとして、三度ふりかざしたが、愛しいとおもう情にたえず、頸を刺すことができないまま、泣いて涙を天皇の顔に落した。天皇はおどろいておき上って、その后に問うていうには「わたしは妙な夢をみた。サホの方から暴雨がふってきて、俄かにわたしの顔を濡らした。また錦色の小蛇がわたしの頸にまつわりついた。このような夢はなんのきざしだろう」と申した。そこで后は、弁解すべき由もないとおもって、すなわち天皇に申していうには「わたしの兄サホ彦が、わたしに夫と兄とはどちらが愛しいかとたずねました。それで仕方なしにわたしは、兄のほうが愛しいとおもうと答えますと、わたしに誂文していうには、おれとおまえとで天下を統治しよう。それだから天皇を殺してしまえといって、ヤシホリの紐小刀を作ってわたしに与えました。これであなたの頸を刺そうとおもって三度ふりあげてみましたが哀しいおもいがこみあげて、頸をさすことができずに、泣いた涙がお顔をぬらしたのです。あなたの夢はきっとこのことでしょう」と申した。

そこで天皇が申すには「わたしは危く欺かれるところだった」といって、軍を興してサホ彦を襲ったとき、サホ彦は稲城をつくって迎え撃った。この時サホ姫は兄に申訳けなくて、後門から逃れでて兄のいる稲城に入った。

サホ姫は妊娠していた天皇の子だけを城外で天皇の手の者にわたし、じぶんは天皇のまねきをしりぞけて、兄のサホ彦の殺されるのと一緒に殉じて死ぬのである。

ここでサホ姫をおとずれる〈倫理〉は〈夫〉よりも〈兄〉に殉ずることによって発生する。いいかえれば大和朝廷勢力の〈共同幻想〉にたいして、前代的な遺制になった兄弟と姉妹とが政権と宗権を分掌する神話的な〈共同幻想〉の構成(ゲシュタルト)に殉じたところに〈倫理〉がうまれる。『古事記』のかたる原始的な遺制では、サホ姫にとって〈夫〉の天皇は同族外の存在だが、兄サホ彦は同母の血縁だから、氏族的

〈前氏族的〉共同体での強い〈対幻想〉の対象である。そしてサホ姫は氏族的な〈対幻想〉の共同性が、部族的な〈共同幻想〉にとって代られる過渡期に、その断層にはさまれていわば〈倫理〉的に死ぬのである。

サホ姫の〈倫理〉的な行為には、氏族共同体の段階での自然的な性行為をともなわない兄弟と姉妹のあいだの〈対幻想〉が、自然的な性行為を基盤とする部族社会の〈対幻想〉よりも強いか、あるいは、同等の紐帯であった過渡的な時期があったのを象徴している。サホ姫にとって〈倫理〉とは氏族的な共同規範に徹することもできず、部族的な社会での異族婚姻の習慣に徹することもできず、ふたつのあいだに引き裂かれたところにあらわれる。

サホ姫の〈倫理〉的な死が象徴するものは、すでに〈対幻想〉のもっともゆるくそして永続的な関係である〈兄弟〉と〈姉妹〉とが、政治権力と宗教的権力とを分担する氏族的（あるいは血縁的）な〈共同幻想〉の構成が、大和朝廷の支配する統一部族的な〈共同幻想〉にとって断層になってしまったことである。この段階では血縁集団の〈共同幻想〉は、部族的な統一社会の〈共同幻想〉と位相的に乖離し、いわば蹴落とされてしまっている。そして〈家族〉体系のあいだの習俗的な慣行に転化するほかなくなる。いったん血縁集団の〈共同幻想〉を分離し、払いおとした統一部族社会の〈共同幻想〉はますます強固に、拡大されてゆくのである。

もっと時代がくだって『古事記』のヤマトタケルの挿話では、すでにどんな意味でも神権優位の名残りはなくなっている。そこでは、現世的な政治制度の支配者の〈父〉と〈子〉の葛藤に〈倫理〉の原型があらわれている。

ここに天皇は、またすぐにヤマトタケルの命に、「東の方十二道にわだかまっている乱暴な神や、また服従しないものたちを服従させるように平定してこい」と申して、吉備の臣等の祖先であるスキトモミミタケヒコを副臣として派遣するときに、ひいらぎのやひろ矛を与えた。そこで宣命をうけて出発しようとするときに、伊勢の大神宮に参上して、神の朝廷を拝んだ。すなわちその叔母ヤマト姫に申していうには、「天皇はもうわたしを死ねばよいと思っているのにちがいありません。どうして、西の方の反乱者たちを撃ち滅すためにわたしを派遣して、かえってくるといくらも間をおかずに、軍勢もよこさずに、いまさらに東の方の十二道の悪者たちを平定するために派遣するのでしょう。こういうことを思いあわせるとことさら父の天皇はわたしをもう死んでしまえばいいと思っているにちがいありません」といって、うれい泣いて出かけようとするときに、ヤマト姫は草薙の剣をくれ、また袋をくれて「もし万一のことがあったらこの袋の口をあけて御覧なさい」といった。

ここでは、ヤマトタケルのいだいた〈倫理〉は、じぶんは〈父〉からうとまれたという思いに発祥している。それは前代的な〈共同幻想〉と後代的な〈共同幻想〉とのあいだのあつれきとはかかわりなく、おなじ〈共同幻想〉の主宰者の〈父〉と〈子〉の関係に発している。またヤマトタケルは〈父〉の同母の姉妹である伊勢神宮の巫女ヤマト姫をおとずれる。ヤマト姫はすでに母系制社会での宗教的権力の掌握者としての強力をもっていない。ただ〈兄〉に内緒で、いくらかの助言をあたえられるだけである。すでに神権は、現世的な政治権力の下位におかれている。

この挿話では、〈父〉が〈子〉をうとむ契機は二重にあらわれる。ひとつは男性としての〈父〉と男性としての〈子〉のあいだの〈対幻想〉の問題として。ひとつは〈子〉が勇者で心服される存在のときに〈父〉の政治権力者が感じるはずのじぶんの権力をおびやかすのではないかという政治的危惧の問題として。一般に世襲的な君主にとって〈家族〉は擬制にしかすぎない。だからこそ権力の世襲が可能となるのである。

『古事記』の挿話のヤマトタケルは、この世襲的な君主の血縁がもつ二重の矛盾を背負わされ、そういう〈倫理〉の象徴になっている。だから〈父〉にうとまれ、忌避されることで、はじめて〈父〉のもつ政治権力の代行をやってのけなければならない。ヴントは『民族心理学』のなかで、神は、英雄の像に倣って作られたので、従来の神話学がいまでも信じているように、神の像に倣って英雄が作られたのではないとのべて、いわゆる「英雄時代」が独立にあつかわれるべき根拠をあたえた。事態はもっと単純で、〈神話〉が〈神〉を喪ったとき、はじめて〈家族〉がそのまま〈共同幻想〉の象徴であるような君主の〈世襲〉の矛盾を体現した登場人物が必要になったとかんがえればよい。この人物は本来は分割されたいくつかの説話の人物だったかもしれなかった。だがそうだったとしても、最終的には統一部族社会の〈共同幻想〉にむすびつけるため、ばらばらな肢体を一人物に組合わせられた。そうしなければこの人物は部族の〈共同幻想〉を掌握する君主の所有（私有）に帰することはできないからである。

いままであげてきた挿話は『古事記』のなかで〈倫理〉の発祥を語る数少ない挿話だが、わたしたちはそこにひとつの典型的な構成（ゲシュタルト）をかんがえることができる。

前氏族的な段階では、姉妹が宗教的な権力の頂点として神からの託宣をうけ、その兄弟が集落共同体の政治的な権力を掌握するというかたちが〈共同幻想〉の原型であった。そこでの〈倫理〉は、いわば神からの託宣を素直にうけるかうけないかというところにあらわれた。スサノオはあきらかにこの〈倫理〉を背負わされた象徴的人物である。しかも農耕社会の支配者の始祖という役割を『古事記』の編者たちから負わされている。農耕社会の支配者たち、したがってそのもとにある大衆は、母系の神権に与えられた神からの託宣にたいして無限責任を負わされ、この無限責任の重圧が耐えがたいとき〈倫理〉の問題が発生するのである。

これにたいして、サホ彦、サホ姫という兄弟と姉妹の挿話がかたるものは、氏族制が部族社会の統一国家に転化する過渡期にあらわれる〈倫理〉の問題である。ここには神からの託宣という問題はあらわにでてこない。兄弟と姉妹の血縁が現世的な権力をもった氏族的な体制が、部族的な体制に移ろうとするとき〈母権〉体制がこうむった背反が〈倫理〉の問題としてあらわれる。〈夫〉と〈兄〉との反目のあいだに引き裂かれて苦慮するサホ姫は、その〈倫理〉を象徴している。サホ姫は〈兄〉に殉じながら、じぶんの生んだ子供を〈夫〉にゆだねる。母系的、氏族的、農耕的な〈共同幻想〉はここで、部族的な統一社会の〈共同幻想〉に飛躍する。その断層のあいだの軋みが〈倫理〉の問題としてあらわれる。

　ヤマトタケルの挿話で〈倫理〉の問題は、まだ個人倫理の問題になってないが統一部族社会の〈共同幻想〉のもとでの〈父〉と〈子〉のあいだの〈対幻想〉の軋みとしてあらわれる。いわば〈家族〉の問題として。

　ヤマトタケルが、政治権力の所有者である〈父〉からうとまれたとかんがえたとき、訴えたのは部族社会の最高の巫女叔母のヤマト姫である。だがこの巫女は部族の祖形である神を祭った神社に奉仕する巫女だが、すでに宗教的な権力者として部族の〈共同幻想〉の一端を担う存在ではなくなっている。フォイエルバッハ的にいえば、部族の至上物が一個処に集められ住んでいる神殿に奉仕する巫女にしかすぎない。ここでは母系が集落の宗教的権威として現世的な政治権力よりも優位であった時代は、ただ痕跡をとどめているだけである。

　ニーチェは『道徳の系譜』のなかで〈道徳〉の発生の起源を、原始社会での個人と個人のあいだの物件的な債権者と債務者の関係にもとめた。ニーチェによれば、共同体でもこの関係はかわらない。共同体とその成員のあいだにも、債権者と債務者という根本関係は存在するとみなされた。ニーチェはいかにもニーチェ的な皮肉をこめて「人はみな一つの共同体のなかで生活し、共同体の利便を享受している（おお、なんという利便だろう！　われわれは今日これを往々にして過小評価するが）。人は保護され、いたわられて、外部の人間すなわち〈平和なき者〉が曝されている或る種の危害や敵意に心悩まされることもなしに、平和と信頼のうちに住んでいる。——ドイツ人は、〈悲惨 Elend〉（élend）という語の原義の何たるかを、よく知っている――。つまり、そうした危害や敵意を顧慮すればこそ人は自分自身を共同体に抵当に入れ、共同体にたいして義務を負ったのである。」（信太正三訳）とのべている。これはほとんどエンゲルスとおなじ考えを、べつな言葉で述べたものだ。

個人の〈倫理〉は個体に所属している。だが個人と個人との対他的な関係では、ニーチェの考察とちがって、男性または女性としての人間の関係、いいかえれば男女の〈性〉的な関係が起源に存在している。いいかえれば〈家族〉の形態が存在するのだ。あらゆる政治的な統一権力が存在する社会を、いちばんプリミティヴな形態までさかのぼれば、そこでの〈倫理〉は一対の男女の〈性〉的な関係のあいだに発生の起源をもとめるほかはない。

そして不都合なことに、この男女の〈性〉的関係という問題は、エンゲルスがかんがえたほど単純ではない。〈性〉的な関係というのは、自然的な〈性〉関係（性交）にとどまらず、かならず〈幻想〉性を〈対〉として自己疎外するからだ。そこでこの〈性〉的関係という概念は、自然な性行為を禁止されたり、伴わなかったりしても〈家族〉のあいだに成り立つとかんがえられる。内なる道徳律というカント的な概念が〈倫理〉の起源としていちばんおくれて人類にやってくるのは、それが個体的な概念だからである。

『古事記』のヤマトタケルの挿話は、わが統一国家（部族国家）が成立した時期のいちばんプリミティヴな〈倫理〉のかたちをしめしている。なぜなら〈父〉と〈子〉のあいだの〈対幻想〉のあつれきが政治権力の問題としてあらわれているからである。

〈父〉と〈子〉（男子）のあつれきや矛盾は、ふつうかんがえられるほど〈家族〉内の父権の絶対性からやってくるわけではない。〈家族〉内の女性（母あるいは姉妹）にたいする〈対なる幻想〉が〈父〉と〈子〉とのあいだで相矛盾するためにやってくるものだ。〈父〉はじぶんが自然的に衰えることでしか〈子〉の〈家族〉内での独立性をみとめられない。また〈子〉は〈父〉が衰えることでしか〈性〉的にじぶんを成熟させることができない。こういった〈父〉と〈子〉の関係は、絶対に相容れない〈対幻想〉をむすぶほかありえないのである。

ヘーゲルは『精神現象学』のなかで、つぎのような説明をしている。

> 子供に対する両親の敬愛も、自分の現実を他者のうちにもっており、他者のうちに自立存在が生成して行くのを見るだけで、それを取りもどし得ないという感動に影響されている。かえって子供は、自己の現実をえて、よそよそしいものになったままである。だがこれとは逆に、子供の両親に対する敬愛は、自分自身の生成つまり、自体を、消えて行く両親においてもっており、自立存在や自分の自己意識は、その本源たる両親から分れることによってのみ、獲られるという感動に伴われているが、この分離のうちでその本源は枯れて行くのである。
>
> これら二つの関係は、両者に分け与えられている両側面の移行と、不等のうちに止まっている。
>
> （樫山欽四郎訳）

「感動」とか「敬愛」とかいう言葉を排除して、ただ〈対幻想〉という言葉をつかうことにすれば、事態はもっとはっきりしてくる。このばあい「感動」とか「敬愛」とかヘーゲルが呼んでいるのは心身相関の〈性〉的な構造にほかならない。

『古事記』のヤマトタケルが負っている〈倫理〉は、ヘーゲルのいう「感動」や「敬愛」による家族内の倫理ではない。うとまれた〈子〉は〈父〉のもっている政治権力に反抗してこれを奪いとるか、あるいは〈父〉の宣命をうけいれて〈父〉の権力を代行しながら、個体としては野垂れ死をするか二者択一の道しかのこされていない。そこにはじめて〈倫理〉の問題があらわれてくる。いいかえればもともと〈家族〉内の〈対幻想〉の問題であるはずのものが、部族国家の〈共同幻想〉内のあつれきにのりうつったとき〈倫理〉の本質があらわれる。

『古事記』のヤマトタケルの物語は、統一部族国家の成立期に〈英雄時代〉とよばれる戦乱期が、歴史的に実在したかどうかとはかかわりがない。かりに景行期に部族国家のあいだに戦乱があり、のちの大和朝廷勢力がこの戦乱の鎮圧に成功した支配者をもったのが歴史的な事実だったと仮定しても、『古事記』のヤマトタケルの遠征物語は、この歴史的な事実ときりはなして読まれるべきである。ほんらいは家族内の〈対幻想〉の問題であるはずのものが、部族国家の〈共同幻想〉の問題としてあらわれる。そういうプリミティヴな〈権力〉の構成譚として、はじめて意味をもっている。

フロイトは「神話は個人が集団心理からぬけ出す一歩である。最初の神話はたしかに心理学的な神話、つまり、英雄神話であった。」（「集団心理学と自我の分析」）とのべているが、この見解はある意味では正鵠を射ている。どうしてかといえば『古事記』のヤマトタケル説話に英雄譚の面影があるとすれば、その本質はヤマトタケルの西征・東征の英雄的な物語の筋書きにあるのではなく、父権支配が確立した時期の政治権力をもった支配者の〈父〉と、その政治支配にとってかわる器量をもった〈子〉のあつれきが、〈共同幻想〉の構成（ゲシュタルト）としてしめされた点にあるからである。この〈共同幻想〉のあつれきは、フロイトの理論では〈父殺し〉のあつれきにおきかえられるはずである。

『古事記』のヤマトタケルは土着の勢力を平定する途中で、まさに『古事記』の編者たちが希望するとおりに病死する。ヤマトタケルが死の最初の予兆としてかかった幻覚について『古事記』はつぎのように記している。

そこで申すには「この山（いぶき山—註）の神は徒手でじかに退治してやろう」といって、その山に登ってゆくと、山のほとりで白猪に出あった。その大きさは牛ほどもあった。そこで揚言して申すには「この白猪になっているのは、その山の神の使者であろう。今殺さずとも、帰りがけに殺してかえろう」といって山に登っていった。そこで大氷雨が降ってきてヤマトタケルを惑わした。この白猪に化けていたのは、山の神の使者ではなくて、その山の神自身だったが、揚言したので惑わされたのである。そして山を降り帰ってきて、玉倉部の清泉にたどりついて休息したとき、気持がすこし正気にかえった。

しかし、ヤマトタケルはほどなく罹病して野垂れ死にする。そして本質的にいえば予定にしたがって野垂れ死にするためにこそ、土着の異族を〈白猪〉と幻覚したのである。

なかば〈宗教〉であり、なかば〈法〉だというような中間的な状態を、いま〈規範〉とよべば、この〈規範〉にはさまざまな位相がかんがえられる。なんとなく守られていても、けっしてはっきりと規定されない不文律や習俗みたいなものから、ほんらいは〈宗教〉的な儀式や共同体のとりきめにわかれるはずのものが、重複して存在するものまで、〈規範〉のなかに含めてかんがえられる。だが〈宗教〉からはじまって〈法〉や〈国家〉にまで貫かれてゆく〈規範〉には特定の位相がある。ひとつは、はじめの〈宗教〉が共同性をもっているだけではなく、その内部で系列化がおこっていることである。もうひとつはその〈宗教〉が、共同体の現実の利害をさすような方向性をもつことである。そしてこのばあい〈宗教〉が個人を救済するか、あるいは家族を救済するかは、まったくかかわりがないといえる。こういう〈宗教〉は、ほとんど習慣にちかいところで平衡状態に達して安定する。このばあい宗教的な儀式と共同体の利害とが平衡するのである。この状態で〈宗教〉は〈宗教〉と〈法〉とに分裂する。おなじようにして〈法〉は〈法〉と政治的な〈国家〉に分裂する。

こういう転化の過程は、べつの視角からみれば、人間はなぜ自身もふくめて〈自然〉を崇拝することからはじめて〈自然〉を束縛することを知るようになり、ついにその束縛を個々の生活の場面から一般化して、統一的な共同規範にまで持ちあげるようになるか、というのとおなじことになる。

この根拠はふたつの方向からかんがえられる。ひとつはここでいう意味の束縛は、人間をふくめた

〈自然〉そのものを疎外してゆくとみなすことである。もうひとつは〈束縛〉そのものが必然なために〈束縛〉が人間の根拠律、いわば存在する権利というべきものを内包していることである。この解きほぐすにむつかしい事情は、歴史的な時代を考察するばあいいつもつきまとってくる。エンゲルスは『反デューリング論』のなかでつぎのようにのべている。

有機体の種は、アリストテレス以来大体において同一のままである。これに反して社会の歴史においては、われわれが人類の原始状態、すなわちいわゆる石器時代を通過するやいなや、諸状態の反覆ということは例外であって、規則ではない。そしてかかる反覆が起る場合でも、それが正確に同一の状態のもとで起るとは決して言えない。たとえばすべての文化民族における原始的土地共有制の出現と、この制度の崩壊の形態とが、そうである。それ故に人類史の領域においては、われわれの科学は、生物学におけるよりも、なおはるかに遅れているのである。しかも、それどころではない。或る時代の社会的、政治的な生活諸形態の内的連関が、例外的に認識されるにしても、それはこれら諸形態の生命が、すでに半ば盛りを過ぎてしまい、没落にひんしている時において、なされるのが通例である。従ってここでは、認識は本質的に相対的である。というのは、ただ特定の時代に、特定の民族に対してのみ存続し、そしてその性質上一時的な或る社会形態や国家形態やの連関にかんする理解と、それらの形態のなり行きとに、その認識が制限されるからである。従って、ここで窮極の決定的真理、総じて変化しない真正の真理を追求するものは、たとえば人間は一般に労働せずしては生活することができないとか、人間は従来たいてい支配者と被支配者とに分れるとか、ナポレオンは一八二一年五月五日に死んだとか、等々の、極めてひどい陳腐なことや平凡な話以外には、ほとんどうるところがないだろう。（永崎徹訳）

〈法〉および〈道徳〉についてデューリングが〈愚かすぎた〉ために、エンゲルスはここでは〈賢すぎ〉ることを云っている。

そこでわたしたちは、たんに〈宗教〉が〈法〉に、〈法〉が〈国家〉になぜ転化するかだけではなく、どんな〈宗教〉がどんな〈法〉に転化し、どんな〈法〉がどんな〈国家〉に転化するかを考察しなければならないのだ。

はじめに確かにいえることは、〈法〉的な共同規範は、共同体の〈共同幻想〉が血縁的な社会集団の水準をいささかでも離脱したときに成立したということだけである。

未開な社会ではどんなところでも、この問題はそれほど簡単にあらわれない。またはっきりと把握できる形ももっていない。そこでは〈法〉はまだ、犯罪をおかした人を罰するのか、犯罪行為を罰することで〈人〉そのものを救済しているのか明瞭ではない。そのためにおそらく〈清祓〉（はらいきよめ）の儀式と罰則の行為とが、未開の段階で〈法〉的な共同規範として並んで成立するのである。〈清祓〉の儀式では行為そのものが〈法〉的な対象であり、ハライキヨメによって犯罪行為にたいする罰は代行され〈人〉そのものは罰を負わないとかんがえられる。だが罰則では〈法〉的な対象は〈人〉そのものであり、かれは追放されたり、代償を支払わされたり、体罰をこうむったりする。

しかし未開的な社会での〈法〉的な共同規範では、個々の〈人〈格〉〉はまだそれほど問題にはなっていない。また行為そのものもあまり問題とならない。ただ部族の〈共同幻想〉になにが〈異変〉をもたらすかが問われるだけである。〈神話〉のなかにあらわれる共同的な規範が〈法〉的な形をとるときは、そこに登場する〈人〈格〉〉はいつも、ある〈共同幻想〉の象徴だということができる。

『古事記』のなかで最初に〈罪〉と〈罰〉の問題が〈法〉的にあらわれるのは、いわゆる〈天の岩戸〉の挿話のなかである。そして犯罪をおかし罰をうけるのは、農耕民の始祖で同時に、種族の〈姉〉神アマテラスの〈弟〉に擬定されているスサノオである。

そこでスサノオが、アマテラスに申していうには「わたしのこころが清明なのでわたしの生んだ子が女性だったのです。これからかんがえれば、わたしの方が当然勝ったことになります」といって、勝ちにまかせてアマテラスの耕作田の畔をこわし、その溝を埋め、また神食をたべる家に屎をし散らした。そんなことをしても、アマテラスは咎めずに申すには「屎のようなのは酔って吐き散らすとてわたしの兄弟がしたのでしょう。また田の畔をこわし溝を埋めたのは、耕作が惜しいとおもってわが兄弟がしたのでしょう」と善く解釈して言ったが、なおその悪い振まいはやまなかった。アマテラスが清祓用のハタ織場にいて神衣を織らせているときに、そのハタ屋の頂に穴をあけて、斑馬を逆剝ぎにして剝ぎおとしたので、ハタ織女がこれをみておどろき、梭に陰部をつきさして死んでしまった。それゆえそこでアマテラスは忌みおそれて天の石屋戸をあけてそのなかに隠れてしまった。そこで高天が原はことごとく暗くなり、地上の国も闇にとざされた。これによって永久の夜がつづいた。

そこで部神たちが合議して、天の岩屋のまえで共同祭儀をいとなんで常態にもどしてから、スサノオは合議のうえ物件を弁償として負荷され、鬚と手足の爪とをきって〈清祓〉させられ、共同体を追放されるのである。

ここでスサノオが犯した罪は、たとえば『祝詞』の「六月の晦の大祓」にでてくる〈天つ罪〉にあたっている。すなわち「畔放ち、溝埋み、樋放ち、頻蒔き、串刺し、生け剝ぎ、逆剝ぎ、屎戸」等々の〈罪〉にあたっている。

これらの〈罪〉にたいしてスサノオに課せられる〈罰〉は、物件の弁償、部落からの追放、鬚や手足の爪を切る刑である。この刑は、南アジアの未開の社会（たとえば台湾の原住族）などで慣行となっているものとおなじで、かくべつの問題はないとかんがえられる。

問題は『古事記』の神話のスサノオが、なぜ後代に〈天つ罪〉とよばれるようになった〈罪〉を負荷されているのか、そして〈天つ罪〉とはなにを意味するか？　ということにかかっている。

スサノオは『古事記』のなかでアマテラスの〈兄弟〉として擬定される。同時に農耕部民の始祖として出雲系に接続されている。ここでは稲作農耕が行われた以後の時期に、統一的な政治権力によって種族の始祖に擬定された女神アマテラスの〈兄弟〉に、〈天つ罪〉を負荷させたのはなぜかという問題がおこってくる。

問題は複合しているようにおもわれる。ひとつはこの挿話が、氏族的あるいは前氏族的な段階（その時間は少なくとも統一国家成立の数千年前が想定される）で〈姉妹〉が神権を支配し、その〈兄弟〉が現世的な政治権力を支配するという体制があったことを暗示していることである。そして〈天つ罪〉はこの共同体制を乱す原因になるものを列挙したもので、スサノオが負わされたそれに対する罰則は、この氏族的あるいは前氏族的な共同体における〈法〉的な刑罰を意味していたということである。

だが大和朝廷勢力がもともとわが列島に土着していたものか、あるいは渡来したものかは『古事記』の編者たちにも明瞭ではなかったとかんがえられる。その由来をきわめるには、数千年をさかのぼらねばならないし、交通形態の未発達な古代社会で、孤立的に散在していた村落は、村落周辺からはなれた地域からの襲来勢力を〈天〉からきたとでもかんがえるほかなかった。これは信仰からいっても当然のようにおもわれる。

しかも大和朝廷勢力以外にも、すでに出雲系のような未体制的な土着の勢力がいくつもわが列島に散在することはかれらにも知られていた。それだから大和朝廷勢力はかれらの〈共同幻想〉の担い手の一端を、すでに知られている出雲系のような有力な既存勢力とむすびつける必要があり、それがスサノオの〈天つ罪〉の侵犯とその受刑の挿話となってあらわれたのである。

追放されたスサノオは、当然のように出雲の国へゆくことになる。そして八岐の大蛇に象徴される未開の慣習法しかもたない勢力間の争いを平定して、その勢力の首長足名椎（アシナヅチ）、手名椎（テナヅチ）の娘、櫛名田比売（クシナダヒメ）と婚姻することになる。

『古事記』はこう記している。

それゆえここでもってスサノオは、宮を造るべき地を出雲の国に求められた。ここに須賀の地にやってきて申すには「わたしはこの地にきて心が清浄になった」といい、そこに宮をつくって住まわれた。それでこの地をいまも須賀というのである。スサノオが、はじめ須賀の宮をつくったときに、そこから雲が立ちのぼった。そこで歌をよまれた。その歌は、

夜久毛多都（やくもたつ）　伊豆毛夜幣賀岐（いずもやえがき）　都麻碁微爾（つまごみに）　夜幣賀岐都久留（やえがきつくる）　曾能夜幣賀岐袁（そのやえがきを）

そこでかの足名椎を召して申すには「おまえをわが宮の首人に任じよう」といって、またの名を稲田の宮主須賀の八耳と付けられた

この説話にはめこまれた歌の解釈は、大和朝廷系の『古事記』の編者たちと、土着系の伝承とではまったくちがっている。『古事記』では〈雲の幾重にも立ちのぼる出雲の宮の幾重もの垣よ。そこに妻をむかえていま垣をいくつもめぐらした宮をつくって共に住むのだ〉といったような解釈になる。しかし出雲系、あるいは強いていえば土着の未開体制にあって伝承してきた人々ではまったくちがっている。

三角寛は『サンカの社会』で、つぎのようなサンカの解釈を記している。

サンカは、婦女に暴行を加へることを「ツマゴメ」といふ。また「女込めた」とか、「女込んだ」などともいふ。

この「ツマゴメ」も、往古は、彼らの得意とするところであつた。そこで、「ツレミ」（連身）の掟ができて、一夫多婦を禁じた。それが一夫一婦の制度である。

ここで問題になるのは、古事記、日本書紀に記された文字と解釈である。すなはち、

（古事記）　夜久毛多都　伊豆毛夜幣賀岐　都麻碁微爾　夜幣賀岐都久留　曾能夜幣賀岐袁

（日本書紀）　夜句茂多菟　伊都毛夜覇餓岐　菟磨語味爾　夜覇餓枳菟倶盧　贈廼夜覇餓岐廻

右に見るやうに、両書は、全く異つた当て字を使つてゐるが、後世の学者は、次のやうに解釈してゐる。

八雲立つ　出雲八重垣　妻ごみに　八重垣作る　その八重垣を

と、決定してゐるやうであるが、サンカの解釈によると、（昭和十一年、富士山人穴のセブリ外十八ケ所にて探採）次の通りである。

ヤクモタチ（ツ）は、八蜘蛛断ち（つ）であり、暴漢断滅である。イヅモ、ヤヘガキは、平和を芽吹く法律で、ツマゴメ（ミ）ニは、婦女手込めに……である。ヤヘガキツクルは掟を制定してコ（ソ）ノヤヘガキヲ、はこの掟をこの守る憲法を――で、これが「一夫一婦」の掟である。

それで出雲族を誇示する彼らは、自分たちのことを、「八蜘蛛断滅」だと自称して、誇つてゐるのである。

古典学者の読解の仕方は、その前に『古事記』の編者たちが「其地より雲立ち騰りき」と記したところから与えられている。だが一般的にみとめられているように記紀の歌謡は、そこに付着された物語と

別個にかんがえねばならない面をもっている。ここでも一首の伝承歌をもとにして、前後の物語がつくられた可能性も充分すぎるほどありうる。そのばあいには三角寛のいうサンカの伝承のほうも捨てさるわけにはいかない。この伝承で歌を解釈すれば〈乱脈な婚姻を断つのに　出雲族の掟を　乱婚にたいして作った　その掟を〉ということになる。

なぜこういう解釈に吸引力があるかといえば、スサノオが追放されるさいに負わされた〈天つ罪〉のひとつは、農耕的な共同性への侵犯に関している。この解釈からでてくる婚姻についての罪は、いわゆる〈国つ罪〉に包括されて土着性の濃いものである。『古事記』のスサノオが二重に象徴している〈高天が原〉と〈出雲〉の両方での〈法〉的な概念は、この解釈では大和朝廷勢力と土着の未開な部族との接合点を意味している。それは同時に〈天つ罪〉の概念と〈国つ罪〉の概念との接合点を意味していることになる。

のちになって『祝詞』の「六月の晦の大祓」に分類された〈国つ罪〉は、生膚断ち、死膚断ち、白人、こくみ、おのが母犯せる罪、おのが子犯せる罪、母と子と犯せる罪、子と母と犯せる罪、畜犯せる罪、昆ふ虫の災、高つ神の災、高つ鳥の災、畜仆し、蠱物する罪、等々とされる。この〈国つ罪〉の概念に共通する点を抽きだせば〈自然的カテゴリーに属する罪〉ということができよう。〈性〉行為についての禁制も、ただ〈性〉的な自然行為のカテゴリーでとらえられている。

このことは〈国つ罪〉の概念が、前農耕的な共同体の段階をかなり遥かな未開の段階まで遡行できることを意味している。そして〈兄弟〉と〈姉妹〉とのあいだの〈性交〉の禁制がふくまれていないこと、そして呪術的な概念をも〈罪〉のカテゴリーにくわえていることは、ただ穴居や小屋がけしていたプリミティヴな氏族（前氏族）共同体以前の掟にまでさかのぼっても、かくべつな不都合は生じないほど、プリミティヴな〈法〉概念である。大和朝廷が編集した『古事記』のなかで神権と政権の支配的な始祖に擬定されたるアマテラスとスサノオに担われた〈共同幻想〉のかたちより以前に〈国つ罪〉の概念の発生を想定してもあながち不当ではない。

ここで〈法〉の発生についてひとつの問題があらわれる。わが列島における原住種族は、はたして〈共同幻想〉として〈国つ罪〉の自然的カテゴリーに属する〈法〉的な概念しかもっていなかったのだろうか？　そして〈天つ罪〉の概念をわが列島にもたらした農耕社会の支配勢力は、天下り的に〈国つ罪〉概念の上層に〈天つ罪〉概念をもたらしたのだろうか？

ここにはいくつかの問題がかくされている。ひとつは一般に〈法〉は、征服勢力が支配圏を確立する過程に持参されるものかということである。もうひとつは具体的に〈天つ罪〉と〈国つ罪〉の概念の発生は、歴史的な時間の差異としてかんがえられるかである。さらに〈天つ罪〉と〈国つ罪〉を支配王権の〈法〉と族長の〈法〉に対応させてかんがえることができるかである。

山野に自生する動物や植物を採ったり、河海の魚を獲えて食べていた原住種族が大部分を占めた前農耕的な社会でも、小部分に農耕にしたがった原住種族が存在したとかんがえるのは、きわめて自然である。こういう社会で想定される血族集団の〈共同幻想〉は〈国つ罪〉のカテゴリー、いいかえれば自然的カテゴリーに属する共同規範を土台に、いくらかの農耕法的な要素を混合していったとみなすことができる。大和朝廷勢力が前農耕的な社会の胎内から農耕技術を拡張し高度化することで発生し、しだいに列島を席捲したものか、あるいはまったく別のところから農耕技術をたずさえて到来したものかは断定できないし、また断定する必要もない。だが氏族（前氏族）制の内部から部族的な共同性が形成されてゆくにつれて、しだいに〈天つ罪〉のカテゴリーに属する農耕社会法を〈共同幻想〉として抽出するにいたったことは容易に推定することができる。

このような段階では〈法〉はどんな意味でも垂直性（法権力）をもたず、ただ〈国つ罪〉に属するものに、いくらかの農耕法的な要素を混入させた習慣法あるいは禁制として、村落の共同性を堅持するものにすぎなかった。『祝詞』のなかの「六月晦大祓」に記された〈天つ罪〉と〈国つ罪〉の区別よりも以前に『古事記』の「仲哀天皇」の項に、このふたつの罪のカテゴリーを混合した〈罪〉の記述がでてくる。

仲哀の后であるオキナガタラシ姫は神懸りの女で、筑紫の香椎の宮で神懸りをやり、〈西の方に国があり、金銀や珍宝がたくさんある国だから、その国を帰順させてやろう〉というが、仲哀は〈高い地に登って西の方をみても国なぞはみえず、ただ大海があるばかりではないか〉と言ってまともにうけとらないので、神がおこって〈この天の下はおまえの統治する国ではない、おまえは勝手にするがよい〉という。タケノウチの宿禰がおそろしくなって仲哀に、祭りの琴をひくようにとすすめたので、仲哀は気がのらぬ有様で弾いていると、琴の音が絶えて、仲哀が死んでいる。

そこでおどろき畏れて、殯(あらき)の宮に前葬し、さらに国中から供物をあつめてそなえ、生剝、逆剝、阿離、溝埋、屎戸、上通下通婚、馬婚、牛婚、鶏婚、犬婚の罪の類をおおく探しあつめて、国の大祓をやり、また建内の宿禰が神懸りの庭にいて、神の託宣を請うた。そのとき託宣は、まったく前の日とおなじで、「およそこの国は、おまえの胎の中にいる子供が治めるべき国だ」ということであった。

ここでいう「国」を筑紫一国とかんがえて、ここでの統治形態は神権をになう母系と、政権をになうその〈兄弟〉という氏族的あるいは前氏族的な遺制を暗示している。だから巫女の〈夫〉仲哀はあまり重んじられずに、御託宣にそむくものとして憑き神に殺されることになっている。

このばあい「国」中からもとめられた〈罪〉は、統一的な部族社会が成立する過渡期における〈共同幻想〉の〈法〉的な表現としてかんがえることができる。いわば〈天つ罪〉と〈国つ罪〉のカテゴリーを分離する以前の、刑法的な古形を語るとみなすことができる。そして大和朝廷の制覇が完成されてゆくにつれ、農耕法的な要素を〈共同幻想〉の〈法〉として垂直的（権力的）に抽きだしていった。当然のこされた近親姦、獣姦みたいな〈国つ罪〉は、他の清祓対象といっしょに私法的な位置に落とされたと推定することもできよう。

氏族（前氏族）的な共同体から部族的な共同体へと移行してゆく過程で、変化していった〈共同幻想〉の〈法〉的な表現について、わたしたちが保存したいのはつぎのようなことだけである。

経済社会的な構成が、前農耕的な段階から農耕的な段階へ次第に移行していったとき、〈共同幻想〉としての〈法〉的な規範は、ただ前段階にある〈共同幻想〉を、個々の家族的あるいは家族集団的な〈掟〉、〈伝習〉、〈習俗〉、〈家内信仰〉的なものに蹴落とし、封じこめることで、はじめて農耕法的な〈共同規範〉を生みだしたのであること。だから〈共同幻想〉の移行は一般的にたんに〈移行〉ではなくて、同時に〈飛躍〉をともなう〈共同幻想〉それ自体の疎外を意味することなどである。

『古事記』の神話で〈法〉的な共同規範としてもうひとつ問題なのは、清祓行為の意味である。なぜかといえば清祓行為は〈共同幻想〉が、宗教から〈法〉へと転化する過渡にあるものとみなされるからである。

イザナギは黄泉の国からかえってくると、「じぶんはたいへん醜悪なけがれた国に行っていたものだ。だから身体の禊をしよう」と称して、筑紫の日向の橘の小門のアハギ原にやってきて清祓をおこなう。そして身につけたものを投げすてる行為から十二神がうまれ、河瀬で身を洗ったときの汚垢からは二神が生れ、禍いを直そうとして生れた神、水に身を清めたときに生れた神などができあがり、最後に左の眼をあらうときにアマテラスが、右の眼をあらうときにツクヨミが、鼻を洗うときにスサノオが生れるのである。

清祓行為はこのばあい、いくつかの意味をもっていることがわかる。まず第一に、スサノオの追放譚とおなじように、清祓行為の対象である〈醜悪な穢れ〉が、時間的な概念としては〈他界〉〈黄泉の国〉に、空間的な概念としては〈農耕社会〉〈出雲の国〉にむすびつけられていることである。そしてこの両義性は清祓行為そのものが〈共同幻想〉の〈法〉的な規範としての性格をもっていることを物語っている。なぜなら清祓行為が、宗教としての意味と、共同規範として現実にむかう要素の二重性を獲得しているからだ。

もちろん清祓行為が〈法〉的な意味をもつためには、それ自身に〈制裁〉的な要素がなければならない。

清祓行為はつぎのいくつかの要素からできていることがわかる。

(1)〈醜悪な穢れ〉に感染（接触）したものを身体から脱ぎすてる。

(2)水浴などで身体から〈醜悪な穢れ〉そのものを洗い落とす。

(3)〈醜悪な穢れ〉の禍いを祓う。

(4)身体を水に滌いで清める。とくに眼と鼻を洗う。

そして『古事記』の神話では、こういった要素のすべてからそれぞれ〈神〉が生れることになっている。このばあい清祓行為のなかに〈法〉的な規範の要素をもとめるとすれば、〈醜悪な穢れ〉に感染したもの、または〈醜悪な穢れ〉そのものを身体から除去するという(1)および(2)の部分に〈刑罰〉的な意味が存在している。いいかえれば物件を科料として提出させられるかわりに、ここでは〈醜悪な穢れ〉という幻想を科料として、剝ぎとられるとかんがえることができる。また清祓行為を〈宗教〉的な規範としてかんがえれば、(3)の〈祓い〉の行為に主な宗教的な意味がふくまれている。

ところでイザナギは『古事記』神話のなかで最初の種族的な〈父〉神とされている。なぜ神話のなかでイザナギはじぶんの〈性〉的な対象である〈母〉神イザナミを黄泉の国へ追ってゆき、逃げかえってから清祓行為をおこなうのだろうか？　そしてどうして黄泉の国と高天が原との接続点を出雲の国の伊賦夜坂に擬定しているのだろうか？

この問題はたとえば折口信夫のような国文学者をなやました。そして折口は『古事記』の記述をよみこんでゆくとわが種族では、母系的な社会の以前に父系的な社会があったことを想定できるとかんがえたのである。しかし問題はそういうところにないようにみえる。イザナギの清祓行為の理由をなしている〈醜悪な穢れ〉はこのばあい二様に理解されるほかない。

ひとつは、イザナギがイザナミを追って〈他界〉（黄泉の国）へ出入したことは〈死〉の穢れを身につけたものだから、それは清祓行為に価することである。もっとうがってゆけば〈死姦〉の穢れである。もうひとつは、イザナギが出雲の国と接触したことが穢れであり、清祓行為に価するというかんがえである。

そしてこのふたつは時間的な〈他界〉と空間的な〈他界〉の二重性として接合されている。もしも最初の〈父〉神がおこなう清祓が、人間のあらゆる対他的な関係にたいするプリミティヴな清祓であるとすれば、この挿話が表現しているのは、未開人が〈法〉と〈宗教〉の根源は〈醜悪な穢れ〉そのものだとかんがえたことである。いいかえれば、あらゆる対他的な関係がはじまるとすぐに、人間は〈醜悪な穢れ〉を〈法〉または〈宗教〉として疎外する。そしてこれはただ清祓によって解消されるだけだとかんがえられていた。この〈醜悪な穢れ〉の意味が、生活のくりかえしにともなう文字通りの身体の汚れという意味で河洗い海洗いによる清浄化に転化したとき、一方で身洗的な清祓行為が〈宗教〉としての意味をもつようになったとかんがえられる。

人間のあらゆる共同性が、家族の〈性〉的な共同性から社会の共同性まですべて〈醜悪な穢れ〉だとかんがえられたとしたら、未開の種族にとって、それは〈自然〉から離れたという畏怖に発祥している。人間は〈自然〉の部分であるのに対他的な関係にはいりこんでしか生存が保てない。これを識ったとき、かれらはまず〈醜悪な穢れ〉をプリミティヴな〈共同幻想〉として天上にあずけた。かれらはそれを生活の具体的な場面からきりはなし、さいしょの〈法〉的な共同規範としてかれらの幻想を束縛させた。

そうすることでいわば逆に〈自由〉な現実の行為の保証をえようとしたのである。
こういった清祓行為はどんな経路をたどって現世的なものを断ちきるのだろうか？
この問題は〈神社縁起〉にかかわる挿話からうかがうことができる。こういう挿話は『古事記』のなかにふたつはめこまれている。ひとつは崇神朝の項の三輪山説話であり、ひとつは垂仁朝の出雲説話である。

この天皇（崇神）の世に疫病がおおくおこり、人民が死に絶えようとした。そこで天皇は心痛して、神託を得ようとして寝た夜に、大物主の神が夢にあらわれていうには、「これはわたしの意によるものだ。それだからオオタタネコという人物をしてわたしを祭らしめれば、神のたたりがおこらず、国も平安になるだろう」と申した。

ここに天皇（垂仁）は心痛して、床について寝ると夢にあらわれたものがいうには、「わたしの神殿を天皇の住居とおなじように建立すれば、子はかならず言葉が喋言れるようになるだろう」とこういうので太卜の占いによって「どこの神の意でしょうか」と探ってみると、ここでたたっているのは出雲の神の意であった。

ここでは清祓行為の対象になった〈醜悪な穢れ〉は、人民のあいだの疫病の流行や、天皇の子の失語のような現世的な異変としてあらわれ、それへの清祓行為は神社の建立という現実的な行為に転化されている。わたしたちは天上的な清祓行為が、宗教的な側面で現世的な〈神社〉の建立に移ってゆく経路をおもいえがくことができる。この経路は〈共同幻想〉が神権優位から現世的な政治権力の優位へ転化してゆく経路に対応している。この経路で清祓行為のもつ〈法〉的な側面は〈共同幻想〉の権力そのものに解消してゆくのであった。

もっと時代がくだってゆくと、ほんらい清祓行為で消滅されるはずの〈罪〉が〈法〉的な刑罰になってあらわれてくる。こういう例を『古事記』にみつけだすことができる。

そのひとつは「木梨の軽の太子」の挿話である。天皇允恭が死んだあと「木梨の軽の太子」は帝位を継ぐことになっていた。だがまだ即位式をあげないうちに、同母妹である「軽の大郎女」と兄妹相姦をおかした。この罪はもともと〈国つ罪〉のカテゴリーにはいる自然の禁制に属している。だからほんとうは清祓行為の対象なのだが、すでに大和朝廷の〈法〉的な構成にくみこまれているため「軽の太子」は〈伊奈の湯〉に流刑される。「軽の大郎女」は恋しさにたえかねあとを追い心中死する。ここではほんとうは清祓の対象になるはずのものが、権力構成とわかちがたくむすびついている。

また〈天つ罪〉のカテゴリーに属するものも、すでに権力を侵犯する犯罪にくだされる刑罰の意味に転化される。

『古事記』の顕宗天皇の項に、天皇が難にあって逃げたとき、その食糧を盗んだ猪飼の老人が探しだされ、飛鳥河の河原で斬られ、その一族が膝の筋を切断されるという挿話がある。すでにここでは農耕社会の共同性の侵犯が問題ではなく、〈法〉は権力にとって、権力にたいする盗みの処罰として確定されている。

エンゲルスとおなじように、だがエンゲルスとはちがった視点からデューリングを馬鹿にしたニーチェは、共同体の権力と〈法〉（刑法）の関係について興味ある考えをのべている。

共同体の権力と自己意識が増大するに応じて、刑法もまたその厳しさを和らげる。共同体の権力が弱まり、その危機が深まるにつれて、刑法はまたもや厳酷な形式をとるようになる。〈債権者〉はつねに富裕になるにつれて寛仁となった。結局は、債権者がどれほど苦しむことなしに被害に耐えうるかということが、彼の富の尺度とさえなる。加害者を罰しないでおく、――かかるもっとも高貴な贅沢を、喜んで自らにゆるすことができるような社会の権力意識というものも、ありえないことではないであろう。「この寄生虫どものことなど一体おれに何の関係があるというのだ？　勝手に食わして太らしておくがいい。それだけの力はまだたっぷりおれにはあるんだ！」と社会は言うであろう。……「すべてが弁償されうる、すべてが弁償されねばならぬ」ということから始まった正義は、支払無能力者らを大目に見て放任することをもって終わる。――いうならばこの正義は、地上のあらゆる善き事物と同じく、自己自身を止揚することをもって終わるのだ。――この正義の自己止揚、これがどんな美称で呼ばれているかは、人の知るところである――つまりその名は、恩赦。いうまでもなく、これはつねに最強者の特権であり、いっそう剴切な言いかたをすれば、彼の法の彼岸である。（『道徳の系譜』信太正三訳）

ニーチェのいうように共同体の権力の増大とともに、〈法〉〈刑法〉はその厳しさを和らげるだろうか？　そしてその逆もまた真であろうか？

わたしたちはただ、公権力の〈法〉的な肥大を、現実の社会的な諸関係が複雑化し、高度化したためにおこった不可避の肥大としてみるだけではない。最初の共同体の最初の〈法〉的な表現である〈醜悪な穢れ〉が肥大するにつれて〈共同幻想〉が、そのもとでの〈個人幻想〉にたいして逆立してゆく契機が肥大してゆくかたちとしてもみるのである。ニーチェのいう「支払無能力者」に公権力が「寛仁」にみえるとすれば、公権力もまた一定の社会的な機能を福祉として行わざるをえないからではない。あまり対極に位置したものは見掛け上無縁にみえるという理由によっている。〈福祉〉には〈物質的生活〉が対応するが〈共同幻想〉としての〈法〉に対応するのは、いぜんとしてその下にいる人間の〈幻想〉のさまざまな形態である。

## 起源論

ここ数年のあいだに古代史家たちがわが〈国家〉の起源にふれた論議が、わたしたち素人の耳にもとどくようになった。素人はその論議からあたらしい知識をえられるようになった。だがそれと同時になにを〈国家〉とよぶのか、そして〈国家〉の起源とはなにを意味するのか、深刻な疑惑もふりまかれたのである。えられた知識はよろこんでうけとれるが、深刻な疑惑はいちおう返済しておかなくてはならない。これらの史家たちの論議は、〈国家〉とはなにかの把握について、まったく未明の段階にしかないことをおしえている。

はじめに共同体はどんな段階にたっしたとき〈国家〉とよばれるかを、起源にそくしてはっきりさせておかなければならない。はじめに〈国家〉とよびうるプリミティヴな形態は、村落社会の〈共同幻想〉がどんな意味でも、血縁的な共同性から独立にあらわれたものをさしている。この条件がみたされたら村落社会の〈共同幻想〉ははじめて、家族あるいは親族体系の共同性から分離してあらわれる。そのとき〈共同幻想〉は家族形態と親族体系の地平を離脱して、それ自体で独自な水準を確定するようになる。

この最初の〈国家〉が出現するのは、どんな種族や民族をとってきても、かんがえられるかぎり遠い史前にさかのぼっている。この時期を確定できる資料はどんなばあいものこされていない。考古資料や、古墳や、金石文が保存されているのは、たかだか二、三千年をでることはない。しかも時代がさかのぼるほど、おもに生活資料を中心にしかのこされない。〈国家〉のプリミティヴな形態については直接の証拠はあまり存在しない。

だが生活資料たとえば、土器や装飾品や武器や狩猟、漁撈具などしかのこされなくても、その時代に〈国家〉が存在しなかった根拠にはならない。なぜなら〈国家〉の本質は〈共同幻想〉であり、どんな物的な構成体でもないからである。論理的にかんがえられるかぎりでは、同母の〈兄弟〉と〈姉妹〉のあいだの婚姻が、最初に禁制になった村落社会では〈国家〉は存在する可能性をもったということができる。もちろんそういう禁制が存在しなくてもプリミティヴな〈国家〉が存在するのを地域的に想定してさしつかえないが、このばあい論理が語れるのはただ一般性についてだけである。

よくしられているように、わが国の〈国家〉の存在について、さいしょに記載しているのは『魏志倭人伝』である。魏志によるとわが列島はもと百余国にわかれており、そのうち大陸と外交的に交渉をもったために、はっきりわかっていたものは三十国くらいになっている。そしてこの三十国についてはその国名をあげているところから、大陸と交渉しやすい地理条件にあったことが知られる。

魏志の記載する百余国が、大陸と交渉のあった三十国とおなじ段階にあったと仮定すれば、これらの〈国家〉は〈国家〉の起源から発して、時代のきわめて新しいものとかんがえるほかはない。その理由は、この三十国のうち大陸沿岸にちかい〈国家〉について、魏志はそれぞれ統治する官名を記載しており、それによるとこれらの〈国家〉は、すでにさくそうする官制をもっていたと推測できるからである。

対馬国　大官　卑狗（ヒク）
　　　　副　　卑奴母離（ヒヌモリ）
一支国　官　　卑狗（ヒク）
　　　　副　　卑奴母離（ヒヌモリ）

末盧国
伊都国　大官　爾支（ニキ）
　　　　副　泄謨觚（セモコ）
　　　　　　柄渠觚（ヒクコ）
奴国　　官　凹馬觚（シマコ）
　　　　副　卑奴母離（ヒヌモリ）
不弥国　官　多模（タマ）
　　　　副　卑奴母離（ヒヌモリ）
投馬国　官　弥弥（ミミ）
　　　　副　弥弥那利（ミミナリ）
邪馬台国　官　伊支馬（イキマ）
　　　　次　弥馬升（ミマツ）
　　　　次　弥馬獲支（ミマエキ）
　　　　次　奴佳鞮（ヌカト）

魏志にはこのうち伊都国に代々〈国王〉がおり、邪馬台国に属していると記載されている。邪馬台国はそのころ女王が支配していた。

またここに挙げられた官名は、総称的な意味をもっていて、人名あるいは地域名とあまりよく分離することができないとかんがえられる。たとえば「卑狗」はたぶん『古事記』などの〈毘古〉、〈日子〉などと同義の表音であり、「卑奴母離」は〈夷守（ヒナモリ）〉と同義の表音ともかんがえられる。あるいは逆に、このような魏志の記載にのっとって、たとえばカムヤマトイハレヒコノミコト（神倭伊波礼毘古命）という神武の和名がつくりあげられたというべきかもしれない。おなじように、伊都国の大官「爾支」は、アメニキシクニニキシアマツヒタカヒコホノニニギノミコト（天邇岐志国邇岐志天津日高日子番能邇邇芸命）の〈ニキ〉と無矛盾とみられる。また、「多模」は、たとえばヌナクラフトタマシキノミコト（沼名倉太玉敷命）（敏達天皇）の〈タマ〉などと無矛盾である。また「弥弥」は、マサカツアカツカツハヤヒアメノオシホミミノミコト（正勝吾勝勝速日天忍穂耳命）の〈ミミ〉と無矛盾である。また、「伊支馬」はイクメイリヒコイサチノミコト（伊玖米入日子伊沙知命）という垂仁天皇の和名と無矛盾である。おなじように「弥馬升」はミマツヒコカエシネノミコト（御真津日子訶恵志泥命）という孝昭天皇の和名と無矛盾であり、おなじく「弥馬獲支」はたとえばミマキイリヒコイニエノミコト（御真木入日子印恵命）という崇神天皇の和名と無矛盾である。

ここで無矛盾であるというのはこれらの初期天皇が、じっさいにその〈国家〉群の官にあったとか、逆にその魏志の官名から名前をでっちあげられた架空の天皇だとかいうように単純化できないことを意味する。ただ現在でもたとえば〈鍛冶〉とか〈鹿地〉とかいう姓の人物がいるとすれば、鍛冶屋を職業とするとか、鍛冶という土地柄を姓としたとか速断できなくても〈鍛冶〉とか〈鹿地〉とかいう姓をえらんだからには、鍛冶屋にかくべつな意識的あるいは無意識的な執着をもっていたか、現実上なにかの関係があるはずだというのとおなじ意味をもっている。そしてこういうことがありうるのは、たとえば『古事記』の神代のなかでハヤスサノオノミコト（速須佐之男命）がコノハナノチルヒメ（木花知流比売）と婚してうんだ子、フハノモヂクヌスヌノカミ（布波能母遅久奴須奴神）の「クヌスヌ」が魏志に記された倭の三十国のひとつ〈華奴蘇奴〉国の名称からきているといったこととおなじである。

『隋書倭国伝』によれば、推古期には行政的に八十戸ごとにひとつの稲置（イナキ）があり、十稲置（イナキ）ごとにひとつの国造（クニノミヤツコ）をおき、国造は一百二十人あった。『古事記』の記すところでは、国造、和気（ワケ）、稲置、県主がわが列島の地域を統御する官名であった。隋書の記載では〈和気〉と〈県主〉の占める官制的な位置についてはすこしも明瞭ではない。しかし魏志の記載した〈官〉と〈副〉とはこれらの四つの官制となんらかの意味で関連があったとかんがえてもあやまらないだろう。そしてここで関連という意味は、この〈官〉と〈副〉は、邪馬台国から派遣あるいは任命されたものであるかもしれず、戸とか稲置とか国造とか県主とかいうものの初期形態は、土着的なあるいは自然発生的な村落の共同規範にもとづいて擁立されたのかもしれないことをふくんでいる。

　これらの官制はその初期に、アジア的な呪術宗教的に閉じられた王権のもとにあったとみられる。魏志にあらわれた倭の三十国では、すくなくとも邪馬台国に強大な支配権力があり、そのうち邪馬台よりも以北の大陸に近い諸国は、その行政的な従属下にあったとかんがえられる。

　魏志によれば、邪馬台従属下の諸国の王権は、卑弥呼とよぶ女王の統御のもとにあった。そしてその支配構成は、卑弥呼にシャーマン的な神権があり、その兄弟（男弟）が政治的な権力を掌握するというプリミティヴな形態を保存していた。そしてこの支配形態は阿毎(アマ)姓を名のる支配部族にとって、かなり以前から固有なものであったとみることができる。魏志は卑弥呼には「夫壻無し。」と記しているが、それはたんに「夫壻」に政治的な意味がなく〈兄弟〉にだけ政治的な意味があったというほどに解すべきである。魏志はつづいて「唯々男子一人有り、飲食を給し、辞を伝え居処に出入す」と記している。このひとりの男子はもちろん「夫壻」の意味をもっただろうことは容易に推察することができる。

　応神くらいまでの初期天皇の和名をみると、典型的に〈ヒコ〉と〈ミミ〉と〈ワケ〉という三種の呼び名が中核になっていることがわかる。そして〈ヒコ〉には〈ネコヒコ〉と〈イリヒコ〉と〈タラシヒコ〉と、ただの〈ヒコ〉があり、〈ミミ〉を名のっているのは綏靖の〈カムヌナカハミミノミコト〉だけである。〈ワケ〉は応神の〈ホムタワケ〉あるいは〈オホトモワケ〉だけだが、応神以後にはよくあらわれている。〈ヒコ〉と〈ミミ〉はいずれも魏志の倭三十国の官名として記載され、〈ワケ〉も『古事記』に官名として記されている。そして景行のように〈ヒコ〉と〈ワケ〉を兼用してあるものもある。

（オホタラシヒコオシロワケノミコト）

これらの擬定された初期天皇が、それぞれ邪馬台的な段階の〈国家〉の〈ヒコ〉、〈ミミ〉、〈ワケ〉などの官職を襲った豪族の出身であったとはいえないが、かれらの呼び名をこの三種からとっていることは、すくなくとも官制としての〈ヒコ〉や〈ミミ〉や〈ワケ〉が『古事記』の編者たちにとって、かれらの先祖たちにあたえうる最高の権力にひとしいものであったとかんがえることはできる。

『古事記』の応神記にオホヤマモリとオホサザキの挿話がある。応神がじぶんの子のオホヤマモリとオホサザキに「おまえたちは兄である子と弟である子といずれが可愛いいか」とたずねる。オホヤマモリは「兄である子が可愛いいとおもう」とこたえる。つぎにオホサザキは、応神のそうたずねる心中を察して「兄である子はすでに成人して案ずることもないが、弟である子は、まだ成人していないので心もとなく可愛いいとおもう」とこたえる。応神は「オホサザキよ、おまえのいうことは、わたしの意にかなったこたえだ」といって〈オホヤマモリノミコトは山海の政治をせよ、オホサザキノミコトは国を治める政治を行え、ウヂノワキイラツコは天皇の位を継承せよ〉と命ずる個処がある。これは初期〈国家〉の支配構成をかんがえるうえで重要なことを暗示している。なぜならば、山部や海部の部民を行政的に掌握することと、中央で国家の行政にたずさわることと、天皇の位を継承することとは、それぞれ別のことを意味したのをはっきり暗示しているとおもえるからである。とりわけ関心をそそるのは、国を治めることと天皇位を相続することが区別されている点である。この挿話によれば初期王権で王位を継承することは、かならずしも〈国家〉の政治権力をじかに掌握することとはちがっていた。そうだとすれば初期王権の本質は、呪術宗教的な絶対権の世襲に権威があったとしかかんがえられないのである。そして応神から王位の相続者に擬せられたウヂノワキイラツコは、その和名が暗示するように、官名としては〈ワケ〉がつかわれており、もちろん強大な統一王権の継承者という規模でかんがえられていない。ここでいわれている〈国〉はせいぜい魏志に記載された倭三十国の一国あるいは数国の規模しか物語ってはいないのである。

『古事記』のなかで、エンゲルスのいわゆる〈種母〉(Stamm-mutter)としての条件をあたえられているのは〈アマテラス〉だけである。しかし〈アマテラス〉と〈スサノオ〉の関係を〈姉妹〉と〈兄弟〉によって宗教的な権力と政治的な権力が分担されたプリミティヴな〈国家〉における統治形態のパターンを語るとみなすと、神后(オキナガタラシヒメ)をはじめとする女帝を、初期天皇群からみつけだすことができる。この統治形態が定着農耕がおこなわれてきた時期に宗教的な呪術的な権威の継承という面で、男帝に代わられたとすれば、天皇位を継承する意味はあきらかだとかんがえられる。たぶんそれは政治的権力の即自的な掌握ではなく、宗教的な権威の継承によって、政治的権力を神権により統御するのを意味していた。この天皇位の継承によるシャーマン的な権威の相続という側面は、さまざまな意味でわが国家権力の構成を重層化したとかんがえられる。

隋書の記載を信じれば、天皇位のもっているシャーマン的な呪術性が、ある変質をうけたのは、七世紀の初頭であった。

> 開皇二十年、倭王あり、姓は阿毎(アマ—註)、字は多利思比孤(タラシヒコ—註)、阿輩雞弥(オホキミ—註)と号す。使を遣はして闕に詣る。上、所司をして其の風俗を訪はしむ。使者言ふ、「倭王は天を以つて兄と為し、日を以つて弟と為す。天未だ明けざる時、出でて政を聴き跏趺して坐し、日出づれば便ち理務を停め、云ふ我が弟に委ねんと」と。高祖曰く、「此れ大ひに義理無し」と。是に於いて訓へて之を改めしむ。王の妻は雞弥(キミ—註)と号す。後宮に女六・七百人有り。太子を名づけて利歌弥夕弗利と為す。城郭無し。

ここで未明に政務を聴聞する〈兄〉と、日が出ると交代で政務を行う〈弟〉が、じっさいの〈兄弟〉

であるかどうかは分明ではない。ただ〈姉妹〉と〈兄弟〉の関係が〈兄〉と〈弟〉の関係におきかえられ、いぜんとして〈倭王〉（天皇）の本質が呪術的であることが問題なのだ。隋書を信ずれば、この呪術的な関係は合理的でないとして、漢帝の勧告によって改められた。しかしいずれにせよ政治的な権力は〈弟〉によって掌握されていたのは確からしくおもわれる。

さらに倭王の妻は〈雞弥〉（キミ）と号したという記載は暗示的である。なぜならばわが南島において氏族集団の長である〈アジ〉にたいして〈アジ〉の血縁の女からえらばれた祭祀をつかさどる巫女の長を〈キミ〉とよんだように、倭王の妻の号した〈雞弥〉という呼び名は、いわば宗教的な意味を暗示しており、それは母権的な支配形態の崩壊したあとの、その遺制をとどめているとみられるからである。

この問題を〈法〉的な側面から検討してみよう。

魏志によれば邪馬台的な段階の倭国では、〈法〉を犯すと軽い者はその妻子を没収し、重いものは一族と親族を滅した。また租調をとりたてた。また国々には市場が立ち、そこで物品の交換がおこなわれ、邪馬台からの派遣官によって監督された。

くだって『隋書倭国伝』はやや後世におけるおそらく大和王権によって統一部族国家が出現したあとの〈法〉について記している。

それによれば、殺人、強盗および姦淫するものは死罪であり、盗みにたいしては盗品に応じて物品を弁償させ、財のないものはその身を没して使奴とした。そのほかの罪にたいしては軽重によって流罪あるいは杖刑にした。また罪状を追及しても自白しないものは、木をもって膝を圧し、あるいは強弓を張って弦でその頸すじを鋸した。あるいは小石を沸いた湯の中において、訴訟の双方にこの小石を拾わせ、手が爛れるほうを不正あるものとした。または蛇をかめのなかにおいて、手でつかませ、不正なものは嚙まれるとした。

隋書の記載は推古期に関連しており、聖徳による憲法が制定されたころの記載であり、すでに安定したかなり強大な部族国家権力の成立をうかがわせる。これにくらべれば魏志の記載の段階では、それほど法的な整序性はないが、すでに安定した政治体制の成立なしにはとうていかんがえられない統御がおこなわれている。このいずれのばあいも、わたしたちが〈国家〉のプリミティヴな構成とみなすものからくらべれば、はるかに新しく高度な段階にあるといえる。どんな意味でも、これらの記載から〈国家〉の起源を論ずることはできないものである。

わたしたちがここで関心をもつのは起源的な〈国家〉における〈共同幻想〉の構成であるが、じっさいには魏志に記された倭の三十国でさえ列島のどこにあったかを断定する手段は存在していない。ただ風俗や習慣についての断片的な記載から、海辺に面した九州地方の〈国家〉をさしているだろうと推定できるだけである。

魏志によれば、倭の漁夫たちは、水にもぐって魚や貝をとり、顔や躰にいれずみして魚や水鳥にたいする擬装とした。このいれずみはのちには装飾の意味をもつようになった。諸国によっていれずみの個処や大小がちがい、身分によってもちがっていた。

わたしたちの知見では、漁夫たちは近代になっても顔をのぞけば全身にいれずみしていたものが珍しくなかったから、このような記載からただちにその〈国家〉の所在した地域を推定することはできない。ただ、いれずみの個処や大小のちがいや文様によって、身分や地域が異なるという記載についていえば、このような俗習がはっきりと知られているのは、わが南島についてである。

小原一夫の論文「南島の入墨（針突）に就て」は、わが南島では島ごとに女たちのいれずみの文様と個処がちがっており、その観念は「夫欲しさも一といき　刀自欲しさも一といき　彩入墨欲しさは命かぎり」という歌にあるように、宗教的ともいえる永続観念にもとづいているとのべている。そして、奄美大島で魚の型をしたいれずみをした老婆たちに、なぜ魚の型をいれずみしたかときくと「魚がよく取れるように」と一人がこたえ、他のものはわからぬとこたえたとのべている。また、沖永良部島で左手の模様を「アマム」とよび「ヤドカリ」をシンボライズした動物紋で、島の女たちは質問にこたえて、先祖は「アマム」から生れてきたものであるから、その子孫であるじぶんたちも「アマム」の模様をいれずみしたのだとこたえたと記している。

小原一夫によれば、南島のいれずみの観念も〈婚姻〉に関係した永続観念と〈海〉に関係した南方からきたらしい信仰的な観念とが複合しているらしいとされている。魏志に記された漁夫たちのいれずみと、身分や地域によって異なるいれずみとは、まったくちがった意味をもつものの複合らしくおもわれる。ただ魏志の記した漁夫のいれずみは観念の層としては、南島の女性たちになされたいれずみの観念よりも新しいだろうと推測することができよう。なぜならば、魏志に記されている漁夫たちのいれずみは、宗教的な意味をすでにうしなっており、ただ装飾性や生活のために必要な擬装の意味しかもっていないからである。

倭のひとびとは大人（首長）に敬意をあらわすには、手をうってひざまずき、路で下戸が大人とあうと、草むらにかくれるようにし、なにかしゃべるときは、うずくまったり、膝をついたり両手を地面についてお辞儀をする風習をもっていた。

〈家族〉について記載しているのをみると、魏志には「父母兄弟、臥息処を異にす。」とあり、また「其の会同・坐起には、父子男女別無し。」としている。すなわち寝所や休息所は別であるが、会合や起居のときはおなじところに集まるものとされている。これを同一の家屋に住むものを指しているとすれば、寝所は別の部屋をもってし、食事その他一家族があつまるときにはひとつの部屋に集まっていたとかんがえることができる。しかしこういった記載は恣意的なもので、すべての〈家族〉形態に共通するものとみなすことはできない。

婚姻については魏志は「国の大人は皆四・五婦、下戸も或は二・三婦。婦人淫せず、妒忌せず、盗竊せず、諍訟少なし。」と記している。後代の隋書では「婚嫁には同姓を取らず、男女相悦ぶ者は即ち婚を為す。婦、夫の家に入るや、必ず先ず火を跨ぎ、乃ち夫と相見ゆ。婦人淫妬せず。」と記している。

ここで〈大人〉が稲置程度の村落の長をさすのか、〈国〉の大官をさすのかあきらかでないし、〈下戸〉がどういう身分や階層をさすのかあきらかでない。だが高級の官人が多婦と関係していたことは『古事記』の記載からみても納得される。〈下戸〉の二、三婦というのには疑義があるとかんがえられる。大家族であるためそうみえることもありうるし、また〈下戸〉の下層に没収されて奴婢となったり、世襲的にそうだった存在もかんがえられるから、これらは一様に夫婦とみなされることはありうる。

ところで「婦、夫の家に入るや、必ず先ず火を跨ぎ、乃ち夫と相見ゆ。」という記載はその意味がとりにくい。たとえばわが南島でも〈婚姻〉にまつわる〈水礼〉や〈火の神〉の俗習はあるが、この記載は招婿婚の段階ではなく、それ以後（あるいは以前）の父系的な婚姻形態であるか、あるいは部族を異にした集団の風習であるようにもうけとられる。

奴婢層の存在は魏志その他から推定できる。

たとえば魏志は行来、渡海などには〈持衰〉と名づけた乞食のような風体のものを一人つけ、行海がうまくゆけばよし、不吉なことや暴害にあえば〈持衰〉の呪力がなかったものとして、これを殺害する風習があったと記している。また〈生口〉を献上したというような記載がみえているが、これらはいずれも生殺の権を上層身分のものにゆだねた奴婢層の存在を示すに充分である。

わたしたちはここで『古事記』の神代および初期天皇群についての記載と『魏志倭人伝』の記載とがいかに関係づけられ、いかに接続できるのかという問題に当面する。

魏志の記載につけば、わたしたちは邪馬台国家群をモデルにして、つぎのような〈共同幻想〉の構造を想定することができる。

いくつかの既知の国家群があって、そのなかに中心的な国家があり、そこでは宗教的な権力と権威と強制力とを具現した女王がいて、この女王の〈兄弟〉が政治的な実権を掌握している。その王権のもとに官制があり主要な大官と、それを補佐する官人がある。この上層官僚は〈ヒコ〉とか〈ミミ〉とか〈ワケ〉とかよばれて国政を担当している。下層の官としては各戸を掌握する〈イナキ〉があり、〈イナキ〉の上位は国政にむすびつくか〈アガタ〉にむすびついている。

中心的な国家は連合している国家群に、おそらくは補佐的な副大官を派遣して各国家群の大官あるいは国王にたいし補佐と監視をかねている。

初期の段階ではどんな官によって掌握されていたか不明だが、刑事と民事に司法官がいて、殺人、盗み、農耕についての争い、婚姻にまつわる破戒などに訴訟が決裁されている。

各村落は海辺では漁獲と農耕に従事する戸人がおり、河川に沿った平野や上流の盆地では農耕がおもに営まれ、山間では鳥獣の捕獲、農耕用具の製造などに従事する移動部族がいる。村落の戸人にとっておそらく〈イナキ〉あるいは〈イナキ〉に結びついたものが首長である。そしてその由来は確立できないが、村落の戸人たちの下層には奴婢群がいる。おそらくは村落間の争いにおける戦敗や犯罪行為などによって戸人を没収された同族または先住あるいは後住の種族である。

大陸にたいしては、これと折衝する官を適所に派遣してこれにあたらせている。

そして初期にこのような国家連合は、大陸から照明されたかぎりでは三十国だが、わが列島の全体にわたっては百余国であった。

このように想定される国家群は、べつに古代史の学者がいうように、古代専制国家でもなければ、原始的民主制の共同体でもない。そもそも古代や原始について専制と民主制しか形態をかんがえられないモルガン―エンゲルス的な類型づけは意味をなさない。

わたしのかんがえでは、魏志の邪馬台国家群はかなり高度な新しい〈国家〉の段階にあるとみるべきで、すこしもその権力の構成（ゲシユタルト）は〈原始〉的ではない。それにもかかわらずその〈共同幻想〉の構成（ゲシユタルト）は、上層部分でつよく氏族的（あるいは前氏族的）な遺制を保存している。そしてその保存の仕方は、邪馬台についてみればとても呪術的で、政治権力にたいしてまったくかかわらなかったとさえいえる。世襲的な王位の継承はおそらくは神権的あるいはシャーマン的な呪力の継承という意味が強大であった。かれら自身にとっても政治権力の掌握とは別個のものとかんがえられていた公算がおおきい。そして邪馬台が女王権を保持したという記録は、この世襲的な呪術的王位の継承に関するかぎりは氏族的〈前氏族的〉な〈兄弟〉と〈姉妹〉が神権と政権を分担する構成を保存していたとみられる。

この世襲的な宗教的王権に関するかぎり、魏志の邪馬台的な〈国家〉は起源的な〈家族〉および〈国家〉本質からつぎのような段階をへて転化したと想定できそうにみえる。

(一)〈家族〉〈戸〉における〈兄弟〉↕〈姉妹〉婚の禁制。〈父母〉↕〈息娘〉婚の罪制。

(二)漁撈権と農耕権の占有と土地の私有の発生。

(三)村落における血縁共同制の崩壊。〈戸〉の成立。〈奴婢〉層と〈大人(首長)〉層の成立。

(四)部族的な共同体の成立。いいかえれば〈クニ〉の成立。

これらの前邪馬台的な段階の期間は、おそらくは邪馬台から現代にいたる期間よりもはるかに多くの年数を想定しなければならないだろう。

ところで邪馬台的な段階の〈国家〉は、世襲的な王権以外の政治的な構成については、かなり高度に発達したものとかんがえるべきで、そこには行政、司法、外交、軍事にわたる諸分権が確定されていた。たとえば魏志の記載では、邪馬台的な国家の段階で、殺人、強盗などについて〈家族〉や宗族の資格を没収するという刑罰が確立されていた。こういう刑罰はすでに強力な政治的構成なしには不可能だと見做すことができよう。

このように魏志の記載から想定される邪馬台的な段階の〈国家〉は『古事記』に記載されている神代や初期天皇期とどう関係づけられ、どう接触するだろうか?

これを解くための手がかりは、すくなくとも三つかんがえられる。第一は邪馬台的な段階の〈国家〉

でも遺制として保存されている呪術宗教的な王権の世襲形態をかんがえることである。第二はプリミティヴな刑罰法にはじまる〈法〉的な概念の層の新旧を追及することである。第三は初期天皇群に想定される王権の及ぶ規模を推定することである。

魏志の記載では、邪馬台の宗教的な王権は、卑弥呼という巫女の手に掌握されている。そしてその〈弟王〉が政治的な権力を行使している。この権力形態は、規模の大小を問わなければ、氏族的（前氏族的）な共同体から最初の部族的な共同体（始源国家）に移行した段階、あるいはこういう移行とは別個の理由で部族的な〈国家〉が何らかの理由で発生した当初の段階まで遡ることができよう。『古事記』の神代篇は、〈アマテラス〉と〈スサノオ〉の関係になぞらえてこの形態を大切に保存している。〈アマテラス〉は〈アマ〉氏の始祖の女性に擬定されており〈スサノオ〉は土着の水稲耕作部族の最大の始祖に擬定されている。そしてこの二人は〈姉〉と〈弟〉の関係にあると作為されている。この作為は『古事記』の編者たちの勢力が、魏志の邪馬台国家をモデルにして創りあげたか、そのような伝承が流布されていたのを拾いあげたものかは確定することはできない。ただこういった〈共同幻想〉の構成（ゲシュタルト）は、氏族的（前氏族的）な共同体から最初の部族的な共同体（いいかえれば最初の〈国家〉）が成立したときまでさかのぼることができる。この意味では『古事記』の神代篇の本質的なパターンは、魏志の邪馬台的な段階の〈国家〉よりはるか以前の太古までさかのぼれる時間性をもっている。『古事記』の〈アマテラス〉と〈スサノオ〉が実在の誰をモデルにして創られたか、まったく架空にただ神話的な構成の本質をえがくために創作せられたか、あるいは古伝承によったかはここでは問題にならない。『古事記』の神話的な時間がプリミティヴな〈国家〉まで遡行する時間性をしめしていることが重要なのだ。そしてこのプリミティヴな〈国家〉の成立は魏志に記された邪馬台連合などから遥か以前に想定できるものである。ただ魏志の邪馬台的な段階の〈国家〉は、ほかの点では新しいとみることができるが、すくなくとも呪術宗教的な王権の構造についてだけは、このプリミティヴな〈国家〉の遺制をのこして実在していたとみることができる。呪術宗教的な威力の継承という意味では、邪馬台的な段階の国家でも、さいしょの氏族制の崩壊の時期までさかのぼってかんがえられるような時間性をもっている。ここには天皇制の本質について大切な示唆がかくされている。

さきにものべたように魏志には邪馬台的な段階の〈国家〉では〈法〉を犯すものは軽いものではその妻子を没し、重い者はその門戸および宗族を滅したことが記されている。また隋書には推古期（おそらく統一部族国家）の〈法〉について、殺人、強盗、姦淫するものは死罪、せっ盗は盗物に応じて弁償させ、財の無いものは身を没して奴婢におとしたとされ、その余は軽重によって流罪あるいは杖罪としたことが記されている。またごうもんや訴訟の判定についても記している。

こういった記載は邪馬台的な段階の国家でも、統一部族国家でも、〈法〉的な概念が呪術的な宗教的な段階をすでに離脱して、公権力による刑罰法の概念に転化していることを物語っている。いずれも〈共同幻想〉としてかなり高度な段階にあったとみることができる。

この段階の〈法〉概念に対応している『古事記』の記載は、顕宗が災厄にあって逃亡したとき、その乾飯を盗んだ豚飼の老人を、のちにアスカ河原に斬ってその一族どもの膝の筋を切ったという記載がはじめてであるといってよい。しかし『古事記』はすでに〈アマテラス〉と〈スサノオ〉の挿話の段階で、のちに〈天つ罪〉の概念に分類される〈法〉的な概念のプリミティヴな形を記している。〈スサノオ〉は〈アマテラス〉の料田の〈畔離ち〉、〈溝埋み〉、神殿の〈屎戸〉、所有馬の〈逆剝ぎ〉などをやってのける。またそれよりくだって仲哀の急死にさいして〈生剝〉、〈逆剝〉、〈畔離ち〉、〈溝埋〉、〈屎戸〉、〈上通下通婚〉、〈馬婚〉、〈牛婚〉、〈鶏婚〉、〈犬婚〉など、のちに〈天つ罪〉と〈国つ罪〉の概念にふりわけられる〈罪〉を国中（この国は邪馬台的な段階の国である）からもとめて清祓を行ったことが記されている。

これらの〈罪〉概念は〈法〉的には原始的な農耕法と家族法の概念に対応しているが、その〈罪〉概念自体が、呪術宗教的な段階をあまり離脱してはいない。だから『古事記』のなかで神代と初期天皇群の記載に共通に登場したとしても、この〈罪〉概念に対応する〈法〉はプリミティヴな〈国家〉の共同幻想にまで遡行する時間性をもっている。

またこれらの〈罪〉概念のうち、農耕に関する〈罪〉(天つ罪)は、清祓の対象であっても、同時に〈強盗〉のような他人の所有田の現実的な侵犯であるかぎり、魏志に記載する刑罰の対象ともなりえたはずのものである。このことは、おなじ所有田の侵犯でも、それが世襲的な宗教的王権の内部でかんがえられるとき清祓行為の対象であり、政治的権力の強制力としてかんがえられるとき現実的な刑罰の対象だという二重性をもったとみなすことができる。これにたいして『古事記』仲哀期に記された家族法〈国つ罪〉的な概念は、どんな意味でも現実的な刑罰の対象とはならない。ただ親子相姦や獣姦として清祓行為の対象となりうるのみであった。これらはいずれも〈兄弟〉と〈姉妹〉とのあいだの同世代の近親相姦を禁制するよりも前段階に相当しており、その意味ではプリミティヴな〈国家〉の発生よりもさらに以前に遡行できるものだといえよう。

こうみてくると魏志や隋書に記された邪馬台的な段階や、初期大和朝廷の段階でつかまれている〈法〉概念は『古事記』の神代や初期天皇期に記された〈法〉概念にくらべて、はるかに発達した段階にあるとみなすことができる。

ここでわたしたちは、おなじ田地の侵犯が世襲的な宗教的王権の内部でかんがえられる〈法〉概念と、政治的な権力の核に想定される〈法〉概念とでは、それぞれ相違していることになるという問題にであう。宗教的な王権の内部では田地の侵犯に類する行為は〈清祓〉の対象であるが、政治的権力の次元ではじっさいの刑罰に価する行為である。この同じ〈罪〉が二重性となってあらわれるところに、おそらく邪馬台的なあるいは初期天皇群的な〈国家〉における〈共同幻想〉の構成の特異さがあらわれている。もちろんこれは、王権の継承が呪術宗教的なもので、現世的な政治権力の掌握とすぐにおなじことを意味していない初期権力の二重構造に根ざすものであった。

現在、古代史の研究家たちにとって〈国家〉の起源という意味は、わが列島における統一部族国家の成立という意味に理解されている。だがこのばあい問題になるのは、はじめに〈国家〉の本質とはなにかが問われていないか、あるいは現象的にしか問われていないことである。すくなくともわたしたちのかんがえる〈国家〉本質にとって、邪馬台的な段階にあった〈国家〉群でさえ、比較的新しい〈国家〉にすぎないとしかいえない。まして、〈国家〉の起源をわが列島における統一部族国家の成立としてかんがえる問題意識は、とうてい理論的に首肯しえないものである。

いまこころみに神武から応神まで『古事記』の編者たちの勢力が、じぶんたちの直接の先祖に擬定した初期天皇群の和称の姓名をあげてみる。

| | |
|---|---|
| カムヤマトイハレヒコ | 神武 |
| カムヌナカハミミ | 綏靖 |
| シキツヒコタマテミ | 安寧 |
| オホヤマトヒコスキトモ | 懿徳 |
| ミマツヒコカエシネ | 孝昭 |
| オホヤマトタラシヒコ | 孝安 |
| オホヤマトネコヒコフトニ | 孝霊 |
| オホヤマトネコヒコクニクル | 孝元 |
| ワカヤマトネコヒコオホヒヒ | 開化 |
| ミマキイリヒコイニエ | 崇神 |
| イクメイリヒコイサチ | 垂仁 |

オホタラシヒコオシロワケ　景行
ワカタラシヒコ　成務
タラシナカツヒコ　仲哀
ホムタワケ（オホトモワケ）　応神

これらの呼び名にはかならずしも定型があるわけではないが、たとえば『隋書倭国伝』に「開皇二十年（六〇〇年――註）、倭王あり、姓は阿毎、字は多利思比孤、阿輩雞弥と号す。」とあるように、もし〈アマタラシヒコ〉という和称があったとすれば〈アマ〉が姓であり〈タラシヒコ〉がアザ名であるとみなすことができる。たとえば神武のばあい〈カムヤマト〉が姓であり〈イハレヒコ〉が名である。そして〈カムヤマト〉などというとってつけたような姓はありえないとすれば、それは後になって〈神〉という概念と〈倭（ヤマト）〉という統一国家の呼称をつなぎあわせることにより、神統であり同時に国主であることをしめそうとして名付けられたものと考えることができる。そして〈イハレヒコ〉の〈イハレ〉はおそらく地名であり、この地名は出身地を語るか支配地を語るかは不明だとしても、〈イハレ〉という地名と関係があると擬定された人物にちがいない。こうかんがえてゆくと、初期天皇の和名は〈ヒコ〉、〈ミミ〉、〈タマ〉、〈ワケ〉などを字名の中心的な呼称として、その最も前（ときには後）に姓をつけ、直前（あるいは直後）は、おそらく地名を冠しているのが一般的だということができよう。もちろん例外をもとめることもできる。

これらの姓名の解釈の詳細は古代史の研究家にまかせるとしても、これらの初期天皇群につけられた〈ヒコ〉、〈ミミ〉、〈タマ〉、〈ワケ〉などが、いずれも邪馬台的な段階と規模の〈国家〉群での諸国家の大官の呼称だという事実は、ここでとりあげるに価する。このうち〈ワケ〉は応神以後にあらわれるとしても、それ以外は魏志に記載された官名に一致している。たとえば〈ヒコ〉は魏志によれば、対馬国、一支国、など邪馬台から遠隔の国家の大官の呼称であり、〈ミミ〉は投馬国、〈タマ〉は不弥国の大官の名とされている。もちろんこれらの初期天皇が魏志を粉本にして創作されたといいたいわけでもないし、どれかの国家の支配者として実在したといいたいのでもない。現在の段階ではこういうことを断定するのはどんな意味でも不可能である。ただわたしたちは、初期天皇の名称から、その世襲的な宗教的王権の規模として、たかだか邪馬台的な段階と規模の〈国家〉しか想定していなかったことをいいたいだけだ。

『古事記』の編者たちの世襲勢力が、かれらの直接の先祖として擬定した〈アマ〉氏の勢力は、大陸の騎馬民族の渡来勢力であったかどうかはわからない。おそらく魏志の記載した漁撈と農業と狩猟と農耕用具などの製作をいとなんでいた部族に関係をもつものであった。それにもかかわらず太古における農耕法的な〈法〉概念は〈アマ〉氏の名を冠せられ〈天つ罪〉、もっと層が旧いとかんがえられる婚姻法的な〈法〉概念は、土着的な古勢力のものになぞらえられている〈国つ罪〉。この矛盾は太古のプリミティヴな〈国家〉の〈共同幻想〉の構成を理解するのに混乱と不明瞭さをあたえている。これは幾重にも重層化されて混血されたとみられるわが民族の起源の解明を困難にしている。

さもあれ『古事記』の編者たちは、かれらの先祖を描きだすのに、たかだか魏志に記された邪馬台的な段階の一国家あるいは数国家の支配王権の規模しか想定できなかった。この事実は初期天皇群のうち実在の可能性をもつ人物がきわめて乏しかったにしろ、そうでなかったにしろ、かれらの直接の先祖たちの勢力が邪馬台的な段階の国家の規模しか占めていなかったのを暗示しているとおもえる。

# 後記

本書の前半の部分は、昭和41年11月号から42年4月号までの『文芸』に掲載されたものに加筆訂正をくわえたものである。本書の後半の部分は、そのあとあたらしく書きくわえられたものである。

わたしはここで拠るべき原典をはじめからおわりまで『遠野物語』と『古事記』の二つに限って論をすすめた。もちろん『遠野物語』のかわりにべつの民譚集のすべてであってもよかったし、『古事記』のかわりに『日本書紀』でもよかった。じじつすべてを参照したい誘惑にかられたこともある。また、当りうる資料はおおければおおいほど正確な理解にちかづくというかんがえ方がありうるのをしっている。しかし、わたしがえらんだ方法はこの逆であった。方法的な考察にとっては、もっとも典型的な資料をはじめにえらんで、どこまで多角的にそれだけをふかくほりさげうるかということのほうがはるかに重要だとおもわれたのである。そこで『遠野物語』は、原始的あるいは未開的な幻想の現代的な修正（その幻想が現代に伝承されていることからくる必然的な修正）の資料の一典型としてよみ、『古事記』は種族の最古の神話的な資料の典型とみなし、この二つだけに徹底して対象をせばめることにした。

ところで、『遠野物語』にも『古事記』にもそれぞれ編者たちの問題意識の自然なあらわれとしてそれぞれの〈方法〉がつらぬかれている。そしてこれらの〈方法〉は、わたしの問題意識とはちがっているため、記載された内容について重点のおきかたが当然ちがっている。そのため引用にさいしては、わたしの問題意識にそって要約や読解や勝手な引用がなされた。ただし改ざんされていることはない。

本書では、やっと原始的なあるいは未開的な共同の幻想の在りかたからはじまって、〈国家〉の起源の形態となった共同の幻想にまでたどりついたところで考察はおわっている。つまり歴史的な時間になおしていえば、やっと数千年の以前までやってきたわけである。もちろんわたしのとった〈方法〉は現代的なものであるから、たんに本書の項目が歴史的な序列として読まれることを願っているわけではない。わたしは終始、わたしにとって切実な課題がわたし以外の人々にとって切実でないはずがないし、わたしにとって現代的な課題が、わたし以外の人々にとって現代的でないはずがないという確信をいだいてきた。それがうまく本書を読まれる人々に伝わってくれたらと願うだけである。

本書をかきすすめる過程で河出書房の杉山正樹、金田太郎その他の諸氏に、また本書の成立について寺田博その他の諸氏に、資料の蒐集その他でおおくの援助をうけた。また、まったく未知の人から探しもとめている資料を貸し与えられたこともある。きつい仕事であったが、それにしてもこれらの諸氏の支援がなかったらとかんがえると慄然とする。とくに記して感謝したい。

# Ⅱ

# 春秋社版『高村光太郎選集』解題

# 一　端緒の問題

たれでも少年時を脱しようとするとき、鮮烈な眼ざしで身のまわりの世界を、自己の内がわをのぞきみるものである。このとき眼ざしに写った世界は、いままで日常繰り返して視ていたにもかかわらず、はじめて視たかのように鮮やかな色彩であらわれる。父母や兄弟が、いままでみていたのとまったくちがった視角からみえるようになる。いままで視ていた街筋や風物もまったくあたらしいもののように視えてくる。

高村光太郎はこういう体験を〈性の目覚め〉と関連させてつぎのように書いている。

そのころ、急に世の中が新しく見えてきた。早春のある朝、——いまでも眼の前にはつきりしているのは、わたしは毎朝起きて庭をはくのが役目だつたが、ちようど庭をはいていると、——庭の古木の白梅が咲いている。ひよいとみると梅の花が咲いているわきに、新しい青い軸がすつと出ている新芽であつた。桃色の花の新芽が出て、水を打つたようにきれいであつた。幹なんかも仄かにぬれて、まわりに靄がかかつて、ふつと世の中のいい匂いがして、「昨日もこういう風景をみたかな」と思うくらい、実に美しい。

あとでよく考えると、それは自分のほうが新しくなつたのであつて、みるものがなんでも新しくきれいにみえたのであつた。（「わたしの青銅時代」）

この世界の変容はたんに自然物にかぎられるわけではない。自己の変容にしたがって世界がすべて変容するのだ。しかしこの世界の変容は、いわば無意識的であるために永続する性質をもっていない。ある時期に突然やってきてやがて消えてしまう。この世界の変容は、おそらく自己が自己と分離するという意識の、対象的な世界への投射として了解することができる。

この世界は、その時期に書きとめたとしてもうまく表現することができない。鮮烈な核をもっているにもかかわらず、はっきりした輪郭をじぶん自身につかむことができないからである。不確かにもやもやと流動しながら周囲の世界から際立ち、またじぶん自身とさえも対立しているような焦慮の眼ざしが、この時期の世界をだれにとっても共通にとらえてはなさない。

偶然であっても、またその偶然に根拠があったにしても、この時期にだれにもあてはまる眼ざしがのぞきこんだ世界を、形式としてとりだしえたとすれば、この形式にもりこまれた世界はなにを意味するのだろうか。もちろん厳密な意味では文学の世界とはいえまい。しかし文学以前の自己資質の世界として、ある生涯の端緒の問題を秘しているにはちがいない。ただ、そこに秘された自己資質は、露岩さえものぞかせないように深く形式のなかに埋没されている。形式にくらべれば内容はたぶん未熟なものとしてあらわれてくる。自己資質の可能性はまだ身を現わすすべを知らぬかのように、発見するのが困難な位相で存在している。

しかし、あるひとつの生涯の端緒の問題はそういう形でしかあらわれないことはたしかである。その世界はまだ生理の表現という意味しかもっていないから、少年期を脱する生涯の一時期の共通性に属している。ただ意識されずに予感されたものは、そのなかに予感されているとおもえる。あるひとつの生涯がどこへむかってゆくのかという問題は、生涯が、けっしてかれが意志したままに実現されないものだという意味では、だれにとっても予感を拒絶するような形でしか存在しえない。だから資質の表現した世界に、予感された可能性という意味をつけるのは、つねに後からきたものの結果論である。いいかえれば、後代があるひとつの生涯をどう了解するかという問題である。わたしたちは他者を了解するという作業を、自己の過去の体験と自己の現在の思想とをからみあわせることによってしか行ないえない。ただこの場合でも、ある時代的な背景のなかにおかれたひとつの生涯という問題は、いやおうなしにつきまとってくるし、ある時代的背景のなかで了解している作業という意味は、ふりはらうことはできないだろう。ほんとうをいえば、あるひとつの生涯が、書くという世界にすべりこんでゆくかどうかということは、ただ偶然の契機にしかすぎない。そういう意味では、ことさらにある資質が描く軌跡としてかかれた表現にのこされた世界をとりあげることは、すこしも特別な意味をもっていない。ただ便覧との意味をはらんでいるだけである。わたしたちは、なにも語らずなにも形式をのこさずにおわったおおくの人物の生涯を当然想定できるわけだ。しかし、それをとりだすことは困難である。それだから、あるひとつの生涯を、形式としてのこされた作品によってとりあげるとき、その生涯を、形式的な痕跡をのこさなかった無数の生涯の象徴という意味をもこめて、とりあげるほかないのである。

高村光太郎は、詩人、彫刻家として独自の世界をもってあらわれる以前に、いくつかの小文と俳句と短歌の作品をのこしている。これらの初期作品は、全体として手習いの域を出ないということができるかもしれない。また、後年、高村がじぶんで回想しているところでは、短歌作品は『明星』の主幹、与謝野鉄幹の手によって原形をとどめないほどに添削されたものであった。これを独立した文学作品としてみることはむつかしいかもしれないが、高村の資質がのぞきこんだ眼ざしの世界としてみれば、わたしたちはそこから、かれの生涯をきめる予感と可能性の世界をみつけだすことができるかもしれない。ここでは、文学作品が作品として問われるのではなく、作品の下に秘されている高村の資質が問われることになる。高村の初期作品を、自己慰安のために文章や詩を書き捨てたまま、生涯二度と書くということのない世界にかえってこなかった、無数の文学好きの青年ののこした痕跡と、同じようにとりあつかうことは、けっして不当ではない。ただ、高村の場合、書くという作業は彫刻の副産物とはいえない地点へまでかれをつれていった。そこではじめて端緒の問題としての意味が初期の作品にあたえうるようになる。このような意味では、ひとはただ後代によってしか全貌をあらわさないといっていい。
『明星』調の短歌として明治の三三年の創刊から四〇年代にかけて流布された短歌は、ある意味からは新体詩形が短歌の世界に及ぼした破壊的な影響とみることができる。短歌の内実的な世界を空疎なものにするという犠牲をかえりみずに、『明星』調の短歌は、五・七・五と七・七の区切りがどんな意味でも必然性をもたないことを、短歌形式のなかで示した。そこにモザイク的な新しさと同時代的な意味があった。『明星』では短歌は短詩とよばれたが、それには理由があった。声調として『明星』調の短歌は、五・七調がどこまでもつづくべきところを、無理に五・七・五で七・七に転調させてとめたというにすぎず、五・七・五の上句と七・七の下句との対比と連関の深さに生命をもとめる短歌形式としての意味は、さほどないといっていい。

なにとなく涙こぼれてある夕かの青き空高しと思ひぬ　（明治三三年）
うたがるたひとつひとつによみて見てよせてそろへて憂き思あり　（明治三四年）
あなさびし笑めば他（ひと）笑み泣けば泣き虚言（そらごと）きいて世は秋に入る　（明治三八年）
芝居町丸にいの字の番傘と蛇の目といそぎ秋の雨ふる　（明治三八年）
百舌（もず）なくや人はばからぬ硬骨に党（くみ）すと秋の風どよみ来る　（明治三八年）

この種のなんのたくらみもない歌は、擬感情と虚構が多いとしか読みえない初期の短歌のなかで、いずれも声調にリアリティを感じさせるものである。そしてこのリアリティは何にあるかといえば、ある瞬間に通りすぎた何の変てつもない作動とそのときおかれた感情の位相を、そのまま心にとめたところにある。この作動も感情もべつに特異なものでも異常なことでもなく、日常の生活のなかでしばしば訪れるものにすぎない。いわば、ありふれたものにすぎない。とくに『明星』調の誇大な言葉づかいもとられていない。

移ってゆく四季の自然を対象としてならば、正岡子規がすでにこの時期、この種の瞬間の風物にむかう心の位相を短歌にうたいあげていた。しかし、心のなかの風景の一瞬をとらえるといった位相では、高村のこの初期の短歌は特異なものであった。なぜならば、べつに何の変てつもないこのような瞬時の心象をとらえること自体が、内在の世界がただ内在の世界であるという理由だけで、外的な事象への動きの大小にかかわらず、それだけで意味をもつものだという意識を前提とせずには、こういう日常のありふれた心の動きを短歌形式として書きとめることはありえないからである。

日常のある一瞬にふと空白になった意識が、空を眺めているときにやってきたり、歌カルタをひとりで並べたり読み入ったりしているときに訪れるということは、倦怠が倦怠の意識としてとりだされたということを意味する。このとき作者の意識は自己をはなれて、ぼんやりとした眼ざしのままに何か遠い不定の対象にむかって遡行してゆく。その白々とした意識の世界は存在感の不定さを暗示している。こういう心の世界は少年時を脱するときにだれでも体験するように高村も体験したというにすぎないかもしれないが、これを形式に定着し表現するという意味は、これとはべつの問題であった。なぜならば、こういう空白な意識が日常の瞬間に訪れるということが意味のあることとしてかんがえられており、しかも時代の形式的な水準を破るだけの内在感をもっていることが前提をなしているからである。鉄幹はきっとこの種の作品を好まなかったであろう。そして、同時に添削しようにもすべがなかったにちがいない。

わたしのかんがえでは、高村のこの種の初期の短歌作品、空白な意識の瞬間がとらえた心象風景のもつ意味を、もっと普遍化した形で短歌の世界に定着したのは、明治四一年以後に作られた石川啄木の

『一握の砂』にあつめられた作品がはじめてである。

何処やらに沢山の人があらそひて鬮引くごとしわれも引きたし
とかくして家を出づれば日光のあたたかさあり息ふかく吸ふ
水潦(みづたまり)暮れゆく空とくれなゐの紐を浮べぬ秋雨の後
春の雪銀座の裏の三階の煉瓦造にやはらかに降る
今日よりは我も酒など呷(あふ)らむと思へる日より秋の風吹く（歌集『一握の砂』より）

高村の『明星』調をぬけだした短歌の世界は、啄木が『一握の砂』の作品のなかで、現在もなお耐えうるリアリティをもった作品と、おどろくほど相似した世界である。ひとことでその相似形をいいあてるとすれば、それは空白になった意識が一瞬のうちにうつした心象の風景であり、いわば倦怠の意識化ともいうべきものである。ただちがいがあるとすれば、その空白の意識が、高村の場合、いわば資質的にぬきんでた内省力によって、その内省力がふと立ちどまった時間をとらえたものだったが、啄木の場合、ゆとりをゆるされぬような窮迫した生活の繰返しのなかで、つみかさねられた内省力が、機械的な生活の習慣の世界を一瞬つきやぶったときにうまれる、空白の意識の表白だという点にある。

わたしたちは、啄木の短歌の世界が、初期の高村の短歌作品のうち『明星』調をぬけだした作品から直接影響をうけたものだと断定するための資料をもっていない。ただ相似の世界が高村と啄木のなかに前後してあらわれたとすれば、そこに両者の意識水準の高さを、時代性に照らして指摘しうるだけである。倦怠を倦怠の意識としてとりだし、何でもない日常の繰返しのなかでやってくる何でもない心の動きを、作品に意識化するということは、現在かんがえるほど生易(なまやさ)しいことではない。それは表現形式としても時代思想としても、周囲の世界がみな眠りこけているときにひとり目覚めているといったことを意味するからである。

現在でこそ心理主義は文芸思想として過去のものであるかのようにみえるが、わが国の文学史がこの問題を必然的な形でうけとめるようになったのは、大正の末年から昭和のはじめにかけてであった。これだけかんがえても、高村や啄木が無意識のうちにとりだしたこの種の世界がどれだけ意味ぶかいものであり、ちょっとみると無造作にみえながら、じつは重たい世界であったかを推定することができる。

伝記的な事実としては、高村の外遊までの初期短歌の時代には、べつに変わった事件もなかったといってよい。旅行と芝居見物と読書と彫刻の習作といった、二十歳前後の学生がだれでもやっているような生活の繰返しにすぎなかった。しかし内的な心象の事件は、こういう単純で、べつに生活の労苦もない世界で数多く起こっては消えていたことを、この種の高村の初期短歌は暗示している。なぜならば、空白の意識がとらえる心象風景を意味ある世界としてとり出すためには、空白でない無数の意識の諸事件に倦んでいなければならないからである。ちょうど、啄木が空白な心象をとらえるために、生活の窮迫の繰返しに倦んでいなければならなかったように。

高村は明治三六年に、ゾラの伝記を読んでつぎのように書きとめている。

ゾラの伝を読んだ。それで今更考へたといふ訳でも無いが人間もどうも一度は貧ニ窮して来なければとても立派なものにはなれないかとおもはれる。これは偏狭な言ひ分だらう。が、自分はどうもさういふ運命をこのさき持つてゐるやうにも思はれるし且つ自らすゝんで寧ろ貧の味をも嘗めたいとつく〴〵考へるときがある。度々ある。今だとて富んで居るとは無論いへない。が、まさか貧乏してをるとも勿論いへない。これではまだ、だめだ。赤貧の醍醐味、是れだ。赤貧を何も好むでは無いが、人間の徳操、品位といふものがいかなる場合ニ於いても維持せられ得るものだといふ事を実験したいのだ。人生の光明と暗黒この両間ニ出入してその真如の相を見きはむるのが当の目的、あゝ、自分はどうしても貧ニよつて人生の秘密を探らねばならない。是は空想では無い。（「彫塑雑記」）

おなじ年齢のときには、すでに住職を追われた両親と妻をかかえて生活の重圧に耐えねばならなかった啄木が、これを読んだら、そのぜいたくさを嘲笑するほかなかったろう。内省力にとんだ、ぜいたく息子の、まったく倒錯した心境が吐き出されているにすぎないからだ。ただ啄木とはちがった焦慮はここにも存在している。それは意識内の諸事件に倦きながら、どのような生活行為をも禁じられているものの抱く焦慮である。この種の焦慮は、内省力にめぐまれながら生活の労苦を考える必要のない、おとなしい青年に共通のものであろうが、その焦慮の深さは、いわば意識の触手が未来におよぶ範囲を決定するものである。貧困といえども、人は望んでこれを得られるものではない。いわば必然のようにおおいかぶさる生活の重圧をさしてわたしたちはそれを貧困と呼ぶのだ。二十一歳の高村がここで〈徳操〉とか〈品位〉とか呼んでいるものは何なのか、もともと〈品位〉や〈徳操〉を打ち砕かない〈赤貧〉などは存在しないということは、啄木にとっては、おなじ年齢のときにすでに自明の体験だった。だが、高村にとっては、空想の問題であった。この空想は高村のすぐれた内省力を、あとうかぎり統御したとかんがえられる。

芝居町丸にいの字の番傘と蛇の目といそぎ秋の雨ふる（高村光太郎）

春の雪銀座の裏の三階の煉瓦造にやはらかに降る（石川啄木）

作年に前後があり、啄木の短歌が高村のこの種の短歌の影響のもとにつくられたと仮定しても、この同巧の短歌のはらむ微妙な差異は決定的である。この差異は主題そのものにあるのではない。秋雨のなかをいそぐ番傘と蛇の目に眼をとめる意識は、物それ自体にふれているのではなく、芝居町のなかでみた番傘と蛇の目に象徴されるものにふれている。けっして風情や情緒にふれているのではなく、番傘と蛇の目そのものをみているのだが、そこに想定されるのは物に触発されたひとつの意想である。しょぼ濡れた寒い心の意想である。これにくらべれば、啄木の短歌は明るくあたたかいが、銀座裏の三階の煉瓦造にかかって消える春の雪を視ているとき、物それ自体をみている。啄木の当時の生活状態について何も知らない読者を想定しても、このさり気ない短歌が、生活の繰返しによって削りとられて磨耗し、よぎなく裸かにされてしまっている意識が、ふと温まろうと志向したとき、このようなさり気ない風物にふれているのだということがすぐ了解される。高村の短歌が往路のうたとすれば、啄木の短歌は復路のうたである。啄木にとって、ふとある瞬時にビルの煉瓦塀にかかる春の雪にぬくもろうとする意識の志向は、すでに凍りつこうとする末期の眼ざしの逆立ちした象徴であった。だが、かえって寒々としているような、秋雨のなかの番傘と蛇の目に眼ざしをとめる高村の志向は、これから硬い生活の核とじぶんの生涯にふれようとする予感を意味するものであった。

　高村の初期短歌を代表する「赤城山の歌」一連は、こういった予感を、ただ予感としてしか感ずることができず、形をつかめないままに焦慮する意想を、極限にまでひっぱってみせたものということができる。

牛五百山岨(やまそば)かげに我とありわがごと痩せず眼うるまず
山にして痩せを身に知り疑ひに心かわきぬ花摘みながら
限りなき痛みつつむと小沼(こぬ)の霧さは絶望(ぜつまう)の色を見するや
この水よ人の吐息のひびきをも竊みうかがひ呪ふとすらし
鳥飛ばず一魚躍らぬ雨の小沼(こぬ)泣きて訴(うた)へば人病ますべし

あめつちに斷かる怖れの地を秘めよ小沼は霧まけ白樺おほへ
ああ大沼この平和と慰安と都に入らば無き身を思へ

これらにあらわれた〈疑ひ〉や〈呪ひ〉や〈怖れ〉は、すくなくとも知られている伝記的事実に照合すれば、あてどのないものであり、アモルフな、根拠のないものである。都へかえればやすらぎやなぐさめが無くなるという意識も、どんな事実とも対応しない。この時期は、美校へ通い過不足のない日常を繰り返しているといった生活が知られているだけである。足尾鉱毒事件が起り、日露開戦があったとしても、高村が後年述懐しているように、かれには直接の思想的影響を与える位相はなかった。高村がこれらの短歌にあるように、身を瘦せさせ、思い悩むことがあったとすれば、自分の身を瘦せさせる意識や思い悩む意識によって、じぶんでつくりだしたものであった。ひとは悩む意識によって悩みをつくりだし、身を瘦せさせる意識によって身を瘦せさせることができるというのは、すくなくとも青年期に関するかぎり真実である。高村の悩みや生理の表現もまた、この種のものを出なかったということができる。不安やおそれや不定の意識は、もともと周囲の環境から際立って、はじめてじぶんの内的世界が独行しようとする時期にかならず訪れてくる約束のようなものである。ただ固有な問題は、約束のように訪れてくるこの不定の意識が、どんな構造をもったかということにある。

高村はさきの「赤城山の歌」に続く対話劇形式の短歌連作によってこの構造を暗示した。この連作では、赤城の山小屋の少女と若い画家との応答歌という形式が主調としてとられる。少女は赤城の山小屋の実在の少女に昇華をほどこし、高村自身の意識は若い画家として設定される。

(1)少女は、まず、都には美しい少女がたくさんおり、花男がいるのだろう、だけど大川の水は汚いというのは想像がつかないと問いかけ、画家は、おまえほど汚れていない女は都にはいない、ここのようなきれいな水のあるところこそが憧れに充ちたところだとこたえる。

(2)少女は、ここは山奥で母と牛のほかに七里四方には人家のない侘しいところなのに、貴男はこんな風景を画にかいたりするのはどういうことかわからないという。画家は、いや、そういう風景が無上のものであり、こういう山里で牛を飼ってきれいな水をのみ、おまえのような少女と一緒に暮らすのが願いだとこたえる。

(3)少女は、この画家のような秀でた情のあたたかい人が、山を去ってしまったらさびしいだろうとひとりおもう。母は里の若者を手伝いに頼み、じぶんの娘と一緒にとかんがえている。若者は少女に思いをよせるが、少女は母からそれをきいてひそかに泣く。画家も物思いに沈むようになる。

(4)少女は母に、このような山に住んで老いていくことをかんがえると苦しいと訴える。母は山を捨てると神罰がおそろしいと語り、少女を歎かせる。

(5)山の若者は少女に、じぶんが一緒に山にいるのだからさびしがることはないという。少女は若者に、朝は飯をたき昼は牛を追ってここでおまえと暮らせというのかと歎く。

(6)画家が黒檜山の頂きに写生に出かけたとき、眼を泣きはらした少女が後を追ってくる。そして一緒に都に連れていってくれ、ここに貴男を三カ月も滞在させたのは風景ですか、わたしですかと訴える。画家ははじめおどろき、ただ言葉すくなく少女の手をとり抱きあう。すると老人の大さんが雲の切れ間からやってきて、因果応報をしらぬ恋はだめになると告げる。

(7)画家はまだ時でないことをさとして、少女に再会を約し山を下って都へ出る。山の若者はこのいきさつを知らない。少女は秋に黄葉(もみじ)を都へおくるついでに、山住まいの恋情をのべ、画家は菫の花と一緒に都にありながら山を思い、大川べりの町はずれに山の少女と二人で住んだらとおもう家の垣根のたたずまいなどを少女に書きおくる。

(8)この応答は山の若者に知られ、少女は責めさいなまれて痩せ衰える。少女は心をきめて山を逃げだす。途中で怪しい僧に出会い、身がしびれてたおれてしまう。少女の姿は消えて消息はなくなる。

(9)この時から虫取り菫という草が黒檜山の南面に都の方へむいて咲くようになった。

高村はいわばこの応答形式の連作で、内面にわだかまる不定な意識を伝承のなかに封じこめて昇華しようとする。短歌形式としてみれば、高村がいわゆる『明星』調から抜けだすために必然的にとった劇形式の連作であった。

モデルになった実在の赤城山の少女とこういう恋愛関係にあった、ということはまず信じられない。ここでリアリティがあるとすれば、この連作にあらわれた高村の内的な予感のなかに、そしてそういう予感を伝承に託して昇華したことのなかに、なければならない。この連作にあらわれた予感は、ひとくちにいって、血縁についての怖れともいうべきものである。応答歌にあらわれてくる赤城山の少女は、はじめに山をはなれれば神罰にふれると母にいましめられ、おわりには不思議な僧に出遇って山を失踪することができずに消息を絶ってしまう。山人の掟というような現実的な問題をここで想定せずに、たんなる言い伝えを高村が少女に仮託したとかんがえても、少女が山を逃れ切れず、画家を慕ったまま消息を絶ってしまうところに象徴されるのは、眼にみえない禁制の掟であり、はじめから生まれながらに決定されているかのような、血縁についての宿命観のようなものである。

高村をこの時期に訪れた不安や怖れや悩みのようなものがあるとすれば、少年期を脱する時期に共通なものということができるが、赤城山を主題にした初期の短歌から、かすかに聴きとれる現実性があるとすれば、出生・家系についての怖れのようなものであり、予感としていえば、じぶんの生涯がそれによって決定されてしまうかのような血縁にかんする怖れのようなものではなかったかと想定することができる。高村にこの連作短歌の構想を触発させたのは、じぶんのなかにある不定な、じぶんでもわけのわからぬ怖れや不安と、赤城山に遊んだときの体験と、赤城山にまつわる黒檜伝承とであった。高村はこれをひとつに融合させて、短歌連作と詞書(ことばがき)による劇をつくりあげる。粉本はおそらく、高村がこの時期に親しんだ古典のうち伊勢物語にあった。しかし、どこにも粉本をもとめることができないのは、この劇形式をとった短歌連作をながれる高村の怖れや不安の構造である。

よくかんがえると、赤城山を主題にした一連の短歌の世界を、さらに後日譚としてひっぱっていったのが戯曲「青年画家」である。赤城山の応答歌であらわれた画家は、ここでは青年画家・佐山一郎として登場する。赤城山の少女は、ここでは「佐山君が赤城山中避暑の時得られた冬子さん」として登場する。そして山の若者はふたりの間を引きさこうとする友人「名取」としてあらわれる。

佐山は妹のお雪の理由のわからぬ自殺の遺書から、その自殺が癩病によるものだということを知る。そしてこの戯曲では癩病は遺伝病であり「病の血統を引く」ものとして設定されている。ここでは、癩病は高村の血縁への怖れを象徴するものにほかならない。

佐山は妹の自殺から、じぶんも癩病を遺伝としていだくものとして怖れ、酒狂いがはじまる。それとともに赤城山の連作歌では山の若者として描かれた男を象徴する「名取」が、佐山と妻の冬子とのあいだを中傷によって引きさこうとし、冬子を気狂いに追いこみ、冬子はその果てに死ぬ。佐山はじぶんの画の入賞の祝賀会へ、冬子の産んだ赤ん坊を殺してから出席し、親友の沢田が癩の治療法を見つけたことを語るのを席上で聴いてから、ピストルで自殺してしまう。

戯曲「青年画家」で高村の内的な世界をかんがえる場合、もっとも重要なことは、赤城山の一連の短歌作品で漠然と表現した出生にたいする怖れのようなものを、いわば不可避的な怖れ（宿命）にまでひっぱってみせたことである。ここでは高村は、逃れることができない血縁という内心の意味を象徴するために、遺伝病としての癩の血統をもつ青年画家というふうに主人公を設定する。そして赤城山の少女を象徴する主人公の妻を狂死させ、じぶんも産まれた子を殺して死ぬという破局にみちびく。血縁への怖れは、ただ死によってしか消失しない。

推測をはたらかす以外に実証する手段をもたないが、高村の「赤城山の歌」に発祥する昇華された少女の像と、自己意識のなかの或る不安と怖れの意想は、高村にとって最初の長詩であるアメリカ留学中に書かれた「秒刻」、「マデル」、「博士」、「敗闕録」などの作品にまでながれている。

「秒刻」では、時計の刻む音を聴きながら、その単調な音に誘われて昔の記憶にかえされる。記憶は赤城の大沼であり、黒檜山である。空想のなかで母親といっしょにその岸を、林のなかを歩いている。すると現実の鳥の声に誘われて、一瞬のうちに母親は消え、口をふさぐ赤城山の少女の手があり、何をもとめてこんな遠い海のかなたへきたのですかと、泣く声にかわる。

「マデル」は、モデルの少女の裸体の美しさをみながら、幾千年の昔から限りない未来までこの女体の美しさはつづくのだという想念につかれているうち、ふとモデルの少女が寄ってきて、何をそんなに苦しそうに思い入っているのか、よき人なら、今夜いっしょに酒を飲みにいかないかというように誘うものだと告げるところでおわる。一見何ともおもわれないこの詩をながれるのは、やはり赤城山の歌にあらわれた少女の意想とそれにともなう怖れである。

「博士」は、書斎のテーブルのうえに、髑髏（どくろ）がおかれてあり、壁には人体断面図がかけてある部屋のなかで、博士が「じぶんの考えの正しかったことがわかった」とつぶやいている。そして同じ病気の七号室の少女が死んだら解剖して、もう一度じぶんの正しさを確かめてみようとつぶやく。美しい下女がやってきて博士の書斎の光景をみて失神する。博士は、白い骨や赤い肉など、風呂吹や赤茄子と同じことで怖れる必要はないという。やがて七号室の少女が解剖されて書斎に首がはこばれる。さきの下女が失踪した日から博士は不安にとりつかれ、少女の首にふれることもできず、風呂吹や赤茄子と同じにそれをみることもできなくなり、それをみながら、はじめて人間の存在というものへの深い怖れを感ずる。

「敗闕録」の詩篇も、同じように、女性に感ずる、地から吹きあげるような衝動への怖れのうしろに、「眼に見ぬ君」をみるという意想につらぬかれている。

　これらのぎごちない長詩の表現をつらぬく高村の意想の暗さと怖れとは何であろうか。そして、なぜ赤城山の少女に数年にわたって執拗にこだわったのだろうか。わたしのみるかぎりでは、この少女の像が高村から影を払ってしまうのは、アメリカからロンドンへ移ってからである。いわば西欧が高村のこころを占めるようになってからだ、ということができる。高村が赤城山の少女から深い印象をうけとったのが事実であるとしても、べつに実際の恋愛関係などはなかったことは、高村じしんが述懐している回想から断定できる。だからはじめに高村に不定の怖れや不安があり、つぎにこの少女が黒檜伝承に昇華されて短歌作品に登場しなければならなかった。しかし高村は、青年期にはじめて訪れる性的な衝動の世界をも、つねにこの昇華された赤城山の少女をめぐって、作品に展開せずにはおられなかった。そこではたんに赤城山の少女が実在の像から昇華されているだけではなく、高村じしんの意想のなかにある怖れや不安や衝動の対象としても昇華されている。ついに赤城山の少女は高村の青年前期の全象徴に転化されるのだ。

高村はじぶんの青年期の内的世界について、後年つぎのように回想している。

丁度南方の土人の生活など今でもさうだらうと思ふけれど、夜になると、あらゆる魑魅魍魎が一杯になつた一種別の世界に入るやうな気がして、非常に恐ろしかつた。子供の時を思ふと、何だか世の中が暗かつた気がして、一種の暗い世界が頭の中に出て来る。私は子供の時、変な幻想の世界の中に生きてゐたやうであつた。そして、朝になると本当によかつたと思ふことが度々であつた。

（「回想録」）

父には宗教心がなかつたともいへないが、母と同じやうに、それはただ民間信仰の気休め程度のもので、観音も拝み、稲荷も拝み、不動も拝み、ただ家内安全無事息災をいのるといふ次第で、伝承の迷信や禁忌などは一ぱい持つてゐた。祖父などは天狗の存在を確信してゐて、私を小田原の道了権現につれていつたりした。私はさすがにさういふ事からだんだん脱却し、それと同時に真実の宗教を求めて苦悶した。一時は田中智学の法華経に熱中して本門寺の説教に通つたり、一時は峨山和尚の臨済禅に傾倒してからたち寺の提唱に耳を傾けたり、又キリスト教に心をひかれて植村正久の家を訪ねたりした。しかしどうしても宗徒となることが出来ず、心を痛めながら青年の彷徨をひとりで重ねてゐた。（「父との関係」）

ここでは、孤独な空想性の深い少年が、しだいに青年期に固有な絶対的なものへの依りどころをもとめて観念の彷徨をつづけるといった、普通の時代的な像しか、えがかれていない。事実、高村はこれ以上のことを初期のじぶんについて書きのこしてはいないのだ。

高村はじぶんは自己解剖がすきでないし、そういうことに意味を感じないと、たびたび書いている。そしてたしかに肝心なことは、つねに秘されて埋もれている。

もし、初期の短歌や、不鮮明でぎごちない最初の長詩の数篇に、高村の志向の世界を択(え)りわけることができるとすれば、むしろ秘されたものにもとめるよりほかにすべがない。作品にあらわれる、赤城山の少女も仮構であり、恋愛も仮構であり、主題にあらわれた現実らしさも仮構であるとすれば、なにがのこるだろうか。青年期に特有の衝動や観念の不定な悩みといったものを一般に排除して、あとになにがのこるのだろうか。

わたしには、高村が過去へかえろうとする存在感と、それを解き放って過去を過去へかえらせれば、じぶんの現在の存在感は空無に帰してしまうのではないかという不安が、かれのこの時期を悩ませた意想の本質であるような気がする。「敗闕録」もまたそれを本質としている。「我が家」が火事にあって焔(ほのお)に焼けおちるのをみながら、心の底には喜びのようなものが走る。そのとき、眼前の焔につつまれた光景とまったくかかわりないことが突然納得される。破壊力が風となってやってきて、過去を包みながら存在している「我が家」を焼きはらって瞬時に去ってゆくように、過去へ遠のき逃れてゆくものはそうさせてやるべきだとかんがえる。〈「遁れたる君は遣らばや」〉そして過去はよびもどすべきではないとかんがえつつも、それは、〈赤城山の少女〉を象徴としてしきりに高村の存在感を訪れ、葛藤を強いる。高村はひきもどされる血縁の意識とそれを解き放とうとする意識の橋上にいる。おそらくそれが高村の初期の短歌と長詩に秘されて埋もれていた、ぎごちない暗喩の本質であった。

「秒刻」からはじまり「敗闕録」にいたる初期の数篇の詩作品は、把握しきれないぎごちなさと形にあらわれない暗い恐怖の意想におおわれていたが、おそらく高村自身にとってもどうすることもできない秘された存在感の不定さが、これらの作品の本質を占めていた。かれが不安な橋上から彼岸へ歩み去ることができたのは、ロンドンに渡って西欧のまったく異質な文化と生活の深部に触れたとじぶんが実感してからであった。〈赤城山の少女〉は、それを契機にはじめて高村の作品の意想から消えたのである。

## 二 〈自然〉の位置

人間の心の影の
あらゆる隅隅（くまぐま）を尊重しよう
卑屈も、獰悪（だうあく）も、惨憺も
勇気も、温良も、涌躍（ゆうやく）も
それが**自然**であるかぎり

（「カフエにて」）

私は又白状する。私は**自然**を信ずる。そして**自然**の広大と微妙と深奥とにいつも新らしく驚かされて居る。**自然**といふのは眼前に動いて居る万象と共に、其の万象を公約する永遠の理法（例へば因果律其他）、其の永遠の理法の一源たる宇宙（世界の総体）の意志をいふのである。**自然**が何を為ようとしてゐるかを計画のやうに知る事は出来ない。ただ**自然**が何かを遂行しようとしてゐるのだといふ事を疑ふ事がどうしても出来ない。その為ようといふ意志を私は私自身の内に感ずる。其の意志は理法にあらはれ、万象にあらはれ、人間にあらはれ、日常の現実にあらはれる。私は其を如実に把握しようとする。眼に見えるもの、眼に見えないもの、共に同じく現実である。現実といふのは真である。又実在である。無気力な外貌の事ではない。無気力な外貌はただ存在の形があるに過ぎない。それ故、**自然**に対して其の現実を如実に把握する事の出来る資格のあるのは、自己の内に**自然**の意志を感ずる者のみの事となるのだ。（「大正博覧会の彫刻を見て所感を記す」）

僕の前に道はない
僕の後ろに道は出来る
ああ、**自然**よ
父よ
僕を一人立ちにさせた広大な父よ
僕から目を離さないで守る事をせよ
常に父の気魄を僕に充たせよ
この遠い道程のため
この遠い道程のため

（「道程」）

コロが出で、ドラクロワが出で、ドーミエが出で、クールベが出で、そしてマネが出で、セザンヌが出でた必然の連鎖は、ただ**自然**が機会を生かした力によるのだ。彼等は「書抜」を与へられて各自の舞台に技を演じた役者では無い。彼等は**自然**に操られた人形ではない。彼等は**自然**の為めに、其の意志を行はせる機会を与へた人間である。彼等の一挙一動は**自然**にさへも予見されて居ない。**自然**は其を見て微笑するだらう。しかし其を見て註文通りだとは思ふまい。むしろ刻々展開してゆく其の運命を見て感謝するにちがひない。**自然**は常に子を見守る親の心を持つてゐる。**自然**が進む生命は即ち私達の進む生命である。私達の苦しみ、悩み、喜び、悲しむ道程は即ち**自然**の苦しみ、悩み、喜び、悲しむ道程である。**自然**は賢明であるが、**自然**は常に命がけである。**自然**は人類を育てるために無数の人間を作る。無数の時代を作る。そして機会を待つ。（「印象主義の思想と芸術」）

このように高村光太郎は〈自然〉という概念をじつに多義多様に、しかも独特な執着をこめてつかっている。ある場合、〈自然〉は生活を律する規範であり、ある場合、漠然とした人間観であり、ある場合、芸術にたいする理念であり、ある場合、世界律であったりしている。それにもかかわらず、高村光太郎がつかっている〈自然〉の概念はけっして明確ではない。ある意味で、つかまえどころのない万能薬として働いている。むしろ、現実生活上の〈覚悟〉とか〈決断〉とかいうような場所から、どこへでも延びていくわがままな性質でもってつかわれているといっていい。

ただ、わたしたちに知られているのは、実生活のうえでは長沼智恵子との結婚以来、また、芸術的には高村の彫刻が一家の風をなして、日本近代彫刻史のうえに確固とした地歩を主張しうるにいたって以来、〈自然〉という概念は本能的といっていいほど高村の生活から芸術にわたる根本律となったということである。実生活を律するのも〈自然〉であり、〈人間〉を判断する公準も〈自然〉であり、彫刻において迫ろうとするのも、その動勢の総体がいかに〈自然〉の律則を掘りおこすかということであり、ある場合宿命が人間に課する諸事件は〈自然〉の理法であるというふうに考えられている。高村光太郎にとってこの〈自然〉はなにを意味しているのだろうか？　そしてこの〈自然〉はどんな来歴があって、高村の根本思想になったのだろうか？　高村は〈自然〉という概念をどこから得てきたのだろうか？

まず身近かに切実に想起されるのは、アメリカ留学からヨーロッパ留学へ切りかえたときから高村にさし迫ったものになったロダンの影響である。高村は帰国後『ロダンの言葉』を翻訳するさい、序文で「私自身の今日の生活が如何に多くロダンに負ふ所があるか。今の所私はロダンに影響され過ぎるといふ事を知らない。影響されるだけされようと思ふ。そして此を幸福に思ふ。正当だと思ふ。私はロダンによつて救はれ、ロダンによつて励まされた。今もさうである。」とかいている。

ロダンの芸術思想であり技術論であり、またある意味で生活論である〈自然〉の概念はかなり明瞭なものである。

何処で私は彫刻を会得したか。森の中で、樹木を見ながら。道路の上で、雲の構造を観察しながら。工場の中でモデルを研究しながら。学校を除いた外は到る処でである。**自然**から学んだものを、私は自分の製作の中に置かうと努力した。（「ロダン手記」）

「自然」を学ぶにはどうすればよいのか。辛抱強く、何でもよいから現在行きあたっている場所からそれに近づき、試み、会得するということをやることである。長い辛抱の果てに突然「自然」はその秘密の生命をあかす。職人的な長い修練の果てにそれははじめてとらえられ、扉をひらく。独創性などはまやかしであり、ただ「自然」がその姿をあらわすまで辛抱づよくその対象を掘りすすんでいくほかはない。

**自然**を矯正し得ると思ふな。模写家たる事を恐れるな。見たものきり作るな。此の模写は手に来る前に心を通る。知らぬ処にいつでも独創はあり余る。（「ロダン手記」）

**自然**は決してやり損はない。**自然**はいつでも傑作を作る。此こそわれわれの大きな唯一の何につけてもの学校だ。他の学校は皆本能も天才も無いものの為めに出来たものだ！（「ロダン手記」）

ロダンにとって〈自然〉は天然であったり、過去の創造物であったり、親しい人間であったりするが、つねに眼の前に存在するもののことである。この存在物は、はじめに不用意にみたときと、どこまでも辛抱づよくみたときとは隔りをあたえる。〈自然〉にたいする知覚には奥行きがあたえられ、しだいになにか立体的な存在に変容していくものである。それは、よくみて、模写しなければ、要するに粘土をいじり、足をつくり、手をつくらなければ、ゼロである。そうでなければ、〈自然〉は知覚的印象の段階をけっして離脱しない。このようにしてしだいに本質をあらわしていく外的な対象が、ロダンにとっては〈自然〉である。そしてこのように本質力をあらわすまで辛抱づよく対象に思いをこらし、視、そして他の素材で模写していくことが、ロダンにとって芸術についての思想であり、そのような過程をくり返し、けっして飽きないことが、生活にたいする思想でもある。

高村光太郎の〈自然〉概念は、彫刻観としては、ロダンの〈自然〉にきわめて深く影響されている。しかし、生活律や世界律にまでひきのばしているところでは、すこしも似ていないし、もっと複雑な陰翳がからみあっている。ロダンにとっては、生活は、素材に〈自然〉が本質をあらわしてくるまで「辛抱づよく」修練をくり返すことそれ自体である。観念的な陰翳は排除される。それは、優れた職人の生活に思想をあたえたものということができる。高村の〈自然〉は、これにくらべて、はるかに抽象的であり、さまざまな観念がまじりあった理念である。したがって、自己の生活行為を律する掟のように、自分の外にあらわれるし、人間を判断する場合の基準にもなっている。

「卑屈も、獰悪も、惨憺も　勇気も、温良も、涌躍も　それが自然であるかぎり」尊重すべきであると高村がいうとき、この〈自然〉は独特の矛盾をふくんでいる。この場合、〈自然〉は人間の内発力であるようにもみえ、また人間の意志にかかわりのない必然力をどこか天上に想定しているようにもみえる。人間の内発力であるかぎりは、すべての反倫理も非倫理も、倫理とおなじように許容されるというデカダンスの論理とも受けとることができるし、〈自然〉を人間の心の動きとはかかわりのない予定調和にまで押しあげ、仏教や儒教の〈天〉にしているようにも受けとることができる。

高村光太郎の〈自然〉がもっているこの多面性は、人間の内発性を至上とするデカダンスの論理と、超越的な「永遠の理法（例へば因果律其の他）、其の永遠の理法の一源たる宇宙（世界の総体）の意志」との二つの基軸によって、かれの生活を律する思想にむすびついている。

高村光太郎の生活史と作品史から実証されるかぎりは、この独特の〈自然〉概念があらわに登場してかれを律するのは、長沼智恵子との結婚生活がはじまってからであり、詩作品としては詩集『道程』の後半からである。

だが、すでにヨーロッパ留学中に、高村の〈自然〉概念はほぼ完全なすがたで形成されていたとみられなくはない。かれの〈自然〉には、ロダンの〈自然〉にあるような古典主義的な安定感も一元性もないかわりに、生活上のデカダンスをも許容するような複雑な色合いがこめられている。かれがとっぷりと影響に身をひたそうとしたロダンの〈自然〉から、不本意ながらはみだし、またある意味ではどうしても身をひたしきれなかったものがあるとすれば、それがおそらく高村のヨーロッパ留学の「秘密の価値」（「出さずにしまった手紙の一束」）を側面から与える柱であった。

わたしの推測では、この「秘密の価値」が形成されたのは、アメリカ留学を切りあげてヨーロッパに向かってからのことであった。もちろん、その直接な影響は、ロダンの作品にじかにふれ、その芸術観を読みとったことが、もっとも大きなものであったにちがいない。しかし、高村光太郎が、たんに芸術観としてではなく生活思想と世界律として独特な〈自然〉概念をかためていったことについては、ロンドンとパリでの留学期間に接したヨーロッパの生活が深く影をおとしていたと思える。なぜならば、デカダンスをも許容するその〈自然〉概念は、自然主義の文学思想が絵画上の印象主義をも、またユイスマンやボードレールの象徴派的デカダンスをも許容し、ロダンの彫刻をもその系譜のなかに包みこんでいった芸術の歴史的な系譜の必然を考えに入れずには、律しきれないからである。高村は、留学前から考えていたロダンの〈自然〉が、それだけで孤立して存在するものではなく、自然主義が美術史上における印象主義と詩史上の象徴主義とを包括していく歴史のなかにあることを、ヨーロッパ留学中にはじめて手にふれるように実感したにちがいなかった。

日本にいるときには、わずかの紹介写真でしか知ることができなかったロダンの作品にじかに接し、ロダンの〈自然〉概念を手記を通じて知り、それから遡行してどこまで探索の手をさしのべたかは、帰国後ほどなく翻訳された作品によって知ることができる。高村の視野には、ゾラからはじまりモーパッサンからユイスマン、ボードレール、ランボオにいたる文学上の系譜と、セザンヌを中心にして前期印象派にさかのぼり、ルノワールにまで下ってくる印象派の絵画の歴史とが、ロダンに収斂されるかのように像をむすんでいたことは、これらの翻訳によって推定することができる。

わたしたちは、ロダンの作品にじかにふれた驚きからはじまって、ロダンの〈自然〉という理念の歴史的背景と現在的な意味を、できるかぎりつかもうとして熱中した一人の彫刻家志望の留学生のすがたを想定すればよい。かれには研究所に通い、だれか師について彫刻作品を製作することが問題ではなかった。じかに屹立する優れた芸術作品を眼のあたりにして、なぜ、いかなる由来からこれらの作品が生みだされたかをきわめることのほうが問題であった。それがわからなければ、芸術作品はただ作品そのものとして観賞され模倣されるだけで、いかなる肉合いから生みだすことができるかを解きえないに等しい。こういう焦慮がヨーロッパ滞留中の高村光太郎を支配したものであった。

こういう焦慮は、皮膚の色を変え、眼の色を変え、〈言葉〉を変えて永住する以外には満たされるはずがないと言いきるわけにはいくまい。まだ自己形成をとげていない未成年や、永久に自己形成を放棄した精神にとっては、それほど困難な課題ではないかもしれない。しかし、すくなくとも高村光太郎の場合には不可能に近いものであった。かれは留学以前に、『明星』派の歌人として日本の近代詩の文化的水準をになうまでに足を踏み入れていた。短い留学期間のあいだに、ロダンの〈自然〉概念の背景をなす近代西欧の芸術史の厚みを理解しようとしたとき、必然的に高村自身に逆につきつけられたのは、かれ自身がいかに近代日本の芸術史上の人間にほかならないか、という問題であったにちがいない。

ヨーロッパの自然主義文学の思想として先駆的であったゾラの『実験小説論』は、よく知られているように、クロード・ベルナールの『実験医学研究序説』をほとんど換骨奪胎することによって組み立てられている。ゾラはベルナールの叙述から類推して、自然主義的な実験小説をつぎのように考えた。

まず小説に登場する人物は、これこれの環境をもち、これこれの性格形成を受けるというような点で、あたかも実験医学における〈事実〉とおなじような意味があたえられる。そして、これらの登場人物がある事件にぶつかり、どう振舞い、小説がそれに従ってどう展開されるかということは、あたかも実験医学がある〈実験〉条件を設定して、生物体がその実験条件にどう反応するかを知ることとおなじである。いわば、たんなる〈経験〉的な事実が、〈実験〉によって経験の次元から離脱して高次の統一性をもって把握されるのとおなじことを、作家は小説のなかで試みねばならないというものであった。ここでは〈自然〉の意味は、作家が動かすことのできない決定律であり、科学的な方法によって確定されている動かしえない事実である。高村光太郎の言葉では、眼前に動いている事象であるとともに、それを貫く「永遠の理法」であり、また宇宙の意志である。それゆえ、ゾラによれば、かれの実験小説の概念はつぎのように考えられる。

そこで私はつぎの結論に達したいと思った、すなわち、もし私が実験小説を定義するのであったら、クロード・ベルナールのように、文学作品はまったく個人的感情のなかにあるとはいわないであろう。なぜなら、私にとって個人的感情とは最初の衝動にすぎないからだ。つぎには**自然**が控えていて押し入ってくる、少なくとも科学がわれわれにその秘密を開示しもはやそれについて嘘をつく権利がわれわれにない**自然**の部分が押し入ってくる。したがって実験小説家とは、証明された事実を受け容れ、人間や社会において科学が支配する諸現象の機構をしめし、かの個人的感情という先験的観念をできるかぎり観察と実験とによって検証に努めて、デテルミニスムがまだ確定されていない現象にしか自己の個人的感情をさしはさまない人である。（河内清訳）

ゾラの『実験小説論』では、〈自然〉は決定論の支配する外的世界として確定されたものである。ある人間は、生物体であるという理由で、その環境形成がわかれば、決定論としてその振舞いを想定できる部分がある。そして決定論として想定できない部分があるとすれば、そこでだけ人間はまだ〈自然〉の介入を受けていない。しかしやがて、それすらも科学の発達によってあきらかにされるだろう。作家は作品の世界で登場人物たちをこれとおなじようにとり扱うことができる。こういうところに、ゾラによって考えられた自然主義の文学があった。

こういう考えは、大なり小なり印象派の画家をも動かしたものである。

ロダンについで高村光太郎をとらえた美術家は、おそらくセザンヌであったろうが、セザンヌもまた、〈自然〉をまえにしては画家はいっさいの偏見をすてて完全なエコオであるべきだということを信じていた画家である。そして、見える〈自然〉と感じられる〈自然〉とは画布のうえで一体にならねばならず、それを媒介するものは〈色〉であることを強調した。つまり〈光線〉として画布にやってくる〈自然〉をもとめたのである。

ゾラの『制作』の主人公クロオドがいうように、「ドラクロアのロマンチックな大きな壁画は破れて、ひっくり返るし、それからクールベの黒い画はとうに閉め切った空気をくさらして、太陽の這入らない画室には黴が生えた。だからね、恐らく太陽がいるんだ。外気がいるんだ、明るくて若々しい画が。本当の光線の中に動いている万物が。……」というのが印象派一般のもとめたところであった。そしてセザンヌは、それをもっとも必然的な資質にまでつきつめたのである。

高村光太郎の〈自然〉概念が影響されている範囲は、かれの初期の翻訳によって推定されるかぎりでは、ロダンにはじまりユイスマン、ボードレール、ランボオにいたる自然主義と印象主義とをむすぶ〈実証〉の精神から、〈デカダンス〉の論理にわたっている。高村光太郎は、かれの〈自然〉概念を形成するにあたって、この自然主義以後の芸術の歴史をただ一つの〈自然〉に凝縮させたのである。高村光太郎の〈自然〉という概念が、矛盾する意味を雑多に容れる万能薬の袋のようにみえるのは、この凝縮からきている。かれは芸術史の理解を必要としたのではなく、芸術史を現在の一点に凝縮して一滴の甘露を得ることが必要だったからだ。

高村はこの過程で変貌した。なによりもまず、かれにとってアドレッセンス前葉の〈故郷〉を意味した〈赤城山の少女〉は、あとかたもなく消えなければならなかった。一つはそれが幼い空想癖を加味してつくられていた反自然であったためであり、一つはそれが〈故郷〉と文化的にまた生活的につながる臍帯（せいたい）であったためである。しかし、ほんとうの答えは秘されている。わずかにこれをうかがいうるものは、短篇「珈琲店（カフェ）より」や「出さずにしまつた手紙の一束」だけである。しかし、これらの書きのこされたものは、獲取したものを語っているが、喪失したものを語ってはいないようにみえる。高村はヨーロッパではじめて文化が一つの圏をなして存在するという実感をもった。はじめて異性が異性として存在するという体験をもった。べつにうちこんで研究所へ通うこともないかわりに、まともな彫刻作品を一つもつくらなかったと言っても、言いすぎではない。いつどんなふうに日を過ごしているのか、あまりよくわからなかったというのが、当時の生活の実相であった。高村光太郎の生涯のうちで、いちばん秘されているのは、ヨーロッパ（とくにパリ）滞在中の心身の劇である。かれがヨーロッパ留学中に生活体験として獲得したものが、かれの〈赤城山の少女〉に象徴されるものを喪失させたのだろうか？自然主義以後の芸術史を体験的に圧縮してわが身に刻みこむという理念上の劇が主役だったろうか？ここでも実証の可能性がないままに高村は〈獲得〉と〈喪失〉の橋上にあったようにみえる。高村はけっして幸福な美術留学生ではなかった。鮮烈な感銘を受けた彫刻や絵画の作品に出遇った瞬間から、その作者の影響にひたりきって制作に没入するという幸福さは、かれをおとずれなかったようである。高村が荻原守衛とちがっていたのはこの点である。かれは醒めている者の不幸をつぶさに体験したにちがいない。彫刻上では荻原がすでにパリ滞在中に生涯の記念碑的な作品の原型をつくりだしており、安井曾太郎や梅原龍三郎は画家としておなじように生涯のコースを獲取していた。高村光太郎が思いわずらったのは、これらとちがって、はるかに苦い覚醒であった。当時、パリにたむろしていた美術留学生のうちで、高村だけが、はたからみればわけのわからぬことで本質的に〈考えること〉をしていた。つまりかれは批評家であった。

モーパッサンの小説『我等が心』のなかで登場人物ラマルトはこういう。

――なんて幸福な男だらう。あのプレドレは！　……彼は一つの事しか愛さない。自分の芸術しか。それきりしか考へない。それきりしか見ない。そして其が満たし、慰め、愉快にして、彼の生存を幸福にし又善良にする。真に昔風の大芸術家だ。ああ、彼は女にまるで気がない。女といつても、下らぬ装飾や薄紗や仮装を喜ぶ現今の女にだ。君は彼が今日の二人の美人にちつとも目をつけなかつた事を見ましたか。随分誘惑的だつたのに。が彼には純粋に彫刻的（プラスチック）でなくてはいけないのだ。彼にとつては。そして人工的では駄目なのだ。私等の優秀な女主人（オーテス）が彼を堪へがたく又馬鹿げてゐると見たのは確かだ。彼女にとつてはウードンの胸像も、タナグラの小像も、ベンヱヌートの墨壺も、彼女といふ傑作品の自然な豊麗な額ぶちに必要な小さな装飾に過ぎないのだ。彼女と其の衣裳、彼女の衣裳は彼女の一部を成してゐるからね、此奴こそ彼女が自分の美に毎日与へる新しい註釈（ノート）なのだ。何といふ気まぐれな又手前勝手なものだらう、女といふ奴は！　（高村光太郎訳）

作中のラマルトのプレドレ評には、モーパッサン自身で見聞したロダンのすがたが多く投入されているとみられる。高村が「彫刻的（プラスチック）」という概念を、かれの生活上の〈自然〉思想にひきのばすについて、こういったロダン観が役割をになっていたことはまちがいない。ラマルトやプレドレを招待した作品の女主人にとって、彫刻はサロンの飾りものであり、自分をひきたてるための背景にすぎない。しかし、「彫刻的（プラスチック）」という概念が本質的に意味するものは、まるでちがっている。いっさいのぴらぴらを去ったもの、いっさいの情緒的なものを排除してあとにのこる〈自然〉の必至な実相である。それはプレドレにとって生活を律するものであり、人間と人間の関係を律するものであったとおなじように、高村にとってもおなじものであったにちがいない。

高村光太郎はフランス滞在中に、自然主義の作家、印象派の画家、象徴派の詩人の作品にふれたとき、傾倒するロダンの「彫刻的（プラスチック）」という概念がふくむ背景と歴史がはじめて了解されたことを感じたろう。

詩作品と書簡があきらかにしているかぎりでは、アメリカ在留中はまだのこっており、ある意味では純化された形でのこっていたアドレッセンス前葉の象徴である〈赤城山の少女〉は、いわば〈自然〉あるいは「彫刻的（プラスチック）」というフランスにおける造形芸術上の自然主義思想の骨格にふれたとき、しだいに消失せざるをえないものであった。そしてこの消失は、高村光太郎にとって、〈親〉と〈子〉における〈親〉の消失を意味し、〈故郷的なもの〉の消失を意味したのである。

文学における自然主義の思想が、詩のうえの象徴主義を許容したように、詩のうえの象徴主義は、デカダンスの論理を許容した。デカダンスはその論理のなかに、人間が恣意的でありうる可能性の極限という意味を包括している。そのかぎりでは人間性が現実的にしめしうる可能性の一つとして考えることができる。ゾラの『実験小説論』は、その意味では、自然主義思想の牧歌をうたいあげたものであり、人間もまた自然物として生理的にみられる側面をもつかぎり、人間の思惟や表象や行動といえども、自然物のように観察され、条件を設定すれば、その条件のなかでしめす限界の範囲も了解せられるはずだ、という理念に支えられていた。しかし、創造家をつねに悩ますのは、外部にあると考えられていた対象が、いったん観念のうちに存在するかのような仮象を呈しながら、これを外化するときにあらわれる抵抗感である。自然主義といえども、いったんそれが創造の問題として考えられるや否や、対象物は〈自然〉の模写という作業のなかでもこの抵抗感を喚びおこすことは変りなかった。

ボードレールの生真面目なデカダンスは、自然主義の思想が許容するかぎりでは最大限のものであった。そして、高村光太郎の〈自然〉は、すくなくともランボオやボードレールのもつデカダンスの意味までは、許容する性格と範囲をもっていたのである。


錯覚が始まる。身の周囲(まはり)のものは皆怪しいものに見えて来る。此の時まで曾て目にした事もない形になつて迫つて来る。そのうちに形が変る。つひには物は我が身に入り我は物の中に入つて、物我融合の渾沌たる世界になつてしまふ。不思議なかけ言葉、説明のつかない思想の転換が始まる。音は色となり、色は音楽となる。音楽は数の多いものである。その音楽が耳に響いて来るに従つて驚くべき速度を以て其の数学的の細かな計算を始める。椅子によつて喫烟をして居ると、自分は烟管の上に坐つて居るのだと信じてしまふ。烟管が自分を喫(の)んでゐるので、此の緑色の雲の形をしてもうもうと立つて行くのが自分の様な気がする。(シャルル・ボードレール「LE HASCHICH」高村訳)

ボードレールに阿片吸烟の体験をかかせたのは、〈自然〉とその心的な受容とが何の抵抗感もひきおこさずに融合しうるという状態が実現されるようにおもわれたからである。これは末期の象徴派の一つの典型的な思想であり、〈自然〉が観察の対象でもなく模写の対象でもなく、ただ人間の外にありながら人間の赤裸の心のうちにあるという体験が、かれらの芸術上の理念に合致するようにみえたのである。そのためにかれらは、自然体としての人間の生理を人工的に変更するような代償をいとわなかった。そして、生活上のデカダンスをも支払ったといえる。

フランス留学中の高村光太郎のなかには、すでに観念としてゾラの牧歌的な〈自然〉からボードレールの人工的な〈自然〉のデカダンスまでを受容しうる素地は形成されていた。そしてこの受容がヨーロッパの芸術的時流の影響を受けたという意味以上に受けとられたことは、逆説的にいえば「出さずにしまつた手紙の一束」や「珈琲店より」にしめされたような〈ヨーロッパはわからない〉という嘆声によって逆に推定することができる。高村はヨーロッパの〈自然〉主義思想が許容する全可能性に身をひたし、それを受けいれればいれるほど、みずからの異教性を意識せざるをえなかった。けっきょくは、ヨーロッパに生活し、その思想を身に浴びていくことは、たんに芸術観だけではなく、自分の生存感を根柢から不安にさせる結果をもたらしたといえる。

夏目漱石は大著『文学論』の序で、ロンドン留学中の自身に触れてこう書いている。

倫敦に住み暮らしたる二年は尤も不愉快の二年なり。余は英国紳士の間にあつて狼群に伍する一匹のむく犬の如く、あはれなる生活を営みたり。倫敦の人口は五百万と聞く。五百万粒の油のなかに、一滴の水となつて辛うじて露命を繋げるは余が当時の状態なりといふことを断言して憚からず。清らかに洗ひ濯げる白シヤツに一点の墨汁を落したる時、持主は定めて心よからざらん。墨汁に比すべき余が乞食の如き有様にてヱストミンスターあたりを徘徊して、人工的に煤烟の雲を漲らしつゝある此大都会の空気の何千立方尺かを二年間に吐呑したるは、英国紳士の為めに大に気の毒なる心地なり。謹んで紳士の模範を以て目せらるゝ英国人に告ぐ。余は物数奇なる酔興にて倫敦迄踏み出したるにあらず。個人の意志よりもより大なる意志に支配せられて、気の毒ながら此歳月を君等の麺麭の恩沢に浴して累々と送りたるのみ。二年の後期満ちて去るは、春来つて雁北に帰るが如し。滞在の当時君等を手本として万事君等の意の如くする能はざりしのみならず、今日に至る迄君等が東洋の豎子に予期したる程の模範的人物となる能はざるを悲しむ。されど官命なるが故に行きたる者は、自己の意思を以て行きたるにあらず。自己の意志を以てすれば、余は生涯英国の地に一歩も吾足を踏み入るゝ事なかるべし。従つて、かくの如く君等の御世話になりたる余は遂に再び君等の御世話を蒙るの期なかるべし。余は君等の親切心に対して、其親切を感銘する機を再びする能はざるを恨みとす。

漱石が「個人の意志よりもより大なる意志に支配せられて」というとき、どんなメタフィジカルな意味もふくまれていなかった。べつに自身では行きたくもないのに官命によって勝手にテーマをきめられて、短い年数と乏しい留学資金でイギリスへ出かけたというほどの意味である。

しかしこういう言葉を吐かざるをえなかった漱石の内心には、メタフィジカルな問題が錯合していた。漱石の不愉快が、乏しいあてがいぶちで、異国の大都会ロンドンの真中にほうりだされた心細さからやってきたにしろ、いくら研究してもイギリス人以上にはなれるはずもないし、なったら薄気味わるくてしかたがないといった性格を先験的にもっている〈英語〉研究を命ぜられて、やればやるほど判らないことが殖えていくといった苛立ちに原因がかくされていたにしろ、漱石がいくらか官命の留学テーマをずらしながらむきになって二年間で自己の焦燥に真正面からたちむかっていったその方法と姿勢とは、かれの内面に渦まくものの必然にちがいなかった。もっと楽な方法で、いい加減なところで〈英語〉の学問的研究などは打ちどめにして、のらくら遊びまわっているほうが、〈英語〉研究の成果があがらないという理由は、すこしも考えられないからである。漱石のロンドン生活の恨みとその恨みを貫く方法とは、その生涯を決定している。物質的な意味でも、やがて後年養父につきまとわれたとき、この時代を反すうしたはずである。メタフィジカルな意味でも、二年間に異国語の文学を掌中におさめようとして焦慮しながら、なおけっして間道をえらぼうとしなかった漱石の方法は、わずかの年数のうちに全西欧を摂取しようとして焦慮する明治の近代日本の諸問題の尖端をつきぬけようとする作家的な生涯を支配した。

高村光太郎の留学も漱石によく似た点があり、またその方法もよく似た点をもっている。しかし、高村には、後進国家が規範と精神的強制力として留学を支配するという点はなかった。それに、漱石の方法がいわば下宿にこもってやる〈書誌〉的な姿勢をとることを余儀なくされたため、その反動はまた〈書誌〉的に、言いかえれば個的な内面の鬱屈として思想化されるようにやってきたが、高村にとっては美術が対象であったために、いわば〈関係〉的に、言いかえれば生活思想的に反動がやってくるという性質をもっていた。年譜をたどると、高村の場合にも名目だけの農商務省派遣という肩書があった時期もあるが、それはむしろ利用しうるものといった程度の意味しかなかった。漱石は文化の〈後進〉性というものを外的規範力としてみざるをえなかったために焦慮し、そのために帰国後の作家生活のなかで、文化の〈後進〉性からの脱却という思想的課題を、内的規範力として受けとめざるをえなかった。高村光太郎は、とっぷりとヨーロッパ自然主義の歴史と現実に身をひたし、そのためにかえって芸術の〈後進〉性ということを嫌というほど身にしみて味わわねばならなかったが、その生涯はけっして芸術の後進性の脱却を内的規範力とするという方法をとらなかった。漱石とちがって、この課題は規範というよりも関係であり、したがって転嫁しようとすれば、父光雲とロダンとの比較によって、象徴派とスバル派との比較によって、文展彫刻と印象派のアンデパンダンとの比較によって解消しうる余地をのこしていたということができる。ロダンから受けとった高村の〈自然〉概念は、ゾラからボードレールまでをふくむ〈自然〉をとりいれながら、独自の生活思想として変容させるという位相をもったのである。

## 三　成熟について

高村光太郎は年齢三十五歳のとき、自作彫刻を配付する会を思いたった。その自薦状につぎのような一節をかきとめている。

わたくしは古今の偉大な芸術を此上も無く尊敬いたしますが、現今の日本芸術界を代表する所の浅膚なる芸術を嫌忌いたします。そして諸種の事情纏綿する事多い公私展覧会乃至芸術上の諸団体に関係して、其腐芥を取ることを好みません。そこで常に孤立独行の姿で居ります。従つてわたくしには世上に於ける名声がありません。しかし実力はあります。わたくしの彫刻は尠くとも根蔕の無い砂上の家ではありません。外面的に見ても、わたくしは自分の彫刻が世界の芸術的市場に持ち出されて差支無いのみならず、必ず確固たる市価を得べきものだといふ事を疑ひません。

もともとこの配付の会を思いたったのは、アメリカで彫刻の個展をひらくための資金を得ようとしたためである。かれにはどこからもそれだけの金が入る目安がなかったし、借りるあてもなかった。ただひとつ実現できそうにおもえたのは、美術商の仲介を排除して直接に彫刻の依頼者を募り、その制作を手渡すことによって金を得る方法であった。「彫刻家高村光太郎ヲシテ後顧ノ憂ナク製作ニ没頭セシメ、戦争終結後、適当ノ時紐育市ニ第一回個人展覧会ヲ開催セントスル資金調達ノ為メ此会ヲ組織ス」（彫刻会ノ目的）――この着想はけっして悪くはなかったが、入会者があまり少ないために坐礁した。かれは本質的にいってこのとき何につきあたって坐礁したのか？

ここには西欧から帰国後、父光雲の彫刻的閥族入りを拒否し、文展アカデミズムを拒絶し、いっさいの日本芸術界のムード的結合を嫌悪して、十年のあいだ研さんにつとめたのちの、成熟した高村光太郎の立ち姿があったといっていい。かれは年齢三十五歳にして世界の彫刻市場におけるじぶんの位置を主張するだけの自覚に達した。これが高村の誇張でもなければ、自惚れでもないことは、かれの中期までの彫刻作品を、一堂にならべたときの圧倒的な力量がこれを実証している。もう十年もまえ、わたしは鎌倉の近代美術館ではじめて実物に接し、この人の彫刻家としての力量が想像をこえていたのに驚いたことがあった。そして、やはり高村光太郎は彫刻家だなということを改めて痛感した。ほんとうは彫刻家高村をぬきにして彫刻以外の作品によって、かれを論ずるのは無意味にちかい。しかし詩人高村もまた余技といった段階をはるかに離脱している。そしてなによりも高村には全芸術の分野と生活とを律する原理があり、それは思想的な形をとるかぎり詩作品のなかにもっともあらわに投射されている。そしてわたしたちは、高村の芸術が成熟にたっしたとき、かれの芸術と生活の全域を律した原理はどんな逆説的な悲劇にみまわれたかを視ようとしているのだ。

成熟はどんな芸術家にとっても、どんな生活者にとっても逆説的にしかやってこない。高村にとっても例外的ではなかった。かれが、じぶんの彫刻は世界の彫刻界に一つの位置を占めうるはずだという自信をもつにいたったとき、かれの生活は物質的にも〈関係〉としてもほとんど危ない断崖にさしかかっていた。この事情は、ふつうの生活者を想定してもおなじようにあてはまるはずである。ふつうの生活人は、かれがやっと一個の生活者として独行の自覚に達したちょうどそのとき、網の目のような社会の関係のなかにからめとられて身動きもできず、すこしも緊張をゆるめることができないようになる。おくのごくふつうの生活人たちは、そういうことにあまり内省をこころみないかもしれないが、かれが成熟に達したとき、じつはもっともひどい断崖のふちを綱渡りしているということを体験的に知っているはずである。

わたしはここで、ほぼ現在のわたしとおなじ年齢の高村光太郎をとりあげているのだが、いささかじぶんに引きよせて高村の内心にうずまく成熟の意味を了解することができるような気がする。わたしもまた、『言語にとって美とはなにか』や『心的現象論』によって世界の文学と思想と哲学の現状にひとつの位置を要求しうるはずだという自信をもっている。しかし、わたしを訪れているどこからくるともわからない奥深い疲労と、一瞬の休息もゆるされないように感じられる生活と、底しれない状態で立ちのぼってくる憤怒のごときものはなんであるのか？　わたしはその原因を背負わせるに事かかないほどのイデオロギーをもっている。しかし、すべての原因を外界に放っても、なお外界にすべてを負わせる気がおこらないものが底のほうに残るのはなんであろうか？　わたしが息を吹きかければこの世界は凍る、しかるがゆえにわたしは文学の歴史にしたがって書き、生活の歴史にしたがって生きているにすぎないのではないかという虚偽の意識を覚えるのはなぜだろうか？

ひとはなぜ成熟し老年になり、やがて死ぬのだろうか？　こういう問いにたいする唯一のこたえは、ひとはかれが青春時代には予想さえもしなかった負荷をみずからに課し、その負荷を放りだして息をつく時間を絶対にもちえないように出来上がっているからだということである。これ以外のこたえはみつけられそうもない。ただ、幾らかごまかしを利かせるかどうかによってしか相違はあらわれないはずだ。わたしの心にかかっている幾人かの文学者たちは、一様にこの問題についてどこかで触れようとしている。

かういふ具合の経験の堆積には、私たち、逆立ちしたつて負けである。さう思つて、以後、気をつけてゐると、私の家主の六十有余の爺もまた、なんでもものを知つてゐる。植木を植ゑかへる季節は梅雨時に限るとか、蟻を退治するのには、かうすればよいとか、なかなか博識である。私たちより四十も多く夏に逢ひ、四十回も多く花見をし、とにかく、四十回も其の余も多くの春と夏と秋と冬とを見て来たのだ。けれども、こと芸術に関してはさうはいかない。「点三年、棒十年」などといふやや悲壮な修業の掟は、むかしの職人の無智な英雄主義にすぎない。鉄は赤く熱してゐるうちに打つべきである。花は満開のうちに眺むべきである。私は晩成の芸術といふものを否定してゐる。（太宰治「老年」）

僕はいつか夏目先生が風流漱石山人になつてゐるのに驚嘆した。僕の知つてゐた先生は才気煥発する老人である。のみならず機嫌の悪い時には先輩の諸氏は暫く問はず、後進の僕などは往生だつた。成程天才と云ふものはかう云ふものかと思つたこともないではない。何でも冬に近い木曜日の夜、先生はお客と話しながら、少しも顔をこちらへ向けずに僕に「葉巻をとつてくれ給へ」と言つた。しかし葉巻がどこにあるかは生憎僕には見当もつかない。僕はやむを得ず「どこにありますか？」と尋ねた。すると先生は何も言はず猛然と（かう云ふのは少しも誇張ではない。）顋を右へ振つた。僕は怯づ怯づ右を眺め、やつと客間の隅の机の上に葉巻の箱を発見した。

「それから」「門」「行人」「道草」等はいづれもかう云ふ先生の情熱の生んだ作品である。先生は枯淡に住したかつたかも知れない。実際又多少は住してゐたであらう。が、僕が知つてゐる晩年さへ、決して文人などと云ふものではなかつた。まして「明暗」以前にはもつと猛烈だつたのに違ひない。僕は先生のことを考へる度に老辣無双の感を新たにしてゐる。が、一度身の上の相談を持ちこんだ時、先生は胃の具合も善かつたと見え、かう僕に話しかけた。——「何も君に忠告するんぢやないよ。唯僕が君の位置に立つてゐるとすればだね。……」僕は実はこの時には先生に顋を振られた時よりも遥かに参らずにはゐられなかつた。（芥川龍之介「夏目先生」）

私は、今まで自分の年齢といふ様なものを殆ど気にした事がない。頭が白くなつて来ても、年齢が私の内部に成就して来たものに就いては、殆ど無関心で通して来た。齢不惑はとうに過ぎ、天命を知らねばならぬ期に近附いたが、惑ひはいよいよこんがらがつて来る様だし、人生の謎は深まつて行く様な気がしてゐる。成る程人並みに実地経験といふものは重ねて来たが、それは青年時代から予想してゐた通り、たゞ疑惑の種を殖す役に立つて来た様に思はれる。それといふのも、私は、若い頃から経験を鼻にかけた大人の生態といふものに鼻持ちがならず、老人の頑固や偏屈に、経験病の末期症状を見、これに比べれば、青年の向う見ずの方が、寧ろ狂気から遠い、さういふ考へを、持つて来たが為である。心に疑惑の火を断たぬ事、これが心に皺がよらない肝腎な条件に思へた。ところが、近年、そんな料簡では、どうも致し方があるまいと時々思ふ様になつた。思ふ様になつたと言つても格別どうといふ事はない。実は未だよく解らぬのかも知れないし、或はもともと解るといふ様な筋合ひの事ではないかも知れない。が、確かにそんな気だけはしてゐる。（小林秀雄「年齢」）

ひとつひとつ解説する煩瑣に耐えないが、要するにかれらはここで一様に成熟ということにつきあたっているのである。あるものは成熟を拒否してみとめまいとし、あるものはどうしようもなく訪れてくる成熟をみとめようとする。あるものは成熟に奇怪な貌をみようとする。しかし、かれらがこの問題をとりあげたとき、とりあげざるをえなかった認識において一様に自らの成熟につきあたっていたのである。

おもうに成熟とはどうしようもなく訪れてくる〈自然〉である。人間は生理的な意味で成熟を拒否することができないように、精神的なあるいは思想的な意味でもそれを拒否することはできないとおもわれる。もちろん小林秀雄がかいているように、つねに生々しい懐疑を心にたたえていれば皺がよらない程度の成熟などはたいしたものではない。成熟ということのほんとうの恐ろしさは、それが必然的に生活のあるいは社会の危ない一筋の糸に支えられてかろうじて均衡を保っているような、のっぴきならない基盤のうえにのみ出現するという点にあるのだ。かれはすでに引きかえすことも、やり直すこともできない。また、すでにあらゆる可能性の糸は断たれていて、ただ現在をささえている一本の糸だけがかれに残された危うい道である。そして、明日のことはなにも保証されてはいないのだ。

　この意味で成熟はかならず個性的にやってくる。かれの成熟をたれか他の人間の成熟とおきかえることはできない。かれがたたえてきた膂力のすべてをあげて成熟に応じなければならない。そうでなければかれは生理的にか、思想的にか、心的にか、破滅するよりほか仕方がないのだ。ここに成熟がいわば固有の骨相をあらわにしてくる理由がある。

　この世界には、われを愛するごとく他者を愛せよとか、じぶんの仕事をじぶんの生涯に沿ってやってゆけばよいとか、他人のことなどかまってはいられない、この世はたたかいだとかいう思想ではどうしても解決しえない矛盾が存在する。つまり、この世界の政治や社会機構や人間関係のいずれにも背負わせることができない不合理が存在する。それを〈視〉たとき、ひとはこの世界にたいして、人間はなぜ観念をうみだしてきたかを了解するのだ。あらゆる反抗がなぜか根こそぎでありえないという考えにとらえられるとき、わたしはわたしがなぜこの世界に存在しなければならないのかの根拠を獲取する。それがわたしに成熟を耐えさせる理由である。

　高村光太郎は、じぶんの彫刻が世界の市場に一つの位置を占めうることを確信したとき、成熟の意味するものが何であるかをはっきりと知っただろう。それが底しれないところから噴きだしてくる憤怒と、危うい生活的な基盤のうえにだけ訪れてくるものであることも了解しただろう。それが何に由来するかははっきりつきとめなかったとしても、みじめな生活的な基盤のうえにしか世界に伍しておとらないという自負をうみだす根拠がないことを認識したにちがいない。

わたしのみるところでは、高村光太郎の成熟の悲劇は、まず長沼智恵子との結婚生活の危機となってあらわれた。

大正一五年『婦人之友』がもとめた「新時代の女性に望む資格のいろいろ」という問いにこたえて高村光太郎はつぎのようにかいている。


健康の大切な事を真実に知る事。

女学生時代に過度の運動をせぬ事。

如何なる境遇にあつても自己の健康を護る事に本気になる事。

旧時代の女性が健康を気にする程度の消極的な事でなく、もつと積極的、内面的、叡智的に。

新時代の女性に私が望む百般の資格の第一のものはかういふ平凡な事です。


この一見するとなんでもないようにみえる高村の回答はかなり異様である。ことに「女学生時代に過度の運動をせぬ事」というのを「新時代の女性に望む資格のいろいろ」というテーマにたいする回答としてみるとき異様な感じをうける。そこでこの回答は長沼智恵子との結婚生活で、高村がもっとも即物的にうけた体験をのべたと考えるとき、はじめて異様ではなくなる。「智恵子の半生」という文章のなかで、長沼智恵子が女子大時代に成瀬校長に奨励され、自転車に乗ったり、テニスに熱中したりしたこと、そして卒業後は概して健康ではなく一年の半分近くは田舎や山へ行っていたらしかったと記している。もちろん高村との結婚生活でも同様であった。高村はべつに悲鳴をあげてはいないが、たまたま「新時代の女性に望む資格」について婦人雑誌から訊ねられたとき、じぶんの結婚生活で痛感したことをこたえずにはおられなかった。健康が大事だという平凡なことをこたえたということが、わたしには異様に感ぜられる。高村にとって、夫人の病弱はやがて時間を喰いつくし、生活を喰いつくし、ついに夫人を精神異常にまで追いつめてゆく根源であった。

高村にとって新時代の女性が〈健康であること〉は、成熟にともなって負荷されてゆく〈関係〉の大きさにどこまで生活が耐えるかの尺度であった。なぜどこからくるともわからないこの負荷は、高村の芸術上の達成に背反する形で確実にやってきたからである。高村は生活するのが東京でなく郷里かどこかの田園であり、配偶者がじぶんのような芸術家でなく、美術に理解のある他の職業のものであったとしたら、こういう破目におちいらなかったのではないかという意味のことを後に述懐しているほどである。

たとえば、夏目漱石ならこういう「平凡なこと」は求められてもかかなかったろう。それは漱石の文学にとって実生活はそれほど重要ではなく、いわば〈書誌〉的であり、また漱石の思想にとって生活は実生活よりももっと底のほうにある根源としてはじめて問題だったからである。

漱石は夫人のヒステリーに喰われた生活を「道草」にかいた。そしてこの稀代の悪妻は、彼女の眼からは稀代の悪夫にみえたにちがいない漱石にたいして『漱石の思ひ出』をかいて復讐した。高村光太郎は病弱から精神異常につきすすんでいた夫人をテーマに、一冊の美化された詩集『智恵子抄』を編んだ。そして夫人は優に芸術品として自己主張するにたりる「貼り紙絵」の諸作品をのこした。このかれら二人を比較して、いずれがかれらの営んだ〈家〉について不幸であったのか知らない。ただかれらふたりの固有の方法のちがいがみつけだせるだけである。芥川がかいているように、漱石にも野狐禅を好むような趣味があったが、けっして実生活を超化する方法をもっていなかった。漱石は惨たる体験があればそれを内的に暗い根源にむかって膨らませる方法をもっていたにすぎない。「道草」は日常世界をえがきながらすこしも私小説的ではないが、それは漱石がついに夫婦を基軸にした〈家〉の生活を、人間の存在の仕方はこうであるより仕方がないのではないかという根源にまで読み込み、読み過ぎていった結果である。高村光太郎は漱石よりもはるかに実生活に重きをおいていたが、実生活に惨たる体験があれば、それを超越する方法をもっていた。かれは実生活の体験について鋭敏であったが、口をつぐんで超化する方法をもっていた。

ただいずれにせよかれらが共に成熟が〈家〉の生活にもたらした固有の体験をどうきりぬけるかについて思い患ったことは確かである。高村光太郎はこの問題に、漱石ほどむきになって立ち向かわなかったようにみえる。しかし、それはおそらくうわべのことにすぎまい。じぶんの夫人についてべつに意識的に一冊の詩集を編むつもりではなくて、一冊の詩集を編むに足りるだけの作品をつくった詩人がそうざらにあるわけはない。しかも、交際時代の詩一編をのぞけば、『智恵子抄』に集録された作品は夫人の〈眼〉を意識してかかれていない。また、じぶんの妻や、妻との生活を美化して描くことによって実生活上の夫婦関係の危機をとりつくろったり、逆に暴露したりする意図や実効性を予想してかかれていない。長沼智恵子は高村の詩のなかで、高村の掌の上にのっかった対象として、高村だけの内的世界に存在するものとして描かれている。いわば独自に超化された存在として。そこには夫婦の〈関係〉は描かれておらず、高村の単独世界だけが夫人をテーマにして描かれている。

高村が夫婦の生活を美化したというとき、わたしたちはこの美化という言葉を、一対の男女のいとなむ〈家〉の関係を、単独者における自己と自己との関係に転化することによってうみだされた必然という意味につかうので、それ以外のあらゆる粉飾や虚構の意味で美化という言葉をつかっているわけではない。

高村光太郎は長沼智恵子との結婚生活で徹頭徹尾ひとり角力をとったのではないか。そしてひとり角力を貫徹したのではないか。それが高村の資質的な必然によるものだとしても、高村が現実の生活上でうけた代償の辛さは、まるで木洩れ日のように、かれの詩作品と何気ない言動のなかからききとることができる。

高村は彫刻家として世界的な水準を獲得したちょうどそのとき、その彫刻の頒布会をつくって資金を得るよりほかなかった。いいかえれば、生活上でも日本の美術界との〈関係〉についても、もっとも貧困にさらされていた。このような逆説的な悲劇に耐えなければならなかったとき、かれは近代日本の文化上のあらゆる矛盾と跛行性をかれ自身の思想に集約させたということができよう。かれはアドレッセンスの初葉に予想さえもしなかった（然り、だれもそれを予想することはできない！）形で、そのころ憧れた貧困（乏）の何であるかを体得せねばならなかった。高村にとって貧困とは、みずから意志して切断した〈関係〉の貧困にほかならない。そしてみずから意志したという点で、まず即物的に物質的に貧困でなければならなかった啄木よりもぜいたくであり余裕があったということができよう。しかし高村はけっしてまず物質的に貧困であることから、自己の思想を形成したのではない。自己の思想を貫徹しようと意志することによって、いわば貧困を獲得したのである。かれの成熟した思想とその実践である彫刻創造が世界にむかって凱歌をあげたとき（高村は『ロダン』論のなかで、「彼の七十七年は斯くして過ぎた。自己の捲き起した新時代を彼は人類に手渡す。大戦以後又新しい歴史が始まる。彼の手渡す芸術上の真は、姿をかへていつか極東に再生するであらう。極東は芸術的肥沃の地である。世界の芸術を健康に導く者が何処から出るか、其は天が知つてゐる」と宣言している）、かれは彫刻作品を売るべき市場を喪失して、第二次『明星』誌上をかりて、個人的な彫刻の頒布会を広告しなければならなかった。これが近代日本の文化と芸術の本質的な姿であることを高村は身をもって体験した。かれは何べんも、こういう悲劇を芸術家が個人で引きうけ、耐えねばならないのは不当ではないかと考え、また口にしている。しかし、それを個人が引きうけるより術がないところにしか、日本の近代芸術の実体は存在していない。

このような状態で、高村光太郎の満ち足りた〈自然〉思想は引き裂かれた。それは芸術からみられた世界と、生活からみられた世界との分裂としてあらわれたのである。

人生への怒は
自然への喜で消されない。
あれはあれ、これはこれだ。
まだ当分は。

（「偶作十五」）

納税告知書の赤い手触りが袂にある、
やつとラヂオから解放された寒夜の風が道路にある。

売る事の理不尽、購ひ得るものは所有し得る者、
所有は隔離、美の監禁に手渡すもの、我。

両立しない造形の秘技と貨幣の強引、
両立しない創造の喜と不耕貪食の苦さ。

がらんとした家に待つのは智恵子、粘土、及び木片、
ふところの鯛焼はまだほのかに熱い、つぶれる。

（「美の監禁に手渡す者」）

芸術からみられた世界は、高村にとってロダンからうけついだ独特の〈自然〉思想が命脈を保っていた。しかし、生活からみられた世界は惨たんたる光景を呈していた。かれは「怒り」以外のものをもってこの世界を眺めることはできなかったのである。かれは、じぶんの芸術上の凱歌が生活上の惨状と一

緒にしかおとずれえないものであることを青春のときに予想さえもしなかったろう。じつにこの社会はふざけている、これがヨーロッパを骨髄から学びとったものがかならず洩らさねばならない〈ヨーロッパはわからない〉という嘆声を、極限まで追いつめたものに訪れる凱歌であるのか。そもそも芸術という思想というものは、このように背反した社会的な実相においてのみ個人をおとずれるものであるのか。じぶんの無口で病弱な細君は狂気のほうへつきすすもうとし、じぶんの生活はわずかな翻訳料や彫刻頒布会の宣伝によって支えねばならないほど窮迫した中で、じぶんの芸術の世界は開花すべき命数を担っていたのか。

「猛獣篇」をはじめとする高村光太郎の成熟期の作品に倫理性をあたえている内在的な理由は、この芸術からみられた世界と生活からみられた社会との矛盾と分裂を実際に体験したところからきている。そしてかれの生活思想であり、同時に芸術思想である〈自然〉は微妙な構造で倫理性を発散させる。

見知らぬ奈良朝の彫刻師よ、
いくらおん身がそしらぬ顔を為ようとも、
私はちやんと見てしまつたよ。

おん身がどうして因陀羅の雲をつかんで来たかを、
どうして燃える火を霧と香ひとでつつんだかを、
どうして万象の氤氳を唯識の陰に封じこめたかを、
どうして千年の夢を手の平にのせたかを。

おん身は流言をそこら中に放つて、

霊感虚実の丸太鉄砲を遠くに仕掛けるが、
ああ、私は見たよ、
おん身の眼を。

きのふ街の四辻に立つて、
大真面目に賤（しづ）の奴（やっこ）と話をしてゐたおん身の眼を。

虚空の音楽に耳をかさず、
ただ現前咫尺に鯇を估（う）る
生きた須菩提（すぼだい）と話をしてゐたおん身の眼を。

（「十大弟子」）

ソクラテスが死ぬ時、何といつた。
鶏一羽が彼の生涯の急廻転。
又人生批評のくさび。
偉大なるものが何処にあるかときかれたら
あの見すぼらしい電信柱を指ささう。
冬にしてはおだやかな日和だから、
又今日も四十雀が来るだらう。
又隣のねねさんが往来を濶歩するだらう。
自分を天地創成の中心と考へる人間の弱さから、
ああ、誰か完全に脱却してくれ。

（「偉大なるもの」）

これらの詩は、彫刻において重要なのは永遠の信仰ではなく、「大真面目に賤の奴と話をしてゐた」彫刻家の生々しい生活の眼だといっているのではない。また、「偉大なるもの」は、どこか遠いところにある真理にあるのではなく、「見すぼらしい電信柱」のようなごくありふれた生活のくまぐまに転がっているものだと言おうとしているのでもない。つまり、ロダンの芸術理念である〈自然〉思想を、そのまま近代日本の土壌で祖述しようとしているのではない。

高村はここで、芸術からみられた世界観としての自己の〈自然〉思想が、どこか知らないが微妙に生活からみられたこの世界の風景によって異和に晒されてしまうことを表現しようとしているのだ。芸術上の〈自然〉概念では、何よりもあるがままの対象をあるがままに視ぬいてゆかなければならない。豪華なものはあくまでも豪華なものとして存在し、貧弱なものはあくまでも貧弱なものとして存在する。これにどんな粉飾をほどこすこともできなければ自己感情を挿入することもできない。そうでなければ〈彫刻的（プラスチック）〉という概念ははじめから成り立たないのだ。視ることが恐ろしいのはそのためである。

しかし、この時期の高村には貧弱なものは不当な存在としてみえた。この世界に豪華なものが豪華なものとして存在することを認めてもいい。しかし、貧弱なものが貧弱なものとしてしか存在しえないのは不当ではないのか。高村はここで自己の芸術上の開花が、生活上の不如意と、日本の芸術界との〈関係〉の切断からくる貧困の代償のうえにはじめておとずれたという体験を、反すうする。その理不尽さがかれに「現前咫尺に鯰を估る」賤の奴や、「見すぼらしい電信柱」に象徴される千駄木界隈の街筋の風景を詩のなかに導入させる。それは結果としてかれの芸術上の〈自然〉思想に倫理的な匂いを与えることに帰着した。

或る詩人の会へゆく。

一人の詩人がいふ、
「あの頃の仲間はとにかくみんな、
功成り、名遂げてゐるな。」
私はびつくりして
その可憐な詩人の顔をみる。
近頃剃り落した髭の迹が青黒く、
鼻の下が烏のやうに尖つてゐた。
「君、君、しつかりしろよ」といへないほど、
その詩人はみじめであつた。
私は心がはためいて来て、
思はず若い友等の顔を空中に描いた。

（「二つの世界」）

ふざけてはいけない、「功成り、名遂げてゐるな」とは何ごとであるのか。この詩人は二重の意味で間違っている。第一に、この詩人は自分の詩を極限までおしすすめるための創造的な努力を自分に課したという体験をもっていないのだ。自分の詩が、不毛な土壌から出発して世界の詩のなかに一つの位置を占めるまで創造した体験をもたずに安堵しているのだ。第二に、詩的な達成を極限まで追いつめたとき、それが生活上あるいは現実上の貧困と、詩的な界隈からの〈関係〉を切断された孤立のうちにしかおとずれないというわが国の芸術的な土壌の逆説についてまったく無智なのだ。高村光太郎はこの詩人にわが国の芸術的な風化の普遍的な姿をみてみじめな思いになる。きみは詩について何もしたことはないではないかと高村はいいたかったのだ。
「猛獣篇」を前後する時期に、高村光太郎はおおくのプロレタリア詩人とアナキスト詩人を吸引してい

る。また高村自身もかれらから影響をうけている。しかしプロレタリア詩人たちが高村に吸引されたのは、高村に貧者に味方する〈人道主義〉をみつけだしたからにすぎない。かれらには芸術的な達成が、わが国ではかならず生活上あるいは〈関係〉上の貧困のうちにしかおとずれないのだという、不可避の二律背反を高村が背負っている姿が視えたわけではない。高村を奥深いところで憤怒させている孤独がわかっていたわけでもない。

高村自身も社会状勢の急迫に押されてじぶんを誤解したきらいがある。この時期に「私の好きな世界の人物」というアンケートにこたえて「躊躇なしにロマン・ロラン」とこたえている。ロマン・ロラン！　ああ、あのロマンチシスト、あの人道主義者。

高村がこの時期に当面した本質的な問題は、ロマン・ロランなどと縁もゆかりもないものだったといっていい。高村がつきあたった本質的な問題は、近代日本における芸術達成の基本的な構造という問題であった。生々しく身をもって彫刻上の世界的達成と、宿無しの芸術青年たちの群れとおなじ生活上の貧困と〈関係〉上の貧困とをふたつとも引きうけて高村光太郎は屹立していたのである。その底のほうを、病弱な妻の狂気と〈家〉の崩壊とがしずかに埋没されたまま流れていった。

# 四　崩壊の様式について

夏目漱石は死ぬ前年の小品「硝子戸の中」で、じぶんの幼時体験にふれて書いている。

> 私は両親の晩年になつて出来た所謂末ツ子である。私を生んだ時、母はこんな年歯をして懐妊するのは面目ないと云つたとかいふ話が、今でも折々は繰り返されてゐる。単に其為ばかりでもあるまいが、私の両親は私が生れ落ちると間もなく、私を里に遣つてしまつた。其里といふのは、無論私の記憶に残つてゐる筈がないけれども、成人の後聞いて見ると、何でも古道具の売買を渡世にしてゐた貧しい夫婦ものであつたらしい。
>
> 私は其道具屋の我楽多と一所に、小さい笊の中に入れられて、毎晩四谷の大通りの夜店に曝されてゐたのである。それを或晩私の姉が何かの序に其所を通り掛つた時見付けて、可哀想とでも思つたのだらう、懐へ入れて宅へ連れて来たが、私は其夜どうしても寝付かずに、とう〳〵一晩中泣き続けに泣いたとかいふので、姉は大いに父から叱られたさうである。
>
> 私は何時頃其里から取り戻されたか知らない。然しぢき又ある家へ養子に遣られた。それは慥私の四つの歳であつたやうに思ふ。私は物心のつく八九歳迄其所で成長したが、やがて養家に妙なごた〳〵が起つたため、再び実家へ戻る様な仕儀となつた。
>
> 浅草から牛込へ遷された私は、生れた家へ帰つたとは気が付かずに、自分の両親をもと通り祖父

母とのみ思つてゐた。さうして相変らず彼等を御爺さん、御婆さんと呼んで毫も怪しまなかつた。向でも急に今迄の習慣を改めるのが変だと考へたものか、私にさう呼ばれながら澄ました顔をしてゐた。

　私は普通の末ツ子のやうに決して両親から可愛がられなかつた。是は私の性質が素直でなかつた為だの、久しく両親に遠ざかつてゐた為だの、色々の原因から来てゐた。とくに父からは寧ろ苛酷に取扱かはれたといふ記憶がまだ私の頭に残つてゐる。それだのに浅草から牛込へ移された当時の私は、何故か非常に嬉しかつた。さうして其嬉しさが誰の目にも付く位に著るしく外へ現はれた。

　馬鹿な私は、本当の両親を爺婆とのみ思ひ込んで、何の位の月日を空に暮らしたものだらう、それを訊かれると丸で分らないが、何でも或夜斯んな事があつた。

　私がひとり座敷に寐てゐると、枕元の所で小さな声を出して、しきりに私の名を呼ぶものがある。私は驚ろいて眼を覚ましたが、周囲が真暗なので、誰が其所に蹲踞つてゐるのか、一寸判断が付かなかつた。けれども私は小供だから唯凝として先方の云ふ事丈を聞いてゐた。すると聞いてゐるうちに、それが私の家の下女の声である事に気が付いた。下女は暗い中で私に耳語をするやうに斯ういふのである。――

「貴方が御爺さん御婆さんだと思つてゐらつしやる方は、本当はあなたの御父さんと御母さんなのですよ。先刻ね、大方その所為であんなに此方の宅が好なんだらう、妙なものだな、と云つて二人で話してゐらしつたのを私が聞いたから、そつと貴方に教へて上げるんですよ。誰にも話しちや不可せんよ。よござんすか」

　私は其時たゞ「誰にも云はないよ」と云つたぎりだつたが、心の中では大変嬉しかつた。さうして其嬉しさは事実を教へて呉れたからの嬉しさではなくつて、単に下女が私に親切だつたからの嬉しさであつた。不思議にも私はそれ程嬉しく思つた下女の名も顔も丸で忘れてしまつた。覚えてゐるのはたゞ其人の親切丈（だけ）である。

「硝子戸の中」はきわめて注目すべき小品だが、漱石は思いうかんだままの雑事の感想にすぎないこの小品を書くにあたって、随分うしろめたい気持を感じていた。第一次大戦のさなかであり、日本も連合国に一役買って青島攻略に従事していた。議会の解散、不景気、農村の疲弊、新聞にあらわれる世情は忙しく多難である。「硝子戸（がらすど）の中（なか）に凝（じつ）と坐つてゐる私なぞは一寸新聞に顔が出せないやうな気がする。私が書けば政治家や軍人や実業家や相撲狂（すまうきやう）を押（お）し退（の）けて書く事になる。私丈（だけ）ではとても夫程（それほど）の胆力が出て来ない」と、漱石は冒頭の一章でのべている。

　しかし漱石は、身辺を洗いたて、じぶんの幼時を回想し、「硝子戸の中」をおとずれる私的な事件について書くべき根拠があった。〈私〉が現在どんなことにかかずらあい、どんな生い立ちをもち、日常の生活をおとずれる事件にどんな感想をもち、どう対応しているかをあからさまな言葉で語ることは、そのまま漱石をおとずれている崩壊と、やがてやってくる死にたいする準備を意味したかもしれない。いわば、やがて書かれる、絶筆となった小説「明暗」の原型は、ここにばらまかれているといった案配である。もはや漱石が、異常に孤独な心をもった人物を設定して、その内的な動きに、異常に拡大された意味をあたえることができず、平凡な津田夫婦を設定して、そのさりげない日常のなかにどんな狂気や偏執や不可解さが潜んでいるかもしれないことを描くほかなかったことは、「硝子戸の中」を読むと、おぼろ気ながらつかめるような気がする。

　自活自営の立場にたてば、世の中はことごとく敵である、自然は公平で冷酷な敵、社会は不正で人情ある敵、朋友も、妻子も、或る意味で敵であり、自分も自分にたいして、ときとして敵である、さりながら疲れてもやめることのできない戦いを持続して、独りその間に老ゆる人間の在り方というものは、みじめというより仕方がない、という漱石のこころは、修善寺の吐血による瀕死の体験をへたのち、いくぶんか相対化されざるを得なかったのは、たしかであろう。漱石が死に瀕した病者であることに安堵した、彼のいう〈敵〉は、漱石のこころに暖かな風を吹き入れた。もしも自分がかんがえつめてきた思想が真実だとすれば、病人である自分に「忙しい世が、是程の手間と時間と親切を掛けてくれよう」(「思ひ出す事など」)とするのは、虚仮でなければならない。しかし〈忙しい世〉の知己や肉親の〈親切〉には、漱石の鋭敏な疑念をもってしても功利的なところは見あたらなかった。そうだとすれば〈忙しい世〉が〈敵〉以外の面をもつことを認めてもよいのではないか。

じつは漱石の思想は、じぶんが瀕死の病者になるという代償を払わずには、こういう〈親切〉な〈世の中〉の側面をみることができなかったほど不幸だったにすぎなかったかもしれない。また、かれの〈敵〉のほうは、漱石が瀕死であることに気を許しただけだったのかもしれない。しかし漱石がこの大患の体験をへて、じぶんの思想と懐疑と孤独をもまた相対化する眼ざしを獲取したのは、たしからしくおもわれる。

「硝子戸の中」は、こういうじぶんの想世界を相対化する眼ざしでもって、おもいつく雑事を書き流している。そして、じぶんの幼時体験にも眼をむけている。

生まれたことが、両親にとって恥と嫌悪であったため、生まれるとすぐに里子にやられ、実家にひきとられるとまた養子に出され、養家の女出入りからまたひきとられて家にかえるが、両親を祖父母とおもいちがえしている。或る日、下女に真相をきかされて、祖父母とおもっていたのが、じつは父母であることを正されるといったことを、抑制した文章で書いているが、その印象は暗い。「それから」、「門」、「彼岸過迄」、「行人」、「こころ」などの作品で執拗に固執されている漱石の小説の主人公の疑惑は、つまるところ両親にうとまれ、たらい回しのように里子や養子にやられて、幼児期をもっとも強く支配する父母との関係を、虚偽を媒介にしてしかもち得なかったという漱石の内省に根ざしているとみることもできよう。

この世の根源にあるのは〈虚像〉の関係であり、どこまでつきつめていってもただ〈虚像〉の薄皮をひとつずつ剝がしてゆくだけで、剝がしおわったとおもったとき、じつは何も残らないのではないかという、漱石の幼時体験からの内省は、漱石に作品のモチーフとして、執拗な疑惑を与える。そしてこの疑惑は、漱石の作品を彩色するとともに漱石の生活をも彩色するのである。かれは「道草」の健三のように、日常の生活の苦しまないでも済まされる妻との関係に、苦しみをなめる。もともと何も出てくるはずのない日常の夫婦の生活にメタフィジカルな〈欠如〉をもとめる。

しかし漱石がじぶんの幼時体験の内省から得た疑惑は、いわば公的な意味に転化することができるものであった。その最初の体験は、ロンドン留学の時期に決定的にやってきたとおもえる。かれは、いくら研究をかさねてみても〈虚偽の英国人〉という役割しか演ずることができない〈英語研究〉に、執拗な疑惑の心を燃やした。そのとき駈け足で西欧文化をわずかの間に通り過ぎようとしているわが国の近代文明の開化が虚偽であることに気付くが、じぶんがその虚偽を何くわぬ顔をして通り過ぎれば、わが国の文化の近代的先達の顔を押し通すことができることに納得することができない。

漱石はロンドン留学の体験をへて、じぶんの〈家族〉的な幼時体験を、公的な意味と連関させることができたかとおもえる。ただ漱石にとっては、じぶんは西欧文明の中心にあっても〈虚偽〉の存在であり、また社会そのものが〈虚偽〉である日本に還っても、〈真〉をエゴそのものに托すよりほかに方法はなかった。

最後の中絶された作品「明暗」で、じぶんの疑惑を相対化する眼ざしを獲得しているとはいえ、漱石が死に至るまで崩壊をまぬかれたのは、かれが幼時体験から得た、人間と人間との虚偽の関係意識に、一定の公的な意味を賦与し得たからであった。

高村光太郎の個我意識が崩壊の徴候をあらわすのは、社会全体が傾斜してゆく戦争がそこにおとずれたからというよりも、昭和九年、父光雲が死去し、夫人智恵子の精神異常が悪化する一方であるといったような身辺の異変がかさなり、やがて昭和一三年に夫人が死没したという〈家族〉的な事件によっている。

高村光太郎の夫人智恵子は、世間的にいえば、漱石夫人とは別な意味で、だがおなじようにいわゆる悪妻であったにちがいない。しかし高村はついに生涯にわたって智恵子夫人を悪妻とかんがえなかった。日常生活で、悪妻としかいえない場面に何度も遭遇したにちがいないが、そのたびに〈悪〉の部分を逆に〈美化〉するという方法をとったのである。この方法はどんなに異様に見えようと、高村にとっては必然的な意味をもっていた。なぜならば、夫人を〈美化〉することでじぶんたち夫婦の日常生活を〈美化〉することによってしか、漱石とちがって、うしろ髪をひくような親和をあたえる日本の近代社会の俗習から脱出することができなかったからである。そして高村の過当な夫人の〈美化〉と夫婦の生活の〈美化〉は、逆に夫人を息苦しくさせ狂気に追いやる原因であったといえなくはない。

夫人の症状がどんなものであったかは、中原綾子あての書簡でその一端をうかがうことができるが、夫人が精神異常におちいってから、高村光太郎の生活に、日常的なものはすべて奪いつくされた状態が、数年はつづいている。現在からみれば、夫人の精神異常は躁鬱病とされるかもしれないが、躁状態における症状は、高歌放吟、狂暴な挙動、良人にたいする罵倒などで、一刻も眼をはなすことができないために、高村光太郎は彫刻作品に手をつける余裕をまったくもち得なかった。この間の事情を「書きたいものも山ほどあり、作りたいものも山ほどあり、頭の中も体の中もまるで破れさうに一ぱいになつてゐます。若し今度仕事出来るやうになつたら奔流の勢でやらうと意気込んでゐます、一切をかけてやらねばなりません、もう足かけ三年小生は制作慾を殺してゐます、昭和七年七月十五日にちゑ子が突然アダリン自殺を企てた時以来のちゑ子の変調で小生の生活は急回転して勉強の道が看護の道に変りました、研いだ鑿や小刀は皆手許から匿してしまひました、小生は木彫が出来なくなりました。それで粘土で彫刻をやつてゐましたが、ちゑ子の次第に進んで来る病状を眼の前に見てゐてどうする事も出来ず、自然の力に抗する力も無く今日に及びました。」と、昭和一〇年一月の中原綾子あて書簡で書いている。

夫人の精神異常からくる高村光太郎の生活の荒廃は、高村にとってそのまま個我の崩壊を意味した。高村には、漱石のように、家族から幼時に虚偽の意識をうえつけられるというような体験はなく、むしろ家族の関係そのものが公的な関係の優性の象徴であり、そこからの離脱は、つねに居心地のよいところからの離脱という意味をもったために、夫人との生活は、この居心地のよさに抵抗し得る唯一の基礎だった。

しかるべき江戸前の娘さんを嫁にもらい、父光雲の芸術的な門閥にかこまれて、洋行がえりの二代目の若師匠として門戸を張ることは、父母の理想でもあり、また高村光太郎にとってもやろうとすればすぐにも実現される、居心地のよい境涯であったにちがいない。しかし、この居心地のよさにさいなまれながらも、拒絶の態度を高村に択ばせたのは、漱石とおなじように、欧米留学の体験であった。高村もまた漱石とおなじように、彫刻の概念が西欧と日本とではまるでちがうことをみた。しかし文学における漱石のように、〈西欧彫刻〉を学ぶためにやってきたのではなく、〈彫刻〉を学ぶためにやってきたのである。いいかえれば、人類が自然の具象的な形態について〈視る〉ことができるならば、〈彫刻〉はかならず可能であったし、可能であるという根源について普遍性をもつ芸術を学びにきたのである。〈言語〉が介在するのではなく〈視覚〉が介在する芸術について学びにきたのである。そこでの西欧と日本との差異は、ただ意識として、また思想として〈職人〉的であるか〈芸術家〉的であるか、という一点に還元することができる。

高村も留学の末期には、西欧の女をモデルにして作品をつくろうとしても、モデル女が何をかんがえているのか、どんな生い立ちと文化の土壌を吸いあげて育ったものなのかが皆目わからないかぎり、まるで触れることのできない対象を択んでいるのではないかという疑惑に到達している。しかし、この疑惑は、日本に帰れば解消し得るものであった。ただ、骨の髄まで了解できるが、いかにも貧弱な、平べったい肉体のモデル女が待っているように、そういうモデル女に象徴される貧弱な、ねじまげられた、平べったい社会が待っていたのである。

すくなくとも〈疑惑〉の普遍性という一点では、漱石よりも高村光太郎のほうが幸福であった。漱石がひとたびロンドン留学で得た疑惑は、どの社会にあっても医されることはあり得ないものであった。高村の疑惑は貧弱さ、平板さ、腰の低さ、猿まねの嫌らしさを我慢しさえすれば、医されるものだったということができる。

高村光太郎にとって長沼智恵子の存在は、いわば〈骨の髄までよくわかる西欧のモデル女〉という象徴を意味した。たとえ実質的に智恵子夫人がそういう高村の西欧で感じた疑惑を消滅させる存在でなかったとしても、そういう存在の象徴として夫婦の生活を演ずべき対象であった。そして夫人も高村の〈美化〉と思想に殉じて自らの矛盾に破れたのである。

亭主が彫刻や詩作に打ちこめば、細君は絵画の創作に打ちこみ、ときとすればどちらも食事を作ることもおろそかになるという生活が、居心地がよいはずがない。ただこのような生活を持続することは、高村がみずから意志的に択びとり、それがかれの個我にとって必須のものとみなしたものであった。そういう理念と意志によって、かろうじてかれは近代日本の社会の公的な権威や習慣や機構に耐え得たのである。

高村は夫人が精神病院で身心衰弱の一途をたどって、ふたたび回復の見込みはないころ、「揺籃の歌」という幼時体験の記憶を書いている。

私の幼少のころは父母が貧苦と戦つてやつと生活してゐた時代のことであつたから、揺籃の歌などといふ言葉からは凡そ遠い世界にゐた。私は下谷西町の長屋で生れた。汚い溝に囲まれた佐倉様の屋敷跡、長屋の後ろは広い空地で紺屋の干場になつてゐた。母は内気なさびしい律儀一方の江戸の女で、どんなつらい明け暮れにも死んだ気になつて父と祖父とに仕へてゐたに違ひない。私の前に姉が二人あつたので、私が胎内にゐたころ、また女の児を生んでは申訳ないと思つて、母はどんなに男の児の生れるやうにと神さまに祈つたか知れないといふ。私が生れた時祖父が思はず大きな声で、「おとよ、でかした」と一言母に呼びかけたさうだが、母は私を本当に何かの授かりものと思つてゐた。私は母の暖かい乳くさい懐の中で蒸されるやうにして育つた。母は無学であつたから私をあやすにもただ祖先伝来の子守唄を繰返すほかに術はなかつた。だがあの「坊やはいい子だ、ねんねしな」の無限のリフレインの何と私の心身を快よくしてくれたことだらう。私は今でもその声の和らかさと軽く背中を叩かれる時の溶けるやうな安心さとを忘れない。「でんでん太鼓に簫の笛」といふ文句を今口の中で繰返しただけで遠い昔もついきのふのやうだ。

やがて私は小僧におぶさつて佐竹原に父が造つた大仏さまの見世物や打毬を見て遊んだ。西町から仲御徒士町、それから谷中の墓地へ引越した。夏の宵には蝙蝠を追ひ蛍を追ひ、「大綿小綿」に夢中になり、人魂におびえ、秋が来ると毎日必ず渡る雁の群列を仰いでは、「がんがん三つ口、への字になあれ、一の字になあれ」とはやし立てた。

私は多く女に交つて毬やお手玉やあや取や折紙などをして遊んだ。或る淋しい夕方、母は私をおぶつて軒下に立つてゐた。さうして「坊やは阿父ちやんと阿母ちやんとどつちが好き」と私にきいた。さういふのが私の揺籃の歌だつた。

この幼時記憶を漱石のそれとくらべてみよう。

漱石は名主の家にうまれて豊かな環境をもっていたのにちがいないが、父、母が年とってからの子供で、いわば生まれたのが〈恥ずかしい〉という父母の意識から里子にやられ、戻されてはまた養子に出され、実家に帰ってからもじぶんの父母を祖父、祖母とおもいこみ、そうよぶように育てられた。そうしたことから、かれはじぶんの出生そのものと幼時体験を暗いものに描かずにはいられなかった。姉たちが芝居を観にゆくのにお供に提灯をもたせて通ったという話を、後日にきかされても、じぶんの幼時体験の記憶からかんがえて、ちぐはぐなものとおもわずにはいられなかった。〈呪われた〉とはいえぬまでも〈うとまれた〉子であるという意識を捨てることはできなかった。漱石にとって〈我とは我〉であり、自活自営の立場にたつならば、妻といえど、またじぶん自身といえど、或る場合には敵だという意識をもつのは、いわば自然なものであった。漱石が書きとめているように、故もなく嬰児のときに古道具屋に里子にやられ、古道具のがらくたと一緒に笊の中に入れられて夜店に曝されていたというのが事実ならば、どんな抑制した筆致で描かれていたとしても、漱石の屈辱を想いおこさせるに充分である。漱石は社会にたいしてよりも、自己にたいしてよりもさきに、まず〈家族〉にたいする不信から、人間にたいする不信を導かれたにちがいない。

高村光太郎にとって事情は逆にちかい。貧乏長屋に生まれたといっても、かれは一家から〈祝福された〉子であった。当時、いまの台東区佐竹通りのあたりから御徒町にかけて、また谷中天王寺の墓地の近在にかけて、下町は江戸の自然と心情を色濃く保存していた。高村にとってここへ還るのは自然であった。いわば下町の下層庶民の情緒と意識に還るのは。だから高村にとって〈家〉を離脱することが、内心では必死であり、〈我とは我〉であるという意識も、西欧文化に触れてはじめて可能になったほど困難であった。漱石のいう自活自営は、高村にとっては、日本の社会通念のもたらす公的な権威や習俗の全重量を破ることと同義であった。それは或る意味で不可能なほどの困難ではあるが、単純で強力な意志だけが必要であったといえばいえる。しかし漱石の自活自営は、妻に理想の情愛や生活を求めずにはいられないほど求心的な願望である一方で、どこにも虚偽の関係しかみつけられなかったため、〈我には我なり〉という意識を、あたかも西欧近代人とおなじ水準で悩まなければならなかった。漱石はおそらく物質的な関係や、金銭的な不如意をのぞけば、近代日本の社会から抑圧をうけて押しつぶされるような意識を体験したことはなかった。そういう意味では、漱石の内心にとって近代日本の社会は問題となってはいない。なぜならば、かれは生い立ちから、いささかも日本の社会に〈故郷〉を感じたことはなかったろうからである。

高村光太郎にとっては、近代日本の社会はそのものとして優しくよびかけ、和やかにさせ、曖昧に眠らせる〈故郷〉であった。だからこそ勇気をふるって個我の意識を持続しなければ、絶えず同化を強いるものであった。そして、父光雲の死、夫人の精神異常と死という、相つぐ個我の支柱の欠落は、しだいに高村光太郎を江戸庶民的な共同我へと同化させていったのである。戦争へ傾斜してゆく時代動向と「執拗な生活の復讐」が高村の崩壊をたすけた。

# 五　二代の回顧について

高村光太郎の「回想録」が発表されたのは昭和二〇年、太平洋戦争のさ中である。それ以前に、幼時の回想や家族のことや青年期の芸術活動などについて触れた文章もないわけではない。ただ、父光雲の『光雲懐古談』とおなじような意味でなされた回想は、「回想録」がはじめてであるといえる。『光雲懐古談』が田村松魚によって談話がとられたように、「回想録」は今泉篤男によって談話がとられた。戦後に「父との関係」その他がかかれて、「回想録」はさらに詳細に補われることになった。

『光雲懐古談』が、巧成り名遂げた老大家から、修業時代の生活や技術や町家の風俗を聞き出して保存するといったモチーフにつらぬかれているように、「回想録」も、大家の昔語りの回想といった意味あいがないわけではない。

高村光太郎は荻原守衛とともにわが国の近代彫刻の礎石をきずいた人物である。荻原がまだ壮年のうちに死んだあとでは、高村光太郎が唯一の生き残りであり、父光雲とはいくらかちがった意味で、その彫刻修業について聞き書きをつくることは、意味をもっていた。しかし、すべて過去をふりかえることが、個人にとっては自らを赦すことだという意味では、高村光太郎の「回想録」もすでに生涯の傾きかけていた徴候であるといえなくはない。

高村光太郎が老い込んだとおもえるのは、夫人智恵子が死に、父光雲が死んでからである。人の生涯は、どこかで何かを契機にして急に老い込むということがあるらしい。急に成長するということがあるように、である。高村の「回想録」がこの老い込みと関係があるのはたしかである。だが、ここでは老い込みを問題にしたいのではない。

いったい近代日本における文化をかんがえるばあい、いつも在来の伝習的な方法がどういうことになり、西欧の文化の伝習がどのように移入されたかということが問題になる。これは、外観的にみれば、どの領域でも西欧からの移入形式が大勢を占め、大勢を占めるにしたがって独特な歪みがあたえられるというのが常道である。しかし、文化を創造という面からかんがえてゆくと、この問題は個人の精神のドラマとなってあらわれる。この内的なドラマによって、時代と個人の資質が択りわけられるといっても過言ではない。

あるいは現在でもそうであるかもしれないが、西欧の知識や文物に接触することは、初期の優れた知識人にとってひとつの事件であった。そして事件に遭遇したときか、事件のあとで精神の生皮を剝がされるような傷を負わなかったものは稀であった。鷗外や漱石がそうであり、荷風や光太郎がそうであった。この体験は、それぞれの個性にとって生涯のコースを決定するほどの重さをもったといってよい。かれらは口に出したか出さなかったかは別として、この体験のあとに、心に〈戒律〉を秘して頑強に生涯にわたってそれを固執したようにみえる。だからどこかにかたくななところを残しているが、このかたくなさによって辛うじて支えたものはあったのである。

初期の知識人たちが、西欧の同時代の文物や知識に接触した体験は、いわば見るべからざるものを見た破戒者の体験に似ている。見なければべつに深刻に思いわずらうこともないのに、見てしまったからには、その光景をわすれることはできない。そういう原罪のようなものを抱えこんでしまう。そして原罪には戒律が対応するのである。

高村光太郎は留学生活を切り上げて神戸港の埠頭から列車にのって家へかえる途中、神戸港まで迎えにきていた父光雲から、これからはお前が中心になって弟子たちと一緒に銅像会社のようなものをつくって手広くやったらどうかというようなことを持ちかけられて、少年のとき父光雲から頭を本気で、があんとなぐられたときのようなショックをうけたと述懐している。それは心の中で罪をどうさばいたらいいかとかんがえているとき、当の相手からなぐりつけられたようなものであった。高村はこのとき、生涯のうちでこれだけは口に出してはならぬという秘事を心に養ったといっていい。帰国後、長沼智恵子との結婚までのあいだ、はたからは詩人であるのか、画家であるのか、彫刻家であるのかわからず、また何をしようとしているのか理解できないような行動をくりかえしているのは、この内部に秘したもののためであったといってよい。

『光雲懐古談』によれば、江戸末期におけるわが国の彫刻の技法は、仏師屋によって伝習された木彫であった。そしてこの仏師屋的な彫刻技法が木彫としての芸術的な生命をたもつためには、まず作品対象を、仏像仏具の作製ということからひろげて、一般にどんなものでも木彫の対象となりうるというところへもってゆかなければならなかった。そしてこの作業は、高村光雲という江戸末の仏師屋の職人によってほとんど独力でなしとげられたのである。

高村光太郎の「回想録」が語っている問題は、この木彫を主体とする職人的な伝習技法のなかに、西欧の同時代の自然主義的な彫刻の芸術性の観念をもって踏み込んだとき、どういう問題が芸術上の創造体験として起こるか、ということであった。だからこれは、高村光太郎の木彫のなかに、もっとも凝縮された形であらわれたといっていい。しかも江戸末まで伝えられた伝習的な木彫技法は、父光雲の仕事に凝集している。これはきわめてやりにくい問題を複合させる。高村光太郎が、若年のころからしきりに〈父と子〉の問題、〈父との関係〉の問題にこだわらざるをえなかったのは、この複合のためである。高村光太郎は、ほとんどいや気がさして何も手がつくはずがないという条件だけが揃っているところに帰国したといっていい。

高村光雲は、幼時、本名を中島光蔵といった。嘉永五年二月一八日、下谷北清島町に生まれた。父は中島兼松、母は増。『光雲懐古談』によれば、兼松の父、富五郎は八丁堀で鰻屋をしていた。素人の富本節が達者であったが、娘の死後やけになって遊人の仲間に入った。家業を魚屋に変えて神田、大門通りをとくいにしていたが、江戸の大火のあと、流れて浅草の花川戸へ行き、そこでまた魚屋をはじめた。富本節の素人高座で、仲間のねたみから水銀を呑まされて声をつぶし、身体がきかなくなった。兼松が九歳のときである。

兼松は奉公に出ていた袋物屋から暇をとって家にかえり、父富五郎がつくる玩具をもって縁日へ出て売り、一家の暮しをたてた。年頃になり、埼玉県高野村の東大寺の修験者菅原道補の次女増を妻とした。増は相当の教育をうけ、和歌をよみ、書道などにも通じて、兼松には不相応な出来の女であった。『光雲懐古談』によれば、「察するに、増は、兼松の境遇に同情し、充分の好意をもつて妻となつたのであつたと思はれます。兼松には先妻があり、それが不縁となつて一人の男子もあつた。（是が私の兄で巳之助といふ大工で、今年七十八歳、信心者で毎日神仏へのお詣りを勤めのやうにして居ります。今は日本橋浜町で娘の所で、達者で安楽にしてゐる）其中へ、自ら進んで来てくれて、夫の為、舅の為に一生を尽した事は、私共に取つても感謝に余ることである。」となっている。

しかし、高村光太郎の「回想録」では、まず中島兼松の位置づけがちがっている。

そんな商売（縁日での玩具細工売りのこと――註）をするには、てきやの仲間に入らなければならぬ。それで香具師の群に投じ花又組に入つた。そのことは、父の「光雲自伝」（『光雲懐古談』のこと――註）の中には話すのを避けて飛ばしてゐるが、――さうして祖父は一方の親分になつた。祖父は体軀は小さかつたが、声が莫迦に大きく、怒鳴ると皆が慴伏した。中島兼吉と言ひ、後に兼松と改めたが、「小兼さん」と呼ばれてゐて、小兼さんと言へば浅草では偉いものだつたらしい。祖父の弟で甲府に流れて行つて親分になつた人があるが、これは非常に力持ちの武芸の出来た人で、その弟がついてゐるので祖父の勢力が大変強かつた。喧嘩といふと弟が出て行つた。江戸中の顔役が集まつて裁きをつけたりしたことがあつたと言ふ。だから私は子供の時分、見世物は何処へ行つても無代だつた。その時は解らなかつたが、後で考へるとそのせゐだつたらしい。よく兄哥連に背負はれて行つたものだ。喧嘩の仕方なども、祖父から聞いて知つてゐる。然し祖父が足を洗つて隠居してからも連中が祖父のところに出入するのを、父は実に厭がつたものだ。

また、兼松の妻になった増にについても、高村光太郎の「回想録」はちがっている。

祖母は、私の生れた明治十六年に亡くなつたが、なかなか偉い人のやうに思へる。埼玉県の菅原といふ神官の娘で手蹟なども遺つてゐるが、字も立派だし、神官の娘だけあつて歌も詠むし、方位だとか暦のことは非常に委しく、その書き遺したものなど見ると相当教養のある人だつたやうに思はれ、香具師の女房などには不思議な位である。人の話では何でも誘拐されて祖父の許に来たと言ふ。そして後妻になつて祖父を扶け、それが祖父を感化して了つた。祖父はもともとそれに生れついた人ではなかつたから、祖母を貰つてからは足を洗はうとしてゐたらしいが、どういふきつかけか知らないが兎に角足を洗つて、私の父が奉公の年季が明けた頃にはもう素人で、それから隠居して、父が当主になつたのである。

中島兼松については、光雲はもっぱら、身体のきかなくなった父富五郎をかかえて一家を支えるために、自分では一生を棒にふったという面だけを強調している。江戸末期の仏像彫刻師から大成して帝室技芸員、美術学校教授になったことを光栄と感ずるような光雲にとって、父兼松がやくざの親分であり、母増がかどわかされて兼松の妻となったということは秘したかったのだろう。高村光太郎にはそんなことをとくに秘す必要もなかった。祖父兼松が香具師の群に投じた閲歴があろうがなかろうが、「ものにこだはらない明るい気性で、後で考へると私共を実によく労つてくれた」性格を記せばよかったのである。

高村光太郎は、じぶんの文学趣味は祖母増の遺伝であるかもしれないとのべているが、遺伝ということをいえば、高村光太郎の神秘癖のようなもののほうが祖母の遺伝であったとかんがえたほうがいい。そして〈赤城山〉をうぶすな神とした家の宗教もまた、修験の娘であった祖母に発祥しているとかんがえることができる。

江戸末期の江戸下層町人のしきたりでは、男が十二歳になると年季奉公に出かけ、十年間の奉公と一年の礼奉公を終えて、はじめて一人前ということになっていた。「それを勤め上げないものは碌で無しで、取るにも足らぬヤクザ物として町内でも擯斥されたものでありました。」(『光雲懐古談』)このしきたりはかなりよく了解できる。マニファクチュアの未発達なところでは、手に定職をつけるには商家や大工などに住み込み、技能をおぼえこんで定職につく以外に道はない。その方法をとらなければ、何れにせよ不定職の頼まれ仕事に終始するほかにかんがえられない。

こういうしきたりは世界的に普遍化したものであったかどうかはわからないが、とにかく十年間の徒弟的な伝習によって手技を確実に伝える役割をもったのは確かである。最小限に見積っても十年間の年季を入れれば、その手技においてどんな人物も一応の基礎的な水準に達することは疑いない。ただこの十年を耐えぬくためには、下層町人たちの世界は独特の倫理を編みださねばならなかった。暗い長いトンネルのように、何ごとがあっても十年間の持続をさまたげる葛藤を迂回して通らなければならない。親方や親方の家族の顔色をうかがうことからはじまり、葛藤を回避するには、職人的な手技そのものに籠り、世俗にはうとい貌をつくりあげなければならなかった。これはおそらく手技そのものをも屈折させる原因になりえたのである。

高村光雲は作り物が好きであったので大工職に奉公にゆく手はずであったが、町内の床屋でお目見得の髪を結ってもらっていると、床屋の主人から、えらい仏師屋から奉公人を一人たのまれている、そこへゆく気はないかともちかけられ、俄かに高村東雲のもとに奉公することにきまった。

『光雲懐古談』によれば、仏像彫刻師の修業はつぎのようなものである。

第一は「割り物」の稽古である。これは平面の板にいろいろの紋様を彫り、道具がよくきれるようにすることである。

第二は、「割り物」が満足にできるようになった後に、大黒の顔をつくる。それができるようになるとエビスを彫る。面相の稽古のためである。

第三は、不動尊の三体を彫る。まずこんがら童子で、これは立像で手に蓮をもっている。つぎにせいたか童子で、岩に腰をかけ片脚をあげ、片脚を下げ、捻り棒をもっている。この二体ができてくると、本体の不動明王を彫る。つぎに三体にたいする岩、火焔をつくる。これはおそらく動勢を会得するためである。

この三つの過程で、三、四年かかる。

つぎの段階で、如来・菩薩・天部・怒物・僧体の彫刻をおぼえる。また本体に付属した後光・台座・天蓋・厨子その他、飾り・塗り・箔・彩色などを習う。

このような修業過程を一通りこなせるようになったとき、はじめて親方のとってきた注文を下彫りしたり代作したりするようになり、給料を手にするようになる。光雲はこの徒弟時代が終わるころには、相当に優れた手技をもっていたことが知れている。しかし、独立したのは東雲の死んだ後であった。

高村光太郎の「回想録」によれば、その習業時代はつぎのようなものである。

七、八歳のころ光太郎は父光雲から彫刻刀をもらった。

まず、小刀の柄をすげることからはじまった。柄の形によって作風が定まってくるところがある。また、うまくすげなければ、すぐにこわれてしまうものであった。

小刀が研げるようになると地紋（「割り物」とおなじ）の練習をやる。つぎに「ししあひ」、「浮彫」をやり、丸彫に入る。すでに仏像などは彫らず油土で原型をこしらえて、それを木で彫るようになっていた。

欧米留学以前の高村光太郎の彫刻の修業は、父光雲の徒弟時代の経路とそれほど変わっていない。ただ仏師的な定型が、ある程度写生的になり、また文学的な要求がそれに加わって、「坊さんが普段の姿で月を見てゐる」ところとか、「玉乗の女の子が結へられて泣いてゐるのを兄さん位の男の子が庇つてゐる」ところとか、彫刻にたいする気分が時代的にちがっているだけだといっていい。

美校に入ってからも、子供のときから父光雲の仕事場で弟子たちと一緒に見よう見まねでやった修業とあまりちがわず、学校はただ家での延長のようなものであった。ただ知識の吸収されたものが、新時代的にちがっていただけであった。この時代の高村光太郎は、ただ美校の優等生であったという以外に、彫刻家としての鋭鋒をあらわしてはいない。

高村光雲を仏像彫刻師から抜けさせて、いわば一個の芸術家たらしめたものは何であったか。

まず、彫刻を仏像彫刻師の伝統から解放して、木彫一般としたことであった。廃仏毀釈の影響もあって、仏像彫刻の注文は減り、その代りに貿易品としての彫刻細工がもとめられるという時代的な傾向も、光雲を刺戟した。西洋から輸入された摺物（すりもの）、外字新聞の挿画、広告類の色摺りの石版画、デッサンなどを見るにつけ、動物でも、草木・花・物品でも真に迫って実物にちかい。旧来の彫刻の手本にした絵とか彫刻の手本とはよほどちがっている。どうしても西洋の絵画のゆき方のように、彫刻のほうでも工夫しなければだめだとかんがえはじめる。

そして、さういふ西洋画の行き方に彫刻の方をやるには、矢張り西洋画が写生を主としたと同じやうに写生を確乎りやらなければならないと、斯う考へました。今日から見ると、甚だ当り前のことであるが、兎に角、私は此所へ着眼して一意専心に写生を研究しました。丁度、それが画家が実物を写生すると同じやうに刀や鑿をもつて実物を写生したのである。毛の上に毛の重り合ひ、或は波打ち、揺れ動く状態等緩急抑揚のある処を熟視して熱心にやりました。で、万事が此の意気であるから、動物の骨格姿勢とか、草木、果実、花などの形に於ても矢張り同じことで、いろ〳〵と実物を的にして彫刻するといふことに苦心したのであります。

此の研究が一二年続く中に、何時となく従来の古い型が脱れて、仏臭が去つたやうなわけであつて、其頃では、斯う云つてはをかしいが、私は新らしい方の先登であつたのであります。(『光雲懐古談』)

ここには、高村光雲がほとんど独力で仏師彫刻の伝習的な技術を、近代木彫に旋回させる契機が語られている。それはべつに格別なことではなく、ただ実物の写生の習練ということにつきている。この写生が、べつだんそうなっているとはおもわないのに、そう彫ることがしきたりになっているといった仏師彫刻の伝習を、ひとつひとつ引きはがしていったのである。

光雲は、そういった仏師彫刻にたいする疑念と写生の必要については、徒弟時代からかんがえていたと語っている。そうだとすれば、光雲の木彫の技術は、すでにその頃から抜群のものであったとかんがえていい。その着眼が個人に到達するときには、すでに旧来の仏師的な彫刻が薬籠のうちに入っていなければならないからである。この一見何でもない着眼を伝習のなかでとらえるということは、いかに些細なことにみえようとも、千里のへだたりを必要としている。

高村光太郎はいつどこで彫刻を自得したか。高村光太郎を彫刻家たらしめた契機は何であったか。すくなくとも留学前の光太郎は、優れた技術をもった美術学校卒業生という以外のものではなかった。美校の教授であった岩村透から「最も将来ある（モーストプロミッシング）」彫刻家という紹介状をもらって渡米したが、ボーグラムに自作彫刻の写真をみせたら、菊五郎の像を指してこれが少しいいといわれたとのべている。

四年間の留学時代に高村光太郎が彫刻作品をのこしたという話は、滞米中の手間仕事につくった肖像のほかには、あまり伝わっていない。彫刻の習作はもちろんやったが、留学中に高村光太郎が自得したのは、芸術としての彫刻とは何か、わが国の伝習的な彫り物とどこが異質なのか、その異質さは何に由来するのかといった芸術思想上の問題にあったとかんがえることができる。

高村光太郎は留学中の彫刻の習練についてはあまり語っていない。彫刻制作上で自得することがあったことを語っているのは、帰国後においてである。何が高村光太郎を近代彫刻家たらしめたか。

私は鑑査を受ける展覧会に出品しないといふ建前であつた。自分が鑑査を受けるなら神様に受けるので、人間などの鑑査を受けるべきではないといふ言分なのである。私が公の展覧会に出品したのは、第一回の聖徳太子奉賛会の展覧会の時が最初であつたが、この時は審査はなく、総裁が宮様で父も出品を勧めるので、老人の首と木彫の鯰とを出した。

「老人の首」といふのは、此処へ乞食のやうにして造花を売りに来る爺さんの顔が大変いいので、段々訊いてみると昔の旗本が落魄れたのであつた。それを暫く来て貰つてモデルになつて貰つたが、江戸時代の昔の顔をしてゐるのに牽かれた訳だ。「鯰」は従来木彫の方では伝統的なものを何の考もなく拵へてゐたが、其の頃から私は木彫のあゝいふ風なやり方を始めて、木彫に本来の自覚を持たうとしたのである。その頃鯰の他に魴鮄を拵へたが、「魴鮄」は武者小路さんたちが中心でやつた「大調和展」に出した。それらの木彫を初めやりかけて父に見せた時はそんなに思はなかつたらしいが、二度目に見せた時は父はびつくりしてゐた。父の驚き方は私の意図したところとは違ふのであるが、父は刀がよく切れるようになつたといつて驚いたのである。例へば鯰の反つてゐる外側の凸部の丸みは一刀でやれるが、反対側の横腹の凹部は一と当てで削ることは出来ない。途中で木目が変つて逆目になるが、無理と知つてやつて行くと逆目の所から割れて了ふ。どうしてもそれから先を刀を逆に使はなければならぬから一刀に彫れない。それを自分で考へて一刀でやつて了つた。父はそんなことに驚いたので、結局技術方面でどうしてやつたかと思つたに過ぎない。その時に父は「此処の所に貝殻を彫つて添へると面白い置物になる。」など言ひ言ひしたものである。然し彫刻の彫り方については、他の人の全然気のつかない所を解つてくれた。

それから桃、栄螺などを彫つた。桃は彫刻としては一種の彫刻性の出せる果物だと思つてやつたのだが、本当に解つてくれる人は少いだらうと思ふ。桃の天を指してゐるといふ曲線が面白いと思つて彫つたのだが、彫り方も切出し一本でやつたので、切出しの面白さを桃と調和させようとしてやつたのである。

栄螺も彫つたが、それを父に見せたら「この貝はよく見たら栄螺の針が之だけ出てゐるけれど一つも同じのがないね。」と言つた。実はその栄螺を彫る時に、五つ位彫り損つて、何遍やつても栄螺にならない。実物のモデルを前に置いてやつてゐるが、実に面倒臭くて、形は出来るのであるが、どうしても較べると栄螺らしくない。弱いのである。どうしてもその理由が分らないので、拵へ拵へする最後の時に、色々考へて本物を見てゐると、貝の中に軸があるのである。一本は前の方、一本は背中の方にあつて、それが軸になつてゐて、持つて廻すと滑らかにぐるぐる廻る。貝が育つ時に、その軸が中心になつて針が一つ宛殖えて行くといふことが解つた。だからその軸を見つけなければ貝にならない。成程と思つて、其処をさういふ風に考へながら拵へたら、丸でこれまでのと違つて確りして動きのない拠り所が出来た。それで私は、初めてかういふものも人間の身体と同じで動勢（ムウヴマン）を持つといふことが解つた。それ迄は引写しばかりで、ムウヴマンの謂れが解らなかつたが、初めて自然の動きを見てのみこまなければならないといふことを悟つた。（「回想録」）

この動勢（ムウヴマン）の本質についての開眼は、父光雲の仏師的な彫り物の伝習からの離脱に匹敵する。光雲にとって彫刻の開眼は、伝習の形式的な動勢と、自然物の写生によって得られる動勢との相異に気付くということであった。光太郎にとって動勢の開眼は、動勢そのものが自然の構造に根ざすことを体得したことであった。

高村光太郎は、自然物のなかにも彫刻性のあるものとないものとがあるとのべている。たとえば桃は彫刻になるが、林檎はならない。魴鮄（ほうぼう）や鯉は彫刻になるが、鯛はならない、というように。ここで彫刻性といわれているものは何を意味するのか。

「彫刻の面白味」という文章のなかで高村光太郎はつぎのようにのべている。

まず現象的にいって、彫刻には「線の波動の面白味」がある。これは空間を限定している彫刻の輪郭の波動のことである。観る位置によってこの線の波動はさまざまの変化をあたえられる。その変化による無数の諧調は、ひとつの美をあたえる要素である。

つぎに、この線の波動の本質を走っている動勢（ムウヴマン）がある。この動勢は線の波動に統覚をあたえている中心である。

また、線の波動を切断面としてみないで立体的にみて表面に触感を結びつければ「肉付け」が感じられてくる。この肉付けによって彫刻は呼吸し、脈搏をうち、眼を開き、ものを言うように感ぜられる。

もし、自然物があるばあい彫刻的であり、あるばあい彫刻的でないとすれば、この〈彫刻的〉ということは、何を意味しているのだろうか。たとえば高村光太郎が桃には彫刻性があるが林檎には彫刻性がないというとき、何がそれを区別する要素であろうか。

ひとつは動勢の既存性であり、もうひとつは肉付けの既存性である。既に在るということは自然的ではあるが、自然本質的ではない。自然本質的なものは、そこに観念が向かってゆくやいなや、はじめて在るものでなければならない。自然物はいつも既に在るという性質をもっている。しかし観念が向かったとき、はじめて在るという本質を獲得するためには、自然物は観念的にか現実的にか加工されなければならない。高村光太郎が彫刻性というとき、自然物がはじめて在るという観念を迎える要素をもっている多寡を指していることは明瞭なようにおもわれる。

高村光太郎はこの時期にはじめてロダンのいう彫刻的（プラスチック）という概念を実体の手ごたえで理解したということができる。高村光太郎はここではじめて彫刻についての開眼の契機をつかんだ。それは留学時代にいわば芸術思想的につかんだ〈自然〉の概念を、実際の創造によって実現したということであった。

もちろん、この〈自然〉の構造的な把握は、伝習的な様式彫刻の技法を、自然物の写生によってじかに修正していった父光雲の開眼からさらに一歩の踏み込みを意味している。ただここでいやおうなく高村光太郎の彫刻観の問題にはつきあたるわけである。それは本来的な意味での自然主義の問題である。

高村光太郎は、彫刻の面白さは、夢の中で幽霊に全身をひたされるような合一感の面白さだとのべている。自然がその本質を露出してくるまで彫りこんでゆくということが、彫刻にとっての芸術性であるならば、作品は最小限度の自然物の骨格をもっていなければならない。そうだとすれば、高村のいう幽霊はやはり自然物としての骨格をもった幽霊である。だがはたして彫刻にとって自然物の骨格をもっていなければならないというのは、普遍的な条件であろうか。

この問題は、高村光太郎の彫刻思想に、ある神秘性をあたえているようにみえる。彫刻の彫刻性は口ではいえないとか、ほんとうに惹きこまれるとどんな他の芸術にもないような恍惚感をおぼえるといった高村光太郎の述懐は、このことを暗示している。自然の本質にとって言葉はとどかない。また不要である。言葉は観念のものだからだ。言葉が介入できないときに、芸術はただ対象との融合の体験というところに尽きてしまう。高村光太郎の彫刻思想はけっきょくはそこに行きついてしまうようにみえる。

もちろん、この彫刻観は、荻原守衛とともに高村光太郎をわが国における近代彫刻の礎石たらしめた要素であった。高村によってはじめて近代彫刻は、彫刻としての芸術性を獲得したといってよい。高村が彫刻家としてじぶんを同時代の世界の上においたのは後年である。

## 六　高村光太郎と水野葉舟──その相互代位の関係

昭和二〇年、太平洋戦争の最後の年、四月一三日の空襲で、高村光太郎は東京・駒込林町のアトリエを焼け出された。しばらく親族（妹）宅に仮寓したが、五月一五日、岩手県花巻市の宮沢清六方に疎開した。宮沢賢治の生家であり、清六は賢治の弟にあたる。ところが八月一〇日に花巻市が空襲をうけ、宮沢宅も焼失した。高村光太郎は花巻市近在の知人宅に災をさけ、やがて在の太田村に小屋をたてて独り暮らしの生活にはいった。

なぜ花巻の宮沢賢治の生家に疎開さきの居をもとめたのか、よく事情がわからない。たぶん宮沢清六方から受け入れの申し入れがあったためとかんがえられる。これを高村光太郎のほうからかんがえれば、すでに焼野原でぼろぼろになり、早急にはほとんど機能的に復興の見こみのなくなった東京にいることは無意味とおもわれるようになったとかんがえられる。戦争がなおつづくとすれば、どこか空襲の心配のすくないところに居住して彫刻制作をつづけるほかないとおもわれたにちがいない。もっとも、四月三〇日の水野葉舟あてのハガキには「彫刻材料の木材のある処を追つて、次々と諸所を行脚する事にしました。」と書いている。ここのところも、よくは理解できない。もともと高村光太郎は彷徨へきのある人間ではない。そうかといって戦争がつづくかぎり、東京に住居を再建するというのは無意味でもあり、また不可能にちかい状態であった。また、そうかといって特定の地方に定住するだけの〈特定〉の根拠は、夫人の郷里をのぞけばどこにもなかったとかんがえてよい。ある意味で、もち出した彫刻道具一式さえあれば、材料のあるところはどこでも仕事場だとする高村光太郎のかんがえは、たんなる罹災という事態での思いつきではなかったとかんがえることもできる。一日へだてた宮崎丈二あてのはがきでは、「小生そのうち花巻の故宮沢賢治さんの実家に一時仮寓して仕事に専念、折あらば岩手の炭焼のお手伝でもしたいと考へてゐます。これからは行脚する気です。」と書いている。

ところが、事態は思いもかけぬ方向にすすんだ。すでに敗戦の機はすぐ間近かまできていたのである。八月一五日の敗戦を境にして高村光太郎は彫刻の仕事場をもとめて諸所を行脚するというかんがえを捨てている。それとともに、一彫刻家としてどんな不安定な生活状態でも彫刻に専念してゆくというかんがえは、いくらか変更されて、ある〈理念〉がつけ加えられる。八月一五日の敗戦を経た八月一九日付の水野葉舟あてのはがきでは、「そのうち太田村といふ山寄の地方に丸太小屋を建てるつもり。追々そこに日本最高文化の部落を建設します。十年計画でやります。昭和の鷹ケ峯といふ抱負です。戦争終結の上は日本は文化の方面で世界を圧倒すべきです。」と書いている。

これによれば、敗戦は突然高村光太郎にある決心をさせたことになる。なぜ〈決心〉がやって来たか。どういう経路でそういう徴候が内心にやって来たのか。そこがよくわからない。当時、大学の初年級であったわたしは、敗戦時に高村光太郎をおとずれたこの変化が理解できずに落胆したのを覚えている。高村のこの〈決心〉の徴候は、現在でも、敗戦のあとわりあい近い時期にかかれた詩作品によって考察するほかに方法がない。

鋼鉄の武器を失へる時
精神の武器おのづから強からんとす
真と美と到らざるなき我等が未来の文化こそ
必ずこの号泣を母胎として其の形相を孕まん

（「一億の号泣」より）

つつしみ立つ者必ずしも低からず、
傲然たるもの必ずしも高からず。
どんなことに立ち至らうとも
神国日本の高さ、美しさに変りはない。
やがて皎然とかがやき出でる
神聖日本文化の力をみよ。

（「犯すべからず」より）

今や敗者の頭上に年あらたまる。
この年殆どわれらを餓莩（がへう）の途に追はん。
願くは精神の鼓舞これを凌いで
われら面目一新の大道に立ち、
武装せざる平和の妙致を随処に捉へ
精神の美と深とに匹儔を絶たん。

（「武装せざる平和」より）

国敗れたれども民族の根気地中に澎湃し、
民族の精神山林に厳たり。
われら深く昨日（さくじつ）の不明を慚づと雖も
つひに自棄の陥穽におちず、
民族の智と文と美とを信じて
徐ろに永遠の大道に就かんとすなり。

（「永遠の大道」より）

敗れたるもの卻て心平らかにして
燐光の如きもの霊魂にきらめきて美しきなり。
美しくしてつひにとらへ難きなり。

（「雪白く積めり」より）

われらに今欠けたるもの和なり。
億兆の和なくして社稷なし。
和は念慮にして又具顕なるを。
大いなるかな和をおもふことの力。
これ人倫のもとゐ社稷の血脈。
わがものせんとする文（ふみ）すでに成れり。
太子まなこを開きて座を起たせたまふ。
香煙袖を追うて春の宵いまだ暮れやらず。

（「和について」より）

国民まさに餓ゑんとして
凶事国内に満つ。
国民起つて自らを救ふは今なり。
国民の心凝つて一人となれる者出でよ。
出でて万機を公論に決せよ。
農人よろこんで食を供し、
国民はじめて生色を得ん。

凶事おのづから滅却せざらんや。
民を苦しめしもの今漸く排せらる。
真実の政を直ちに興して
一天の下
われら自ら助くるの民たらんかな。

（「国民まさに餓ゑんとす」より）

ああさらば、落ちるものは落ちよ、
落ちて底に到らば眼（まなこ）をあげよ。
この占領せられた自国の廃墟の中、
最も低いところに自ら救ふものがあり、
おのづから人類の光と美とにつながるもののあることを知れ。
今はただ苦渋の鍛へに堪へよ。
やがて清冽そのものを生み得るのは外ならぬわれわれ自身だ。

（「絶壁のもと」より）

私はいま山林にゐる。
生来の離群性はなほりさうもないが、
生活は卻て解放された。
村落社会に根をおろして
世界と村落とをやがて結びつける気だ。
強烈な土の魅力は私を捉へ、
撃壌の民のこころを今は知つた。

美は天然にみちみちて
人を養ひ人をすくふ。
こんなに心平らかな日のあることを
私はかつて思はなかつた。

（「暗愚小伝」より）

爆弾は私の内の前後左右に落ちた。
電線に女の太腿がぶらさがつた。
死はいつでもそこにあつた。
死の恐怖から私自身を救ふために
「必死の時」を必死になつて私は書いた。
その詩を戦地の同胞がよんだ。
人はそれをよんで死に立ち向つた。
その詩を毎日よみかへすと家郷へ書き送つた
潜航艇の艇長はやがて艇と共に死んだ。

（「わが詩をよみて人死に就けり」より）

六十五年の生涯に
絶えずかぶさつてゐたあのものから
たうとうおれは脱却した。
どんな思念に食ひ入る時でも
無意識中に潜在してゐた
あの聖なるもののリビドが落ちた。

はじめて一人は一人となり、
天を仰げば天はひろく、
地のあるところ唯ユマニテのカオスが深い。

（「脱卻の歌」より）

おれは自己流謫のこの山に根を張つて
おれの錬金術を究尽する。
おれは半文明の都会と手を切つて
この辺陬を太極とする。
おれは近代精神の網の目から
あの天上の音に聴かう。
おれは白髪童子となつて
日本本州の東北隅
北緯三九度東経一四一度の地点から
雷離層の高みづたひに
響き合ふものと響き合はう。

（「ブランデンブルグ」より）

〈天皇〉の身になにか起これば、一億の人間は人垣をつくってこれを守るとかんがえられた敗戦直後から、生涯にわたって頭のうえにのっかっていた〈天皇〉神聖感がどうやら憑きものが落ちたように落ちて、ただユマニテがあるだけだとかんがえるようになった時期までに高村光太郎をおとずれた思いを、諸作品からひろってみた。敗戦をさかいにしておとずれた高村の心境の変化をうかがうには、この〈天皇〉感をめぐる一循環のあいだだけをかんがえれば充分なはずである。

けっきょく敗戦によって打撃をうけた民族的な混迷を眼の前にして、これは大変なことだ、なんとかして同胞が武器によらずに気力と自尊心を回復する方途を講じなければならないという使命感のようなものが高村をおとずれていることになる。この使命感のようなものを、高村光太郎はどこから導き出したのか。

ひとつは戦争期からの〈惰性〉ではないかと解釈することができる。中央協力会議の委員として文化政策について発言し提案したりした戦争期の習性は、しらずしらずのうちに高村光太郎に公人としての高所からの発想を植えつけたといっていい。そうだとすれば、敗戦による人々の荒廃と挫折感を眼のあたりにして、この公人的な発想が〈使命感〉となってあらわれたとみられないことはない。そしてこの種の〈惰性〉は、ひとたび公人的な経験をもったことがあると、しばしば不可避的に惰性となってあらわれうるものである。そういう魔力のようなものを、公共性という立場は本来的にもっているものだからだ。

また、別の解釈もできる。老齢の高村をおとずれた明治人的な骨格の蘇生ということである。この骨格の特徴は、本来公的なものと見なされるものを私的な位相からかんがえ、本来私的なものに属することを公的な位相からかんがえるという点にもとめられる。〈公方さま〉とか〈天子さま〉とか呼ぶとき、徳川将軍や天皇の人格的な拡がりがじぶんと接触してくると感じられるところに、明治人的な感性は位置していたといってよいかもしれない。けれど江戸末期の素町人も明治の庶民もその私生活の位置は、こういう感性とは無関係なところにおいていた。魚屋を商い、小間物屋の店をひらいて生活しているとき、かれらの念頭には〈公方さま〉もなければ〈天子さま〉もなかった。ほんとうは、たんに念頭になかったといった程度のものではなく、国家や社稷などとはまったく無関係なところで、じぶんたちの生活はくりかえされているといった、離脱したところで念頭になかったのである。この種の分裂は、じしんが身分的な上位によじのぼったばあいには解消され、じかに現実的に〈公方さま〉とか〈天子さま〉

とかいうものの人格的な拡がりに接触しえたのだが、もちろんそれは除外例とも称すべきもので、一般的には感性と生活との分裂を、無矛盾であるかのように生きるところに、明治人的な骨格があったといっていい。

高村光太郎が敗戦の衝撃から、にわかに民族的な文化の擁護者あるいは誇示者という装いをとったのは、高村光太郎の詩の読者あるいは彫刻の鑑賞者にとっては、あるいは不可解とみえたかもしれないが、高村じしんにとっては、それほどの変化とは見なされていなかったといっていい。わたしの当時の感じ方でも、この変貌の仕方は不可解であった。鋼鉄の武器を奪われても、精神の武器は奪われたわけではないのだから、これからは優れた文化をうみだすことによって平和的に民族の優れた素質を発揮しようというような考え方は、一つがだめになったらべつのものでゆこうということを、内省も挫折感もなしに言えるものだ、というのが敗戦で打ちのめされたわたしの当時の感じ方であった。つまり、敗戦後、にわかに文化国家の建設を謳いだしたのと変りない位相でしか、うけとれなかった。

ところで、いまかんがえると、高村が敗戦によってすぐに思い浮かべたイメージは、まったくちがうところにあったようにおもわれる。素直で善意でいくらか独りよがりで、根のない文化を押しまくるアメリカ、そのくせ少数の有色人にたいする無神経な、侮蔑的な態度をしめすアメリカ、それが勝利者としてわが国を占領したときに起こる変貌はなにか。高村が敗戦によってすぐにおもい浮かべたのは、こういう情景であったようにおもえる。つまり、高村にとっては、敗戦は二度目のアメリカ留学の復習（おさらい）をやることだとかんがえられたのではなかったか。青年時代には彫刻書生として、敗戦時の二度目には世界にじぶんと比肩するにたりる彫刻家はいないはずだという自負をもった美術家として、敗戦後に強制的にやってくるアメリカの文化と制度の復習では、学ぶことはまったくない。けれどアメリカ化から擁護しなければならない文化的な伝統はたくさんある。こういう問題が、敗戦時に、鋼鉄の武器は失ったが精神の武器はのこされていると書いたとき、すぐに高村光太郎をおとずれた判断ではなかっただろうか。「国敗れたれども民族の根気地中に澎湃し、民族の精神山林に厳たり」と高村光太郎が書いたとき、この「山林」は文化の非アメリカ地帯として、米軍による占領が、いわばメタフィジカルに不可能な場所としてとらえられていたとおもえる。当時の幼稚なわたしには、こういう高村光太郎のモチーフを理解することはできなかった。なぜ、鋼鉄の武器は失っても、精神の武器は存在しているというような安易な気休めがいえるのか、まったく不可解であった。敗戦のあとにも、たしかにどのような道かはわからないとしても、生きてゆく道はあるのかもしれない。しかし、その道があろうとなかろうと、敗戦はこの世界の〈終り〉である。生きてゆくかぎりこの〈終り〉の意味を体験することはたしかだが、この〈終り〉の意味を超えてその彼岸へ這いあがることはとても覚束ないようにわたしにはおもわれた。そんな精神状態にあったとき、鋼鉄の武器のかわりに精神の、あるいは文化の武器を把れば、彼岸へたどりつけるといわれても、通じるはずがなかった。

敗戦時におとずれた高村の〈アメリカ〉はまだ幸福で素直な時代の影を宿した〈アメリカ〉であった。まだ痛み衰えを経験しない前の、エマーソンやリンカーンやホイットマンが生きていたことが信じられる〈アメリカ〉であった。この〈アメリカ〉はかならず、敗戦に打ちひしがれた日本を占領にやってきて、幸福で素直な〈不幸〉をもたらすだろう。しかし、それはメタフィジカルな領域では大した意味をもってはいない。高村光太郎はそう信じたにちがいない。しかし、敗戦後到来した〈アメリカ〉は、優れた戦後詩人が描いたように、すでに一九三〇年代の坐礁を体験し、暗澹も不幸も知っている〈アメリカ〉であった。

「アメリカ……」
僕は突如白熱する
僕はせきこみ調子づく

僕は眼をかがやかし濤のように喋べりかける
だがあたりには誰もいない
空虚な額縁のなかで白い雨が乾いている
無言で蓄音器のレコードが廻転する
「アメリカ……」と壁がこたえている
ひとり占いの賭博者のように
眉をひそめて手のなかのカードを隠してしまう
あらゆるエイスの価値と
護衛つきキングと慰めをあたえるクインの価値とが
頭のなかでごちゃまぜに縺れる
「アメリカ……」
もっと荘重に　もっと全人類のために
すべての人々の面前で語りたかった
反コロンブスはアメリカを発見せず
非ジェファーソンは独立宣言に署名しない
われわれのアメリカはまだ発見されていないと

（鮎川信夫「アメリカ」より）

高村光太郎は、青年時代から芸術家の生活について夢想をもっていた。そして、生涯に何回か、その夢想を実行しようかと思いたった時期がある。

最初は欧米留学からかえったすぐ後のことであった。父光雲の代作などで金を得ていた時期である。そもそも彫刻によって生計をたてるというのは、もし彫刻に芸術的な意味をあたえようとするなら不可能である。そうだとすれば、彫刻はどのような賃仕事にも注文にもしたがわずに作成し、生活は別途に立てるべきではないのか。このばあい、生計を文化関係の職業にもとめたり、工場労働にもとめたりするのは、一方は近すぎて、一方は遠すぎて、不適当である。そうだとすれば、農場や牧場の経営を仕事にして田園に生活し、そのあいだに内的な欲求にしたがって彫刻を作成するというのが、かんがえられる最適の状態といっていい。高村はその場所を北海道にもとめようとした。この種の考え方の範型はトルストイのヤスナヤ・ポリヤナ生活にあったかもしれない。あるいはイギリスの芸術社会主義者の夢想にあったかもしれない。すでに明治四四年の詩作品「声」にはこの夢想にもとづく葛藤が描かれている。この種の葛藤は高村にとって内的な葛藤であるとともに、都市と田園との葛藤としてすでにかんがえられている。

止せ、止せ
みじんこ生活の都会が何だ
ピアノの鍵盤に腰かけた様な騒音と
固まりついたパレット面の様な混濁と
その中で泥水を飲みながら
朝と晩に追はれて
高ぶつた神経に顫へながらも
レツテルを貼つた武具に身を固めて
道を行く其の態(ざま)は何だ
平原に来い
牛が居る

馬が居る
貴様一人や二人の生活には有り余る命の糧（かて）が地面から湧いて出る
透きとほつた空気の味を食べてみろ
そして静かに人間の生活といふものを考へろ
すべてを棄てて兎に角石狩の平原に来い

そんな隠退主義に耳をかすな
牛が居て、馬が居たら、どうするのだ
用心しろ
絵に画いた牛や馬は綺麗だが
生きた牛や馬は人間よりも不潔だぞ
命の糧は地面からばかり出るのぢやない
都会の路傍に堆（うづたか）く積んであるのを見ろ
そして人間の生活といふものを考へる前に
まづぢつと翫味（ぐわんみ）しようと試みろ

自然に向へ
人間を思ふよりも生きた者を先に思へ
自己の王国に主たれ
悪に背（そむ）け　（「声」より）

都市に吹き溜められた浮浪者的な境涯と内的な孤絶と根なし草的感性とは、近代芸術の主調音であり、おそらく青年期の高村光太郎をとらえたのもその感性であった。しかし、高村にとっては都会人はすでに三代を経ており、都会人的であることは、同時に江戸前の伝統的な〈家〉の共同性から是認される感性にしかすぎなかったので、都市に吹き溜められる浮浪者的な感性は、なんら高村の固有性でありえなかった。この伝統的なしっくりした都市的秩序感が、おそらく一方で田園的な調和の生活を高村に夢想させた理由であった。つまり高村は自らの内にある近代都市人と都市的な伝統と調和の象徴である江戸前の感性との矛盾を、都市生活と田園生活の葛藤という形で吐きだしたのである。

この青年期の田園生活の構想は実現しなかった。「馬鹿　自ら害ふものよ」という自嘲にこめられているように、「生きた牛や馬は人間よりも不潔」だという直観的なリアリティが高村の内で勝ちをしめたといっていい。父光雲の彫刻の代作・翻訳・雑文・詩を収入源としながら、彫刻作品の制作をまもるという都市の下積みの彫刻家の一般的な生活をそのままつづけるということが、青年期の高村の生活の出発点であった。

近代芸術が、都市にあつまった生活放浪者によって担われ、この放浪者のなかの少数が優れた芸術作品をうみだすというパターンには芸術的必然性がある。芸術が本来もっている強い吸引力は、それを制作する人間を、一様に根なし草の生活無能者にしてしまう。芸術が本来もっている力が、もし芸術に価値をあたえる源泉であるとすれば、この力はあまりに早急に究極を指向するため、近代資本制社会における生活の成り立ち方と、とおくへだたった迂回路をとおるよりほかはない。それは芸術の制作者を生活無能者にしてしまう。近代芸術を悩ましたこの芸術創造と生活の存続との二律背反を、一種の生活退行によって解決しようとするところに、田園生活と芸術制作との合致という芸術的ユウトピア思想の基盤はあった。わが国でも武者小路実篤のこころみた〈新しい村〉の運動や、宮沢賢治によって単独で構想された農民芸術の思想はこの典型であるとみなされてよい。

高村光太郎も青年期いらい何度かこの考え方を構想した。たとえば大正期にはいって、予約注文制による彫刻の頒布会を構想し、その収益を経済的基盤としてアメリカでの個展開催を企てたこと、あるいは生活をきりつめ、稼ぎ仕事を強化して蓄積した資金をもとにして、自立した芸術制作と生活との合致を構想したことなど、高村にとってすべてこのヴァリエーションであったといっていい。高村はこれらのいずれの構想をも完遂することはできなかった。高村にそういう現実処理の能力が具わっていないということもあり、また、生活それ自体がどのような形態をとろうと、生計をたてることがそれだけで全力投球を要求するもので、片手間で片づくような生活条件など、どこにもないということもあった。高村はこのばあい永遠の〈巨大な箱入り息子〉という立場しか、生活力の場ではしめしえなかったといっていい。大正末年から昭和の初年ころに、高村は公共体が彫刻家の生活を保障し、作品を買いあげて、彫刻家は公共体の保護下に自由に制作にしたがうべきだという構想をかんがえていたらしい。そしてこの発想は、彫刻を芸術として制作するかぎり、彫刻家は生活を存続することが不可能であるという体験にもとづいている。そうでなければ、いわゆる彫刻細工をつくって生計をたてるほかはなく、このことは必然的に彫刻作品を彫刻細工的にしてしまい、彫刻芸術の伝統は細工師の技法のなかでしか育たないことになるのだ。父光雲にたいして高村が彫刻上で反撥したのは、光雲がこの細工師的な技法の熟達者であり、江戸期からこの伝統のすぐれた担い手であることによって、近代的な概念による彫刻芸術ともっとも対立するものをもっていたからであった。そして彫刻芸術が近代日本において成立するためには、彫刻家は彫刻自体をどのようにして生活から隔絶すべきかという課題は、おそらく高村光太郎から生涯去らなかった課題であったといってよい。そして、この課題を高村自身よりも小回りに、また高村自身よりも単純で善良に、そして高村自身よりも牧歌的にやってのけたのは、水野葉舟である。

高村光太郎自身がいうところでは、水野葉舟は、高村が生涯にわたって相許したただ一人の友人であった。水野葉舟あての『道程』献辞で高村は「僕の芸術のよい所とわるい所とをたしかにありありと、感知し得るものは世に二人しかない。君は其の貴い一人だ。君にこのあはれな集をおくる僕のまづしい喜びを信じて下さい。」と書いている。高村が水野葉舟を尊重したのは作家としてではなく、その人柄と芸術理念であったにちがいない。水野葉舟が死んだ年に書いた「水野葉舟君のこと」のなかで、初対面のころを回想して「その美男子ぶりとおしやべりと人なつこい人と為りが忘れ難く、忽ちのまに大の仲よしとなつた」と書いている。

水野葉舟は自然主義作家としては、高村が評価している「おみよ」とか「微温」とかの数少ない佳作をのこしているにすぎないといえる。そして、本格的な意味で水準を問えば、「おみよ」だけが、いわゆる玄人筋の自然主義作家としての評価にたえるだけだといっていい。市井のありふれた、そして生活の視点のさだまらない性なし女のやりきれない吐息のようなものを、かなり克明にどこにも抜け道をつけずにかいたこの作品は、近松秋江の短篇とおなじように、自然主義のもたらした手法を、ありきたりの生活生態の袋小路の描写に適用したものとして、現在も鑑賞にたえる数少ない作品であるかもしれない。

ところで葉舟は、年譜によれば、夫人の死後、にわかにローマ字問題や心霊現象にのめり込んでいる。そして大正一二年、千葉県印旛郡に移住して農耕生活にはいった。この動機は、もとをただせば、夫人の死による精神的な変化であり、またトルストイの芸術思想的影響があった。農耕生活のあいだに芸術制作を、という葉舟の構想は、実際問題としてはさんざんな困難に出あい、再婚の夫人や子供と別居するにいたっている。

こういう言い方ができるとすれば、夫人死亡後の水野葉舟の軌跡は高村光太郎のありうべき影であった。葉舟は、ひょっとしたら高村がやったかもしれないことを、じっさいにやり、失敗し、そして失敗なりに自足した生涯をおくったといっていい。

高村が田園生活を実行できずに思いとどまったのは、現実処理の能力に欠けていたためであるかもしれない。しかしそのことはあまり大した問題ではない。高村にそれを思いとどまらせたのは、現実洞察力と、デカダンスをくぐりぬけた果ての意識されない精神のニヒリズムと否定力であった。あるいは、社会にたいする、また人間にたいする、隠された近代芸術家的な不信であったといってよい。水野葉舟はこれにくらべれば、はるかに善意でお人好しであった。青年時代から高村と何度も論議し、また何度も描いては打ち消してきた〈理想〉の芸術生活なるものの構想を、本来ならば高村光太郎が実行すべき位相で水野葉舟はやってのけたといっていい。その結果は、葉舟の自然主義作家としての命脈を断つことになった。私的生活上の困難とギセイを強いられた。そして田園生活者としての失敗は、田園生活の構想そのものが当初からもっている誤算にもとづいて葉舟を襲った。

この葉舟がうけとった応報は、高村光太郎になぞらえていえば、夫人の狂死と対応している。田園生活を実行しなかった高村にとって、夫人の狂死は高村の芸術生活の構想の帰結であった。それを実行した葉舟にとっては、再婚の夫人や子供との別居、開墾生活の行きづまり、作家としての自滅がその芸術生活の構想の帰結であった。もちろん、この観点はさかさまにすることもできよう。葉舟は青年期からいだいた芸術生活の構想を、開墾事業や自然を対象とする生活と文学創造によって実現し、ほぼ満足すべき生涯を成就したというように。

尾崎実子は「父葉舟の思い出」という小文のなかで、つぎのように書いている。

私には、芸術に対する父の心がまえというのが気にかかって来た時があった。自分にたやすい事ばかりに心を向けていて、自分に対するきびしさが足りないように思われた。文学なら文学を男子一生の仕事として打込んでほしいと願った十六、七の時の事を今でも思い出す。しかしまた一方では、母のいない父を思うと、彼のしたいと思う事をすべて手伝ってやりたいという気持も私にあった。

文学の仕事も新しい生活と同時に本気になって始められ、人生や自然を主題とした何冊かの本が書かれ、その間には近隣の村や町に住む学校の先生がたや、文学を愛する若い人たちが集まるようになった。幸福な田園生活の二十年が父を包んで流れた。

いずれの言葉も事実であったかもしれない。高村に欠けていたのは啓蒙癖であり、葉舟がもっていたのは、やや低い善意の社会性であった。また、逆にもいえる。葉舟に欠けていたのは、芸術家としての人間洞察力であり、高村がもっていたのは人間を苛酷にあばきうる洞察力であった。これはすこしも論理の問題でも、禍福の問題でもないが、こういったちがいはどうすることもできないものであるといってもいい。葉舟は、ありうべき善意といくらか好人物に縮尺された高村光太郎という役割を代演して死んだといっても過言ではない。そして、敗戦後はじめて、高村はより巨きな葉舟を初演してみせようとして、花巻郊外の小屋に住みついた。その抱負を葉舟に語りさえした。しかし、高村には結局それは不可能であった。高村は都市にすむ近代彫刻家という役割に誘われて、夫人の像を刻むために東京に連れだされて、そこで生涯を終えることになったのである。高村光太郎が生涯の最後に吐いた象徴的な言葉は「ズイ・エンドか」であった。

# 七　彫刻のわからなさ

1

浮彫(レリーフ)の造型意識と立体的な彫像の造型意識とはちがう。浮彫では、世界は予め存在している。だからあとは世界の中に刻むだけである。彫像では、なによりも世界を造ることが、造型することである。岩陰あるいは洞穴、墳墓の刻線が、しばしば浮彫の起源であるのは、岩陰、洞穴、墳墓が、初期人類にとって、ひとつの世界（宇宙）とみなされていたからであるとおもえる。浮彫では、世界を造りたいのではなく、世界の中を荘厳にしたいとか、描出したいという意識が、重要なのだ。彫像では、いつも世界は造られる像と等身大であり、像をつくることは、世界をつくることになる。なぜそうまでして、固い素材で、世界を創り出さなければならないのか。これが彫刻の起源についての問いと答えである。そして答えは、たぶん、こんなふうになりそうだ。すでに人類は、世界の中にありながら、他のすべての存在から孤立した〈類〉であることを識っていたので、じぶんたちを入れる容器として、別に世界をつくりたかったのだ。

## 2

優れた彫刻家は、しばしば、最後に、自然の岩石や、山肌に刻み、また、それを素材として彫像をつくりたいという願望に駆られている。しかし、この願望は、歴史時代の中期にいたるまでに、無名の彫工によって、実行しつくされた。このばあいの造型衝動を、ひとびとは誤解したがる。彫工たちは、後世にじぶんの作品を遺したいために、岩石や山肌に刻んだのだというように。

たぶん、この理解はちがっている。天然の岩石や山肌は、かれらにとって、すでに世界であったので、かれらは、世界内意識から岩石や山肌に刻んだのだ。近代以後の優れた彫刻家が、岩石や山肌に彫刻したいという欲求をもったとすれば、会場彫刻やアトリエ彫刻を拡張して、彫刻に普遍性を与えたかったからだ。しかしながら、近代以後の彫刻家で、それを成し遂げたものは稀である。かれが世界を造りたいのに、すでにそこに世界は存在しているという矛盾に出遇うからである。この矛盾をどう処理するかが困難なのだ。近代以後の彫刻家が、精々矛盾を縫合せられるのは、建築彫刻くらいのところである。天然の岩石や山肌に刻むことができるのは、近代以後では浮彫だけである。なぜならば、天然の岩石や山肌や洞穴が、すでに世界ならば、世界内意識は、ただ平面にだけ、人間や動物や事件が住みうる、とかんがえるほかないからである。そこで浮彫（レリーフ）ではなく彫像を刻むとすれば、かれは世界のなかに、別の世界を刻むことになってしまうから、不可能というよりほかない。かれらは空想と構想力の場としてだけ、岩頸や岩鐘に刻みつけて、天然を〈変容〉させることを夢みたのだ。そして、実際には、アトリエに、会場に、建築装飾に、かえるほかなかった。そこよりほかに世界を造りうる場所はなかったから。

## 3

原初の彫工は、人間を、馬や羊を、鳥たちを、樹木や草や水の流れを、また天空の色を、現在のわたしたちとおなじように視た。けれど、それらを入れている容器である世界を、現在とおなじように識知することが難しかった。そこで手に触れる岩肌や洞穴の壁を、世界とみなした。世界は、具体的には手に触れる岩肌や壁面である。けっして空間的ではなかった。空間的なものは、むしろ全宇宙、であり、けっして具体的に識知することはできない魔の世界であった。わたしたちが、山肌や洞穴や墳墓とみるものは、かれらにとって全宇宙とみられた。

〈群盲が巨象を撫でる〉という俚言(りげん)は、全体を把握せずに、手に触れている限りのものを、全体であるかのようにみなす錯誤を意味する言葉である。しかしこの俚言は、原初の彫工の方法をあらわすのに似ている。触知しつつある部分が、全体であり、それ以外は一部分であるか、空無であるか、のいずれかであった、とかんがえるほかない。しばしば頭部が省略されているのに、胴が不必要なほど大きく表現されていたり、たんなる手形が、人像の全体の表象であったり、動物たちが大きいのに、人像が小さかったり、まったく足がなかったり、顔のつぎにすぐ手足がついていたり、というような奇妙な省略と強調は、強いてなぞらえれば、触知の世界にもっとも類似している。触知の作用は、人間にとって〈身体〉を、そのまま延長した空間識知と時間識知である。かりにこの触知の方法で、浮彫(レリーフ)ではなく影像が造られたとしても、造型的な意味で彫刻の意味をもっていない。また、そうみるべきではなく、〈棒状物〉、〈球状物〉それに〈刻線〉と〈凹凸〉を組成して造られた浮彫を、世界から〈隔離〉させたもの、とみるべきである。

## 4

漱石の「夢十夜」のなかに、仁王はなぜ彫りだされるのか、それはすでに天然としての自然のなかに、潜在している造型性を、彫工は、ただ掘り起しているだけだ、という考え方が、のべられている個処がある。ある時期、これに機知を感じたことがあった。しかし、いまでは嘘のような気がする。最初の彫刻表現の意識は、世界をべつに造り出すという意識なしには、存在しえなかった。そのとき天然としての自然は、彫工にとって、たんなる素材に転化するほかなかった。やがて彫刻の意識は、ある素材を用いて、造型性を獲得することだとおもわれるようになった。すでにこのときは、素材が天然としての自然に発祥することは、忘れられてしまっていた。わが国の彫刻は、しばしば、この段階にとどまっているようにみえる。しかしヨーロッパの、もっとも前衛的な造型美術家や画家は、驚くほど原始造型や原始壁画の世界を研究し、模倣し、血肉化している。これは勉強、不勉強の問題ではなく、美的な表現の手段と化してしまった素材の起源を、知ろうとする情熱と認識力があるかないかの問題である。そしてこれらの前衛芸術家の作品が、原初の彫工たちの、洞穴壁に刻まれた浮彫や壁画に、やはり及ばないことも確かである。人類が適切な幼児期を過ぎたのちは、個々の芸術家は、独力でこの幼児期の芸術的卓越性を再現しなければならなかったが、あまりに重荷で、どうすることもできなかった。つまり醒めた憑依者になろうとして、憑依者の醒めにおちこんでしまうことが、さけ難かった。素材としてみられるこの世界は、いつも単純な対称性、線、輪廓、円形物などの骨格に還元される。ただし、このように還元されるためには、人間が世界の中にありながら、じぶん以外のすべての世界内存在から〈区別〉されている、という明確な意識が必要である。この意識が明確でないところでは、世界は骨格をもつことはできない。ただよえるくらげのように、存在するだけだ。これが、彫像の方法と浮彫の方法との根源にある差異だといってよい。

5

彫刻はけっきょく、わたしにはよくわからない。なにがわからないのかと内省してみると、ひとつの世界をつくるのに、どうして固い素材をつかって、事物に型取らなければならないのか、ということが、よくわからないらしい。つまり平面上の浮彫から立体的なものを刻む世界へ、転化してゆくメカニズムの必然がうまくわからないらしいのだ。あるいは、なぜ固い具体的な物体を素材にして、具体的な事物に型取って表出されなければならないか、がよくわからないといってもよい。したがって、なぜこの作品はひき緊ってみえるか、あるいはぜい肉がおおすぎると感じられるかの、メカニズムがわからない。また、なぜこの対象は、緊迫しているのに、べつの対象はたるんでいると感ぜられるかがわからない。

天然としての自然は、彫刻の対象としてかんがえれば、いつも〈毛が三本足りない〉人間のようなもので、それ自体で緊迫していることは、幸運な偶然以外にはありえない。原初の人間が、これに〈魔〉を付けて理解したとしても、たとえば神体山のように、触目のかぎりで、山容の秀麗なものが択ばれているといった程度を、越えるものとは、とうていおもえない。その程度ならば、現在のわたしたちが、〈あの山はきれいな形をしているな〉と判断している程度の撰択と、それほどちがっていない。

そこで、いま、原初の造型の特質をかんがえる仕方をまったく変えてみる。

わたしたちは、一般に、ひとつの平面からその平面を含む立体を構成しようとするばあい、その平面上の軸をもとにして、廻転させせたときできる廻転体をかんがえればよいことになる。

そこで原初の岩石、山肌、洞穴、墳墓などに刻まれた浮彫を〈一方向からのみ立体的な彫刻とみなされるもの〉という意味におきかえうるものとする。当然つぎに〈正面と背面からのみ立体的な彫刻とみなされるもの〉、さらに〈正面と背面と上下左右の側面からのみ立体的な彫刻とみなされるもの〉、そして最後に〈どの方向からも立体的な彫刻とみなされるもの〉という概念が得られることになる。じじつ、原初の彫刻のなかに、この移行をかんがえることができるようにおもわれる。この観点からは、浮彫から立体的な彫刻への移行は連続的である。にもかかわらず、浮彫（レリーフ）から立体的な彫刻への移行は、文明の跳躍といっていいほどの、大きな世界意識の変化なしにはありえなかった、としかおもわれない。この世界には、明晰な彫刻の意識を獲取した地域があるかとおもえば、立体的な彫像を造っても、じつは浮彫（レリーフ）の方法の延長にしかすぎないという地域もある。これは何ら芸術的な価値の問題ではないが、文明の摂取された質の差異であることは疑いないようにおもわれる。

## 6

初期の什器、祭器、日常用の容器などの造型の特質は、それが〈正面および背面（裏面、あるいは器の内側）〉からのみ、立体的な彫刻とみなされるという点にある。つまり、裏おもての平面を、はぎ合せた立体的造形品であるということである。また、おなじように、原初の部族がまず保存した儀式用の仮面や、土偶面などは、背後に人間の生まの顔が存在することを予定した立体的な彫刻とみなしうるもので、浮彫（レリーフ）と同質とかんがえないほうがよいのではないか。

この視点からすれば、彫刻とは、具体的な素材に即した視覚的表現ではなく、想像的な表現ということになる。視覚は一方向からしか物事をとらえられないが、想像力は多面的で綜合的な代りに、細部の再現を無視するものだからだ。初期の祭器、什器、容器の美は、浮彫（レリーフ）と輪廓の美とみなされ易いが、それは、造られた洞穴、造られた岩肌、造られた墳墓における浮彫（レリーフ）の美というように比喩することができる。

## 7

浮彫（レリーフ）ですぐ眼につくのは、刻線あるいは輪廓線の高度な抽象性である。そして質量感ではない。彫刻でまず眼につくのは、ひとつの世界としての質量感であり、細部ではない。そうだと仮定すれば刻線あるいは形態の輪廓線の積み重なりが、質量の根源をなすということになる。

わが国の木彫造型は、いつも一方向からの視線を予定しているため、本質的には浮彫（レリーフ）のヴァリエーションにしかすぎないといいえる。木彫の古仏像を、裏から観たことのあるものには、それがよくわかるはずである。ただ少数の僧侶の木像のなかには、立体的な彫刻といいえるものがあるが、これとても、その手法は浮彫の方法をたくさん保存している。

## 8

わが国の近代彫刻の創始者たちが、いちばん途惑ったのは、どうして浮彫（レリーフ）の方法が、立体的な彫刻に転化できるか、という問題であったにちがいない。事物を、裏からみることも、側面からみることも、上下からみることも、え、げ、つ、な、い、いとされる心的な慣習のなかで、どうやってひとつの世界をつくるのか。形をそれとなく似せてみても〈毛が三本足りない〉模写が獲られるだけである。なぜならば事物はどんな対象でも、そのままでは美的には〈毛が三本足りない〉存在にしかすぎないからだ。この不可解な問題をどうやって解いたのか。古来の仏像彫刻は、このばあいのひとつの手本であった。なぜならば、それは浮彫（レリーフ）の方法で、立体を刻んだ典型であり、一方向または一コンマ半方向から眺めるかぎり、細部にこだわり、細部に粋をこらした彫り物であったから。また、髪の毛一本でも、モデルである事物に似せようとする試みは、もう一つの典型であった。なぜならば、それは浮彫（レリーフ）の方法を、一方向からではなく、多方向から適用しようとするものにほかならなかったから。

わが国の近代彫刻の先駆者たち（高村光太郎、荻原守衛）は、これらの典型が、いずれも真の意味の

〈彫刻〉をなさないことを洞察していた。浮彫（レリーフ）の方法は、いかに多面化しても、あらかじめ存在する造型的な世界にたいする、修飾や、はめ込みであって、造型的な世界の創出ではない。だが、西欧の近代彫刻は、造型的な世界を創出していた。それは、たんにどの方向から眺めても、本物の対象に似ているように、抜け目なく造られている、といった対象の立体的な模写ではなかった。想像的な立体とはどういうものかが、ひとつの塊り、あるいは世界としての質量をもっていた。これは浮彫（レリーフ）の方法の世界から離脱したべつのなにかであった。

この問題に直面したとき、わが国の近代彫刻の先駆者たちは、なにをかんがえ、どう処したのだろうか？

かれらは、たぶん浮彫（レリーフ）の方法から離脱することとは、自然から完全に人間が類別されて、孤立しているという意識を明確にする問題にほかならないことを洞察した。いわば彫刻様式を、共同性から解放するところから始めなければならないことを識知した。それを社会における個の確立と呼ぼうと、古い家族主義の絆からの自立と呼ぼうと、彫刻的には、様式の生命を、共同性から切り離して、成立させることにほかならないと、知ったのである。そのとき表われるものは、彫刻に即していえば、即物的に単独者として、ひとつの造型世界をうみだす、という命題以外のものではなかった。この少数の先駆者にとって、わが国の彫刻が、おおよそ彫刻と映らなかったのは当然である。それは新体詩以後の近代詩にとって、短歌や俳句の伝統芸の側面が、詩として映らなかったのとおなじである。かれらは何処へゆく？この問いは、おれはどうすればよいのかという文明的な問いとして、かれら自身にはね返ってきた。かれらを惑わせたのは、たんに造型の技法ではなく、文明の質の問題であった。

## 9

しかし、仏像彫刻にその典型を見出すような、わが国の浮彫(レリーフ)の方法による伝承の彫り物芸の伝統が、まったく無視できるものでないし、また逆に、そのままでは継承しうるものでもないことは明瞭であった。近代彫刻の先駆者たちが、優れていればいるほど蹉跌し、傷つかざるを得なかったのはこの点である。かれらは、モデルが人間であるばあいに、対象を内在的に把えられないことに嘆きを発し、人間は、人種がちがえば、まったく相手を理解するということは、ありえないのではないか、とまで思いつめた。対象を理解しつくしたとかんがえれば、伝統の浮彫(レリーフ)の方法が、必然をもって立ち塞がるように覚え、本来的な彫刻を目指そうとするときには、対象を把握しがたいもの、と感ぜざるをえない二律背反がひかえていた。

この問題は、何ら彫刻理念の問題ではない。また技法の問題でもない。また、かんたんに文化や芸術の伝統の相異に還元すればすむ問題でもない。むしろ即物的に押しとおしていけば、いつの間にか解決されていくという問題に近い。ただ、かれらには、そうとおもえなかったのだ。つまり、すこし異ったところで、過剰に力こぶを入れたり、過少に無視したりしなければならなかった。そこに先駆者の悲劇があったのかもしれない。

がむしゃらで、彫刻以外に何の能もなかった荻原守衛は、ただひたむきに〈彫刻〉と呼べるものだけを、造型しようとして、酬いも反響もない何ものかを相手どって、短い苦闘の生涯を閉じるほかはなかった。中村屋の女主人に、経済的保護をうけたり、精神的にあしらわれたり、田吾作的な恋情をいなされたりしながら。高村光太郎は、荻原にくらべて、遥かに聡明で、自意識をもった知識人であった。そのために、がむしゃらに西欧的彫刻をというわけにいかなかった。まさに、彫刻を〈彫刻的〉につくりもしたが、一方で浮彫(レリーフ)の方法の必然的な帰結である細工物的な、木彫の世界をモチーフにしながら、それを〈彫刻化〉する試みをやらざるをえなかった。鯰、蟬、蓮根、桃等々の木彫小品はそのあらわれである。かれは、こういう細工物的な対象と、素材が、彫刻といえるものになりうることをしめした、わが国で最初の自覚的な彫刻家であったにちがいない。

10

わが国の近代社会の歪み、みじめさ、雑種性というとき、それは一般的にではなく、もっと即物的に検証され、即物的に解決される必要がある。精神構造史や、思想史といったカテゴリーとしてではなく、彫刻的に、絵画的に、文学的に、といったようにである。そして、この課題は、たぶん、物に即してしか解決されそうもない。

物に即して、というばあいの物とは、わたしたちにとって何なのか。物の手応えが、すでに異種なのではないか。これを彫刻にみるばあい、粘土の成分や粘着性からはじまって、彫刻家の手指の動きや、体力にまで及ばなくてはならないかもしれない。また、モデル女の身体像や、形態や、皮膚の色、きめ、身体の輪廓にまで入りこまなければならないかもしれない。このばあい、彫刻家を待ちかまえている困難さは、ほとんど数えきれない。しかしこのことは逆に、これら一切の条件を考慮する必要がないこと、また考慮しても、無意味であることを物語っている。しかし、わが国の近代彫刻の先駆者たちにとって、この問題はけっして淡白なものではなかったのである。

11

わたしたちは、ついに現在でも〈彫刻〉とはなにかをわかっていないし、わかるという段階に達していないかもしれない。もちろんこれは、わたしは彫刻家であるとおもい、それを造っているものにとっても、わたしは美術批評家だとおもって、美術批評に手を染めているものにとってもあてはまる。かれらには、表現論がない。おのずから自得している勘が、辛うじて〈彫刻〉を志向しているだけなのではないか。芸術の創造は、〈手〉を動かすことからはじまりそれに尽きる。創造しつつあるとき、〈手〉が動くように表現者は動かされる。どんな自意識も〈手〉に先立つことはできない。だが、自ら創造した作品の結果を、自意識をもってたどれないものは、たんなる職人にしかすぎない。

わたしは、わたしの作品を、理路に則って創出することはできない。しかし、作品の結果は、理路によって細かくたどることができる。これができなければ詩人ではない。

おなじように〈手〉の動きは、理路によっては、左右することもできないが、その軌跡は、理路によってたどれるはずだ。ただ、たれもが、そこまで行きつき難いというにすぎない。そしてこれは個々の芸術家の責任ではないのに、わたしたちの個々の芸術家が負っているものである。

# 解題

この巻には、一九六五年一〇月から一九六九年八月まで連載発表され、一九七一年に刊行された『心的現象論序説』、前半が一九六六年一一月から一九六七年四月まで連載発表され、後半は書き下ろされて一九六八年に刊行された『共同幻想論』、及びこの時期に併行して書かれた春秋社版『高村光太郎選集』の「解題」を収録した。

同時期の一九六五〜一九六八年に発表された詩・評論・エッセイは第九巻に、一九六九〜一九七一年に発表された評論・エッセイは第一一巻に収録されている。『心的現象論序説』と『共同幻想論』については、後述の各版にあらたに付されたあとがき、序の類いもこの巻に併せて収録した。

## I

### 心的現象論序説

「言語にとって美とは何か」連載完結の次の号から『試行』（一九六五年一〇月二五日　第一五号、一九六六年二月一〇日　第一六号、同年五月一五日　第一七号、同年八月一五日　第一八号、同年一二月一五日　第一九号、一九六七年三月一〇日　第二〇号、同年六月一〇日　第二一号、同年九月二五日　第二二号、同年一二月三〇日　第二三号、一九六八年四月三〇日　第二四号、同年八月一〇日　第二五号、同年一二月一日　第二六号、一九六九年三月二五日　第二七号、同年八月二五日　第二八号、試行社発行）に、「心的現象論」の表題で十四回にわたって連載発表された。（「心的現象論」自体は、第二九号以降も一九九七年一二月二〇日発行の第七四号の終刊まで連載された。）連載第一回の冒頭「はじめに」の後は通し番号が順次「1」から「47」までふられ、それぞれに小見出しが付されていた。各回末尾には「（つづく）」とあり、第十四回末尾には「（総論了）」とあった。

連載と同時期にあって関連性のつよい論考を掲げておく（第九巻、第一一巻に収録）。

沈黙の有意味性について（『ことばの宇宙』一九六七年一二月号）
異常性をいかにとらえるか（『看護技術』一九六八年一月号）
幻想としての人間（『試行』一九六八年四月三〇日第二四号）
メルロオ＝ポンティの哲学について（『ことばの宇宙』一九六八年六〜九月号）
個人・家族・社会（『看護技術』一九六八年七月号）
行動の内部構造（『看護技術』一九六九年四月号）

単行本は、表題を『心的現象論序説』として、一九七一年九月三〇日、北洋社から刊行された。初出にたいして全体的に大幅な加筆と手直しがなされ、章題をあらたにたて、通し番号に付された小見出しをおおむねそのまま節題として、連載の順序通りに構成が作られた。「あとがき」と「解題」（川上春雄）と「索引」が付された。本文末尾に「（了）」とあった。

単行本の各章・各節と初出の連載号数と通し番号との対応を以下に記す。

はしがき（第一五号　冒頭）

Ⅰ　心的世界の叙述

1　心的現象は自体としてあつかいうるか（同　1）

2　心的な内容（同　2）

3　心的内容主義（同　3）

4　〈エス〉はなぜ人間的構造となるか（同　4）

5　新しいフロイト批判の立場について（同　5）

Ⅱ　心的世界をどうとらえるか

1　原生的疎外の概念を前景へおしだすために（第一六号　6）

2　心的な領域をどう記述するか（同　7）

3　異常または病的とはなにか（同　8）

4　異常と病的とは区別できるか（第一七号　9）

5　心的現象としての精神分裂病（同　10）

6　心的現象としての病的なもの（同　11）

7　ミンコフスキーの『精神分裂病』について（同　12）

Ⅲ　心的世界の動態化

1　前提（第一八号　13）

2　原生的疎外と純粋疎外（同　14）

3　度（Grad）について（同　15）

4　ふたたび心的現象としての精神分裂病について（同　16）

5　感官相互の位相について（第一九号　17）

6　聴覚と視覚の特異性（同　18）

7　原生的疎外と純粋疎外の関係（同　19）

Ⅳ　心的現象としての感情

1　感情とはなにか（第二〇号　20）

2　感情の考察についての註（同　21）

3　感情の障害について（同　22）

4　好く・中性・好かぬ（同　23）

Ⅴ　心的現象としての発語および失語

1　心的現象としての発語（第二一号　24）

2　心的な失語（同　25）

3　心的現象としての〈概念〉と〈規範〉（同　26）

4　概念障害の時間的構造（第二二号　27）

5　規範障害の空間的構造（同　28）

6　発語における時間と空間との相互転換（同　29）

Ⅵ　心的現象としての夢

1　夢状態とはなにか（第二三号　30）

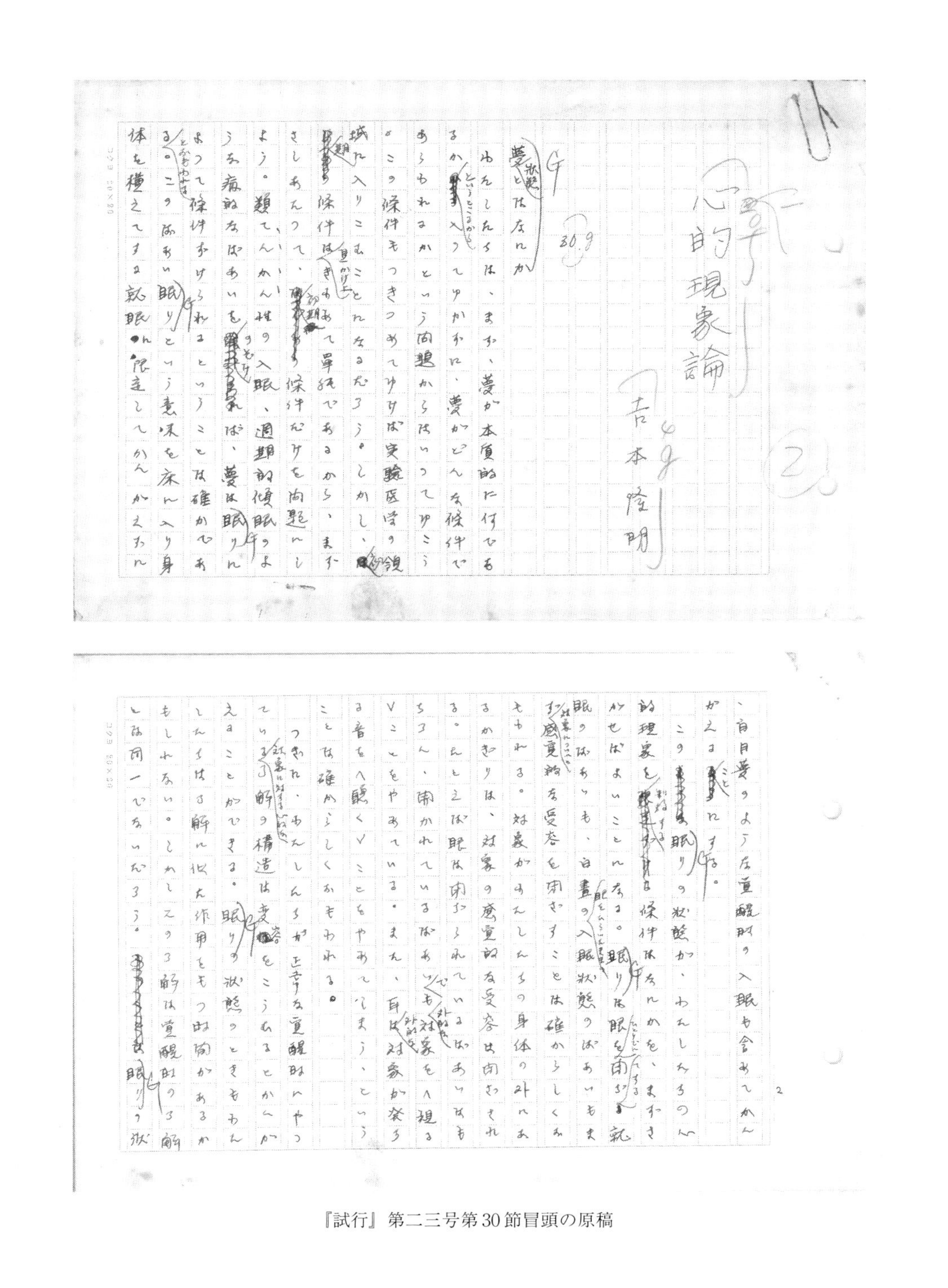

心的現象論

吉本隆明

『試行』第二三号第30節冒頭の原稿

2　夢における〈受容〉と〈了解〉の変化（同　31）
3　夢の意味（同　32）
4　なぜ夢をみるか（同　33）
5　夢の解釈（第二四号　34）
6　夢を覚えているとはなにか（同　35）
7　夢の時間化度と空間化度の質（同　36）
8　一般夢の問題（第二五号　37）
9　一般夢の解釈（同　38）
10　類型夢の問題（同　39）
Ⅶ　心像論
1　心像とはなにか（第二六号　40）
2　心像の位置づけ（同　41）
3　心像における時間と空間（同　42）
4　引き寄せの構造Ⅰ（第二七号　43）
5　引き寄せの構造Ⅱ（同　44）
6　引き寄せの構造Ⅲ（同　45）
7　引き寄せの構造Ⅳ（第二八号　46）
8　引き寄せの世界（同　47）

全著作集版の『心的現象論序説』は、『吉本隆明全著作集10』として、一九七三年一一月一〇日、勁草書房から刊行された。第十三回配本であった。語句を補い、読点を打つなどわずかな補訂がされた。あらたに「全著作集のためのあとがき」が付され、単行本の「解題」（川上春雄）と「索引」が増訂された。本文末尾に「（了）」とあった。

増訂された川上春雄の「解題」では、もともと全著作集の一巻として企画され、「第四校まで進行したところで」全著作集の担当編集者・阿部礼次が独立して北洋社を設立したため、単行本が北洋社から刊行され、全著作集版はその二年後に、単行本の第六刷を底本として刊行された経緯がしるされている。（そういう経緯のためと思われるが、単行本と全著作集版は印刷所は異なっているが、行取り・字詰めなど頁組はまったく同じである。）

新装版の『心的現象論序説』は、一九八一年五月二五日、講談社から刊行された。奥付に「（講談社新装版）」と表示されているが、これは北洋社版の新装版であり、全著作集版の補訂は反映されていない。

角川文庫版の『改訂新版　心的現象論序説』は、一九八二年三月三一日、角川書店から刊行された。語句の修正や読点の省略などわずかな補訂がされた。あらたに「角川文庫版のためのあとがき」が付された。

『試行』終刊までの連載をまとめた『心的現象論』（二〇〇八年八月八日、文化科学高等研究院出版局発行）にも角川文庫版を底本として「心的現象論　序説」の表題で再録された。

角川ソフィア文庫版の『改訂新版　心的現象論序説』は、著者没後であるが、二〇一三年二月二五日、角川書店から刊行された。角川文庫版を改版したものである。

本全集では、角川ソフィア文庫版を底本とし、初出、単行本、全著作集版、角川文庫版を校合し、あらたに本文を確定した。全体の表題は全著作集版までのものに戻し、ただ「心的現象論序説」とした。

表記の混在は統一しなかったが、近傍にあって不自然と思われる場合はまれに統一した。「幼時」と「幼児」（とそれぞれの複合語）の混在についても、どちらでも文脈的にほぼ同義に使用されていると思われる場合が多いが、それぞれに応じて校訂した。

「フロイト」の人名表記は、単行本以来これまでの版では「フロイド」で統一されていたが、引用文中と引用出典の著者名として表記されている場合を除き、「フロイト」に変更した。フロイトの引用はすべて日本教文社の改訂前の『フロイド選集』からなされており、初出本文では「フロイド」と「フロイト」が混在していたが、引用出典での表記とその表記がなじみになっていることを理由として著者の意を受けて「フロイド」に統一した、と川上春雄は「解題」でしるしている。しかし、そこでも触れられているように、もともと著者自身は「フロイト」と表記するのが通例であり、著者の他のすべての著作でもそのように表記されており、また現在ではむしろ「フロイト」の表記のほうが一般的と思われるため変更した。なお『フロイド選集』からの引用出典は書名のみが表示されていたが、論文名を補った。

フロイト以外の引用文も可能な限り原文に当たり校訂した。

索引は角川ソフィア文庫版をごくわずか補正して踏襲したが、各項のページ数は本文全体にわたって拾った。

## 共同幻想論

「共同幻想論」の連載題と連載番号のもとに、「禁制論」、「憑人論」、「巫覡論」、「巫女論」、「他界論」、「祭儀論」がそれぞれの表題で『文芸』（一九六六年一一月号　第五巻第一一号、同年一二月号　第五巻第一二号、一九六七年一月号　第六巻第一号、同年二月号　第六巻第二号、同年三月号　第六巻第三号、同年四月号　第六巻第四号、河出書房新社発行）に六回にわたって連載発表された。『文芸』連載開始の一九六六年一一月号の「編集後記」に「長期にわたって連載の予定。」とあり、一九六七年五月号の「編集後記」には「今月のみ休載となった。」との断りがあり、当初はすべて連載の予定であったと思われるが、六月号の「編集後記」には「四月号でひとまず連載を終り、あとは書き下ろしの形式で書き継がれて、河出書房から刊行の予定である。」とされた。

単行本の『共同幻想論』は、一九六八年一二月五日、河出書房新社から刊行された。「禁制論」から「祭儀論」までの初出に大幅な加筆と手直しが加えられ、「母制論」、「対幻想論」、「罪責論」、「規範論」、「起源論」があらたに書き下ろされ、「序」と「後記」が付された。初出への加筆のうち特に、「禁制論」の冒頭二八五ページから二九〇ページ四行目までの原稿用紙換算で十二枚ほど、「憑人論」の三一六ページ五行目から三一七ページ五行目までの門脇真枝（さかえ）『狐憑病新論』の引用と論及、「祭儀論」の末尾三七一ページ九行目以降の護雅夫『遊牧騎馬民族国家』の引用と論及は、新規の長い挿入原稿であった。

「序」の大部分をなす「再録」は、本文に出典が記されているように、『ことばの宇宙』（一九六七年六月号　第二巻第六号、テック言語教育事業グループ発行）の「特集＝言語時代」で発表された「聞き手・編集部」によるインタヴュー「表現論から幻想論へ——世界思想の観点から——」で、本文のすべてがそのままのかたちで組み込まれている。インタヴューは『言語にとって美とはなにか』と以後の展開について応答されており、『心的現象論序説』と『共同幻想論』のどちらの「序」になることも可能な内容になっているように、二つの執筆は同時併行していた。

『共同幻想論』の初出連載は、「心的現象論」の連載の途中から開始され、その「総論」が終了する前に単行本化されている。つまり「心的現象論」の連載が『試行』第一九号の第四回まで進行した時期に開始され、第二六号の第一二回まですすんだときに単行本化されている。

この長編批評と関連性のつよい先行期と同時期の論考を掲げておく（第七巻、第九巻に収録）。

性についての断章（『人間の科学』一九六四年五月号）

マルクス紀行Ⅴ〜Ⅶ（『図書新聞』一九六四年八月）

マルクス伝（一九六四年八月）

情況とはなにか5　共同体の水準と位相（『日本』一九六六年六月号）

幻想としての人間（『試行』一九六八年四月三〇日第二四号）

個人・家族・社会（『看護技術』一九六八年七月号）

単行本の「後記」を省いて、本文は『現代の文学25　吉本隆明』（一九七二年九月一六日、講談社刊）に再録された。

全著作集版の『共同幻想論』は、『吉本隆明全著作集11』として、一九七二年九月三〇日、勁草書房から刊行された。第十一回配本であった。あらたに「全著作集のための序」が付され、ごくわずかな補訂がされた。

角川文庫版の『改訂新版　共同幻想論』は、一九八二年一月三一日、角川書店から刊行された。全体的に大幅な手直しが加えられた。あらたに「角川文庫版のための序」が付された。角川文庫版は、一九九五年頃に角川文庫ソフィアとして背のみ部分改装され、一九九九年から角川ソフィア文庫と改称され、のちにさらに新装された。

本全集では、角川ソフィア文庫版を底本とし、初出、

禁制論

禁制（タブー）というもともと未開の心性に起源をもった概念にまともな解析をくわえた最初の人物はフロイトである。フロイトの解析に手がかりをあたえたのは神経症患者の臨床像である。神経症患者がなぜそうするのか理由もわからずにまた論理的な矛盾もかんじないで、ある事柄にたいして触れてはならないとすれば、この事象はかならずといっていいほど患者にとって願望の対象であるとともに恐れの対象であるという両価性をもっていることを、フロイトは臨床経験的な観察から知っていた。そしておおくのばあい恐れの対象であるという側面は患者の心の前景におしだされるが、つよい執着や願望の対象であるという側面は心の奥のほうにしまいこまれていることをフロイトは見出したのである。

未開の種族が触れたいして接近してはならないとみなしていて、あるいは婚姻してはならないとかんがえているような禁制を課しているという民族学者や民俗研究家の報告は、フロイトの関心をつよくひいた。未開の種族は神経症患者と同一ではありえないとしても、そこに共通の心性が働いているとかんがえることは、かれの体系からして当然に許容される。そしてフロイトは神経症にたいする基本的な考察を未開種族の禁制にたいして適用したのである。

フロイトの禁制についての考察のうち、わたしの関心をひくのは近親相姦にたいする〈性〉的な禁制と、王にたいする〈制度〉的な禁制とである。なぜならばこのふたつは前者が〈対なる幻想〉に関係し、後者が〈共同なる幻想〉に関係しているからである。

いまここに（ある未開種族が）母子相姦や兄弟と姉妹、姉妹相姦について禁制をもうけているとする。フロイトによれば禁制の存在はかえってつよい願望の存在を暗示していることになる。母子相姦にたいするつよい願望にとって障害となる存在は〈父〉なる存在であり、また兄弟と姉妹、姉妹の願望にとってさまたげとなるのは〈男〉である兄弟たちのものである。そこでフロイトによれば事態はつぎのようになる。

□□種族の欲求不満な男たちを結合させるところがあった。ここで父親を虐殺するために団結したあとは、兄弟たちはたがいに敵同士になったのだ。みんなが父親と同様に女たちを全部自分のものにしようとした。そこでかれらはあらそいあい、新しい組織は滅びてしまったのである。しかも父親の役割を演じて成功を収めるような強力な人はもはやいなくなっていた。したがって、兄弟たちはともに生活をしようとすれば、近親性交禁止のおきてをつくるよりほかはなく、もうしかたがなくなったわけである。しかもこれはかれらのさまざまの困難な事件を克服したすえのことであった。ともかくこの禁止のせいで、彼らはみんながめいめい熱望していた女たちを断念することになったのである。しかも実のところは、この女たちのためにこそ彼らは父親を片づけてしまったわけなのだ。こうして彼らは自分たちを強力にしてくれたこの組織を破滅から救ったのである。この組織は[illegible]おそらくかれらが追放されていたときまでの同性愛的感情と行為

単行本化の際の「禁制論」冒頭の加筆原稿

単行本、全著作集版を校合し、あらたに本文を確定した。全体の表題は全著作集版までのものに戻し、ただ「共同幻想論」とした。

表記の混在は統一しなかったが、近傍にあって不自然と思われる場合はまれに統一した。

引用は可能な限り原文に当たり校訂した。戦前の小山書店版から引用がされている『未開社会の思惟』の著者名「レギ・ブリュル」は、現在の表記の「レヴィ゠ブリュル」に改めた。「憑人論」冒頭の松岡国男の引用詩は、『文學界』(一八九五年一一月三〇日　第三五号) 発表の初出形ではなく『抒情詩』(一八九七年四月二九日、民友社刊) の収録形で引用されている。

## II

### 春秋社版『高村光太郎選集』解題

吉本隆明・北川太一編『高村光太郎選集』(全六巻・別巻一、春秋社刊) の「解題1」として、「端緒の問題」が第一巻 (一九六六年一二月一〇日刊)、「〈自然〉の位置」が第二巻 (一九六七年二月二五日刊)、「成熟について」が第三巻 (一九六七年七月一五日刊)、「崩壊の様式について」が第四巻 (一九六七年一一月五日刊)、「二代の回顧について」が第五巻 (一九六八年七月一〇日刊)、「高村光太郎と水野葉舟——その相互代位の関係」が第六巻 (一九七〇年三月二五日刊) に発表された。(「解題2」は北川太一の執筆であった。)「彫刻のわからなさ」は別巻の『造形』(一九七三年三月一三日刊) の末尾に発表された。

第一巻から第六巻までの解題は「春秋社版『高村光太郎選集』解題」の総題のもとに、「一　端緒の問題」、「二　〈自然〉の位置」、「三　成熟について」、「四　崩壊の様式について」、「五　二代の回顧について」、「六　高村光太郎と水野葉舟——その相互代位の関係」として、『高村光太郎〈増補決定版〉』(一九七〇年八月一五日、春秋社刊) に収録され、別巻の解題は、別巻の刊行に先立って『吉本隆明全著作集8』(一九七三年二月一五日、勁草書房刊) に、本巻の解題の再録に加えて「七　彫刻のわからなさ」として収録された。さらに『高村光太郎』(一九九一年二月一〇日、講談社文芸文庫、講談社刊) に再録された。

解題の断続的な連載は第五巻までは『心的現象論序説』の初出連載と併行していた。

「七　彫刻のわからなさ」は、この巻の収録発表年代よりあとになるが、まとまりの都合からここに収録した。

本全集では、講談社文芸文庫版を底本とし、初出、単行本、全著作集版を校合し、あらたに本文を確定した。

(間宮幹彦)

吉本隆明全集（よしもとたかあきぜんしゅう）10　一九六五―一九七一
二〇一五年九月二五日　初版
著　者　吉本隆明
発行者　株式会社晶文社
東京都千代田区神田神保町一－一一
郵便番号一〇一－〇〇五一
電話番号〇三－三五一八－四九四〇（代表）
〇三－三五一八－四九四二（編集）
URL http://www.shobunsha.co.jp
印刷・製本　中央精版印刷株式会社

ISBN978-4-7949-7110-4　printed in japan